未発選書22

増補

感性の変革

亀井秀雄

ひつじ書房

はじめに

一

私は一九八三（昭和五十八）年の六月、講談社から『感性の変革』を出してもらった。それからおよそ一九年後の、二〇〇二（平成十四）年に、アメリカのミシガン大学がこの本の英訳本を出してくれた。この時私は、英語圏の読者に向けて、「自著総括――英語版の序文として」を書いたが、その中でこんなことを言った。

この著書は現在、日本では入手が大変むずかしい本になってしまった。が、この度マイケル・ボーダッシュ教授を始めとする、アメリカの日本文学の若い研究者の手によって英語に翻訳して貰えることになった。これを機会に、構造主義の方法やポスト構造主義の理論の日本文学への応用ではない、いわば日本で自生した理論と方法がどのような方向と達成を持っているか、アメリカの研究者に関心を持っていただければ、私としては大変ありがたい。

ただし、この序文の日付は一九九八（平成十）年一月になっている。つまり、序文を書いてから出版まで、四年もかかったわけだが、アメリカの大学の出版局の学術書では珍しいことではないらしい。ドイツの日本学者、イルメラ・日地谷＝キルシュネライトさんがどこかで書いていたが、彼女の『私小説――自己暴露の儀式』の英訳本は、原稿を渡してから出版まで七年ほどかかったという。これはアメリカの大学の出版局の審査が大変に慎重、かつ厳格なためで、審査を依頼された複数の研究者が時間をかけて丁寧に検討し、出版の是非についてコメントをつける。じつは私の本の英語訳も同様な審査を受けたわけだが、ある大学の出版局の結論は「この著書は現象学に基づいているようだが、現象学はアメリカではあまり受け入れられていない。著者の理論と方法を理解してくれる人は少ないのではないか」ということだった。また、別な大学の出版局の結論は「英語圏の日本文学の研究者にとって、こんなに細かい文学史的知識は必要としていないし、表現の分析の部分は難しすぎる」ということだった。そう私は聞いている。それでも、UCLA（当時。現在はシカゴ大学）のマイケル・ボーダッシュ教授が粘り強く出版の可能性を探り続けてくれたおかげで、ミシガン大学がこの著書の意義を認めて、出版を引き受けてくれた。しかも、例外的に短期間で出してくれたわけである（ただし、この本の英訳本、*Transformations of Sensibility: The Phenomenology of Meiji Literature* の標題紙では、二〇〇二年出版となっているが、実際に本の形になったのは、年を越えた、二〇〇三年のことだった）。

英語版についてはそんな経緯があったわけだが、ともあれ、このような事情で、私の本は日本でよりも、むしろ英語圏で読んでもらえるようになった。特に嬉しかったのは、アメリカの若い研究者が何人も、すでに北海道大学から引退した私を訪ねてくれたことである。この人たちは「日本で自生した理論と方法」に関する質問をしたり、今後の研究の助言を求めたり、なかには小樽市に半年間も滞在して、私が館長をしている文学館へ通ってくる人もいた。その意味では、『感性の変革』は私の著書の中で最も恵まれた著書と言えるだろう。

二

しかし考えてみると、『感性の変革』は相変わらず日本では手に入れることがむずかしい。もうとっくに忘れられてしまったのかと言うと、必ずしもそうではない。研究者や批評家の間でときおり話題になることは、何かの折りに目にしたり、耳にしたりしている。再版を望む声もあり、若い研究者から直接「なぜ再版しないんですか」と訊かれたこともある。じじつ、――これは英語版が出る前のことだが――ある出版社から再刊を打診してきた。講談社の編集者に意向を糺したところ、そちらで再刊してもさしつかえはありません、という返事だったので、その旨を出版社に伝えておいた。ところが、その後何も言ってこない。『感性の変革』には、同世代の評論家を批判した箇所があり、インパクトが強かったらしい。この本を話題にしてくれる人は、とかくそちらへ話をもって行きたがる。「まあ、しかし、前半の四章や、樋口一葉論の箇所なども評価してもらいたいところですが……」。でも、ひょっとしたら、ああいう箇所が原因となって、文芸出版の編集者に再版・再刊をためらわせてきたのかもしれない……。そんなことを考えながら、「結局あの本には「徳」がないということなんでしょうね」と返事をしてきた。

しかし、「徳」がないどころではない。この度ひつじ書房から『感性の変革』増補版を出していただけることになった。大変な福徳である。私の頭には、おのずから次のような序文が浮かんできた。

この著書は現在、日本では入手が大変むずかしい本になってしまった。が、この度ひつじ書房から増補版を出してもらえることになった。編集案を見ると、英語版のために書いた「自著総括」を入れるだけでなく、『感性の変革』で扱った時代のテクストに関する私の論文十数編を、「変革期の文学」「物語の変革、あるいは小説の発明」「「読者」と「作者」の生産様式」とテーマ別に編集して組み合わせ、『感性の変革』を肉づける構成となっている。別な見方をすれば、『感性の変革』を第Ⅰ部とし、「変革期の文学」以下を第Ⅱ部、第Ⅲ部、第Ⅳ部とするⅣ部構成によって、私の問題意識と方法とを立体的に理解してもらえる構造となっている。この構想は、一昨年出してもらった『主体と文体の歴史』と同様、富山大学の西田谷洋さんと、ひつじ書房の編集部の森脇尊志さんが練り上げて下さったもので、私に異存はない。これを機会に、構造主義の方法やポスト構造主義の理論の日本文学への応用ではない、いわば日本で自生した理論と方法がどのような方向と達成を持っているか、日本の若い読者に知ってもらえるならば、私としては大変ありがたい。

なにしろ三十年ぶりの再刊である。あの初版が出たころ生まれた人たちの中で、もう自立した若手研究者となっている人が何人もいるだろう。驚くほどの時間が流れたわけだ。あの頃はずいぶん沢山の研究書や評論が出たが、三十年後に再刊される、しかも増補版の形で再刊される幸運に恵まれた著書は何冊あるだろうか。まるで奇蹟のようだ。

しかし喜んでばかりもいられない。『感性の変革』を書いた当時は十分にアクチュアリティを持ち得た問題提起や方法、また、取り上げたテクスト類は、今の若い読者には取りつきにくいのではないか。そんな懸念の声が聞こえないでもない。だが、その点に関しては、私は心配していない。私が『感性の変革』を書き始めたころは、日本の近代文学のはじまりを二葉亭四迷の『浮雲』や森鷗外の『舞姫』に求める文学史観がまだ支配的だった。江戸時代の晩期から明治前期の文学は、近代文学の前史《プレ・ヒストリー》として、軽く扱われるだけだったが、私は近代／前近代といった枠組みを取り払う努力を重ねながら、「語り手」がどのように生成してきたか、作中人物の自己意識はどんなふうにテクスト的に生産されてきたか、等々の問題を手探りで解き明かそうとしてきた。

その時の私の心構えは、「もし江戸時代の晩期から明治前期の文学テクストが、私たちにとって、退屈で下らないものとしか読めないとすれば、その原因は、それらのテクストが類型的で、内容に乏しいからではない。むしろ私たちがそれらのテクストの読みどころを見失ってしまったからではないか」ということだった。評論家や研究者によって江戸戯作の残滓として切り捨てられてしまいがちな、それらのテクストが、同時代の読者には十分に楽しく享受できるものだったとすれば、その表現の質や享受の仕方を明らかにして、現代の読者をテクスト内に誘うことが、評論や研究の仕事ではないか。そう自戒しながら、私は仕事を進めてきた。現在ではすでに『浮雲』や『舞姫』に近代文学の起点を求めるような文学史はリアリティを失い、「近代文学」という観念自体、疑問視されている。私の仕事はそういう傾向を生む役割をそれなりに果たしてきたと思う。

その意味では、むしろ現代こそ、違和感や抵抗感なく若い読者に味読してもらえる条件が整ったと言えるのではないか。そう私は自負し、期待している。

三

本書を編むに際して、私は第Ⅱ部以下に収められた論文については、曖昧な箇所や言葉の足らない箇所には手を加えさせてもらった。

だが、『感性の変革』の場合は、明らかな誤字や脱字を正す以外、表現の修正は必要最小限にとどめることにした。引用文に関しても、私が引用しつつ論じたテクストが、後にその著者によって書き改められた場合、あるいは新たに校訂し直した全集が出たりした場合、それに従って訂正するのではなく、あくまでも初めに引用した表現、表記をそのまま残すことにした。当然のことながら、私の論じ方や表現もそのまま残した。それが当時の読者、とりわけ三谷邦明さんのように私を批判して下さった同時代研究者（第Ⅲ部第四章「話術の行方」参照）に対しても、今度の増補版の読者に対しても、誠意ある対応と考えたからである。

ただ、英語版の序文「自著総括」については、もちろん本文に手を加えることはしなかったが、「注」は大幅に書き換えた。英語圏の読者を念頭に置いて附した「注」は、日本の読者には煩わしいだろうと考え、それを削ったからである。が、その逆の場合もある。つまり、現代の若い読者にはかえって馴染みがなくなっているのではないかと思われる点があり、そのことについては新たに「注」を加えることにしたわけである。

「自著総括」で私が主に筆を費やしたのは、時枝誠記と三浦つとむと吉本隆明の言語表現論の紹介だったが、ふと気がついてみると、時枝誠記の言語観や日本語論の基本的な考え方を解き明かそうとした研究書は意外に少ない。英語圏の読者には時枝言語学に関する最小限必要な情報を伝えることにしたが、日本の読者は「時枝文法」という限定した見方に馴染んでしまい、人間学的言語学として捉えそこねているのではないか。そんな懸念が浮かんできて、時枝言語学の基礎概念を注記しておくことにしたわけである。

また、三浦つとむについては、彼の仕事の全体像が明らかになるにはなお五年、十年の時間を要するだろうが、その言語観に関する私なりの理解は「三浦つとむの拡がり」（『主体と文体の歴史』ひつじ書房）で詳しく述べておいた。関心のある方はぜひ目を通して下さることをお願いし、さて、次の吉本隆明については、数年前私は吉本の『日本語のゆくえ』（光文社、二〇〇八年一月）の左のような文章に接して、軽からぬショックを覚えた。

だから三浦つとむさんは、言語についても独自の見方をしています。たとえば、ぼくならぼくが鏡に自分の顔を映します。そうすると、鏡のなかの顔は逆像になる。左右が引っくり返ったかたちで映ります。そのとき一般常識的にいえば、鏡像だから左右反対に見えるのは当然だといって済ませちゃう。ところが三浦さんは「ほんとうはそうじゃない」というわけです。自分を鏡に映すという行動をとると、鏡に映っているのは自分ではなく、三浦さんの言葉に従えば、「もうひとりの自分だ」ということになります。

もう少し説明すれば、鏡の前に立っているのは現実の自分で、これを現実の自分だと見るときは、鏡のなかの自分もやはりそのままに映像として扱うべきだ。それを「自分」と見るならば、現実と想像とを混同することになってしまう。したがって、鏡のなかの「私」は現実の自分から概念的に分裂した「もうひとりの自分」であるということになるというのです。(傍点は亀井)

私はこの箇所を、上田博和さんの「吉本隆明による三浦言語学の紹介――『日本語のゆくえ』における」(平成二十四年一月五日　私家版)に教えられたのであるが、三浦つとむはこんなことは言っていない。上田さんが言うように吉本の誤読である。吉本隆明は講談社学術文庫版の『日本語はどういう言語か』の解説を書いているのだが、この文庫本の『日本語はどういう言語か』の中で、三浦つとむは次のように言っている。その文章と、吉本の文章とを較べてみると、一見おなじことを言っているようだが、重要な違いがあることに気がつくだろう。

自画像を描く画家は、鏡を見て、そこに映った自分のすがたを描きます。鏡の映像を現実の自分であると意識するのですから、熊さん（落語「そこつ長屋」の主人公）の場合と同じように「鏡の中の「私」を見て描いているこの私は一体誰だろう？」と考えてみる必要がありました。なるほど、鏡の前に立って描いているのも現実の自分にはちがいありませんが、これを現実の自分だと見るときは鏡の中の自分もやはり現実のままに映像として扱うべきであり、それを「私」と見るならば現実と想像とを混同することになってしまいます。鏡の中に「私」があるとするならば、それを見て描いているのは「他人」であり、現実の自分から観念的に分裂したいま一人の自分なのです。

一読して分かるように、三浦つとむは、自分の顔を鏡に映して、それをカンバスに描いている、自画像の書き手の場合を仮定して、この書き手は現実の自分の立場で鏡に映った像を「自分の顔の映像だ」と知覚している。と同時に彼は、もう一人の自分、つまり画家という「他人」の目に移行して、その「他人」の目で鏡に映った像を「私」として描いていることになるのだ、とそう説明したのである。

三浦つとむが言う「観念的な自己分裂」はこのように、現実の自分の視点や位置を維持しながら、それと共に、もう一人の自分、つまり「他人」の視点や位置に移行できる、そういう精神的機能のことである。自分を表現の対象として客体化することも「観念的な自己分裂」の一種と言えるが、三浦つとむの言う「観念的な自己分裂」とは、自分を表現の対象として描いている主体自身もまた観念的に他人の立場に移行することができる。その意味での「自己の二重化」だったのである。私の知るかぎり彼がこの考えを明確に打ち出したのは、スターリンの言語学説を批判した「なぜ表現論が確立しないか」（『文学』一九五一年二月）という論文だった。私の「自著総括」における「観念的な自己分裂」の説明もこれに基づいている。ところが吉本隆明は、「自分を鏡に映すという行動をとると、鏡に映っているのは自分ではなく、三浦さんの言葉に従えば、「もうひとりの自分だ」ということになります」、「鏡のなかの「私」は現実の自分から概念的に分裂した「もうひとりの自分」であるということになるというのです」と誤解、曲解、単純化してしまった。

私は「三浦つとむの拡がり」の中で、酒井直樹の『過去の声』における三浦つとむ批評を取り上げ、酒井は「観念的な自己分裂」という理論と、「観念的な自己」という観念とを混同している、と指摘した。だが、吉本の三浦理解はもっとひどい。吉本によれば、鏡に映った自分の映像を「自分」と見るならば、それは「現実と想像とを混同することになってしまう」のだそうである。それ故、「鏡のなかの「私」は現実の自分から概念的に分裂した「もうひとりの自分」である」と考えなければならない、というわけであるが、そうすると、私たちは鏡に自分の顔を映して、ああこれが私の顔だと思う度ごとに、「概念的に自己分裂」していることになってしまうわけである。

私はずっと以前から、吉本隆明の理論からは「他人」「他者」の観念が抜け落ちており、かれの「規範」に関する否定的評価もそのことと無関係ではないと指摘してきた。このことは「自著総括」で吉本の言語観を説明した箇所からも読み取ってもらえると思う。先ほど引用した吉本の文章と三浦の文章を読み比べてみると、吉本の文章からはきれいに「他人」という言葉が消去されている。その意味では、先の吉本の文章は、私のかねてからの吉本批評を裏づけてくれる、端的な証拠と言うことができ、我が意を得たりと満足すべきところであろう。だが、私は逆に寒々とした興ざめの感情に落ちてしまった。結局吉本隆明は、自分が解説を書いた三浦の『日本語はどういう言語か』をあの程度にしか読んでいなかった。吉本の『日本語のゆくえ』の中には、私たちが『万葉集』の歌を読む場合、今の自分の立場で読むと同時に、今の自分をその時代に移行させて読んでいるのだ、という意味の指摘がある。私はそれを、吉本が「読む行為における観念的な自己分裂を指摘したもの」と見ていたわけであるが、実際は自分の経験を語っただけで、認識論的にも方法論的にも深めてゆく興味はなかったのだろう。私は、「吉本は三浦理論を十二分に消化しているはずだ」と思いこみ、それを前提として吉本理論を検討し、腑に落ちない点を指摘する書き方をしてきた。「ずいぶん長い間、オレは吉本隆明を深読みしてきたわけだ」。ただし、深読みの独り相撲から得たものは極めて多い。その点は感謝しているのだが、それにしても吉本がこんなに粗雑な読み方をしていたとは……。そんなふうに興ざめしてしまったのである。

さて、以上のような次第で、結局三浦つとむの解説にもどることになってしまい、また、以上のような次第で、私は「自著総括」の吉本隆明に関する「注」は省いてしまった。もし「注」を附けるとすれば、ここに書いたような批判になりかねず、それは「注」の範囲を超えてしまうからである。その点をご了解いただきたい。

四

なお、最後に一、二点おことわりして置けば、私は「自著総括」の年号を西暦で統一した。私個人は日本の元号を用いるほうが、その時代のイメージを描きやすく、本書に収めた論文もその流儀で年号を表示したものが多い。が、「自著総括」の場合は、英語圏の読者になじみやすいように西暦で統一することにした。

また、ドイツの現象学における Intention、その英語訳の intention は、日本では「志向」と訳されることが多い。私個人は「視向」という訳語を用いてきたが、「自著総括」で引用した時枝誠記の論文では「志向」が用いられている。英語圏の読者に向けた文章の中で、時枝誠記の「志向」と、私の「視向」とを併用することは、私の文章を英語に翻訳してくれる人の負担を増し、英語圏の読者の混乱を誘いやすい。その点を考慮して、この文章では「志向」で統一した。
以上の点についてもご了解をお願いする。

平成二十七年五月

目次

第Ⅱ部　変革期の物語

第Ⅲ部　物語の変革、あるいは小説の発明

第I部 感性の変革

自著総括——英語版の序文として

私は一九七八年四月から一九八二年四月にかけて、文芸雑誌『群像』に、「感性の変革」「感性の変革再論」という副題の評論を、併せて一二回掲載した。一九八三年の六月、講談社から、それらを集めた単行本が、『感性の変革』というタイトルで出版された。

この著書は日本における近代文学に関する考え方を変え、一九八〇年代の文学観の傾向を作る上で一つの役割を果たした、と思う。私がこの著書のなかの評論を書いているのとほぼ並行して、構造主義のテクスト論や、いわゆるポスト構造主義の思想が日本の文学研究に導入され、研究者や評論家の間で大きな話題になって来た。おかげで、私の著書も出版当時は、そうした動向の一つと見られる結果になった。『感性の変革』の評論を書き始めた時、私自身はそういう動向とのかかわりを意識していなかった。むしろ日本で自生した理論に基づいてこの仕事を着想したのだが、近代主義的な文学観の批判と、文学テクストの新しい読み方を提唱した点で、共通する意図を持ったものと見なされてしまったのである。

この著書は現在、日本では入手が大変むずかしい本になってしまった。が、この度マイケル・ボーダッシュ教授を始めとする、アメリカの日本文学の若い研究者の手によって英語に翻訳して貰えることになった。これを機会に、構造主義の方法やポスト構造主義の理論の日本文学への応用ではない、いわば日本で自生した理論と方法がどのような方向と達成を持っているか、アメリカの研究者に関心を持っていただければ、私としては大変ありがたい。

ただし、私は本書の評論を書いた時、自分の文章が英語に翻訳されることを全く念頭に置かなかった。本書のキーワードの多くを、同時代の日本の読者にはよく分かっているはずだという前提で、私はその概念を特に説明することなく使っている。また私が独自に意味を与えたキーワードも幾つかあるが、既に『現代の表現思想』(一九七四年)や、その改訂版、『身体・表現のはじまり』(一九八二年)において概念の説明をしておいたので、本書では説明を省いている。その結果、いま読み直してみると、現在の若い日本の読者にも分かりにくいだろうところがある。まして外国で日本文学を研究している人達にはもっと分かりにくいだろう。そう考えて、私はこの機会に、なぜ私がこのような仕事を試みたのかを、当時の日本の文学理論の動向の解説を通して説明して置きたい。同時にその解説は、私が「日本に自生した理論」という言い方をした理由や、当時の日本の文化構造の理解にも役立つだろう。

一

そこでまず紹介したいのは時枝誠記、三浦つとむ、吉本隆明の日本語表現に関する理論である。というのは、この三人の日本語表現に関する研究によって、日本における「言」[1]と「主体」の観念が作られてきたと言えるからである。

この三人に共通するのは、言語研究はあくまでも「誰かが、誰かに対して、何事かについて語る」という発話レベルで行なうべきだ、という立場である。かれらは発話レベルで捉えた「言」を「表現としての言語」と呼び、ヨーロッパの言語観に対置させた。この場合かれらの念頭にあったヨーロッパの言語観は、フェルディナン・ド・ソシュールの言語の定義——より正確には、小林英夫が一九二八年にソシュールの *Cours de Linguistique Generale* を翻訳した『言語学原論』における言語の定義——であった。かれらは、ソシュールが言うところの言語は「表現としての言語」の三条件、つまり「誰かが」「誰かに」「何事かについて」を切り捨てた、抽象的な概念でしかない、と批判した。その方向を作ったのが時枝誠記である。

時枝誠記は若い頃ドイツに留学して、フッサールの現象学を学び[2]、帰国後は江戸時代の国学者の日本語研究を再評価して、言語過程説という理論を主張した。その理論を体系化したのが一九四一年の『国語学原論』である。このなかでかれは、ソシュールの言語の定義、すなわち「言語は聴覚映像と概念との聯合したもの」、「それゆゑ言語記号は二面を有する心的実在体である」（小林英夫訳）という定義を取り上げて、ソシュールは言語を「心的実在体」として実体化していると批判した。さらに次のように論じている。

（もしソシュールが言うように）一方（聴覚映像）が他方（概念）に呼応し、或は一方が他方を喚起するといふことであるならば、それは結合されたものではなくして、継起的な心的現象と考へなくてはならない。

言循行に於いて求めた「言語《ラング》」は、単一単位でないのみならず、二面の結合とも考へ得られないものであつて、あくまで精神生理的複合単位であり、厳密に言へば、聴覚映像——→概念、概念——→聴覚映像として聯合する継起的な精神生理的過程現象に他ならないのである。

このように時枝は、あくまでも具体的な言行為の場において言語を捉えることを主張し、話し・聞く関係における「聴覚映像（生理的過程）――→概念（精神的過程）」という継起的なプロセスを「言語過程」と呼んだのである。

時枝の主体の観念は、この言語過程説と密接に関係する。かれは、言行為の三条件の一つである「誰か（話し手）」を主体と言う。ただし、それは文形式における一人称の主語と同じではない。

かれは言語研究の基本的な方法を、大きく観察的立場と主体的立場との二つに別けている。観察的立場とは、発話文を形式面から捉えて、その文形式の一構成要素として主語を見出すような、文法論的な研究方法を指す。かれの見方によれば、ソシュールの方法も観察的立場の一種にほかならない。それに対して主体的な立場とは、誰かの発話した「言」を継起的な過程に即して了解する方法であって、これこそが自分の方法だ、と時枝は主張した。その意味ではかれの言う「誰か（話し手）」、すなわち主体は、その相手である「誰か（聞き手）」と螺旋的な関係にあると言えるだろう。なぜなら、話し手の「言」を継起的な過程に即して了解する、主体的立場とは、聞き手の立場だからである。「言語は、表現理解の一形態である」ともかれは言っている。[3]「言」は聞き手が記号活動を理解する一つの形なのである。ただしかれによれば、「言」を過程的に了解する主体的立場の能力は、自分が発話する、実践的な行為によってしか育たない。このような聞き手と話し手の、互いに担保し合う関係を、かれは「言」循行と呼んだのであるが、ともあれそのような関係のなかで「言」を実現する主体が、時枝の言う主体なのである。

その点で、時枝が「誰か（聞き手）」を、時には「誰か（場面）」と書いていたことは、注目に値するだろう。時枝が言う「場面」とはもちろん聞き手を含むが、単に会話が行われる場所だけの意味ではない。むしろ「場面」の根底をなすものは日本語の等時拍音形式だ、とかれは言う。日本語の等時拍音形式とは、手拍子を等間隔で打つように、それぞれの音節を同じ時間幅で発音する日本語の発声形式を指す。例えばMcDonaldは、日本語では/マ/ク/ド/ナ/ル/ド/と発音され、日本人はそれを聞いて、日本語化された英語と知覚する。時枝はこのように、日本語的な等時拍音形式を志向しながら、何事かを相手に言おうとする時、その意識の志向性によって「場面」が成立するのだ、と考えたのである。(4)

では、主体と一人称の主語とはどう違うのか。その違いが、時枝誠記の日本語文研究にどれほど重要な意味を持つのか。それを説明するには、時枝以前の日本語研究における品詞論の歴史を簡単に振り返っておく必要がある。

時枝誠記は一九四三年、東京帝国大学の国語学の教授となったが、かれの前任者、橋本進吉は日本語の品詞分類を始めるに当たって、日本語をまず大きく自立語と付属語とに別けた。自立語とは名詞や動詞、形容詞のように、一まとまりの有節音が概念を持っているような単語を指す。それに対して日本語には、文中の名詞が主格であるか、目的格であるか、それとも所有格であるかを標示する語群があり、品詞論的には助詞と呼ばれる。また話し手のかれが話している事柄との時間的・空間的な関係を標示する語群、助動詞がある。この助動詞は、いま話し手の述べている事柄が、時・空間的に隔たったことへの想像であるのか、それとも未来への希望であるか、あるいは過去の回想であるか等の違いを標示する。これら助詞や助動詞はそれ自体としては概念を持たず、名詞に附いたり、動詞や形容詞の活用形(語形変化の形)に附いたりするわけだが、その附き方によって叙法や時制の働きをする。このような種類の語を、橋本は付属語と呼んだ。それ自体としては概念を持たず、自立語に附いて初めて機能しうる語だからである。

時枝の意見によれば、しかし橋本の方法では語を識別する基準が立たない。例えば桧という語は、もとは

「火・の・木」という三語であった（「の」は助詞）。「火」は古くは「ほ」と発音して「秀」「穂」に通じ、生命が輝き出る、先の尖った姿を意味した。かつて日本人はある種の木を誉めたたえるために、その木を「火」になぞらえ、「ひのき」と呼んだのである。だが現在の私たちはこれを三語とは意識せず、ある種の木を指す一語の名詞としてしか意識していない。また驢馬を「うさぎうま」と呼ぶ地方がある。橋本のように語の形式面からだけで判断すれば、これは「うさぎ」と「うま」との二語にならざるをえないが、その地方の人は「うさぎ」でも「うま」でもない、驢馬という動物を指す一語としか意識していないだろう。ある語が一語であるか二語であるかは、それを発話する人の意識に即して了解するという、主体的立場を取らなければ識別できない。時枝はこのように橋本を批判した。時枝の意見によれば、橋本もまた観察的立場にたつ欠点を抱えていたことになる。

英語圏やフランス語圏の人たちのように、単語を分かち書きする習慣のなかにいる人には、時枝にとって以上のような違いがどれほど重要な相違と思われていたか、よく分からないかもしれない。その人たちにとって、分かち書きの習慣は無意識的に発話のなかに繰り込まれているだろう。だが、日本語文のように語を続け書きする習慣のなかにいる人間にとって、語をどのように識別するかは、重要な課題とならざるをえない。私の理解では、英語の分かち書きに相当する機能を日本語文で果たしているのは漢字である。明治一〇年代のかな書き運動やローマ字書き運動が失敗に終わったのは、そういう漢字の機能を見落としていたからだ、と言える。ところが時枝はこの課題を解くもっとも優れた方法として、発話する意識、書く意識の側に立ち、その語意識に即して単語を捉える主体的立場を主張したのである。

このように発話する意識、書く意識に即して見るならば、私たちは日本語のなかに、何事か（素材）についての概念化を経た語と、概念化を経ない語とのふたつの種類があることに気がつくだろう。時枝はそう考えた。かれはそのようなやり方を、江戸時代の国学者の日本語研究から示唆されたと言う。かれが高い評価を与えたのは、江戸時代の代表的な国学者の一人、鈴木朖の『言語四種論』(一八二五年)である。

鈴木朖はその著書のなかで、語を「本体の語」、「働きの語」、「様子の語」、そして「てにをは」の四種に別けた。[5]「本体の語」は現在の品詞論における名詞に、「働きの語」は動詞に、「様子の語」は形容詞に近い概念であるが、「てにをは」は助詞・助動詞に相当する。

鈴木朖は「本体の語」と「働きの語」と「様子の語」という三種の語と、「てにをは」の間には明らかな性格の違いがあるとして、その違いを次のように説明した。三種の語はそれが差し示す事柄を持っているけれども、「てにをは」は差し示す事柄を持たない、と。語が「差し示す事柄を持つ」とは、〈語が何事かを差し示すことによってその何事かが現象として顕在化し、同時にその語が「語としての現実性」を持つ〉というほどの意味である。[6] 時枝はこの「差し示す」ということを、言語外の事柄を対象化し、概念化することだ、と解釈した。

他方「てにをは」は、鈴木の説明によれば、「差し示す」ことで事柄を顕在化させる語ではなく、三種の語に伴って現われてくる、話し手の「心の声」である。三種の語によってある事柄を顕在化させようとする時の、話し手の想いや感情、というほどの意味であろう。時枝の解釈によれば、それは対象の概念化という過程を経ない語であって、対象に対する主体の態度や視点の直接的表出なのである。

鈴木朖はさらに三種の語と「てにをは」との違いを、ネックレスの宝玉とそれを繋ぐ糸という比喩を使って、三種の語は玉であり、「てにをは」は玉の孔に通す糸であって、糸がなければ玉はばらばらに散ってしまう、と説明した。三種の語だけでは文を成さない、「てにをは」が三種の語を統一して文にまとめ上げるのだ、と言ったのである。この比喩は鈴木の独創ではなく、かれの師、本居宣長の始めた比喩であるが、それだけにこの比喩は、時枝誠記の立場からみれば、江戸時代の国学者の日本語研究のキーワードであった。時枝の理解によれば、鈴木が言う三種の語、つまり近代の品詞論における自立語は、言語外の事柄を差し示し、概念化する過程で選ばれる語である。それに対して「てにをは」は、自立語と自立語とを関係づけ、文として統一するわけだが、その関係づけや統一の仕方によって主体の視点や立場が表現されるのである。

このように整理してみれば分かるように、時枝は説明の必要上、発話する主体の存在を前提としているけれども、その主体は発話文を統括する「てにをは」としてしか発現しない。私たちは「てにをは」の形でしか主体を見出せないのである。かれは鈴木の言う三種の語を「詞」と呼び、「てにをは」を「辞」と呼んだ。現在はこの用語のほうが広く用いられているので、本論では、以後はこの用語で統一する。

この時枝の見方からすれば、当然のことながら、文における一人称代名詞の主語は主体ではない。なぜなら主語は、主体が自分を対象化し、「自己」として概念化した「詞」だからである。かれはその点を、画家が自画像を描く場合を喩えに使って、「描かれた自己の像は、描く処の主体そのものではなくして、主体の客体化され、素材化されたもので、その時の主体は、自画像を描く画家彼自身である」と説明した。この比喩と主体観は、のちに三浦つとむと吉本隆明に重要なヒントを与える。

ただしかれの『国語学原論』が刊行された当時、国語学者が注目したのはかれの新しい品詞分類の方法であった。例えば「下さる」という語は、上の者が下の者に物品を「やる・与える」行為を尊敬する言い方である。「お金を下さい」と言えば、「あなたの金を私に与えてほしい」ということを、あなたを尊敬して言った表現になる。橋本進吉の理論では、当然これは自立語（動詞）に分類される。ところが日本語には、「見て下さい」という言い方があり、この場合「下さい」からは「与える」の意味は消え、ただ相手の「見る」という行為を尊敬する働きだけが残る。橋本の理論はこの場合の「下さい」も自立語（動詞）に分類するが、時枝は付属語（助動詞）に分類した。なぜなら、「見て下さい」の「下さい」には「与える」という概念はなく、ただ発話主体の相手に対する尊敬の視点、相手の「見る」という行為を尊敬する立場を表出しているだけだからである。

日本語にはこのように、形は同一の語であっても、概念を含んで使われる場合と、概念を捨象して発話者の敬意だけを伝える場合と、二様に使われる単語が多い。具体的な発話文に即して、発話主体の立場に立たなければ、その違いを識別することは出来ない。時枝はそのように語認識と品詞分類における言語過程説の優位性を主張したのである。

二

時枝誠記の理論は日本語文法の研究者には強いインパクトを与えたが、言語学者からは評価されなかった。

明治以来の日本の言語学者は、ヨーロッパの言語学の理論を一般言語学と呼び、それを日本語に当てはめて、〈ヨーロッパの言語の法則とは合わない側面を日本語の特殊性と見なす〉という方法を取って来た。明治の日本語研究者はこのような方法によって捉えた日本語の特徴（特殊性）に基づいて、日本人固有の精神を「発見」し、日本精神論を展開した。当時の日本語研究のリーダーだった上田万年は「国語は国民の精神的血液であり、国民はこれによって団結し、国体はこれによって維持される」という意味のことを語っている。(7)

さらに上田とその教え子たちは、この精神を守り、より純化するためには、国民の規範たるべき標準語を制定し、普及しなければならないと主張し、国家の言語政策に加わり、推進していった。「国語」という用語と概念を作ったのは、この人達である。のちに、かれらのなかから日本語文法を研究するグループが生まれた。その結果、日本語文法の研究者は主に古典の語彙や文法研究に従事し、言語学者は国家の国語政策にかかわるという、一種の分業が行なわれるようになる。

ただ、日本の大学では古典テクストの文学的研究を国文学と呼び、その文法的研究を国語学と呼んだため、右に述べたような歴史的な経緯が分かりにくくなってしまった。第二次世界戦争が近づくにつれて、国文学や国語学も日本精神の宣揚が中心になり、いっそうその歴史的な経緯が分かりにくくなってしまったのである。

時枝誠記はそのような歴史をもつ国語学の学者であるが、日本とアメリカとの開戦の直前の時期に、日本の言語学者が一般言語学をモデルとして日本語の特殊性を論ずる傾向を批判した(8)。そして日本語も言語の一つである以上、日本語に見出される法則は決して特殊性ではなく、どの言語にも通ずる普遍性であるはずだ、と主張した。かれはこの考えによって、明治以前の国学者の日本語研究を再評価する研究を進めたのである。これは時代の国粋主義に同調した発言のように見えるが、そうではない。むしろ日本の言語学が日本語の特殊性論を生み、日本精神論を準備したことを指摘したのである(9)。かれはソシュールの「言語は言語活動の社会的部分であり、個人を外にした部分である」、「言語活動に依って結びついた個人間には、一種の媒体が出来るであらう。彼等は皆、同一概念と結合した同一の——と正確には言へまいが稍同一に近い——記号を再造するであらう」(小林英夫訳)という箇所を取り上げて、ソシュールは言語を社会的事実として実体化している、と批判した。ソシュールの理論は、日本語を社会的事実として実体化し、日本精神を日本人の心理的事実として実体化する理論と変わらないと考えたからである(10)。

かれがあくまでも個人の発話のレベルで言の問題を考察しようとしたのは、そういう傾向に対抗するためであった。先ほど私は、かれの「場面」という考えを紹介しておいた。かれの理論によれば、個々の発話者が日本語的な等時拍音の場面を志向する、まさにその時日本語が実現されるのであって、そうした場面の外に実定的な日本語などあるはずがないのである。それ故かれの理論からすれば、この世の中には日本語的な場面を志向し、日本語を実現する人達がいるだけであり、その人達が日本人という人種や民族に限定されるわけではないことになる。[11]

ところが歴史の皮肉であろう、戦後かれは、いち早くアメリカ型民主主義やソ連型マルクス主義に改心した言語学者によって、戦争中の国粋主義に荷担した国語学者に仕立てられてしまった。かれは東京帝国大学の教授になる前、日本の植民地・朝鮮の京城帝国大学の教授を勤めた。この経歴によって、かれは、朝鮮民族に対する日本語強制政策の推進者というレッテルを貼られてしまったのである。日本の言語学者は、自分たちが「国語」という観念を作り、政府と共同で制度化し、植民地の日本語化政策を準備した。その責任を時枝に押し付け、自分たちの責任の免罪符を得ようとしたのであろう。

時枝は朝鮮に赴任して、以下のような問題に直面した、という。もし上田万年の理念をそのまま適応するならば、朝鮮民族に「民族的血液」としての朝鮮語の尊重を教えなければならない。だがかれに求められているのは、朝鮮民族に日本語を教育することである。このジレンマの時枝なりの解決が、先に紹介したような、日本語的な「場面」への志向性という理論であった。その意味でかれの志向性の理論は、植民地において日本語を内面化させようとする方策であって、強権的に日本語の使用を強いる政策よりはるかに洗練されたやり方だったと言える。時枝を批判するならば、その点を衝くべきであったが、しかし戦後の言語学者はただ時枝の経歴を非難する程度のことしかできなかったのである。

かれらが時枝をどう扱ったかを示す、象徴的な出来事がある。

一九五〇年、ソ連の共産党の機関紙『プラウダ』にスターリンの名で、「言語学におけるマルクス主義について」という一種の教義問答書が掲載され、日本でも翻訳された。その中でスターリンは、言語は上部構造ではない、と言い、その理由を次のように語った。

言語はなんらか一つの階級によってでなく、社会全体によって、社会のすべての階級によって、いく百世代の努力によってつくられたのである。言語はなんらか一つの階級のでなく、全社会の、社会のすべての階級の要求をみたすためにつくられたのである。まさにこのゆえにこそ言語は社会にとって単一な、そして社会の全成員にとって共通な、全国民的言語としてつくられているのである。

言語がこの全国民的立場を離れれば、言語が社会のなんらかの一社会的グループのみを選び支持して他の社会的グループを犠牲にする立場にたてば、言語はたちまちにしてその格をおとし、言語は社会における人間の交通手段たることをやめ、言語はなんらかの一社会的グループの通語《ジャルゴン》と化し、退化してみずからを消滅の運命におとしいれるであろう。この点において言語は上部構造とは原則的に異なっているが、しかし生産用具、たとえば機械とは異るところがない。機械は言語と同様に諸階級にたいして無差別であり、資本主義体制にも社会主義体制にも一様に仕えることができるのである（ソヴェト研究者協会訳）。

これが発表されたのはいわゆるスターリン批判の以前のことで、日本のマルクス主義の言語学者は無批判にこの意見を受け入れた。ソシュールの立場に立つ小林英夫は、言語非上部構造説を「完全に正しい」と支持した。そしてスターリンの意見を「言語は直接に生産活動に結びつき、生産上の変化を反映する」と自己流にまとめた上で、語彙的事実に限定して見ればスターリンの意見を肯定できる、と保留つきで賛成した[12]。そうした雰囲気のなかで時枝誠記はスターリンへの批判を表明したのである[13]。

その批判の要点はすでに見当がついていることと思うが、念のために紹介する。スターリンは言語の非上部構造性を説明するに際して、「全国民」という観念をあたかも実体であるかのごとくに前提としている。次にかれはその観念を補強するために、「単一な国民語」という観念を案出している。時枝はそういう論法に疑問を呈し、次のように批判した。

言語は、たといスターリン氏が単一説を主張しても、歴史的事実として、そこに差異が現れ、対立が生ずるのは、如何ともし難い。もしそれを階級性といふならば、言語の階級性は言語の必然であつて、これを否定して単一説を主張するのは、希望と事実を混同した一種の観念論にすぎない。

言語が社会成員の個々を離れて、社会の共通用具として存在するといふことは、極めて比喩的に、或は特別の条件を附して承認出来ることであつて、実際は、言語は社会成員の個々の主体的活動としてのみ成立することが出来るものである。

スターリンは、言語はトラクターのような生産用具と同じく、どの階級の人間も等しく使い得るものであるから上部構造ではない、と言う。時枝はこのような類比の仕方そのものを疑問視したわけだが、いましばらくその類比を借りて時枝の批判を整理してみよう。仮にどの階級の人もトラクターを使えるとしても、それを使う人間の「主体的」な生産行為においてはその人間の階級性が反映しないはずはない。生産物が商品として流通する仕方にも階級関係を反映しているはずだ。時枝はそう反論したのである。

だが当時の日本のマルクス主義者は、革命後の社会主義国家においてはもはや階級は存在しない、というソ連共産党の公式的見解を鵜呑みにしていた。それに追随する、日本の悔い改めた言語学者は、その公式見解から演繹したスターリンの言語論や生産用具論を無批判に受け入れてしまった。それ故かれらは、時枝のスターリンに対する反論を、歴史を知らない、見当なずれな意見でしかないと、嘲笑的に扱うだけであった。

現在から振り返ってみれば、多分スターリンは言語の構造の問題に気づきかけていたのだが、十分に理論的に突き詰めなかった。そのため、言語の構造と階級社会の構造とを安易に類比させてしまったのである。その結果、階級社会の構造の概念や革命概念を言語の構造に合わせて修正することになってしまったのだ、と言うことが出来るだろう。

かれはロシア語の構造が革命後もほとんど全く変化していないという「事実」に注目して、言語の古い質から新しい質への移行は突発的変異によってではなく、新しい質の諸要素の漸次的蓄積によって、したがって古い質の諸要素の漸次的死滅によっておこなわれる、と説明した。そしてこのような見方こそが「マルクス主義」的な言語観なのだ、と主張したのである。それに伴ってかれは、次のような新しい社会変革の理論を打ち出した。

突発的変異に心を奪われている同志諸君の参考までに一般的に次のことを述べておくことが必要である。それは突発的変異による古い質から新しい質への移行の法則が適用できないのは言語発達の歴史にたいしてだけではないということである――この法則は土台あるいは上部構造の領域に属する他の社会現象にたいしてもかならずしもつねに適用されるというわけではない。この法則は敵対階級に分かれている社会にとっては絶対的なものである。しかし敵対階級を持たない社会にとっては全く絶対的ではないのである（ソヴェト研究者協会訳）。

この見解は日本のマルクス主義者を困惑させた。かれらは革命を、つまり古い資本主義体制から新しい社会主義体制への移行を、量から質への爆発的な転換という弁証法によって理解していたからである。では、従来の理解とスターリンの教説とをどう調整するか。この難問への答えとして、あるマルクス主義の理論家[14]は、「変化には、漸次性を特徴とする『量的変化』と、飛躍性を特徴とする『質的変化』とがある」と考えることにした。さらに質的な変化にも「爆発的な質的変化と漸次的な質的変化の二つの形態がある」として、その二つをこんなふうに説明した。資本主義から社会主義への移行は「爆発的な質的変化」の形を取る。けれども、社会主義国家のような「現存政権の上からの指導と大衆の意識的な支持」の体制の下では、「漸次的な質的変化」が可能であり、またそうあるべきだ、と。かれはそういう形で、スターリン指導下のソ連邦体制を支持したのである。

その意味で言語の問題は、矛盾論の問題であり国家論の問題でもあったと言えよう。矛盾には、敵対的な矛盾と非敵対的な矛盾との二種類がある。これはマルクス主義の常識であるが、スターリンは、敵対的矛盾を「敵対階級に分かれている社会」に、非敵対的矛盾を「敵対階級を持たない社会」に振り分けている。この機械的な振り分け論は毛沢東の矛盾論にも見られるが、このスターリン的な見解からすれば、革命後の社会主義国家にはもはや階級対立に基づく敵対的矛盾はありえないことになる。党と人民の間の矛盾は、「現存政権の上からの指導と大衆の意識的な支持」という非敵対的な矛盾であり、社会主義国家の漸次的な発展の動因である。またその見解からすれば、資本主義体制のなかの社会矛盾や、社会主義国家と資本主義国家との対立はすべて敵対的矛盾でなければならない。これは言うまでもなく粛清の論理であって、党指導部の方針に対する批判は、社会主義国家の外部の敵と通ずる敵対的な矛盾と見なされることになり、排除しなければならなくなってしまうのである。

もう一人のマルクス主義言語学者(15)は、時枝のスターリン批判に関して、

敬語にしても、江戸時代の武士が『ゴザル』を使い、町人が『ゴザリマス』を使ったとて、そこにどのような『階級的な考え方や感情を反映』しているのか、武士もまた主君に向かっては『ゴザリマスル』と云ってるではないか。

と、逆ねじを食らわせた。

時枝は、「言」を言語に抽象してみれば確かに言語は非上部構造的、非階級的に見えるだろうが、発話者の言行為に即してみればその主体の「階級的な考え方や感情を反映」しているはずだ、と言った。その点を取りあげて、このマルクス主義言語学者は、支配階級の武士も被支配階級の町人もおなじく「ござる」「ござります」という言葉使いをしたではないか、と揚げ足を取ったのである。

これは馬鹿げた反論でしかない。「ござる」「ござります」は日本の敬語体系のなかでは、「ある」「…であ

る」の意味をもつ謙譲語に分類される。謙譲語とは、相手よりも自分は身分が低いという主体の意識を標示する語であり、だから町人が武士に対する時に用い、武士も主君に対する時に用いる。この現象を見るかぎりでは非階級的に見えるが、しかし主君が家臣の武士に向かって「ござる」「ござります」を使うことはない。支配する主君が支配される家臣よりも身分が低いことを示すような語を使うのは、言葉使い上の違法だからである。先の批判者はその点を故意に見落として、時枝を批判しようとしたのである。

このように、当時のマルクス主義言語学者はスターリンに追随し、時枝に対しては権威主義的に振る舞ったが、いわゆるスターリン批判以後はそうした事実を隠そうとしている。私は一九七七年、『教育国語』という季刊誌に「戦後文学論争の再検討」というテーマで、戦後の論争を整理する論文を連載したが、「国民文学論争」という論文において、ここで触れたようなスターリン言語論をめぐる論争に言及したところ、掲載を拒否された。『教育国語』の編集顧問に右に紹介した言語学者がいて、私の論文の公表を妨げたためである。

三

こうした状況のなかで時枝の理論を評価したのは、民間のマルクス主義者、三浦つとむであった。「民間のマルクス主義者」とわざわざ私が断わったことに、あるいは奇異な印象を受ける人もいるかもしれない。よく知られているように、一九二〇年代に日本のマルクス主義者が結成した日本共産党は、天皇制打倒と私有財産の廃止を闘争目標としたため、政府の弾圧を受けて、非合法の地下活動を余儀なくされた。その点から見れば、わざわざ「民間の」と断わるまでもなく、日本のマルクス主義者は民間に隠れた、非合法の存在であるしかなかったはずだからである。河上肇のようなマルクス主義の経済学者は国立大学の教授の地位を、当時の政府によって奪われてしまった。

だが一九四五年の日本の敗戦によってファシズムや軍国主義の勢力は壊滅し、日本共産党は合法的な政党として認められた。ファシズムや軍国主義の台頭を食い止められなかったことを、自分たちの戦争責任として反省する知識人の多くは、日本共産党に入党するか、または、入党しないまでも、その支持者となった。当時かれらは、自分達を「進歩的知識人」と自称したが、戦後の大学の経済学の教授のポストがそのような知識人で占められただけでなく、マルクス主義の歴史学、マルクス主義の哲学、マルクス主義の言語学、マルクス主義の科学論、マルクス主義の教育学が、文学部や理学部、教育学部の主流的な学問として講じられるようになった。マス・メディアもその立場の知識人を多数採用し、新日本文学会という文学者の組織の中核も党員文学者で占められていた。かれらのマルクス主義の理論的な拠り所は、日本共産党の掲げるレーニン化されたマルクス主義、スターリン化されたマルクス主義だった。またかれらの理論的な仕事の評価は、共産党公認のレーニン主義、スターリン主義にどれだけ忠実か、どれだけその普及と発展に寄与できるかという基準で計られた。つまり日本共産党が合法化され、マルクス主義が解禁されると共に、日本共産党によるマルクス主義の「官製化」とも言うべき現象が起こったのである。

だが、三浦つとむはそのような動向とは同調しなかった。一九五〇年、世界の共産党の国際組織であるコミンフォルムが日本共産党を批判した時、それを受け入れるか否か、というより、どのような形で受け入れるかについて日本共産党の内部が分裂した。分裂はそのまま大学や文学者の団体に持ち込まれ、除名や離党の悲喜劇を引き起こした。ここから始まった対立と相互不信の根は極めて深い。それが常に自民党の保守政治に対する反対運動を分裂させる原因となったわけではないが、反政府運動の内部に対立が生じると、ほとんど必ず共産党分裂の余波が作用して、対立を悪化させてしまった。三浦つとむはそういう対立、抗争にも巻き込まれず、市民運動の理論的な指導者に終始した。[16]

これはかれの学歴と関係するかもしれない。かれは旧制の（一九四五年の敗戦前の）実業学校を中途退学して、小さな町工場で働きながら、独学でマルクスやエンゲルスの文献を勉強した。既に指摘したように日本のマルクス主義はむしろレーニン主義、スターリン主義、毛沢東主義と言うべきだが、かれはマルクスやエンゲルスの原典に拠ってレーニン主義やスターリン主義を検証し、批判する立場に立つことになった。

三浦の理論的研究は多方面に渡っているが、『日本語はどういう言語か』（一九五六年）で展開した、日本語表現に関する研究の要点は、観念的な自己分裂という概念と、規範という概念にあると言える。

「観念的な自己分裂」について、かれは鏡や写真や絵画を例にとってこんなふうに説明している。例えば私が鏡に自分を映してみる場合、現象的には確かに私が見ているわけだが、意識のなかではこれから自分が出かけて行く会合や、これから合う人を思い浮かべて、その人たちから自分がどう見られるかを予想しながら、髪を整えたり、着て行く衣服を選んだりする。つまり私は、現実の私の眼で自分の鏡像を見ると共に、これから合う他人の側に立って、他人の眼の位置に自分を置いて自分自身を眺めることができるわけである。このように私たちが観念内では自分の眼を二重化していること、それがかれのいう観念的な自己分裂なのである。

また私が目の前の風景を写真に撮った場合、その写真のなかに自分の姿が写っているわけではないが、どの視点位置から撮ったかは写真の構図に反映している。このように写真のなかにはそれを撮った人の視点位置が映されてしまうこと、つまり視点位置が写真内に対象化されていること、この現象を捉えて、かれは、映された・表現された対象は鏡としての性質を持つと考えた。私が誰かに自分の家の位置を教えるために、鳥瞰図的な地図を書いて見せる場合、書いている現実の私は地上に立っているのだが、観念的にはずっと高い位置から見下ろす形で、私の家の位置を地図に書いていることになる。この地図は、三浦の理論に即して言えば、観念的に分裂した、もう一人の私の視点を反映する鏡でもあるわけである。

この簡単な紹介からも三浦が時枝の理論を評価した理由が理解できよう。時枝は一人称の代名詞を、主体そのものではなく、主体が自己を対象化し、概念化したものだと捉えた。三浦の理論からすれば、これは自己の観念的分裂によることなのである。日本語の一人称代名詞には「私」「俺」「僕」など幾つかの言葉がありうる。また父親が子供との会話で自分を「お父さん」と呼ぶこともある。三浦の理論によれば、私たちが話し相手によって「私」「俺」「僕」などに使い分けるのは、話し手が場面や聞き手との関係を反映させているからなのである。また、子供との会話で自分を「お父さん」と呼んだ父親は、観念的にいったん子供の位置に立ち、子供が父親を「お父さん」と呼ぶ呼び方を踏まえて、自分自身を「お父さん」と呼んだわけである(17)。

時枝は日本語を、概念化を経た語と、主体を直接に表出した語とに大別した。三浦は概念化を行うことを客体的表現、主体の視点や立場を「辞」で現わすことを主体的表現と呼び、日本語文においては「辞」に主体を映す鏡としての働きがある、と論じたのである。

ただ二人の異なるところは、時枝の言う主体は話し手なり書き手なりに一元化されていたが、三浦の主体は観念的に自己分裂した、いわば虚構の語り手や視点人物として多元化されていたことである。

三浦つとむの理論のもう一つの重要な要点は「規範」という概念である。かれの規範論は『認識と言語の理論』（一九六七年）と『弁証法はどういう科学か』（一九六八年）に整理された形で説明されている。次の紹介で分かるように、かれはヘーゲルの『法の哲学』をベースにかれの規範論を展開している。幾分退屈かもしれないが、言語規範の考え方を説明する必要上、まず『認識と言語の理論』に従って規範の概念を紹介しておきたい。

かれは規範を意志の対象化されたものと考えた。例えば私が医者から「酒や煙草はやめたほうがいい」と忠告されたとしよう。それに従うか否かは私の自由であるが、もし健康を維持するために私が従うことにし、「禁酒禁煙」という生活規律を自分に課した場合、この規律によって私は酒や煙草を呑みたいという欲望を抑えることになる。この規律は自分の意志で選んだものでありながら、あたかも外部から自分を拘束する命令であるかのような働きをする。その意味でこの規律は虚構性を含んでおり、単なる意志とは区別されなければならない。そのような規律をかれは「個別規範」と呼んでいる。

ただし仮に私がこの規範を破ったとしても、さしあたり誰にも迷惑をかけない。ところが、私が他人と結んだ約束や契約は、一方的に破棄することができない。約束や契約はお互いの「共通の利益」を実現するために作る「共通の意志」だからである。私たちが約束や契約に同意した時から、それはお互いの意志を拘束するものとなり、一方が相手の同意なしに約束や契約を破棄したとすれば、相手の非難をうけざるをえない。三浦はこのような「共通の意志」を「特殊規範」と呼んだ。

三浦によれば、この特殊規範は「観念的な人格」として共通の意志を担っている。たとえば私が誰かと借金の契約をしたとしよう。貸し手の私が借り手に金の返済を催促したり、その逆に返済の義務を解いてやったりする場合、現象的には貸し手の私の意志が直接に相手の意志を左右しているように見える。だが、じつは借用書という「観念的な人格」を媒介にそれを行なっているのであって、もし私がその借用書を第三者に譲ったとすれば、その第三者が「観念的な人格」の意志を代行する形で、借り手に金の返済を求めることになる。また、もし貸し手の私が借り手の持ってきた金を受け取らず、「返さなくてもいい」と返済義務を解いてやったとすれば、これもまた「観念的な人格」の意志に反する、契約違反なのである。私の「返さなくていい」という意志に借り手が同意すれば、そこに新しい共通の意志が成立して、借用書は破棄され、借用書に書かれた契約が消滅する。

人間の人間に対する支配もこの「観念的な人格」を通して行なわれる、と三浦は考えた。生産手段を握っている資本家と、自分の労働力を売るしかない労働者との関係では、前者が圧倒的に有利な立場にあり、後者は雇用契約の条件で多くの譲歩を余儀なくされる。一見両者の自由意志によって結ばれたかに見える雇用契約であっても、被雇用者の意志はほとんど容れられていない場合が多い。だが、一人の資本家が一人の労働者を支配する関係に立つことができるのは、あくまでも雇用契約という「観念的な人格」を媒介にしてである。私人としての資本家が、雇用関係にない一人の私人たる労働者を支配し、労働を強制することはできない。見方を変えて言えば、私人たる一人の労働者は雇用契約で多くの譲歩を余儀なくされるだろうが、いったん契約を結べば、雇用者の資本家が雇用契約を守らない場合は、契約の実行を要求することができる。個人としてはそれがむずかしい場合は、「観念的な人格」の代行を法や、法の執行者たる国家権力に求めることができるのである。

このように整理してみれば、三浦が近代市民社会の理念型の枠内で発想していたことは明らかだろう。かれは「法」を、幻想の共同利害を維持するための「普遍規範」と捉えた。なぜそれを「普遍規範」と呼ぶのか。その理由は、「個別規範」や「特殊規範」はそれを作った当事者だけを拘束するのに対して、「普遍規範」たる法は共同体のメンバー全員に適応されるべき一般意志として、あるいはメンバーの個々人の意志を超えた全体意志として作られ、強制力を与えられたものだからである。では、なぜそれを「幻想の」共同利害の表現と捉えるか。その理由は、階級社会における「共同」の利害とはじつは支配階級の「特殊利害」以外ではないのであるが、支配階級によってあたかも「共同」の利害であるかのように偽装され合理化されたものにほかならないからである。

かれはマルクスとエンゲルスの共著『ドイツ・イデオロギー』に基づいてこの「普遍規範」論を展開したわけだが、併せてかれは「普遍規範」と支配階級の意志との違いを強調する。「普遍規範」として成立した法は、個々の資本家や企業の意志と対立し、拘束することがある。先ほどの例のように、「普遍規範」としての法は一人の被雇用者の契約上の権利を保護する機能を持っている。言葉を換えれば、幻想の共同利害は支配階級の意志から相対的に独立した「観念上の人格」として、支配階級の意志をも規定する。これは幻想の共同利害が、支配階級の観念的な自己疎外として生み出されたものだからである。ところが俗流マルクス主義者はこの「幻想」の構造を理解しないため、幻想の共同利害を単なる支配階級の利害の直接的な反映としか捉えることができず、「普遍規範」と支配階級の意志とを短絡的に同一視してしまっている。三浦は当時の反体制運動に巣くっている俗流マルクス主義の、このような俗流反映論や短絡的な認識を批判するために、「普遍規範」と支配階級の意志との違いを強調したのであった。

およそ以上が三浦の規範論のアウトラインであるが、かれは以上の三つの規範が目的意識的に作られた規範であるのに対して、言語規範は人間の長い歴史のなかで自然成長的に育ってきた規範だと言う。かれがいう言語規範とは、一まとまりの有節音と概念との結びつきに関する社会的な約束であり、また、どのような対象に、どんな一組みの有節音／概念を対応させるかについての社会的な約束である。私たちはこの約束を使って、ある事柄についての認識を言表化する。ただしこのような言表のプロセスを、私たちが常に意識して行っているとはかぎらない。私たちが日常的に接しうるのは、個々の、具体的な発話だけであり、それを抽象して言語規範を見出すことになる。つまり自然成長的な規範は、具体的な現象形態を抽象して見出されるものなのであって、現象形態と規範とは区別されなければならない。かれはこのような理論によって、私たちが日常的に交換する具体的な発話のほうを言語と呼んだ。その立場からすれば、ソシュールのいう言語は言語規範を指すことになるわけである。

時枝誠記は、ソシュールの言語が観念的な抽象物でしかない点を批判した。三浦は右のような理由により、必ずしもソシュールの言語の概念に批判的だったわけではない。ただかれは、ソシュールが規範論的な捉え方を欠いていること、またソシュールが聴覚映像／概念という結びつきを矛盾論的に捉えなかったことには批判的だった。

かれは言語規範の音声的な側面を、感性的、あるいは物質的な側面と捉え、概念の側面を超感性的、あるいは非物質的な側面と捉える。感性的側面／超感性的側面という言語規範のあり方は、かれの見方よれば、人間が精神的な交通のために実践的に生み出した非敵対的な矛盾の一形態にほかならない。人間が何事かについて持つ認識は、それ自体としては眼に見えず、耳に聞こえない。そのような超感性的な認識を他者に伝えるために、人間はそれを音声や文字という感性的、物質的な形に変える。受け手はその感性的な形を辿って発話者の認識を理解する。このプロセスを、かれは、否定の否定という弁証法的な行為として捉えている[18]。

念のために断わっておけば、かれのいう「認識」は単なる現実の反映ではない。むしろ現実の秩序づけと見るべきなのである。私たちは一つの事柄を「台の上に箱がある」とも言えば、「箱の下に台がある」とも言う。あるいは「台が箱を乗せている」と言うことも出来るし、「箱が台に乗っている」と言うことも出来る。この場合私たちは、ある事物を他の事物と関係づけながらそれぞれを概念化し、言語規範を用いて一方の事物を「台」と言い、他方を「箱」と呼んだことになる。そういう行為を三浦は、言語規範を媒介に行なった認識の表現と捉えたのである。しかし三浦のいう認識の表現はそれだけではない。それぞれの事物は、それ自体としては他の事物と関係しない。私たちがそれらのなかから二つを選び、両者を「〜の上に」「〜の下に」「〜を乗せる」「〜に乗る」と関係づけたのである。その意味で関係の表現はまさに私たちの認識の仕方にかかっている。換言すれば、私たちはそのような言い方で両者の関係を現わすとともに、両者に対する自分の関係をも反映させる。しかもその関係の認識と言表を、私たちは、常に現実の自分の位置や視点から行なっているわけではない。観念的に自己分裂した位置や視点を通して行なうことが多いのである。

四

三浦つとむの日本語研究を文学理論に導入したのが、吉本隆明である。その理論を体系化したのが『言語にとって美とはなにか』(一九六五年)と『心的現象論序説』(一九七一年)であるが、いずれも『試行』という吉本の個人雑誌に連載され、その連載中から若い読者に大きな影響を与えた。その理由を説明する形で、ここではかれの理論を紹介してゆきたい。

かれは『言語にとって美とはなにか』において、人類が「言」を持つに至った経緯を「論理」的に描きながら、「言」の条件を次のように捉えている。まず人間が一まとまりの有節音と事物とを対応させ、その対応関係を固定させることができるようになった段階を想定してみよう。かれの理論によれば、この段階ではまだその有節音を「言」と見なすことはできない。次に人間が、その事物が眼の前にない場合でも、その事物の像を頭のなかに思い浮かべながら、対応する有節音を意識的に発声できるようになった段階を想定してみる。かれの理論によれば、この段階に至ってその有節音は「言」の条件を備えることになる。かれの言葉を借りて言えば、「対象とじかに指示関係をもたなくなって、はじめて有節音は言語となった」。簡単に言えば、このように事物との直接的な関係を離れ、事物の像を志向しうる心的な要因が、かれのいう「自己表出」性なのである。

その意味でかれの自己表出の概念は二つの面を持つと言えよう。一つは、あるものの像を意識の対象とする、心的な志向性であり、二つには一定の有節音を自発的に発声して、それを自分の意識の対象とするような、音声への志向性である。かれは一定の有節音によって事物（の像）を指し示す行為を「指示表出」とも呼んでいる。なぜかれは端的に「指示」と呼ばずに、「表出」という語を加えたのか。その理由は、指示行為もまた心的な志向性なしには行なわれないからである。

見方を変えれば、指示表出は発話が他者に向けて行われる側面、自己表出は発話が自分に向けられている側面に関する用語だと言えるだろう。私たちが他人に向かって何事かを言う場合、三浦のいう言語規範に従わなければ、発話の意味は伝わらない。吉本の理論によれば、この対他的な側面に眼を向けることによって、私たちは三浦がいう言語規範を見出すことになる。ところが対自的な側面に注意を向けてみると、その言語規範に違和感を覚えたり、言語規範に従いたくない心の動きに気がつく。しかも私たちが何事かを言おうとする動機については、むしろ対自的なモティーフのほうが対他的なモティーフより優先する場合が多い。吉本はそう考えた。この考えがよく現われている文を、かれの『心的現象論序説』から引用してみよう。

眼のまえにひとつの灰皿がおかれている。それは煙草の灰を落し、吸がらを捨てる目的に叶うようにつくられた容器である。機能としていえば、どんな容器も可燃性でないかぎりはこの目的にかなう。しかし特にその目的にかなう意図でつくられた容器を灰皿と呼んでいる。この容器を〈灰皿〉と呼ぶのはなぜであろうか。なぜ〈灰皿〉でなく〈お椀〉と呼ばないのだろうか。その理由はほかのどんな根拠からでもなく、規範的に〈灰皿〉と呼び慣わされているからである。だから勝手な造語によってそれを別名で呼んでも不都合な根拠はほんとうは存在しない。そうすれば他人に通じないで不便であろうとか、他の容器と混同するおそれがあるとかいう根拠は、ほんの見かけ倒しのことにしかすぎない。

言語はふたつの構成的な因子をもっているとかんがえることができる。ひとつは**表現として**の言語、もうひとつは**規範としての**言語である。ふつう文学であつかう言語では表現としての言語が前景におしだされ、言語学があつかう言語では規範としての言語が第一次的な因子とみなされる。ただたんに〈言語〉などというものは本当は存在しないのである（ゴチック体は原文）。

表現としての言語は、**心的な現象として**みれば、ただ〈概念〉のこちら側にむかってのみ自己表現をとげようとする傾向にある。それが外化されて話されるとか書かれるとかは第二次的なもので、ただ〈他者〉からは緘黙しているとみられる状態のなかで、ひとつの〈概念〉が構成されれば充たされるという傾向をはらんでいる。言葉にならない言葉を、ある瞬間わたしたちが感じたとすれば、これは心的にただ〈概念〉にむかって言語がその本性をなしとげようとしているからである（同前）。

かれはフッサールに似た方法をとっている。私たちは誰かに向かって発話しながら同時に自身の耳で自分の声を聞いている。このことを手続き上の出発点として、自分に聞こえる自分の声、自分に向けた自分の声、内的に自分に発する自分の声、という具合に自分との関係のほうに絞ってゆくならば、最後には、自分に最も直接的に現前する声、という理念的な声を抽象することができる。かれはそのような手順を踏んで、「心的現象としての言語」を抽出してみたのである。

あるいはかれは、ソシュールがいう言語の恣意性を、心理主義的に証明しようとしたのだと言えるかもしれない。ここに全く押し黙っている人間がいるとしよう。他人の眼には、かれは言葉を忘れてしまったように見える。吉本はそのような人間を仮定し、かれは何を他人に言っても空しいと感じて沈黙を守っているのだと想像して、そういう人間のなかの「言葉にならない言葉」を描いてみた。自分に現前する言語の本性を捉えるためである。そのような本性に照らして見るならば、言語規範などというものは「ほんの見かけ倒しの」、恣意的な約束でしかない。眼の前の灰皿を〈灰皿〉と呼ばなければならない根拠、すなわち現実的であれば理論的でもあるような理由などないのである。

ただしソシュールの理論における言語の恣意性と、吉本が言う言語規範の恣意性とは決しておなじではない。ソシュールの理論に従えば、言語が恣意的なものであればこそ、その運用に際しては社会的な約束が必要になる。言語の恣意性が規範を生んだのであって、その意味では言語の恣意性こそが規範の根拠なのである。この点に関しては、三浦の理論でもおなじ結論になるだろう。ただ三浦の理論は初めから言語規範を前提にしているが、ソシュールの理論では言語の恣意性が規範の前提になる。このことに基づく二人の理論的な帰結の違いは極めて大きい。

私たちの現実的な意識に照らしてみれば、灰皿を〈ハイザラ〉と呼ぶのはもちろん規範的にそう呼び慣わしているからである。「勝手な造語によってそれを別名で呼べ」ば、「他人に通じないで」不都合なことが起るからである。それだけで十分に灰皿を〈ハイザラ〉と呼ぶ根拠でありうるであろう。ところが吉本は、このような現実意識的な反論を予想し、対話的に書き進めながら、あくまでも心的な根拠にこだわり続けたのである。

もっとも、吉本は先に引用した文章において、規範を無視したり規範から逸脱したりするような言い方は一つもしていない。言うまでもなくこれは、かれが他人に通じるように書かねばならなかったためで、かれは「指示表出」的に規範に従いながら、「自己表出」の側面から規範への懐疑や批判を描いて見せるほかはなかったわけである。だが、『言語にとって美とはなにか』や『心的現象論序説』が発表された当時、多くの読者は、吉本が規範に従って書いていたことにはほとんど注意を払わず、その内容に反応した。若い世代、特に一九七〇年前後の大学紛争にかかわった学生の多くは、その発想から強いインパクトを受けて、言語表現に限らず、さまざまな行為において「自己表出」的な側面を貫く運動を試み、既成の社会的諸規範の根拠を疑い、大学の学問的諸規範に異議を申し立てる運動を開始した。それだけでなく、権力機構化した日本共産党のマルクス主義的な諸規範とも対立した。吉本の「自己表出」観はかれらのメンタルな動機をうまく説明してくれるものとして受け取られたのである。

かれらは大学の建物を占拠し、バリケードを築いて、かれらの独自な用語をもってその行為を意味づけた。かれらの実践は、吉本の挙げた例を借りて言えば、灰皿を〈お椀〉と呼ぶためにまず灰皿にスープをそそぐ。あるいはお椀を〈灰皿〉と呼ぶために、お椀に煙草の灰を落し、吸い殻を捨てる。そういう類の実践だった。実践としては稚拙だったが、少なくともかれらにとってバリケードは、現実の政治権力に対抗する「自己権力」の空間だったのである。

当時の大学にはまだ日本共産党系の学者が多く存在していた。かれらは保守的な政治に対する反体制的な進歩主義者を自認していたが、若い世代はそれをまやかしと批判したのである。このタイプの教師たちと若い学生運動家たちは互いに、相手こそが保守反動の政治権力と密通しているのだと非難し合い、憎み合った。だが、この非難のし合いで優位に立ったのは若い学生運動家たちだった。というのは、かれらは言語の「自己表出」性を貫き、教師たちとディスコミュニケーションに陥ることを厭わなかったからである。ディスコミュニケーションに手を焼いた教師たちは、結局は自分たちが敵対するはずの保守反動政府の警察の力を借りてバリケードを撤去するほかはなかった。

このように吉本は、三浦が意義を認めた規範の独自な機能を無効にしてしまう論理を作ったが、日本語文を二つの面から捉える見方そのものは三浦から学んだものであった。三浦のいう客体的な表現が吉本の「指示表出」性に相当し、三浦の主体的な表現が吉本の「自己表出」性に相当すると、単純に類比させることはできない。けれども、吉本が、私たちは日本語文を「指示表出」の面から辿ってゆく時に「意味」を見出し、「自己表出」の面から辿る時に「価値」を見出すことができる、と言う。この二重構造論的な捉え方は、明らかに三浦の理論を受け継ぎ、作り変えたものであった。その上で吉本は、日本の文学表現の歴史的な変化や刷新は「自己表出」意識の変容によって引き起こされてきたと、論じたのである。

私の『感性の変革』は吉本のそのような文学史観――かれはそれを「表出史」と呼んだ――に対する批判と訂正という意図をもつものであるが、かれが上のような視点によって行なった日本語表現の分析の精度を私は高く評価している。

例えば、現代の歌人[19]の作品に、

国境追はれしカール・マルクスは妻におくれて死ににけるかな

という短歌がある。吉本のいう「指示表出」的な内容として読めば、この歌は、国外に亡命したマルクスが配偶者に先立たれ、のちにかれも死んだ、という歴史上の一エピソードを述べているにすぎない。

そういう内容の歌を吉本は「表出意識」という観点から次のように分析している。まず「国境追はれし」までの表現において、作者は、ある人物が国外追放という過酷な運命を負わされたことを述べている。読者から見て、その人物が誰であるか、ここまでの表現ではまだ分からない。それは作者自身のことかもしれないし、別な人物のことかもしれない。つまり国境を追われるという事柄に対する作者の「表出位置」はまだ不明なのである。それに続く「カール・マルクスは」によって、作者の「表出意識」は、対象としてのマルクスと、マルクスの運命を叙する「表出位置」とに分離する。ところが次の「妻におくれて」において、作者の「表出位置」は一転してマルクスと同一化する。なぜなら、日本語表現において女性の配偶者を「妻」と呼びうるのは、彼女の夫だけだからである。作者の「表出位置」がマルクスと分離したままならば、その女性を「夫人」と呼ばねばならないが、ここでは「妻」という語を選ぶとともに「夫」マルクスの位置に立ち、「妻」に先立たれた「夫」の孤独をマルクスと共有することになるわけである。その上で「死ににけるかな」で、作者の「表出位置」が再びマルクスから分離して、孤独なうちに死んでいったマルクスを叙する位置に戻る。この短歌はマルクスの生涯を、映画のフィルムを早送りしたように、短い歌の形式によって叙した作品である。その短い表現が読者に強い感銘を与えるのは、このように作者の「表出位置」が素早く転換してゆくからだ。吉本はそう分析してみたのである。

かれがいう「表出意識」という概念は、以上のような「表出位置」の転換ということに尽きるものではない。私は時枝の理論を紹介する際、日本語の等時拍音形式を説明しておいた。日本の短歌は、等時拍音の音節数で数えて、五音節、七音節、五音節、七音節、七音節の五つの句によって構成される。ところが、先の短歌の場合、五音節／七音節／五音節の部分が、「国境追はれし」「カール・マルクスは」と、八音節／七音節に組み替えられている。しかも「国境追はれし」というような政治力学的な言葉や、カール・マルクスというような外国人の人名は、それまでの和歌という伝統的な文学ジャンルのなかでは使われるはずのない言葉だった。その意味でこの歌は、伝統的なジャンルのなかで行なわれたジャンルの批判と刷新の試みだったと言える。このように作者がジャンルの約束とかかわる仕方、それもまた吉本のいう「表出意識」の一部なのである。

吉本はこうした観点によって日本語表現を逐語的に分析し、「表出意識」の歴史的な変化を捉える方法を拓いたのである。

五

私が始めに「日本で自生した理論」と言ったのは、およそ以上のような人たちの理論を指してのことであった。

もちろん時枝や三浦や吉本が外国の理論と没交渉だったというわけではない。かれらも外国の理論に十分に注意を払っている。ただ、多くの日本の理論家が主に西ヨーロッパで生まれた理論を日本のテクストに適用するだけだったのに対して、かれらは日本語表現に即した理論を作ろうと試みた。外国の理論の輸入・適用家たちは、上田万年のグループに代表されるように、輸入理論に合わないものを日本語文に「発見」するや、たちまち一転して日本語の特殊性を主張し、日本民族の「精神」や「文化」の独自性を主張する方向に走ってしまった。その意味でかれらは民族精神や文化に関する言語決定論者だった。だが時枝や三浦や吉本はナショナリストにもならなかったし、言語決定論にも走らなかった。こういうパラドキシカルな関係にこそ日本文化の構造の独自性がある、と言えるだろう。

もっとも、私が「日本で自生した理論」と呼んだのは、この人たちの理論を指してのことだけではない。文学理論のなかにもそう呼んでもいいようなものがある。その面も簡単に紹介しておきたい。

よく知られているように、日本で書かれた最初の体系的な文学論は坪内逍遥の『小説神髄』(一八八五年)であって、かれはイギリス文学をモデルとして日本の物語伝統の改良を主張した。それ以来、日本における文学理論家の基本的な役割は、西ヨーロッパおよびロシアの文学や文学理論を紹介して、「新しい」(とかれが信ずる)文学運動を起こすことにある。だから日本で文学理論家となるには、大学で外国文学研究を専攻することが欠かせない条件だった。第二次世界戦争後は「外国文学」のなかにアメリカ文学も含まれるようになったが、ともあれ外国文学の知識なしに文学理論家となるのは極めて難しく、日本文学研究を専攻した文学理論家はごく稀だったのである。

日本における文学理論の一般的な傾向はそのようなものであったが、ただそれとは別に、文芸時評と呼ばれるジャンルがあり、そこから「日本で自生した理論」とも言うべきものが育ってきた。日本においては、毎月発表される作品の批評を、文学者がその月のうちに新聞に書いたり、翌月の文芸雑誌に書いたりする習慣がある。そのような批評を私たちは文芸時評と呼び、文学理論家が書くだけでなく、小説家も執筆した。むしろ後者のほうが多いと言えるかもしれない。そして小説家が書く場合、かれは自分の作家経験と文壇の人間関係に関する情報によって印象批評を行なうことになりがちだった。そうした文芸時評類を集めたエッセイ集の代表的なものに、広津和郎の『作者の感想』(一九二〇年)や佐藤春夫の『退屈読本』(一九二六年)、正宗白鳥の『文芸評論』(一九二七年)などがある。かれらはその印象批評を私批評と呼んだ。

私批評という言葉は現在ではなじみのない用語になってしまったが、私小説という日本の近代小説の独特なジャンルと一対の批評様式を指す。私小説の生成と、それに関する文学的な言説の歴史については、ドイツの日本文学研究者、イルメラ・日地谷=キルシュネライトの緻密な研究、『私小説——自己暴露の儀式』(三島憲一ほか訳、一九九二年)があり、最近では Tomi Suzuki の *Narrating the Self: Fictions of Japanese Modernity*(一九九六年)が出たので、詳しい紹介はそれらに譲りたい。簡単に言えば、私小説とは作者が自分の経歴を語る物語ジャンルであって、その理念は作者が私生活を率直に披歴することによって人間性の研究を試みることである。広津も佐藤も正宗も私小説の書き手であり、「私批評」という用語を使い始めたのは正宗であった。正宗は『文芸評論』のなかで繰り返し、自分の少年時代の文学への関心や、『国民之友』(一八八七年二月創刊)や『文学界』(一八九三年創刊)などのジャーナルの読者となって以来眼にしてきたさまざまな文学流派の消長や、文壇の一員になって以来の現役作家としての経験を語っている。そうした語り方自体が私批評の性格をよく現わしていると言えるかもしれない。かれはそのような語りによって、日本の近代の小説の歴史と自分の文学的な経歴とがほぼ過不足なく重なり合っていることを確認し、だから自分の作家的経験に基づく実感的な批評は日本の近代小説の実質をよく掴んでいる。その点で外国から輸入した理論による批評より優っているのだ、と主張したのである。私たちは広津や佐藤のエッセイ集からも、正宗と同じような作家的経験への自信と、実感的な批評への自負を読み取ることができる。かれらはその自信と自負をもって同時代の私小説を論評し、おのずからその関心は、同業の私小説の書き手がどれほど正直に自分の私生活を語っているかという点に向けられていった。私批評とはそのような批評様式を指すのである。

一九二〇年代後半から一九三〇年代前半にかけて私批評は、批評の科学性を旗印とするマルクス主義文学運動の理論家によって、単なる主観的な印象批評にすぎないと批判された。私小説そのものも、小市民の自閉症的な心情の表白でしかないと批判された。しかし、一九三〇年代後半になって、非合法の日本共産党の運動から脱落した、マルクス主義系の小説家たちが、階級闘争への裏切りを告白し、自分の性格的な弱さを責める小説を発表する。[20] このことをきっかけに、再び私小説が多く書かれるようになった。そのような状況のなかで伊藤整と平野謙の二人が私小説の歴史と、私批評の歴史的な意義の研究に着手した。

二人の研究の成果は、戦後になって伊藤整の『小説の方法』(一九四八年)と、平野謙の『芸術と実生活』(一九五八年)という著書にまとめられている。二人がどのように私小説の歴史を捉えたかの紹介も、キルシュネライトとTomi Suzukiの研究に譲りたい。それ故ここでも簡単な紹介にとどめるが、伊藤と平野は私小説を擁護したわけでなく、やがて私小説は行き詰まるだろうと予想した。ただ、同世代の多くの評論家がヨーロッパの近代小説を評価基準にして私小説の「欠陥」を指摘した[21]のとは異なり、私小説の性格や構造の分析に基づいて行き詰まりを予測したのである。その反面、二人は、私小説の作者が私生活を描くことを通して達成した人間観察の質の高さを評価した。それと併せて二人は、私批評の書き手が私生活の表現を批評し、人間観察の質を高めて来た歴史に注目し、私批評の「読み」の方法を自分の評論のなかに取り入れようとしたのである。

ある文学テクストを外国の作品や文学理論に照らして評価するやり方を、日本では外在的批評と呼ぶ。それに対して、文学テクストの構造を分析してテクストの意図や理念型を見出し、見出した意図や理念型に照らしてそのテクストの達成度を評価するやり方があり、それを内在的批評と呼んでいる。内在的批評は広津や正宗の私批評に始まったと言えるが、それを内在的批評の方法として完成したのが伊藤と平野だったのである。「日本で自生した理論」のなかに、私はこの二人の文学理論も含めている。

この二人の理論と文学史とは日本の近代文学研究者に大きな影響を与えた。私は一九五五年に、札幌という北辺の都市の国立大学に入学し、日本文学研究を専攻した。そういう経歴の人間が文芸評論の書き手となるということは、二人の実績なしにはありえないことであっただろう。

現在日本の大学で日本文学研究を専攻している学生の、たぶん七割以上の学生が、近代文学研究を専攻している。近代文学研究はそれほど盛んなのであるが、私が一九五五年に大学に入学したころには夢にも考えられないことであった。

当時の日本の大学における日本文学の研究は、いわゆる古典文学、つまり江戸期とそれ以前のテクストの研究が中心だった。一九三〇年代から日本文学の研究者の何人かが近代文学の研究の着手し、戦後は私立大学が近代文学の研究者に教授ポストを与えるようになった。だが国立大学が近代文学研究者を採用することはほとんどなかったのである。(22)

しかし私が一九五九年に大学を卒業し、一九六八年に国立大学の教師に採用されるまでのほぼ一〇年の間に状況は少しずつ変わってきた。近代文学の研究者の数が増えて、日本近代文学会という学会組織が作られ、近代文学研究も市民権を得たのである。(23)当然のことながら、この間、近代文学研究者の努力は、近代文学研究の理論と方法を確立することに向けられた。古典文学研究に対して、近代文学研究が独自な理論と方法を持つことを明らかにし、学問としての市民権を獲得するためである。

その結果、近代文学研究は大きく分けて次の三つの傾向を持つことになった。一つは近代の文学の歴史を実証的に整理し記述することである。これに着手した研究者は、まず文学流派の交替とそれぞれの流派の特徴を記述することを試み、その方法を文芸史的方法と称した。次に文学流派の交替を政治史や経済史との関連で説明することを試み、その方法を社会科学的方法と称した。

二つには、文学テクストの出版形態や、同一の作品における版別の表現の異同を調査する研究であって、これを行なう研究者はその方法を書誌学的方法と称した。三つには、文学テクストの内容や表現の特徴を作者の私生活との関連で説明する研究であり、これを推進した研究者はそのやり方を作家論的研究と称した。伊藤と平野の理論が近代文学研究者に大きい影響を与えたのは、研究の実情がこのようなものだったからである。

これらの研究方法は実は既に古典文学研究でも行なわれていた。ただ、古典文学研究は資料の欠落という制約のため、一つ目と二つ目の方法を十分に行なうことができない問題を抱えていた。近代文学の研究者は、近代文学研究こそ二つの方法を理想的な状態で実行できるのだと主張したのである。三つ目の方法については、古典文学の研究者も私批評的な読み方の影響を受け、無反省にそれを研究に持ち込んでいたため、近代文学研究者に一歩譲らざるをえなかった。こうして近代文学研究は短い期間に市民権を得たのであるが、実際にそれを可能にしたのは一九六〇年代の高度経済成長と大量の若い文学読者の出現であった、と見るべきであろう。

六

何年か評論を書いているうちに、私は日本の近代文学観そのものを再検討する必要を強く感じるようになった。文学理論家や研究者の間に、文学を作者の自己表現と見、作品を作者の内面の投影とする文学観が蔓延して、その結果文学テクストの読み方がひどく貧しくなってしまったからである。かれらが流布させた近代文学的な人間観によれば、人間の「内面」、特に若者や文学者の「内面」は繊細、無垢で、傷つきやすいものということになっている。そういう観念が私には疑問に思われてきたのである。かれらがいう「自己」とか「内面」とかいう観念は、むしろ文学テクストによって作られたものだったのではないか。ところがかれらは、文学テクストの結果を、文学テクストの原因に置き換え、「自己」や「内面」を実体化し、先験化してしまっている。私はそのような批判を抱くようになり、近代的な文学テクストの始まりまで遡り、テクストをマテリアルなレベルから再検討してみることにした。

　私は一九七〇年前後に大学紛争にかかわった学生より七、八歳年上だが、自分と同世代にも吉本の心酔者が多かった。大学が警察の機動隊の力を借りて学生のバリケードを排除し、講義を再開すると、かれらはしきりに挫折という言葉を口にするようになった。自分たちは国家権力の暴力に敗れ、傷つけられた、というわけである。この挫折ムードの蔓延に、吉本の責任はない。かれ自身は挫折を口にしていない[24]。ただ、私の見るところ、吉本の「自己表出」における自己の観念は、先の「自己」や「内面」の一発展型であり、極端化したものであった。だからこそ吉本の理論を拠り所にした学生運動家や、私の同世代の運動同調者たちは、傷ついた若者を演じ、自分の無垢を証明する文学的表現行為に後退して行くことができたのである。なぜ日本の近代文学はそのように脆弱な「自己」や「内面」しか作れなかったのか。それが私の問題意識だった。

　その批判と私自身の理論構築の試みを、私は『現代の表現思想』（一九四七年）や『個我の集合性』（一九七七年）で行なったが、ここでは『感性の変革』の意図やキーワードに関係する点に絞って紹介させてもらう。

文学テクストの内容を作者の私生活や心情の反映とする見方を批判することだけならば、さほど難しいことではない。三浦つとむの「観念的な自己分裂」の理論をもってすれば、どれほど作者自身の日常を率直に語っているように見えても、その物語は生身の作者から観念的に分離した視点や立場から語られていることになるはずである。観念的に分離した視点や立場そのものが虚構性を含んでしまう以上、物語内容も虚構性を含まざるをえない。私はその点を指摘し、観念的に分離した視点や立場を「語り手」と呼んだ。この「語り手」は必ずしも一つの物語のなかで一貫した立場を持ち、一定の位置を保っているとは限らない。複数の立場や視点を取るのがむしろ普通であろう。ただ、日本の近代小説はその視点や立場や「語り口」を出来るだけ一貫させようとする方向に進んだ。というより、そのような語りの一貫性を読み取ることのできる物語を、私たちは「近代小説」と呼び慣わしてきた。そういう語り方が日本の小説におけるリアリズムを準備し、私小説の書き方の基盤となったのである。

ただし、私はこの「語り手」論による批判を私生活反映論的な文学論にだけ向けていたわけではない。それは吉本隆明の理論に対する批判でもあった。吉本の理論は文学的言語表現を作者の「自己表出」性に還元してしまうものだったからである。私の見るところ吉本の理論の欠陥は、物語中の人物の発話を分析できなかった点に端的に現われている。かれは作者の「自己表出」性をいわゆる「地の文」のなかにしか見なかった。作中人物の発話をその人物の「自己表出」と捉えた場合、それではその「自己表出」と作者の「自己表出」との関係はどうなるのか。作中人物の発話を「地の文」に同化させてしまうのではなく、作中人物の個的な発話特徴を備えた科白として自立させるためには、他者を他者と認め、それと自分との関係意識に基づいて互いの発話を自立させなければならない。しかも他者としての作中人物の発話と直接に関係するのは、他の作中人物か、そうでなければ「語り手」であって、作者ではない。その意味で作中人物の発話は他者の他者性の標識なのであるが、吉本はそれを捉える他者論を欠いていたのである。

むしろ私は、吉本が言語表現の価値論から追放してしまった「指示表出」の構造という概念から、かえって大きなヒントを受け取った。かれが「指示表出」という言葉で言おうとしたことは、私たちが共同観念として自己疎外した現実像や世界像と観念的に作者がかかわる、そのかかわり方のことだ。私はそのように捉え直してみたのである。私のこの理解によれば、「語り手」とは作者が共同観念にかかわる仕方の仲介者ということになる。この「語り手」の位置や視点によって共同観念としての現実像の空間的・時間的なパースペクティヴを拓き、そのパースペクティヴのなかの事物を序列化し、価値づけてゆくのである。

そのような機能の「語り手」に身体感覚や肉声を与える形で、日本の近代小説は誕生した。日本では一九八〇年代に入って、文学テクストを「語り手」という概念によって分析する方法が一般化したが、一九七八年に私が『感性の変革』の始めの数章を発表した頃には、少なくとも文芸雑誌の上では全く行なわれていなかった。私はローマン・ヤーコブソンの『一般言語学講義』（田村すず子ほか訳、一九七三年）とは無縁に、明治初期の文学テクストの分析を通して「語り手」を見出した。ただそれに直ぐ続いてロラン・バルトの『物語の構造分析』（花輪光訳、一九七九年）や、ロジャー・ファウラーの『言語学と小説』（豊田昌倫訳、一九七九年）や、ウンベルト・エーコの『記号論』（池上嘉彦訳、一九八〇年）などの翻訳が出版されて、ヤーコブソンの著書も文学論的な関心をもって読み直されるようになった。それらが文学理論の新しい傾向を作り、私の著書を巻き込んでいったのである。

私の批判は三浦の理論にまで及ばざるをえなかった。かれ自身は日本の自我主義者を批判するに当たって、人間は「我は我なり」といった自己意識を持って生まれて来るわけでないことを強調してはいる。だが、かれの日本語文の分析においては、常に、すでに自己の意識を持った人間が前提になっている。人間はどのように発話行為を通して「私」意識を獲得するのか、についての関心を欠いていたのである。吉本の理論に至っては、原始の人間が初めて有節音を発した時、すでにその人間は「自己意識」を持っていた、と描かれている有様であった。

私は自分なりの理論を作るために、材料としてはJ・M・G・イタールの『アヴェロンの野性児』(古武弥生訳、一九七二年)や、日本の幼児の発話の発達に関するデータを用い、理論化の手がかりとしては、メルロ=ポンティの『幼児の対人関係』(滝浦静雄、木田元共訳、一九六六年)や、チャン・デュク・タオの『現象学と弁証法的唯物論』(竹内良知訳、一九七一年)などを参照にした。

なぜそのような資料を使ったかと言えば、次のようなことから検討に入りたかったからである。

1、人間があるものの像を志向しながら、それに対応する有節音を発しうるようになった段階を、吉本は、「言」の基本条件が整った段階と考えた。私もその考えには賛成できる。ただ、その段階に至るまでには、まず人間が一まとまりの有節音をそのものとして同定できる段階を経なければならないだろう。たとえば〈イヌ〉という有節音を、男が発しても女が発しても、甲高い声で発しても低音で発しても、それを聞いて、いずれもおなじ〈イヌ〉という有節音だと同定できる段階である。それと共に、その人間は、最初に〈イヌ〉と結びつけて認知した動物のほかに、幾つもの類似の動物を見て、いずれもおなじ〈イヌ〉の類として同定できる能力を獲得していなければならないだろう。この二つの能力を人間はどのように獲得したのだろうか。

2、幼児が眼にするのは周りの人間だけであって、自分の姿を見・知っているわけではない。知覚経験だけから言えば、幼児にとって自分の姿だけは空白のはずである。にもかかわらず、その幼児が、鏡に映った自分の姿を〈自分〉と認知するようになる。そのことと、発話のなかで〈私〉という一人称を使いうるようになることとは、どのように関連するだろうか。

3、幼児が鏡に興味を示すとしても、まずそれは鏡がいろいろなものを映すからではなくて、物としての鏡そのものに対してである。では、幼児はどのようにして鏡そのものと、鏡に映る像との違いを知るようになるのか。幼児はこの違いを知るようになると共に、興味を鏡そのものから像のほうに移して行くように思われる。このことと、他人の発する有節音を聞いて、有節音そのものよりも概念のほうに注意を向けるようになることとは、どう関係するのだろうか。

このような疑問に自分なりに答えながら、私は、幼児が鏡に映った自分の像を〈私〉として内面化するプロセスと、周りの人間との一体感のなかに生きていた幼児が、その関係を分節化して自分の位置を見出すプロセスを辿ってみた。そして「いわゆる自我は、まず私たちの外側、つまり「外界」にあらわれ、そうして私たちのなかに像として入りこんできたもの、しかも周りの人間関係からの疎外を伴う像として棲みついたものなのだ」という結論に達した。

私が一九七四年のその意見を発表した時、すでにジャック・ラカンの『エクリ』（宮本忠雄ほか訳、一九七二年）が日本に紹介されていた。だが私は読んでいなかった。じつは現在も読み通していない。その翻訳の日本語文に、とうてい私はつきあいきれないからである。ただ、もし当時読んでいたとしても、私の関心は動かなかったであろう。ラカンの鏡像論は、鏡の存在が前提になっている。私の関心は、3の疑問で分かるように、鏡そのものの知覚と鏡に映った像の知覚とが分離するプロセスにあり、必然的にその関心は、鏡を持たない人間における「自己像」認知のあり方に向かっていったからである。

その考察を進める間、私はチャン・デュク・タオの「素描」という観念と、三浦の「人間自身の生産と再生産」という観念から多くの示唆を受けている。

たとえば蛇は獲物におそいかかる直前に、一たん動きを止めて注意深くねらいを定める。蛇よりももっと原生的な生物は餌を見つけるや、反射的にそれを追いはじめるが、蛇は捕捉行為を一たん抑制し、遅らせるのである。この行動の抑制、捕捉の遅延の間に、その獲物を知覚しつつ、次に獲物を口にくわえる行為があらかじめ素描されているのだ、と言うことができるだろう。猫は鼠を捕えてもすぐには食べず、しばらくそれとたわむれている場合が多い。このように猫が前肢で獲物をもてあそぶのは、獲物を口から一定の距離のところに引きとめておく行為であるが、同時にそれは、次に口にくわえるという行為を素描し、その素描した行為に獲物をもてあそぶ行為を準拠させていることでもあるのだ。タオのいう「素描」とは、このように、対象への反射的な運動を一たん抑止することから生じる身体的な志向性と、志向性が次の行為を描き出す、その描き出し方を意味している。

私はこの観点で人間の行動を捉えてみた。人間は知覚の範囲のなかに現われる対象だけについて、行動の抑制や身体的な志向による素描を行うのではない。直接的な知覚の範囲を超えた時・空間における結果を素描しながら、まだ青い果実が熟れるのを待ち、春に種を蒔いて秋の収穫を待つ。人間はこのように、素描した結果に準拠させせながら直接の知覚対象を見る。そうした見方を通して対象を実在的、実体的に把握するようになり、所有感とも呼ぶべき心意を抱くようになったのであろう。あるいはこうも言える。人間は、素描した結果に準拠させながら、直接の知覚対象が一たん知覚範囲から消えても、なお関心を持続させることができるようになった。そのような関心の持続によって、蒔いた種が芽を出し、実を稔らせる自然の時間と対応はするが、しかしそれとは次元の異なる心的な時間（の意識）を持つようになったのである。

だが、人間の嬰児にはそのような素描の能力は備わっていない。蛇や猫には素描能力を見ることはできるが、それに較べて、人間の生得の能力と言えるものは極めて乏しいのである。では、人間はどのようにして蛇や猫よりもはるかに高度な能力を身につけてゆくのであろうか。この問題を考えるに当たって、私は三浦の「人間自身の生産と再生産」という観念から大きなヒントを得た。

三浦は『レーニンから疑え』（一九六四年）のなかで、私たちが家族を作り、次の世代を育てるという行為を、生活の生産と生命の再生産と呼び、労働力の対象化として捉えるべきだと主張している。当時の日本では、ただ単にマルクス主義者の労働観が単なる物資の生産に限定されているだけでなく、多くの日本人の労働観もまた同様な傾向にあったためである。かれはそういう傾向を批判し、生活の生産や生命の再生産の面から社会の構造や歴史の発展を捉える必要を説いたのである。私はその観点を、タオの「素描」観に関してとおなじく、自分なりに展開してみることにした。

三浦がいう生活の生産や生命の再生産は、ただ単に食料を作り、衣服で身体を保護して生きて行くような生活資材の生産活動を指しているだけではない。たとえば私が幼い娘にサン・テクジュペリの『星の王子さま』の日本語訳を読んで聞かせたとする。サン・テクジュペリが『星の王子さま』を書く行為は精神的な労働の対象化であり、それが本になる過程では製紙工や植字工や印刷工の労働があり、それが日本にもたらされるという流通過程においても労働の対象化があり、それを翻訳する精神的な労働が行なわれ、そして私は自分の労働力を売って得た金でその本を買い、娘に読み聞かせる。そういう形で、私は娘と精神的に交通する労働を行なっているわけである。もし娘が『星の王子さま』を聞いて感情生活が豊かになったとすれば、その感情生活はこれら一連の労働の対象化を媒介に育てられたことになる。三浦はこのように、感情や感覚さえも、何人もの労働の対象化によって育てられるのだ、と捉えたのである。私は食事を味わい、味覚を育ててゆく。これも三浦の見方からすれば、私が、食材に対象化された労働や、料理に対象化された労働を消費することによって、生命を再生産すると共に、味覚を生産し、再生産していることになるだろう。

フランスの田舎で発見された〈野性児〉はイタールという若い医者の世話を受けて、熱さと冷たさを識別するようになり、食べ物の味に反応するようになり、異なった組み合わせの有節音を聞き分けるようになり、幾つかの有節音を自発的に発声するようになった。これはイタールが、乾いた布で〈野生児〉の身体をこすって、皮膚感覚を目覚めさせたり、五つの母音と五本の指とを対応させながら根気よく音の識別を教えたからである。やがて〈野性児〉は眼の前の食物をすぐに口へ運ぶのではなく、食べる行為を一たん抑制して、食物の色・形を楽しんだり、味の好みを示したり、眼前には存在しない好物への要求を身体的なしぐさで表現するようになった。いわば動物的な欲望を離れ、文化的な要求の次元に入ったのである。私はこのように、**重層的な労働の対象化によって作られた身体感覚の対象志向性を、その「素描」能力も含めて、感性と呼ぶ**ことにした。

以上の簡単な紹介でも分かるように、私は『現代の表現思想』において、人間を間人間的[25]な織物と捉えたのである。一九七七年の『個我の集合性』という著書では、大岡昇平の『レイテ戦記』のインターテクスチュアリティを分析すると共に、「文学をもっぱら個人性の表現としてだけ見てゆく作品論や作家論は、ここでは一たん破却されなければならない」と主張した。

『レイテ戦記』はさまざまな記録や証言を編集したテクストであって、だからインターテクスチュアリティの観点を取るのは当り前だ、と言えなくもない。だが、当時の日本ではまだそういう観点によるテクスト分析は行われず、『レイテ戦記』を作者の心情の投影や思想の表白と見る論文しか書かれていなかった。日本でインターテクスチュアリティの方法が一般化したのは、一九八〇年代の後半に入ってからであって、私はこの著書のなかではインターテクスチュアリティという言葉を使わず、「他者の同時経験的な眼が含まれた、表現の複合的な構造」というような言い方をしている。私は『現代の表現思想』で考察した人間観や言語観の延長で『レイテ戦記』を捉え、『レイテ戦記』が引用の織物であると指摘しただけではなく、引用された個々の記録や証言もまた、――全く孤立した状況における個人の経験の証言を含めて――間人間的な経験の把握や、インターテクスチュアルな語りになっていることを指摘したのである。

そのことと併せて私は日本人の自然観の批判的な検討を試みた。日本語の「自然」は、いわゆる自然界を意味するよりは、人間が矯正しない、制度化の手を加えない状態を意味する。つまり対象指示語というよりは、状態喚起語あるいは態度表明語と言うべき言葉なのである。一見それは、文化／自然というヨーロッパの二項対立における「自然」と似ていなくもない。だが日本においては、矯正しない、手を加えないということ自体も文化的な行為なのであって、矯正したり、制度化の手を加えることのほうがむしろ非文化的な行為と見なされやすい。この矯正／自然という二項対立の言説は、人間のあり方にも用いられる。このことと、先に指摘したような、若者や文学者の「内面」は純粋無垢で傷つきやすいという観念とが結びつく時、どんな言説が行なわれるか、容易に想像できるであろう。

問題は、日本人がこのような自然尊重＝文化的態度を、いま眼の前にある事柄に用いる用い方である。その態度を取る時、眼の前の事柄がなぜ今の状態にあるのか、その過程への問いかけが捨象されてしまう。日本の山林、田園の景観は何世代もの人間の労働と生活への志向性によって作り出されたものであるが、その過程を捨象して、いま眼の前に開けている自然の景観をあるがままの自然状態と見なす。人間の感性は重層的な労働の対象化による文化的織物と言うべきだが、その面を捨象して、感性をその人固有の資質と見なす。これは感性を個人的な位相でしか見ないことを意味する。日本人が言う個性の尊重とは、このようなやり方でその人固有の本源的な資質なるものを見出し、それに対して自然尊重の文化的態度を取ることなのである。見方を変えれば、自然尊重の文化的態度を取ることによって、その対象を「自然」化するのである。白樺派の小説家・武者小路実篤は感情の「自然な」流露感を重んじた。志賀直哉の小説の主人公は、好き嫌いの感情として発現する自分の感性を、自身における最も自然なものと見なした。そしてこれを絶対的に尊重しようとするあまり、他者に対してはほとんど感情的な暴君のように振る舞っている。そうした態度に倣おうとしたのが私小説の作者である。日本の批評家はこのような小説を、日本的自然主義の完成であると共に、個人主義の確立でもあると評価して来た。先に述べたような自然観が、そうした評価を生んだのである。

以上のような日本人の自然観が外国の戦場でどんな悲惨な結果を生んだか。それを明らかにすることが『個我の集合性』のテーマであった。

およそ以上のような仕事ののち私は『感性の変革』に着手したのである。

七

英語圏の日本学者にとって三浦つとむの名前はほとんどなじみがなかったのではないか、と思う。時枝誠記の名前もなじみがないかもしれないが、酒井直樹が *Voices of the Past*（一九九一年）で言及しているし、日本で書かれた日本語研究史では必ず時枝の名前は出てくる。ところが三浦の名前は、近代の日本文学史にも日本語研究史にも出て来ないし、思想史や哲学史にも出て来ない。マルクス主義理論史にさえも出て来ない。日本近代文学辞典、日本語学辞典、思想・哲学辞典のなかに取り上げられることはない。日本語研究や思想・哲学の関係の論文でかれに言及したものはなく、日本文学研究の領域でかれに言及したのは、私を含めてわずか数人しかいない。言ってみれば、三浦の名を持った著書は存在してはいるが、かれは他人のテクストのなかでは非在なのである。

このような不思議な現象が起こった一番の理由は、日本において専門の研究者として認知される経歴をかれが持たなかったからである。もう一つの理由は、一九七〇年代から日本でソシュール研究が急速に進み、時枝のソシュール理解に問題があることが明らかになり、それと共に、ソシュール以後の言語学の方法を取り込まない日本語研究は、旧言語学として葬り去られてしまったためである。

日本文学研究の領域では、私を含む数人が現在もなお時枝や三浦の理論の批判的な再構築を試みているが、一般的な潮流としては、ソシュール以後の言語学や構造主義以後のテクスト論が盛んに行なわれている。こうした現象は、学問的な流派の対立というよりは、日本の文化構造に基づくギルド的な「棲み分け」と見るほうが分かりやすいかもしれない。すでに紹介したように、日本の文学理論家は外国の文学と理論の紹介・輸入業を兼ねていて、主に文芸雑誌や理論的研究を中心とする雑誌に評論を発表している。それに対して、戦後に市民権を得た近代文学研究者は主に学会の機関誌や、研究ジャーナルに論文を発表する。前者が研究ジャーナルに執筆することはごく稀であり、後者が文芸雑誌に書くことは滅多にない。一九八〇年代の半ばから、若い近代文学研究者が積極的に文学理論家と交渉を持つようになったが、「棲み分け」そのものは現在もまだ続いている。

私自身は大学で日本文学研究を学び、近代文学研究者の立場になったが、一九七〇年頃から十五年ほど評論を書き続け、その点では例外的な存在だったと言える。裏を返せば、文学理論家から見ても研究者から見てもうさん臭い存在だった。私が一九七〇年代の半ばに、自我を「外界」に現われた自己像の内面化と捉え、文学を個人性の表現と見る理論を批判してインターテクスチュアリティ的な方法を主張した時は、共感を呼ぶよりも反発を招くことが多かった。一九八〇年代の半ばからラカンやデリダやフーコーの理論の消化が進み、私の述べたような意見は少なくとも文学理論や研究の領域では常識になったが、三浦の名が他者のテクストのなかでは非在であるような現象が私の著書にも起こったのである。ただ、若い近代文学研究者が積極的に文学理論家と交渉を持つようになった傾向を作る上で、『現代の表現思想』や『個我の集合性』は一定の役割を果たした、と言えると思う。ボーダッシュ教授を始めとするアメリカの日本文学研究者が『感性の変革』に関心を抱いてくれたのは、この著書によってあの「棲み分け」を越境しようとした意図が現在もなおアクチュアリティを失っていない證拠だ、と私は受け取っている。

これからも私はやはり時枝や三浦の理論の検討を中心に研究を進めるつもりであるが、いま考えていることの一つは、江戸時代からの言語に関する言説の歴史を改めて辿り直してみることである。もう一つは三浦がいう「人間自身の生産と再生産」に伴う疎外の問題を追及することである。親が子供を育てる行為は、確かに労働の対象化による生命の生産と再生産であるが、この生産物が他の生産物と異なるところは、親がこの生産物を所有して、自分で消費したり、商品として他の商品と交換したりすることはできない点であろう。ヘーゲルの『精神現象学』の言葉を借りるならば、「(親は) 自分の現実を他者 (子供) のうちにもっており、他者のうちに自立存在が生成してゆくのを見ているだけで、それを取りもどし得ない」のである。ヘーゲルが近代市民社会の家族をモデルにその箇所を書いていることは明らかであって、「かえって子供は、自己の現実を得て、よそよそしいままである」という言葉には、現実描写の趣きさえ感じられる。市民社会の家族を安定したモデルにしたことはヘーゲルの限界とも言えるが、もし三浦が「親の、自己疎外としての子供に対する葛藤」という観点を持っていたならば、かれの理論における主体、言語規範の親から子供への継承、「観念的な人格」としての規範などの概念はもっと深まりを持ち得たであろう。

外国理論の輸入を兼業とする日本の理論家は、ポスト・モダンの立場からフロイトの理論を批判的に読み変えて幼児の精神形成や主体の問題を論じているが、かれらは父親の役割、母親の役割をいつも固定的にしか捉えていない。私の見るところ、かれらは子供を被害者と見立てたいライトモティーフを持ち、「他者のうちに自立存在が生成して行くのを見るだけで、それを取りもどし得ない」という事実に直面することを避けて、子供の理解者を演じるためなのである。かれらの権力に関する認識が致命的に貧困なのも、おなじ理由による。私自身は『個我の集合性』においてヘーゲル的な問題にある程度言及しているが、十分につきつめて考えぬくことは出来なかった。三浦の課題を引き継ぐ形でもう一度チャレンジしたいと考えている。

一九九八年一月十五日

（1）時枝誠記と三浦つとむと吉本隆明は「言語」を「表現としての言語」の意味で使った。その点では、ソシュールのlangueとは概念が異なる。が、日本ではlangueが「言語」と訳される場合が多い。本論では両者の混同を避けるため、時枝たちが言う「言語」（表現としての言語）を、「具体的な言語表現行為」の意味で、「言」と呼ぶことにした。

（2）これを書いたのち、私は、時枝がドイツでフッサールに学んだという通説に疑義を呈した意見のあることを知った。たしかに時枝の次のような回想は、むしろその疑義を支持しているように見える。かれは「「時枝文法」の成立とその源流——鈴木朖と伝統的言語観」（講座　日本語の文法1『文法論の展開』明治書院、一九六八年一月）で、フッサールとのかかわりを、以下のように語っている。「ちょうど昭和十一年のころに、元京都大学の教授をされました、山内得立という哲学の先生がおられます。（中略）この山内得立先生が、『フッサールの現象学序説』という本を出されまして、私、京城大学におったものですから、あそこに、宮本先生という哲学の先生がおられますが、この宮本先生のご指導を受けまして、山内得立先生の、フッサールの現象学のことを勉強いたしました。それで、だいぶ、こうじゃないかということが納得いくようになったんです」。時枝はまた、「言語過程説の基礎にある諸問題」（同前　別巻『シンポジウム　時枝文法』、一九六八年五月）の中でも、次のように語っている。「もう一つは、ちょうど昭和四、五年、五、六年ごろですが、京都大学の山内得立という哲学の先生があります。その方がフッサール（Husserl）の現象学の解説に関する本を出されたのです。この『現象学序説』というのは、私は、昭和四、五年、五、六年の間に、これを読んだと思います」。時枝はこのように、山内得立の著書によってフッサールとの出合いがあったように回想しているが、ただし、前者の回想に出てくる、『フッサールの現象学序説』という著書は、山内得立にはない。おそらく後者の回想における『現象学序説』を手に取った記憶と混同したのであろう。山内得立の『現象学序説』は、正しくは『現象学叙説』（岩波書店、一九二九年七月）であるが、前者の回想で時枝が語った、現象学におけるノエマ（noema、時枝はこれを「対象面」と翻訳）とノエシス（noesis、「志向作用」）の説明は、山内の説明とよく符合しているからである。ただ、後者の回想の、「私は、昭和四、五年、五、六年の間に、これを読んだと思います」という言い方も、どこかあやふやな記憶を語った印象がつきまとう。なぜか。時枝誠記は一九二七四月、朝鮮の京城帝国大学に助教授として赴任し、間もなくドイツ留学を命じられて任地を離れ、一九二九年の秋に帰国した。およそ二年間の留学中、後半の一年はフランスにいたという。彼がフランスに滞在していた、一九二九年の二月、フッサールがパリのソルボンヌ大学で「形式論理学と先験論理学」という講演を行い、パリからの帰途、ドイツのストラスブールで同趣旨の講演を行った。この講演は大きな反響を呼び、翌々年の一九三一年、『デカルト的省察』というタイトルで出版されることになるわけだが、時枝誠記はこの講演を聴く機会があったかもしれない。また、仮に講演自体は聴く機会を逸したとしても、その評判は耳にしていたであろう。彼が帰国すると前後して、山内得立の『現象学叙説』が出版され、彼は自分の現象学の理解を確認し、深めるために、山内の著書を手に取った。そういう経緯が推測される。

なお、フッサールの現象学は早くも一九一九年、土田杏村の『象徴の哲学』（佐藤出版部）によって紹介され、フッサール自身、雑誌『改造』に「革新・その問題とその方法」（一九二三年二月）、「個人倫理問題の再新」（一九二四年二月）、「本質研究の方法」（同年四月。いずれも訳者は未詳）を寄稿している。上田万年以来の言語学に疑問を抱き、人間学的言語学――それは、厳密な学としての言語学がその対象を措定する仕方のなかに、如何にして人間的観点を貫ぬき得るか、という問いの形を取っていた――を手探りしていた時枝誠記はこの動向に無関心ではなかったと思われる。そして彼の留学中の一九二八年、ソシュールの『言語学原論』の小林英夫訳が出版され、帰国後、それを手にとって根本的な疑問を感じ、併せて山内得立の『現象学叙説』を読み込んでゆく。こうして昭和における言語学・国語学の壮大なドラマが始まったわけである。

（3）

時枝誠記は「国語学の体系についての卑見」（『コトバ』一九三三年十二月）の中で以下のように言っている。「言語を観察するに当つて、我々が公理として認めてよい只一つのものは、それが表現理解の一形態であると云ふこと以外に私は考へ得られないと思ひます。言語を音声と意義とに分析して考へることは、宛も「波」を水と風とに分析して考へる様なもので、遂にそれは「波」の本質的考察を逸脱するのではないかと云ふ不安が私には付き纏ふのであります」。時枝はまた、別な著書の中で、ヨーロッパの言語学について、（1）対象（言語）を構成する要素を分解して最小単位を見出そうとする原子論的《アトミック・セオリー》な方法と、（2）最小単位の組み合わせによって対象を構成する自然科学的な原子的構成主義の二点を挙げて、自然科学をモデルとした、人間不在の言語観でしかないと批判した。彼の見るところ、ソシュールの言語学も例外ではなかった。先の文章の「音声」を「聴覚映像（acoustic image）に、「意義」を「概念（concept）」に置き換えてみれば、ソシュール批判を含意する文章だったことが分かるだろう。

彼はさらに、ソシュールが言語対象を扱う扱い方を、次のように批判している。「ソシュールは、言語対象の分析に当つて、先づこれを構成的のものと考へ、言語よりその構成単位を抽出することを試みた。然るに言語は、その如何なる部分をとつて見ても、多様であり、混質であることを発見し、こゝに対象を限定し、概念と聴覚映像との聯合を以て精神的実体であるとし、これを、それ自身一体なる言語単位と考へて、「言語《ラング》」と命名した。この分析過程は、その対象に於いては、純粋に心的なるものを把握したけれども、その方法に於いては、明かに自然科学的構成観の反映であるとい

(4)

つてよいと思ふ」(『国語学原論』岩波書店、一九四一年十二月)。

「場面」は時枝言語学の重要《かなめ》なので、少し詳しく紹介するならば、彼の基本的な「場面」観は、「私は言語の存在条件として、一主体(話手)、二場面(聴手及びその他を含めて)、三素材の三者を挙げることが出来ると思ふ。この三者が存在条件であるといふことは、言語は、誰(主体)かが、誰(場面)かに、何物(素材)かについて語ることによつて成立するものであることを意味する」(『国語学原論』)ということだった。ただし、この説明だけでは通常のコミュニケーション論における「場面」論との違いがはっきりしない。時枝の「場面」論の独自な性格は、以下のように、「場面」を、話し手における意識の志向性との相互規定関係においてとらえたことである。「従つて我々の言語的表現行為は、常に何等かの場面に於いて行為されるものと考へなくてはならない。言語に於ける最も具体的な場面は聴手であつて、我々は聴手に対して、常に何等かの主体的感情、例へば気安い感じ、煙たい感じ、軽蔑したい感じ等を以て相対し、それらの場面に於いて言語を行為するのである。しかしながら、場面は只単に聴手にのみその内容が限定せらるべきものではなくして、聴手をも含めて、その周囲の一切の主体の志向対象となるものを含むものである。例へば、我々が厳粛な席上で一人の友人と相対する時と、他の打寛いだ席上で相対する時とは、聴手は同じでも、言語的場面としては著しく相違してゐると考へなければならない。以上の様に、場面は必ず主体の存在を俟つて始めて成立するものであつて、主体を離れて言語の場面を考へることが出来ないと同時に、場面が言語にとつて、不可欠のものであることは、言語が常に我々の何等かの意識状態の下に表現せられるものであることによつても明らかである」(同前)。

時枝はこのように、発話主体の志向と場面的条件との関係を、〈場面的条件は場面内存在の発話主体に発話を促す潜在的条件であるが、しかし決定的な発話条件というわけではなく、その場面をどのように顕在化させようとするかという発話主体の志向によって、その都度異なった様相を帯びて現れてくる〉と定式化した。戦後の『現代の国語学』(有精堂、一九五六年十二月)では、この関係を「場面は表現の下地であるといってよい。(中略)即ち、言語表現は、場面に制約されると同時に、また、場面をも制約し、これを変化させる。場面を変化させるといふことは、主体と聞手との関係を変化させることである。私の前にゐる甲は、私が甲に向つて、言語を発する前は、全く無関係の他人として相対してゐるに過ぎない。私が甲に向つて、ある命令の言葉、或は依頼の言葉を発することによつて、私と甲との間には、命令者と被命令者、依頼者と被依頼者の関係が成立する。或は、このやうにも考へられる。私が甲に、そのやうな言葉を発するのは、甲が、それを引き受けて呉れるであらうという甲に対する信頼感、換言すれば、私と甲との間に存する場面的志向関係があつて、このやうな言葉が発せられるのである。私の甲との間に、右のやうな関係を構成することが困難に感ぜられる場合は、私は、甲に向つて、右のやうな関係を実現するにふさわしい表現形式を工夫し、調整する。（中略）言語が、種々なる対人関係を構成することが出来るのは、言語と場面との間に機能的関係があるからであり、言語と場面との、右のやうな関係は、究極において、主体と場面との間に、機能的関係があるからである」と説明している。

欧米の「場面」論をリードしてきたのは、J・L・オースチンとJ・R・サールの言語行為論と言えるが、彼等がいう「場面」は、制度的・社会習慣的にあらかじめ整えられており、しかも「場面」の参加者は「場面」を成り立たせる制度や習慣をお互いに了解していることが条件だった。「場面」内の発話者がこの制度・習慣に背いたり、逸脱したりするような発言をしたりすれば、「不適切な発言」として退けられてしまう。この「場面」観と較べてみるならば、時枝の「場面」がダイナミックな創造性を内包していたことが分かるだろう。

時枝誠記の「場面」論のもう一つ重要な特徴は、場面内の聞き手、つまり応答者を視野に入れていたことである。「猶こゝに一言して置きたいことは、私の意味する場面（聴手その他を含めて）が、従来言語学に於いて注意された聴手と如何なる点に於いて相違して居るかといふことである。一般に聴手が話手に対して問題になるのは、言語の受容者として、言語変化の契機を考へる場合であるが、既に前項に於いて述べた様に、受容者としての聴手は、話手と同様に言語の主体に他ならない。言語を聴いて或る事物を理解する時、そこに言語の存在を経験することが出来るのであるから、この場合聴手が主体となるのである。私の意味する場面は、右の様な受容者としての聴手でなく、言語的主体である話手に対立するものとしての聴手である。即ち主体の志向的対象となる処の聴手であつて、客観的に見られた聴手ではないのである」（『国語学原論』）。

時枝はこのように「聴く」という行為も主体的・能動的なものととらえていたわけで、その意味では、この聞き手を含む「場面」には、話し手の発話を促すポテンシャリティが潜在しているのだ、とも言えるだろう。そして、時枝によれば、「場面」のこの能動性の一番基底的なものが、日本語の場合、等時拍音形式のリズムであった。「私はリズムの本質を言語に於ける場面であると考へた。しかも私はリズムを言語に於ける最も源本的な場面であると考へたのである。源本的とは、言語はこのリズム的場面に於いての実現を外にして実現すべき場所を見出すことが出来ないといふことである」（同前。傍点は原文）。

以上のことを確認して、さて、本文の「／マ／ク／ド／ナ／ル／ド／」にもどるならば、等時拍音形式で発音される外来語に関して、時枝はけっして排他的ではなかった。むしろ許容的であり、民族語としての日本語の純化などというイデオロギーとは無縁だったのである。「“ink”といふ外国語も、これが“inki”として国語の文法組織或は音声組織の中に実現されるならば、それが既に日本語的に性格付けられてゐるといふ意味で、これを国語化したといふことが出来るのである。古来この様にして多くの外国語が国語の中に混入したことは我々の既に経験した事実である。そして我々がその起源について特に智識を与へられなければ、主体的にはこれを本来の国語と見て怪しまないのである。インキやシャボンやビスケットを外国語と見て国語と認めないといふ様な意見は、起源的に国語を純化させようとする国語政策上の問題に属することであつて、日本語が如何なるものであるかを論じようとする今の問題とは別である」（同前）。

（5）この三種の語について、鈴木朖自身（『言語四種論』）の言い方を紹介すれば、「体ノ詞」、「作用《しわざ》ノ詞」、「形状《ありかた》ノ詞」となる（ふりがなは時枝誠記の「「時枝文法」の成立とその源流」に拠る）。

（6）鈴木朖（『言語四種論』）の言い方は、「物事ヲサシ顕ハシテ詞トナル」であるが、時枝誠記はこれを「山とか川とか花とかいっても、みんななにかを指して、山ということばになり、川を指して川ということばになる。みんななにかを指しているわけです」と解釈している（時枝誠記「「時枝文法」の成立とその源流」）。このことに関連して時枝は以下のように述べている。「先ほど、フッサールのことを申しましたが、フッサールの現象学が、なぜ私がこれを解明する一つの助けになったかと申しますと、これは山内得立先生の説明によって、こういうことを学んだわけなんですが、フッサールは人間の意識を分析いたしまして、まず一つは、人間を取り巻くところの客観の世界、これをフッサールは、対象面、noema というふうに言っております。ご存知ですね。それからもう一つ、その対象面に働きかけるところの人間の働きですね。これを志向作用、noesis というふうに言っております。つまり、noema と noesis、対象面と、それに働きかける志向作用の合体によって、人間の意識というものは成立する。でありますから、たとえばうれしいという感情は、ただうれしいという感情だけじゃなくて、うれしいことの、なにか対象面がある。それは、はっきりしたものであろうとなかろうと、かまわないんですが、なにか対象面があって、それに対する働きかけによって、そこに人間の、うれしいということが出てくる。ですから、現象学の有名なことばで、〈うれしいというのは、うれしきことに対するうれしいことである〉というふうな説明がありますが、そういうことなんですね。」（同前）。つまり〈私たちの言葉というものは、何事か意識対象をそのものとして指すことによって、言葉となる（みずからを言葉として実現する）〉というわけで、こういう言語本質観にもフッサールの影響がうかがわれる。

（7）上田万年の「国語と国家と」（一八九四年十月八日、哲学館にて講演。翌年『国語のため』に収録）に、以下のような発言が見られる。「言語はこれを話す人民に取りては、恰も其血液が肉体上の同胞を示すが如く、精神上の同胞を示すものにして、之を日本語にたとへていへば、日本国語は日本人の精神的血液なりといひつべし。日本の国体は、この精神的血液にて主として維持せられ、日本の人種はこの最もつよき最も永く保存せらるべき鎖の為に散乱せざるなり」。「かくの如く、其言語は単に国体の標識となる者のみにあらず、又同時に一種の教育者、所謂なさけ深き母にてもあるなり。われわれが生るゝやいなや、この母はわれ〳〵を其膝の上にむかへとり、懇ろに此国民的思考力と、此国民的感動力とをわれわれに教へこみくるゝなり」。

時枝誠記の回想「国語への関心」（『国語研究法』三省堂、一九四七年九月）によれば、彼は旧制中学校の生徒だった時、『国語読本』に掲載された上田万年の右の文章に接して、いたく感激し、国語学を志すようになった、という。

ただし、時枝誠記は東京帝国大学の国語学講座に籍を置いたころから、上田万年の持ち込んだ言語学には、言語観や研究方法の点で根本的な疑問を感ずるようになったらしい。だが、そうは言っても、「日本国語は日本人の精神的血液なり」という信念を自己批評化できるには、大きな精神的葛藤を経なければならなかっただろう。時枝は「朝鮮の思ひ出」（同前）で以下のように回想している。「今にして私はつくづく思ふのであるが、学問の展開といふことは、専ら思索に基くものであるべき筈でありながら、やはり思索の展開を推進し、その原動力となるものは体験であるといふことである。私が朝鮮に在住する機会が無かつたならば、恐らく言語問題について、かくまで切実に考へる機会は与へられなかつたのではなからうかといふことである。それは母語を愛護する精神と、朝鮮に於ける国語としての日本語との関係についての問題であつた」。「ところが私が朝鮮に来て実際に経験したことは何であつたか。朝鮮の人々にとつて、日本語は如何なるものであるか。彼等にとつて精神的血液が何であり、小児の時代の紀念が何であり、そして彼等にとつて母の言葉が何であるかを知つたのである。もし上田博士の言を半島（朝鮮半島）に於いて強調するならば、それは必然的に朝鮮語の愛護といふことを第一にせねばならない。しかしながら又一方に於いて一視同仁の理念の下に、日本語の普及習熟といふことは教育の第一の事業でなければならないと考へられた。この矛盾は如何にして解決することが出来るのであらうか」。この矛盾の葛藤を通して彼が掴んだのが、「場面」の理論だったと言えるだろう。

（8）

時枝誠記は『国語学原論』において、この普遍と特殊の問題を以下のように論じている。「一般に言語学の理論及び方法は普遍的であり、国語学のそれは特殊的であるといふ風に考へられてゐるが、それは極めて皮相的にのみいひ得ることであつて、必しも正しい判断ではない。それは今日の言語学が、殆ど印欧語族のみを対象として組織せられたものであるからといふ理由のみでなく、更に深く普遍と特殊との関係から見て、右の様に云ふことが出来るのである。普遍と特殊とは、両々相対立した形に於いて存在してゐるのでなく、一切の特殊的現象は、その中に同時に普遍相を持つといふことは、国語に於いてばかりでなく、一切の事物について云ひ得ることである。国語についての特殊的現象の探求は、同時に言語に於ける普遍相の闡明ともなり得るのである。こゝに国語研究といふことが、単に言語学に於ける特殊な領域の研究に終始することではなくして、同時に言語の一般理論の研究ともなり得る根拠があるのである」。この独特な弁証法的な思考が三浦つとむに大きな啓示となったと思われる。

(9)

日本語の特殊性を論じて日本人の精神や日本文化の独自性に及ぶ、というパターンの発想は、西田幾多郎の「国語の自在性」(『国語時報』、一九三六年一月)にも見られるが、その代表的なものとしては、谷崎潤一郎の『文章読本』(中央公論社、一九三四年)を挙げることができる。日本文化論を開いた名著と評価されてきたこの著書のなかで、谷崎は読者に対して、「**文法的に正確なのが、必ずしも名文ではない**、だから、**文法に囚はれるな**」(ゴチック体は原文。以下おなじ)と助言している。これ自体はごく当たり前な文章作法論と言えるが、谷崎がいう「文法」とは欧米の言語における文法だった。そのことは、「全体、**日本語には、西洋語にあるやうなむづかしい文法と云ふものはありません**。テニヲハの使ひ方とか、数の数へ方とか、動詞助動詞の活用とか、仮名遣ひとか、いろ〳〵日本語に特有な規則はありますけれど、専門の国学者でゝもない限り、文法的に誤りのない文章を書いてゐる人は、一人もないでありませう。(中略)**われ〳〵の国の言葉にもテンスの規則などがないことはありませんけれども、誰も正確に使つてはゐません**」という言い方や、「で、かう申しては少し極端かも知れませんが、日本語の文法と云ふものは、助詞助動詞の活用とか、仮名遣ひとか、係り結びとかの規則を除いたら、その大部分が西洋の模倣でありまして、習つても実際には役に立たないものか、習はずとも自然に覚えられるものか、孰方かであります。/しかしながら、**左様に日本語には明確な文法がありませんから、従つてそれを習得するのが甚だ困難**な訳であります。」(/は改行を示す)という言い方から判断することができる。谷崎は明治四十一年、東京帝国大学文科大学国文科に入学したが、国文学を専攻したにもかかわらず、いや、むしろ国文学を専攻したからこそ、西洋の言語学に準拠して日本語を評価する発想を身につけてしまったのであろう。

　その谷崎が発見した日本語の特徴とは、「**言葉の数が少ない**」、「語彙が乏しい」ことだった。語彙が乏しい故に日本人は、古くは「支那」から多くの漢字を借り、近代においては「タクシー」「タイヤ」「ガソリン」「シリンダー」「メーター」のごとく、「英語をそのまゝ日本語化」したり、あるいは「形容詞」「副詞」「語彙」「科学」「文明」などのごとく、「漢字を借りて西洋の言葉を翻訳したものを、用ひることに」なった。ただし、谷崎によれば、語彙が乏しいということは、「必ずしも我等の文化が西洋や支那に劣つてゐると云ふ意味ではありません」。その理由を彼は以下のように述べている。「それよりも寧ろ、**我等の国民性がおしやべりでない證拠**であります。我等日本人は戦争には強いが、いつも外交の談判になりますと、訥弁のために引けを取ります。国際聯盟の会議でも、しば〳〵日本の外交官は支那の外交官に云ひまくられる。われ〳〵の方に正当な理由が十二分にありながら、各国の代表は支那人の弁舌に迷はされて、彼の方へ同情する。**古来支那や西洋には雄弁を以て聞えた偉人がありますが、日本の歴史には先づ見当らない。**その反対に、**我等は昔から能弁の人を軽蔑する風があつた。**実際に又、第一流の人物には寡言沈黙の人が多く、能弁家となると、二流三流に下る場合が多いのである。（中略）これは何に原因するかと云ふに、一つにはわれ〳〵が正直なせゐでありませう。つまりわれ〳〵は、実行するところを見て貰へれば、分る人は分つてくれる、自ら省みて天地神明に恥ぢなければ、別にくど〳〵と言訳したり吹聴したりするには及ばぬ、と云ふ気があるのであります。（中略）取り分け日本人は、此の点（「君子は言葉を慎む」）に於いて潔癖が強い。われ〳〵の間には支那にもない「腹芸」と云ふ言葉があつて、沈黙を芸術の上にまで持つて来てゐる。又「以心伝心」とか「肝胆相照らす」とか云ふ言葉もあつて、心に誠さへあれば、黙つて向ひ合つてゐても自《おのづか》らそれが先方の胸に通じる、千万言を費すよりもさう云ふ暗黙の諒解の方が貴いのである、と云ふ信念を持つてをります」。

谷崎がこれを書いたのは、満州国の建設に関して日本が国際的に厳しい批判を受けている時期だった。その批判をうっとうしく感じている日本人にとって、谷崎の日本語・日本人論は気が晴れるような開放感を与えたらしい。ベストセラーになった所以もそこにあるだろう。そういう雰囲気のなかで、「日本語の特徴＝日本人の民族的心性」という、一種の言語決定論が拡がっていったわけだが、戦後、川端康成が『新文章読本』（一九五〇年）を書いて、「本来国語は頗る語彙に乏しく、それを補って今日の国語を作りあげた外国語の恩恵に対して、私は深く首を垂れる。が、国語の語彙の乏しさは、漢字の国字としての使用による。また一面、無口、謙譲の国民性の反映である。雄弁は日本においては、古来諸外国の場合のように、人間の偉大さの条件ではなかった。歴史上雄弁によって名を残した人は見当らず、逆に雄弁家は「口舌の徒」としていやしめられていたようである。日本語もまた、そうした国民性を反映して、簡素の一方余情に向って発展して来たのではあるまいか。日本語のニュアンスもまたそこにあったようだ。日本語の従来の長所は説明であるよりも、むしろ象徴であった。」と、ほとんど谷崎の受け売りを語っている。この「簡素」や「余情」「象徴」は、長い間、日本文化論のキーワードだった。

この種の関心で、日本人が論じた日本文化論・日本人論には、牽強付会に類するものが多い。むしろ日本人の日本文化論好き・日本人論好きという点にこそ、日本人の心性が最もよく現れているとみるべきではないか。そんな視点で、Peter N. Dale が *The Myth of Japanese Uniqueness*（1986）を書いている。（なお川端の『新文章読本』には「代作」という噂がつきまとっている。）

(10) 時枝誠記は「国語」について、上田万年とは対極的な考え方に達していた。「次に、国語学の対象とする日本語とは何であるかといへば、日本語とは、「英語、ロシヤ語、シナ語などと並んで、それとは、異なつた言語的特質――これを、日本語的特質と云つてよい――を持つた言語である」と規定することがで出来る。国語学の対象の限界が、日本語的特質の有無といふことにあるとするならば、その特質をどのやうなものとするかによつて、異なつて来るが、対象としての日本語が、最初から決定されて与へられてゐるものでないことは、明らかである。それが、日本国外で語られる場合でも、日本人以外の民族によつて、語られる場合でも、それらが、ひとしく日本語的特質を持つものであるならば、すべて、国語学の対象となり得ることを意味するのである。この対象規定によつて、我々は、「ある外国人の日本語」或は、「アメリカ国籍を有する二世の日本語」といふやなものをも、国語学の正面の対象に据ゑることが出来るのである」(「言語過程説に基づく国語学」、『現代の国語学』所収。有精堂、一九五六年十二月。初出は一九三〇年代と思われるが、初出誌、発表年月は不明)。時枝はこのように「国語」の概念を、国家語や民族語の観念から解放したわけであるが、彼が言う「日本語的特質」とは、日本語の等時拍音形式だった。

(11) (7)参照。

(12) 小林英夫「スターリンの言語学」(『文学』一九五一年二月)

(13) 時枝誠記「スターリン「言語学におけるマルクス主義」に関して」(『中央公論』一九五〇年十月)

(14) 寺沢恒信「飛躍と爆発――古い質から新しい質への移行の法則について」(民主主義科学者協会言語科学部会監修『言語問題と民族問題』理論社、一九五二年十二月)

(15) 水野清「日本言語学」(同前)

(16) 正確に言えば、三浦つとむは戦後、日本共産党に入党し、民主主義科学者協会に属したが、時枝誠記を支持し、スターリンを批判したため、除名された。しかし三浦は、多くの(旧)共産党員がそうであったように、除名の決定を批判して反共産党的なセクト活動に走ったり、逆に復党運動を行ったりはしなかった。これは彼が生活的に自立していたことと無関係ではなかったと思われる。三浦は一九三三年、それまで勤めていたフィリップス日本ラジオ株式会社を退職し、ガリ版(謄写版)の製版で生計を立てることにして、半日ガリ版を切り、半日は独学で勉強をするという生活に入った。戦争中は軍関係のマル秘印刷物の製版を手がけることもあり、「(注文された仕事の)中には戦争の見とおしを論じて敗北と断じたものもあれば、ヘーゲルを引用して戦争を合理化した著名な大学教授の原稿もあり、反ナチスの書『吸血鬼の経済』の訳本もありました。日本は結局大陸で西からやって来るドイツ軍と対決することになるだろうという考えが陸軍にはあったらしい」（「昔の仕事」、『三浦つとむ選集』第一巻）。戦後は製版の仕事はもっと多かったはずで、言わば自前で食べることができる三浦にとって、節（説）を枉げるなどということは考えられなかったのであろう。「謄写版の製版には仕事の楽しみというものがほとんどありません。私の仕事が気に入って「自分の店をもたないか、仕事も世話してあげる。」とすすめてくれた人もあったが、そんなことをしたら、収入は増えるだろうが勉強する時間がなくなってしまうので、店を持つ気にはならなかった」（同前）。

(17) 時枝誠記もまた、日本語表現では話し手が話相手の立場に移行する形で、話相手の言葉づかいを選ぶ場合があることに注目し、「場面への融和」という観点から、次のように説明した。「一般に芸術的作品は、作品それ自身に於いて独立的に理解され鑑賞されるものであるが、言語に於いては常に場面的な制約が著しい。言語に於いては、聴手の了解し得る表現をなすことが、先づこの場面への融和と考へられるのである。例へば、小児に対して「イラッチャイ」「イクチュ」などと話しかけるのは、即ち聴手による了解を目的とした場面への融和であると考へられるのである。母が子に対して自分自らを、「お母さん」といふ様な敬語的表現も、子供の世界に対する場面的融和を意味してゐる」（『国語学原論』）。
(18) 三浦つとむは、「私たちの頭の中の考えは、他人が直接に見たり聞いたりすることが出来ない。その意味では超感性的（超感覚的）であって、それ故これを他人に伝えようとする時には、声に出したり文字に書いたりして感性的（感覚的）な形にする。他人はその声を聞き、文字を読む、という感性的（感覚的）な活動を通して、相手の頭の中にあった超感性的（超感覚的な）考えにふれることになるのだ」と考えた。そして彼は、私たちが超感性的な考えに感性的な形を与えることを、超感性的なあり方の「否定」と見做し、他人がその感性的な形をたぐって相手の超感性的な考えにたどりつくことを「否定の否定」と呼んだ。私たちの思考はこの「否定の否定」という弁証法的な運動によってしか発展しない、と考えたのである。

　これに近い考えを時枝誠記は「言語過程説の基礎にある諸問題」（前出）の中で以下のように述べている。「表現ということは、結局、ある思想を、ある感覚によって、とらえられるものに置き換えることであります。これは絵画もそうでありますし、音楽もそうであります。みな感覚的なものは違いますけれども、言語の場合には、一つは音声・音韻、もう一つは文字、この両方を言語はもっております。こういう表現を感覚化するという、その感覚化する場合に媒介をなすものを、これを媒材というように申します。メディアム（medium）。そうしますと、こういうことになるのです。ヨーロッパの近代言語学の場合には、音声とか音韻とかいうものは、これは言語を組み立てているところの要素である。このように規定してある。ところが言語過程説の場合には、これは要素ではなくて、表現の媒材である。表現を表現たらしめるところのメディアムである。こういうふうになります。そうすると、音声研究とか、文字研究とかいうものは、言語の要素の研究ではなくて、媒材としての性質を明らかにする、こういうことになるわけです」。時枝はまた『現代の国語学』（前出）の中で、以下のように述べている。「そこでは、言語は、専ら、人間がその思想を感覚的なもの（音声或は文字）を媒材として外部に表出し、また、そのやうな感覚的なものによつて、何等かの思想を獲得する、表現及び理解の行為そのものであると考へられてゐる」。

三浦つとむの「言語表現における否定の否定」という理論は時枝の右のような考えに触発されたもの、とまでは断定できないが、少なくとも彼は時枝の理論を知って大いに意を強くしたことであろう。

(19) 大塚金之助

(20) この種の文学は、一般には「転向文学」と呼ばれた。「転向」とは、原義的には、日本共産党の党員が、共産党の革命目標「天皇制の打倒と私有財産制の廃絶」の放棄を意味した。転向文学者のなかには、ただ日本共産党の政治テーゼを放棄するだけでなく、積極的に天皇制を支持し、中国大陸における軍事的進出を正当化しようとする文学者もいた。

(21) 代表的には中村光夫の『風俗小説論』（河出書房、一九五〇年）を挙げることができる。フランスの自然主義に照らして、日本の自然主義の欠陥と、私小説へと矮小化されていった経緯を論じた、この評論は、長い間日本の近代文学史の入門書的な役割を果たした。

(22) 一九五五年代の半ばから採用が始まったが、それは教養部（教養課程教育）の教員としてであった。当時、博士課程の大学院を持つ国文学講座は、七つの旧帝国大学の後身の大学と、二つの旧文理大学・高等師範の後身の大学だけにしか置かれなかった。旧帝国大学系の大学では、国文学講座は一講座しかなく、教授一・助教授一のポストはいわゆる古典文学の研究者によって占められる慣例になっていた。ただ、東京大学だけは二講座を許され、教授二・助教授二の定員のうち一人だけは近代文学の研究者に充てられた。いわば近代文学研究は、二講座を持つ東京大学においてのみ、かろうじて「半講座」の位置を与えられていたわけである。私の記憶では、特に京都大学が近代文学研究に対して排他的だった。

(23) 一九五〇年代に入る頃から全国的な学会組織の模索が始まり、一九五一年一月に近代日本文学会が発足した。が、いまだ学会の機関誌もない状態だった。一九五九年に学会名を日本近代文学会と改め、同年十一月、機関誌『日本近代文学』を創刊して、こうして漸く学会の体裁が整ったと言える。

(24) 吉本隆明に『芸術的抵抗と挫折』（未来社、一九五九年二月）という著書があるが、彼自身の挫折を語ったわけではない。

(25) 「間人間的」とは、ほとんどの人に初耳の言葉だと思うが、当時は、inter-texturityが「間テクスト性」と訳され inter-subjectivityが「間主観性」と訳されていたのに準じて、私が作った造語。UCLA(当時、現在はシカゴ大学)のマイケル・ボーダッシュ教授はこれを、interpersonalと訳してくれた。

第一章　消し去られた無人称

私自身、ちょうどその意識化を待っている状態にいたためであろう。中島梓の「表現の変容」(『群像』昭52・9)は一つのきっかけだった。次のような箇所が、明治十、二十年代の表現状況の検討に取りかかる、そのはずみを与えてくれたのである。

　ところで、つかこうへいに代表される一群の志向性の特徴を考えるとき、忘れてはならないのが、それがはじめから表現され了《おわ》った現実の上に生まれてきた、ということであると思う。(傍点は原文のまま)

ここ数年私は、テレビや新聞、週刊誌などをとおして現実をうかがうことは止めて暮してきた。それらのメディアを借りなければ知りえない現実はカッコに括って、まずメディアそれ自体の話術に注意を向け、例えばドラマもCMも報道も表現としては等価だとみて、その映像技術や論理を探る。そして不可視の現実のほうは、日常的に強いられてくる課題の手ごたえをとおして推論してみる。そういう生き方を選んできたので、むしろそれだけに、中島梓の言う「私たち(とあえて云わせて貰いたい)にとってすでに世界はパターンの集合体にすぎない」「私たちにとって体験とは様式の選択以上のものではありえない」という世代が作っている世界は、自分の半身がかかわる問題として、切実な関心対象とならざるをえないのである。

それは、しかし、たとえばカレル・コシークが『具体性の弁証法』で批判した、にせの具体性の世界を全面的に承認することになってしまうのではないだろうか。

にせの具体性とは、日常的な現象世界をもちろん否定的にとらえた言葉であって、分業化した社会で断片化されてしまった個人の環境は、以下のような雰囲気でおおわれている。「すなわちそれは、現実の表面が、それがあたりまえで、もうすでにわかりきっているようにみえる世界として、そのなかで人間が《自然に》ふるまい、そこに日々たずさわっているところの世界として固定されるにいたるような精神的雰囲気である」（花崎皋平訳）。

ただし、にせの具体性の世界とは言っても、あくまでもそれは具体的な、つまり感性にとって疑問の余地なく明瞭で、日常的におなじみの生活環境である。これを別にして、ほかのところに本質的な世界が存在するわけではない。個々の人間にとってはこれこそが唯一の直接的な現実なのであって、ただ、その自然な外観に感性が馴れきってしまったとき、あるいはまたその現実との交渉によって作られた感性が自然なものとして自己肯定されているようなとき、《事態そのもの》はついに見えなくなってしまう。この、直接的知覚から隠されている、まだ全面的に開示されていない《事態そのもの》をとらえるためには、「あらゆる探求にさきだって」とカレル・コシークは提言した。「直接に露呈する現象に対立して、事態のかくれた真理が存在するということについての一定の知識をもたなければならない」と。これで分かるように、かれは、日常性に馴れきった感性を否定し、それをのり超える「一定の知識」の必要を説いていた。言葉を換えるならば、「あらゆる探求」、つまり実践（もちろんそれは感性的な実践でなければならない）に「さきだつ」ところの、一種の先験化された「知」の存在を、かれは前提としていたのである。その「知」は、「また事物のかくされた根拠は、特定の活動をつうじて暴露されねばならないから、科学と哲学が存在するのである」（傍点は訳文のまま）という、その「科学と哲学」でなければならなかった。

しかし、「一定の知識」などというものを予定しないで、もともと人間の感性的な活動ははじめられてきたはずである。だから、その感性的活動それ自体のなかからにせの具体性が気づかれてゆくプロセスこそ、まず明らかにされる必要があったであろう。それを担当するのは、科学でもなければ哲学でもない。対象の感性的な表現による、感性の対象化、として成立する文学こそ最もよくその仕事を担いうるのである。

　つかこうへいの『小説　熱海殺人事件』は、方法的には、「それは言語に現わされた現実の諸因子を手段として制作される芸術」「言い直せば現実の功利性の中に含まれる政治、倫理、道徳、実践的価値というようなものが、散文芸術の中では手段という資格をしか持たない」（「散文芸術の性格」）という、伊藤整の考え方を徹底化させてみた作品だと言うことができる。徹底化させた極限で、伊藤整流の「芸」の理論までもパロディ化してしまった。もともとテレビというメディアが、それ固有の表現様式（コマーシャルも含む）を追求する過程で、現実のあらゆる事件を「手段」として利用するシステムを作ってきてしまったためであろう。一たんテレビ・カメラが介入するや、反体制的な学生の叛乱さえもがショー化させられてしまう事態を、『初級革命講座　飛龍伝』でかれは戯画化している。そのテレビや、そしてまた映画に使嗾された欲望とその表現様式だけから、自分の発想や感性を作ってきた刑事たちが、むきになってその好みを現実の事件に押しつけようとする、『小説　熱海殺人事件』の爆発的なおかしさ。様式上の好みとしてしか発揮されない感性的な活動だけをもっぱら集中的に描いて、現代人の感性がにせの具体性の世界しか作れない事態の滑稽さを、あざやかに喝破していた。感性が、いわば自分の正体をあばいてみせたのである。

　それにしても、みずから正体をあばいた感性的世界のなんと滑稽で、しかしまた、なぜ急速に白々しく、退屈させられてしまうのであろうか。これは、つかこうへい一人だけの問題ではない。かれによって戯画的にあばかれたわが国近代文学の伝統は、その感性的表現の真実さをもって作品のリアリティの保証としてきたわけであるが、結局それはほんものの具体的世界の見せかけを作ってきただけだったのであろう。つかこうへいもまた、自分の同時代の感性を作るという伝統には律義なほど忠実だったのであり、だからこそこの伝統の正体を逆説的に明かす結果を生むことができたのだった。時代が強いた感性をあるがままに肯定して、感性の表現に関心を集中して作り出した、巧緻な感覚的世界の不毛な退屈さ。この弱点もまたかれはそのまま受け継いでいるのである。

『感性の覚醒』のなかで、中村雄二郎は、これまでの哲学史、つまりフィロ―ソフィア（愛―知）の歴史は、「愛」よりも「知」を重視する傾向を持ち、理性が感性を抑圧してきたことを指摘していた。つい最近私は、この、人間の全体性恢復を目指す優れた論考を読み、本論の問題意識もそれに負うところが大きいのであるが、こと文学の歴史に関するかぎり、事態も問題の立て方も反転させざるをえない。文学の歴史においては、抑圧されてきたのはむしろ理性だったのである。

感性的な言語表現とは、感性の言語的な把握であって、その作業の積み重ねのなかから当然感性についての「知」が派生してくる。この「知」が作用して、その個人にとっての必然性や自然さが感じられないような表現は虚偽として摘発され、誇張と装飾性を嫌う、いわゆる近代的な文学文体が作られてきた。そればかりでなく、政治（的なイデオロギー）や社会制度（的なマナリズム）の人間性抑圧ということが強く意識されて、その結果、感性は護られねばならぬもの、まず肯定されてあるべきものという観念が出来上ってしまった。内在的な「知」の働きは、不自然でないと認められるかぎりにおいてその感性をあるがままに支持する、という役割に自己限定されてしまったのである。批評もまた、この範囲から出ることは容易に許されなかった。内在的な「知」の働きを限定したまま、近代の文学者たちは、もちろん自然的なもの、と認められた範囲で自分の個性的な感性表現を自負し、氾濫させてきたわけだが、しかし、そのあるがままの自明性を反省し、批判する内在的な「知」を眠らせてしまった表現は、結局どうしようもない停滞と退屈を他人に強いてしまう。それは、全体化への視向を育てないということだからである。

　もはや個性などというものは信じられないという時代が来て、むしろそれだからこそ、これは状況的に強いられた感性であるが故に時代的に必然でもあれば自然でもあるのだ、という観念に依りかかって、感性表現を氾濫させてゆく。《事態そのもの》を目指さず、ただ現代がにせの具体性世界に陥ちこんでいることを逆説的に明かすだけだ。つかこうへいの作品が後半にわかに退屈させてしまうのは、このためである。たとえて言えば、いまの中学生や高校生が、教師へのある期待を籠めて攻撃的な態度に出る。それはいわゆる学園ドラマのやり方そっくりであって、もちろんかれらはそれがクサイことをよく知っている。が、それをからかう流儀もまたテレビでタモリがゲストの仕種《しぐさ》を擬《もど》いて笑いものにするやり方そのものだ、という悪循環から出られないのである。中島梓もまたそれを時代的に意味づける「知」しか持たなかったため、表現は変容しつつあるという予感を語るだけにとどまらねばならなかった。

　とはいえ、中島梓の「表現され了った現実」という指摘は、やはり私には一つのきっかけだった。「表現と現実――虚構と非・虚構、という、対置構造の認識体系」そのものの「変容」、という認識に、それは由来している。

　猥雑なほど多種多様な表現状況のなかから、感性に関する一定の「知」が派生して、いわゆる近代的な文学文体の確立を促進し、だが、その「知」が写実主義や描写意識によって萎縮させられてしまった結果、自分が脱ぎ棄ててきた過去の多様な表現形式からあらためて可能性を引き出してくることができない。ばかりでなく、その「知」の否定性を媒介とした感性表現の全体化視向までも喪ってしまった時代。その経緯を検討しながら、感性変革の可能性を確かめるというのが、本論の目的である。

内在的な「知」が作用して、自己脱皮的に、その書き手の感性にとって必然的でもあれば自然でもあるような文体を作ってゆく。このような表現の個人史が、そのまま時代的な表現史と重なっていた、稀有な事例が、二葉亭四迷の『浮雲』の場合である。

ただ、その形成のプロセスはいずれ後にふれることにして、ここでは、まず、脱ぎ棄てられていった表現形式のなかにどんな可能性が潜んでいたかを検べておきたい。次は、よく知られている『浮雲』第一篇（明20・6）の書き出しである。

千早振《ちはやふ》る神無月《かみなづき》も最早《もはや》跡二日の余波《なごり》となツた廿八日の午後三時頃に、神田見附《かんだみつけ》の内より、塗渡《とわた》る蟻、散る蜘蛛の子とうよ〳〵ぞよ〳〵沸出でゝ来るのは、孰《いづ》れも顋《おとがひ》を気にし給ふ方々。しかし熟〻《つら〳〵》見《み》て篤《とく》と点検すると、是れにも種〻《さま〴〵》種類のあるもので、まづ髭から書立てれば、口髭、頬髯、顋《あご》の鬚、暴《やけ》に興起《おや》した拿破崙髭《なぽれをんひげ》に、狆《ちん》の口めいた比斯馬克髭《びすまるくひげ》、そのほか矮鶏髭《ちやぼひげ》、貉髭《むじなひげ》、ありやなしやの幻の髭と、濃くも淡《うす》くもいろ〳〵に生分《はえわか》る。髭に続いて差《ちが》ひのあるのは服飾《みなり》。白木屋《しろきや》仕込みの黒物《くろいもの》づくめには仏蘭西皮の靴の配偶《めをと》はありうち、之を召す方様《かたさま》の鼻毛ハ延びて蜻蛉《とんぼ》をも釣るべしといふ。是れより降《くだ》つては、背皺よると枕詞《まくらことば》の付く「スコツチ」の背広にゴリ〳〵するほどの牛の毛皮靴、そこで踵にお飾を絶《た》やさぬ所から泥に尾を曳く亀甲洋袴《かめのこづぼん》、いづれも釣《つる》しんぼうの苦患《くげん》を今に脱せぬ貌付《かほつき》、デモ持主は得意なもので、髭あり服あり我また奚《なに》をか覓《もと》めんと済した顔色《がんしよく》で、火をくれた木頭《もくづ》と反身《そつくりかへ》ツてお帰り遊ばす、イヤお羨しいことだ。（以下略）

もちろんこれは、いわゆる写実主義の表現ではない。

このとき二葉亭の関心をより強く占めていたのは、役所を退けて出て来る官員たちのリアルな描写ではなくて、むしろそれを読者に伝える一人の語り手の存在であっただろう。その語り手は、みずからを作品内に現わすこと、たとえば「余」とか「私」とかいう具合に名乗ることはけっしてなかった。物語の展開にも参加はしない。けれども、一体どの位置からこの光景を眺めているのか分からないような、単なる観照的な眼差しだけでもなければ、また、作品内のどこにでも入り込んでゆくことのできる、特権的な語り手でもない。それがとくに強調されていた。役所を退けてきた若い一人（内海文三）を選んでその後を尾けてゆき、彼が「トある横町へ曲り込んで、角から三軒目の格子戸作りの二階家へ這入《はい》」ったとき、この語り手は、「一《いっ》所《しょ》に這入ツて見よう」と読者にことわっている。このように、その語り手は明らかに自分の存在を意識していて、それが明示されるとともに、読者は単なる聴き手の立場を離れ、語り手と共犯的な位置に立たされてしまうのである。本田昇がたずねてくる。「挨拶をした男を見れば、何処歟《どこか》で見たやうな顔と思ふも道理、文三の免職になつた当日、打連れて神田見附《かんだみつけ》の裏《うち》より出て来た、ソレ中背《ちゆうぜい》の男と言ツた彼男《そのをとこ》で」と、この語り手は読者の記憶に訴える。本田は文三のいる二階へ上ってゆき、語り手はお政やお勢とともに階下に残る。二階から誰か降りてくる。「シツ跫音《あしおと》がする、昇ではないか……当ツた」と読者に合図をし、眼くばせをする。このようにこの語り手は、自分の位置をはっきりと意識していたのである。

この自覚は、先ほどの冒頭の場面にもよくあらわれていた。かれは、たしかにある一定の位置からその光景を眺めている。その語り口は、いささかわずらわしいほど自己顕示的であった。官員たちを面白半分に皮肉りながら、「孰《いづ》れも顋《おとがひ》を気にし給ふ方々」と、慇懃無礼な敬意を表しておくことも忘れない。底意地のわるい観察を語っておいて、「イヤお羨しいことだ」と皮肉な科白を投げつけていた。
いわゆる言文一致体の実験と見てさえ、それはあまりにも逸脱が多い。寺田透（「近代文学と日本語」昭33・

11）が言うように、「かういふ調子をとつた、飾り沢山の言葉は、けして今から七十六年前の当時にあつても普通の『言』ではありえない。高座や狂言の舞台から聞かれる言葉ではあつても、街中や一般民家で聞かれる言葉であつたはずはない。そこらで聞かれたとしても、話し上手と評判をとつた連中が、ひとに聞かせたくて話す話し方であつたらう」。

ただし、「ここから講談や落語の筆記、それに天明ぶりの連句まではさう遠くない」という寺田透と、私のとらえ方はやや異っている。だがその前に、この種の表現がどの程度まで二葉亭自身の独創によるものであったかを確かめておかなければならない。

『浮雲』第一篇と第二篇は、表紙に坪内雄蔵著と書かれ、本文の最初のページでは春のや主人　二葉亭四迷合作となっていた。その書き出しは、坪内逍遙の『京わらんべ』（明19・6）の「発端」ときわめて類似している。縁語や掛詞を駆使した駄じゃれ、軽口は、逍遙の加筆、あるいは逍遙の誘導による表現と、容易に推定することができる。ところが、多くの類似にもかかわらず、ただ一つ、逍遙の作品になく、二葉亭の『浮雲』にあらわれていたものが、あの語り手の存在、ややわずらわしいほどのその自己顕示だったのである。

しかもその語り手の自己顕示は、第二篇の後半から次第に姿を消してゆく。そこがむずかしいところであるが、その語り手の明らかな提示は二葉亭自身の工夫にかかわり、かれの判断によってやがて消去されていった、とここでは考えておきたい。すると問題は、それでは、この語り手は一体いかなる存在なのであろうか。

もう一度言えば、それは内海文三以下の人物たちとからみ合う作中人物の一人ではなかった。だからと言って、作中どこにでも（主人公の内面にまで）自由に出入りできる作者自身とは必ずしも一致せず、つまり一応は区別された、その場面における自分の位置をそれなりに自覚している、いわば無人称の語り手だったのである。役所から帰ってくる官員たちの髭や服装を面白半分にあれこれと見立てて、「イヤお羨しいことだ」と冷やかしていたかと思えば、「しかし日本服でも勤められるお手軽なお身の上、さりとはまたお気の毒な」とからかってゆく。このような対象のとらえ方は、二葉亭自身の感性にとって必然でもあれば自然でもあるような表現であったかどうか。もちろん全くの借り物ではなかっただろうが、『浮雲』の後半やそれ以外の作品から判断してみるならば、二葉亭はそういう表現をとくに好み、得意とするような感受性や嗜好の持ち主ではけっしてなかった。そういう意味でも、この無人称の語り手と作者自身とは一応区別されるのである。

いま、自分の感性に関する一定のたしかな自己把持があって、それにとってのみ必然的でもあれば自然でもあるような言葉だけで統一された文体を、表現における「私」性の展開と呼んでおきたい。この「私」性の獲得がなければ私小説は書き得ない道理であるが、しかしもちろん私小説にしか見られないものではなく、いわゆる近代文学的と呼ばれる作品を特徴づけているところの表現様式である。二葉亭四迷の「私」性が最もよく展開されていたのは、言うまでもなく内海文三の心理や感覚に即して表現していた箇所であっただろう。作者の自己仮託、あるいは感情移入という印象を、そこから読者は受け取ってくる。特定の人物に託された、そういう「私」感性の展開を、私たちが作者の「内面」の表出として実体化してしまったとき、それがいわゆる近代的な個我意識と呼ばれるものであった。

おそらく二葉亭は、作中人物のだれからも相対的に独立した無人称の語り手を設定して、それが目撃したことの情報という形で作中の事態に客観的な外観を与えようとしていた。けれども、この語り手が事態をとらえる時の眼のつけどころの卑俗さや、語り口の軽薄さなど、結局二葉亭が他人の作品に学んで語り手に与えたそれら野卑な感性に、かれ自身の「私」的な感性が違和をひき起してしまったのである。というより、その語り手を動かしている間に、やがて二葉亭のなかで感性の「私」的な把持がようやく明確になってきたので、むしろそれによって内海文三の心理や感覚を創ってゆく自在さに惹かれざるをえなかった。あるいはまた、その方法こそこの作品が自分にとって必然である所以を強めてくれるにちがいない、という発見にみずから引きずられてしまった。そのように考えるほうが、かえって実情にかなっているかもしれない。いずれにせよ、無人称のこの語り手が消去されるのは必然だったわけだが、それにもかかわらずまだ私はこだわらずにはいられない。それは、小説にとって邪魔でしかないような存在だったのであろうか。

三たび言えば、その語り口は、「私」性として自己把持されていただろう作者の感性からしばしば逸脱し、みずから調子づいてゆき、しかも、見聞した事柄を正確に誠実に伝える自覚からはかなり縁遠かった。それは、もっぱら読者に向けられていた。ということは、つまり、読者と共通の関心、いや共通の感性を生きようとしていたことにほかならない。読者と共通の感性を背負って、作品の空間を生き、作中人物にとっては透明な存在であったけれども、それでもやはり作品空間に自分の位置を選び、みずから選んだ位置に拘束されざるをえない一個の語り手だったのである。

作者の、いわゆる内的な必然によって創られた主人公の感性的な世界。作者の真実を託した形象は当然読者にとっても真実であるはずだ。そういう前提に立った、この、いわば心情的感慨に塗りこめられた世界は、多くの場合読者に対する独善的な強制に陥込んでしまう。けれども、それとは別に、読者とこの世界を架橋する語り手が内在させられていなければならない。作者の創作動機にかかわるものが前者だとするならば、後者は物語を創る意欲が対象化されて、その運動によって作品空間を立体化し、事態を見定めてゆく、要するに作品世界の客観性に責任を負うべき存在である。これを喪うことは、だから、もっぱら「私」感性の展開しかあらわしえない、つまりモチーフだけに頼って書き、作品の内部構造を平板、貧困にしてしまうことにほかならなかった。

作者が好むと好まざるとにかかわらず、それは私小説化への傾斜を強めざるをえなかったし、またそのようなものとして読まれざるをえない。

おなじ状況を生きる、生きざるをえないという意識が必要だったのであろう。『浮雲』における無人称の語り手が、内海文三の悲劇を見定める証言者たりえなかったことはたしかである。その眼のつけどころはあまりに低く、無責任で、その感性は卑俗だった。二葉亭は、当時の読者の関心や感性をその程度にしか見積ることができなかった。換言すれば、かれが参照した当時の物語そのものが、それ以上の質をまだ獲得していなかったのである。

だが、もしその語り手に、これら登場人物たちと自分もおなじ状況を生きざるをえないのだという自覚が与えられていたとするならば、たとえ当初の関心に野卑なところが含まれていたとしても、事態の本質を理解するにつれて、自分への反省がはじまり、その関心や感性は高められ、また拡げられていったにちがいない。このとき、その共通性を生きるものとして把握されていた、読者の感性もまた変えられてゆくのである。

この『浮雲』ばかりでなく、読者との共通性を生きようとする視点、発想、文体の作品は、当時幾つか書かれている。だが、いずれも通俗的な要素として、やがて消去されてしまった。

しかしおなじ状況を生きる自覚は、自然発生的な芽ばえとしてであったが、ともかく生れつつあったのである。

現在それが見えにくくなっているのは、漢文体の風俗誌というジャンルのなかに起っていたことだからであろう。

銕欄橋上、肩摩轂撃、車《ハ》若《ク》流水《ノ》、馬《ハ》似《タリ》游龍《ニ》、御夫揚《ケテ》鞭《ヲ》、叱咤過《ル》者《ハ》、非《レハ》敕任官吏之退食《ニ》、則華族之趣《ク》銀行《ニ》也、乗客二三若《クハ》五六、馬痩《セ》車剝、叫《ビ》眼鏡《ト》、呼《ブ》浅草《ト》者《ハ》、千里軒之馬車也、輦車《ジンリキ》之夥《キ》紛々如《ク》織《ルカ》、乗客千様、姿態不同《カラ》、手擁《ハゲ》《スルハ》愛妾《ヲ》、誇《ル》男女同権《ヲ》先生《ニシテ》、而《シテ》眼対《スルハ》洋書《ニ》、示《スノ》知識発達《ヲ》書生也、不覚《エ》落帽《ヲ》貪《ル》眠《リヲ》者《ハ》、品川帰来之嫖客《ジョロカヒ》《ニシテ》、而斜《メニ》抱《キ》孩児《ヲ》、与《ニ》大袱褸《オホブロシキ》倶《ニスル》者《ハ》、横浜搬房《ヤドガヘ》之老婆《カミサン》也、半髪《モ》過《キ》焉、洋服《モ》行《キ》焉、如《キハ》車夫《ノ》則簇《カリ》橋《ノ》南北《ニ》、喧聒招《キ》客《ヲ》、車声雷轟、人影聯接、雑遝可《シ》想《フ》（以下略）

松本万年『東京新橋雑記』第一編（明11・8）の、冒頭に近い一節である。

まず場所を選び、見る位置を定めて、その景況を叙す、という方法がここに見られる。「敕任官吏之退食」とは、分かりにくい表現であるが、敕任（奏任）は退食（職）に掛けた縁語であろう。任命された役職から利得を吸い上げ、職務上の利益をむさぼり喰らう官吏。馬車を走らせてゆくのは、そういう官吏が役所を退けてゆく姿か、そうでないならば、華族が銀行へ出かける場合である。

その作者について、私は全く無智であるが、多分成島柳北の『柳橋新誌』や服部撫松の『東京新繁昌記』の成功に刺激されて、かれはこの著述を思い立ったのであろう。ただ、漢文体表現のなかで縁語、掛詞の面白さを狙っているところ、かれは、柳北や撫松に較べて、より戯作小説の書き手に近い表現意識をもっていたようである。

もちろんかれは、新橋の光景を見ていたにちがいない。だが、何回かの経験のうち、とりわけ印象深かった光景をあるがままに書こうとしていたわけでなく、だれもがそこで見かけるであろう景況を抽象、選択して、まず最も目ざましい政府高官や華族たちの車馬風景を取りあげ、これを庶民的視点から嘲笑していたのである。「さま〲に。移《うつ》れバ換《かは》る浮世《うきよ》かな。幕府《ばくふ》さかえし時勢《ころほひ》にへ。武士《ぶし》のみ時《とき》に大江戸《おほえど》の。都《みやこ》もいつか東京《とうきやう》と。名《な》もあらたまの年毎《としごと》に。開《ひら》けゆく世《よ》の余沢《かげ》なれや。貴賤上下《きせんじやうげ》の差別《けじめ》もなく。才《さえ》あるものへ用《もち》ひられ。名《な》を挙《あ》げ身《み》さへたちまちに。黒塗馬車《くろぬりばしや》にのり売《うり》の。息子《むすこ》も鬚《ひげ》を貯《たくは》ふれば。何《なに》の小路《こうぢ》といかめしき。名前《なまへ》ながらに大通路《おほどほり》を。走《はし》る公家衆《くげしゆ》の車夫《くるまや》あり」と、これは『当世書生気質』の冒頭であるが、『新橋雑記』の書き出しはその先蹤であった。

続けて松本万年は人力車風景を述べ、さらに下って徒歩でゆく者の風体を叙していた。より身分地位の高いものから下へ眼を転じてゆく、この順序立ては、『浮雲』の冒頭と一致している。ことわっておけば、私は、逍遙や二葉亭が『新橋雑記』から直接に影響されていたことを言おうとしているわけではけっしてない。ただ、漢文体風俗誌が戯作的発想を強めてゆく過程で、『書生気質』や『浮雲』の冒頭に相当するような場面（とそれを見る視線）の方法がすでに準備されていた事実を、ここで指摘しておきたいのである。

漢文体で風俗をとらえようとすることは、そのまま、風俗から逆にとらえられることでもあった。大袱襆と書いて、オホブロシキと訓ませる。この種の工夫は、『柳橋新誌』や、もっと遡って寺門静軒の『江戸繁昌記』にも見られるところで、漢文体風俗誌のほとんど常套的な手法だったと言うことができるのであるが、『新橋雑記』の「与二大-袱襆一倶者、横浜搬房之老婆也」という表現の場合、「見ろよ、あのざまを。まるで流行らない年増芸者が横浜へ宿替えする図じゃないか」といった声調をさえ響かせていた。他人の会話を写そうとして、たとえば「卿《オマヘ》宜《ベシ》下設《シクケ》二一-大-牢《タントオゴリヨ》一以饗《テス》上」（『柳橋新誌』）というように工夫されていたのと違って、戯作的発想が地の文そのものに繰り込まれていたのである。漢文の口語化、と呼んでそれはさしつかえないであろう。

すでに分かって貰えただろうが、『浮雲』における「暴《やけ》に興起《おや》した拿破崙髭《なぽれをんひげ》に、狆《ちん》の口めいた比斯馬克髭《びすまるくひげ》、そのほか矮鶏髭《ちゃぼひげ》、貉髭《むじなひげ》」「泥に尾を曳く亀甲洋袴《かめのこづぼん》」というような表現。これを訓読的側面からみれば、もちろん調子づいた語り口調として、寺田透の言う「ここから講談や落語の筆記、それに天明ぶりの連句まではさう遠くない」との判断が出てくるのであるが、しかしこれはあくまでも書かれたもの、つまり漢語的表現それ自体の印象的効果も狙った文章と見るならば、その先蹤として、漢文体風俗誌が出てくるのである。そればかりでなく、『新橋雑記』の冒頭を思い出させるような、この、自分が狙った場面に登場してくる雑多な事象の列挙形式は、『浮雲』第二篇（明21・2）の最初の章「団子坂《だんござか》の観菊《きくみ》」のなかにも見られ、屋外の場面を記述する場合の二葉亭独得の好み、または固定観念を窺うことができるのであるが、その手法がどこに由来していたのか、それもまた以上の点から解いてゆくことができるのである。

その場面を表現しているうちに、自分もまたおなじ状況を生きざるをえない意識が派生して来、だからその次に、この意識をもって場面を選択する方法が生れてくる。それが見られるのは、服部撫松『東京新繁昌記』第三編（明7・6）の、「書肆」の章である。

方今書肆之数、追次繁殖《シ》称《スル》二老舗《ト》一者《ハ》大凡《ソ》五百。至《テハ》二其子肆孫店《ニ》一不《ス》レ可《ラ》二算数《ス》一。有《リ》下売《ル》二洋書《ヲ》一者上、有《リ》下買《(ママ)ル》二雑本《ヲ》一者上、有《リ》レ発《スル》二新版《ヲ》一、有《リ》レ鬻《ク》二古籍《ヲ》一、有《リ》二曬書肆一、有《リ》二貸本店一、本街横坊比々連《ヌ》レ戸《ヲ》。是《レ》因《テ》二読《ム》レ書《ヲ》人《ノ》多《キニ》一致《タス》二此《ノ》大繁昌《ヲ》一也。学問《ハ》元《ト》在《リ》レ弘《ムルニ》二智識《ヲ》一々々開明《セハ》則《チ》多《シ》レ所二発明《スル》一々々《スレハ》則《チ》書類日《ニ》新《タニシテ》又日《ニ》新《タニ》自レ今加《ヘハ》二十年《ヲ》一現在之書或尽《ク》委《セン》二屑紙家《クツヤ》《ニ》一。一友論《トシテ》レ余《ニ》曰《ク》、如《キ》二子《カ》新繁昌記《ノ》一固《ト》無用《ノ》書先《ツ》為《ンヿ》二屑紙《ト》一必《セリ》矣、此書若《シ》不レ売《ンハレ》子又《タ》何《ヲ》以《テ》糊《スノ》二其飢口《ヲ》一。余曰、亦《タ》何《ソ》憂《ヒン》焉亦《タ》何《ソ》恐《レン》焉、及《ハ、》二余《カ》書不《ル》レ売《レ》時《ニ》一都下《ノ》繁昌《モ》亦《タ》必《ス》一変《セン》、余《カ》書忽《テ》為《テ》二返魂紙《スキカエシ》《ト》一又可《キ》三能《ク》記《ス》二将来《ノ》繁昌《ヲ》一也。（以下略。句読点は引用者）

この連中が儲け口の転がっていそうな場所に群がって来る様子は、如何にも滑稽であるが、それを描いている自分自身も格別すぐれたところがあるわけではない。対象と自己の同一性に関するこのような自嘲は、近世以来、戯作者たる人間にとって不可避的な、いやむしろ必要不可欠な自己合理化の方法であった。服部撫松もその発想に倣っていたのであろう。

しかし、ただ一つ、かなり決定的な違いが右の文章にあらわれていた。それは、興味ある現象として自分が取りあげた社会現象に対して、これを書く自分の行為もまたその事態のなかの一現象でしかありえないということ。この事実のほうがもっと滑稽なのだ、という認識である。傍観的な位置を取って、眼前の事態をただ諷刺的にとらえているということは、もはや許されない。振り返ってみれば、自分の著述もまた眼前の事態の一環でしかなく、そのことによって自分の存在理由は根拠づけられているのにすぎないのであって、それならば、この事態と自分は運命をともにするよりほかはないのである。

このような自覚は、服部撫松とよく比較され、むしろ撫松よりもはるかに高い評価を与えられてきた成島柳北には、ついに生れなかった。天下に無用の人たることを自認する、その裏側で、当時の政府高官のだれにも劣らない学殖への自負があまりに強すぎたのである。かれは柳橋に、蜘蛛のように網を張って、時を得顔の連中が醜態をさらすのを待ち構えていた。花街では、かれらの正体をあばく材料に不自由はない。見聞したところをだれが書いても、すでに十分に痛烈な批判となりうる場所だったのである。自分にもそういう事態が起りうるという危惧をもって、その場面に想像的に参加してみることはけっしてなかった。前田愛のすぐれた評伝、『成島柳北』によれば、『柳橋新誌』第二編（明7・2）が、かれの屈折した自己表現の作品であったことはよく納得できる。だが、表現構造そのものに即してみた場合、上記のような意味でその場面を視向的に生きてみる発想はなく、わずかに友人永芳山と阿清との交情を、中国明末の文人余懐の『板橋雑記』になぞらえて回顧する場面に自分を参加させているにすぎなかった。かれは回想的にしか生きられなかったのである。

その代りにかれは、芸妓を使っていた。もちろん、実際に芸妓を指嗾して政府高官に醜態を演じさせていたはずはないが、表現方法としてみるかぎり、かれは一種のあやつり人形のような形で芸妓にその場面を作らせていたのである。参考までに、一例を挙げてみたい。

一妓長シテ二于口ニ一短ナリ二于才ニ一人皆ナ命ケテ曰ヒ二饒舌児《オシャベリ》ト一又曰フ二無眼娘ト一一日与二衆妓一侍ス二某《アル》公之宴ニ一酒闌ハナリ、妓従容トシテ問テレ公ニ曰ク、聞ク公卿之在ニ西京ニ一也皆ナ造テ二合花牌《ハナアワセフダ》ヲ一以テ為スレ業ト、不レ知ラ殿下モ亦タ曾テ造ルレ之ヲ耶カ。公愕然無シレ語、少頃《シバラクシテ》荅テ曰ク、往時諸子閑散《ヒマ》不レ知ラ或ハ戯レニ造ルレ之ヲ歟カ、縦タトヒ有ルモ焉亦官爵迥カニ在ル二孤之左《オレノシモ》ニ一者耳ノミ、近来国家多事無キ下復タ一人ノ為ス二這様《コノ》ノ閑事《ツマラヌ》ヲ一者上必セリ矣。妓拊ツテレ膝ヲ曰ク、鮮セリ矣《ワカリマシタ》々近来坊間《マチナカ》花牌甚タ乏シ価モ亦随ツテ貴《タカシ》トシ、阿爺《オヤヂ》毎ニ嘆スレ之ヲ、妾モ亦不レ知ラ二其ノ故ヲ一、今者《ケフ》奉二承《ウケタマハリ》殿下之話《オハナシ》ヲ一、宿疑氷解《ワケガワカリマシタ》。（以下略。）

句読点は引用者）

有名な場面であって、当時、政府高官を片腹痛しと見ていた読者は、十分に溜飲を下げることができたであろう。

ただし、その恥部にふれて成り上り者（？）の公卿の不興を買ってしまったかもしれない責任は、場所柄をわきまえないおしゃべりな芸妓にある。しかもその芸妓の無知をも笑いの対象とするという形で、柳北はその場面全体の外に自分を置いていた。読者もおなじ位置にいることができ、だから痛快なのである。それを書いた責任はもちろん柳北自身にあったわけで――事実、明治九年八月、『柳橋新誌』は『東京新繁昌記』と一緒に、風俗壊乱の恐れありという理由で出版条例によって発売禁止の処分を受ける厄災に逢い、出版人山城屋政吉の願いにより、かろうじて年内販売が許されたのであるが――しかしかれ自身はあくまでも伝聞を書き留める立場にいただけにすぎず、場面そのものには何の責任もない。半可通と娼婦のやりとりを、襖一枚へだてた隣室で聞き、通人の立場からその滑稽をあばく、という書き方は、近世洒落本の作者が好んで用いた方法である。この、よくできすぎた花柳界挿話は、案外柳北の創作だったのではないか、と考えてみるならば、その表現構造上のからくりはもっと明らかになるであろう。

その意味で、『柳橋新誌』の各場面に使われていた芸妓たちは、もちろん柳北の（観念的に自己分化された）「私」をその場面に参加させるべく対象化した分身ではなく、読者への感性的な架け橋として設定された、場面に内在的な語り手でもなかった。みずからを滑稽化することで相手の滑稽を引き出してくるような自意識が、その芸妓たちに与えられていたというわけでもなく、要するに事態全体を滑稽視する柳北のあやつり人形以外ではなかったのである。かれは、自分もまたその状況を生きざるをえないという視向性を持たなかった。

　それにもかかわらず、事態を蔑視的に滑稽化する方法を押しとおしてゆけば、どうなるであろうか。『柳北奇文』（明11・3）のような、とげとげしい時事諷刺文の方向へ行かざるをえない。あるいはまた『新橋雑記』の後半における松本万年がそうであったように、『柳橋新誌』の仕掛けを見落し、滑稽こそ作者と読者を感性的に架け橋するただ一つの方法だという錯覚に陥入って、その滑稽を下司な方向へ押し進めざるをえなかった。「資質魯朴《ウマレツキヤボ》」な一書生が、新橋の芸妓にすっかり夢中になって、二三ヵ月も通いつめたところ、「一夕断《（ママ）》に上り忽ち玉塵《カノトコロ》微痛を覚え」たので、あわてて友人に相談した。友人は笑って教えてくれた。「謬策《シクジリ》々々、那《か》の花、向来新聞社長と綢繆幾会、聞くが如きは個《か》の社長、西南暴挙に際し久く熊本に在り探訪す、他《カレ》は是れ極て急色児《イロズキ》、飢渇《ヒモジイトキ》何ぞ飲食《マヅイモノ》を択ばん、癩瘡臭穢の賤娼を玩弄して、得て其の毒に染みて帰る、那の花必定社長先生土苴《ミヤゲ》を受く」（訓読および平仮名ルビは引用者）。その巻末で松本万年自身が認めていたように、それは、『仮名読新聞』や『猫々奇聞』などの落し噺的なゴシップ主義と同次元に立つことであった。『東京新繁昌記』の場合も、柳北のような記述は随所に見られる。だから、先ほど紹介した「書肆」のような場面が生れたのは、半ば偶然の結果だったのであろう。

　しかしその偶然の結果を生むことができたのは、花街に網を張って身を潜めていた柳北と違って、撫松は、その場所に足を運んでゆくルポライター的な風俗誌家だったからにほかならない。戊辰戦争で西軍と戦って落城した、二本松藩という小藩の儒官の子であった服部撫松は、柳北のようにわが身を「無用ノ人」と観じて超然たる姿勢を構える余裕はなく、「無用ノ人」たることは言わば切迫した生活事実であったのだろう。かれは記事を取るために、繁昌の場所に出かけてゆかなければならない。それは、当世流行の噂を聞いてそこから何か利益の種を拾おうと人々が群って来る場所であり、そうであるならば、たとえ傍観的にその風俗を書き誌すのがかれの立場であったとしても、結局かれ自身もまた何か書くべき種を探しに来た群集の一人であることに変りはなかった。そういう自分の姿がかれに見えて来た。それは、その場所に足を運ばなければ見えて来ない「私」であった。かつて中島棕隠は漢文の風俗誌『都繁昌記』（慶応3）の中で、乞食の仲間に入れてもらうためにさえ銭の三四貫は必要なのだが、にもかかわらずこんなに乞食が都にあふれているのは、つまりそれだけ商家が繁昌して施し物が多いからであろう、というような穿った見方を語っていた。撫松もまたそのような穿ちを狙いつつ、しかし滑稽視した相手とともに繁昌を追わざるをえない自分に気づかされてしまったのである。

『東京新繁昌記』が進むにつれて、見聞した事柄を穿ったり、言葉の駄洒落で滑稽化を狙ったりする発想は次第に姿を消し、事態の真相を告げる散文性が強まってきた。事態のからくりをあばくには、物語化が必要である。その第六編（明9・4）の最終章「代言人社」では、株式会社制度、代言人（弁護士）、負債に関する政府の訴訟法が、あたかも三位一体となって一老農夫から財産を奪ってしまった経緯が描かれていた。

この農夫は、会社設立を説く男に千円をだまし取られ、代言人に取立てを依頼したところ、まず謝金の半額五十円と代書賃若干を払わせられた。たしかに裁判には勝った。しかし、

夫《ハ》満面《ニ》含《ミ》レ春《ヲ》磕頭《オジキ》再三、慇懃《ニ》謝《シテ》曰《ク》、誠《ニ》労《セリ》二貴官《ヲ》一如《シ》非《ンハ》レ藉《ルニ》二貴力《ヲ》一叟豈《ニ》得《ン》レ開《クヲ》二今日之笑眉《ヲ》一乎、洪恩無量敢《テ》謝《ス》請《フ》速《カニ》握《リ》二其金《ヲ》一飛帰《リテ》レ郷《ニ》而綏《ンセン》二妻孥《(ママ)ヲ》一。社員少《シク》含《ミ》二吊声《(ママ)ヲ》一乎其レ恕徐々《ト》曰《ク》、屠《ルニ》二被告之身代《ヲ》一其物価僅《カニ》数円金也、彼等又有《タリ》二他《ノ》負債一各ゝ均《シク》分二受《シ》之《ヲ》一我《カ》所《ハ》レ受《ル》不レ過《キ》二二円余銭《ニ》一残金《ハ》待《テ》二彼《ノ》死灰再燃《ヘ》枯骨復《タ》肉《スル》之秋《ヲ》一令《シム》二弁償《セ》一、官印之証券《ハ》則是《レ》也、僕雖《トモ》三千万知《ルト》二尊老《カ》苦情《ヲ》一公平之官裁固《ト》法則之所レ

憑ル又無シレ如ニトモスル之ヲ何一、尊老断念セヨ。夫錯愕シテ潰フシレ胆ヲ茫然トシテ不レ知ラレ所ヲレ言フ、少クアッテ焉発シテニ顫《フルヘゴエ》音ヲ一道フ、箇ハ是レ夢寐歟、真実歟。（以下略。句読点は引用者）

なるほど法的な手続きに不正はなかった。だが、このような結果にしかならないだろうことを十分承知しながら、代言人社の社員は「臍底ニ含ミレ笑ヲ」、その解決を高い代金によって請負っていたのである。その場所で起りえた事件を率直に語ることが、事態を穿つ最もよい方法だ。かれは、必ずしもその老農夫に全面的な同情を寄せていたわけではなかったが、もはやこの事態を茶化したり言語の遊戯に耽ったりする感性を自分に許すことができなかった。それは、自分と他人を取り巻く現実的な事態そのものだったからである。

風俗誌とは、必ずしも事態のたしかな情報を心掛けたわけではなかったけれども、また、事態との出合いを視向しなければ生れて来るはずのないジャンルだった。言ってみれば、事態との出合い方そのものを狙った表現だったのである。カレル・コシークが言う、「あらゆる探求にさきだって」「事態のかくれた真理が存在するということについての一定の知識」を用意して、さてそれから服部撫松たちはその表現実践を開始したわけではない。当時は、和文体や口話体の東京案内記ふうな風俗誌も沢山書かれていたが、そのなかでもとりわけ漢文体風俗誌が魅力ある表現を残すことができたのは、もともと漢文が日本の風俗（と、それに対する感性）に密着しにくい文体だったからであろう。この、対象との乖離を克服しようとする工夫のなかから、表現する自分の位置についての反省が生れてきた。自覚的な位置選択のはじまりである。そのような努力によって、近代小説における、いわゆる描写の方法が準備されてきたのだった。

すでに見てきたように、眼前の光景に対して自分の位置を定めることから、対象への眼のつけ方の意識的な選択や、おなじ状況を生きざるをえない自分のとらえ方が派生して来、そればかりでなく、読者の関心や感性への架け橋として、作品に内在的な無人称の語り手が作者から分離されていった。

もしこの方法がそのまま発展されてきたならば、《事態そのもの》への「知」が深められると同時に、私たちの感性に関する反省的な「知」も強められ、感性とは創られるものであって、だから事態とともに変えられもするものだ、ということが理解されてきたにちがいない。問題を文学にかぎってみても、たとえば横光利一が「純粋小説論」で必死に説いていたような方法論は、よほど以前から自明化されていたはずである。

現代のメディアが告げている事柄も、これを表現のあり方としてとらえてみるならば、自分の表現様式を事実に押しつけながら、あたかもザハリッヒに事態を伝えているかのごとく擬態して、事態との出合いそれ自体を繰り込んだ表現の追求を放棄してしまっている。この表現状況に対する危機感は、高橋和巳が『白く塗りたる墓』のなかで語っていたけれども、ほとんど顧みられることがなかった。そればかりでなく、そのような情報―表現の機構が私たちの日常を支配して、感性を均等化し、もはや個人主義的な自我意識を支える確かな「私」感性は喪わせられてしまい、かえってそれだからこそ、さしあたり頼りうる方法はただ一つ、自他の区別を失いつつあるままにその「私」感性の変容を自動筆記法《オートマティズム》的に展開してゆく以外にはない。中島梓の指摘するような表現状況が生れてしまった所以である。

それならば、なぜ近代小説の書き手たちは、漢文体風俗誌から『浮雲』にかけて芽生えてきた内在的な語り手を棄ててしまったのであろうか。ここから、近代文学の根底が問われなければならない。

（53・4）

第二章　自己意識の可変性

自分の像を作品の中心に置く、という近代文学に特徴的な主人公の選択は、もともと、理想的な自己の仮構という動機から始まった。あるがままの自分を率直に告白するという意図によって始められたわけではない。この点、誤解はまだ現在も残っている。

小林秀雄は『私小説論』のなかで、「自分の正直な告白を小説体につゞつたのが私小説だと言へば、いかにも苦もない事で、小説の幼年時代には、作者はみなこの方法をとつたと一見考へられるが、歴史といふものは不思議なもので、私小説といふものは、人間にとつて個人といふものが重大な意味を持つに至るまで、文学史上に現れなかつた」と語っていたけれども、かれが問わなかった問題、つまり小説的な表現史のなかで、いつ、どのような形で自分というものが作者自身に問題になってきたのか、ということを考えてみるならば、政治小説にまで遡ってゆかざるをえないのである。

まず理想的な自己の仮構が目指され、だからこそ、仮構しつつ・仮構されている自分、という、言わば二重化された自己の姿がその表現の間から透けて見えてしまう。このプロセスが、近代文学の誕生を考える上で重要なのである。それが見えてきたことによってリアルな自己認識の運動が開始され、しかも、それが見えてしまったという心理過程そのものがモチーフとなったとき、そこに近代文学的な表現が生れた。

それならば、この二重化された自己とは、どのような形でわが国の文学者に体験されてきたのであろうか。これを明らかにすることは、やがてそのまま、わが国の文学者におけるリアルな自己認識とは果して唯一正当な自我のとらえ方であったかどうか、という問題の検討へと進んでゆくはずである。

文体史的な面から、まずその問題を考えてみたい。漢文で書かれていたけれども、返り点や送り仮名を附けられたその表現は、すでに漢文訓読体《よみくだし》だったとみるべきであろう。その種の漢文で書かれた風俗誌の次に、訓読体による物語があらわれてきた。代表的には、矢野龍溪の『経国美談』や東海散士の『佳人之奇遇』などである。

ただし、当時その訓読体に二つの傾向があったことに注意しなければならない。このことへの注意を私に喚起してくれたのは福地桜痴（「明治今日の文章」明26）であるが、たとえば「当是時臣唯独知有韓信不知有陛下也」という漢文を、「是時に当りて臣は唯独り韓信あるを知りて陛下のましますを知り奉らざるなり」というように、原文にない敬意表現などを補って、できるだけ和文脈に近づけて訓み下してゆく。これを訳読体と呼ぶ。

言ってみれば、頼山陽の『日本外史』の楠氏の章を読みながら、その下敷であった『太平記』を再現するような訓み方である。当時の読書人は、そういう二重性を享受していたのかもしれない。楠正成が後醍醐天皇の信任に応え、かつ天皇の覚悟をうながした言葉、「雖レ然。勝敗常也。不レ可下以二少挫折一変中其志上。陛下苟聞二正成未レ死也。則母三復労二宸慮一」という箇所を読んで、ただちに『太平記』の以下のような表現を想い出すことができたとすれば、たしかにそれは楽しい読書体験であっただろう。「合戦の習にて候へば、一旦の勝負をば、必ずしも不レ可《から》レ被《る》二御覧《ぜ》一。正成一人未《だ》生きて有と被《れ》二聞召一候はゞ、聖運遂に可《し》レ被レ開と、被二思食一候へ」と。

ところで、ここに使われていた「不可被御覧《ごらうぜらるべからず》」「被思食候《おぼしめされさふらう》」というような表現は、もちろん漢文にはありえない。和文の敬意表現を漢文に似せてあらわした、和漢文とでも呼ぶべきであろうが、近世においては幕府の御触れ書き、百姓町人の提出した公文書、また百姓や町人の間で交換する文書などに、むしろごく普通に使われていた。つまり、近世後半、福地桜痴の言う訳読体が知識人の間でほぼ完成していたことが確かであるならば、かれらが漢文を作るとき、和漢文的な言いまわしで訓まれることを当然予想していた場合が多かったにちがいない。またその和漢文的な表現を日常的に書きこなすことのできた百姓や町人にとって、漢籍全体とまでは言わないにせよ、少くとも日本人の作る漢文はけっして縁遠いものではなかった。このように上下に相通ずる文体が出来上っていたのであるから、これをうまく発展させたならば、国民共通の文章規範を創ることは容易であったはずだ。そういう意味のことを福地桜痴は語っていたが、一理ある観察だったと言うべきであろう。そして事実また、『日本文体文字新論』（明19・3）という論文を書いて、かなり根本的なところからいわゆる言文一致体の運動を批判していた矢野龍溪の場合、新しい国民的文体の創出の意欲が、『経国美談』の漢文訓読体のなかにも明らかに認められるのである。

その可能性をこわしてしまったのが、福地桜痴によれば、棒読体系統の、新知識人たちの文体であった。棒読体とは、先ほど例に挙げた漢文を「是時ニ当リ臣唯独韓信アルヲ知ル陛下アルヲ知ラザル也」と読むように、最低限必要な片かなの送り仮名を混えた、音読中心の訓み方である。もともとそれは、儒学生が原文を暗誦するために、「不敢当」を「フ　カン　トウ」と誦み習わしてきたような読み方であって、幕末に流行し、とくに諸藩の志士が意見を上申する際に好んで用いたため建白体とも呼ばれ、明治新政府の公用文書に採られて、いわば文章上の市民権を与えられたのだった。そう福地桜痴は説明している。

もっとも、かれが挙げていた、新政府発行の太政官日誌の場合、むしろ訳読体のやや簡略化された文体を用いていて、その点かれは少し誤解していたのかもしれない。どうやら棒読体を積極的に採用したのは『明六雑誌』系の欧化知識人であったらしく、和漢文的な表現に不自由しなかった庶民知識層にもよほどなじみにくかっただろう表現が簇出してくる。この文体が選ばれた背景には、ヨーロッパ人文科学の発想や表現の消化という課題があったからで、発想・文体における上下の乖離はおそらく近世後期よりもはるかに大きくなってしまった。しかも、そういう距離を作ってしまった知識人の間から、その種の文体を用いて、庶民の識字能力の低さを憂い、文章の改良が主張されるという、福地桜痴が嘲笑したような、いささか滑稽な事態が起ってきたのである。

東海散士が選んだのは、そういう棒読体系統の漢文訓読文体であった。

しかし、それだからこそかれらの政治小説は近代文学として成功しなかったのだ、などと私が言おうとしているわけではけっしてない。

重要なのは、『日本外史』の漢文が、『太平記』における和漢文的な敬意表現を切り捨てる形でしか成立できなかったのとおなじく、かれらの漢文訓読体は、伝統的な和文脈の表現に固有な身分関係的な（敬語法的な）感性を否定し、これを克服する役割を果してきたということである。それだけではない。政治的亡命者たちの国籍・性別を超えた国際的な連帯、という当時全く画期的だった、かれら民権運動家たちの文学的な幻想は、この、身分関係的な感性否定の文体を借りなければリアライズすることができなかったのである。

ある作中人物の、他の人物に対する身分関係的な感性が言語表現化されることは、これはある意味でやむをえない。だが、作品内部のそういう関係に重ねて、さらに作者自身の身分関係的な感性を累加的にあらわしてゆく。これはわが国の文学の実に長い伝統であったわけで、いわば一木一草のとらえ方にまでこの感性が行きわたっていて、あたかも自然な感性のようにこれを踏まえて表現する以外に、その書き手は、自分およびその読者をその表現対象にかかわらせる手だてを見つけることができなかった。その意味でこれは、ほとんどわが国の文学的モチーフそのものであったわけだが、先ほどふれた棒読体系統の訓読体は、それを用いた人たちが、方法的に意識していたか否かにかかわりなく、この伝統に決定的な裂け目を作ってしまったのである。福地桜痴が言うように、もし訳読体（あるいは、和漢文）を基礎とする近代の文章規範が作られてきたとするならば、その書き手（表現主体）の身分関係的な感性を断ち切ることはおそらく困難であっただろう。

たとえば『佳人之奇遇』の場合、その種の感性は、主人公の他の人物に対する関係ばかりでなく、その関係全体に対する作者自身のかかわり方にもほとんど全くあらわれて来ない。そういう新しい発想によって、作者は、他の作中人物とおなじ政治的状況を生きようとする主人公の自覚を創っていたのであるが、では、それがどのような結果を生むことになったか。私がこの作品に関心をもつのは、まさにその点である。

東海散士一日費《ヒラデルヒヤ》府ノ独　立　閣《インデペンデント、ホール》ニ登リ、仰テ自由ノ破鐘（割註は省略）ヲ観、俯テ独立ノ遺文ヲ読ミ、当時米人ノ義旗ヲ挙テ英王ノ虐政ヲ除キ、卒《つひ》ニ能ク独立自主ノ民タルノ高風ヲ追懐シ、俯仰感慨ニ堪ヘズ。慨然《がいぜん》トシテ窓ニ倚《より》テ眺臨ス。会〻《たまたま》二姫アリ。階ヲ繞《めぐり》テ登リ来ル。翠羅面ヲ覆ヒ、暗影疎香白羽ノ春冠ヲ戴キ、軽穀ノ短羅ヲ衣、文華ノ長裾ヲ曳キ、風雅高表実ニ人ヲ驚カス。一　小　亭《カーペンター、ホール》ヲ指シ相語テ曰ク、那《か》ノ処ハ即チ是レ一千七百七十四年、十三州ノ名士始メテ相会シ、国家前途ノ国是ヲ計画セシ処ナリト。（一小亭の説明、省略）又遥《はるか》ニ山河ヲ指シテ曰ク、那《か》ノ丘ヲ竃谿《ホルギー、ワーレー》ト呼ビ那《か》ノ河ヲ蹄　水《デラウエーア》ト称ス。噫晩霞丘《ああバンカヒル》。（傍点その他、筑摩書房版明治文学全集の表記に倣う。但し、「米人」の箇所は引用者の判断により訂正）

『佳人之奇遇』初編（明18・10）の冒頭である。作者が主人公として登場してくる書き方をとらえて、研究者たちはその私小説性に注目しているが、問題は、「東海散士」というこの三人称は作者自身のどのような自己意識が対象化されたものであったのか、ということであろう。

作品に附けられた「自叙」によれば、かつてかれはアメリカ留学中「国ヲ憂ヘ世ヲ慨」することが多く、「物ニ触レ事ニ感ジ発シテ筆トナルモノ」が溜って、十余冊に及んだ。それらは漢文あり、和文あり、時には英文もあって、「未《いま》ダ一体ノ文格ヲ為サズ」という状態の、いわば草稿に属する文章であったが、今年、つまり明治十八年に帰朝して二ヵ月ほどの閑暇を得、「乃《すなは》チ本邦今世ノ文ニ倣《なら》ヒ、之ヲ集録削正《さくせい》シ、名《なづ》ケテ佳人之奇遇ト云フ」ことになったのである。

自伝的要素が多いのはむろん当然のことであって、だから、右の証言から単純に類推するならば、その冒頭の場面も、かれがアメリカ滞在中に「物ニ触レ事ニ感ジ発シテ筆トナルモノ」の一つを、「本邦今世ノ文ニ倣」って「集録削正」したものであった。

だが、実際はそれほど単純ではありえない。

作品は、先ほどの引用に続いて晩霞丘の説明が加えられ、それから明治十四年暮春にその地に遊んだ経験が回顧されて、そのとき鉄硯子という人物と交換した漢詩文の紹介へと進んでゆく。その漢詩文は、たしかに晩霞丘で着想されたものであっただろう。「東海不レ競ハ自由ノ風。壮士徒ニ抱ク千載ノ憂。（略）感ジテレ時ニ慨スレ世ヲ他郷ノ晩。飛絮落花増ス二客愁ヲ一」と。ところが、右の冒頭における現在時は、明治十五年の春であった。

こまかいことにこだわるようだが、つまりかれはその漢詩が着想された晩霞丘探訪のときの状況を語らず、代りに、その一年後の独立閣の場面を選んでいたのである。その漢詩の前半、「孤客登臨ス晩霞丘。芳碑久ク伝フ幾春秋。爰ニ挙ゲテ二義旗ヲ一除キ二虐政ヲ一。誓テ戮シテ二鯨鯢ヲ一報ズ二国仇ヲ一。解キレ兵ヲ放ツレ馬ヲ華山ノ陽。凱歌更ニ盟フ十三州。政重ジテ二公議ヲ一風俗淳ク。策務メテ二保護ヲ一国用優ナリ」という表現を、あの冒頭の場面と較べてみるならば、この漢詩のモチーフを、独立閣の場面に移して散文化したのが先ほど引用した冒頭表現であったことは明らかであろう。「東海不レ競ハ自由ノ風」という痛恨の感慨が、さらに一そうその切実さを増してくるのは、まさに独立閣に登ったとき、「卒ニ能ク独立自主ノ民タルノ高風ヲ追懐シ、俯仰感慨ニ堪ヘズ。慨然トシテ窓ニ倚テ眺臨ス」という心的な状況においてでなければならない。多分かれは、そう判断したのだ。「物ニ触レ事ニ感ジ」て書き溜めてきた憂国慨世の漢詩文を、新世代の読者へ架け橋する。そのためにかれは、「本邦今世ノ文」（訓読文体）を借りて、それらのモチーフや主題の必然性がより強められるような場面を選択し、つまり作為していたのである。

　主題の必然性を狙った場面の設定には、おのずから自己仮構の視向が含まれていた。

たまたま二人の女性が登って来て、一小亭を指して独立戦争当時のことを話題に上せるや、たちまち主人公東海散士もまたおなじ関心を生きはじめていた。かれの眼にその二人がどのように映っていたか、「文華ノ長裾」というような表現によくあらわれている。地面に曳くような長くて軽やかな裳裾一つにも、かれはこの国の文明の華麗さを感じないではいられなかったわけで――それがまた、歴史的に「能ク独立自主ノ民タル」ことのできたアメリカの「高風」に対する憧憬、というよりは、むしろ後にふれるような圧迫感に重ねられて――そういう感性的な表現によって、作者は、「物ニ触レ事ニ感ジ」ている主人公の直接経験を読者へ架け橋しようとしていたのである。続いて彼女たちは、蹄水のほうを指さす。そのはるか彼方に、一年前晩霞丘を訪ねておのれの人生主題を確認していた、自分自身の姿が浮んでいた。分かるように、彼女たちの指向は、主人公が一年前の経験を自分に甦えらせようとした内的な視向の、その外在化された表現にほかならなかったのである。先ほど引用した冒頭の結び、「噫《ああ》晩《バン》霞《カ》丘《ヒル》」という一句は、文脈上は彼女たちの一人の言葉であったはずだが、次の展開からみるならば、一年前の回想に入ってゆくかれ自身の嘆息でなければならない。しかも、鉄硯子から贈られた漢詩の紹介が終ると、いきなり、「ノ一挙独立ノ檄文ヲ此閣ニ草シ」云々という彼女たちの会話に戻ってゆく。まことに巧妙にして奇妙な展開だったと言いたいところであるが、要するに作者東海散士は、主人公の発想や視向と彼女たちのそれを厳密に区別することがまだできていなかったのである。

結局それは、まだかれのなかで、主人公化された自分と書いている自分自身とを区別する意識が育っていなかった証拠にほかならない。が、ともあれ、以上のような形で主人公の視向を外在的に担った女性を登場させてしまったからには、その主人公もまた彼女たちにふさわしい自己を仮構せざるをえない。その仮構性がにわかに高まるのは、彼女たちと共通の運命を背負うことが強調される場面においてであった。

もう少し内容紹介的な記述を続けるならば、彼女たちとおなじ関心を抱いたことが伏線となって、かれはその翌日再会し、幽蘭のスペイン、紅蓮のアイルランド、そして范卿の口から支那大陸の政情を聞き、西欧列強に侵略されて弱小化されてしまった民族の運命に慄然とする。おなじ運命に、祖国日本が見舞われる危険がないとは言えないからである。ただ一つ、かれらと根本的に異るところは、幸いにも日本は外国の支配を受けているわけでなく、だからかれもまた、かれらのような政治的亡命者だったわけでもない。もともとかれは、経済学を修めにアメリカへ渡って来、その友人から、「諸老事《トシ》二苟且《ヲ》一。大勢日《ニ》萎微。財度失《ヒ》二其《ノ》節《ヲ》一生霊号《ブ》二凍飢《ニ》一。（略）欽《ム》君《ガ》独《リ》講《ジテ》二経済《ノ》術《ヲ》一欲《スルヲ》下振《テ》二長策《ヲ》一拯《ハント》中没溺《ヲ》上」と期待されていた人物である。政府に喜んで迎えられることは期待できないかもしれないが、少くともその政策を用いて富国自立の実を挙げるような活躍の場所が与えられるだろうことに、かくべつ不安を抱いてはいなかった。幽蘭たちのように、祖国の土を踏むには現存する政権を倒すよりほかはない、という苛酷な状況を生きていたわけではなかったのである。

ところが、この根本的な相違を意識化せざるをえない場面で、かれは現実的な自分の立場を捨象し、いきなり「散士モ亦亡国ノ遺臣」「僕モ亦日本良族ノ子ナリ」というところへ飛躍してしまった。「日本良族ノ子」とは、旧会津藩士族の子弟だということである。

もちろんかれは、みずからの経歴を虚構していたのではなかった。その長い引用はここでは遠慮するが、会津戦争を語った箇所を読んでみるならば、政府軍から藩主の真意を無視され、敗北後は斗南に追われて言語に絶する悲惨な生活を強いられた、旧会津藩士族の無念、痛憤がどれほど大きなものであったか、実によく伝わってくる。最も強く読者の心を動かす箇所だったと言っても過言ではないだろう。しかし、逆説的に聞えるかもしれないが、過去の非運を語って現在の幽蘭たちの境涯に近づこうとする、まさにそれ故に、この自己は仮構に転化してしまっていたのである。

いったいにこの作品における各人物の発言は、小説的な会話場面としては不適切な逸脱が多いと批判せざるをえないほどの長広舌であって、つまりそれは読者（観客）を前にした大仰な演技意識に支配されていたためであろうが、かえってこの場面ではそれが一定の効果を発揮していた。幽蘭たちと連帯しようとするモチーフが、読者へのアピールをさらに強めていたのである。だが、そのためにかれは、会津藩と日本とのすり替えをほとんど無意識に犯さねばならなかった。かれの父や兄が戦った戦争は、会津領民と結ばれた解放戦争ではない。この領民＝国民の解放という視点が、かれには欠けていたのである。それを欠いたまま、幽蘭たちの盟友同志にみずからを擬してゆく。そこから出てくる結論は、「方今焦眉ノ急務ハ、十尺ノ自由ヲ内ニ伸バサンヨリ寧ロ一尺ノ国権ヲ外ニ暢ブルニ在リ」という、日本人の対他的自己膨張欲であった。結局かれは、民族解放と独立の原点を疎外した、政策論の位相でしか幽蘭たちと連帯する課題を考えることができなかったのである。

このような結果に、私たちは、作者東海散士における自己超越の願望を見るべきかもしれない。父兄を失い、転々と他家に身を寄せて生きねばならぬ少年期を強いられてしまった、その戦争の記憶はあまりにも重かった。この記憶から逃れることはできず、しかしその悲惨な経験を直視することにも耐えられなかった。そのために、かれは、政府軍に正義があったわけでもなければ、会津軍にも領民と共同の正当な戦争目的があったわけでもない、というところまで戦争性格の認識を徹底化させることができなかったのである。しかも、現実に藩閥政府が存在しているかぎり、旧会津藩士族の子弟という立場を背負い、現存する政治体制とどこかで妥協しながら生きてゆかねばならない。そうである以上、アメリカ独立戦争の理念を吸収することによって、政府の現状を批判的に撃つ思想的な力にその情念を変えてゆくよりほかはなかった。財政の専門家として生きようとアメリカへ渡り、西欧列強が弱小国家を侵蝕する恐るべき国際環境を知って、祖国に対する強烈な危機感がその方向をかれに与えたのである。ここで、かれの視向は二つに分れざるをえない。一つは、財政の専門家として母国へ帰り、富国自立の実を挙げる道であり、もう一つは、西欧列強の勢力を拒止して、弱小化されてしまった民族を解放しなければならぬという、世界史的動向に触発された理念を追求する道であった。

前者の現実的な道は、だからかれの場合、後者の理念を追求する一環として採られたリアルな政治的選択だったという形で、自己合理化されなければならなかった。ということは、つまりこれを逆に言えば、その理念に動かされた自分を、さし当りかれは物語的な空間のなかに生かしてみるよりほかはなかったということにほかならない。このような二つの視向を持たされた主人公東海散士がまず独立閣に登場し、続いて登場した二人の女性の指向のなかにかれの視向が分与、外在化される。その上さらにスペインやアイルランドの民族の運命が彼女たちに託されるに及んで、かれの理念追求は彼女たちの冒険的行動を借りて独自の運動を始めることになった。彼女たちがスペインへ発った後、アメリカに残された東海散士のあり方はもちろんもう一つの現実的な道を追求する作者自身の反映だったわけであるが、このように遠く距てられてしまったにもかかわらず、なお彼女たちとの間に強い連帯が生きていることを必然化しようとして、その主人公と幽蘭との愛情という異性間の関係意識が導入されたのである。

　歴史的事件ゆかりの土地に自分を登場させる、その場面設定の方法は、頼山陽『日本外史』における「外史氏曰。余数往二来摂播間一。訪二所謂桜井駅者一」というような形式に倣ったものであろうが、自分の視向から分化された異性との関係を生きる存在として、その自分には、「東海散士一日費府ノ独立閣ニ登リ」という三人称的な客観性が与えられねばならなかった。また、『日本外史』の棒読体に近いその文体は、ただ「本邦今世ノ文ニ倣ヒ」という単純な理由によって選ばれただけかもしれないが、結果的には、身分関係的な感性を遮断した文体のおかげで、その異性との関係をあくまでも対等の人間的連帯として貫ぬこうとする構想が実現でき、人情本的な恋愛観の変革をなし遂げることができたのである。ヨーロッパからアジアに及ぶ国際的な政治動向を小説のなかに繰り入れることができたのも、まさにこの新たな恋愛の創造のおかげであった。これらの点で、『佳人之奇遇』はまことに画期的な作品だったと言わなければならない。

　理想的な異性の、その思慕と敬愛の相手にふさわしい、志士仁人たる自己。自分自身に対するこのような自己理想化の緊張は、帰国して政治運動に参加した作者の緊張が転移されたものであっただろう。こういう一種の自己幻想は、その根拠として実際にかれは独立閣を訪れたことがあり、アメリカ留学中に外国女性との交際があったとしても、それとこれとはやはり区別されねばならない。自己幻想の内部で、自分の視向が分与された異性を媒介として自己の理想化が進行する。このプロセスを、自己超越と呼ぶ。このモチーフの切実さによってこの作品は多くの読者をつかむことができたのであるが、しかしまたあまりにそれを急ぎすぎたため、先ほど批判的に指摘したような錯誤が生れてしまったのである。

そのようなモチーフを失ってしまうことは、同時に、その自己幻想に憑かれていた自分自身の正体に気がついてしまうということでもあって、そのときこそわが国のいわゆる純文学が成立する。文学史的には、それをもって近代文学の誕生と呼んできた。自己幻想の内部で、その自己幻想のからくりに対する反省が始まり、理想的に仮構されていた自己の像が崩れ去ってゆくプロセスそのものが、小説固有の表現対象としてとらえられてゆく。それが嵯峨の屋おむろの『無味気《あぢきなき》』や森鷗外の『舞姫』であるが、二葉亭の『浮雲』はそれに先立つ、いわば過渡的な形態として、理想化された異性（お勢）の崩壊が描かれたわけである。もっとも、『佳人之奇遇』の表現内部にも、そのような動きがなかったわけではない。

幽蘭たち三人はスペインへ発ち、残された主人公はアイルランド独立党の首魁波寧流女史と会って、志をおなじくする者であることを互に確認できたが、それから間もなく、彼女の死を新聞で知って愕然とする。

返照已ニ収マリ瞑煙全ク散ジ、長空皦然又雲翳ヲ見ズ。首ヲ上グレバ一輪氷ノ如ク松樹ノ間ニ懸ル。散士時ニ窓ヲ開キ、楼ニ倚リ四囲ヲ眺臨《てうりん》シ、遙《はるか》ニ故郷ヲ懐ヒ旧交ヲ追想ス。交友半《なか》バ四方ニ流離シ半バ黄土《くわうど》ニ化朽《くわきう》ス。彼ヲ懐ヒ此ヲ想ヒ百感交〻《こもぐ》集マリ、殆ド堪ユ可カラザルニ至ル。忽《チ》ニシテ又波寧流女史ノ事ニ感ズ。時ニ遺尸《ゐし》未《ダ》葬ムルニ及バズ、旅櫬《りよしん》尚《ホ》費府ノ北邙《ほくばう》ニ在リ。乃《チ》一タビ身《みづか》親《ラ》之ヲ弔《とぶら》ヒ旧交ヲ全《まつた》セント欲シ、直ニ歩シテ之ニ向フ。（略）一塊ノ人影ニ似タルヲ見ル。身ヲ屈メテ之ヲ凝視ス。忽《チ》ニシテ織雲月ヲ隠シ、茫トシテ分ツ可カラズ。唯《ダ》白衣蓬髪腰下朦朧、煙ノ如ク霧ノ如ク行クガ如ク止マルガ如キヲ見ルノミ。尖風一陣葉鳴キ枝震フ。倏焉《しゆくえん》影消ヘテ鬼気人ヲ襲フ。散士幼ニシテ未《ダ》事理ニ通ゼザルノ時、世ニ幽鬼ナル者アルヲ聞ケリ。今ヤ素ヨリ之ヲ信ゼズト雖モ、少時ノ染習脳裡ニ感触スル所ナ

シトナサズ。胸惕然《てきぜん》トシテ悸《わなな》キ、肌忽爾《こつじ》トシテ戦キ、寒粟《かんぞく》殆ド体ニ洽《あまね》シ。（。点、点は前に同じ）

作品の現在時における、独り居の状況。それは滅多に描かれることはなかったけれども、周囲を眺臨して往時を追懐し、いわば過去に圧迫された心的状況に陥入りやすい傾向があったこと、すでに冒頭の一節に見てきたところである。また作品全体を厳密に検討したわけではないが、右の場面において、。点を打った箇所は作者東海散士の立場から描いた、主人公を取り巻く印象的な光景、、点の箇所はもっと主人公自身に即した感性の表現、という区別が見られる。環境の表現における審美的な光景描写は、もちろん志士仁人たる自己幻想にふさわしい自然の理念化（美的理想化）であった。が、その間から見えてきたかれの「私」感性に注意するならば、この主人公は、眼前の対象の上に過去がからみつき、幽冥界から何者かが自分をうかがっている妄想に襲われて、激しく怖れざるをえなかった。その意味で案外かれは、意外なほど受動的な情念に動かされやすい感性の持ち主だったらしいのである。

もともと人間は、過去に対して受動的《パッシイヴ》な関係しか持てないためであろう。圧倒的な歴史的事件、とりわけその痛切な記憶に伴う情念《パッション》は、現存する体制に攻撃的なエネルギーを発揮することもあるけれども、むしろその実情は過去の脅迫的な圧迫感に耐えかねて、これを怖れ、それからの解放と自己超越のために攻撃的な姿勢を作らざるをえなかったのである。旧会津藩士族の運命を語った、あの激烈な情念も、おそらく上のような感性に根ざしたものであった。

このようにして『佳人之奇遇』の表現は、その作者固有の「私」感性に眼を向けるところまで進んでいった。もしこの反省を深めていったならば、かれの文学的な主題は、「僕モ亦日本良族ノ子ナリ」という自己意識に固執し、そこから自己幻想を膨張させてゆくことではなくて、反対に、そのような自己意識を批判的に解体して、内的な、そしてまた外的な、自由の問題を中心とすることになっただろう。かれのような人間こそ、最も「十尺ノ自由ヲ内ニ伸バ」す視向が必要だったのであるが、固執されたその自己意識、絶対的に自己肯定されてしまったその情念によって、他者志向的な自己顕示の方向だけが強められてしまったのである。

しかし再び逆説的に聞えるかもしれないが、私がいま強調したいのは、まず理想的な自己の仮構があったという事実が重要なのだということである。成島柳北や服部撫松など、諷刺的な漢文体風俗誌家の醒めた自己意識だけでは、文学的表現における場面の方法は生むことができても、構想の方法を持つことはできない。醒めた自己意識からは、劇的な物語空間は創れないのである。東海散士のような自己仮構を、環境の審美的理念的な描写によって読者へ架け橋することは、結局おなじ自己仮構へ向けて読者の精神を高揚させ、その感性の陶冶を視向させることにほかならない。自分に対する緊張を強いるのである。この緊張があって、さて、仮構された自己に対する仮構する自己、環境の理念化審美化と「私」感性との距離が自覚されるようになったとき、その自覚過程そのものをとらえる新たな小説の運動が起ってくる。坪内逍遙の『当世書生気質』に始まる運動であるが、しかしこれ以後の文学者における自己の醒め方には、東海散士とは別な意味での錯誤がなかったわけではない。東海散士的な自己幻想から醒めることはできたが、その主人公における盲点が自由と民衆の問題であったことに気がついた文学者は当時ほとんどいなかったことと、それは関連していた。

ところで、矢野龍溪の『経国美談』における漢文訓読体には、稗史体《よみほん》の口調が一部採り入れられていて、その理由は前編（明16・3）の「凡例」や後編（明17・2）の「自叙」に語られていたが、もう一つ注意すべきことは、かれはいわゆる言文一致体に反対の考えをもっていた点である。
『日本文体文字新論』（明19・3）によれば、「常語」（日常会話語）を基礎とする言文一致体にかれが賛成できない理由は、「我邦ノ常語ハ（略）其ノ常ニ貴賤尊卑ノ等級ヲ各句ノ語尾ニ付スルコト」、つまり身分関係的な言いまわしが多すぎることであった。「然ルニ文語ハ之ニ反シテ其ノ辞ニ等級ナシ」。ここで言われている「文語」とは、「漢文ニアラズ土語ノ文語ナリ」であるが、しかしいわゆる和文体ではない。『太平記』など、漢語を採り入れ漢文に倣った文体のことであって、結局かれは訓読文体に戻ってゆく。「土語ノ文語」に身分関係的な表現がないということは、もちろん事実にそぐわない認識であったが、当時はまだ「である調」の口語文体は定着していなかった。「です・ます調」を用いるかぎり、身分関係的な感性を完全に払拭することはむずかしく、何よりもかれの真意は、そういう感性を断ち切った文体によって、古代ギリシャのセーベにおける民主制恢復の歴史を語ることにあったのである。

それだけでなく、これは欧文の各種資料を翻訳し、伝えられた事柄を取捨選択して「正史実録」を編集してゆく、当時としては実証的で論理性の高い文体であった。そういう価値判断を持たず、ただこの訓読文体と読本体を折衷しながら、形だけ口語文体に近づけていったとしても、末広鉄腸の『二十三年未来記』（明19・6）のような散漫な失敗作に終るしかなかったのである。

もっとも、一たん表現が始まるや、伝えるべき「正史実録」には還元できない何かが、その記述のなかから生れてくる。次は、その最も見やすい一例である。

是迄巴比陀《ペロピダス》、令南《レヲナ》ノ両人ハ数ケ月ノ間互ニ言語ヲ交ユルコトナキニアラネトモ其傍ニ人ナキ時ハ稀レニシテ且ツ多クハ定マレル礼式ノ言語ニ過キサルニ今斯ク親シク巴比陀ヨリ其名ヲ呼ハレシ一声ハ令南ノ耳ニハ微妙ノ音楽ニモ優リシナルヘシ。令南ハ鉄柵ノ辺ニ進ミ来リシカ尚ホ鉄柵ヨリハ数尺ハカリモ後《アト》方《ベ》ニ立チ唯時々巴氏ノ面ヲ見ルノミニテ敢テ正シク之ヲ見ス。大抵ハ指シ俯《ウツム》キテ居タリケル。巴氏ハ乃チ昨夜ノ厚意ヲ謝シ己ノ真姓名ヲ如何ニシテ知リ得タルヤヲ問ヒ且ツ昨夜ノ恩ニ報スルガ為メニハ如何ナル事ヲモ厭フマシ。若シ望マル、品、或ハ望マル、事アラハ其ノ心力ヲ尽サント陳フル中ニモ熟〻ト令南ノ容貌風采ヲ見ルニ春花秋月モ其妍麗ヲ羞ツヘキ絶世ノ佳人ニシテ今マテハ然程ニモ思ハザリシ其人ノ何故ニ斯ク今日ニ限リ我カ心腸ヲ断タシムルヤ。必竟ハ其人ノ厚意ヲ感スルノ余リ斯クハ愛着ノ心ヲ生シタルカト此ニ初メテ愛慕ノ情ヲソ発シケル。（筑摩版明治文学全集の表記に拠る。但し人名のルビは引用者）

アゼンに亡命した巴比陀は、行政官李志《（リシス）》の家にかくまわれる。その身分や本名は、主人にしか明かしていない。しかし李志の娘令南はかれの名前や立場を察し、セーべの奸党から派遣された刺客の密計を知って、急を巴比陀に告げた。危うく難を逃れた巴比陀が、その礼を述べようとした場面である。

右の一節で分かるように、ある客観的な事実と、それが個々の人間によって感性化される仕方とは、おのずから区別されなければならない。そういう立場で、矢野龍溪は書き進めていた。それまでの物語における固定観念は、一たん作者がある女性の美しさを形容した以上、作中人物のだれにもはじめからその美しさが見えているはずだ、ということであった。審美的な価値を言うことは、同時に、しばしば道徳的な価値を与えることでもあったからである。このような立場から、馬琴や春水は物語を作ってきたし、その伝統は明治にも続いていた。これは作者の感性を絶対化した、一種の強制であって、一目見て善良な主人公に好意好感を抱かせた、その美しさが、悪党の情慾を掻き立てる。それを感じないでいることは許されず、かならず情慾に駆られなければならないのである。これまでの物語に、美女をめぐるあわや危機一髪の場面がむやみに多かったのは、全くこの強制のためであった。

　龍溪の果した役割は、ごく僅かなことだったかもしれない。巴比陀が李志の屋敷へ移ったとき、龍溪は、娘令南を「絶世ノ佳人ニテ此ノ時芳紀十九計リ風姿端正性質悧撥ニテ」と紹介し、当時のギリシャは「西洋今日ノ風俗ト違ヒ喪祭ノ如キ大礼ノ時ニ非サレハ女子ハ男子ト共ニ交ルヿナク平常ハ唯家内ノ婦人房ニ屏居シ極メテ親交ノ人ニ非ラサレハ男子ト談話スル事稀ナリ」と、その風俗習慣を説明して、これは格具(George W. Cox)の『希臘史』に述べてあることだとことわっていた。前田愛の調査によれば、そもそも李志なる人物は、巴比陀の盟友威波能《(イパミノンダス)》の哲学の先生の名前を借りた虚構の人物だということであって、龍溪が格具のギリシャ史から採った「正史実録」はその風俗習慣に関するところだけだったわけであるが、それならば、まさしく人情本的なこの好青年と佳人の出合いを、かれはどのように創っていたか。世の通念、あるいは従来の人情本になじんできた人たちの眼からするならば、「恰モ是レ一対ノ伉儷、得難キノ匹偶ニテ相思ノ情縁ハ定メテ両人ノ間ニ生スヘキカ如ク思ハ」れるであろうが、「巴比陀ハ其ノ一心唯本国回復ノ一事ニ在テ未タ他事ヲ思フニ暇アラス」という無関心な状態ですごしてしまっていたのである。彼女の美しさがかれの眼に見えてくる、いや、見えたものの意識化がはじまるのは、危機を救われた礼を述べる、まさにその瞬間まで待たなければならなかった。

　見えてくるとは、見えることとの意識化を含み、感ずるとは感じる理由への反省的意識を惹き起す。龍溪の表現にはありきたりな定り文句が多く、東海散士に較べてはるかに平明単調であったが、そうであるだけに、その常套句がだれの感性にどのように必然化されていったかを、こまかに工夫せざるをえなかったのであろう。この感性過程を経て、単なる美しい人形にすぎなかった令南が思慕の対象として巴比陀の内面に把持された、ちょうどそのときから彼女は読者に対しても生きはじめるのである。だが、人情の機微を解さない、剛毅朴訥な瑪留《メルロー》にとって、依然として彼女は美しい人形にすぎず、また友人巴比陀にとっても関心を惹かれる異性ではありえないはずであった。『佳人之奇遇』における、例えば幽蘭の美質は、東海散士にも他の作中人物にも同じように感受され、いわば感性の個別性は捨象されていたわけであるが、しかしこの作品においてそれぞれの作中人物は、その美質や弱点を誰か別な作中人物に感受され、内的に把持される仕方によって生きているように描かれ始めていたのである。

もちろん右のような令南に関する巴比陀の感性過程は、作者龍溪の虚構であった。それに類する感性過程を歴史上の人物が経験していたとしても、それはきわめてありがちなことであるが、「正史実録」として記録にとどめられることは滅多になかった。とするならば、先ほどのような形で描かれた感性過程とは、実は、「正史実録」のなかにそのような場面を想定せずにはいられなかった龍溪自身の感性が対象化された表現にほかならなかったのである。かれは、その点かなり意識的であったらしい。

ほとんど自然化されていた身分関係的な感性や、作者がある対象に与えた形容（感性的環境の表現における審美的、道徳的な価値の附与）の、一種先験的な作中人物に対する強制。この二つに縛られてマナリズムに陥入っていた、わが国の文学の伝統を断ち切る。それを達成した矢野龍溪は、それぞれの場面を視向する自分の感性を自覚的に把握し、これを対象化する表現によって読者へ架け橋しようとしていたのである。

簡単に言えば、読者と共通の興味を生きるということ。かれは表現の質の決定する決め手として、「聴者ノ心ニ望ム所」（『日本文体文字新論』）の洞察ということを挙げていたが、けっしてそれは「聴者」（読者）の嗜好に媚びることではなかった。「心ニ望ム所」を察知するとは、要するに場面視向的な感性の自己把握をいよいよ明確にしてゆくことであって、その表現によって読者の身分関係的な感性を変えうるはずであった。

その点、各場面に内在化された感性的な視向の動きは、『浮雲』の無人称語り手に似て、それよりも意図するところが大きく、質的にも優れていた。『浮雲』における無人称の語り手は、読者の卑俗な興味に引きずられてしまったところがあったからである。

それだけではない。巴比陀が、作者の紹介する令南の容貌にはじめて接してから、自分の恋心に気がつくまで。『浮雲』における二葉亭四迷が、あらかじめ「根生《ねおひ》の軽躁者《おいそれもの》」と読者に暗示しておいたお勢の本質に、内海文三がようやく思い当るまでの、外的なお勢の行動の描写と、内的な文三自身の心の見詰め方と。表現の密度はもちろん『浮雲』のほうがはるかにきめ細かいが、いずれの場合も、ある対象を見た時から、その対象の作中人物自身における意味（および、それにかかわるわが心の動き）の自己了解に達するまでの、時間的な展開。この展開があるとき、その間に起ってくる事件は主人公にも読者の眼にも必然的なものとして映るはずで、その展開を持たない物語世界においてはどんな事件も偶然化されざるをえない。その意味で、『経国美談』と『浮雲』はやはり同時代の作品なのである。それならば、なぜそれ以後の文学は、政治的状況のなかに主人公たちを投ずることを止め、『浮雲』のようなもっぱら心の動きを見詰める方向へ行かねばならなかったのであろうか。ここに起ってくるのは、純文学誕生の問題である。

なお、改めてことわるまでもないであろうが、『佳人之奇遇』や『経国美談』などに対する私の関心は、ただ単に純文学誕生の過渡的な性格が見られるからだけではない。「私」感性に即するあまり、自分自身に対する緊張を失ってしまうことは、結局、自己意識に関する重要な半面を見落してしまうことにほかならない。自己意識なり感性なりの可変的な側面を忘れてしまうのである。

もう一度言えば、『佳人之奇遇』から二度目に引用した、「返照已ニ収マリ……首ヲ上グレバ一輪氷ノ如ク」

云々という表現の場合、「首ヲ上」げて空を仰いだのは主人公東海散士ではなかった。主人公散士が登場するこの場面のなかに、まず作者散士の「自己」（作者から分化した語り手）が対象化され、その視線を通して背景描写が行われていたのであるが、そういう「自己」自体がすでに仮構性を含むものであった。このような「自己」の仮構性を、漢文体風俗誌における観察する「自己」の位置についての自覚を媒介として、さらに明瞭化したのが、庶民的な眼と語り口を持った『浮雲』の無人称語り手であった。分かるように、当時の文学者はまだ誰れも、自分自身に直接的な立場から表現を展開する方法を持たなかった。そのことについての反省から、二葉亭や逍遙は結局そういう「自己」の仮構性を「私」感性によって訂正する方向へ進んでいった。それと反対に、龍溪はその仮構性を積極的に利用して、たとえば上井清太郎という語り手として作品内に登場させ、『浮城物語』という虚構世界を創ったのである。このように、東海散士や矢野龍溪などの、漢文訓読体によるいわゆる政治小説は、まさにその「自己」の仮構性や感性の可変性を狙って、政治状況や人間連帯のイデーを物語空間のなかに採り込もうとした、それ固有の価値をもつ文学であった。

（53・8）

第三章　捉まえられた「私」

明治二十年創刊の『国民之友』に集った論客たちは、おそらく正確で、それだけにひどく辛辣な批判を若い世代に向けて開始した。それは、二葉亭四迷『浮雲』の出現を予告する動きだった、とみることも可能である。

小利口に立ち廻って、上司上役に取り入るのが得意な、軽薄才子にすぎない男が、多少有力な財産家の娘から好意を寄せられる程度の好運をつかんだだけで、早くも将来の政治的「成功」が約束されたかのような自己幻想に酔っている。その反対を考えても、もちろんさしつかえない。その自己幻想のなかでかれは政治の指導者たる資質を十二分に備えていて、他人におさおさ劣るはずもない金無垢の理想に燃えている。いわばそういう内的な確信によって自己合理化しながら、現実のかれは卑小卑俗な世間的「成功」をあざとく追求しているにすぎない。

いや、かれの現実はもっとみじめなものであったかもしれない。『国民之友』第六号（明20・7）の「社説」（「近来流行の政治小説を評す」）に曰く、今日、成功した政治小説を見るに、「多くは邯鄲の客屋に居睡りしたる、盧《（ママ）》生か夢中の出来事の筋書に外ならす、詳かに言へは、『茲に一箇の寒貧書生あり、不図したことにて、或る温泉場に於て、某の貴嬢と相見たり、互に相ひ憐むの情を生したり、然れとも種々の困難あり、遂に種々の困難に打ち勝たり、芽出度結婚したり、寒貧書生は細君の持参金に因りて財産家となれり、夫婦相ひ共に政治に奔走せり、端なく名望赫灼として民間党の主領となれり』と云ふに外ならず、是れ豈に盧生のみならんや、神田下宿屋の二階に籠城する書生輩と雖も、亦た此快夢を見るならん、故に若し此を以て『貧寒書生夢物語』と云ふ、或は可なり」と。

おそらく末広鉄腸の『雪中梅』(明19・8)のような作品を念頭においた、この「社説」の書き手は徳富蘇峰であったわけだが、このような辛辣な批判はかれだけのものではなかった。末広鉄腸の『花間鶯』(明20・4)の書評(第四号、無署名)や、織田純一郎『大阪紳士』(明20・3)の書評(第五号、同前)のなかにも、おなじ批評意識を読み取ることができる。そしてこれがけっして的はずれな批評でなかった証拠には、右のように蘇峰が批判していた点をむしろ故意に取り揃えてみせたのではないかとさえ思われる、須藤南翠の『雛黄鸝』(明21・1)や岡本純の『保安条令後日之夢』(明21・3)など、「成功」の「快夢」(このなかには性的なそれも含まれている)をぬけぬけと貪っている態の物語が、その後も相変らず書かれていたのである。

政治的志望が、佳人から恋される夢と結びついて、個人的な俗情を満たすための「妄想」に転化してしまった状況。その背景として、「止よ、止よ、国会論は既に陳腐なり」「既に明治二十三年と(国会開設が)定りたるからには、起きて竢つも、臥して竢つも、明治二十三年と共に来るに相違なきなり」(第三号社説、明20・4)という会話に象徴されるような、停滞頽廃の気分が民間政党のなかに色濃くあらわれていた。この無気力状態の補償として書き、そして読まれていた政治小説は、その構想を、名望資産家の娘に恋される夢に求めるよりほかはなかった。このいきさつには、わが国近代文学の本質を解く秘密が潜んでいるのではないか、と私は思い、それを考えるのが本論の目的の一つであるが、もちろん蘇峰はそんな文学論くさい公案をひねっている余裕は持たなかった。「自称政治家なる者の、頭脳を解剖する毎に、未た嘗て人民てふ思想の少きに驚かすんはあらず」(第九号社説、明20・11)という、民権運動家たちの現状に対する憤懣にかれは駆り立てられていた。人民を忘れ、単なる権力欲の手段に転落してしまった政治的志望を、「妄想」と呼んでこれを否定する。そういうモチーフをもって、かれは政治的「成功」を夢想している青年の実状を手厳しく指弾せずにはいられなかったのである。

「妄想」は破られなければならない。自己の理想化をうながしていた政治的志望を解体してしまうならば、「一寸と怜悧てもあり、意気てもあり、学問も出来るし、世才もあるし、婦人より恋られ、他人の交際も甘く」（第六号社説）という、『浮雲』の本田昇的なタイプに、政治小説の主人公の大半は還元されてしまうだろう。二葉亭が蘇峰に影響されていたというわけではない。ただ、本田昇的なタイプは、すでに蘇峰によってデッサンされていたのである。ばかりでなく、もう一人の青年内海文三は、本田的な世俗的「成功」の可能性さえも奪われて、文字通り「二階に籠城」を余儀なくされ、おのれ自身の「妄想」と悪戦苦闘しなければならなかった。

その『浮雲』第一篇が発表されたのとおなじ時期、中江兆民は「青年輩脳髄中の妄念」（第十二号、明20・11）を書いて、政治離れを青年たちに要求した。これは旧士族の子弟にとくにはなはだしい傾向であるが、政治の世界で何事かをなすことが人生で最も価値の高い行為だと考え、多くの青年が政治運動に参加し、あるいは官海に身を投じようとしている。蘇峰が見た、「彼等は政府を以て万能膏と為し、政府さへ意の如くなれは、天下に意の如くならさるものあらすと為し」「されはこそ、彼等は大なる失策をなすなれ、世に恐しきは、妄想より甚しきものあらす」（第九号）という現状に、兆民もまた強い危惧を抱かざるをえなかったのである。そのような「妄念」にとらわれているかぎり、自分の本当の資質を見失って、人生を誤ってしまう危険があるだけでない。国際的な環境におけるわが国の実情に眼を向けてみるならば、「現今の開化の度合にてハ兵力が強大ならされハ到底外侮を攘く可らす兵力を強大にするにハ到底黄白の阿堵物か沢山ならざる可らず」という現実に気がつかざるをえないだろう。それを実現するためには政治以外のもっと実際的な事業職業に就くことが必要だ。だから私は、「諸君が一朝発奮して此妄念を擺脱し浄髁々たる脳鏡を抬出して以て明に事物の真象を観察せんことを望」まざるをえない、と。

時代的に見れば、これは『佳人之奇遇』批判としての意味をもつ発言だった。アメリカで経済財政の実際的な学問を修めてきた東海散士は、あるいはむしろそうであればこそ、旧会津藩士族（「日本良族ノ子」）の情念を発条《ばね》として、政治世界に自己意識を強くかかわらせずにはいられなかった。兆民は、そういう政治的志望（及び、それに伴う自己幻想）を解体し、自己の実際的なあり方、つまりわが国の現実と確実にかかわる各人固有の人生目標が設定されなければならないことを主張したのである。

制度としての政治が、それを視向する人間の内部で、民衆やかれ自身の現実を忘失させ、かえってそれに敵対する政治的「妄念」や自己「妄想」を生んでしまった。このような倒錯を蘇峰や兆民たちはもう一度ひっくり返そうとし、それと呼応する形で、二葉亭は、青年の私状況だけにあえて固執する方向を拓いていった。その意味で『浮雲』の出現は、早すぎもしなければ遅すぎもしない、まさにそれが必要な時期に書かれた作品であった。

思想や文学など、別々なジャンルの動向から、このように共通する視向を抽出してみるとき、そこに、実際に即せよという時代理念があらわれてくる。一種の時代的な強制力を発揮する場合も、それはあったらしい。

たとえば『女学雑誌』の社説「小説論」（第八十二〜四号、明20・10〜11）の場合、筆者はおそらく巌本善治で、「温泉場《をんせんば》の失策牛肉店《しつさくぎうにくてん》の雑談《ざうだん》を以《もつ》て骨子《ほね》とする『書生気質《しよせいかたぎ》』もしくは浮薄生意気《ふはくなまいき》の男女《だんぢよ》を以《もつ》て主人公《しゆじんこう》とする『浮雲《うきぐも》』の如《ごと》きもの」という言い方から察するならば、多分かれ個人としてはそういう猥雑軽薄で私情本位の世態人情小説はとうてい肯定できなかった。だが、小説の発達ということを考えてみるとき、「凡《おうよ》そ学問《がくもん》世界《せかい》の歴史《れきし》を顧《かへり》みるに最初《さいしよ》に妄想的《ぼうそうてき》の哲学行《てつがくをこ》なへれて後《のち》に実験的《じつけんてき》の理学行《りがくをこな》へれ」てきたように、「左《さ》れば小《しよう》説家《せつか》のうち其才《そのさい》の弥《いよい》よ進歩《しんぼ》したるものは弥《いよい》よ勉《つと》めて自分《じぶん》の妄想《もうそう》を去《さ》り只管《ひたす》ら世間《せけん》に有触《ありふ》れたる実際《じつさい》の有《あり》の儘《まゝ》を写《うつ》し出《いだ》さんことを勉《つと》むるが如《ごと》」くである。そうである以上は、「彼《か》の書生気質《しよせいかたぎ》、妹《いも》と脊鏡《せかがみ》、浮雲《うきぐも》の如《ごと》きは近《きん》年出版《ねんしゆつぱん》の小説中所云《しようせつちういわゆ》る純粋《じゆんすい》の小説部類《しようせつぶるい》に属《ぞく》して略《ほ》ぼ第一位《だいいちい》に列《れつ》する所《ところ》の名著《めいちよ》ならん」。かれの言う「妄想」とは、「作者《さくしや》が狭《せば》き頭脳《づなう》の中《うち》に一《ひと》つの舞台《ぶたい》を仕調《しつら》へ」て、作中人物に対しては絶対者の立場で臨む虚構世界のことであって、だから、これを否定したかれの小説観が、『小説神髄』の矮小化、ある意味ではその誤解でしかなかったことは、あまりに明らかである。けれども、まことに気の毒なことながら、「嘔《へど》つく程《ほど》」の「嫌《けん》悪《お》」感を抑えて、これらの作品を「名著」として承認せざるをえなかったということは、「実際の有の儘」に即するという時代理念がかれにそれを強いていたからにほかならない。『小説神髄』の矮小化とその誤解自体、かれの納得の仕方が半ばいやいやながらのものであったことを暗示している。

むしろかれは、「嘔つく程」の「嫌悪」感にあえて執着すべきであっただろう。執着とは、それを絶対化してしまうことではない。その「嫌悪」感は、主として『書生気質』に向けられたものであったが、それならば、この感性の由って来たる所以を求めて『書生気質』の表現を徹底的に分析し、それを通して自分の感性が正当であるかどうかに反省の眼を向けてみる。そういう手続きを欠いて同時代の作品を受け容れることは、作品や他の読者に対してきわめて不誠実な結果を生んでしまいかねないのである。

このような執着を、もし強く押し通すことができたとするならば、あるいは次のような疑問にかれはつき当っていたかもしれない。

自分が体験した事実を再構成しながら、その時も本当はそうありたかったし、今もそうありたい理想的な自己像を仮構してゆく。これが『佳人之奇遇』の手法であったわけだが、かれらが意識していたと否とにかかわらず、『雪中梅』の末広鉄腸や、『緑簑談』（明19・6〜8）の須藤南翠たちは、いわゆる未来記小説のなかにその書き方を受け継いでいた。未来記小説とは、国会開設という近未来における民権運動家の勝利を想像的に描き出そうとした作品で、その必然性を語るためにまずわが国の現実を写実的な眼で観察し、そこから当然予想される政治的な葛藤の未来図を劇的に描き出して、最後の勝利者たる主人公に自己の理想像を仮託してゆく。ただ、如何せん、その主人公の政治的「成功」を間違いないものとするには、しっかりとした政治的信念、弁舌さわやかな好男子ぶり、かれに好意を寄せる佳人とその父親の名声財産など、まことに好都合な条件を主人公のために取り揃えてやらなければならない。かれらはその程度の知恵しか、持たなかったのである。それがあまりにもあけすけであったため、蘇峰から、その人物設定の類型性や、作者と読者の内にひそむ俗情俗念が手厳しくあばかれてしまったわけであるが、そういう動きと並行して、逍遥もまた政治小説的な自己仮構癖を自分の手で葬り去ろうとしていた。自分が翻訳した『慨世士伝』を、『書生気質』の小町田に批判させているのは、その一例である。それは表現史的に見て不可避的な動きであったのだが、しかしかれらがあばき出してみせた実際とは、それもまたもう一つの誇張された、半ば仮構された実際、つまり卑近な人間関係にのみ終始する俗情的な側面でしかなかったのではないであろうか。

『女学雑誌』社説の筆者における「嘔つく程」の「嫌悪」とは、多分その誇張に対する感性的な違和であった。それはまた以下のような理解にも関係する。次の一節を読み、同時に逍遥の『妹と背かゞみ』、さらにまた『浮雲』における無人称語り手の方法などを思い出してみるならば、意外にもかれはこれらの作品の表現本質をよく言い当てていたのである。「此《こ》の淡泊《たんぱく》なる道行《みちゆき》、変化《へんか》少《すく》なき出来事《できごと》、の間《あいだ》に人《ひと》の心中《しんちう》に起《おこ》り来《きた》り起《おこ》り去るべき心思《しんし》の微《び》を分《わか》ち人情《にんじよう》の極《きよく》を穿《うが》ち泣《な》かざるの涙言《なみだい》ヘざるの怨《うらみ》をも胸頭《きようとう》に打懸《うちか》けたる鏡《かゞみ》の手立《てだて》によつて明白子細《めいはくしさい》に写《うつ》し出《いだ》し（略）吾《われ》は恰《あた》かも小説書中《しようせつしよちう》の小世界《しようせかい》に出《い》でゝ書中《しよちう》の人物《じんぶつ》が実際《じつさい》に運動《うんどう》する傍《かたは》らに立《た》ち静《しづ》かに之《これ》を見物《けんぶつ》する歟《か》の如《ごと》き思《おも》ひあらしむるに至《いた》るものなり」。

この読者の「吾《われ》」が作品世界を見聞する仕方は、言うまでもなくその世界に内在化させられた作者の視点に立ってのものであった。『浮雲』のような作品の場合、無人称語り手という形で、作者から二重化された「自己」が作品世界に位置づけられていたことは、すでに触れてきたところである。三浦つとむが指摘したように、私たちが何事かを表現する時、現実に表現している生身の私自身と、描き出される想像世界に現前する「自己」とに二重化される。私が言う作者の「自己」とは、この後者の場合を指しているのだが、本論ではしばしば語り手と呼び換えられるだろう。というのは、すでに『浮雲』の例で見てきたように、小説の場面のなかでは潜在的な「自己」であるにもかかわらず、位置の自覚や語り口ではきわめて「自己」顕示的な表現例がみられるからである。そんなわけで読者の「吾は恰かも小説書中の小世界に出でゝ」という経験は、実は、作品世界に対象化された作者の「自己」の感性を承認しながらの見聞であったわけで、そこにこの時代の表現の問題があったのである。

然程《さるほど》に那以那姫《ないなひめ》は。彼比兎羅句《かのべとらるく》の情譜《じやうふ》をば。くりひろげつゝさしうつむき。一向黙誦《ひたすらもくじゆ》なすものから。眼《まなこ》は紙上《しじやう》にあらずして。夜風《よかぜ》に戦《そよ》ぐ前栽《ぜんさい》の。木立音《こだちおと》する度毎《たびごと》に。庭《には》の隅《くま》のみ打見《うちみ》やる。向《むか》ひに一箇《ひとつ》の古池《ふるいけ》あり。冴渡《さえわた》りたる月影《つきかげ》の。しばし雲間《くもま》に入《い》るときは。星光水《せいくわうみづ》に映《えい》ずるありさま。幾千万《いくせんまん》の螢火《ほたるび》の。散《ち》りて乱《みだ》るゝ風情《ふぜい》あり。荒増《あれまさ》りたる園生《そのふ》をば。所得貌《ところえがほ》に蔓延《まんえん》せる。葡萄《ぶだう》の蔓《つる》の長《なが》く垂《たれ》たる。月《つき》に映《えい》じて其影《そのかげ》の。躍《をど》るもさすがに趣《おもむき》あり。夜《よ》はまだいたく更《ふけ》ねども。四面静《よもしづか》にして万籟《ばんらい》死《し》し。見渡《みわた》す限《かぎ》り幽雅《いうが》にして。いと麗《うるはし》き夜景色《よけしき》をば。めで眺《ながむ》るとも思《おも》はれぬ。那以那《ないな》の姫《ひめ》は只管《ひたすら》に。園《その》の彼方《あなた》に生茂《おひしげ》る。木立《こだち》に添《そ》うたる塀《ついぢ》へのみ。眼《め》を注《そゝ》ぎつゝさながらに。人待貌《ひとまちがほ》なる折《をり》しもあれ。風《かぜ》なき園《その》にさわ〳〵と。梢揺《こずゑうご》きて忽焉《こつえん》と。墀《ついぢ》の下《もと》へ降立者《おりたつもの》あり。四下《あたり》見廻《みまは(ママ)》はし忍《しのび》やかに。さし足《あし》して那以那姫《ないなひめ》が。書《しよ》を読居《よみゐ》たる牖《まど》の下《もと》へ。歩《あゆみ》寄《よ》りつゝ声《こゑ》うちひそめ「首尾《しゆび》はいかにや那以那御寮《ないなごれう》」

逍遙の翻訳『慨世士伝』前編（明18・2。ロード・リットン作『リエンジー』）の、第七套の一場面である。

かれはこの場面がよほど気になっていたらしい。『慨世士伝』の「はしがき」（これは『小説神髄』のエッセンスとも呼ぶべき長文の序文であった）で、馬琴や春水の人情表現を批判的に論じて、「本伝第七套女丈夫《ほんでんだいしちたうますらをとめ》丈夫《ますらを》に逢《あ》ふ条《くだり》の如《ごと》きは最《もつと》も東西《とうざい》の小説作者《せうせつさくしや》が意匠《いしやう》の異《こと》なるを見《み》るに足《た》れり彼《か》の豪邁《がうまい》なる俊桀《しゆんけつ》にしていと女々《めゝ》しげなる心《こゝろ》を抱《いだ》くはいと不思議《ふしぎ》なるに似《に》たるものから是《これ》なか〳〵に人《ひと》の情《じやう》にて意《こゝろ》をとゞめて読見《よみみ》る時《とき》には不《ふ》可言《かげん》の妙《めう》を覚《おぼ》ゆべきなり」と結んでいた。初更、那以那姫の部屋に莉莛児《(りえんじい)》が忍んでくる。『八犬伝』の、浜路が信乃の寝室を訪ねたのと反対の場合であったわけだが、莉莛児は貴族の圧制をはね除ける事業のむずかしさを歎き、那以那に励まされて、勇気を取り戻す。たったそれだけのことに、かれは、「是なか〳〵に人の情にて」という感銘を覚えていたらしいのである。矢野龍溪の『経国美談』に相当する、民主制恢復の政治小説的な意図で、かれはこの作品を翻訳していたのであり、つまりここには、主人公の英雄的な類型化という当時の政治小説の傾向に対する批判の気持も含まれていたのである。

その程度の表現から人情の実際に触れた感銘が与えられたとは、いかに当時わが国の小説表現が未熟であったか。そういうことも言えるだろうが、それは同時に、わが国の小説伝統に関する逍遙の理解が未熟だった証拠にほかならない。しかし、たしかな感銘があった以上、その分析を通してしか表現の理解は深められない道理である。再びおなじ場面を取りあげて（『小説神髄』下巻「叙事法」）、人物の性質を叙するには陰手段と陽手段があり、「陽手段《ようしゆだん》ハ（略）人物《じんぶつ》の性質《せいしつ》をばあらハに地《ち》の文《ぶん》もて叙《じよ》しいだして之《これ》を読者《よむもの》にしらせおく」

方法である、とかれは説明した。むろん地の文はその作中人物の性質だけを描くものではない、「たゞ人物《じんぶつ》の態度《たいど》を写《うつ》して非情《ひじやう》の物《もの》のさまを写《うつ》さゞるハ猶昇天《なほしやうてん》の龍《りやう》を画《ゑが》きて雲《くも》を画《ゑが》き添《そ》へぬものゝごとし」であり、それ故、人物とその環境が感性的に統一された形で表現されていなければならない。ばかりでなく、小説とは「他《た》の尋常《よのつね》の文章《ぶんしやう》の如く作者自身《さくしやじしん》の感情思想《かんじやうしさう》をたゞありのまゝにあらはし得《え》て以《もつ》て足《た》れりとするものならで力《つと》めて作者《さくしや》の感情思想《かんじやうしさう》を外《ほか》に見《み》えざるやう掩《おほ》ひ蔵《かく》して他《た》の人間《にんげん》の情合《じやうあひ》をベ千変万化極《せんぺんばんくわきはまり》なく見《み》るが如《ごと》くに画《ゑが》きいだし活《いき》たる如《ごと》くに写《うつ》しいだす」（下巻「主人公の設置」）ということが必要である。客観的な態度とは、表現のなかに自分を隠してしまうことであった。

たしかにかれは、見るべきところをよく見ていたのである。

正確に言えば、先に紹介した『慨世士伝』の一節の、「向ひに一箇の古池あり」から、「いと麗き夜景色」までの叙景は、かならずしも那以那姫に即した表現ではなかった。「庭の隅のみ打見やる」という彼女の視線を受けて、この場面に対象化されていた作者の「自己」、つまり場面に内在的な語り手の眼が、風情あり趣ある園生の情景を描き出しつつ、この夜景色を「めで眺るとも思はれぬ」那以那姫の容貌を読者に彷彿たらしめて、さて改めて、「木立に添うたる塀へのみ。眼を注」いでいる那以那姫の位置へ戻ってゆく。ほかのことに心を奪われていたらしい作中人物の眼には、けっしてそのような形で関心の対象とならなかったであろう庭園の様子を描写して、しかしその人物の視線とは矛盾しないように語り手の眼が動いているため、逍遥が言う作者の「掩ひ蔵し」方が、当時としてはほぼ理想的に達成されていたのである。

作者の「蔵し方」がこのように遂行されて、作中人物の感性とその環境描写とが無理なく統一され、読者は作中人物の感性に即した形で小説世界を生きることができる。つまりこの時こそ、『女学雑誌』社説の筆者ふうに言えば、「実際の有の儘」に触れた体験を味わうことができるのであるが、それならば、逍遥の作品における作者の「蔵し方」はどうであっただろうか。次は『書生気質』の一場面である。

> 美女《たをやめ》の眉《まゆ》かとぞ見《み》る新月《にいづき》ハ。已《すで》に西《にし》の空《そら》に傾《かたぶ》きつゝ。四下《あたり》もやう〱に昏《くら》うなれバ。一《ひと》しほ秋風《あきかぜ》の身《み》に染《し》むめり。爰《こゝ》ハ都会《まち》の中《なか》といひながらも。繁華《はんくわ》な通筋《とほりすぢ》にあらざるゆゑ。夜《よる》ハ往来《ゆきゝ》の人《ひと》も尠《すくな》く。ひきとゞろかす人力車《じんりきしや》の。ゴボ〱も稀《まれ》に聞《き》こゆるのみ。心《こゝろ》にくき格子戸《かうしど》つきハ。いかなる人《ひと》の住居《すまゐ》なるか。此方《こなた》ハ一面《めん》の黒板屏《くろいたべい》。松《まつ》おぶさつて姿《すがた》をかしく。彼処《かしこ》に一基《き》の石燈籠《いしどうろう》。蔦《つた》だきつきて形洒落《かたちしやれ》たり。艸葉《くさば》にすだく虫《むし》の音《ね》のみ。いと悲《かな》しげになきつれたる。小庭《をには》へだてし小坐敷《こざしき》こそ。主人《あるじ》の居間《ゐま》かと思《おぼ》しくして。畳《たゝみ》六《む》ひらほど敷《しき》たるべし。燈火《ともしび》あやにくにおぼろげなれど。障子《しやうじ》に移《うつ(ママ)》る影坊師《かげぼうし(ママ)》ハまだとしわかき男《なん》女《によ》と思《おも》はる。清少納言《せいせうなごん》に見えたらんにハ。これもにくき物《もの》のうちにや加《くは》へん。女《をんな》ハ心地《こゝち》あしきにや。細《ほそ》やかなる手《て》もて額《ひたい》を押《おさ》へて。うつむきたる面《かほ》に。ほつれ髪《かみ》のふりかゝりて。影《かげ》さへもいとどやつれしさまなり。

密会する若い男女を登場させた、この場面の表現は、もちろん作中人物の誰かの立場に即してのものではなかった。だからと言って、まだ明確に「自己」の相対的独立性を把持していない作者のように、その場面に遍在する眼差しによって散漫恣意的な描写を行っていたわけではない。この場面の特定の位置に立った人間でなければけっして見聞することができない形で、あたりの景色がとらえられている。その意味では『浮雲』の無人称語り手にかなり近い自己限定が、この内在的な語り手に加えられていたのである。場面に内在して、だが自分自身の姿を登場させることのない、この透明な視点人物が、庭園のある一点に位置して、格子戸つきの住居を見て「心にく」しと感じ、障子に映る男女の影法師を見て「清少納言に見えたらんにハ」

などと余計なことに気を廻している。このような感性は、やがてそこに登場するはずの小町田や芸妓田の次にとっては何の必然性もなく、してみるならば、その場面に対する読者の野次馬めいた興味を掻き立て、おなじ関心を生きるためにその表現は採られていたのである。

いわば岡焼半分の興味でそれを眺めている読者の立場に自分を仮構し、しかもけっしてこの場面に姿をあらわさない内在的な語り手、という形で、逍遙は自分を「蔵し」たつもりでいたのである。それは『慨世士伝』の表現とはかなり異質の方法であったが、成島柳北や服部撫松などの漢文体風俗誌の系統、『浮世風呂』『八笑人』などの戯作、そのいずれを採って来ても右のような方法にゆき着くよりほかはなかった。その意味で、逍遙はかれなりに風俗と人情の実際に触れる書き方をよく工夫し、先人の手法を発展させていたのである。ただ、このような語り手の眼や耳をもって作中人物を描こうとするとき、作中人物の感性までがこの語り手のそれに侵されて、卑俗な俗情のみに終始し、すぐれて精神的な営みが解体されてしまいかねないということ、そこにこの方法の問題があったのである。『女学雑誌』社説の筆者のとらえ方が意外に正確だったと言いうる所以であり、かつ、かれの「嫌悪」感にもそれなりの理由がないわけではなかったのである。

ところで、逍遙が三度目に『慨世士伝』に言及したのは、『書生気質』のなかであった。

君《きみ》ハイヤニ邪推《じやすゐ》を下《くだ》してシイ〔あれ〕を思《おも》ツてると思《おも》ふかしらんが。僕《ぼく》が心中《しんちう》ハ大《おほい》に異《こと》なりだ。僕不肖《ぼくふせう》なりと雖《いへど》も。年来私《ねんらいひそか》に志《こゝろざし》を立《たて》 To be something《ツウ ビイ サム シング》〔有為《いうゐ》の人《ひと》たらんと《（ママ）》〕盟《ちか》ツたからにハ。豈《あに》一人《にん》の女子《じよし》の為《ため》に終身《しうしん》の業《げふ》を誤《あやま》らんやだ。只憾《たゞうらむ》らくハ僕《ぼく》があんまりアイデヤルだもんだから。時々《ときぐ〵》妙《めう》な妄想《まうさう》を興《おこ》して。西洋思想《せいやうしそう》を日本《にほん》の社会《しやくわい》へ。fallaciously《ハラシヤスリイ》〔馬鹿気《ばかげ》た具合《ぐあひ》〕に応用《おうよう》するから。それで失策《しつさく》をする事《こと》があるんさ。しかし此弊《このへい》ハ僕《ぼく》ばかしじやアない。日本全体《にほんぜんたい》がさうだ。君《きみ》なんぞも矢張《やつぱり》さうだ。今君《いまきみ》が莉延自《りゑんじ(ママ)》の例《れい》を引《ひい》たが。なんであれが処世《しよせい》のヱキザムプル〔てほん〕になるもんかネ。回天《くわいてん》の大志《たいし》を抱《いだ》きながら。美人《びじん》のお蔭《かげ》で勇気《いうき》を維《つな》いで。ヤツト其功《そのこう》を奏《そう》するたア。ウヰイク極《きは》まツたはなしじやアないか。ありやア笠頓《りつとん》が才筆《さいひつ》で以《もつ》て。人情《にんじやう》の隠微《いんび》を穿《うが》ツたまでゝ。元来《もとより》ほめられた事《こと》じやアないのさ。

小町田が、義妹にして芸妓である田の次との恋をあきらめようとし、友人の倉瀬が『慨世士伝』の例を引いて考えを変えるように忠告したのに対して、小町田が答えた返事の一部である。リットンの筆が人情の実際に触れていたことを評価する点は、依然として変っていない。ただ、そこで描かれていた恋をそのままわが身わが国の現実にあてはめようとする考えが、「妄想」として否定的に斥けられていたということは、逍遙の思想的転換の一面がうかがわれて、きわめて重要である。

その直前、小町田は、「アイデヤル〔架空的《かくうてき》〕の恋情《れんじやう》」に憧れ、「佳人才子《かじんさいし》の奇遇《きぐう》を羨《うらや》み。そを身《み》の上《うへ》になぞらへたる。我身《わがみ》の行《おこなひ》のおぞましさ」を深刻に反省していた。倉瀬と出合ってからは、「ストロング。ウヰル〔不抜《ふばつ》の決心《こゝろざし》〕」を失ってしまった書生仲間や、奮進党、魁進党などの政党に入った仲間の粗暴な英雄気取りが、二人の話題に上っていた。小町田が言うアイデヤルについては、「世の中に行ヘれさうになきことを現に行なつてみたく思ふ癖をいふ仏のウビクトルユウゴウ（ヴィクトル・ユーゴー）翁なども政事上の事に関してハ頗るアイデヤル主義なり」という註釈をわざわざ作者はつけ加えていた。そういう文脈からみるならば、小町田のいわゆる「妄想」のなかに、政治小説的な自己幻想が含まれていたことは言うまでもない。その「妄想」から醒めてわが身わが国の現実に眼を向けはじめた書生の苦衷。それをとらえたという点で、この場面は、徳富蘇峰の政治小説批判の先駆をなすものであった。

そして多分、『女学雑誌』社説の書き手は、そういう時代批評的な意味を読み取ることができなかったのである。

そこでもう一つ私が注意したいことは、当時の青年にとって、ある種の補助的な条件がかれらの恋愛には必要だったらしいということである。芸妓田の次は、かつて小町田の義妹として育てられた娘であった。『浮雲』のお勢は、文三が十四五歳の頃から叔母お政の手で一緒に育てられた従姉妹である。暗黙のうちに将来の結婚が予定されている間柄だと思えばこそ、文三は、わが恋人と独り決めしていたのであった。

妹のような恋人。そういう設定には、丹羽（織田）純一郎の翻訳した『花柳春話』（明11・10～12・4。ロード・リットン作『アーネスト・マルトラバース』）が、ある程度影響していたかもしれない。逍遥の『妹と背かゞみ』（明19・1～9）は、明らかにこの作品に対するアンチ・テーゼとして構想されており、つまりここにも小町田が言う「西洋思想を日本の社会へ。fallaciously〔馬鹿気た具合〕に応用する」ことへの批判がみられるわけであるが、これを逆に言えば、そういう小説による小説の批評が試みられるほど、『花柳春話』の影響は大きかったのである。

しかし、もう少し別な角度からみれば、おそらく『妹と背かゞみ』の悲劇的な結末は、都会に出て初めて知り合った女性との恋愛、に対する警告批判として書かれていた。『書生気質』や『浮雲』における補助的な条件も、あるいはそのような恋愛になじまない意識から生れた設定だったのかもしれないのである。そう言えば、『書生気質』から引用した先ほどの男女密会の場面で、田の次は、「絵入新聞《ゑいりしんぶん》で名高《なだか》かつた。若鹿《わかしか》のよし江のはなし」（古川魁蕾？『浅尾よし江の履歴』明15・4・26～8・5。松亭鶴仙編『浅尾岩切真実競』明16・4）を例にあげて、自分の真情を小町田に訴えていた。日向の国宮崎の芸妓若鹿（浅尾よし江）は、土地の若い官吏岩切と将来を誓う深い仲となったが、やがて岩切は書生として東京へ出、若鹿の上にもむずかしい事情が重って、惨澹たる苦労ののち、めでたく岩切の妾として迎えられることとなった。かなりの粉飾が施されていたと思うが、実話であったらしい。ほかに妾宅を構えるより、正妻と妾が同居するほうが新時代の行き方だ、というようなことがまだ真面目に論じられていた時代である。倉瀬が小町田に薦めていたのも、田の次を妾として迎えよということであった。正妻として迎えられることを期待するのは、芸妓田の次の境涯を超えた望みであったかもしれないが、それが彼女の精一杯のアイデヤリズムであった。だが、西洋思想に触発されたアイデヤリズムから離れようとしていた小町田に、それは受け容れられなかったのである。むしろかれは、妹であることを田の次に求めていた。『浮雲』の文三もまた、本田への嫉妬に苦しんだ末、お勢に対して兄のような態度で臨もうとする気持にようやく辿り着こうとしていた。

遊学した土地における書生の恋愛は、『佳人之奇遇』や『舞姫』からはじまって、『三四郎』を経て今日に至るまで、実に数多くの作品を生んできた。そして、恋愛の成就がそのまま世間的「成功」に結びついていた、蘇峰の言う「近来流行の政治小説」の系列を別とするならば、そういう恋愛に対する警告や処罰的な結末の作品が多い。それが明治二十年前後の特色である。恋愛成就と「成功」は、なぜ許容されにくかったのであろうか。問題をそのように立ててみるとき、その二系列に跨る作品として、菊亭香水の『世路日記』(明17・6)が浮んでくる。結論を先に言ってしまえば、故郷の現実を忘れてしまうことへの禁忌が働いていたのである。

『世路日記』の主人公久松菊雄は、「年末ダ弱冠ニ至ラズ」という若い小学校教師。教え子の松江タケと恋し合うようになったが、タケに横恋慕する土地の有力者の息子、安井策太の策謀によって、さらに辺鄙な小学校に転勤させられてしまった。しかもタケは、継母の打算によって、親戚の資産家「年歯已ニ三十有余黎顔低鼻（略）且ツ其賦性太ダ抗直」という、大変な男のところへ嫁に行かなければならない。これを知り、また『自助論』（西国立志編）に励まされて、久松菊雄は奮起一番、大阪へ出てさらに新しい学問を修めることになった。ここで物語は二つに別れる。粗暴傲慢な男の妻となったタケは、再び策太の計略によって、夫からあらぬ疑いをかけられ、その折檻に耐えかねて実家へ奔ったが、ここでも継母からむごたらしい仕打ちを受け、進退きわまって身投げをしようとするとき、ある人に助けられた。大阪に出た菊雄は、むろんそのようなタケの悲惨な境涯を知らない。というより、すでに他家の嫁となった女性をいつまでも想いつづけるのは人倫に背くことであり、かれは出郷とともにタケの面影を断ち切ってしまっていた。こうしてよく勉強に努め、秋田豊という実業家の娘から好意を寄せられ、その父親の知遇も得て、秋田家の家庭教師に迎えられる。言ってみれば、佳人と「成功」とを手に入れたも同然だったのである。だが作者は、そういう幸運をかれに許さなかった。かれは、秋田の娘が寝室へ忍んできたとき、これを叱ってその誘惑を回避し、父危篤の報せが入るや、秋田家を引き払って故郷へ帰った。無事に葬儀を済ませて、書生時代の友人の家を訪ねたところ、思いがけなく松江タケと再会する。驚く菊雄に、タケの継母がさらに驚くべき事情を説明してくれた。当時あえて二人の間を裂いてタケを親戚に嫁がせる形をとったのは、二人がまだ若すぎたのと、安井策太の強迫を避けるためであって、だからタケの結婚は形だけのものであった。その後タケがこの知人の家に身を寄せていたのは、「君ガ成業帰国ノ日ヲ待タシメンコソ良計ナルベケレト思」ったからにほかならない、と。

この作者が、『花柳春話』を下敷きにしていたことは明らかである。だが、『花柳春話』のマルツラバースにおける恋愛遍歴が感情教育としての意味をもつ、つまり教養小説的な性格の文学であることを、おそらくかれは理解できなかった。アリスと不本意な別れ方をしなければならなかったマルツラバースが、幾つかの恋愛を重ねながら、なおいつまでもアリスの面影を保ちえた、というより、アリスを裏切るという意識なしに恋愛遍歴を行いえたということ。さらにまたアリスが父親ほども年齢の異る資産家と結婚して、やはりなおマルツラバースを忘れることができなかったということ。そういう人間心理のありようを、かれは首肯できなかったのである。そのため右に見たような御都合主義的なプロットを工夫せざるをえなかったわけだが、しかしこれを、作者の技倆不足、近代的な人間観の未熟として片づけてしまうだけでは何事も説明したことにはならない。『花柳春話』のストーリーをそのままわが国の出来事として描こうとするならば、それこそ『春色梅児誉美』のような人情本世界に後戻りしてしまいかねない。他家に嫁したタケの面影を追ってはならぬというのが久松菊雄の戒律であり、故郷に残されたタケの運命は、とうていその継母が説明したような配慮の下に置かれていたとは思えないほど苛酷悲惨なものであった。両者の状況はお互に全く知らないはずだったが、それにもかかわらずかれは、作者から負わせられた倫理に従って、タケを幸福にすべく故郷へ帰らねばならなかったのである。久松という書生にとって、タケとは、帰ってその窮状を救わねばならぬ故郷そのものの象徴、秋田の娘は都会でしかその機会が得られない成功の象徴であった。

その意味でこれは、書生という新時代知識人の倫理を明かそうとした作品だったのである。書生とは、将来何事かを成し遂げるであろうという、未来の可能性によってしか現在の自分に意味を与えられない不安定な存在である。そういう青年が、異郷孤独の都会に身を置き、病気や性的誘惑に負けてしまうかもしれない危機感に怯えながら、膨れあがった自己幻想のなかで、タケと秋田の娘のいずれかを選ばねばならぬ倫理的な課題に迫られている。タケは故郷からの期待を意味し、秋田の娘には都会における個人的な栄達や成功の夢が託されていた。だから、「君ガ成業帰国ノ日ヲ待タ」んという故郷からの牽引が強く作用する時、異郷都会の娘を選ぶことは自己本位の追求、故郷への裏切りとして意識されざるをえない。『佳人之奇遇』の場合、幽蘭紅蓮から好意を寄せられた幸運は、苛酷な政治状況へ彼女たちが投げ込まれたことで相殺され、故国（日本、または会津）への責任感を媒介とする連帯関係にまで昇華されていった。見事な解決だった、と言うべきであろう。母親、または母親が息子の嫁として選んだ郷里の娘、という形で故郷が象徴される場合も多い。これをうとましく思い、都会で自己本位の夢（娘）を追おうとした『浮雲』の文三や『三四郎』の主人公は、それ故にこそ罰せられねばならなかった。罰は、その娘の裏切りという形で下される。『舞姫』の太田豊太郎がエリスとの関係にのめり込んだのは、故郷の母の死を知ってからであった。かれの自己本位な生き方は、エリスこそまず救われなければならぬ哀れな存在であることによってその倫理的な負債を緩和されていたけれども、一たん故郷の期待を裏切った青年が改めて故郷を選んだときから、かれは一生消えることのない罪の意識を抱えこまなければならなかったのである。

そして、『雪中梅』以下の未来記的政治小説の場合、人民のための民権運動を「成功」させるためという理由で、佳人と結ばれる主人公の生き方が正当化されていた。しかし、人民のため、ということが単なる口実に転落してしまった以上、かれらの自己本位は非難されなければならない。蘇峰の批判のなかにも、もちろん、地方民間に帰って実力の養成に努めよ（第九号社説）という、実際的で、しかも倫理的な叱責が籠められていた。政治小説における政治と恋愛との結びつきは、「鉄腸は政治を恋愛小説のころも゛に包んで」（ドナルド・キーン「日本文学史　近代篇」）というルーズな関係ではけっしてなく、ただ、佳人の献身的な支持を得たいという安直な願望が批判されねばならなくなったとき、政治小説の人情本化という弱点もまたはっきりと見えてしまったのである。

こういう文学史的な文脈のなかで読んでみるならば、『書生気質』の小町田におけるアイデヤリズム批判は、那以那・莉莚児的な恋愛の架空性を衝くと同時に、政治小説的な構想の虚妄性を撃っていただけではない。田の次が言う岩切・浅尾的な御都合主義の恋愛成就を斥け、その批判は、マルツラバースにおけるアリスの救済と教育や、久松菊雄における松江タケの存在の虚構性にまで及んでいた。『書生気質』の次に『妹と背かゞみ』が書かれた必然性は、そこにあったのである。

そのアイデヤリズムを批判して、書生の実際をリアルに発《あば》き出すには、それなりの方法が工夫されなければならない。その工夫とは、作者の批評的観点を場面内に具体的に位置づけることであって、先ほどの一節は、たとえば「美女の眉かとぞ見る新月ハ。已に西の空に傾きつゝ」というように語り始められていた。いかにも月並な「新月」の見立て方であり、対象の克明な描写という点からみればまことに物足りない表現であったけれども、場面における表現位置はかなりはっきりとし、読者に臨場感を与える効果を挙げていた。それ以前の小説の場合、遍在する眼差しをもった超越者の立場で、審美的な慣用句をほとんど無統制にただ積み重ねるだけであった。それに較べて、「新月ハ。已に西の空に傾きつゝ」「ひきとゞろかす人力車の。ゴボ〱も稀に聞こゆるのみ」「此方ハ一面の黒板屏」という具合に、その場面の特定の位置に立った人間の感性に即する形で表現が統一されていたということは、格段にすぐれた自覚的な方法であったと言わなければならない。

作者は、読者の共感や関心をより大きなものとする感性を、その場面に内在化された語り手に与えようとして、「障子に移る影坊師ハまだとしわかき男女と思は」れたので、もし「清少納言に見えたらんにハ」などと余計な気をまわしてみせていた。むろん読者と一緒にこの場面を打ち興じてみたいからであった。そしてこの場面はやや審美性が勝っていたけれど、『浮雲』の書き出しに影響を与えたと思われる、『書生気質』第二回の冒頭は、「ぎやう〱しき人力車《じんりきしや》のゴッサイ。稚兒《おさなご》の足元《あしもと》あぶなく。騒々《そうぐ》しき辻馬車《つぢばしや》の喇叭《らつぱ》。老人《らうじん》ハ杖《つゑ》や失《うし》なはん。晴《はれ》て風《かぜ》だつ日《ひ》の土煙《つちけむり》にハ。新購《かひたて》の帽子《ぼうし》為《ため》に白《しろ》く。晏子《あんし》の御者《ぎよしや》めく官員《くわんいん》も。鼻《はな》の上《うへ》に八字《はちじ》を画《ゑが》き。

結《ゆ》ひしばかりの大島田《おほしまだ》に。埃《ほこり》がかゝるを苦労《くろう》にして。西施《せいし》の顰《ひそみ》をまなぶもあり。是筋違《これすぢかひ》の夏《なつ》げしき。実《げ》にや斯《か》くてハ塵除《ちりよけ》に。眼鏡《めがね》の橋《はし》も入要歟《いりえうか》。とうちつぶやける田舎人《いなかうど》の。あだ口《ぐち》さへも道理《ことわり》なり。頃《ころ》しも五月《ごぐわつ》の下澣《すゑつかた》。はや暮初《くれそむ》る誰彼時《たそがれどき》。講武所《かうぶしよ》の横町《よこちやう》よりいと急《いそ》がしげにかけくるハ。年比《としごろ》十九歟《か》二十《はたち》あまり。人品《ひとがら》のよき書生風《しよせいふう》」という具合に書かれていた。

対象の明示的な表現を視向しているかに見えながら、誇張した見立てや洒落冗談に言葉が流れてゆく。対象からの逸脱が多く、写実からはほど遠い表現であったけれども、見立てや洒落によって対象の一面を批評し、その滑稽な正体をあばく。そういうところに、読者と興味関心を共有することを心掛けた当時のリアリズムの実践があったのである。この方法によって書生の実態を発き、その一人にアイデヤリズム批判の自己反省を語らせうるところまで、逍遙の文学は進んでいったのである。

『浮雲』冒頭の引用は、ここでは省略する。比較して言えば、『書生気質』第二回の冒頭は、眼前に登場する人物を印象の強いものから順に紹介するという書き方だったのに対して、『浮雲』もおなじように眼前の盛んな光景を叙べながら、たとえば官員の髭や服装などを身分的階層的な序列に従って紹介している。それだけ、対象を統括しようとする意識が濃厚で、関心を統制し現象に統一を与える主体的な自覚が強くあらわれていたのである。対象を諷刺する場合にも、見立ての月並を嫌い、できるだけ個性的な見立てや穿ちを工夫し、だから対象の観察もより克明であった。個性的な見立てを狙いすぎるあまり、石橋忍月から「謎躰の形容詞」の乱用（「浮雲の褒貶」、『女学雑誌』第七十四〜八十号、明20・9〜10）と批判されても仕方がないような行き過ぎも生れてしまったわけであるが、それも結局は上のような主体的な自覚の結果であった。

とはいえ、この強烈な統括意識のおかげで、二葉亭は、シンプルな人間関係のなかでよく時代批評や思想的課題の追究を果すことができたのである。逍遥によってその政治小説的な恋愛のアイデヤリズムが文学から否定されてしまったけれど、私状況のなかに政治を暗喩する方法を残した。簡単に言えば、その恋愛観のなかに倫理的課題を残したのである。文三がお勢に期待したものは、性愛ではなくて、人間的信頼であったことが、それをよく示している。だが、そういう期待までが、実は、文三の自己本位な想い込み、つまり「妄想」にすぎなかったことがやがて明らかになってゆく。自分に好都合な夢を描いていた文三は、自己本位な恋愛とはしょせんかれだけの Self《セルフ》-evident《エヴヰデント》 truth《ツルース》 にすぎないことを、本田やお勢から思い知らされてしまった。文三の眼に映ったお勢の裏切りは、かれの自己本位が必然的に孕んでいた自己処罰のあらわれだったわけであり、そういう恋愛の描き方一つのなかにも、この時代の青年におけるアイデヤリズムの問題が象徴されていたのである。

しかし、このような文三の精神的苦渋と、『浮雲』冒頭にみられるような文体とは、かならずしも一致していなかった。外面の滑稽を衝き、正体をあばく無人称語り手の感性に即してゆくかぎり、嘲笑諷刺的な眼に妨げられて、文三の切実な精神状況に近づいてゆけないのである。その接近がある程度可能になったのは、次のような場面からであった。

> 俄にパッと西の方《かた》が明るくなツた。見懸けた夢を其儘に、文三が振返ツて視遣る向ふは隣家の二階、戸を繰り忘れたものか、まだ障子の儘で人影が射してゐる……スルト其人影が見る間にムク〳〵と膨《ふく》れ出して、好加減《よいかげん》の怪物となる……パッと消失せて仕舞ツた跡はまた常闇《とこやみ》。（略）文三は、慄然《ぶる〳〵》と身震をして起揚《たちあが》り、居間へ這入《はい》ツて手探りで洋燈《らんぷ》を点《とぼ》し、立膝の上に両手を重ねて、何をともなく目守《みつめ》た儘、暫らくは唯茫然《ぼんやり》……不図《ふと》手近かに在ツた薬罐の白湯《さゆ》を、茶碗に汲取りて一息にグツと飲乾し、肘を枕に横に

倒れて、天井に円く映る洋燈《らんぷ》の火燈《ほかげ》を目守《みつ》めながら、莞爾《にっこ》と片頰《かたほ》に微笑《ゑみ》を含んだが、開《あい》た口が結ばつて前歯が姿を隠すに連れ、何処《いづく》からともなくまた愁の色が顔に顕はれて参ツた。
「それはさうと如何《どう》しようか知らん。到底言はずには置けん事《こつ》たから、今夜にも帰ツたら、断念《おもひき》ツて言ツて仕舞はうか知らん。嘸《さぞ》叔母が厭な面《かほ》をする事《こつ》たらうナア……眼に見えるやうだ（以下略）」（第一篇）

前章に引用した、『佳人之奇遇』の一節に近い場面であるが、もちろんこの表現のほうが、はるかに分析的で、しかも視覚的な克明さをもっている。独り居の状況を強いられ、あるいはみずからそれを選んだ、その事情をどれだけ意識化できていたか。その違いが、環境描写における心理化の違いを生んでいたのである。文三のような状況に追いつめられた青年にとってはまさに必然的であるような見え方で、その環境描写が心理化され、だからこそ文三の動作の一つ一つに内面的な意味を与えることができたのである。

逍遥はそこまでゆくことができなかった。内的独白の表現は、『妹と背かゞみ』ですでに実験され、広津柳浪は『女子参政蜃中楼』（明20・6〜8）のなかでもっと上手にその方法を消化していたけれども、たとえば逍遙は、外から窺い知ることのできない心理というものが人間の内部に存在する、と考え、だからそれを傍観的に写し出すために、「お雪《ゆき》の本心《ほんしん》ハ果《はた》していかに。今《いま》一魔鏡《まきやう》を取《とり》いだして。お雪《ゆき》の肺肝《はいかん》を写《うつ》しいださん」（『妹と背かゞみ』）というような方法を考案しなければならなかった。人間がそういう内面を抱え込まざるをえない成り行き、というより、内面というものがその当人自身に意識化されてくる状況的ないきさつにはほとんど関心を払わず、そのため先のような下手な言い訳を用意せざるをえなかったのである。その弱点を克服したのが二葉亭であった。

状況的な行きづまりが、対他的な言葉の行きづまりを惹き起した。文三が言うべくして言い出せなかったこととは、直接には文三が役所を免職になってしまった事実であり、叔母のお政が厭な顔をするだろう懸念がそれを喉元で押しとどめていたわけであるが、人生の挫折をここで明るみに出し、その結果叔母の家族から決定的に疎外されてしまう怖れが、かれの「内面」を生んでしまったのである。言うべきこととして強く意識されている事柄が、お政の不機嫌や本田の嘲笑という状況的な阻止に出合って沈黙の側に押し戻されてしまう。そのとき、外に向って言うのとは全く性質の異る、内的な意識の言語が改めてかれ自身の意識の対象となってくる。そういう意識のありようを二葉亭はとらえ、この意識の圧力が感性的な対象の見え方までも変えてしまうプロセスを表現できるところにまで進んで、小説表現の方法に決定的な転換を与えたのであった。

これ以後、無人称語り手の立場からする表現は次第に姿を消していった。そのしたり顔の嘲笑性は本田たちの科白に受け継がれ、それによって発話を阻止されたことばが内攻して「内面」を生んでしまったわけだが、次には語り手の表現（地の文）が文三の心理に即して展開されるとともに環境描写の心理化が可能となって、当初の嘲笑的な語り口（→本田的な科白）の野卑さが逆に発かれることになった。その意味で、即文三的な表現とは、当初の地の文（→本田的発想）から疎外的に派生して、批判性を獲得した、感性（戯作的な語り口における）への批評的な「知」であった。ここまで来て、ようやく「私」感性のたしかな表現が可能となった。言葉を換えるならば、「人間にとつて個人といふものが重大な意味を持つに至る」（『私小説論』）と小林秀雄が語っていた、その個人が、自分という人間をリアルに考察して正直率直に表現できる文体が創られたということである。小林秀雄的な見方は、だから、逆転されなければならない。歴史的にこのような表現が作られるに及んで、「人間にとつて個人といふものが重大な意味を持つ」小説が不可避となったのである。中村光夫は二葉亭のこのような表現の根拠を、かれがロシア文学から学んだ近代文学の理解の深さに見出してきたし、それがわが国の近代文学史の通念でもあったが、もちろんそういうとらえ方もひっくり返されねばならないだろう。なぜなら、これまで分析したような方法でその主人公における心的状況と感性的な環境とを統一的に表現してみるならば、そこにはかならず、みずからの表現に強いられて自分という個人を問題にせずにはいられなくなった作者自身のあり方が反映されてしまうはずだからである。

だが、このような表現を獲得することによって、かえって二葉亭は『浮雲』の展開を失い、しばらく文学放棄の彷徨を続けねばならなかった。そこに、この方法の問題がある。私状況における人間の実情、感性的な環境と交渉する人間のその感性のとらえ方に、致命的な欠陥が含まれていた。すなわち文三的な表現を対象化する「知」が出て来なかったのである。

（53・11）

第四章　空想に富みたる畸人

個人的な境涯への注目が極まるところ、自分のありようを日常的な場面で省察するということが始まる。見えてきたものは、他人との違和感に苦しめられている自分の姿である。自分の人生的な劇の根拠を、この感性に求めようとする発想が生れてくる。

他人との違和感、それは多分に状況的なものであって、かならずしも自分の固有性ではない。ただ、固有性としてしか意識されにくいこともたしかである。なぜなら、その違和感が、自分を個別化された、孤独な人間にしてしまうからにほかならない。この違和感はおそらく他人には伝わりにくく、それならば、他人には伝えがたい異質性を自分は負わされているのである。

自分は偏りの強い、あるいは他人に受容れられぬ欠点の大きい人間だ。そういう自分の見え方が、かれを気弱な人間にし、その意志を挫いてしまう。わが国の近代小説で最も早い自伝形式の作品の主人公（手記の書き手）、嵯峨の屋おむろ『無味気』の関翁山や、森鷗外『舞姫』の太田豊太郎などは、そのようなタイプの青年であった。気取半之丞が『舞姫』を批判（「舞姫」明23・2）したように、「薄志弱行にして精気なく誠心なく随ツて感情の健全ならざる」人物である。強い意志をもって生きようとし、その社会的条件と確執をかもし出すような人生は歩まなかった。気取半之丞こと石橋忍月が言う、「苟くも小説の名を下し得べき小説は如何なるものと雖も、悉く人物の意思と気質とに出づる行為、及び其結果より成立せざるはなし」「主人公其人と客観的の気運《シツクザール》との争ひを写すに在り。此争ひの為めに主人公知らず〳〵自然の法則に背反することもあるべし。国家の秩序に抵触することもあるべし。蹉跌苦吟自己の驥足を伸ばし能はざることもあるべし」

（「罪過論」明23・4）という小説規範に照してみるならば、とうてい文学上の主人公たるに足らない人間であった。

だが、たしかに『舞姫』は鷗外漁史の手で発表された小説だが、もともと太田豊太郎の手記として書かれたものだ。その立場に即さなければ見えて来ないものがあり、それは、「著者は主人公の人物を説明するに於て」（気取半之丞、傍点は引用者）という読み方をする時、読者の眼から失われてしまうのである。相沢謙吉は、そのように『舞姫』の表現を弁護（「気取半之丞に与ふる書」明23・4）した。

もう少し一般化すれば、それはこうなるだろう。弱く不幸な者にやさしくあろうとして、かえって自他を傷つける結果を招くのは、他人との違和のなかで強いられた自虐的な自己像に負けてしまうからにほかならない。それに負けて、自分が愛し、自分に好意を寄せてくれる人とさえ「衝突《コンフリクト》」（忍月）を起してしまうのである。かれは、いよいよ自分を責めないではいられない。顧みれば、そういう感性を「罪過《モチイヴ》」（源因または伏線、忍月）として、わが人生上の出来事は織り出されてきたのであった。ただ、そういう自己と人生の見え方はこれまで語られたことがなく、しかし、それこそが本当のとらえ方ではないだろうか。いま、その見え方を書くとしよう。半之丞のような読者は、出来事と出来事の必然的なつながりを探り、だが、その「罪過」としては主人公に意志的な性格が欠けていることに不満を抱くかもしれない。けれども、人間は、他人との感性的なかかわりのなかで作られた自己像に動かされて生きている。あるがままの自分によって他人と交渉を重ねながら、内的な自己像の否定的な修正という危機を絶えず迫られてしまうのである。その危機は、しばしば、他人の眼には事件と映らないような些細な感性的な経験から始まる。ちょっとした仕打ちが対他的な違和感を惹き起し、それと同時に、言わば内的な自己像それ自体への感性が動いて、他人との交渉の仕方を変えてしまう場合がある。ただ、それこそが自分にとって重要な事件なのだと意識する仕方は、本人の立場に即さないかぎりけっして見えて来ない。もっぱら事件の展開を追うような読み方では、感性と自己像の危機を主題とする表現はうまく辿り切れないのである。

表現史的にみれば、語り手の感性を必然的な契機として事態を展開させる書き方は、『舞姫』の前にはかつてなかった。それ以前の文学の、作中に登場せず、事件に参加しない、場面に内在的な語り手は、その感性を媒介として展開を作り出す力を持たなかった。全く持ちえないと断言することはできないが、当時の作家たちはそれだけの力を語り手に与えられなかったのである。転換は、そういう語り手を作中に登場させて一人称の語り手とする、という形で起った。簡単に言えば、作中に登場した語り手が自分の身の上に起った事件を書くという方法が始まったわけだが、人間の自己意識を一変させてしまうような、それは表現方法の転換であった。

その転換は、具体的にはどのように成し遂げられていたか。しかしその前に、気取半之丞こと石橋忍月の作品『露子姫』（明22・11）の表現を検討しておくほうが、理解が早いであろう。気取半之丞とは、『露子姫』に登場する三枚目だったのである。

春の野に出て若菜《わかな》摘《つ》む、何《なに》が何《なん》と云つても弥生《やよひ》の野遊びほど快《こゝろ》よき遊びへあるまい、うらゝかに柔《やはら》かに輝やく太陽、暖炉室《だんろしつ》で暖《あた》ためたやうな風——きのふ迄は厳《きび》しく肌に徹《とほ》ツた凛風《りんぷう》、うつてかはツてけふは軟《やはら》かに心地《こゝち》よく面《かほ》を撫《なづ》る、おまけに樹々の花の間《ま》を経過《すご》して来《きた》と見《みえ》て空気は総《すべ》て香《か》にしみてゐる造化配慮《ざうくわはいりよ》の細《こま》かさ、出来る事なら此空気を壜詰《びんづめ》にして霜風凜烈《さうふうりんれつ》の霜枯時《しもがれどき》に売出したなら、夏の氷水《こほりみづ》より遙《はる》か利潤があるだらうとは飛《とん》だ機商《きしやう》の目算《もくさん》、鳥も浮れだしておのが塒《ねぐら》を忘れさうなり、蹈《ふ》み返されるのも厭《いと》はず芽を出す土筆《つくし》の愛らしさ、続く日和《ひより》にさそはれて早咲する菫菜《すみれ》の仇気《あどけ》なさ、見渡せば遙か土堤《どて》の梢には花も大分咲き初《そ》めたと見えて浅き霞《かすみ》を靉靆《たなび》かせてゐる。其処《そこ》は何処《どこ》？　向島《むかふじま》に程遠からぬ小村井《をむらゐ》！
かゝる楽しき境《さかひ》に若菜を摘みつゝ逍遙《せうえう》してゐるのは女連《をんなつれ》の一隊、しかも十七八の淑女《しゆくぢよ》、振袖《ふりそで》の姫御前《ひめごぜ》、
未婚者か？　無論！　美人か？　無論！

はしたなく浮かれているこの口調は、もちろんその場面に内在化された語り手のそれであって、忍月固有のものと言うことはできない。その書き方は逍遙や二葉亭が方法化して以来、当時の若い作家たちに急速に拡まっていたのである。

だが、逍遙や二葉亭がその方法を工夫する出発点となった、作中人物とおなじ状況を生きざるをえない自覚は、かならずしも普遍化していたわけではなかった。方法的必然が共有されないならば、その技法は頽廃するしかあるまい。その傾向は、早くも山田美妙の『武蔵野』（明20・11〜12）や石橋思案の『乙女心』（明22・6）などにあらわれていたが、忍月の場合ほどはなはだしくはなかった。

たとえば、ここに紹介した『露子姫』の冒頭の表現。この場面に内在的な語り手にとって、明らかにその表現動機は、対象の現実的なあり方を正確に伝えることではなく、むしろ語り手におけるその見え方や感じ方、というより、その洒落た見立てや巧妙な言い廻しを自己顕示することであった。「暖炉室《だんろしつ》で暖《あた》ためたやうな風」という、思いつきめいた比喩、「造化配慮《ぞうくわはいりよ》の細《こまや》かさ」「霜風凜烈《さうふうりんれつ》の霜枯時《しもがれどき》」などの衒学趣味、これらはけっして対象に迫ろうとした人間の感性ではありえない。ばかりでなく、「出来る事なら此空気を壜詰《びんづめ》にして」から、「飛《とん》だ機商《きしやう》の目算《もくさん》」までの表現は、読者にとって、対象の映像的な理解には何の助けにもならない。いわば語り手だけが勝手にその拙劣な比喩連想を楽しみ、悦に入っているだけのことで、結局不必要な表現だったと言わざるをえない。

だが、ともあれこの語り手はやがて視線を「遥か土堤《どて》」のほうに転じてゆく。そこに見えてくるのは、「女《をんな》連《つれ》の一隊、しかも十七八の淑女《しゆくぢよ》、振袖《ふりそで》の姫御前《ひめごぜ》」であったが、それにしても、「振袖の姫御前」をとらえて、「未婚者か？　無論！」というような自問自答をわざわざさし挟んでくるというのは、これもまた不必要な自己顕示だったと言わざるをえない。くどいようだが、その浮かれ方をもう少し引用しよう。「中《なか》に就《つい》て一際《ひときは》衆人の目に立つ淑女は、先《ま》づ後《あと》より見るときはスラリと痩方《やせがた》な姿で襟脚《ゑりあし》長く、雪を欺《あざむ》く程白き細きしなやかな首がスーツと直立したる塩梅《あんばい》、最早《もはや》それのみで美貌の程思《おもひ》やられる、前に廻れば即ち卵形《たまごなり》の顔、純白《まつしろ》八分《ぶ》と微紅《うすあか》二分《ぶ》を調合した寒梅色《かんばいいろ》、小イさな可愛《かあ》ゆき口元を結んだ所に満身の品格が集つてゐる、然《しか》し其笑ふ時にも亦此口元の辺《へん》に満身の愛嬌が現はれてゐる、なぜ？　なぜツてアの花恥かしき朱唇《くちびる》の内に瓢実《ひさごのみ》を並べたやうな歯が隠見《いんけん》するんだもの、アノ程よく豊《ゆたか》なる双頬《ふたつのほう》に鳴門《なると》を蓄へてゐるんだもの」。

もちろん逍遙や二葉亭の場合も、この種の、自己顕示的な表現がないわけではなかった。この時代、対象の細部に関する不必要なまでのこだわりは、もともと、逍遙によって、近世戯作的な表現をつき抜けるために要請されたことだったのである。従来わが国の小説は「細密《さいみつ》なる挿絵《さしゑ》をもて其形容《そのけいよう》を描《ゑが》きいだして記文《きぶん》の足《た》らざるをバ補《おぎな》」ってきたので、作者もおのずから「之《これ》に安《やす》んじ景色形容《けしきありさま》を叙《じよ》する事《こと》を間々《まゝ》怠《おこた》る者《もの》」も少くなかったが、これは大変な心得違いである。「形容《けいよう》を記《しる》するへなるべく詳細《しやうさい》なるを要《えう》す」（『小説神髄』「叙事法」）と。つまりかれは、地の文が会話場面に対するト書き的な役割しか果していないことを不満とし、その場面の景色ありさまを細かに描くことで地の文それ自体の表現的価値を高めようとしたのであった。それは挿画への依存を克服すること、換言すれば、言葉の視覚的（映像的）機能を獲得することだったのである。その場面を描き出す視覚的位置が特に意識されるようになったのは、まことに必然的な成り行きだったと言うべきであろう。

たしかに春水や馬琴の作品には、解説説明に多く言葉が費やされて、景色ありさまの描写と言える部分は意外に少い。また掛詞や縁語が多用されて、視覚的明証性を欠いていた。時には異様なほどこと細かな形容が重ねられることもあったが、どうやらそれは挿絵画家に対する指示として行なわれたことであったらしい。そういう表現のあり方を逍遙たちは脱却しようとし、だが、対象細部のこと細かな指示という傾向は受け継いでしまった。だから、細部を一つ一つ取りあげてゆくことは、それを取りあげる側の見立ての巧拙を競うこと、つまり形容する言葉を巧みにすることだったのである。そういう表現意識に支配されているかぎり、いわゆる自然描写はありえないこと、『当世書生気質』をみれば直ちに明らかだろう。なるほど情景の細かな表現はみられるが、すでに人間の手で美しく整えられた公園や庭園が主として選ばれ、そうでない場合でも伝統的な審美眼にあてはまる景色がとらえられているにすぎず、結局それ以外の場面を選ぶことはできなかった。二葉亭は、さすがにそこから一歩踏み出していた。ということは、あの自己顕示的な表現は依然として多かったけれど、対象的な事態の本質に迫ろうとする意欲があり、生きた感性表現が次第に増えて行ったということにほかならない。語り手の感性を媒介とした情景が、そのまま作中人物の心的状況の表現に転換されうるようなところにまで進んでいたのである。

ところが美妙や忍月は、またそこから一歩後退してしまった。後退したその辺りが、案外当時の一般的な水準だったのだろう、『舞姫』に好意的だった山口虎太郎でさえ、「然レ𪜈漁史ガ筆ハ人物ノ成形的ニ及バズ、粧点ノ足ラザル、人ヲシテ主ナル人物ノ容貌衣服ヲ推察スルニ苦マム。是レ或ハ故意ニ守ル所ヲ示サントシタルナルベシト雖𪜈恐クハ人意ニ満タズ」（「舞姫細評」明23・1。傍点は原文、句読点は引用者）という不満を語っていた。

かれは、先ほど紹介した『露子姫』における人物表現のような描き方をおそらく求めていたのである。そ

の箇所と較べながら、たとえば、『舞姫』（明23・1）の、

　今この処を過ぎんとするとき、鎖したる寺門の扉に倚りて、声を呑みつゝ泣くひとりの少女あるを見たり。年は十六七なるべし。被りし巾を洩れたる髪の色は、薄きこがね色にて、着たる衣は垢つき汚れたりとも見えず。我足音に驚かされてかへりみたる面、余に詩人の筆なければこれを写すべくもあらず。この青く清らにて物問ひたげに愁を含める目の、半ば露を宿せる長き睫毛に掩はれたるは、何故に一顧したるのみにて、用心深き我心の底までは徹したるか。

という表現を読んでみるがいい。いかにも簡略で、うまく整理されている。この整理は、その時その場面で自分に強く印象づけられ、自分の心を動かしたものだけを選んだ結果である。それ以外の細部は棄ててしまった。その瞬間そんな細部を眺めまわしている余裕などなかった。それも一つの理由だろうが、このような感性的な経験によってその後の二人の運命が作られてしまったわけで、だから、わが感性を動かした対象の表現を、事態の不可避的な展開にかかわらせて必然化する、そういう方法をかれが持っていたからにほかならない。それはきわめて重要な表現史上の転換であったのだが、山口虎太郎はまだそこまでついて行けなかったのである。

　そこでもう一度『露子姫』に戻り、自己顕示的な語り口から、その語り手における自己意識をとらえてみた場合、どんな特徴がみえてくるであろうか。肌に快い春風を受けて、「暖炉室《だんろしつ》で暖《あた》ためたやうな」という想像を働かせ、春風の香りから「樹々の花の間《ま》を経過《すご》して来《きた》と見《みえ》て」という具合に、その原因を推量している。機智によって感性をとらえようとする意識が強い。山田美妙の『武蔵野』における「日ハ函根《はこね》の山端《やまのは》に近寄

ツて儀式どほり茜《あかね》色の光線を吐始めると末野《すゑの》へ些《すこ》しづゝ薄樺《うすかば》の隈《くま》を加へて、遠山も、毒でも飲んだか段々と紫になり」（傍点は引用者）というような表現の発展型と見てさしつかえないだろう。このような表現は近世戯作にはあまり見られない。感性に直接的な表現をして、これは何々と知るべしという具合に註釈を加えるやり方が、むしろ一般的だったのである。だから、そうではなくて、眼前の現象に知的な解釈を加え、穿った比喩表現で形容したり、衒学趣味をひけらかしたりするのは、この時代のモダニズムであった。モダニストたる自己意識に、その語り手は支配されていたのである。事態の展開、作品の主題もまた、その自己意識に浸透されて、必然的にモダニズム化されざるをえない。

それは明治二十年代の新興芸術派であった。対象的に展開する事態の本当の意味を問う如何なる人間的課題もその語り手は担っていない、というのが戯作＝モダニズムの本質だからである。

ことわっておけば、石橋忍月の「罪過論」や「想実論」（明23・3）などはこの時代の最も水準の高い文学論の一つであり、現代でも検討に値するだけの内容を含んでいる。しかも、『舞姫』を鷗外の実生活上の事件にからめて読んでいる批評家や研究者は意外に多く、それ故、「罪過論」の忍月が気取半之丞の名前で、「『舞姫』の意匠は恋愛と功名と両立せざる人生の境遇にして此境遇に処せしむるに小心なる臆病なる慈悲心ある――勇気なく独立心に乏しき一個の人物を以つてし、以て此の地位と彼の境遇との関係を発揮したるものなり」「著者は太田をして恋愛を捨てゝ功名を取らしめたり、然れども予は彼が応さに功名を捨てゝ恋愛を取るべきものたることを確信す」という人性批判を下したのであるから、この論争に関して忍月に軍配を上げる人たちはけっして少くない。ところが忍月の作品は、内部におけるあのモダニストたる自己意識を克服しないかぎり、とうてい「主人公其人と客観的の気運《シックザール》との争ひを写すに在り」というような文学は実現しえないものであった。作者の若書きということも一つの制約であっただろうが、しかしそれと同時に、その文学論の公式主義的な性格から見て、かれの評論もまたモダニズムにすぎなかったのではないか、という疑問が湧いてくる。少くともかれは、自分の実作体験でぶつかった具体的な問題を踏まえて発想していなかったことだけはたしかである。これは忍月だけの問題ではない。わが国固有の表現史的な動向をつかみそこねた評論や研究もまた、比較文学・文明論的な観点はもちろん、伝統や土着主義の立場でさえ、結局はモダニズムとして終るしかないのである。

しかしこの時代の表現は、忍月が対象化できないところで少しずつ動いて行った。

私の見るところ、それは二つの方向を採っていた。

一つは、矢野龍溪の『浮城物語』（原題『報知異聞』明23・1〜3）から、原抱一庵の『闇中政治家』（明23・11〜12、24・3〜4）を経て進んでいった方向である。幸田露伴の『対髑髏』（原題『縁外縁』明23・1）は、もう一つの方向との分岐点に立っている。

場面に内在的な無人称の語り手が、顕在化されて、事件に参加・目撃する一人称の語り手として登場してきたのである。『浮城物語』の語り手「余」は、全く偶然のきっかけで、日本からの亡命的冒険者の一群に身を投じ、理想的な共和国政府樹立の事業に参加することになった。かれ自身は、平凡で常識的な、文章を多少得意とする程度の特技しか持たない青年であった。作者がこのような凡常な青年を語り手に選んだ理由は、物語の空想性を打ち消すためであっただろうが、かれは二人の指導者の人柄に魅せられ、その理想を共有するに及んで、さまざまな事件にみずから求めて参加し、しかもそれを記録しておくだけの内的な動機を持つに至った。事件の展開はもちろんかれの力及ばぬところで進展し、だが、その表現はかれの内的な動機に即してある程度必然化されている。『露子姫』にみられたような、本質的な無動機性は、そのような形で克服されようとしていたのである。

ただ、『浮城物語』の「余」における弱点は、その内的動機が亡命的冒険者の群れに参加した後に形成されたものであったため、かれらの内在的な批判者となりえないことであった。表現の面から言えば、かれの感性や自己意識が事態の進展とほとんど葛藤することなく、表現細部に劇的な構造がみられないのである。その点では、無人称の語り手による表現の水準をまだどれほども抜け切っていなかったと言わざるをえない。ところが原抱一庵はもう一歩先へ進んでいた。『闇中政治家』の語り手「余」は、ある使命を帯びて北海道へ渡ってきた人物である。

> 只《たゞ》一双の眼《まなこ》、如何に形容《けいよう》したりとて其限のあるものなり矧《ま》してや閉《と》ぢたる瞼《まぶた》、余は措辞《さじ》に拙《つたな》きものなり去れど如何に其法に巧妙《こうめう》なりとも、余が今此の盲目者《もうもくしや》に対《たい》して瞬間《しゆんかん》に起《お》き来りたりし感《かん》の渾《すべ》てを只此の閉《と》ぢたる瞼《まぶた》を形容したるばかりにて読者《どくしや》に知らしむることは到底能《とうていあた》ふ可らざることとなるべし到底能ふ可らざることとならんも尚勉《なほつと》めて形容《けいよう》し見ん歟、閉《と》ぢられある渠《かれ》の眸《ひとみ》は閉《と》ぢられざる百人の眸《ひとみ》よりも尚灼《なほしやく》然《ぜん》として輝くが如きなり
>
> 閉《とぢ》られたる眸《ひとみ》の輝やくべき故あらず、余の驚怖《けうふ》し戦慄《せんりつ》し渠の眸《ひとみ》の輝やく如くに覚《おぼ》へたるは思ふに他の点《てん》と比較《ひかく》して見て始めて斯《か》かる感を惹《ひ》き起《お》こしたるものにてあらん、渠《かれ》は手に杖《つへ》を持てり去れど地を模《さぐ》らんとはせで只宙《たゞちう》に挙《あ》げて弄《もてあそ》び居るなり渠《かれ》は他の一人の腕《うで》に倚《よ》れり去れど其腕にタヨリて歩《あゆ》むが如き状《さま》にも見えず渠の歩武《ほぶ》は着々《ちやく〳〵》として曾《かつ》て躑躅《ちいう》するが如きあらず胸《むね》を張《は》れり肩を怒《いか》らせり要するに渠は一も盲《もう》人《じん》に備《そな》はり居る可き風姿《ふうし》を備へず、凡そ人が己《おの》が備ふべき姿態《したい》を備《そな》へ居らざるときハ何となく一種異様《いつしゆゐやう》の観《くわん》あるものなり若し不具者《ふぐしや》にして不具者《ふぐしや》のさま無《な》きときハ一種言ふ可らざるスゴミの生《せう》ずるものな

り、余の一見《いっけん》俄然《がぜん》として恐怖《けうふ》したるハ渠《かれ》の閉《と》ぢたる眸《ひとみ》にあらずして此の眸《ひとみ》に伴《ともな》ふべき渠の姿態《したい》なりしならんも知れず（表記・仮名づかいに混乱がみられるが全て原文のまま）

表現に関するこのような苦しみ方は、それこそ一種異様である。いきなり声をかけられ、その相手が主人公の前に出現する。そういう導入は、逍遥の『妹と背かゞみ』（明19・1〜9）で試みられていたが、この作品の場合、出合うこと、見ること自体がすでに内的な劇であるような形で始められていた。人里離れた山中、呼びとめたのは並の旅人ならぬ容貌風体の二人連れ。出合い自体が劇的であるのはむしろ当然のことかもしれない。だが、「驚怖《けうふ》」の緊張が解けた後にも、その劇は終りまで続いてゆく。「余ハ大なる『使命《しめい》』を帯《お》べり、余ハあらゆる出来事《できごと》を仔細《しさい》に見《み》るべし、自《みづか》ら出来事《できごと》を作《つく》る可《べか》らず」という、観察報告者としての自己限定。その上、みずから顧みるに、「余《よ》ハ執《と》るべき業務《ぎやうむ》のあらざるとき時《とき》としてハ考慮家《シンヤー（ママ）》となることあり時《とき》としてハ夢想家《ドリーマー》となることあり」という内的な葛藤がいつまでも続き、自然の景観に接するときでさえ、その自己意識上の劇を惹き起されてしまうからである。

眼に見え、耳に聞えることに直ちに惹かれようとする感性と、報告者的な位置に踏みとどまって、使命を果そうとする内的な拘束と。しかもその対象こそが使命を果すべき相手かもしれず、そういう形で相手に惹かれながら、かえって感性はそれに違和を覚えてしまう。必然的にその外界は、矛盾し葛藤する姿でかれの前にあらわれざるをえない。外界を伝えようとして、表現が異様にもつれ、ねじ曲げられ、自分への問いを執拗に繰り返さざるをえなかったのは、おそらくそのためであろう。そういう内的な事情が分かってくるのはもう少し読み進んでからのことであるが、自分への執拗な問いは、冒頭に続く右の場面で早くも始まっていたのであった。

一人は盲人だった。それを知った瞬間の「驚怖《けうふ》」をあらわそうとして、閉じられた眸が「灼然《しやくぜん》として輝くが如きなり」と言ってみたが、むろんこれは矛盾である。印象としては偽りなくとも、現象としてありうることではない。そこでこの混乱した印象を分析してみる。多分感性とは、眼前の直接的な対象に対してだけ動くのではない、知覚のなかに予め素描されていた概念的な像とのからみ合いから惹き起されるものだ、ということに思い当った。この違和は、忍月が言う「衝突《コンフリクト》」とは性質が異るが、人間はしばしばそういう感性的な劇を体験するのであり、その展開を表現する形でこの作品は成り立っているのである。思うに、「凡そ人が己《おの》が備ふべき姿態《したい》を備《そな》へ居らざるとき」、つまりその相手が頼りなく自信なさそうな盲人の概念を裏切った振舞いをしていたので、それで一種言うべからざる凄みを感じさせられてしまったのだ。概念は剥離され、かれは対象のありようとまっとうに対面することになる。見ること自体が劇だったとは、こういうことを指していたのである。このような感性の原因の突きとめ方は、美妙や忍月的な穿ちとはおよそ異質であった。

やがてかれは、この二人こそ自分の使命を果させてくれるかもしれないと考え、しばらく行を共にし、一たんは別れるが、盲人を助けて津軽海峡を渡り、農民一揆とその壊滅を目撃する。では、かれの使命とは何か。結末で打ち明けられてみると、まことにあっけない使命でしかなく、途中で構想に変化があったのではないかという疑問も湧いてくるのだが、かえってそれが見聞きすることの劇をモチーフとするこの作品にうまく適っている点に、この作品の奇妙な特質があった。事件の展開を中心にみるとき、まだ書き方に不足があることは否定できない。だが、あくまでも「余」における感性の違和を中心にこの作品は書かれていたのであり、まるで矛盾する相手の印象が同時にあらわれてくる場面がしばしばあって、結果的には事件そのものの矛盾した性格をうまく浮び上らせていた。かつて一揆の指導者でありながら、いまはその密告者である陰の人物の複雑さが、その指示を実行して死ぬ盲人健作の奇怪な言動となってあらわれていたのである。
しかし、そのような粘っこい書き方を持続させるのはおそらく容易なことでなく、当時の読者の嗜好にも合わなかった。作家活動の中断放棄か、文学的破滅は避けられない。ただ、こういう表現主体が一たん作中に出現してきた以上、その他の作家における、内在的な語り手の自己意識や感性表現の方法も変らざるをえない。露伴や鏡花など、対象との違和を核とした語り手の感性表現や、あるいは幻視能力の駆使を可能とするところまでわが国の作家たちは進んでゆくことができたのである。
さてもう一つは、嵯峨の屋の『無味気』から、鷗外の『舞姫』や高瀬文淵の『若葉』（明26・1）を経て進んで行った方向である。他人との違和、内的な自己像の変貌を主題とする文学であることは、すでにふれておいた。

彼人々（留学生仲間、引用者註）は余が倶に麦酒の杯をも挙げず、球突きの棒をも取らぬを、かたくなる心と慾を制する力とに帰して、且は嘲り且は嫉みたりけん。されどこは余を知らねばなり。嗚呼、此故よしは、我身だに知らざりしを、怎でか人に知らるべき。わが心はかの合歓といふ木の葉に似て、物触れば縮みて避けんとす。我心の臆病なり（初出）我心は処女に似たり。余が幼き頃より長者の教を守りて、学の道をたどりしも、仕の道をあゆみしも、皆な勇気ありて能くしたるにあらず。

貧きが中にも楽しきは今の生活、棄て難きはエリスが愛。わが弱き心には思ひ定めんよしなかりしが、姑く友の言に従ひて、この情縁を断たんと約しき。余は守る所を失はじと思ひて、おのれに敵するものには抗抵すれども、友に対して否とはえ対へぬが常なり。

又程経てのふみ（エリスからの、引用者註）は頗る思ひせまりて書きたる如くなりき。（略）わが東（日本、引用者註）に往かん日には、（母は）ステツチンわたりの農家に、遠き縁者あるに、身を寄せんとぞいふなる。書きおくり玉ひし如く、大臣の君に重く用ゐられ玉はゞ、我路用の金は兎も角もなりなん。今は只管君がベルリンにかへり玉はん日を待つのみ。

嗚呼、余は此書を見て始めて我地位を明視し得たり。耻かしきはわが鈍き心なり。余は我身一つの進退につきても、また我身に係らぬ他人の事につきても、決断ありと自ら心に誇りしが、此決断は順境にのみありて、逆境にはあらず。我と人との関係を照さんとするときは、頼みし胸中の鏡は曇りたり。

いずれも『舞姫』から採った文章であり、気取半之丞は傍点を打ったような箇所を三つ引いてその矛盾を責めたのであるが、その前後を読めば必ずしも矛盾しないことが分かるだろう。つまり、半之丞はこの種の表現を「著者は主人公の人物を説明する」ためのものと見ていたわけだが、前の二箇所は、太田がこの手記を書いた時点における自己認識を挿入した、相沢謙吉が言う「自註」であった。そして残りの一箇所は、太田の自己像に決定的な転換が起ったところで、これをきっかけとする否定的な自己対象化が前二箇所のような「自註」を生んだのである。

自分は、ひょっとして、かねて自分が考えていたのと違う人間なのではなかったか。そういう動揺が生れたのは、いよいよドイツを目指して日本を旅立つときで、「舟の横浜を離るゝまでは、天晴豪傑と思ひし身も、せきあへぬ涙に手巾を濡らしつるを我れ乍ら怪しと思」ったことであった。ハーバート・リードふうに言えば、他者志向的に形成されてきた人格《キャラクター》の堅い殻が破れ、柔い性質《パーソナリティ》がその下からあらわれはじめてきたのである。その柔らかな性質がどんな運命を作ってしまったか、を中心に太田の記述は進められてゆく。ただ、「我れ乍ら怪しと思ひしが、これぞなか〳〵に我本性なりける」という自己認識に達したのは、涙を流したその時ではなくて、ドイツ生活を経たのちであったということ、そこが大事なところだと私は思う。その時の感性的な体験に、手記執筆の時点における自己認識を織り混ぜる。そういう時間的構造が見抜けなかったため、これまでの多くの『舞姫』論は単純な誤解を犯してしまったのである。ドイツ生活が始まり、さし当りかれが意識していたのは、「心の中なにとなく妥ならず、奥深く潜みたりしまことの我は、やうやう表にあらはれて、きのふまでの我ならぬ我を攻むるに似たり」という、人格的な殻の崩壊という内的な危機であった。

長官に対するかれの反抗的な言動は、この危機から発したものであったのだろう。「まことの我」とは、自分の他者志向性を厭い、感性的に解放されてありたい要求であった。またそれだからこそ、かれは、他者志向的に留学生仲間と群れて遊び廻ることができなかった。感性的に解放されてありたい要求が、かえってかれらの享楽ぶりに違和を覚えてしまったのである。このため、かれは留学生仲間から排斥されてしまった。だが、ここで注意しなければならないのは、当時かれにはその本当の理由がつかめていなかったことである。「嗚呼、此故よしは、我身だに知らざりしを、怎でか人に知らるべき」と。いまにして思えば、それは自分の消極的な性質から生れた結果であって、「わが心はかの合歓といふ木の葉に似て」とは、言うまでもなく、太田が手記執筆の現在の立場から加えた「自註」であった。

それにしても、エリスとの愛情の不幸な結末から見て、その原因をわが心の弱さに求め、「合歓といふ木の葉に似て」「処女に似たり」という具合に比喩していたのは、太田の自己憐愍だと言わざるをえない。偽りが見られるというわけではないが、自己の追及を抒情的に甘い比喩で流してしまっているのである。ばかりでなく、その比喩は、留学生仲間との違和の説明としても十全なものでなかった。それを伏線として、「彼人々の嘲るはさることなり。されど嫉むはおろかならずや。この弱くふびんなる心を」などと被害者めかすのは、事態の究明の回避でしかありえないのである。むしろそういうところに、かれの「弱くふびんなる心」があらわれていたのであり、気取半之丞はその点を衝くべきであった。

だが、もう一つここで注意しなければならないことは、これ以後、かれの自己表現が全く個人的な色調を帯びてきたことであろう。エリスとの出合いの場面は、すでに引いておいた。当時、もし他の作家ならば、異国の可憐な美少女が「声を呑みつゝ泣く」姿や、「この青く清らにて物問ひたげに愁を含める目の、半ば露を宿せる長き睫毛に掩はれたる」様子に接して、「何故に一顧したるのみにて、用心深き我心の底までは徹したるか」などと疑問を語るはずがなかった。誰もが深く同情の心をゆさぶられるにちがいない。その点で石橋忍月（気取半之丞）たちは、語り手の感性が普遍的であることにいささかの疑問も感じていなかった。共同の感性を踏まえた表現であることは、初めから前提されていた。その上で他者志向的な自己顕示の表現が繰り展げられていたのである。しかし太田の場合、仲間との違和感に苦しみ、かれらから排斥されて、結局かれに意識された感性とは、孤独な状況に疎外された人間の、他人とは異質なそれでしかありえなかった。つまり、他人と変らない感じ方をしながら、だがかれ自身は、それを私的な感性の動きとして意識することしかできなくなっていたのである。再び言えば、「弱くふびんなる心」とは、そのようにして見出されたかれの私感性にほかならなかった。

見出されたものを当時の経験のなかに織り込み、あるいは改めてその証拠を見出してくる。そういう形で、かれの自己省察は進められていた。山崎正和（『鷗外　闘う家長』）は、近代的自我の芽生えと挫折の文学としてこの作品を読むことに反対し、私もそれに賛成なのだが、太田のなかに「父性」を見るような読み方は全く間違っている。哀れげにすすり泣くエリスを見て、かれは、自分の孤独な心的状況を動かされてしまったのである。かれの保護者的な振舞いは、エリスの境遇がそれを必要としていたからにすぎない。エリスに優しくすることが、かれには自分を慰めることでもあった。

そこに決定的な破綻が生じたのは、天方伯に随行してロシヤに滞在中、エリスの手紙を受け取ったときであった。二人の愛情にひびが入る、自己否定的な自分の見え方が始まってしまったのである。彼女は、太田が日本（東）へ帰るだろうことを予想し、一緒に日本へ渡る心づもりをすでに立てている。ところがかれ自身は、天方伯の信任が厚いことを喜び、しかし「余はこれに未来の望を繋ぐことには、神も知るらむ、絶えて想到ら」なかった。かえってその可能性をエリスの手紙から教えられ、それと同時に、その予想がどれほど大きな不安を彼女のなかに生んでいるかを気づかされてしまった。「嗚呼、余は此書を見て始めて我地位を明視し得たり。耻かしきはわが鈍き心なり」。はじめてエリスは自分の意志を積極的に遂げようとし、つまり一個の独立した人格として太田の眼に映し出される。そのことによってかれは、「我と人との関係を照さんとするときは、頼みし胸中の鏡は曇りたり」という、他人との関係に暗いわが心の盲点を衝かれてしまった。これを逆に言えば、不安に駆られたエリスは、それと知らずに、太田の故国へ帰りたい気持を刺戟していたのであった。

相沢謙吉の証言（「気取半之丞に与ふる書」）によれば、太田が船中で書いた手記を読んだとき、「徒に其事に動されしのみにて、其文の伝ふべきと否とを思ふに遑あら」ずという状態であった。が、最近、鷗外漁史という男が『舞姫』という題を与えて『国民之友』に発表してしまった。相沢とは、言うまでもなく、『舞姫』の作中人物である。鷗外がその名前を使った理由は、石橋忍月が『露子姫』の作中人物を使っていたことに対応する処置であっただろう。おなじ号の『しがらみ草紙』(明23・4)にかれは、森林太郎の名前で「言文論」を書き、鷗外漁史の名で「読罪過論」を載せ、つまり忍月の「罪過論」批判と、『舞姫』批判に対する反論とを一対のものとして、ただその発表名を使い分けておく必要があったのである。

そこで鷗外の使い分けにもうしばらく従うならば、もともと『舞姫』は太田の手記として書かれたものである。しかも太田自身がその発端で、「学問こそ猶心に飽足らぬところも多かれ。浮世のうきふしをも知りたり。人の心の頼み難きはいふも更なり、われとわが心さへ変り易きをも悟りたり」(傍点、相沢)という「総評」を下していた以上、その「総評」の具体的な展開として読まれなければならない。かれは、ゴンチャロツフの『崩岸』(『断崖』)の主人公レイスキイの例を挙げて、「忽にして自ら詩人なりとおもひ忽にして又画工なりとおもひ又忽にして彫工なりとおもへる」空想癖を指摘し、これほどはなはだしくはないが太田もそのタイプに属する人間だと主張している。私たちが理解する太田は、むしろ凡常な青年にすぎない。ただ、これは多くの人の場合もおなじことであろうが、かれ自身の内的な自己像に即してみるとき、そこに一人の「空想に富みたる畸人」があらわれてくるのである。

鷗外自身は、多分、他者志向的に形成された人格《キャラクター》の堅い殻を一生守り続けた。それならば、文学とは、そういう生き方では満たされない内的な要求を充足させるものであったのだろうか。一応それはそう言ってさしつかえないのだが、人間が自己を意識する仕方には、かならず、自分による自己疎外としての像が附加されている。ばかりでなく、自分を意識化すること自体が苦痛であったり、あるいは満足であったり、つまり一種の感性が伴っていて、そこにまた疎外された感性がからまってくる。疎外された感性とは、他者志向的な人格を守ろうとするとき抑制せざるをえないさまざまな感性的要求のことである。鷗外の場合、太田とは附加された自己疎外像の部分だけで創られた人格で、さらにこれを表現主体(手記の書き手)としてはっきりと自己疎外する。そういう形で『舞姫』という作品を自立させていった。その表現主体には、もちろん自分を意識する能力が与えられていた。そういう人間の自己意識の展開として読んでもらうしかないことを、鷗外は相沢謙吉の口を借りて主張したのである。その展開のなかに、鷗外自身の感性と自己像をめぐる経験がある程度変形されて映し出されていたことは、当然推測できる。だが、かれが期待した読まれ方は気取半之丞のよくするところではなく、その後の人たちもその表現を分析する方法を持つことができなかった。

ただし、以上のような方法の全てが『舞姫』から始まったというわけではない。嵯峨の屋の『無味気』における「余」は、幼くして母に去られ、父を亡くして、菩提院の住職の世話になり、あるいは明治初期の開明思想家、泉譲なる人物の書生を勤めて、無事大学を卒業、アメリカへ留学した。しかし、病を得て帰国し、自分の死期が近いことを悟って、その生涯を振返るという形式で、この作品は書かれている。

顧みるに、その境遇に負けまいとして、いたずらに自己誇示的な言動が多かった。その反省は、むしろ『舞姫』よりも痛切である。師を驚かし、朋輩にうち勝とうとして、「自己の心性《しんしやう》とは如何《いか》なる者ぞ」というような大問題と懸命に取り組み、当時は十分に他人を驚かすだけの解答を得たつもりであったが、しかしいま考えてみれば、そういう問い自体が「是等の考は余が心より起りし者にあらず。コハ是《これ》書中の思想が唯余が脳鏡に反射せしのみなりき」という性質のものでしかなかった。心の本質を問おうとする、その心の動きそのものが他者志向性に支配されてしまっていたのである。してみるならば、そういう虚栄こそが心の本性ではなかったか。かれは、そのようにして自分の「血気の沙汰《さた》」「回想する毎に自嘲の種」を、とりわけ内的な自己像にかかわる虚栄心を抉り出していたのである。

ただしかし、その表現は、たとえば師の令嬢が死んだ場面を語って、「時に月闌《たけなは》にして夜色沈々天《そら》を鳴渡る厂《かりがね》の声も哀を添ふる媒《なかだち》なるに吹おろしたる軒端《のきば》の風にサワ〳〵と計《ばか》り音立るハ桐の一葉の散りそめしにやあらん」という具合に、情と景とが接合されていた。その時の心情を強調するために、言わばお誂え向きの背景が用意されていたにすぎない。換言すれば、その景色の見え方感じ方から新たな動機が派生する、というような形で、情景描写を必然化してゆく方法をかれはまだ持っていなかったのである。朋輩との違和感がうまく把えられず、だから内的な自己像の危機的な転換もリアリスティックに辿られていない、という弱点も、そのことと関係しているだろう。手記執筆当時における自分の見え方が、かなり強引に少年期の自己意識のなかに押し込まれていたのである。それらの弱点を一応克服していたのが、鷗外の『舞姫』であった。

　そして、鷗外がそれを発展させようとしていたかどうかにかかわりなく、この作品の出現以来、わが国の作家たちは、その感性表現を私的な位相で展開してゆく方法を身につけていった。自己を意識し、内的な自己像を抱くこと自体、すでに何かある過剰なものを自分のなかにかかえ込んでしまうことにほかならない。それならば、対象の見え方や感じ方のなかにもある過剰な何かが附加されているはずである。エリスが太田豊太郎の眼に映った見え方に、どこか人並みならぬ特異な感性があらわれていたわけではない。けれども、彼女の様子が太田の「心の底」にまで徹した印象の強さは、他の留学生仲間はもちろん、友人相沢にも了解できぬ何かがあったにちがいない。それならば太田固有の思い込み、言わば幻想的な側面がその見え方のなかに附加されていたのである。おそらくそれは、かれの内的な自己像に根拠をもっている。もう一度言えば、鷗外自身この点をその後意識して発展させたわけでなく、他の作家たちもここに書いたような形で意識的に受け継いだわけでもなかったが、ともかく個別化された人間の位相から、共同の感性さえも私感性化して表現する方法が急速に拡がって行ったのである。

　だが、それはまたその欠点までも受け継ぐことにほかならなかった。「わが心はかの合歓といふ木の葉に似て」というような抒情的な自己憐愍や、「この弱くふびんなる心を」という被害者ぶり、これこそがまことに文学的な自己の真実の訴え方なのだ。そういう発想が共通のものとなったとき、もはやそれはみじめったらしい仲間寄せの合言葉でしかありえない。その上、私的な位相から感性は見られて、それはその本人に固有な、だから今さら自己変革をしようもない生得の資質なのだという観念を生んでいた。自己憐愍や被害者意識を核とする内的な自己像を描いて、これこそが作家自身の本当の姿だ、とお互に承認しながら、かえって排他的な世界を作ってゆく。それが伊藤整（『小説の方法』）の描いた文壇であり、戦後文学者たちによってその種の発想はほぼ克服されてきたにもかかわらず、むしろそれ以外の世界に拡散されている。ほとんど日本人に普遍的な発想と言ってもさしつかえなく、太田がエリスの手紙に接したときのような、他人との関係の見え方の盲点や「鈍き心」を反省する意識は容易に生れて来ないのである。

しかし私は、少し先走りすぎたかもしれない。私たちの先輩はまだ漸く自分の内なる「空想に富みたる畸人」を自覚できたばかりであり、それを根拠とする対象的な幻視や幻想性を拡張して、そのなかに民衆の創ってきた物語を取り込みうる時期にまで到達したところであった。

（54・2）

第五章　他者のことば

相手の好意ある眼差しには、もちろん喜ばしく気がついているのだけれど、まだ媚びることは知らない。というより、自分のどんなところが相手に魅力なのか、よく納得できない。そこが不安なのである。羞恥で俯き、顔をあからめながら、娘は、大急ぎで、自分の身なりや容貌に反省的な意識を向けてみる。内的に視向されて、身体のそこここに言わば自意識が灯されてゆく。官能のゆらぎ、感性の覚醒である。隠れてしまいたく、しかし、もっとよく見詰めてもらいたい気持もないわけではない。恋とは、その意味で、相手の眼差しに同意した、つまりそれを媒介とする感性的な自己享受だと言うことができるだろう。

その辺のところを実に心得ていたのは、為永春水であった。幾つかの問題を引き出すため、まず『春告鳥』の一節を取りあげておきたい。

鳥「ヱ、よくいろ〳〵に逃口上《にげこうぜう》ばかりいふぜ。いゝかげんに気をもませるな　トいへば、お民は鳥雅の言葉なか〳〵座興といふにはあらず、信実《しんじつ》その身に惚《ほれ》たる様子と思へば、うれしくはづかしく、それより後《のち》は身を恥《はぢ》てろく〳〵に返事も出来ず、たゞハイ〳〵も口の内、顔に紅楓《もみぢ》のちりそめて、耳には照《てり》を紅《こう》葉《よう》の、まとはれ見たき蔦《つた》かつら、惚た男の眼で見れば、何《なに》から何《なに》まで言分《いゝぶん》なく、恍惚子《おぼこ》娘《むすめ》のとりまはし、廓《くるわ》の花も和哥町《わかてう》の、月も見かへる心なく、只此乙女《たゞこのおとめ》にまどひ入る、秋の夕ア《ゆふべ》の木下闇《こしたやみ》、菊月中《きくづきなか》の八日にて、鳥雅は雨戸をおしあけて、手水鉢《てうづばち》にて手を洗へば、いつしかはれて小夜《さよ》の月、物おもへとや恋衣《こひぎぬ》に、露置《おき》そゆる庭の面《おも》、はるかに垣根《かきね》を見越《みこし》たれば、まだ秋ながらさむ風に、森の下行狐火《ゆくきつねび》の、さも哀れに

もの淋《さみ》しければ　鳥「お民や　たみ「ハイ　ト椽側《えんがは》へ来るを鳥雅は側《そば》へ立《たゝ》せて、田甫《たんぼ》の方《かた》へ指をさしてしづかなる声　鳥「アレあれを見な　トこはそふにいふ

この場面、永井荷風がとうてい及ばないと慨歎したそうであるが、たしかに見事な表現である。

お民はまだ十六歳の侍女《こしもと》、女遊びで有名な鳥雅が自分に関心を持つなどということはとても考えられなかった。事実また、鳥雅も、病気の下女の代りとして、自分の身のまわりを世話させていたにすぎない。ところがある晩、夜ふけて吉原へ出掛けようとしたが、にわかに雨が降って来、主人の身を案じているお民の可愛らしさにふと気がついて、外出を中止、雨戸を閉めさせてしまった。

そこから、大変手の込んだ口説きがはじまる。恋を自然化して、倫理の侵入を防いでしまうのである。お民が生娘であることをよく承知していたにもかかわらず、鳥雅は、お前にはもう約束した男がいるのだろうというようなことを言い掛けてお民を嬲ってゆく。言葉で彼女の気持を嬲りながら、しかも、唄女《げいしゃ》お浜のために作らせた華麗な衣装を惜気もなくお民に与えようとするのである。お民は、鳥雅が言う情人《いろ》のことを否定すればするほど、鳥雅へのあこがれを口にせざるをえなかった。以前からそういう感情があったというわけではない。「アレマァやつぱり左様《さう》思召《おぼしめし》ますか。貴君《あなた》に左様思はれますくらゐなら、殺されましてもかまひません」「アレどふいたしたらよふございませう。左様《さう》申《まうし》たのではございません。貴君《あなた》のお疑ひがはれませんならば、死《しん》でもよいと申たのでございます」と、懸命に自分の清浄無垢を訴える。その言葉はあたかも鳥雅への貞操《みさお》を誓っているかのごとくであり、そういう自分の科白に引きずられて、お民は今まさにこの瞬間、恋愛感情に目覚めさせられてしまうのである。鳥雅に仕掛けられ、自分の返事で仮構してしまった感情にすぎなかったのだけれども、そんなことに気がつく余裕をもちろんお民は持たなかった。

その上、無理矢理お民が着せられた衣装は、「千筋《せんすぢ》の山《やま》まゆ縮緬《ちりめん》の御納戸《おなんど》、裾《すそ》まはしは引返《ひつかへ》し、極上紅《なをりもみ》の胴《どう》裏《うら》、紋はすが縫ひの重《かさね》桔梗《ぎきやう》なり。裾へ銀糸《ぎんし》にてまことに細かに八藤《やつふじ》をちらしに付《つけ》、下着は京縮緬《きやうちりめん》へ藤色《ふじいろ》にて吹寄《ふきよせ》の形《かた》を染《そめ》たる無垢《むく》二ッ、緋《ひ》の紋ちりめんの対丈繻伴《ついたけじゆばん》、白天鵞絨《しろびらうど》へ銀糸にて三津五郎縞《みつごらうじま》を縫《ぬは》せし半衿《はんえり》をかけ、白の紋練《もんねり》へ大極上々《だいごくじやう〳〵》の本紅《ほんもみ》をうらに付たる蹴出《けだ》し、媚茶《こびちや》の紋ごはくへ黒糸《くろいと》と紫の糸にて三津五郎縞《みつごらうじま》を蛇《じや》腹《ばら》ぶせに縫はせし九寸巾《くすんはゞ》の帯、もつとも鯨合《くじらあは》せ、片《かた》めんは松葉色《まつばいろ》の勝山《かつさん》へ金糸《きんし》にて八ッ藤《やつふじ》を五分《ごぶ》ほどの大きサに縫はせ、もつとも六七寸間《ろくしちすんあひだ》に飛々《とび〳〵》に付《つけ》たり」という具合の、豪奢な色彩の着物だった。こと細かな描写の一つ一つにどんな文化的な意味が託されていたのか、それを解読する能力を私は持たないけれども、ただ次のことだけは確実であろう。芸妓の美しい衣装を着せられて、お民の感性が次第に性愛への予感に色づいてゆく、そのプロセスを春水は一種自然描写の形で着物の裾模様を紹介していたのである。そう言えば、鳥雅の外出を止めたのは、俄か雨という自然の偶然であった。自然が用意してくれたお民の可愛らしさの発見の機会、これをつかまえた鳥雅の好色は、着物の裾模様という人工的な自然の下で成しとげられたのであった。性愛への予感に目覚め、自分の返事で恋愛感情を仮構させられてしまった、お民は、「おゐらの情人《いろ》になるか」という鳥雅の言葉にもはや逆らうことはできない。それは感性の自然な成り行きのごとくであった。十六歳の生娘に色ごとを強いる鳥雅の残酷さは、この華美な自然模様によって巧妙に掩われている。自然の移り行きには、だからまた感性の自然な成り行きにも、倫理が入り込む余地は全くなかったからにほかならない。

先ほど紹介した一節は、それに続く場面である。一読して分かるように、鳥雅に惚れられたのはその心ばえや気だてなどではなく、まさしく「その身」であることを、お民は理解していた。むしろそれだからこそ「うれしくはづかし」かったのかもしれない。これに気がついた瞬間の身体のほてり、春水はそれをお民の立場に即して「顔に紅楓《もみぢ》のちりそめて、耳には照《てり》を紅葉《こうよう》の、まとはれ見たき蔦《つた》かつら」と映像化してゆく。ということはつまり、お民自身、自然の風情という形で性愛への期待を意識化していた。感性のそういう内面化を作者から与えられて、若旦那の誘いに身をまかせる気持の負担から解放されていたのである。と同時に、「顔に紅楓《もみぢ》」「耳には紅葉《こうよう》」という風情はまた、鳥雅の眼に映ったお民の容姿でもあり、そこからごく自然に、「惚た男の眼で見れば」という具合に視点の転換がなされてゆく。一つのセンテンスにおける、こういう巧妙な主体の変換は、近代の散文には見られなくなってしまった。お民の可愛らしい風情こそが、単なる言葉の上だけでなく、鳥雅を心そこ「惚た男」に変えてしまったわけで、つまりその意味で、今度はお民の感性が鳥雅に感染していった。そういう感性の交感の様相がここに描かれていたのである。

他者の情愛の享受が、そのまま感性の自己享受であるような、感性的共軛。それが自然の景物を一種の象徴に変えてしまう。性愛が終って、鳥雅は雨戸を開け、遠くに狐火を見る。お民のなかに点火し、そのことによって自分も燃えてしまった、情炎の象徴でそれはあったのだろう。鳥雅はもはや一人で眺めていることはできない。それはのちのちまで、二人の意識を共軛すべき象徴的自然だったからである。

私は春水の描く濡れ場に少しばかり淫しすぎていたかもしれない。だが、最近出版されたどのような感性論や身体論にも増して、感性の一面の秘密を春水がよくつかんでいたことは否定できない事実である。もう一度整理して言えば、あの口説きの場面でイニシアティヴを握っていたのはもちろん鳥雅のほうであった。身分的な力関係がそうだったというだけではない。この場面で、おそらく作者春水の興味は、お民のような生娘をどのようにして自分好みの恋愛模様のなかに繰り込んでゆくかという点にあり、そういう作者の狙いを執行していたのが鳥雅の科白であった。かれが仕組んだ会話の方向に、もしお民がうかうかと乗せられてしまうことがなかったとするならば、鳥雅の口説きが失敗するばかりでなく、作者春水までが作品の展開を失ってしまう。その意味で、この場面にかぎり主人公はお民だったと見ることも可能なのであるが、その場面の会話を支配していたのはあくまでも鳥雅であった。

会話における文体、という見方がもし許されるとするならば、この場合の文体は鳥雅の科白に即して創られていた。その科白の流れに繰り込まれる形でお民の感性は創られていたのである。そんなわけで、「顔に紅楓《もみぢ》のちりそめて、耳には照《てり》を紅葉《こうよう》の、まとはれ見たき蔦《つた》かつら」という表現は、お民の感性の内面化であり、しかもそれは、作者春水の描写（地の文における文体）とほとんど等質化されていた。お民のような生娘に恋と性愛を強いる非情さ、それを春水は自然の風情に仮託して審美化してしまおうとし、結局お民はその文体に服従し、羞じらいながらも喜んで同意してしまったのであった。そういう形で生れてきた感性とは、仮構されたものであり、同時に真実でもあったのである。

このことを一つ確認して、それならばわが国近代の小説はどのような質的変化を辿って行ったのであろうか。本論で先に取り上げたことのある、たとえば矢野龍溪『経国美談』の場合、巴比陀《ペロピダス》は、令南《レヲナ》に対する自分の感情を、「熟〻ト令南ノ容貌風采ヲ見ルニ春花秋月モ其妍麗ヲ羞ツヘキ絶世ノ佳人ニシテ今マテハ然程ニモ思ハザリシ其人ノ何故ニ斯ク今日ニ限リ我カ心腸ヲ断タシムルヤ。必竟ハ其人ノ厚意ヲ感スルノ余リ斯クハ愛着ノ心ヲ生シタルカト此ニ初メテ愛慕ノ情ヲソ発シケル」というように理解した。巴比陀自身における感性の意識化が、命の恩人に対する感謝という形で倫理化されている。言葉を換えるならば、性愛への期待という側面は全く捨象され、もちろん感性の自然形象化などというナルシシズムは生れるはずもなかったのである。

小説展開の内的必然性は、その作中人物自身における感性の意識化がどうであるかにかかっている。そう考えてみるならば、お民のような感性の内面化に倫理的な課題が生れるはずがなく、鳥雅も同様であって、作者春水は勧善懲悪のテーマをこの作品で実現しようとしたのであるが、結局それを作中人物の内面から必然化することができなかった。作中人物の感性的なモチーフとそのテーマは、水と油の関係でしかなかったのである。滝沢馬琴の『南総里見八犬伝』には、およそ感性の内面化された表現がなく、それを読み解くにはまた別な論理を用意しなければならず、ここでは取り除けておく。『慨世士伝』の「はしがき」で分かるように、坪内逍遙が近代文学のなかに生かしたかったのは、春水の場合のような作中人物における感性の内面化であって、それと水と油の勧善懲悪というテーマはこれを排除する。その一代表として馬琴の『八犬伝』が選ばれたのである。そして逍遙が自分の文学理念の実践にとりかかる以前、ともあれ物語的構成のなかに近代文学的な展開を与えることができたのは、矢野龍溪の『経国美談』であった。

感性の意識化が倫理的な方向を取り、その時はじめて恋愛のとらえ方が性愛的場面を離れることが可能となったのである。換言すれば、それは自分の感性を自覚的に引き受け、倫理的に保持してゆくことにほかならない。『八犬伝』的な勧善懲悪のテーマによって外側から拘束されたのではなく、作中人物自身の自己発見として引き受けられた感性への責任、いやその相手である異性に対する倫理。僅かながらその方向を目指して、龍溪の表現は推し進められていたのである。

しかし、かれにできたのはそこまでだった。この作品は巴比陀の感性だけに即して書かれたわけではなかったけれども、作者の政治的な狙いはもっぱら巴比陀の科白の形で語られ、だから、ほとんどの会話場面を支配していたのは結局作者＝巴比陀の語り口であった。たとえば阿善《アゼン》に亡命した瑪留《メルロー》は、自国の窮状を阿善の市民に訴えようとして、「諸君我カ斉武ヲ救ヘヨ」と叫ぶのだが、そのあとの言葉が出て来ない。「足ノ蹈ミ様、手ノ振リ様ハ壇上ノ政論ニ全ク不慣熟ナル此ノ人ノ持前ニテ何事ヲカ言ハント欲スレドモ言フ可キ理論ヲ組立テ得サルニヤ只前面ヲ見ツムルノミニテ性得赤キ顔色ナルニ今又一層ノ赭色ヲ加ヘ且ツ其ノ額際ヨリハポツポト蒸発気ノ立チモ昇ラン様子ナリ」という滑稽な事態に陥ち込んでしまったのである。そこに巴比陀が登場して、瑪留の立往生を救うとともに、弁舌さわやかに「政論」を繰り展げた。つまり、自分の、というよりは古代ギリシャの政情に託した作者の「政論」をうまく展開できない瑪留をまず登壇させて、かれの武骨訥弁という性格をユーモラスに印象づけ、さてその後、その「政論」を巴比陀が引き取って見事に演説し、この場面をかれの科白が支配してゆく。作者の狙いを代行して場面支配的な言葉を駆使しうる者、それがこの作品の主役であった。人物の描き別けは、この作品の場合、おおむねそのようなことだったのである。議論は交わされる。だが、それぞれの人物の内面を伝えるような、特徴的な言葉づかいが描き別けられていたわけではない。だから、『春告鳥』のお民の程度にさえ、会話を通しての感性的変化が惹き起されるという場面も生れて来なかった。かれらは予め決められた人格《キャラクター》として活動しただけにすぎず、作中のパーソナルな関係のなかで変化発展してゆく性格《パーソナリティ》というものは体験できなかったのである。

三遊亭円朝の『怪談牡丹燈籠』（明17・7）を読んで、坪内逍遙は「通篇俚言《りげん》俗語のみを用ひて、さまで華ありとも覚えぬものから、句ごとに、文ごとに、うたゝ活動する趣《おもむき》ありて、宛然《さながら》まのあたり萩原某《はぎはらそれ》に面《おもて》合はするが如く、阿露《おつゆ》の乙女《おとめ》に逢見る心地す」（第二版の序）と感心した。『経国美談』のような書き方に満足できなかったのは、むしろ当然であろう。かれは「俚言《りげん》俗語」が一個の自立した文学文体でありうることを発見しただけではなかった。作中人物の性格はそれぞれの科白（言葉づかい）のからみ合いによって現わすしかない。そういう場面を作り出し、パーソナルな関係、とくに科白のからみ合いを現出させる下部構造として、作者の「俚言《りげん》俗語」的な文体は自己限定されていなければならぬ。そういう自覚に達したのであった。場面に内在的な語り手は、こうして方法的に必然化された。それはその場面に自分の姿を現わすことがなく、もちろん作中人物の内面、つまりその科白（言葉づかい）を支配することは許されていなかったのである。

だが、この方法には一つやっかいな問題がからんでいた。すでに本論で指摘しておいたことであるが、この内在的な語り手によってある情景を描き出し、そこへ作中人物を登場させる。理論的に言えば、「人物《じんぶつ》の性《せい》質《しつ》を叙《じよ》するに二箇《ふたつ》の法《はふ》ありかりに命《なづ》けて陰手段陽手段《いんしゆだんようしゆだん》とす所謂陰手段《いはゆるいんしゆだん》とへあらはに人物《じんぶつ》の性質《せいしつ》を叙《じよ》せずして暗《あん》に言行《げんかう》と挙動《きよだう》とをもて其性質《そのせいしつ》を知《し》らする法《はふ》なり我国《わがくに》の小説者流《せうせつしやりう》へおほむね此法《このはう》を用《もち》ふるものなり」（『小説神髄』下巻「叙事法」）ということが可能になるはずである。しかし、語り手が描く情景は単なる舞台背景ではなくて、作中人物にとってもおなじように見聞きされていなければならない。もしそうでないならば、描かれたその情景は、作中人物が生きる感性的環境としての条件を失ってしまうことになるからである。ところが、その両者が可能なかぎり接近されたとき、語り手の言葉（地の文）が作中人物の内面（科白）を支配するか、あるいはまたその逆になるか、いずれにせよ特定の作中人物が主役の位置に就く結果となるだろう。そのことによって特定作中人物に即した情景描写は必然化されたわけであるが、しかしその反面、他の作中人物にとっての現われ方は排除され、かれらの感性が疎外されてしまったのである。

珍らしくも情景の共有が、まさに感性の交感にまで及ぶ。そうなるべき場面でさえ、次のような喰い違いが生れてしまうのである。次は『浮雲』の一節であるが、鳥雅とお民が狐火を眺める場面と較べてみるならば、その特徴がもっとよく分かるであろう。

「アラ月が……まるで竹の中から出るやうですよ鳥渡《ちよつと》御覧なさいヨ

庭の一隅に栽込《うゑこ》んだ十竿《ともと》ばかりの繊竹《なよたけ》の葉を分けて出る月のすゞしさ。月夜見《つきよみ》の神の力の測りなくて断雲一片の翳《かげ》だもない蒼空《あをぞら》一面にてりわたる清光素色《せいくわうそしよく》唯亭々皎々《ていくけうく》として雫《しづく》も滴《した》たるばかり。初《はじめ》は隣家の隔ての竹垣に遮られて庭を半《なかば》より這初《はひはじ》め中頃は椽側へ上《のぼ》ツて座舗《ざしき》へ這込み、稗蒔《ひゑまき》の水に流れては金瀲《きんれん》灔《ゑん》、簷馬《ふうりん》の玻璃に透《とほ》りては玉玲瓏《ぎよくれいろう》、座賞の人に影を添へて孤燈一穂《いつすゐ》の光を奪ひ、終《つひ》に間《あはひ》の壁へ這上《はひのぼ》る。涼風一陣吹到る毎に、ませ籬《がき》によろぼひ懸る夕顔の影法師が婆娑《ばさ》として舞ひ出し、さては百合《ゆり》の葉末にすがる露の珠が忽ち、螢と成ツて飛迷ふ。艸花立樹《くさばなたちき》の風に揉まれる音の颯々《ざわく》とするにつれて、しばしは人の心も騒ぎ立つとも、須臾《しゆゆ》にして風が吹罷《ふきや》めば、また四辺蕭然《あたりひつそ》となつて軒の下艸《したぐさ》に集《すだ》く虫の音のみ独《ひと》り高く聞える。眼に見る景色はあはれに面白い。とはいへ心に物ある両人《ふたり》の者の眼には止まらず唯お勢が口ばかりで

「ア、佳《い》いこと

トいつて何故ともなく莞然《につこり》と笑ひ、仰向《あふむ》いて月に観惚《みと》れる風《ふり》をする。(『浮雲』第一篇)

お勢にはぐらかされてしまったのは、ただ文三の気持だけでなかった。この情景そのもの、いやそれに喚起された読者の予想までが一種のはぐらかしに出合っていたのである。『浮雲』のなかでもやや例外的に、ここでは『佳人之奇遇』的な、荘重に気取った審美的な情景描写が試みられていた。もし二人の間に恋愛が成立したとするならば、この情景はその後二人にとっての象徴と変って行ったことであろう。感性の交感を体験させてくれた情景、それは二人の意識を共軛し、その名前を呼びさえすれば二人の間にあの時の感情が甦ってくるはずだからである。だが、お勢が文三の気持をはぐらかすためにだけ利用された情景とは、文三にとってつらく苦々しい記憶でしかなく、表現それ自体も『佳人之奇遇』的な名場面のパロディに転落させられてしまうのである。その意味でこの場面を支配していたのはお勢のほうであり、それはまた、「但し其晩は

是れ切りの事で別段にお話しなし」という具合に読者の関心をはぐらかしていた内在的な語り手の発想とつながっていたのであった。

本論では何回も『浮雲』にふれてきたが、もちろんその理由は散文表現の多様な実験がそのなかに見られるからである。ただ、右の例でも分かるように、内在的な語り手の発想はしばしばお勢や本田昇の科白のなかに浸透してその会話場面を支配して、文三を揶揄し、口ごもらせ、その言葉を奪い、それにもかかわらず作者自身の切実な人間的問題は文三に託されていた。そのため主役が誰れであるか分かりにくくなり、混乱した印象を残すことになったのである。

そういう方法的な不自由を克服するため、一人称の語り手を作中に登場させざるをえなかった必然。そのことについては、前章で私は別な面から辿っておいた。しかし、これも前章で指摘しておいたことであるが、この方法によって「私」感性化された世界において、他人の想いは疎外されざるをえない。例えば『舞姫』の場合、「わが心はかの合歓といふ木の葉に似て」「我心は処女に似たり」という感性の意識化は、もちろん太田豊太郎が自分のドイツ時代を振り返ってみた総括的な自己批評であるけれども、作品展開としてはその総括の具体化という形で書かれてゆく。それぞれの場面における感性の内面化は、「かの合歓といふ木の葉」とか「処女に似たり」という抒情的な審美性の範囲を超えることはなく、そんなわけで、「この青く清らにて物問ひたげに愁を含める目の、半ば露を宿せる長き睫毛に掩はれたるは、何故に一顧したるのみにて、用心深き我心の底までは徹したるか」というように、自己認識の甘さや曖昧さをいつまでも残してしまっていたのである。

感性の意識化がどんな形であったか、それによって作品展開の方向は決定される。私たちの人生もしばしばおなじである。『春告鳥』のお民における感性の内面化が、仮りにもし『経国美談』の巴比陀のように倫理化されていたとするならば、作品の展開は全く異質なものとならざるをえず、その逆の場合も同様な結果となっただろう。その意味で、太田における意識化が自然から比喩を借りた抒情化の形をとったとき、すでにその時から、そのなかに隠された非倫理的な酷薄さによってエリスの悲運は予告されていたのである。一人称の手記という方法は、書き手（手記の）の文体と主人公の内面が同一化されていることにほかならない。そういう表現のなかでエリスは支配され、彼女自身の感性の内面化がどうであったかはほとんど注意を払ってもらうことができず、手紙によって漸く自分の主体性を訴えるよりほかはなかった。だが、その手紙の文体も主人公豊太郎＝書き手の文体に同質化されていて、その文面によって主人公の盲点をある程度衝くことはできたが、しかしかれの考えを転換させることはできず、結局主人公の内的な葛藤に繰り込まれただけであった。他者の言葉を奪ってしまうような方法でしか、それはなかったのである。

それだけではない。感性の意識化とは、言葉を与えた瞬間から半ば仮構されたものとなってしまうわけで、真実であると同時にまた自己偽瞞を含んでしまうのである。『舞姫』と前後して発表された、嵯峨の屋の『無味気』の手記者、関翁山は、自分の虚栄心を鋭敏に察知してしまうほど犀利な自己分析の能力を持つ青年であった。ある日、泉先生という開明思想家の書斎を整理していて、偶然に一通の手紙の内容を知る。差出人はスイスに住むMMという人物で、「此MM《えむ〳〵》氏は元独逸人《どいつじん》にして実に是欧洲の名士」である。その内容は伏せられていたが、次のような表現からおよその察しはつくであろう。「嗚呼《あゝ》師は斯る名士と気脈《きみやく》を通じて大《おほい》に計る所ありたる歟。（略）然れども流血巴黎城《ぱりいぢやう》をたゞよはせし仏の革命は『ロベスピエール』、『ダントン』、『マラー』等の指麾《しき》に因りて起りしと雖も又是れ十八世紀の終りに於て『ウボルテール』、『モンテスキユー』、『ルーソー』の徒が筆端血を灑《した》らして綴りたる過激の論説に胚胎《はいたい》するとは天下後世の輿論《よろん》なるに非ずや。嗚呼《あゝ》師は徒《いたづら》に博識卓見の一学士のみに非ず。（略）然《さ》はさりながら其主義如何《いか》に高尚なりと雖も若《も》し社会に勢力を得たらんには寔《まこと》に危険の至りなり」。このような驚き方から見て、MM氏なる人物の説くところはおそらく共産主義的な主張であった。泉先生という人物自身、かねて「下等社会の同胞となり自由の味方となるべきことを説いていた人だったのである。

ともあれこの手紙を読んで、手記者の「余」は、「私情を以て公道を枉《まぐ》るは余の潔《いさぎよ》しとせざる所なり」と決心する。泉先生を慕い、その恩義に酬いようとすること、それをこの時の「余」は「私情」と呼んでいたのである。してみるならば、「公道」とは国家を維持すること、あるいは現存政府の秩序を守ることでなければならない。この立場に立って、かれは、泉先生に対する倫理的な感情を「私情」と見なしてしまった。泉先生から受け継いだはずの、「下等社会の同胞」「自由の味方」という思想は、この際問題とされていなかったのである。「余」における思想変化は、「私情」と「公道」の問題にすり替えられてしまっていたのであった。

予は耻かしきかな此頃には殆ど我あるを知ツて人あるを知らず我情を知ッて人の情を知らず真理を尊奉するの栄誉なるを知ツて真理をさながらに見せびらかすが如く時と所を選ばずして妄《みだり》に唱ふるの虚栄なるを悟らず（略）只管《ひたすら》卓識の謬信家《びうしんか》をして其大謬《たいびう》を悟らしむる事の国家の為に真理の為に極めて尊《たつと》ぶべき事なりとのみ思ひたれば恰《あたか》も耶蘇《やそ》が救世の衝《しよう》に当る時の如き心持をして見事真理の為に偉勲を奏すべしと思ひ恩人の為に大徳を施すべしと期図《きと》し暗に吾自身《わがじしん》が一種の虚栄中に陥《おちい》りたるを悟らず厳然として膝を進めて師の主義は真理に違《たが》ふ者なる事且《か》ツ速《すみやか》に斯《かゝ》る謬見《びうけん》を捨てられん事を死を以て争ふと述たるに余を見詰居たる師の眼は次第に恐しき光を生じてハタと余の皃《かほ》を睨みたり。

いかにも誠実な自己苛責である。しかし、そういう真率誠実こそが実はくせものなのであって、その時の感情に対する厳しい倫理的な反省の陰に、自分の思想的変節が隠されてしまった。先生宛の私信を盗み読みしてしまったことに気がついた瞬間の怯え、後ろめたさ、そして手紙の内容から受けた思想的な衝撃。その負い目から逃れるための行為であったのであろうが、かれは、「国家の為」がそのまま「真理の為」であるかのごとく言い拵えながら、先生を諌めようとして、その動機を「一種の虚栄」心と呼んでいた。心理的な次元で自分の行為を責めておくことが、この場合かれには都合がよかったのである。「公道」のために「私情」は否定されなければならぬ。そういう時代的な通念を口実に、先生に対する恩義を「私情」として無視することを自己合理化してしまう。さてその上で、先生の不快と自分の「虚栄」心をかかわらせながら私情的確執の場面を描き出し、結局かれの後ろめたさや思想的衝撃の問題には触れずに済ませてしまったのであった。

もちろんその場面で、思想的な論議が深刻に展開されたにちがいない。だが、この手記における「余」は自分の心理を抉るのに忙しく、先生の言葉は僅か数語を伝えていたにすぎなかった。つまり手記者の内面の声ばかりがその場面を支配し、相手の言葉は捨象されてしまっていたのである。一人称の方法は、自己意識の展開をとらえるには都合がよいけれども、他者のそれを見落す危険が伴っている。それは小説方法の問題だけではない。私たちの内部にはほとんど必ず一人の手記者が棲んでいて、一見きびしくて誠実な心理的自己点検は怠らず、だが、ぎりぎりの思想問題や責任問題は巧みに回避しているのである。そうであるかぎり、自分を責めることは、自分をいたわることと少しも変らない。自分の甘えや、他人への怨念憎悪を認めるのは、格別つらいことではなく、多くの場合それを口にすることで事態の客観的な究明をやり過ごし、自分の共鳴者を呼び集めることさえ可能となる。思想の如何にかかわりなく、それは近代的な語り口（文体）の病弊であって、昭和十年前後の転向手記（いわゆる転向文学だけでなく、転向した政治運動家の告白手記を含む）はほとんどこのような文体を用いている。
そういう語り方によってしか自分の感性を意識化できない方向を作ったのが、これまで触れてきたような文学だったのである。

さて、以上私は、本論でこれまで取り上げてきた作品の問題を整理し、とくにその否定的な面を指摘してきた。それならば、この否定面を克服し、別な転換を与える可能性は、当時どこにありえたのであろうか。僅かながらもその可能性を見せていたのは、政治小説の流れでは中江兆民の『三酔人経綸問答』（明20・5）があり、いわゆる純文学としては尾崎紅葉の『二人比丘尼色懺悔』（明22・4）をあげることができる。

『三酔人経綸問答』を小説的に読むことは、あるいは異存があるかもしれない。しかし、他者の立場を自分の表現のなかにどのように繰り込んでゆくか、そういう方法の点で、これは貴重な実験であった。問答体の形で新時代の方針を分かりやすく説き聞かせる。そういう試みは、すでに早く、小川為治の『開化問答』（明7・3）や松田敏足『文明田舎問答』（明11・6）など、いわゆる開化啓蒙用のパンフレットで実践されていた。坪内逍遙も『発蒙撹眠清治湯講釈』（明15・9〜12）という作品を書いている。さまざまな身分階層の言葉づかいをそのまま活写しようとした作品に、仮名垣魯文の『牛店雑談安愚楽鍋』（明4・5）があった。ただし、『安愚楽鍋』の場合、その本質は会話でなく、酔っぱらいの独言というべきものであった。そしてそれ以外の作品は、形式は問答体であったけれども、啓蒙的立場の人間が庶民を思想的に支配するための長科白が一方的に繰り展げられていたにすぎない。なまじ問答体の形をとっていただけに、その表現の押しつけがましさは啓蒙的論文よりもさらにはなはだしく、ほとんど鼻もちならぬものが多かったのである。

その点、『経綸問答』の方法は全く画期的であった。冒頭、「南海先生性酷た酒を嗜み又酷た政事を論することを好む」という畸人が設定され、かれの眼や耳を通して私たちは洋学紳士や豪傑君の主張に出合うわけである。政論を酔人の奇癖（趣味嗜好）と呼ぶしかない心情的な屈折、それを承認して初めて私たち読者は、たとえば洋学紳士の抽象的な理想論を、まさにそれが抽象論である故に興味ぶかく耳を傾けることができる。いや、それを現実的な立場から批判する豪傑君の議論でさえ、「僕の如き者も亦社会の一癌腫なり自ら割去りて久く邦家生肉の害を為さゝることを冀ふのみ」というような自虐的な自己否定のモチーフが明かされてみれば、もはやそれも架空の論議だったと言うしかないであろう。いずれの主張も簡単には実行不可能な、その原理的な思考の高さによって読者を撃つ説得力を発揮していたのである。

それだけでなく、洋学紳士とか豪傑君という呼び方そのものもまた、「其一人ハ冠履被服並に洋装にて鼻目俊爽に軀幹頎秀に挙止発越に言辞明弁にして定て是れ思想の閨中に生活し理義の空気を呼吸し論理の直線に循ふて前往して実際迂曲の逕路に由ることを屑しとせさる一個の理学士なるべし」「今一人ハ丈高く腕太く面蒼く目深く（略）一見して其偉大を好み奇険を喜ひ性命の重を餌にして功名の楽を釣る豪傑社会の人種たるを知る可し」という具合に、南海先生の酔眼に映った姿を名づけたものであった。その酔眼の観察には、幾分か揶揄の調子が含まれている。このような感性のおかげで、私たち読者もある種の余裕をもって好意的に二人の応酬を見聞きすることが可能となった。つまり他者の科白を、開かれた気持で受け容れることができるのである。

面白いのは、感性の意識化が制度の不可視の部分を作ってしまう、そういう認識を洋学紳士が語っていたことである。その不可視の部分を、かれは「一種無形の器具」と言う。たとえば、「君臣の義」という倫理のことである。「蓋し此一義ハ必すしも尽く人造の私に出てたるに非すして幾分慈愛の心と幾分感恩の心と相抱合して成る所」であって、「君臣の義」とは感情の意識的な制度化であるが、けっして人間が人工的に作り出した「私」的な作為として成り立っているだけのものではない。目下の者に対する慈愛と、その有難さを感ずる心という、言わば自然な感情のからみ合いによって作られたものである。それだけに、これを否定することは容易でない。けれども、その意識的制度化の側面を強調しすぎるならば、「人造の私に出てたる」面のみが強く作用して、人間の感情は涸渇せざるをえず、そうでないならば技巧化されるよりほかはないであろう。「是に於て其脳髄の作用漸次に萎靡して五尺の身躰唯一個の飯袋子たるに過きさるに至りて（略）生気無く変態無く一国を挙けて唯蠕々然蠢々然たる凝滑の一肉塊と為らんのみ」。これを打ち破るためには、当然その感情意識化の仕方を変えてゆかねばならないはずである。

　分かるように、かれが言う「私」とは、慈愛とか感恩などの自然な（と思われる）感情に対して、それを慈愛や感恩と呼ぶ規範的な呼び方、つまり意識化が言語的に共軛されている側面のことであった。そういう意味で、「私」とは言葉（科白）にほかならない。それが制度的な支配を強く受けてしまったとき、「試に専制国の文芸を一観せよ（略）細に之を察する時ハ千年一様に万個一種にして変化の態有ること無し凡そ作者の視聴に呈する現象ハ皆槽底の沈澱物に過きすして作者又其沈澱したる精神を以て之を摸写す」という状態に陥ち込み、その人間の「身躰」までが「凝滑の一肉塊」に堕ちてしまいかねない。精神と身体の総体を恢復するためには、その言葉を活溌自由にしてゆくよりほかはないのである。

　そういう考えの洋学紳士を登場させて、存分に発言させている。それはごく直観的な形ではあったけれども、現代の身体論や感性論よりもはるかに本質的な問題を衝いていた。なぜなら、現代それらの書き手たちがみずからの感性経験を記述する時、その語り口は『浮雲』の後半や『舞姫』の文体（表現構造のレベルで見た）を受け継ぎ、その文体は感性の制度化に従っていながら、しかし「私」的な位相でしか意識されていない盲点には無自覚なままに、身体や感性の間主観性を説いているからである。そういう盲点を衝く発想を洋学紳士が持ちえたことは、南海先生自身もまたおなじような発想をもっていたことにほかならない。ここには、『浮雲』の語り手が文三に即するようになって以来失いかけていた、感性への内在的な「知」の新しい萌芽がみられる。それが十分に成功したとは、もちろん言うことはできないだろう。三人がそれぞれ個性的な語り口を持っていたわけでなく、中江兆民の文体にほぼ統一されていた。とはいえ、豪傑君は洋学紳士を「狂」と批判し、つぎに南海先生が「豪傑君善く人心の奥区を捜抉し善く人情の快楽を摸写す性理家の説に得る有る者に似たり」と批評していたごとく、初めに南海先生が受けた印象の分節的派生として、議論の展開の仕方が微妙に描き別けられていたのである。

　豪傑君が「善く人心の奥区を捜抉し」と批評された理由は、たとえば「且つ紳士君ハ専ら戦争を以て不好事と為し兵卒の櫛風沐雨の苦を想像して真の苦と為し兵卒の焦頭烈脚の痛を想像して真の痛と為す真の苦ならん哉真の痛ならん哉」というような発想が見られたからにほかならない。洋学紳士の想像における感性の特質、それをとらえて相手の論拠を相対化してゆく発想法が、「捜抉」と評されていたのである。豪傑君自身の感性とは、「曠野茫々として十里以内人家を見す四望すれハ岡巒起伏し蜿蜒し屏風を列るか如し天晴れ風静にして初日霜を照らし枯草平舗し痩茎蹈むに随ふて摧折す」という具合だった。洋学紳士の理想主義の根底には、ヒューマンでややペシミスティックな感性が見られ、それに対して豪傑君が描き出した合戦の場面は、その情景までがオプティミスティックでしかもヒロイックな感性で審美化されていた。そういう感性の違いや、それを自覚するか否かの対立として、二人の議論は進められてゆく。

　思いがけない転換が生れることもあった。

> 豪傑の客笑ふて曰く然り君ハ純乎たる好新元素なり民主の制に循ひ且つ兵備を撤せんと欲す僕ハ固より

恋旧元素なり武震に頼りて国を救へんと欲す君は唯生肉を肥やすことを知るのみ僕ハ国の為めに癌腫を除くことを求む癌腫を除かされハ生肉を肥やさんと欲するも得可らさるなり

洋学紳士曰く癌腫を除くの方法は如何

豪傑の客曰く割去らんのみ

洋学紳士曰く君戯言すること勿れ癌腫は疾病なり固より割去ることを得可し恋旧元素ハ人身なり豈割去ることを得可けん哉君請ふ戯るゝこと勿れ

豪傑の客曰く癌腫ハ之を割かんのみ恋旧元素ハ之を殺さんのみ

洋学紳士曰く恋旧元素を殺すの方法ハ如何

豪傑の客曰く之を駆りて戦に赴かしむ是なり（略）国家若し令を発して戦端を開くときハ二三十万の衆立《たちどこ》ろに麾下に致すことを得可し僕の如き者も亦社会の一癌腫なり自ら割去りて久く邦家生肉の害を為さゝることを冀ふのみ

好新元素とは革新的意欲、恋旧元素とは保守的な心情のことである。豪傑君は自分を後者に、洋学紳士を前者に別けて論じていたのであるが、政治思想としての革新と保守を対立させていただけではなかった。一つの政党、一つの組織にも恋旧好新の二元素があり、たとえば旧自由党の連中のなかにも、「彼れ其脳中本と自ら馬革旨義を蓄へ湮鬱して洩らすこと能はす適々民権自由の説を聴き其中に於て一種果敢剛鋭の態有るを見て喜ひ」というような人間が多かった。そういう連中をも、かれは恋旧元素と呼んでいた。旧自由党員の多くには耳の痛い批判であっただろう。だが、その豪傑君自身、かれらを「癌腫」と呼ぶとともに、自分もまたその一人であることを認めていたのである。これは取り除くより仕方がない。国家と、洋学紳士の目的を生かすために、である。
そういう豪傑君における自己否定の論理は、けっして洋学紳士の言葉に支配され、服従を強いられた結果ではなかったこと、これは注意する必要があるだろう。洋学紳士の視向を「生肉を肥やすこと」と認めていた点、かれは、洋学紳士の民主主義の一環である感性論を肯定的に評価していたにちがいない。ばかりでなく、二人の感性的傾向の違いをよく自覚していたのも、むしろ豪傑君のほうであった。そういう柔軟な理解力のある豪傑君なればこそ、恋旧好新の二元素という自分手作りの言葉で二人の相違を強調し、その相手のために、自己否定の論理を編み出してやったのであった。その自己否定の方法がリアリスティックであるか否かは、さしあたり問題ではない。大事なのは、相手の気持に負担をかけることのない、自己否定の論理を主体的に展開したことであり、そういう一種の優しさを豪傑君は持っていたのである。またそれだからこそ、洋学紳士はさらに遠慮することなく、「世運進歩の大妨害を為す者ハ此種の怪物なり」「一時猛暴の謀を出して目前を経営する者は皆百年の大計を害する者なり」という手厳しい批判を語ることができたのであった。

こうして二人の論議はついに折れ合うことがなかった。しかし、従来の文学になかった内面的な交渉が、しかも相手における感性の意識化を察知した交渉があったことは、これまで見てきたとおりである。おそらく中江兆民の心情は豪傑君にもっとも近く、これを批判的に対象化したところに洋学紳士が生れてきたのであろうが、その理念は自己否定的に次の世代に託すよりほかはなかった。そういう鬱屈を酒にまぎらせているしかない自己像の表現が、南海先生という形をとっていたのである。

紅葉の『色懺悔』については、もはやとくに詳しくふれる必要はないであろう。まだ年若《わか》い尼が住む庵に、これもまた年若い一人の尼が一夜の宿を乞うて来る。「自分《じぶん》は二十一歳《さい》。二ツばかりは少かる可《べ》し。此眉目《このみめ》容姿《かたち》――この年頃《としごろ》。菩提《ぼだい》の種《たね》には何《なに》がなりし」という主人の疑問と、「客《きやく》も主人《あるじ》を見《み》れば。世《よ》に捨《すて》らるべき姿《すがた》かは。世《よ》に飽《あ》くといふ年《とし》かは。或《あるひ》は我《われ》に似《に》たる身《み》のなれる果《はて》か。聞《き》かせたし語《かた》らせたし。我が事人《ことひと》の事《こと》」という客の想いが通じ合って、それぞれの身の上を明かし合ってみれば、おなじ男性に結ばれた仲であった。

語り合うことによる、相手の人生の抱え込み。そういう人間的交渉のあり方がここに実験されていたのであるが、しかしそれぞれの個性的な語り口を十分に展開できるところにまで作者の表現力はまだ成熟していなかった。結局二人が語る内容は、その回想場面に対象化された語り手の感性に従うよりほかはなかったのである。このような弱点の克服は、国木田独歩の登場を待たねばならなかった。そして『三酔人経綸問答』のような書き方もまた、この時期においては孤立した実験に終らざるをえなかったのである。

だが、それとは別に、『無味気』や『舞姫』の欠点を打開しうる重要な試みが全くなかったというわけではない。幸田露伴の『風流仏』（明22・9）や『毒朱唇』（明23・1）『対髑髏』（原題『縁外縁』明23・1）などがそれである。

これら物語の担い手（主役）は、いずれも今の時代には流行らない、自覚的な変人畸人たちであった。とくに『風流仏』の仏師珠運の場合、「石膏細工《せつかうざいく》の鼻高き唐人《たうじん》めに下目で見られし鬱憤《うつぷん》の幾分《いくぶん》を晴らすべし」と決心し、「汽車もある世に、さりとては修業する身の痛ましや」、わざわざ徒歩で修業の旅に出掛けて、木曾路の須原の宿に滞在、みじめな境涯の娘お辰を救い、さて結婚という時になって、明治政府の高官に出世した娘の父親が出現、珠運はお辰に裏切られる結果となってしまった。物語の運び方が、ちょうど『舞姫』の反対を行っていたのである。

しかも、この作品に内在化された語り手の語り口は、仏教用語と俗にくだけた言葉づかいを巧みに駆使し、さらにその語り口から次々と作中人物の個性的な長科白を派生させてゆき、見事な効果を挙げていた。派生とは、見方を変えるならば、他者の人生を繰り込んでゆくことにほかならない。作中の人間関係としてみれば、宿屋の老爺にすすめられた、という形になっているけれども、表現の展開としてはその内在的な語り手の語り口に乗せられて、お辰の運命を珠運は背負わされてしまったわけである。

珠運はお辰を厭うべき理由をもちろん持っていない。ところがお辰は不意に連れ去られ、その代りに耳なれない言葉が聞えてきた。耳なれぬ言葉とは、「それは一ゝ至極の御道理、さりとて人間を二つにする事も出来ず、お辰様が再度《また》花漬売にならるゝ瀬も無《なか》るべければ、詰りあなたの無理な御望《おのぞみ》と云者《いふもの》」という具合の、慇懃ではあるが支配階級のエゴイズム以外ではない屁理屈であった。それはまた、この作品に内在的な語り手の語り口にもなじまない科白だった。語り口は錯乱せざるをえない。

さても浮世や、猛《たけ》き虎《とら》も樹の上なる猿《さる》には侮《あなど》られて位置の懸隔《けんかく》を恨むらん、吾肩書《われかたがき》に官爵あらば、あの田原の額《ひたひ》に畳の跡深《ふかぐ》ゝと付《つけ》さし恐惶《きようくわう》謹言《きんげん》させて、子爵には一目置《いちもくおい》た挨拶させ差詰《さしづめ》聟殿と大切《だいじ》がられべきを、四民同等《しみんどうとう》の今日とても地下《ちげ》と雲上《うんじやう》の等差《ちがひ》口惜し、珠運を易《やす》く見積つて、何百円にもあれ何万円にもあれ札《さつ》で唇にかすがひ膏打《かううつ》やうな処置、遺恨千万、（以下略）

痩《やせ》たりや〱、病気揚句《あげく》を恋に責《せめ》られ悲《かなしみ》に絞《しぼ》られて、此身細《ほそぐ》ゝと心引立たず、浮藻《うきも》足をからむ泥沼《どろぬま》の深水《ふかみ》にはまり、又は露多き苔道《こけみち》をあゆむに山蛭《やまびる》ひいやりと襟に落《おつ》るなど、怪《あや》しき夢計《ばかり》見て覚際《さめぎは》胸あしく、日の光さへ此頃《このごろ》は薄ふなつたかと疑ふまで、（略）昼は転寝《うたゝね》勝《がち》に時ゝ怪《け》しからぬ囈語《うはごと》しながら、人の顔見ては戯談《じやうだん》一《ト》つ云はず、にやりともせず、世は漸く春めきて青空を渡る風長閑《のどか》に、樹ゝの梢雪の衣《ころも》脱ぎ捨て、家ゝの垂氷《たるひ》いつの間にか失《う》せ、軒伝ふ雫《しづく》絶間《たえま》なく白い者斑《まだら》に消えて、南向《みなみむき》の藁屋根《わらやね》は去年《こぞ》の顔を今年《ことし》初めて露《あらは》せば、霞む眼の老《おい》も、やれ懐かしかつたと喜び、水は温《ぬる》み下草《したくさ》は萌えた、鷹はまだ出ぬか、雉子《きじ》はどうだと、終《つひ》に若鮎《わかあゆ》の噂にまで先走《さきばし》りて若い者は駒と共に元気付《づき》て来る中に、さりとてはあるまじき鬱《ふさ》ぎ様《やう》。

どこからどこまでが内在的語り手の語りであって、どの部分が珠運の内的独白であるか、ほとんど区別をつけることができない。そもそも珠運という若者は、ことさら新時代の流行に背を向けて、木曾の山中に踏み込んだ旅修業の仏師であった。そういう偏屈畸人めいた自己意識に訴えてきたのが、お辰という花漬売りの可憐な娘である。聞けば、戊辰戦争で不幸な境涯に堕ちた芸妓の子供だったと言う。彼女もまた明治の新しい時勢のなかでは浮ばれようもない運命の娘で、珠運のような自己意識の若者には見捨てておくことのできない存在だったのである。珠運における感性の意識化は、内在的な語り手が担当し、それから派生した宿屋の老爺の語り口によってお辰の境涯が描き出され、こうして珠運とお辰が結ばれるべき必然性が表現上うまく工夫されていた。だが、自分が背を向けたものによって、結局かれは復讐されねばならなかった。お辰は時勢の波に乗り、かれのもとから去ってしまうのである。それは、作者幸田露伴の自己意識における新時代との緊張感の反映だったのだろう。新時代の権力に犯された錯乱はただ珠運一人でなく、内在的な語り手や宿の老爺にまで及んでゆき、「四民同等」という新時代理念の偽瞞を攻撃する言葉が発せられるに至った。権力の御都合主義的な言葉が割り込んできて、それを阻み切ることのできなかった民衆の憤懣と錯乱が、ここに劇的に表現されていたのである。

珠運はもはや、自然の情景を楽しむことはできなかった。それを感性的に共有すべきお辰に去られ、つまり自然への審美的な感性を阻害されてしまったのである。これ以後、もし珠運のような状況に追いつめられた人間が自然を描いたとしても、ある歪みをそれは帯びざるをえなかったであろう。時勢にうまく乗ることのできた人間の明視性や審美性とは全く異質な、幻視的な自然がそこに繰り展げられているはずである。北村透谷が部分的に実現し、泉鏡花によって一つの完成をみる、新しい表現の時代が、もうすぐそこまでやって来ていたのであった。

そしてもう一つ重要なのは、このような悲運にもかかわらず、珠運の自己意識はけっして崩壊しなかったことである。この自己意識に必然だったのは、今の岩沼子爵の令嬢などではなくて、あくまでもあの貧しい花漬売りの娘お辰であり、そのイメージをかれは彫り出してゆく。それは自分でも「妄想」と呼ぶしかない執念であったかもしれない。だが、『舞姫』の太田豊太郎のように、相沢謙吉の誘いに妥協しておきながら、相手を恨み、自分を責めるという女々しい自我崩壊のなかで、不幸な娘をさらに一そう不幸の極に追いやってしまったのと、それは全く反対の行き方であった。「妄想」によってその正当性を主張するしかない、自己意識というものもあるのである。そういう人間は自己享受を阻まれた感性の苦痛に耐え、自分が創ったものと疎遠な関係しか結ぶことができず、それでもなお創り続けてゆくしかないのである。

（54・5）

第六章　口惜しさの構造

小説を書こうとする者が、まるで魅入られたかのように、小市民の生活意識から忌み疎まれる世界に眼を向けるようになった。明治二十年代の、とくにその後半から、三十年代にかけてである。

それは密淫売宿の荒くれ女たちの世界であり、あるいは雪深い山奥にうち捨てられた女の髑髏が、通りすがりの若い男に語り明かす悲惨な人生であった。すなわち樋口一葉の『にごりえ』や幸田露伴の『縁外縁』（のち『対髑髏』と改題）の世界である。広津柳浪や小栗風葉は、好んで都市下層民の生態を取り上げ、しかも、かれらのなかに残存する理不尽な偏見（差別意識）に追い詰められた兄妹の、近親相姦という不幸な愛情を描き出した。泉鏡花の場合は、作品名を挙げて説明するまでもないであろう。正岡子規でさえ、結局生前に発表はされなかったが、『曼珠沙華』（執筆推定、明30）という一種の怪異譚を作っている。蛇使いの芸人の子の、花売りの娘が、妖しい力を揮って男の結婚式の日に復讐を遂げる物語である。

別な面から言えば、これらの作品に登場する女は、多くの場合社会的なタブーを背負わされていた。小市民的な生活意識のなかの禁忌が、妖しいまでに容色あでやかな女に象徴されていたのである。その女の、忌み疎まれる人間としての怨念や自負が、これらの小説における劇的な構造の核心となっていた。

なぜそういう傾向が生れたのか、実はよく分からない。文学史的にみれば、明治十年代の政治小説は男の理想や精神が持ち得るドラマを想像的に描き出したわけであるが、二葉亭四迷の『浮雲』や森鷗外の『舞姫』『文づかひ』などを転回点として、今度は、女の感性や情念によって小説が作られるようになったのである。一面でそれは、明治十年代前半に流行したいわゆる毒婦ものの復活でもあった。時代状況的には、日本の資本主義の成長に伴って、部分的には市民社会が誕生したが、そこから取り残され疎外されて、結局社会矛盾の大部分を背負い込まされてしまった下層庶民の問題が顕在化してきた。この部分を、先ほどの作品は描いたわけである。これらの点を綜合的に組み合わせる以外に、あのような傾向の発生理由はとらえられないであろう。

だが、そういうやり方では、これらの作品の異様な迫力や魅力はけっして説明できない。その作中人物の意識は、ほとんど日常的な人間関係の外に向けられることがなく、いわゆる大状況に対しては閉ざされてしまっているのである。またその作者自身に即して考えてみても、時代批評意識が明瞭に砥ぎ澄まされていたわけでない。少くとも、その意識を自覚的なモチーフとしてこれらの作品が書かれたとは思われない。なぜこの作者は女の情念や感性に親近せざるをえなかったのか、その点もうまく説明できないのである。そんなわけで、これまでこの時代の文学を検討してみた批評家や研究者たちは、結局その作者のなかに戯作者意識の残滓を指摘し、近代文学史の窪地のように扱っておくしかなかった。

しかし、案外、その不透明な性格、つまり近代的意識と戯作者意識の混在にこそ創造の秘密があるのかもしれない。文体論的に見れば、たしかに一葉や露伴の表現は一種の窪地である。作品人物のことば（科白《せりふ》）の部分だけでなく、いわゆる作者の地の文においてさえ、明瞭に個別化された人間としての自己意識の一貫性が乏しく、まるで湿地帯に滲み出てくる水のように、絶えず何か別なものの声に冒され、対象的（客体的）世界の把握や評価を乱されている。しかもそれは、坪内逍遙の『当世書生気質』や二葉亭の『浮雲』などの、身近かな聴衆（聞き手）を意識した語り手の戯作的口調とは異っていた。M・バフチンが『ドストエフスキイ論』で言うポリフォニイ的（多声的）な表現と、一面では共通するが、自己意識の半覚醒という点で決定的に異質である。もちろん一葉や露伴は個人の意識をはっきりと自覚し、ある意味ではその独自性を自負していたにちがいないが、一たん表現の場に入るや、それは何かほかのものに窯変されてしまった。表現のなかに対象化されたはずの「自己」が、いわば表現主体であることを半ば辞めてしまっているのである。一葉の場合、とくにその傾向がはなはだしい。

ドストエフスキイの場合は、まず確かな自己意識が、むしろ受苦的に背負わされてしまっていた。その自己意識が「自分」への問いに取り憑かれ、疲労困憊した挙句に自分のなかの他者を見出し、あるいは他者のことばと葛藤的に癒合してゆく。それを文体的に方法化したのであろう。だが、一葉や露伴の表現は、そういう自己意識の問いに取り憑かれる以前の人間の書き方であり、それだからこそ一面でかれらは自分の独自性を自負することができ、しかしその反面、表現に内在する語り手に意識的な一貫性を与えるまでには至らなかった。

結局私は、これらの作品の特質を解く方法を手作りするしかない。そう覚悟を決めて、改めて読み直してみると、私たちの文学観に根本的な反省を強いる実に重要な問題が沢山現われてくる。それを検討しながら、同時に、現在支配的な作品論の方法がどこまで有効か、それを支える人間論的な諸概念にどんな妥当性があるか、を調べてゆきたいと思う。

女の情念や感性の問題を考える都合上、まず樋口一葉の作品を取り上げてみる。次は、『たけくらべ』(明28・1〜29・1)の、冒頭の章の一部である。まことに肌寒いような世界がいきなり提示される。

住む人の多くは廓者《くるわもの》にて良人は小格子の何とやら、下足札そろへてがらんがらんの音もいそがしや夕暮より羽織引かけて立いづれば、うしろに切火打かくる女房の顔もこれが見納めか十人ぎりの側杖、無理情死《しんぢゆう》のしそこね、恨らみはかゝる身のはて危ふく、すはと言はゞ命がけの勤めに遊山らしく見ゆるもをかし、娘は大籬の下新造とやら、七軒の何屋が客廻しとやら、提燈《かんばん》さげてちよこ〳〵走りの修業、卒業して何にかなる、とかくは檜舞台と見たつるもをかしからずや、垢ぬけのせし三十あまりの年増、小ざつぱりとせし唐桟ぞろひに紺足袋はきて、雪踏ちやら〳〵忙がしげに横抱きの小包はとはでもしるし、茶屋が桟橋とんと沙汰して、廻り遠や此処からあげまする、誂へ物の仕事《しごと》やさんと此あたりには言ふぞかし、一躰の風俗よそと変りて、女子の後帯きちんとせし人少なく、がらを好みて幅広の巻帯、年増はまだよし、十五六の小癪なるが、酸漿《ほうづき》ふくんで此姿はと目をふさぐ人もあるべし、所がら是非もなや、

要するにこの語り手は、右のような世界をはぐらかしているのである。それは、作者自身における自己の二重化が、まだ明確な分離にまで至らず、批評と弁護が絶えず入れ替わっていたためであろう。

ここにはきちんとした、地道な生活意識の住人はほとんど見られない。まともな生産《なりわい》を営む人はなく、遊廓のおこぼれに与って生活を立てながら、しかしそのみじめさには眼を塞ぎ、しがない見栄《みえ》を後生大事と生きている。そういう世界を紹介して、「娘は……提燈《かんばん》さげてちよこ〳〵走りの修業、卒業して何にかなる」「年増はまだよし、十五六の小癪なるが、酸漿《ほうづき》ふくんで此姿はと目をふさぐ人もあるべし」と言う。この時、語り手は、もちろん他所者の眼を意識し、あるいは自分自身が他所者の立場に移っていた。想像的に措定されたその他所者とは、おそらく近世以来の、身分や階層に応じた家庭の躾を美徳と考えるような人たちである。その人たちのなかでは、正業と賤業とがはっきりと区別され、当然、前者に属する人間にしか正当な生き方を認めない。樋口一葉自身、どうやら、そういう感性を持つ人たちの一人だったらしい。

その意味で、この作品の表現構造は、市民的秩序の側に立つ他所者の評価軸からは肯定的に価値づけられ

るはずがない世界を、その人たちに紹介する形となっていたのである。だが、それは、必ずしもかれらの人間観を転換させるためではない。「卒業して何にかなる」という批評に続けて、「とかくは檜舞台と見たつるもをかしからずや」という保留がつけ加えられた。「十五六の小癪なるが、酸漿《ほうづき》ふくんで此姿は」という批判に対しては、「所がら是非もなや」という弁護が一応なされている。他所者の眼を媒介しつつ、しかし同時に、この語り手自身も廓者《くるわもの》たちの世界の一人である立場に戻ってくるわけであるが、その立場からの自己主張、つまり廓者《くるわもの》たちと一緒に生きている共生感はけっして強いものではなかった。

　この場合の語り手の立場は、美登利が旅芸人に明烏《あけがらす》を唄わせた場面（第八章）から分かるように、おそらく「筆《ふで》やの女房」に最も近い。

　「をかし」というぼかし言葉の頻出は、そのような立場の曖昧さ、視点の二重性から生れてきたのであろう。「お前の父さんは馬だねへと言はれて、名のりや愁《（つ）》らき子心にも顔あからめるしほらしさ、出入りの貸座敷《いゑ》の秘蔵息子寮住居に華族さまを気取りて、ふさ付き帽子面もちゆたかに洋服かる〴〵と花々敷《（はなばなしき）》を、坊ちやん坊ちやんとて此子の追従するもをかし」（第一章）。その子供自身にはもちろん、他所者の眼にとってさえ、これはとうてい「をかし」ではあり得ない。それにもかかわらず、この、したたかに厭やらしくて残酷な光景を紹介して、わざとらしくうち興じてみせているのである。「住む人の多くは廓者《くるわもの》にて良人は小格子の何とやら、下足札そろへてがらんがらんの音もいそがしや夕暮より羽織引かけて立いづれば、うしろに切火打かくる女房の顔もこれが見納めか十人ぎりの側杖、無理情死《（しんぢゆう）》のしそこね、恨らみはかゝる身のはて危ふく、すはと言はゞ命がけの勤めに遊山らしく見ゆるもをかし」（前出）。

　この「十人ぎりの側杖」は、三世河竹新七の『籠釣瓶花街酔醒《かごつるべさとのゑひざめ》』か、ないしは作者不詳の近世実録小説『三都勇劔伝籠釣瓶』を踏まえた表現であったらしい。今どき、そんなぶっそうな事件が起るはずはないのだが、まるで命がけの修羅場づとめに出て行くような、芝居がかった心意気。しかし実際はこの語り手が、明治二十一年に発表された河竹新七の当り狂言を借りて、廓者《くるわもの》の心意気を見立てていたにすぎず、それにしてはあの身形《みなり》の「遊山らしく見ゆる」ことと、「をかし」がっていたのである。言葉を換えるならば、この土地で働く人たちの生活感情にふれると見せかけて、実は、自分の見立てと現実との喰い違いにうち興じ、結局この土地の人たちの感情を弄び、倫理的な判断を韜晦させてしまったのである。

先ほど私が肌寒いような世界と呼んだのは、言うまでもなく、語り手のこのような発想を含めてのことであった。

右のような書き方の結果、『たけくらべ』の登場人物は、この世界の外へ関心を向ける意識を奪われてしまった。それは、かれらのなかに自己批評的な自己意識を目覚めさせる文体ではなくて、むしろ語り手が見立てた感情でその意識を掩ってしまう表現だったからである。主要な作中人物はむろん子供であるが、「さりとは宜くも学びし露八が物真似、栄喜が処作、孟子の母やおどろかん上達の速やかさ、うまいと褒められて今宵も一廻りと生意気は七つ八つよりつのりて、やがては肩に置手ぬぐひ、鼻歌のそゝり節、十五の少年がませかた恐ろし」と、大人顔まけの早熟さで、大人たちの見栄、心意気を演じている。いわば半分大人化された子供、あるいは子供化された大人たちであった。

その意味で、かれらは大人の戯画を演じていたわけであるが、しかしかれら自身はそのことを自覚していない。語り手がこの土地の人のなかに見立てた、芝居気たっぷりな心意気の、その純粋型をこの子供たちが演じさせられていたのである。

その代表は長吉で、この土地の気風の申し子のような少年だった。

八月廿日は千束神社のまつりとて、山車屋台に町々の見得をはりて土手をのぼりて廓内《なか》までも入込まんづ勢ひ、若者が気組み思ひやるべし、聞かぢりに子供とて由断《(ママ)》のなりがたき此あたりのなれば、そろひの裕衣《(ママ)》は言はでものこと、銘々に申合せて生意気のありたけ、聞かば胆もつぶれぬべし、横町組と自らゆるしたる乱暴の子供大将に頭《かしら》の長とて歳も十六、仁和賀の金棒に親父《おやぢ》の代理をつとめしより気位ゑらく成りて、帯は腰の先に、返事は鼻の先にていふ物と定め、にくらしき風俗、あれが頭の子でなくばと鳶人足が女房の蔭口に聞えぬ、心一ぱいに我がまゝを徹して其身に合はぬ幅をも広げしが、表町に田中やの正太郎とて歳は我れに三つ劣れど、家に金あり、身に愛敬あれば人も憎くまぬ当の敵あり、（略）去年も一昨年も先方《さき》には大人の末社がつきて、まつりの趣向も我れよりは花を咲かせ、喧嘩に手出しのなりがたき仕組みも有りき、今年又もや負にならば、誰れだと思ふ横町の長吉だぞと平常の力だては空《から》いばりとけなされて、弁天ぼりに水およぎの折も我が組になる人は多かるまじ、（略）まつりは明後日《あさって》、いよ〳〵我が方が負色と見えたらば、破れかぶれに暴《あば》れて暴れて、正太郎が面に疵一つ、我れも片眼片足なきものと思へば為《し》やすし、加担人は車屋の丑《うし》に元結よりの文、手遊屋《(おもちやや)》の弥助などあらば引けは取るまじ、……（第二章、傍点は引用者）

表現の構造は前とおなじである。まず、「聞かば胆もつぶれぬべし」と、他所者に対して千束神社の祭の様子を紹介し、次に「鳶人足が女房」の口を借りて、長吉の憎ていな背伸びぶりを批評する。

ただ、ここでは、「をかし」というぼかし言葉が出て来ない。姿を消しているのである。つまりその分だけ、この世界への入れ込みが強くなったのだろう。どれほど語り手好みの心意気を大人のなかに見立てたところで、所詮それは現実と喰い違わざるをえない。だが、「親父《おやぢ》の代理をつとめ」るのが得意でならない長吉のような少年の場合、喧嘩早い鳶人足の親分の心意気を精一杯真似ることがかれの全てだったわけで、だから語り手の見立てそのままに動かすことができるのである。

「いよ〳〵我が方が負色と見えたらば、破れかぶれに暴《あば》れて暴れて、正太郎が面に疵一つ、我れも片眼片足なきものと思へば為《し》やすし」というあたり、如何にも芝居がかった気負い方であった。

それにしても、何とも大げさな、すさまじい情念を、長吉の立場に見立てたものである。芝居の定石でいえば、花魁《おいらん》の美登利と、金持ちの息子正太郎との恋を邪魔する、憎まれ者の役どころであろう。そういう憎まれ役をまず登場させたということは、その情念（口惜しさ）が他の作中人物にからむ範囲でしか事件の展開はないことの予告にほかならない。たかが祭の趣向の競争にすぎないことを、自分の面目の問題としてこれほど大げさに思いつめる人間がいて、そのエネルギーなしにこの物語の劇は動き出さなかった。

その意味で長吉はこの物語のペースメーカーであり、いわばこの物語でただ一人、劇的な情熱の体現者だった。これを別な面から言えば、この作品の語り手は、自分が目撃した出来事からの反作用を中心に小説を作り出す方法をまだ持っていない。つまり、対象的世界を自己意識の転換にかかわらせて描き出す方法を持たなかった。このため、芝居がかった憎まれ者の情念を、劇的な展開の契機として、物語の筋立てを工夫するよりほかになかったのである。

ところで、私はこれまで語り手と呼び、作者とは言わなかった。その理由はすでに述べてあるが、厳密には作中人物に癒着的な半話者と呼ぶべきだったかもしれない。

先ほどの引用文でも分かるように、この話者は、いつも誰か別な人間の立場へ視点を移動しながら、そのことばに自分の声を重ねて表現を進めてゆく。長吉の生意気を忌みきらう「鳶人足が女房の蔭口」は、科白《せりふ》として取り出してみればおそらく「あれが頭の子でなくば」ということばだけであろう。が、その直前の、「帯は腰の先に、返事は鼻の先にていふ物と定め、にくらしき風俗」のあたりから、すでに半ば「鳶人足が女房」的な視点、またはことばが始まっている。そういう蔭口的な表現の余波は、それに続く「心一ぱいに我がまゝを徹して其身に合はぬ幅をも広げしが」という見方にまで及んでいて、そこから急に長吉の立場へ移って、「表町に田中やの正太郎とて歳は我れに三つ劣れど、家に金あり……」と、その感情表出に入ってゆくのである。ところが、小学館版『全集樋口一葉』では、この「表町に田中やの……」は、作者の地の文となっている。たしかにこの全集の表記は分かり易く、註解も親切で、『籠釣瓶』との内的な関連も教えられたのであるが、右の引用に際して私は雑誌に発表された初出の形を選び、この全集の編集者の配慮——段落と句読点を新たに施す。会話や心中思惟は、文脈をはっきりさせるために、「 」でくくる——を取り除けてしまった。それは、文体上の特質が殺されるのを恐れたからにほかならない。

　作者の立場からみるならば、この癒着的半話者は、いわば太さの調節が可能な伝声管のごときものであろう。ひとつづきの語りのなかで、それを調節しながら、その太さに波長の合う声——物理学で言う定常波——を次々と選び出してゆくのである。必ずしもこれは一葉の独創でなく、露伴の『五重塔』などでおなじ書き方が使われ、表現史的にみて明治二十年代後半の重要な特徴であるが、一葉の場合その呼吸がまことにあざやかだった。「表町に田中やの……」で始まる長吉の内的なことばは、やがて、「いよ〳〵我が方が負色と見えたらば、破れかぶれに暴《あば》れて暴れて……」という芝居がかった声色《こわいろ》に調節されてゆく。かれの日常的な言動を潜在的に支配する、例えば竹柴其水の『神明恵《かみのめぐみ》和合取組《わがふのとりくみ》』（め組の喧嘩）の辰五郎的な、いやもう一つ思慮が欠けている点では露月町の亀右衛門的な科白《せりふ》が取り出されて来たのである。かれはその科白を自分の内的な耳で聞き、「おゝ夫よりは彼の人の事彼の人の事、藤本のならば宜き智恵も貸してくれん」と気持を翻す。「藤本の」とは、関良一が指摘したように、伝法勇み肌の兄いことばで、むろん長吉の情念の表出であり、面と向ってはこんな言い方はしない。龍華寺の藤本信如は、はじめ協力をためらっていたが、長吉に懇願されてついその気になってしまう。「何《なに》いざと言へば田中の正太郎位小指の先さと、我が力の無いは忘れて、信如は机の引出しから京都みやげに貰ひたる、小鍛冶の小刀を取出して見すれば、よく利れそうだねへと覗き込む長吉が顔、あぶなし此物《これ》を振廻してなる事か」。

この「よく利れそうだねへ」は、佐野勘兵衛の「テモ物凄《ものすご》い、よく斬《き》れそうな此刀《このかたな》は」（『籠釣瓶』）という科白に重なる。籠釣瓶と呼ばれるその刀は、「一生抜かずに秘蔵なせば、其身に祟りは聊か御座らぬ、さりながら事に臨んで抜く時は、必ず其身に過ちあつて血を見ぬ中《うち》は納まらぬ、業物《わざもの》なり」という兇々しい伝承を持っていた。佐野次郎左衛門はそれを承知で砥ぎに出し、十人斬りの破局へつき進んでゆくのである。このことが、先ほどの長吉と信如の場合にオーバーラップされ、そこで「あぶなし此物《これ》を振廻してなる事か」という制止のことばが思わず口を衝いて出て来たのであろう。そのことばを発したのは、言うまでもなく癒着的半話者であった。

それでは、この癒着的半話者と作者とはどんな関係にあるのであろうか。あるいは、作者とは作品に対してどのような立場にあるのであろうか。

あの「あぶなし……」ということばを、小学館版全集の註釈者は「一葉の感想」と見る。もちろん間違いとはいえない。だが、作品に内在的な語り手（表現主体）の存在を仮定しないで済むならば、そのことばは、信如のものとして読むことも可能なのである。つい調子に乗ってしまったことに、ふと危険を感じ、思わずその小刀を引っ込めた仕種《しぐさ》が、あのようにことば化されたのだ、という具合に、である。

原理的に言えば、作者自身と、作品のなかに対象化された表現主体は、相対的に区別されなければならない。その表現主体が、個別化された人間としての自己意識を持ち、しかし作中人物としては登場しない、いわば無人称の語り手として表現を創り出し、やがてそれが一人称の記述者へ変って行った。その歴史から見れば、一葉の『たけくらべ』における癒着的半話者は、明瞭な自己意識の一貫性を欠いている点では一歩後退である。だが、坪内逍遙の『当世書生気質』や二葉亭四迷の『浮雲』における無人称の語り手は、もっぱら作中人物の外面を諷刺的に穿ったり見立てたりするにとどまり、いわゆる内面の表現にまで一貫性を保つことができなかった。ところが一葉の場合、ひとつづきの文章のなかで何人ものことばを次々と演じ別け、その上もっぱら作中人物の心情を見立てる形にまで進んで行ったのである。後退と見える形が、そのまま前進であった。

その理由を解こうとして、私は前章からこの章までの二年ほどの間に、おくればせながらバフチンのドストエフスキイ論や構造主義の理論書、それに関連して野口武彦の『小説の日本語』、柄谷行人の『日本近代文学の起源』、蓮實重彦の何冊かを手に取ってみた。たしかに豊かな示唆を与えられたが、バフチンの仕事について言えば、作者自身と作中人物との関係、または作中人物相互の関係、という観点しかない。三浦つとむの仕事が教えてくれたような、無人称的な語り手という項目がないため、構成論としても決定的な決め手を欠いているように思われる。換言すれば、作者自身の構想上のイデーが、描かるべき世界に内在化された無人称的な語り手の表現と交渉する、その微妙な構成過程を見落していたことである。

それだけでなく、前章まで私は感性的表現の問題を追求して、おのずからバフチンのいわゆるモノローグ的文体と相通ずるようなとらえ方をしていたわけであるが、感性の新しい「知」が会話文体のなかに始まっていたことに気づき、作中人物相互のことばの奪い合いと「内面」的文体の派生、あるいは科白の支配・被支配の関係にまで及んでいた。その立場からみれば、これはバフチンにかぎらず、右にあげた人たちの仕事には、未だし、と思われるところが多かった。追々とその点にふれるつもりであるが、まずバフチンが言うモノローグ的文体を取りあげてみたい。

バフチンのいわゆるモノローグ的とは、「こうして、ヴャチェスラフ・イワーノフはドストエフスキイの根本原理——他者の《我》を客体としてでなく、ひとつの主体として認める——にとって、まことに深い定義を見出しながら、この原理をモノローグ化し、つまりそれをモノローグ的に形成された作者の世界観のなかに押し込め、作者のモノローグ的な世界意識の視点から描写の内容的なテーマだけを取り出すにとどまった」（新谷敬三郎訳）という具合に使われる。必ずしも一人称の独白体だけを意味するわけではないが、明治二十年前後の代表的なモノローグ的小説としては、東海散士の『佳人之奇遇』や鷗外の『舞姫』などが挙げられるであろう。

> モノローグ的文脈の衰弱あるいは崩壊は等しく、直接対象に向けられるふたつの陳述が出合う場合にだけ起こる。これらふたつの陳述はひとつの文脈の枠内では、互いに承認し合うにしろ、互いに補足し合うにしろ、逆に対立し合うにしろ、あるいは何か別の対話的関係（例えば問いと答えの関係）にあるにしろ、いずれにしても対話的に交叉することなくしては、相並んでいることはない。同一テーマに対する比重の等しいふたつの言葉は単に出合っただけでも、不可避的に相互に対象化し合うものである。肉体を持ったふたつの意味はふたつの物として、互いに並び立つわけにいかぬ、両者は内的に接触し合い、意味的に関連し合わざるをえない。

そういう観点からすれば、『たけくらべ』の表現は「モノローグ的文脈の衰弱あるいは崩壊」の一例と見ることができる。が、ここで重要なのは傍点を打ったような箇所である。

　だがそれは、ただ『舞姫』的な文体の「衰弱あるいは崩壊」というだけではない。逍遥の『書生気質』や二葉亭の『浮雲』から見れば、むしろモノローグ的表現への接近でもあったのである。これらの作品における無人称の語り手は、もっぱら作中人物の外面を諷刺的に穿ったり戯作的に見立てたりするだけで、作者がこの作品を構想した人間論的なイデーや内的なモチーフに直接することがなかった。作者のイデーやモチーフは、むしろ登場人物中の主人公格の人間の幾つかの発言のなかにあらわれているのである。なるほどこれらの作品の無人称語り手は、作中人物のことば遣いに関しても、その外面的な特徴――どんな事態にこだわり、どのようなボキャブラリイを好んで用い、どういう調子で言い現わすか――をうまくとらえて、ポリフォニックな印象を与える。とくに『浮雲』の第一篇から第二篇にかけてその印象が強い。だが、やがて特定の作中人物（内海文三）が、とくに作者と内面的血縁の大きい分身的地位を獲得（主人公または視点人物化）し、それと共に作品はモノローグ的世界に変り始めてしまったのである。

　それに較べれば、『たけくらべ』の癒着的半話者は、初めから作者のモチーフにより直接的な形で設定されていた。結局それは、逍遥や二葉亭の狙っていた方向であったろうし、しかも『舞姫』のように完全にモノローグ化されてもいなかった。この中間的性格が、かえって豊かな多声的文体を生んだのである。改めて、その書き出しに戻ってみよう。一葉がある構想上のイデーを持って選んだのは、「廻れば大門の見かへり柳いと長けれど、おはぐろ溝に燈火うつる三階の騒ぎも手に取る如く、明暮れなしの車の往来《ゆきゝ》にはかり知られぬ全盛をうらなひて、大音寺前と名は仏くさけれど、さりとは陽気の町と住みたる人の申き」という世界であった。

　それを見てゆく、癒着的半話者が、この土地に「住みたる人」の一人、とくに女房的な立場に設定されていることは、すでにふれておいた。その設定のおかげで、作中に必ずしも顕在的でない、いわば無記名の他者のことばをも繰り込んでゆくことが可能になったわけであるが、その反面、作者は、他所者的な眼を持っていた。このため、その土地の風俗——とくに子供たちの気風——に対する批判と弁護という評価の二重性、ひいては抗争的構造が生れてきたのである。

では、その文体が描き出そうと視向した人間のあり方はどういうことであったか。すなわちこの作品の構想上のイデーとは何であったのか。それは口惜しさだった、と私は思う。

> 中田圃の稲荷に鰐口ならして手を合せ、願ひは何ぞ行きも帰りも首うなだれて畦道づたひ帰り来る美登利が姿、それと見て遠くより声をかけ、正太はかけ寄て袂を押へ、美登利さん昨夕《ゆうべ》は御免よと突然《だしぬけ》にあやまれば。何もお前に詫びられる事はない。夫れでも己《お》れが憎くまれて、己《お》れが喧嘩の相手だもの、お祖母さんが呼びにさへ来なければ帰りはしない、そんなに無暗に三五郎をも撃《ぶ》たしは為《し》なかつた物を、今朝三五郎の処へ見に行つたら、彼奴《あいつ》も泣いて口惜しがつた、己《お》れは聞いてさへ口惜しい、お前の顔へ長吉め草履を投げたと言ふでは無いか、彼の野郎乱暴にもほどがある、だけれど美登利さん堪忍しておくれよ、己れは知りながら逃げて居たのでは無い、飯《めし》を掻込《かっこ》んで表へ出やうとすると祖母《おばあ》さんが湯にゆくといふ、留守居をして居るうちの騒ぎだらう、本当に知らなかつたのだからねと、我が罪のやうに平あやまりに謝罪《あやまつ》て、痛みはせぬかと額際を見あげれば、……（第六章）

子供それぞれの口惜しさが波紋のように拡がってゆく、その原因は長吉の無念であった。先ほども指摘したように、第二章の、「あれが頭の子でなくばと鳶人足が女房の蔭口に聞えぬ、心一ぱいに我がまゝを徹して其身に合はぬ幅をも広げしが、表町に田中やの正太郎とて……」の箇所で、長吉は、「鳶人足が女房の蔭口」そのままに生意気な様子で描かれる。ということはつまり、女房的な蔭口を承知の上で、むしろそれに対抗的にかれは生意気を押し通そうとしたわけであり、それに続けてかれの感情のなかに表現は入ってゆく。その内的なことばは、文脈上、女房的な蔭口ことばへの対抗という形となっているのである。いや、むしろ超越と言うべきかもしれない。つまり作品全体を通して、意外なほど頻繁に、女房的な視点からの辛辣な批評が子供たちの言動や、その親の生活仕方に投げつけられている。が、一たんかれらの口惜しさに及ぶや、そういう辛辣なことばは姿を消してしまう。口惜しさという情念だけは、その純粋性において尊重されていたのである。

このような形でまず長吉の口惜しさが描かれ、その情念が信如を巻き込み、美登利や正太郎たちの遊びの場への殴り込みとなった。一番ひどい目に会ったのは、横町の子供でありながら正太郎のグループに入っていた三五郎である。「口惜《くや》しいくやしい口惜しい口惜しい、長吉め文次め丑松め、なぜ己れを殺さぬ、殺さぬか、己れも三五郎だ唯死ぬものか、幽霊になつても取殺すぞ、覚えて居ろ長吉め」。これもまたすさまじい口惜しがり方であるが、こういうことばからも、『籠釣瓶』のお清の「邪魔になるから殺すなら、一思ひに殺してくれ、一念此土《ねんこのど》に止まつて憎しと思ふおのれを始め、女房子迄も憂《う》き目を見せ、取り殺すから、さう思へ」「サア殺せ、エヽきり〳〵と殺さねえか」という科白が聞えてくる。

それに対して、正太郎の無念は、お祖母さん子の素直さが裏目に出てしまったことの口惜しさである。かれには憎まれる理由がない。だが、その理由があろうとなかろうと、とにかくかれの存在を目の仇にする長吉がいて、たまたま殴り込みの時に正太郎はいなかったため、その巻ぞえを喰ってしまった美登利や三五郎に対しては罪を感じざるをえなかった。相手の側の一方的な憎悪と、この二人に返済しようがないこの罪と、これが正太郎の口惜しさである。

こうして子供たちの無念は、次第に理不尽な事態そのものへの口惜しさに変ってゆく。だが美登利の口惜しさは、もう一つ違った様相を帯びていた。長吉や三五郎、正太郎の口惜しさには、少くともその具体的な相手、つまりお互に言葉を相対化し、あるいは受け止め合う他者が存在するが、美登利の場合はそれだけでなく、彼女の状況それ自体に根差していたのである。彼女はこの土地の他所者で、「姉なる人が身売りの当時、鑑定《めきゝ》に来たりし楼の主が誘ひにまかせ、此地に活計《たつき》もとむとて親子三人が旅衣」という過去を負っていた。

祭りは昨日《きのふ》に過ぎて其あくる日より美登利の学校へかよふ事ふつと跡たえしは、問ふまでもなく額《ひたい》の泥の洗ふても消えがたき恥辱《ちぢよく》を、身にしみて口惜《くやし》ければぞかし、表町とて横丁とて同じ教場に押ならべば朋輩《はうばい》に変りはなき筈を、をかしき分け隔ては常日頃意地を持ち、我れは女の、とても叶ひ難き弱身をばいゝつけめにして、まつりの夜の処為《しうち》は如何《いか》なる卑怯《ひきやう》ぞや、長吉《ちやうきち》のわからずやは誰れも知る乱暴の上なしなれど、信如《しんによ》の尻押なくば彼《あ》れ程に思ひ切りて表町をば暴《あら》し得じ、人前をば物識らしく温順《すなほ》に作りて、陰に廻りて機関《からくり》の糸を引しは藤本の仕業に極《きは》まりぬ、よし級は上にせよ、学《もの》は出来るにせよ、龍華寺《りうげじ》さまの若旦那にせよ、大黒屋のみどり紙一枚のお世話にも預からぬ物を、あのやうに乞食呼はりして貰ふ恩はなし、（略）我れ寮住居に人の留守居はしたりとも、姉は大黒やの大巻《おほまき》、長吉風情《ふぜい》に負《ひ》けを取るべき身にもあらず、龍華寺の坊様にいぢめられんは心外と、これより学校へ通ふ事おもしろからず、我まゝの本性あなどられしが口惜《くや》しさに、石筆《せきひつ》を折り墨をすて、書物《ほん》も十露盤《そろばん》も入らぬものにして、中よき友と埒《らち》もなく遊びぬ。（第七章）

上の娘を遊廓へ売り、両親と美登利がこの土地に流れ着いたとき、身なり持ち物はどうあろうとも、その気持は乞食にも等しい零落感にうちのめされていたに違いない。他所者としての屈折は、もちろん幼い美登利にも取り憑き、そこから全盛の花魁を笠に着て自分の誇りを守ろうとする倒錯が生れた。その屈折の補償として、過剰同調的な土地気質への自己同一化があり、子供たちの上に女王のように君臨できるようになったのだが、信如の存在だけはどうにも気にかかる。「はじめ藤色絞りの半襟を袷衣《あはせ》にかけて着てあるきしに、田舎もの田舎ものと町内の娘共に笑はれ」た。その疎外感から、自分とは違った意味で「猫の死骸を縄にくゝりてお役目なれば引導をたのみますと投げつけ」られるような悪戯を受けてきた信如の屈折を直観することができたからであろう。それだけでない。この土地でどんな人間が本当の有力者なのか、その「機関《からくり》」にも他所者の嗅覚は無関心でいられなかった。長吉の乱暴なぞ、たかが知れている。たとえ長吉に仕返しが出来たとしても、彼女の屈折した口惜しさは解消されるはずがない。こうして美登利の怨恨は、長吉を飛び越えて、「陰に廻りて機関《からくり》の糸を引」いたに違いない信如の卑劣を想像せずにいられなかったのである。

まだ夏休みのはずで、「美登利の学校へかよふ事ふつと跡たえし」云々は作者の思い違いだろう、と関良一は指摘する。たしかにそのとおりであるが、学校は差別を否定する、「表町とて横丁とて同じ教場に押ならべば朋輩《はうばい》に変りはな」いという対等、平等の場所でなければならない。こういうタテマエ論をことさら自分に想い出させねばならぬほど、それほど「我れは女の、とても叶ひ難き弱身」を傷つけられた口惜しさは深かったのである。彼女が拒もうとしたのは、所詮は擬制にすぎない学校の論理だった。

本当はこの土地の子供の誰れのなかにも潜んでいるだろう、いずれ花魁となる自分への蔑視。それならば、いっそこんな連中が足元にも近寄れない太夫となって見返してやろうという、いわば売れっ子芸妓の意地、心意氣。だが、右に引用したことばには、そういう芝居がかった感情表出を越えて、もう一つの声が響いている。

長吉たちの場合とおなじく、ここでも癒着的半話者は文字どおり美登利の口惜しさに癒着し、いやそれ以上に結びついて、「美登利の学校へかよふ事ふつと跡たえしは、（略）身にしみて口惜《くや》しけれぱぞかし」と、はじめから共感的・肯定的にかかわっているのである。長吉たちの場合、口惜しいということばはかれらの科白のなかにしか出て来なかった。つまりかれらの科白（または口惜しさ）は同一事態について対立したり呼応し合ったりして「相互に対象化し合う」関係にあったわけだが、それと美登利の場合とは好対照をなしている。そのような深いかかわりが作者自身に反作用して、一種の直接感情的なことばを誘い出してしまったのであろう。

次にあげる日記の一節は、そのまま『たけくらべ』に採り入れられたというわけではないが、恥辱には敏感で、捨て鉢になり易い激情性を一葉は持っていたのである。

其かみは我家たかく彼家（西村釧之助）いやしく欲より入て我はらからを得んとこひ願ひけめ　やう〳〵移りかはりてはかしことみて我れ貧なるから恩をきせてをしいたゞかせんとや計りつらむ（略）とざまかうざまにおもへどかれは正しく我れに仇せんとなるべし　よし仇せんとならはあくまでせよ　樋口の家に二人残りける娘のあはれ骨なしかはらはた《（はらわた＝腸）》なしか　道の前には羊にも成るべし　仇ときゝてうしろを見すべき我々にもあらず　虚無のうきよに好死処あれば事たれり　何ぞや釧之助風情が前にかしらをし下ぐるべきかは（日記『塵之中』明26・7・25）。

ここまで来て、だが当初のイデーは展開の方向を失ってしまった。長吉や正太郎の口惜しさは、その前後の女房的批評視点からは絶対化されていたが、場面を隔てて互いに「対象化し合う」関係に構成されていた。美登利の口惜しさも、もしおなじ次元に限定されていたならば、何らかの形で演劇的なカタストローフへ導いてゆくことが出来たであろう。もっと行き詰まった状況の女に美登利的な情念を与え、破滅への意志を辿らせてみたのが『にごりえ』(明28・9)という作品である。——一葉は、美登利の気持がにわかに荒んで、正太郎でさえ付いてゆけないお侠《きやん》ぶりを発揮する第八章まで書いて、一たん中断し、『にごりえ』を執筆した——だが、美登利という少女にはどのような破滅的行動もとらせることは出来なかった。

これ以後、『たけくらべ』の展開は日常的な時間の流れに沿ってゆく。長吉は信如の命令《いいつけ》を聞かなかった乱暴を詫び、三五郎も「口惜しさを噛《か》みつぶして七日十日と程をふれば、痛みの場処の直ると共にその恨めしさもいつしか忘れ」(傍点は引用者)てゆく。この変化を支配しているのは、「赤蜻蛉《あかとんぼう》田圃《たんぼ》にみだるれば横堀に鶉《うづら》なく頃も近づきぬ、朝夕の秋風身にしみ渡りて上清《じゃうせい》が店の蚊遣《かや》り香《かう》懐炉灰《くわいろばい》に座をゆづり、石橋の田村屋が粉挽《ひ》く臼《うす》の音さびしく」という季節の推移であり、そういう自然の変化と共に美登利の自然性(生理)にも女のしるしが現われて、彼女の感性も変って行った。口惜しさが恨めしさに「座をゆづり」、その恨めしさもまた日常のなかに解消されたように、あの時の激情の一切が自然の時間に流し去られてしまったのである。

ただ、美登利の信如に対するこだわりだけが残った。口惜しさを解消されたこだわりは気がかりに変り、恋に似た感情となる。だが、信如には相変らずのよそよそしさがあるばかり、美登利の感情と互いに「対象化し合う」ような素振りを見せてくれなかった。他所者の美登利がこの土地の気風に過剰同調的であるのに対して、信如は自分の家庭を恥じ、この土地から脱出したい願望を秘めていたのである。

そういう噛み合うはずのない視向を与えておいて、作者は二人が出合う場面を設定した。雨の日、信如が下駄の鼻緒を切った、有名な場面である。作品に内在的な語り手は、交互に二人の気持に寄添い、「(美登利は）少し涙の恨みがほ、何を憎くんで其やうに無情《つれなき》そぶりは見せらるゝ、言ひたい事は此方《こち》にあるを余まりの人とこみ上《あぐ》るほど思ひに迫れど、母親の呼声しば〳〵なる侘しさ、詮方なしに一ト足二タ足ゑゝ何ぞいの未練くさい、思はく恥かしと身をかへして、かた〳〵と飛石を伝ひゆくに、信如は今ぞ淋しう見かへれば、紅《べに》入《い》り友仙《ゆうぜん》の雨にぬれて紅葉《もみぢ》の形《かた》のうるはしきが我が足ちかく散ぼひたる、そゞろに床しき思ひはあれども、手に取あぐる事をもせず空しく眺めて憂き思ひあり」と、共通の対象（紅入り友仙）に二人の感情をからませてみる。

一見、等価的に二人の感情を描いた表現のようであるが、実は、友仙と一緒に捨てられた美登利の感情が信如のなかに移し変えられる形の語り方であった。それは、傍点を打ったことばがもともと美登利の感情構造に属するものであったことからも明らかであろう。振り返った信如は、友仙を眺めて、美登利の後ろ姿を眼で追おうとしていない。この場面だけでなく、信如の内的なことばがどのように美登利を視向していたか、ついに描かれなかったのである。

それにもかかわらず、これまでの『たけくらべ』論の多くは、この二人が互に等価的に恋心を抱いていたように理解し、ある意味では作者自身も右のような表現の本当の構造に十分自覚的でなかった。「或る霜の朝水仙の造り花を格子門の際《きは》よりさし入れ置きし者の有けり、誰れの処業《しわざ》と知る者なけれど、美登利は何故となくなつかしき思ひにて違ひ棚の一輪ざしに入れて淋しく清き姿と愛《め》でけるが、聞くとも無しに伝へ聞く其明けの日は信如が何がしの学林に袖の色かへぬべき当日成《なり》しとぞ」という結末が、それである。行為の上では、一応、信如は先ほどの場面のお返しをした形となっている。だが、表現の構造はけっしてそうなっていない。

思いがけず『たけくらべ』の分析に手間取ってしまったが、私の主要な関心はもちろんその前半にある。口惜しさこそは、この時代の多くの作家に共通な構想上のモチーフであった。それが具体的にどのように構成されていったか。対象を一葉の作品に限っても、ただ『たけくらべ』だけでなく、その前半の形を変えた発展である『にごりえ』も一緒に検討してみなければならない。劇的なカタストローフが構成的に視向されていた点で、吉本隆明の『言語にとって美とはなにか』における構成論、とりわけ「劇的思想」や「講成的思想」の観点がここにからんでくる。だから、それらのことを改めてもう一度検証した上で結論を出す必要があるのであるが、さしあたり次のことだけは言えるであろう。つまり口惜しさとは、少くとも『たけくらべ』を見るかぎり、私状況にとことんとらわれてしまう人間の情念であった。事態の卑小さや滑稽さに醒めてゆくのではなく、いわば自分の全存在を賭けて状況の理不尽さを体現してしまうのである。同時代の公的な価値判断では手に負えないような行動や心情が、そこに生れてくる。

そういうプロセスを、もし大人の世界で描き出すとするならば、その主人公は、この世でこんな立場を強いられてしまった受苦的な宿命を、他人から侮蔑的に刺戟される。そして相手との関係に徹底的にこだわらざるをえないほど閉ざされた状況に、かれは設定されていなければならないだろう。もしそうでないとすれば、その主人公は、受苦的な宿命からの自己解放を破滅的な行動によって実践しようとせず、むしろ妥協を選んでしまうからである。

もはや妥協の余地はない。いやたとえその余地があったとしても、それくらいならばいっそ非難される人間になったほうがましだ。これは尾崎紅葉『金色夜叉』の構想的イデーであるが、一葉は『たけくらべ』によって、そういう種類の作品が数多く書かれた時代的動向に参加する。大人の妥協性を持つ必要がない、子供たちの世界を借りてである。だが美登利の口惜しさにふれて、もう一つ深く絶望的な情念が彼女のなかに喚起された。それは妥協したくても、妥協させてもらえない女の情念である。これを解放するには、女は自分を非人化せざるをえない。『にごりえ』の着想はもっと早くあっただろうが、構想的イデーをつかんだのはこの時だったと思われる。その一方、『たけくらべ』そのものは、信如の場合にかぎり受苦的な宿命解放の情念を描かず、だからそのカタストローフは、信如に寄せる美登利の感情の空廻りを、一見お互の対象化（感情の応答関係）が成立したかのような見せかけで救済するという形にならざるをえなかった。そしておそらく作者自身は必ずしもそういう表現の構造と作品構成の微妙な喰い違いに気がついていなかった。その意味でこの作品は、演劇と小説の関係をとらえる上で、一つの重要な手がかりを与えてくれる。

演劇になく、小説の場合は不可避的に設定せざるをえないもの。言うまでもなくそれは、作中人物のこと、ばと葛藤的にかかわり、作者自身の構成過程に微妙に反作用を及ぼしたり、表現の質を喰い違わせてしまったりするところの、作品に内在的な語り手の存在である。構造主義が言うところの構造も、この関係項を含めて解明されなければならない。

（56・3）

第七章　非行としての情死

一緒に死んでくれないかと、たぶん源七が持ちかけ、お力はそれを拒むことができなかった。そう読まれうるように、樋口一葉の『にごりえ』（明28・9）は書かれている。前田愛があざやかに分析してみせたごとく、お力の、この世から断ち切られてしまったような剥離感には、たしかに、「悲惨な死そのものがすでに予兆されてい」た（『樋口一葉の世界』）からである。

広津柳浪の『今戸心中』（明29・7）の場合、情死《しんじゅう》を持ちかけたのは、むしろ遊女の吉里であろう。思い思われていた男が郷里へ去ってしまい、吉里が泣き伏している部屋へ美濃屋の善吉が入ってくる。善吉は、吉里が振りつづけていた客である。もう今夜《こんやッ》限《き》りきっと来ない、来たくてもそれが出来ないのだ、だからせめて一晩だけでも相手になってくれまいか。おそらく吉里はその言葉にある決意を直観し、善吉を流連《いつづけ》させた。そして自分の衣裳を売り、朋輩から金を借りられるだけ借りて善吉を通わせ、その挙句に、男と一緒に隅田川へ身投げしてしまった。

まことにみじめな人生の決着である。

男は自分の愚かさを死によって始末する以外にない。女は必ずしもその男に愛情があったからでなく、むしろその愚かさに自分の不幸を重ねてみざるをえないほど窮迫していたのである。かえって嫌っていた男の死の道連れになってやらずにいられなかった。その点で、女の死はいっそうみじめであった。

しかし、なぜそのように哀れな情死を描いた作品が、一つの時代の頂点に立ちえたのであろうか。泉鏡花の『義血俠血』（明27・11）や『外科室』（明28・6）などもそのなかに算えるならば、明治二十年代後半はまさしく情死の文学の時代である。その趣向を批評的に変形させるところに、明治三十年代後半の文学の主要なモチーフがあったことは、夏目漱石の『薤露行』(明38・11)や『趣味の遺伝』(明39・1)などによっても分かるであろう。

私の理解によれば、自殺の描き方に重要な転換を与えたのは、島崎藤村の『春』(明41・4〜8)である。北村透谷の思想的な窮死(自決)を描いた作品として見る時、これはけっして過不足のないものではない。というよりはむしろ、藤村には透谷の思想が半分も分かっていなかったのではないか、と疑われるほどであるが、ただ私がそのなかで注目したい点は、青木(透谷)が生活上の窮迫から一家心中を持ちかけたように描かれていることである。「あゝ、お前も敗北者なら、俺も敗北者だ――奈何《どう》だね、いつそ俺と一緒に……」と。この持ちかけの要《かなめ》は、「お前も敗北者」という青木の認識にあったわけだが、しかし妻の操はそんなふうに自分を考えていなかった。「子供さへなけりや、そりやあもう、奈何《どんな》に成つたツて関《かま》ひませんけれど――」「これほど私は貴方の為に苦労して居るぢや有りませんか、何もかも犠牲にして貴方の言葉に随《したが》つて居るぢや有りませんか――まだそれでも足りないんですか」。『にごりえ』の源七や『今戸心中』の善吉の場合、家族の離散が情死の引き金であった。青木はその反対に、家庭の論理に纒いつかれたまま、いわば家族のなかで窮死してゆくのである。自殺の後も、その原因を考えることさえ、家族から、「斯の時分から、父さんは狂人《きちがひ》だつたんだよ」「さあ、私《わたし》にも解りません」と拒まれてしまった。だが、そうであればこそ、かれの自殺は新たな思想的な意味を持たざるをえなかった。つまり、「敗北者」の心情を誰にも共有してもらうことができず、家族のなかで窮死させられてしまった自殺。小説構造的にみれば自分の持ちかけ(ことば)を受け止めてくれる者がいない、文字通り個人的な死を死んでゆく思想である。

してみれば、情死には情死の思想があったはずである。

『にごりえ』や『今戸心中』の男女は、普通の意味で言う思想的な死を選んだわけではない。文学史的に言えば、藤村の『春』が与えた転換を受けて、漱石は『こゝろ』（大3・4〜8）で倫理的な自裁という自殺の思想を提出した。それだけでなく、家族のなかで窮死させられてしまう契機は誰もが抱えているのだ、という認識をもって、家庭の実相を繊細な手つきで描き出した。『こゝろ』の先生の自殺が倫理的だったのは、ただその動機にあっただけでなく、家族のなかの窮死と受け取られてしまうような要素を慎重に取り除き、どんな性質の負い目も残された家族に与えないように配慮していたからである。その意味で、自殺の思想とは同時に家族の思想でもあるわけで、藤村がその問題を知識人のレベルで描いて以来、『にごりえ』や『今戸心中』における庶民的情死の衝撃力はにわかに色褪せてしまった。しかし考えてみれば、情死においてさえ結局人間は個人的な死を死んでゆくしかない。それにもかかわらず、誰かに死の道連れを期待できたということ、しかもそれに応ずる人間がいたということ、これは驚くべき事柄である。そういう人間関係の意識に含まれている思想的な意味を取り出すことができるならば、その時こそ、それを批評的に対象化して新たな自殺の思想を作らざるをえなかった漱石たちの文学の内実がさらに明らかとなるであろう。

その問題を解く一つの鍵は、『春』の青木が妻から拒まれた、「お前も敗北者なら」という発想にある。家庭を維持することに「敗北」した、自己処罰の道連れを、源七や善吉は、子供を生み育てる女の生き方から疎外された娼婦に求めたのである。その娼婦が、源七や善吉の家庭破壊の原因であった。それならば、お力や吉里とは如何なる存在だったのであろうか。

それは二人称的な世界にしか生きられない存在であることを、樋口一葉は文体の面からも明かしている。めずらしく一葉は、この『にごりえ』を、作中人物の声の描写で書き始めた。どの程度意識的な方法だったのかは分からないが、結果的にこの書き方が、二人称的な文体を生むことになる。

まず聞えて来たのは、はしたないほどあけすけな口調で男を呼び止める女の嬌声であり、ことさら馴れなれしさを誇示した、「小言《こごと》をいふやうな物の言ひぶり」であった。だが、男は銭湯へ逃げてしまい、「後《のち》にも無いもんだ来る気もない癖《くせ》に、本当に女房もちに成つては仕方がないね」と愚痴っぽく腹を立てながら、女が「店に向つて閾《しきい》をまた」いで入ってくる。それに対して、閾の内側にいた女が「高《たか》ちやん大分御述懐だね」と声を掛けるところから、この店の女たちの世界が描き出される。つまり作者は、その表現視点を閾のなかに自己限定し、店の内側でしか見聞きできない生態をとらえてゆくのである。

だが、自己限定されたのはそれだけではない。「今夜も又木戸番か、何たら事だ面白くもないと肝癪《かんしやく》まぎれに店前《みせさき》へ腰をかけて駒下駄のうしろでとん〱と土間を蹴るは二十の上を七つか十か引眉毛《ひきまゆげ》に作り生際《はへぎは》、白粉《おしろい》べつたりとつけて唇《くちびる》は人喰ふ犬の如く、かくては紅《べに》も厭《い》やらしき物なり」。これが高ちゃんと呼ばれた女の描写であるが、その女の「物の言ひぶり」を描写したことによって、この場所に内在化された語り手の「言ひぶり」――いわゆる地の文――までが同質化されている。この店の女たちを皮肉な眼で、批評的に描き出す、その小うるさい辛辣な語り口が彼女たちとおなじ調子に統一されてしまったのである。この語り手はむろんその場面に姿を現わすことはないのだが、いわば台所仕事に雇われた女がやや見識ぶって眺めているような表現であった。

店は二間間口の二階作り、軒には御神燈さげて盛《も》り塩景気よく、空壜《あきびん》か何か知らず、銘酒あまた棚の上にならべて帳場めきたる処もみゆ、勝手元にハ七輪《りん》を煽《あほ》ぐ音折々に騒がしく、女主《あるじ》が手づから寄せ鍋茶椀むし位ハなるも道理《ことわり》、表にかゝげし看板《かんばん》を見れば子細《しさい》らしく御料理とぞしたゝめける、さりとて仕出し頼みに行たらば何とかいふらん、俄《にはか》に今日品切れもをかしかるべく、女ならぬお客様は手前店へお出かけを願ひまするとも言ふにかたからん、世は御方便や商売《しようばい》がらを心得て口取り焼肴《やきざかな》とあつらへに来る田舎《いなか》ものもあらざりき。（第一章）

随分きわどい商売をやっているものだ、と皮肉な眼で内情を紹介した箇所であるが、表現それ自体もかなりきわどいところを動いてゆく。他所の人間の眼を意識しながら、改めて自分たちの状況を対象化してみた女が、自嘲まじりに仲間へ話しかけた調子が現われているからである。二人称的な文体、とそれは呼びうるだろう。地の文それ自体が対話者の存在を内的に素描した発想で書かれ、だからこそお高たちの「言ひぶり」をリアルに繰り込むことができた。むしろ彼女たちの声の一つのような形で関係しながら、しかし、ぎりぎりのところで潜在的な語り手として対象化意識を貫ぬいているのである。

そして、ここが重要な点であるが、二人称的な文体はもっぱら同意か反撥のことばで書かれざるをえない。つまり感性的な価値判断の表現が多く、それが作中人物の感情的な「言ひぶり」と相乗的に作用して、結局作中人物の意識を目下の（今ここでの）対話関係にこだわらせてしまうのである。次はその表現の代表的な一例であるが、一葉はここで、構想上のイデーをもあざやかに告示している。

お高《たか》といへるは洋銀の簪《かんざし》で天神がへしの髷《まげ》の下を掻きながら思ひ出したやうに力《りき》ちやん先刻《さつき》の手紙お出しかといふ、はあと気のない返事をして、どうで来るのでは無いけれど、あれもお愛想さと笑つて居るに、大底《たいてい》におしよ巻紙二尋《ふたひろ》も書いて二枚切手の大封じがお愛想で出来る物かな、そして彼《あ》の人は赤坂以《か》来《ら》の馴染《なじみ》ではないか、少しやそつとの紛雑《いざ》があろうとも縁切れになつて溜《たま》る物《もの》か、お前の出かた一つで何《ど》うでもなるに、ちつとは精を出して取止めるやうに心がけたら宜《よ》かろ、あんまり冥利《めうり》がよくあるまいと言へば御親切に有がたう、御異見《ごゐけん》は承《うけたまは》り置まして私《わたし》へどうも彼《あ》んな奴は虫が好かないから、無き縁とあきらめて下さいと人事《ひとごと》のやうにいへば、あきれたものだのと笑つてお前などは其我まゝが通るから豪勢さ、此身になつては仕方がないと団扇《うちは》を取つて足元をあふぎながら、昔しは花よの言ひなし可笑《をか》しく、表を通る男を見かけて寄つてお出でと夕ぐれの店先にぎはひぬ。(第一章)

お力は、この密淫売の料理屋へ堕ちてくる以前、赤坂の芸妓だったらしい。「洗ひ髪の大嶋田《おほしまだ》に新わらのさわやかさ」という装いは、その時代の名残り、というよりはそれを誇りとする自負心の誇示だったのだろう。お力のそういう異質さに、おそらく結城朝之助という遊び馴れた男が惹かれたのである。また結城のような上客以外に自分の本心を語ろうとしなかったところに、お力の気位がうかがわれる。結城を登場させる必然性は、そこにあった。金の使い方がきれいで、男振りのいい上客に恵まれた、売れっ子芸妓が、落ちぶれた源七を冷たく追い返す。そういう赤坂芸者の構図を、お力は、この新開地のにせ料理屋で演じてゆくのである。その経歴から見て場違いな下層社会へ流れてきてしまった他所者、という設定に、一葉の自己投影があったこと、言うまでもない。

それと共に、もう一つ重要な点は、右に引用した会話で結局お力とお高は一つことを別々に語っていたにすぎないことである。

いま、二人の話題の対象は「赤坂以来《から》の(お力の)馴染《なじみ》」のことであり、客をどんなふうにつかまえておくかについて、二人の考え方はまことに対照的であった。だが、お高の言うところはこの商売の女としてごく常識的な、それだけにお力が手紙を書いた動機をよく穿っている。それに対するお力の返事は、表向きは

「赤坂以来《から》の馴染《なじみ》」への嫌悪を語っているが、実は、お高の常識的な忠告にこだわり、反撥しているだけであった。その意味で、お高のことばは彼女たちに共通な生地（ホンネ）を現わし、それに対する心の色彩り（見栄や強がり）としてお力のことばが語られているのである。

その色彩りは、しょせん自嘲的なものでしかなかった。だから、生地の部分が大きくなるにつれて、お力は見栄も張りも失ってしまう。そういう転換がよく現われているのは、「誰れ白鬼とは名をつけし」という恨みぶしで始まる、第五章の表現展開であろう。「無間地獄《むげんぢごく》のそこはかとなく景色づくり、何処《どこ》にからくりのあるとも見えねど、逆さ落しの血の池、借金の針の山に追ひのぼすも手の物ときくに、寄つてお出でよと甘《あま》へる声も蛇くふ雉子《きじす》と恐ろしくなりぬ」。俗曲の地獄づくし（例えば『吟曲古今大全』の「歌占」）は、遊女が死後に落ち込むだろう恐ろしい世界を詠んだものであるが、ここではそれを逆転して、酌婦それ自体がこの世の地獄の鬼であるように見立てている。もちろんそれは半ば酌婦自身の自己意識として描かれ、だからそれに続いて、「さりとも胎内十月の同じ事して、母の乳房《ちぶさ》にすがりし頃は手打〱あわゝの可愛げに、紙幣《さつ》と菓子との二つ取《ど》りにはおこしをお呉れと手を出したる物なれば、今の稼業に誠《まこと》はなくとも百人の中の一人に真からの涙をこぼして」と、もうすでにお力の仲間の一人が語り始めたような地の文が生れ、そのまま「聞いておくれ染物やの辰《たつ》さんが事を」という愚痴っぽいくどきに入ってゆくのである。そんなふうに客の不実を嘆く女もいれば、「あゝ今日は盆の十六日だ（略）夢さら浮いた心では無けれど言甲斐《いひがひ》のないお袋と彼《あ》の子は定めし爪《つま》はじきするであらう」と涙ぐむ、子持ちの酌婦もいた。いずれもお力と別な女のくどきであるが、ひとつづきの文章で展開されているため、それらの一切がお力のなかに流れ込んだ形で、彼女の死の願望がリアライズされているのである。お高はただ即自的に商売女の常識を語り、お力がそれを対象化していたように、先ほどの場面は見える。だが実際は、お力の見栄を顕在化させ、結局はそれをつき崩してしまう契機として、お高たちのことばは語られていたのであった。
こういう独特な展開は、作中人物の科白を括弧つきで括り出すような読み方ではうまくとらえることができない。構造主義の方法には都合わるいことかもしれないが、科白を地の文に繰り込んでしまった一葉の原文に忠実な読み方をしてみるならば、地の文のなかにことばへの契機があり、それぞれの科白の間にも地（下地《したじ》的な述懐）と図（際立った心情表出）の関係があることを見出しうるはずである。

そのような関係は、しかし近世文学ではむしろ普通であった。この問題を私に喚起してくれたのは、吉本隆明の「構成論」（『言語にとって美とはなにか』）であり、吉本とおなじように近松門左衛門の『出世景清』から引用してみることにしたい。遊女の阿古屋は嫉妬に駆られて、景清の隠れ家を六波羅に密告した。景清が捕まったことを知り、弥石と弥若という二人の子供を連れて詫びに行くが、景清は頑として許してくれない。

地色 扨はいか程に申しても御承引《しよういん》有るまじきか。オ、詞 くどい〳〵見苦《みぐる》しきにはや〳〵帰れ思ひ切つたぞ。地 なうもはや長《なが》らへて何方《（いづかた）》へ帰《かへ》らうぞ。やれ子共よ母が誤《あやま》りたればこそかく侘言《わびこと》いたせども。つれなき父《ちゝ》御《ご》の言葉《ことば》を聞《き》いたか。親《おや》や夫《をつと》に敵《かたき》と思はれおぬしらとても生《い》きがひなし。此の上《うへ》は父親《てゝおや》持つたと思ふな母ばかりが子なるぞや。みづからも長《なが》らへて非道《ひだう》のうき名流さんこと未来《みらい》をかけて情《なさけ》なや。いざ諸共《もろ》に四手《（しで）》の山にて言訳《いひわけ》せよ。詞 いかに景清《かげきよ》殿。わらはが心底《しんてい》地 是までなりと。弥石《いや》を引き寄《よ》せ守《まも》り刀をずはと抜《ぬ》き。南無阿弥陀《なむあみだ》仏と刺《さ》し通《とほ》せば弥若《いや》驚《おどろ》き声《こゑ》を立て。いや〳〵我は母さまの子ではなし。父上助《ちゝうへたす》け給へやと。牢《らう》の格子《かうし》へ顔《かほ》をさし入れさし入れ色 逃《に》げあるく。エ、卑怯《ひけふ》なりと引き寄《よ》すればわつと言《い》うて手を合せ。許《ゆる》してたべこらへてたべ。明日《あす》からはおとなしう月代《さかやき》も剃《そ》り申さん。灸《やいと》をもするゑませう。扨も邪見《じやけん》の母上《うへ》さまや。助《たす》けてたべ父上《ちゝうへ》さまとスエテ息《いき》をはかりに泣《な》きわめく。地オ、道理《ことわり》よさりながら。地殺《ころ》す母は殺《ころ》さいで助《たす》くる父御《ちゝご》に殺《ころ》さるゝぞ。あれ見よ兄もおとなしう死《し》したれば。おことや母《はゝ》も死《し》なでは父《ちゝ》への言《いひ》訳《わけ》なし。いとしい者《もの》よよう聞《き》けと。すゝめ給へば聞き入れてあそれならば死《し》にませう。父上《ちゝうへ》さらばと言《い》ひすてて。兄が死骸《しがい》によりかゝり打ちあふのきし顔《かほ》を見《み》ていづくに刀を立つべきぞと。阿古屋《あこや》は目《め》もくれ手も萎《な》えてフシまろび。伏《ふ》して歎《なげ》きしが。エ、今はかなふまじ必《かなら》ず前世《ぜんぜ》の約束《やくそく》と思ひ母ばし恨《うら》むるな。おつつけ行《ゆ》くぞ南無阿弥陀《なむあみだ》と心もとを刺《さ》し通《とほ》し。さあ今は恨《うらみ》を晴《は》らし給へ迎《むか》へ給へ御仏《みほとけ》と。刀《かたな》を咽《のど》に押《お》し当《あ》て兄弟が死骸《しがい》の上《うへ》にかつぱと伏《ふ》し。共に空《むな》しくなり給ふフシ扨も是非《ぜひ》なき風情《ふぜい》なり。

すさまじい憎悪である。

浄瑠璃においては「地」がそのままいわゆる地の文で、「詞」が科白を意味したわけではない。時代によって「地」と「詞」の間に移動があったらしい。が、一応近代小説的な分け方をあてはめてみるならば、「詞」は作中人物自身としての呼びかけや応答、あるいは相手への攻撃的な非難などであって、もっぱら他者視向的に語気を顕示したことばである。それに対して、「地」は作中人物、というより正確にはそれを演じている人形の科《しぐさ》と白《せりふ》を語り手の側から描写した表現、という特徴が認められる。「地」のなかのことばは、半ば自分自身に語りかけた述懐であり、もしそうでないとしても、他者視向的に語調を整える余裕のない、切迫した感情の表白であった。

人間の行為には必ずことばへの契機が含まれている。ことばとは身体性を媒介したものだ。おそらくそういう表現意識が、浄瑠璃の作者にあったのだろう。近代小説的に科白を括弧で括り出す書き方は、その作中人物自身の立場から他者視向的に発言する形であり、身体性はほとんど捨象されてしまう。その反面、ことばを捨象された身体的なものそれ自体が、作中人物の表情や行動として、地の文のなかで作者（正しくは内在的な語り手）に描写されるのである。近世的な表現の場合、そういう意味でのことばと身体の相互疎外はきわめて小さかった。

その理由は、多分、人形を操る演じ方にかかっている。語り手はその描写的な表現によって科《しぐさ》を指示しながら、感情的な生命を吹き込んでゆく。というより、身体的に取り憑いてゆくのである。その辺の事情を、近松は以下のように語っていた。「惣《そう》じて浄るりは人形《にんげう》にかゝるを第一《だいいち》とすれば、外《ほか》の草紙《さうし》と違《たが》ひて、文句《もんく》みな働《はたらき》を肝要《かんえう》とする活物《いきもの》なり」「某《それがし》わかき時《とき》、大内《おゝうち》の草紙《さうし》を見侍《みはんべ》る中《なか》に、節会《せちゑ》の折《をり》ふし雪《ゆき》いたうふりつもりけるに、衛士《ゑじ》にあふせて橘《たちばな》の雪はらはせられければ、傍《かたへ》なる松の枝もたはゝなるが、うらめしげにはね返《かへ》りて、とかけり。是心《これこゝろ》なき草木《さうもく》を開眼《かいげん》したる筆勢《ひつせい》也。その故《ゆへ》は、橘《たちばな》の雪《ゆき》をはらはせらるゝを、松がうらやみて、おのれと枝《えだ》をはねかへして、たはゝなる雪《ゆき》を刎《はね》おとして恨たるけしき、さながら活《いき》て働《はたら》く心地《ここち》ならずや。是を手本《てほん》として我《わが》浄るりの精神《せうね》をいるゝ事を悟《さと》れり」（『難波みやげ』）。それならば、人形とはいったい何であろうか。もともとそれは呪術の対象であるが、近松の時代にはそういう土俗信仰的な意味は既に失われていたかもしれない。しかしとにかく、「正根《せうね》なき木偶《にんげう》」という、いわば生命を疎外されてもの化されてしまった人間、むしろそれこそが近松にとって「さま〴〵の情《じやう》」を喚起する不可欠の条件であった。「正根《せうね》なき木偶《にんげう》」を視向的に媒介しながら、その場面に置かれた作中人物としての自己＝身体像を内的に素描してみる。それが言語表現のなかに描き出された時、吉本隆明が言う、「物語るという次元で登場する人物たちが、言語としての劇の作者たちの観念のなかで、完全に生きた人間としての総体性をたもったまま自ら振舞い、自ら他と関係するというイメージとして存在しうるまでに、物語の次元が超えられている」という表現が生れてきたのである。

身体像の喚起と共に生れてくることば。近松がとくに力を入れて表現したのは、女のそれであった。「近《ちか》くは女形《おんながた》の口上《こうじやう》、おほく実の女の口上には得いはぬ事多《おゝ》し。是等《これら》は又芸といふものにて、実《じつ》の女の口より得いはぬ事を打出《うちだ》していふゆへ、其実情があらはるゝ也。此類《るい》を実《じつ》の女の情《じやう》に本《もと》づきてつゝみたる時は、女の底《そこ》意《い》なんどがあらはれずして、却《かへつ》て慰《なぐさみ》にならぬ故也」。それでは、女とはいったい何者であろうか。この世で一番もの化させられてしまった人間であり、「おのれと（自分から）」動き出そうとして、かえって悲劇を招いてしまうのである。『堀川波鼓』のおたねは、妹のおふぢと洗い張りをしながら、孤閨の淋しさを、「地ハル いやなふ色おふぢ。詞必《かなら》ずお主《しゆう》の気に入つていつ迄も奉公しや。地色中男やなんど持ちやんなや。身につみてこそ知られたれ。彦九郎殿とは、様子《やうす》ある夫婦故《ゆゑ》、嫁入《よめり》の時の嬉しさは、たとへん方もなかりしが。詞小身人《せうしんびと》の悲しさは、隔年《かくねん》のお江戸詰《えどづめ》、お国にゐては、毎日の御城詰《おしろづめ》。月に十日の泊《とま》り番《ばん》。夫婦らしうしつぽりと。いつ語らひし夜半《よは》もなし」と述懐する。慎しみ深い武家の女房ならばけっして口にしない、こういう「けうとき（とんでもない）詞《ことば》」を不用意に語ってしまったことで、彼女は自分の情念に火をつけてしまうのである。

『出世景清』の場合、遊女の阿古屋は、本妻の手紙を見て普段押し隠していた屈辱感を刺戟される。「うらめしや腹《はら》立ちや口惜《を》しや嫉《ねたま》しや。恋に隔《へだ》てはなきものを遊《いう》女とは何事ぞ。子の有る中こそまことの妻《つま》よかくとは知《し》らではかなくも。大切《たいせつ》がりいとしがり心をつくせし悔《くや》しさは人に恨《うら》みはなきものを。男畜生《をとこちくしやう》いたづら者《もの》ア、恨《うら》めしや無念《むねん》やと」。この錯乱が、言いわけもきかず詫びもかなわない窮地に彼女を追い詰めてしまった。「さは去《(さ)》りながら嫉妬《しつと》は殿御《とのご》のいとしさゆゑ。女のならひ誰《た》が身の上《うへ》にも候ぞや」と訴えるが、景清は耳を貸してくれない。それでは、「恋に隔《へだ》てはなきものを」と考えること自体が、すでに遊女の身には分に過ぎたことになってしまうのか。もはや彼女は生きていようとは思わなかった。「たゞ何事も御免《めん》有り今生《こんじやう》にて今一度《ど》。言葉《ことば》をかけてたび給はばそれを力に自害《じがい》して。我が身の言《い》ひ訳《わけ》立て申さん」と懇願する。だが、景清はそれを拒んだだけでなく、二人の間の子供さえも「邪見《じやけん》の女が胎内《たいない》より出でたるものと思へば汝らまでが憎《にく》いぞえ」と嫌悪するのである。

自害の力すら与えられないほど憎悪された状況。それがどんなに無残なことか、阿古屋は惨劇をもって見せつけることしかできなかった。父に助けを求め、明日からはきっといい子になりますと逃げ廻る子供を刺し殺す。「殺《ころ》す母は殺《ころ》さいで助《たす》くる父御《ちゝご》に殺《ころ》さるゝぞ」と、いわば関係それ自体への憎悪によって子供を殺し、みずからも憤死してしまうのである。「実の女の口上には得いはぬ事」を口に出させること、それは女自身の悲劇しか生まなかった。

まず初めに与えられたのが、「けうとき詞」（実の女の口上には得いはぬ事）でしかなく、しかも、その心情を倫理化できるだけの反省的意識は附加されなかった。そこに阿古屋たちの悲劇の原因がある。それはまた近松の劇作法そのものの制約でもあった。語り手の表現意識は、内的に喚起された身体像（と、そのことば）を離れることができず、場面全体を統括する視点を設定できなかった。場面と場面の間に矛盾や不整合が生じてしまったのも、おそらくそのためである。

阿古屋のあてつけがましい実子殺しと、自害を見て、「景清《かげきよ》は身を悶《もだ》え泣《な》けど叫《さけ》べどかひぞなき。神《かみ》や仏《ほとけ》はなき世かのさりとては許《ゆる》してくれよ。やれ兄弟よ我が妻《つま》よと鬼《おに》を欺《あざむ》く景清《かげきよ》も。《スエテ》声《こゑ》を上《あ》げてぞ泣《な》きゐたり」。ところが、その直後、阿古屋の兄、伊庭の十蔵が登場するや、景清は金剛力を揮って牢を押し破り、十蔵をねじ伏せてしまった。そういう展開は、小説の世界ではまず起りえない。それほどの腕力があったならば、いたいけな子供が眼前で殺されるのを見て、なぜ牢のなかで「身を悶《もだ》え泣《な》き」叫ぶことしかできなかったのか。この疑問を、作者自身が持たざるをえないからである。

もしその場面に内在的な語り手が設定されていたとするならば……。この仮定は小説の場合にしか妥当しないのであるが、今ここでは、吉本隆明とおなじく「言語としての劇」として近松の作品を読んでみる。この語り手は阿古屋母子の惨劇を描写し、当然その次に、いたいけな子供を見殺しにした景清に視線を転じてゆくだろう。それを表現にあらわすかどうかは別として、その視線には、景清の強情に対する倫理的な問い、あるいは非難が含まれてしまうはずである。それにどう応えるか。もちろん作中人物ならぬ、場面に内在的な語り手の問いに景清が直接応えるはずがないが、自分の非情さを苛責し、それでもなお自己正当化の理由を探さねばならない内面を抱えた人間として、かれは十蔵と対応しなければならない。「景清《かげきよ》くっ〳〵と吹《ふ》き出だしこりやうろたへ者《もの》。あの者《もの》共（阿古屋母子）はおのれが貪欲心《とんよくしん》を悲《かな》しみ。自害《じがい》したるが知《し》らざるか。それさへ有るにうぬめが口から侍畜生《さぶらひぢくしやう》とは誰《た》が事ぞ」。こういうあけすけな調子で十蔵を罵倒することは、とうていありえなかったであろう。

　上田秋成から滝沢馬琴に至る、近世小説の歴史は、内在的な語り手が登場人物の空間的関係をリアルに構造化するようになった歴史であり、それと共に、視線のなかの問いも道義性を強めていった。とくに馬琴の場合それが強く、作中人物の誰もが自己正当化の長広舌を強いられてしまっている。その正当化の根拠は、数世代の因果関係にまで及ぶ。作中人物自身は忘れてしまったような過去の出来事であっても、内在的な語り手は依然としてそれを意識しているわけで、いわばその問いかけに強いられた形で作中人物はみずからの一貫性を求めるような言動を構成させられてしまうのである。近代の小説はその道義性を解体して視線の客観性を獲得し、それによって多様な人間性の本質を問う機能を高めようとしてきたわけであるが、ともあれ以上のような歴史によっても明らかなことは、内在的な語り手を抜きに空間的構造の厳密化や作中人物の意識の時間的拡がりは生れえなかったことである。西鶴の作中人物には、まだ自分の言動の一貫性を把持しようとする意識が生れていなかった。構成が有機的でなく、短篇的エピソードの数珠つながりの並列にすぎなかったことと、それは関連する。

『出世景清』の場合も、今まで牢のなかで泣き叫んでいた景清が、「くっ〲と吹《ふ》き出だし」て十蔵を罵倒し、たちまち牢を押し破ってしまった。阿古屋母子に対する強情は、一瞬のうちに十蔵への激情性に変ってゆく。その意味で、『出世景清』における場面々々の不整合はただ単に浄瑠璃というジャンルの問題だけでなく、物語的展開の歴史的な制約という条件もかかっていたわけである。たしかに吉本隆明が言うように、「登場人物たちが自ら語り自ら関係し、それによって事態は進行してゆく」ような展開過程が生れてきたのであるが、このとらえ方には一つだけ重要な点が抜けていた。それは、登場人物の対自的な関係がまだ欠落していたことを問題意識化できていなかったことである。いや、これは正確な言い方ではない。阿古屋やおたね（『堀川波鼓』）には、自分自身への関係がわずかに始まっていたのであるが――「恋に隔《へだ》てはなきものを遊《いう》女とは何事ぞ。子の有る中こそまことの妻《つま》よ」（阿古屋）、「男やなんど持ちやんなや。身につみてこそ知られたれ」（おたね）――まだ二人称的な関係意識を突き抜けることができず、自分なりの倫理を生み出すまでに至らなかった。それに対して、景清や彦九郎（おたねの夫）は制度的な倫理を背負っていて、そういう自分のあり方を少しも疑っていない。阿古屋やおたねの敗北は必至であった。

吉本隆明はその点を、以下のようにとらえている。「儒教的な倫理を背負って動かない景清に追いつめられて、いわば仕方なしに子供を殺し死ぬのである。景清の持している倫理を認めそれに服従して死ぬのではなく、『殺す母は殺さいで助くる父御に殺さるゝぞ』と卑小に恨みがましく死ぬのである。（略）理念的に死ぬようにみえるのは阿古屋と、（略）泣きわめきながら母親に殺される弥若であるが、もちろんこの母親と弥若の卑小さは景清の儒教的倫理と葛藤して、この場面で勝利している、というふうに描かれている。町人社会の卑小な倫理の普遍性が、あざやかに告知される」。近松における劇の本質に迫る重要な指摘であるが、しかし作品そのものに即して言えば、阿古屋やおたねは自分の行為を不用意な過失としてしか意識化できなかった。というよりは、そういう形で自分自身に関係する意識（萌芽的な自己意識）を抱えてしまったために、その種の意識性とは無縁な景清や彦九郎の制度的な倫理に敗北するしかなく、その倫理の非情さを自害によって暴いてみせるほかはなかったのである。もしそういう言い方をすれば、そのみじめな敗北の徹底化にこそ彼女たちの倫理、あるいは思想の核心があったのである。結局吉本隆明は内在的な語り手のレベルで文体をとらえる方法を欠いていて、そのため『言語にとって美とはなにか』の近代表出史においても作者のレベルでしか表出構造を見られなかった。その分析が比較的有効なのは、「私」感性による表現が一般化した明治三十年代の後半からで、それ以前の作品の説明には、おなじ作品の別な箇所を採ってみればたちまち破綻してしまうような、恣意性がみられる。表出史と構成論とが別々に、しかも前者は近代小説史、後者は近世の演劇までという分裂に終らざるをえなかったのも、内在的な語り手を落していたためであろう。

一葉の『にごりえ』の場合、追いつめられたのはむしろ源七の女房、お初であった。自分がこれほど辛抱して亭主に尽くしているのに、どうして亭主の気持が家庭に帰って来ないのか。そういうつらい疑問に苛まれながら毎日を送っている。子供の太吉郎がお力に買ってもらった菓子を、お初は腹立ちまぎれに投げ捨ててしまう。源七はそのあてつけがましい行為が許せない。

これは私が悪う御座んした、堪忍《かんにん》をして下され、お力が親切で志して呉れたものを捨て仕舞つたは重々《ぢう〳〵》悪う御座いました、成程お力を鬼といふたから私は魔王で御座んせう、モウいひませぬ、モウいひませぬ、決してお力の事につきて此後とやかく言ひませず、蔭の噂《うはさ》しますまい故離縁だけは堪忍して下され、（略）私は憎くかろうと此子に免じて置いて下され、謝《あやま》りますとて手を突いて泣けども、イヤ何《ど》うしても置かれぬとて其後は物言はず壁に向ひてお初が言葉は耳に入らぬ体《てい》、これほど邪慳《じやけん》の人ではなかりしをと女房あきれて、女に魂を奪はるれば是れほどまでも浅ましくなる物か、女房が歎きは更なり、遂ひには可愛き子をも餓《う》へ死《じに》させるかも知れぬ人、今詫びたからとて甲斐はなしと覚悟して、太吉、太吉と傍《そば》へ呼んで、お前は父《とゝ》さんの傍《そば》と母《かゝ》さんと何処《どちら》が好《い》い、言ふて見ろ……（第七章）

彼女は、自分のかしこげな世話女房ぶりこそが本当の原因なのだとは考えていない。子供の無分別にかこつけてお力への憎しみを語り、その子供を理由に「此子に免じて置いて下され」と離縁を避けようとする。お力の向うを張って、阿古屋のように、「恋に隔《へだ》てはなきものを……子の有る中こそまことの妻《つま》よ」と開き直らねばならないほど、女房の立場が不安定なものだとは考えていなかったのである。

その意味でお初のあり方は、『春』における青木の妻とおなじである。もし源七から、「あゝ、お前も敗北者なら、俺も敗北者だ——奈何《どう》だね、いつそ俺と一緒に……」と持ちかけられたとしても、その返事は青木の妻の場合と同様であっただろう。彼女には亭主はいるが、恋の相手ではない。無能な生活力の亭主に愛想づかしをする女房ではありえても、亭主から女として愛想づかしを喰わされることなど思いも寄らなかった。

結局お初は子供を連れて去ってゆく。特徴的なのは、このお初と源七の家庭の描写に限って、地の文の表現が中立的なことである。表現史的にみれば、対象への共感かまたは反撥や皮肉などの評価的言語を多用する語られた文体から、いわゆる自然主義の感情抑制的、評価中立的に書かれる文体へ移行してゆく、その歴史的なプロセスを一葉の表現が予告していたわけである。もちろん時にはお初の立場に即し、時には源七の感情に即《つ》きながら書き進められているが、内在的な語り手のことばが、どこからと区別つけにくい形でお初や源七の科白に連接させられているという点が見られない。換言すれば、かれらの科白は全て括弧で括り出せる。それに対応して、地の文のほうもまた三人称的な客観性が強められているのである。先に紹介したお力たち娼婦の世界（料理屋菊の井）の描き方と、次の表現を較べてみれば、そのことがよくわかるであろう。

「同じ新開《しんかい》の町はづれに八百屋と髪結床《かみゆひどこ》が庇合《ひあはひ》のやうな細露路《ほそろぢ》、雨が降る日は傘もさゝれぬ窮屈さに、足もととては処々《ところ〳〵》に溝板《どぶいた》の落し穴あやふげなるを中にして、両側に立てたる棟割長屋《むねわりながや》、突当りの芥溜《ごみため》わきに九尺二間の上《あが》り框《がまち》朽《く》ちて、雨戸はいつも不用心のたてつけ、流石《さすが》に一方口にはあらで山の手の仕合《しやわせ》は三尺斗《ばかり》の椽《ゑん》の先に草ぼう〳〵の空地面《あきぢめん》、それが端《はじ》を少し囲つて青紫蘇《あをぢそ》、ゑぞ菊、隠元豆の蔓《つる》などを竹のあら垣に搦《から》ませたるがお力が処縁の源《げん》七が家なり」。

　語り手の小うるさく皮肉な評言が影を潜め、これとおなじ客観性をもってお初の外見が描写されてゆく。ある意味では近代的散文としてより優れた表現と言えるのであるが、そういう地の文の上に現われてくる科白には一種の乖離感がつきまとう。

　お初の願いは、一日も早く源七がお力への愛執から醒めて稼業に精を出し、元の商売を始める元手を作ることだった。そうであればこそ、この貧乏長屋の人たちまでが源七一家の貧しさに気をつかって、春秋の彼岸にも牡丹《ぼた》もちや団子を配ろうとしない。そのことが、一そう情なくつらい。そのため、つい愚痴も出てしまうのであるが、もちろん精一杯気をくばって源七の気持を引き立てようとする。だが、そういう甲斐がいしい賢妻ぶりが、かえって今の源七には一番の負担なのだ、というふうには考えてもみない。つまりお初の意識を占めているのは家業の再建や世間への思惑でしかなく、自分にとって源七という男は何であるか、あるいは源七にとって自分という女はどんな存在なのかという、いわば身体性を媒介とした二人称的な発想が抜け落ちてしまっていたのである。当然のことながら、かれら夫婦の会話は、いすかの嘴と喰い違わざるをえない。

その点でお初の不幸は、阿古屋の悲劇と対照的である。阿古屋の現実認識は、その身体意識を超えて拡がることがない。その情動を抑制する世間知的な現実感が欠けていたため、自分の子供からも「なう父を返《かへ》しや父上《うへ》返《かへ》せ」と責められる破目に落ちてしまった。それとは逆に、お初は、家業再興のために辛苦する賢妻という理念を演じてゆく。子供がお力から貰った菓子を見て、一瞬取り乱すが、亭主の立腹を知るや、たちまち自分の非を認めて、ことさら自分を悪い女房に仕立てて謝罪する。むろん彼女に致命的な落度があったわけでなく、子供が自分を選ぶだろうことはおそらく承知の上であった。

その理念的な献身と、卑屈なほどの自己苛責は、歌舞伎中の一人物といった印象を与える。それぞれの人物が自分の役割理念に忠実であろうとし、しかしそれを他人に明かし得ないため思わぬ誤解を招いてしまう。愚かな行為のなかに隠された理念があり、やがてそれが明かされて名誉が回復される。いや、文字通り愚かな行為へ走ってしまう場合もあり、だが、何とかそれを償おうとする一見無駄死的な自裁が、めぐりめぐって大団円の遠因となる。言ってみれば、源七とお初の夫婦別れの場面から歌舞伎的な劇は始まる。源七には秘められた大望があり、ないしは何らかの劇的な回心が訪れて、最後はお初と太吉郎母子のところへ帰るのである。そういう類似だけでなく、源七の家庭の描写は、その書き方までが歌舞伎に近い。理解し合えない悲劇の進行は、もっぱら科白の交換によって運ばれ、地の文の表現は舞台説明的な役割に限定される。

もう一度吉本隆明の考察を参照するならば、かれは、「劇的な進行をつかさどる登場人物たちの対話はすでにくくり出され、地の文はその連結の位置におちる」という表現のあり方を、以下のようにとらえている。

「人形操り、ノロマ人形というものは、折口学のように人形に呪術的な意味をあたえた宗教起源としてかんがえると否とにかかわらず、人間が人形を操りながら背後で対話し、その対話を人形に自己外化するという二重の意味をもつものである。（略）だがすでに、浄瑠璃言語が、それ自体で対話をカッコにくくり出しうるような表現をとったとき、演ずるものは人形ではなく、人間であり、この生身の演者が登場することによって、はじめて劇は総体性をもつほかはないのである。これが、近松の浄瑠璃概念が、半世紀をへずしてたどりついた終着点であった。この終着点は、歌舞伎劇への乗換えの意味をもはらんでいたのである」。

私なりの理解によれば、浄瑠璃の「地」における科《しぐさ》から相互疎外的に分離したことばが、他者志向的な「詞」の交換に構成されるようになった。その交換が、身体性を捨象した役割理念のレベルで進んでゆくのである。もちろん作中人物の科《しぐさ》は、ト書きで指示され、役者によって演じられるわけであるが、最も劇的に緊迫した場面は、理念の「詞」と、本心を抑制しなければならぬ苦悩の科《しぐさ》との乖離、という形で構成される。あるいはまた、他者の関心を別なところへ向けさせるための、心ならぬ「詞」と、秘められた理念を伝え得ぬ思い入れ（科《しぐさ》）との二重性で表現される。いずれにせよ、ことばと身体の分裂に劇的展開の要因が求められ、その二つが一致しうる状況が生れた時、劇的な葛藤は終熄するのである。その複雑な演劇過程を担いうるものは、生身の人間以外にはない。

しかし、一葉の『にごりえ』は、源七お初の夫婦別れで終っている。『たけくらべ』にも見られた、歌舞伎的な趣味趣向を、自分自身の手で壊わしてしまったのである。ことばと身体との統一的回復を、断念してしまった。またそのことによって彼女は、多くの読者が期待するだろう源七の名誉回復と家庭の回復を否定してしまった。いわば読者の期待の地平に挑発を仕掛けたのである。『にごりえ』の最終章には、源七とお力の情死をめぐる三様の噂が紹介されている。その三様の噂のうちどれが最も一葉の意図を伝えているか、研究者は議論に忙しいが、一葉が想定した期待の地平に三様のものが見えたということにほかならない。「男は美事な切腹、蒲団《ふとん》やの時代から左《さ》のみの男と思はなんだがあれこそは死花《しにばな》、ゑらさうに見えた」という世間の噂に、鎮魂の意味を含めた名誉回復への配慮が、わずかながら示されているのである。

一方、お力が、菊の井の女たちの想いを集合したような存在であったことは、すでにふれておいた。むろん相対的な相違ではあるが、お初の部分が歌舞伎的であるのに対して、お力を中心とする表現は浄瑠璃的であった。彼女の存在苦悩が、しばしば頭痛という身体的受苦性で表出されるのもきわめて象徴的なことであるが、その頭痛は次のような屈託におそらく由来する。

　あゝ嫌《いや》だ〳〵と道端《みちばた》の立木へ夢中に寄かゝつて暫時《しばらく》そこに立どまれば、渡るにや怕《こは》し渡らねばと自分の謳《うた》ひし声を其まゝ何処《どこ》ともなく響いて来るに、仕方がない矢張《やつぱ》り私も丸木橋をば渡らずばなるまい、父《とゝ》さんも踏かへして落てお仕舞なされ、祖父《おぢい》さんも同じ事であつたといふ、何《ど》うで幾代もの恨みを背負《せお》て出た私なれば為《す》る丈の事はしなければ死んでも死なれぬのであらう、（略）人情しらず義理しらずか其様《そん》な事も思ふまい、思ふたとて何《ど》うなる物ぞ、此様《こん》な身で此様《こん》な業体《げうてい》で、此様《こん》な宿世《すくせ》で、何《ど》うしたからとて人並みでは無いに相違なければ、人並の事を考へて苦労する丈間違ひであろ、（第五章）

幾代もの恨みとは、のちにお力が結城に語ったところによれば、何世代もこの世で不遇であった恨み、という意味であるが、世間からの「恨みを背負《せお》て出た私」といったニュアンスが感じられる。この部分の直前、菊の井の女たちの歎きや恨みがそのままお力に流れ込んでいるように書かれていたためであろう。ここには、近世俗曲のこんな歎きの歌声が響いている。「暫く目をふさいで、往時を思へば旧友皆亡《ばう》ず、指折りて故人を数ふれば、親族多く隠れぬ、時移り事去つて、今何《なん》ぞ渺茫たらんや、人止《とゞ》まり我行く誰か又常ならん、三界無安猶如火宅《さんがいむあんゆにょくわたく》、天仙なほし死苦の身なり、況や下劣貧賤の報《ほう》に於てをや、などか其の罪軽《つみかろ》からん（略）身より出《いだ》せる咎なれば、心の鬼の身を責めて、かやうに苦《く》をば受くるなり、積るぞ恨み恋の山、因果は廻り来る、思へばく腹立《はらだち》や、刃《やいば》にかゝつて修羅の道、らくくらいくと地に倒れ、忽ちに滅せしこと、思へばく腹立《はらだち》や、娑婆の名も散りて木枯《こがらし》の雪に埋《うづも》れ、消えてはかなくなりにけり」（「歌占」）。

どうしてこんな生地獄に落ちてしまったのか。自分に致命的な過失があったわけでなく、考えに考えあぐねて、ついに前世からの因縁因果として了解する以外になくなってしまう。こんな下劣貧賤な身に生れついたこと自体、何か自分の気がつかない罪咎の報いなのだろう。そう思えば一そう「心の鬼の身を責め」る。もうここには、恨むことと恨まれることの区別はない。そういう近世以来の遊女の哀しい感性がお力にも流れていたのである。それを導き出したのは内在的な語り手であった。

これもすでにふれたことだが、お力は菊の井の酌婦のなかでも異質な存在、いわば群鶏の一鶴として設定されていた。その歌舞伎趣向的な構想上のイデーは、「天下《てんか》を望《のぞ》む大伴《おほとも》の黒主《くろぬし》とは私《わたし》が事《こと》」といったお力の茶利にも流れている。が、『たけくらべ』と同様な癒着的半話者が菊の井の内部に設定され、その女性（下働きの女）的な二人称の語り口で酌婦たちの屈託したことばを次々ととらえてゆく。――源七家族の場面の内在的な語り手は非女性化＝中性化されつつあることに注意――その流れがお力の感性を形成し、しかも自己意識化されていったのである。彼女たちの感情そのものもまた身体的意識をほとんど超えない二人称的なものだったわけで、その地の文を媒介とする自己意識は、ますます自虐的な閉塞性を強めざるをえない。「人情しらず義理しらずか其《そん》様な事も思ふまい、思ふたとて何《ど》うなる物ぞ、此《こん》様な身で此《こん》様な業体《げうてい》で、此《こん》様な宿世《すくせ》で……」と。

吉本隆明の近松論のポイントは、阿古屋やおたねの卑小で愚かな行為（密告や姦通などの非行）に劇的展開の鍵を見出したことである。それが、「この場面で勝利している、というふうに描かれている」かどうかは別として、たしかにその点を抜きに近松の演劇思想は把握できない。阿古屋やおたねはその非行を自責し、名誉回復されぬまま死なねばならなかった。が、お力の場合は、いわば非行なしに、現世の受苦的な条件を絶望的に徹底化させてしまった。どのような釈明も世間からまともに聞いてもらえるはずがない、密淫売屋の酌婦という不名誉性に絶望的に開き直ってしまうこと。言ってみれば、そういう情念自体が非行であった。そこまで辿って行って、一葉は、劇的な事件を作る必要を失う。『たけくらべ』の美登利と同様その情念にはもはや具体的な対象性がなく、残されたことは、お力の絶望的な情念のほむらを受けて崩壊してゆく源七の家庭を描くことだけであった。その決着は、自分が追いつめた源七にお力が心中立てする以外にない。

お力の情念を非行にまで徹底化させた時、一葉は明治二十年代の人間的思想の最も深いところにまで達した。その徹底化は内在的語り手の設定から惹き起されたことであるが、ともあれその文体が浄瑠璃的なものに触れて、近世以来の哀しい女の感性が掘り起されてきたのである。

一葉自身にも情念を非行化せざるをえないような心理的危機があったのかもしれない。もしそうだとすれば、おそらく家庭と対立するしかない情念であり、それを作ったのは、どのような事情説明にも疑いの眼しか向けようとしない小市民（的な知識人）の状況であった。それに対する生身の女としての敗北感が、お力の非行のなかに素描され、源七の持ちかけの受け皿となった。何かにつけて理念のこ﹅と﹅ばを自己顕示したがる小市民（知識人）の状況に対して、生身の女としては口にできない「けうとき（情念の）詞」を、身体性を媒介に獲得し、そしてみずから葬ってみせた。前章との関連で言えば、私たちには「私」感性と意識されてしまうような制度的な感性があり、さらにその身体性の深処には地獄の共同性とも呼ぶべき受苦的な感性が潜んでいて、おなじ受苦性に引きずられた人間と、あたかも惚れ合った同士のように一緒に葬るしか救済

はない。科白の括り出しならぬ、地の文の語りへの繰り込みによって、その衝撃的な試みは実現された。（56・4）

第八章　負い目としての倫理

泉鏡花の『義血侠血』（明27・11）には、現在、二種類の草稿が残っている。それを調査した三田英彬や越野格の研究によれば、現行の『義血侠血』が成立するまでに、かなり強力な尾崎紅葉の干渉、つまり単なる助言や添削を越えた加筆、がなされたようである。

その点を厳密に考えれば、鏡花の作品と呼べるのは『瞽判事』（草稿の題名）であるかもしれない。ただ、『義血侠血』はこれまでも鏡花の作品として扱われて来たし、本論のねらいは鏡花的なものを探る作家論ではなく、一つの作品が同時代に承認を求めるあり方の検討である。研究成果を参照しながら、その過程を探り、構想と構造、あるいは作家の自由と読者の関与という問題を考えてみたい。もし『義血侠血』が鏡花と紅葉の合作に近いものだったとしても、ここで言う鏡花とは、『義血侠血』を含む一群の作品の作者として呼ばれてきた鏡花の謂である。

それならば、同時代に承認を求めるあり方とは具体的にどんな点から読み取ることができるか。まず一例として、草稿になく、現行作品で現われてきたものを挙げてみる。主人公の滝の白糸こと水島友は、言葉の兼用語法で相手を不意打ちする話し方を、意識的に行使する。いや、そういう使い方のなかに籠められた屈折した自己意識を背負わされてしまったと言うべきかもしれない。

「金様《きんさん》。」と女《をんな》は馴々《なれ〱》しく呼《よ》びかけぬ。
駁者《ぎよしや》は太《いた》く驚《おどろ》けり。月下《げつか》の美人生面《びじんせいめん》にして我名《わがな》を識《し》る。駁者《ぎよしや》たる者《もの》誰《たれ》か驚《おどろ》かざらむや。渠《かれ》は実《じつ》に未《いま》だ曾《かつ》て信《しん》ぜざりし狐狸《こり》の類《るゐ》にはあらずや、と心始《こゝろはじ》めて惑《まど》ひぬ。

「お前様《まへさん》は余程《よつぽど》情無《じやうな》しだよ。自分《じぶん》の抱《だ》いた女《をんな》を忘《わす》れるなんといふ事《こと》があるものかね。」

「抱《だ》いた？　私《わたし》が？」

「あゝ、お前様《まへさん》に抱《だか》れたのさ。」

「何処《どこ》で？」

「好《い》い所《とこ》で！」

袖《そで》を掩《おほ》ひて白糸《しらいと》は嫣然一笑《えんぜんいつせう》せり。

馭者《ぎよしや》は深《ふか》く思案《しあん》に暮《く》れたりしが、やう〳〵傾《かたむ》けし首《かうべ》を正《たゞ》して言《い》へり。

「抱《だ》いた記憶《おぼえ》はないが、成程何処《なるほどどこ》かで見《み》たやうだ。」

「見《み》たやうだも無《な》いもんだ。高岡《たかをか》から馬車《ばしや》に乗《の》つた時《とき》、人力車《じんりきしや》と競走《かけつくら》をして、石動手前《いするぎでまへ》からお前様《まへさん》に抱《だか》れて、馬《うま》上の合乗《あひのり》をした女《をんな》さ。」

「応《おう》！　然《さう》だ。」横手《よこで》を拍《う》ちて、馭者《ぎよしや》は大声《たいせい》を発《はつ》せり、白糸《しらいと》は其声《そのこゑ》に驚《おどろ》かされて、

「えゝ吃驚《びつくり》した。ねえお前様《まへさん》、覚《おぼ》えて御在《おいで》だらう。」

「うむ、覚《おぼ》えとる。然《さう》だツた、然《さう》だツた。」

馭者《ぎよしや》は唇辺《しんぺん》に微笑《びせう》を浮《うか》べて、再《ふたゝ》び横手《よこで》を拍《う》てり。


金沢の天神橋の上で二人が再会した場面である。

それが初稿であるかどうかは分からないが、現存する草稿のより早く書かれたと思われる作品では——以後これを草稿と呼ぶ——こういう会話はありえない。馬車と人力車が競争する点は変りないが、馭者が、小

川の橋が壊れているのを強引に跳び越えようとして、馬車は横転、馭者は馬に乗って走り去り、女は「懐紙にさきの紙幣を包み口を小指の先になめて口紅をぬらし取り紅筆の代用にしつ、修覆料寸志と書附けて馬車に残し置き後をも見ずして立去」ってしまったからである。もう一つの草稿では――これ以後は『瞽判事』と呼ぶ――現行作品とおなじく馭者は馬車から馬を解き放ち、女を「小脇に抱込みたるまゝ、ひらりと飛んで馬に跨」って走る。だが再会の場面では、「貴下、其後は御機嫌よう」と挨拶をし（この点は草稿も同様）、「自分《じぶん》の抱《だ》いた女《をんな》」というような奇矯なことばは口にしていない。むしろ作者は、性的な関係を露骨に暗示してしまうことばに嫌悪があったのではないか。女が「貴下お覚えがございますかい」と訊き、御（馭）者は冷然として「イヤ覚えません」と答える。それに続けて、次のような肯定的な意見を作者は加えていたのである。「知ぬべし御者は単約《(ママ)》を重むじて義務を完うせしのみなれば、己肉躰に抱きしことある此美人を忘れたるを、蓋し理の当然のみ、然るに血ありと誇る者は、要らざる熱に浮されつつ職権外に干渉し、半日坐上の放論に商が兵を談じ、農が法を説き、はた工人が政事を語る、甚だしきに到りては強ひて身を投ぐる女を救ひ、故らに弱きを助け強きを折《(ママ)》き、犬に礫を擲つなど、すべて一身を顧みず道路《(ママ)》のことにさへ熱心なれば、仁といひ、義といひ俠といふ」云々。

　自分の助手が馬鹿な約束を乗客としてしまったので、やむをえず馭者は女を抱いて馬を走らせねばならなかったのであり、抱きかかえた女の感触や容貌など記憶から放念されてしまうのが当然だ。そのようにことわりつつ、さらに作者は、徒らに仁義や俠気を誇る人間を批判する。草稿や『瞽判事』では、しばしば「冷然と」という形容が馭者に与えられているが、職務から逸脱しやすい血気をよく克服しえた青年として馭者を描きたかったためであろう。

　ところが、現行作品では右の解説は削られ、かえって義や俠の問題を前面に出した題名を選び、女は性的な関係を暗示することば（近松の「けうとき詞」）で一挙に馭者との距離を馴れ合いに変えてしまおうとする。これはかなり大きな構想の転換である。

とくに重要なのは「抱く」ということばの働きで、その二重の意味の兼用語法的な使用によって構造主義で言うコード変換がなされていることである。Yu・M・ロトマン（『文学理論と構造主義』）によれば、記号と内容の関係は、「たとえば、言語のレベルでは、教師は、ロシヤ語を習得していない生徒と話すとき、机を指して、『机《ストール》』という。この場合、物はメタ言語の記号として登場することになるが、この記号の内容をなすのは、単語そのものにほかならない」（磯谷孝訳）。この形を借りて言えば、その時女は、性的行為の隠語を記号として、もともとの意味（内容）を故意に晦ましていたことになる。晦ますとは、むろん内容を印象的に伝えるための迂路であり、だから馭者に内容が察知されると共に、性的関係をコード化したにせ情報の仕掛けも冗談として了解される。だが、読者が受取るものはそれだけに終らない。再びロトマンの言葉を借りるならば、「est'《イエーステ》（食べる）—zhrat'《ジラーチ》（喰う）とspat'《スパーチ》（寝る）—drykhat'《ドルイハーチ》（寝る〈俗〉）という単語を検討してみよう。文体的色どりとは無縁の通報のレベルで取り上げるならば、最初の二つの単語は（次の二つの単語もそうだが）等価であろう。だが、たとえば、対象の動作に対する話し手の態度に関する情報を含んだ通報にとっては、これらの単語は等価ではなくなるだろう」（傍点は引用者）。私たちがあの言葉づかいから受取りうる情報は、彼女が男との関係を性的行為のことばで現わすのを好む女であること、あるいは、疎遠な間柄を一挙に跳び越えようとする時そういうことばを使うことしか知らなかったということである。その仕掛けは成功して二人の会話は急速にうちとけてゆく。

だが、それだけではまだコード変換と言うことはできない。大切なのは、その仕掛けのなかで、彼女自身、馭者への親近を性的な隠語でしか遂行できない自分と関係することになってしまった点である。いわば自分自身に関するコードが変ってしまったのだ。女が伝えようとした内容とその仕掛けが馭者に了解され、会話はごく日常的な身の上＝世間ばなしのレベルで進行してゆく。が、かえって女自身の内的な関係意識のなかでは性的存在としての自己意識がつき纏い、それがちょっとした科《しぐさ》にも現われる。相手が吸っていた煙管を借り、脂《やに》を掃除しながら、「お前様寡夫《まへさんやもめ》かい」「でも、情婦《いろ》の一人《ひとり》や半人《はんぶん》はありませう」などと探りを入れるあたり、遊女が初会の客に対する手管そのままである。やがて馭者の学問の志を知って、学資の援助を申し出、改めて互に名乗り合う。男の名前は村越欣弥と言う。さて、自分の境涯を明かさねばならぬことになって、女は次のような屈折を味わわねばならなかった。


「それぢや何処《どこ》に居《ゐ》るのだ。」

「彼方《あすこ》さ。」と美人《びじん》は磧《かはら》の小屋《こや》を指《ゆびさ》せり。

馭者《ぎよしや》は其方《そなた》を望《のぞ》みて、

「彼処《あすこ》とは？」

「見世物小屋《みせものごや》さ。」と白糸《しらいと》は異様《いやう》の微笑《ゑみ》を含《ふく》みぬ。

「はゝあ、見世物小屋《みせものごや》とは異《かは》ツてゐる。」

　馭者《ぎよしや》は心窃《こゝろひそか》に驚《おどろ》きたるなり。渠《かれ》は固《もと》より此女《このをんな》を以《もつ》て良家《りやうか》の女子《ぢよし》とは思懸《おもひが》けざりき、寡《すくな》くとも、海《うみ》に山《やま》に五百年《ごひやくねん》の怪物《くわいぶつ》たるを看破《かんぱ》したりけれども、見世物小屋《みせものごや》に起臥《おきふし》せる乞食芸人《こじきげいにん》の徒《と》ならむとは、実《じつ》に意表《いへう》に出《い》でたりしなり。とは雖《いへど》も渠《かれ》は然《さ》あらぬ体《てい》に答《こた》へたりき。白糸《しらいと》は渠《かれ》の心《こゝろ》を酌《く》みて己《おのれ》を嘲《あざけ》りぬ。

「余《あんま》り異《かは》り過《す》ぎてるわね。」

この会話の場面も、煙管をめぐるやりとりと同様、現行作品ではじめて書き加えられた表現である。相手のさりげない態度から、かえって彼女は、まさしく川原乞食でしかない自分に屈辱を感ぜざるをえなかった。しかもそれが先ほどの自己意識に重なる時、最下級の売笑婦たるイメージがその意識に鋭く突き刺ってくる。再会したのが川原だったとは、場所も悪い。「白糸《しらいと》は渠《かれ》の心《こゝろ》を酌《く》みて己《おのれ》を嘲《あざけ》りぬ」。


「見世物《みせもの》の三味線《しやみせん》でも弾《ひ》いてゐるのかい。」

「これでも太夫元《たいふもと》さ。太夫《たいふ》だけに猶悪《なほわる》いかも知《し》れない。」

馭者《ぎよしや》は軽侮《けいぶ》の色《いろ》をも露《あらは》さず、

「はあ、太夫《たいふ》！　何《なに》の太夫《たいふ》？」

「無官《むくわん》の太夫《たいふ》ぢやない、水芸《みづげい》の太夫《たいふ》さ。余《あんま》り聞《き》いておくれでないよ、面目《きまり》が悪《わる》いからさ。」

馭者《ぎよしや》は益々《ます〳〵》真面目《まじめ》にて、

「水芸《みづげい》の太夫《たいふ》？　はゝあ、それぢや此頃《このごろ》評判《ひやうばん》の……」

恁《か》く言《い》ひつゝ珍《めづら》しげに女《をんな》の面《おもて》を覷《のぞ》きぬ。白糸《しらいと》は颯《さつ》と赧《あから》む顔《かほ》を背《そむ》けつゝ、

「あゝもう沢山《たくさん》、堪忍《かに》しておくれよ。」


学資の援助を申し出た自分が旅芸人の太夫でしかないことに、あたかも白糸のほうが引け目を感じ、申しわけなく思っているようである。この屈折が、結局彼女の、いわゆる内面を作り出し、倫理を抱え込んでしまった。この村越欣弥と名乗る青年は、今でこそ駅者の職を失った浪人にすぎないが、東京で学問した将来を考えれば、自分との距離が拡がるばかりだ。あるいは自分のような後援者を負担とする時期が来るかもし

れぬ。たとえ相手がこだわらないとしても、自分自身がそう感ぜざるをえない時期はきっとやって来るだろう。援助を申し出たのは、いわば一種の思いつき、ないしはことばのはずみであった。「渠《かれ》は親《おや》も在《あ》らず、同《はら》胞《から》も有《あ》らず、情夫《つきもの》とても有《あ》らざれば、一切《いつさい》の収入《しうにふ》は尽《ことぐ》く之《これ》を我身《わがみ》一箇《ひとつ》に費《つひや》すべく、（略）十金《じつきん》を獲《う》れば廿金《にじつきん》を散《さん》ずべき勢《いきほひ》を以《もつ》て、得《う》るまゝに撒散《まきちら》せり。是一《これひと》つには、金銭《きんせん》を獲《う》るの難《かた》きを渠《かれ》は知《し》らざりし故《ゆゑ》なり」。自分の芸一つで、誰からも掣肘されずに生きてきた、こういう気《き》っ風《ぷ》のままに、彼女はパトロンの真似事を思いついたのである。それに対する返礼を訊かれて、「私《わたし》の所望《のぞみ》といふのはね、お前様《まへさん》に可愛《かはい》がツてもらひたいの」とはしたない願望を口にして相手を驚かせた。むろん異性としての好意があったからであろうが、もう一つは、いつでも冗談にすり変えてしまうことができる言い方で、気楽に無償の好意を受け取らせるための心づかいだったにちがいない。「あれ、そんな可恐《こは》い顔《かほ》をしなくツたツて可《い》いぢやありませんか。何《なに》も内君《おかみさん》にしてくれと云《い》ふんぢやなし。唯《たゞ》他人《たにん》らしく無《な》く、生涯親類《しやうがいしんるゐ》のやうにして暮《くら》したいと云《い》ふんでさね」。

こういう「鉄拐《てつか》」な気質によって彼女は姉さんぶった振舞いをしてきたのだったが、自分の卑しい境涯が鋭く意識されると共に、引け目から生れた倫理、つまり心中立てが始まったのである。くどいようだが、その間の事情を知るために、『謷判事』と現行作品の表現を較べてみたい。『謷判事』の場合、白糸の名前は水嶋玉、馭者の名は植《（ママ）》生荘之助であった。

人に義務といへるものさへ無からむには世はなほ無事に送らるべきなり、然れども人生未だ必ずしも義務なくむはあらず、従ふて責任なくむはあらず、其義務といひ責任といふもの皆自他の約束に因りて起るなり、

お玉は越後国新潟の産にして土地の婦人が特有せる一種の麗質と美皃《びばう》を備へり、然も水芸の名手なるか

ら興行して到る処に未だ喝采を博せざることあらず、従ふて雇主は過分の給金を供するに、搗てゝ加へて渠自身《みづから》が謂へりし如く親も兄弟も無き孤独の身なれば、一切の収入は尽く自己の意に任じ得るに従うて、これを捨てつ、然も貴族的の生活を喜ばで平民的寧しろ《（ママ）》下等社会の暮しを以て却つて心に適せりとなし、旅にありても旅店を求めず、式《かた》の如き小屋の中に木賃めかして寐るほどなれば言語動作万の事少しも人に介意せず、傍若無人に振舞ひて頗る放逸なものなりき、今や即ち然らず、東京に遊学せる植生荘之助と及び高岡にある其老母とのために日々の費用を弁ずべき義務を帯べるが、此奇骨ある婦人は勤めて約に負《（ママ）》かず断々乎其契約を履行しつゝこゝに一年余の月目を送りぬ、（『読売新聞』）

渠《かれ》は又《また》貴族的生活《きぞくてきせいくわつ》を喜《よろこ》ばず、好《この》みて下等社会《かとうしやくわい》の境遇《きやうぐう》を甘《あま》んじ、衣食《いしよく》の美《び》と辺幅《へんぷく》の修飾《しうしよく》とを求《もと》めざりき。渠《かれ》の余《あま》りに平民的《へいみんてき》なる、其度《そのど》を放越《はうゑつ》して鉄拐《てつか》となりぬ。往々《わう〳〵》見《み》る所《ところ》の女流《ぢよりう》の鉄拐《てつか》は、都《すべ》て汚行《をかう》と、罪業《ざいごふ》と、悪徳《あくとく》との養成《やうせい》にあらざる莫《な》し。白糸《しらいと》の鉄拐《てつか》は之《これ》を天真《てんしん》に発《はつ》して、極《きは》めて純潔清浄《じゆんけつしやうじやう》なるものなり。

渠《かれ》は思《おも》ふまゝに此鉄拐《このてつか》を振舞《ふりまは》して、天高《てんたか》く、地広《ちひろ》く、此幾歳《このいくとせ》を長閑《のどか》に過《すご》したりけるが、今《いま》や乃《すなは》ち然《しか》らざるなり。村越欣弥《むらこしきんや》は渠《かれ》が然諾《ぜんだく》を信《しん》じて東京《とうきやう》に遊学《いうがく》せり。高岡《たかをか》に住《す》める其母《そのはゝ》は、箸《はし》を控《ひか》へて渠《かれ》が饋餉《きしやう》を待《ま》てり。白糸《しらいと》は月々《つき〴〵》渠等《かれら》を扶持《ふち》すべき責任《せきにん》ある世帯持《せたいもち》の身《み》となれり。

従来《じうらい》の滝《たき》の白糸《しらいと》は、方《まさ》に其放逸《そのはういつ》を縛《ばく》し、其奇骨《そのきこつ》を挫《ひし》ぎて、世話《せわ》女房《にようばう》のお友《とも》とならざるを得《え》ざる可《べ》きなり。渠《かれ》は遂《つひ》に其責任《そのせきにん》の為《ため》に石《いし》を巻《ま》き、鉄《てつ》を捩《ね》ぢ、屈《くつ》す可《べ》からざる節《せつ》を屈《くつ》して、勤倹小心《きんけんせうしん》の婦人《ふじん》となりぬ。其行《そのおこなひ》に於《おい》ては仍且滝《なほかつたき》の白糸《しらいと》たる活気《くわつき》をば有《たも》ちつゝ、其精神《そのせいしん》は全《まつた》く村越友《むらこしとも》として経営苦労《けいえいくらう》しつ。其間《そのあひだ》は実《じつ》に三年《みとせ》の長《なが》きに亙《わた》れり。(『義血俠血』)

彼女を支配していたのは、『瞽判事』においては「義務」であり、「自他の約束」であった。むろんそれが全てではありえないが、少くとも表現の上ではこの「義務」に縛られていたのである。現行作品の場合もそれが基盤にあったにちがいないが、しかし表現の上で彼女を支配、いや、その「経営苦労《けいえいくらう》」を支えてくれたものは「責任」の意識であり、「世話《せわ》女房《にようばう》のお友《とも》」「其精神《そのせいしん》は全《まつた》く村越友《むらこしとも》」という虚構の自己意識であった。

言葉を換えるならば、それは、「自他の約束」から生れた、いわば「自己自身との約束」であり、義務以上の持続的、内的な倫理と化して、彼女の「鉄拐《てつか》」を掣肘し、「勤倹小心《きんけんせうしん》の婦人《ふじん》」に変えてしまったのである。自分の境涯に対する屈折や村越欣弥への引け目が痛切であればこそ、彼女は全く自分一己《いつこ》の倫理として「責《せき》任《にん》ある世帯持《せたいもち》の身《み》」を引き受け続けざるをえず、全く自分だけの心づもりとして「世話《せわ》女房《にようばう》のお友《とも》」「其精《そのせい》神《しん》は全《まつた》く村越友《むらこしとも》」という虚構に殉ぜざるをえなかった。その心中立てのなかに、性的存在としての自己意識の哀しい充足が託されていたこと、言うまでもない。そして先ほど私がロトマンの理論をいささか強引に「抱く」ということばにあてはめてみたのは、実は、まだ構造主義の方法ではこのような作中人物自身におけるコード変換――自己意識の発生や、それに伴う表現展開の構造的変化――の把握ができていないことを示したかったためである。

もっとも、ロトマンが扱っているのは主に詩的表現であって、小説は考察の範囲外だったのかもしれない。O・デュクロとT・トドロフの共著『言語理論小事典』の立場から見れば、白糸の「抱く」は共示言語 langue connotative の一面を持つ。「イェルムスレウの考えでは、かくかくの言語を用いるという事実そのものが記号表現《シニフイアン》の要素として働くときには、確かに共示が生ずる。スタンダールが記号表現《シニフイアン》としてあるイタリア語の単語を用いるとき、これは単に用いられた語であるというにとどまらず、著者がある観念を表現するためにイタリア語の力を借りる決意をしたという事実なのであって、この手段によって示される記号内容《シニフィエ》は、スタンダールの世界においてイタリア語に結ばれている、ある種の情熱と自由の観念である。（略）これは、文学的用法において記号表現《シニフィアン》となるのは、選ばれた単語というより、それを選んだという事実であるということなのだ」（滝田文彦他訳）。この説明と、先に紹介したロトマンの「対象の動作に対する話し手の態度に関する情報を含んだ通報」というとらえ方を併せてみるならば、構造主義がもっぱら情報理論であるための制約がはっきりする。受け手（読者）の機能を理論化できたのは画期的なことであるが、作中の話し手自身にはね返ってくる「それ（例えば『抱く』という単語）を選んだという事実」「話し手（自分）の態度に関する情報」の認識が欠けている。それに伴う自己意識のコード変換はさらに作者へとはね返ってゆくわけであるが、その作者もまた表現と共に観念的な自己の二重化を行なっているはずで、コード変換の反作用は作者自身の構想と、作中に内在化された語り手の認識や表現に及んでゆくのである。その過程で生れた作中人物への新たな認識が、例えば具体的には「渠《かれ》の余《あま》りに平民的《へいみんてき》なる、其度《そのど》を放越《はうゑつ》して鉄拐《てつか》となりぬ」という批判的な評価を生み――このような表現は『瞽判事』にはなかった。言ってみれば、白糸への評価が変わると共に作者の「平民」観も反作用を受け、深化されて行ったのである――それを媒介として「白糸《しらいと》の鉄拐《てつか》は之《これ》を天真《てんしん》に発《はつ》して、極《きは》めて純潔清浄《じゆんけつしやうじやう》なるものなり」という再評価が試みられた。つまり白糸固有の、その個別的な特質として「鉄拐《てつか》」が限定され、それを受けて白糸自身による責任倫理の抱え込みや、放逸奇骨の自己掣肘が表現されてゆく。作品全体の伝奇物語的な構造のなかで、このような主人公固有の心的自律性（自分に関する意識）の展開が構成されてゆき、それが近代小説的な印象を読者に与えるのである。

構想の変化は、もちろん作品の結末にも及んでゆく。草稿や『瞽判事』の場合、植生荘之助は判事となって帰って来、出刃打ちの芸人に襲われて金を奪られた事実を否認する白糸を、証人として調べることになった。出刃打ちの弁護士は、判事と白糸との「私交上の関係」を指摘し、判事に対して「他の御方と御引替りあらむことを請求」する。「荘之助は冷々然として微笑みながら眠れる如き眼を開きて静に弁護士を顧みつつ眦を彼方に返して不隠《（ママ）》の色あるお玉の顔をぢつとばかりに見遣れる時殆むど形容すべからざる痛苦の色を露はしけるが忽ちにして常に復し平然として卓子《テーブル》の上に置かれたる彼の証拠物の出刃庖丁を手に取上ぐるともろともに、グサと右眼に突立てつ、アハヤと見る間に取直して左眼をガバと貫けば血は瘝々《ちんちん》として流るるを拭はむともせで、粛然と弁護士の方に打向ひ、『コヤ何と謂ふ、知己の裁判は出来ぬとな、本官の眼中には知己も親属も何にもない』とやや激したる音調を以て決然と言放てり」（『瞽判事』）。盲人となっての裁判という、このクライマックスを主題として、二度目の草稿を作者は『瞽判事』と仮題したのであろう。その凄惨壮烈な行為を見て、白糸は金を奪られた事実だけでなく、自分もまた強盗殺人を犯してしまったことを自白する。荘之助は死刑の判決を下し、その夜自殺してしまった。

だが『義血侠血』の場合、劇的な緊張は、二人の関係を暴いた弁護士や傍聴人たちの視線に強いられたものではなく、純粋に二人の関係意識の次元だけで演じられる。弁護士には二人を追い詰めるどのような役割も与えられず、――その場所に居合わせたことは確かであるが――村越欣弥が両眼を抉るような芝居がかった劇的行為もない。検事代理の欣弥のことばが白糸を追い詰めてしまうのである。いや、正確に言えば、白糸は法廷で欣弥と会い、将来に予想された関係よりさらに数倍も不幸な距離を以て対面しなければならぬわが身の引け目を実感する。その時すでに彼女は心理的に追い詰められてしまっていた。「渠《かれ》は此時《このとき》まで、一箇《いっこ》の頼《たの》もしき馬丁《べつたう》として其意中《そのいちう》に渠《かれ》を遇《ぐう》せしなり。（略）或点《あるてん》に於《おい》ては渠《かれ》を支配《しはい》し得《う》べしと思《おも》ひしなり。然《さ》れども今此検事代理《いまこのけんじだいり》なる村越欣弥《むらこしきんや》に対《たい》しては、其《そ》の一髪《いっぱつ》をだに動《うご》かすべき力《ちから》の吾《われ》に在《あ》らざるを覚《おぼ》えき。噫《あゝ》、闊達豪《くわったつがう》放《はう》なる滝《たき》の白糸《しらいと》! 渠《かれ》は此時《このとき》まで、己《おのれ》は人《ひと》に対《たい》して愙《かく》まで意気地無《いくぢな》きものとは想《おも》はざりしなり」。その引け目を、欣弥の訊問は残酷にも衝いたのである。「其方《そのはう》も滝《たき》の白糸《しらいと》といはれては、随分名代《ずゐぶんなだい》の芸人《げいにん》ではないか。それが、仮初《かりそめ》にも虚偽《いつはり》などを申《まを》しては、其名《そのな》に対《たい》しても実《じつ》に愧《は》づべき事《こと》だ。(略)もし本官《ほんくわん》が其方《そのはう》の贔屓《ひいき》であつたなら、今日限《けふかぎり》愛想《あいそ》を尽《つか》して、以来《いらい》は道《みち》で遭《あ》はうとも唾《つば》も為《し》かけんな。雖然長年《しかしながねん》の贔屓《ひいき》であつて見《み》れば、まづ愛想《あいそ》を尽《つか》す前《まへ》に十分勧告《じふぶんくわんこく》をして、卑怯千万《ひけふせんばん》な虚偽《いつはり》の申立《まをしたて》などは、命《いのち》に換《か》へても為《さ》せん積《つもり》だ」。

かれは「贔屓《ひいき》」ということばで、二人だけにしか通じない関係を共示し、白糸の名誉心に訴えて、自分の敬愛を損ねないでほしい期待を伝えようとした。だが、その好意のなかに秘められた愛想づかしの暗示ほど、この時の白糸の引け目に痛いことばはなかったはずである。彼女に出来ることは、それに対して自分の名誉を守り、欣弥の職務に協力する形で自分の責任倫理を全うする以外にない。同時にそれは、性的存在としての自己意識を理念的に貫徹することでもあった。

欣弥は白糸を殺人犯として起訴し、死刑の判決が下った日に自殺する。

もちろんこれも情死の一種である。仮構の性的関係の暗示を媒介に、自分一己《いっこ》の倫理を抱え込んでしまった時から、もはや白糸の心情は欣弥によって充足され得ない質のものになっていた。それに気づきながら彼女は最後まで心中立てを通そうとし、男のほうは恩義と職務の矛盾にはさまれて死ぬ。その意味では、もはや対象的に充たされぬ情念に殉じつつ、あたかも相互の対象化が成立していたように構成されていたわけで、一葉の『にごりえ』と同様の時代的特徴をこの作品も与えられているのである。

ただし以上の分析は作品の成立論的なものであって、当時の読者はそのような成立過程を知っていたわけではない。現在でも、とくに鏡花に関心の深い研究者のほかは事情はおなじであろう。

もう一度ロトマンの観点を借りるならば、作者は別な書き方も可能だったことを知っているが、読者はほかに書きようがなかったと思ってしまう。つまり芸術的に完全と知覚されるテキストには偶然的なものは少しもないのである。実際に読みくらべてみれば、むろん出来栄えの違いはあるが、草稿と『瞽判事』と『義血俠血』はいずれもある作品の異文《ヴァリアント》と呼ばざるをえない。とりわけ『義血俠血』の場合、紅葉の加筆が想定できるだけに、その感は一そう強い。しかしある作品、すなわちこの三作の不変体《インヴァリアント》が別に存在するわけでなく、この三作のなかに見出す以外にないのであるが、作者がどういう型の作品として読者の承認を求めようとしたか、その面からも測定してみる必要がある。

場面の類似だけでなく、もっと具体的に、作者が執着した表現に、例えば次のようなものがあった。

老人はまた馭者に向ひ「えゝコレ〳〵馭者殿やナニ若衆や馬車は其ひつくり返るやうなことはあるまいかの」ときづかはしげに問ひ懸くれば、「分りません、つまづけば転ぶです」と冷かに答へたり。（草稿）

老人はまた御者に向ひ「これさ、御者殿やナニ若衆様、馬車は其転覆《ひつくりかへ》る様な憂慮《こと》はあるまいかの」と憂慮し気に問ひ懸くれば、御者は此方を見も返らで「解りません、つまづけば転ぶです」と無造作に答へたり。（『瞽判事』）

老人《おやぢ》は勃起《むく》〳〵身《み》を擡《もた》げて、

「へい此《これ》は、此《これ》は如何《どう》も憚様《はゞかりさま》。さぞお痛《いた》うございましたらう。御免《ごめん》なすツて下《くだ》さいましよ。いやはや、意気地《いくぢ》は有《あ》りません。これさ馬丁様《べつたうさん》や、もし若《わか》い衆様《しゆさん》、何《なん》と顚覆《ひつくりかへ》るやうなことは無《な》からうの。」

御者《ぎよしや》は見《み》も返《かへ》らず、勢籠《いきほひこ》めたる一鞭《いちべん》を加《くは》へて、

「分《わか》りません。馬《うま》が跌《つまづ》きや其迄《それま》でさ。」（『義血俠血』）

以上は馬車と人力車が競争している場面の一部である。

婦人は橋の上に上り来りつ其高嶋田に結上げたる頭髪に手を触れて、「えゝおもつくるしい、チヨツうるせえ」とあら〱しく引毀し、自から其身を嘲ける如く、「フン馬鹿な」と呟きながらぐる〱巻に引束ねつげの櫛にて撫附けつゝ其を横様にさしはさみ晴々とせる顔色にて（草稿）

お玉は橋の上に上り来りつゝ、其高嶋田に結上げたる頭髪に手を触れて、「えゝ重ツくるしい、チヨツうるせえ」と荒々しく引毀し自ら其身を嘲ける如く、「何の人おもしろくもない、ふむ、馬鹿な」とぐる〱巻に引束ね、櫛を横様に挿《さしはさ》み、はじめてすくきりとせる顔色《かんばせ》にて（『瞽判事』）

軈《やが》て渠《かれ》は橋《はし》に来《きた》りぬ。吾妻下駄《あづまげた》の音《おと》は天地《てんち》の寂黙《せきもく》を破《やぶ》りて、からんころんと月《つき》に響《ひゞ》けり。渠《かれ》は其音《そのおと》の可愛《をかしさ》に、猶強《なほしひ》て響《ひゞか》せつゝ、橋《はし》の央近《なかばぢか》く来《きた》れる時《とき》、矢庭《やには》に左手《ゆんで》を抗《あ》げて其高髷《そのたかまげ》を攫《つか》み、

「えゝもう重苦《おもつくる》しい。ちよツ煩《うるせ》え！」

暴々《あらく》しく引解《ひきほど》きて、手早《てばや》くぐる〱巻《まき》にせり。

「あゝ是《これ》で清々《せいく》した。二十四にもなつて高島田《たかしまだ》に厚化粧《あつげしやう》でもあるまい。」（『義血侠血』）

これは白糸が馭者と再会する直前、見世物小屋を抜け出して夕涼みに来た場面の一部である。念のため、草稿や『瞽判事』では明らかに執着を見せながら、『義血侠血』では削られてしまった表現の一例を挙げてみる。

また一人の陪席判事、「届けなかつたぐらゐただ叱られて済むのである、人の生命にかゝはることを、も

の〻軽重をわきまへぬか」お玉「慶長だえ、慶長は小判としか心得ません、そして人のことより我事でさあ、ナニ出刃打の野郎ぐらゐ伺うしたつてかまやあしない」と傍若無人にまくし立つるに陪席判事は熱しつめて満面はただ朱の如くに憤怒のあまり黙しける。（草稿）

『瞽判事』の場合も表現はほとんどおなじなので、引用は省略する。

以上、作品の主題とはあまり関係ない部分として読み過されてしまいそうな箇所を選んでみたのであるが、この僅かな例からも分かるように、作者の執着は、科白の伝法な小気味よさにかかっていたようである。馭者が老人の心配をつき放してしまったのは、面白半分に馬車と人力車の競争を強いておきながら馬車の動揺にうろたえる見苦しさや身勝手さに腹を立てたからであろう。だがその科白は、そういう場面内文脈上の意味を超えて、一種の快感を喚起する。それは、助手が客と交わしてしまった約束を遂行する厳しさであり、その遂行がそれほど残酷でない形で客の身勝手さに対するしっぺい返しとなる、その小気味よさである。この快感が馭者に対する読者の好意、あるいは肯定的《ポジテイヴ》な性格解釈を生む。おそらくおなじ快感が作者にも反作用して、老人のことばはより辛辣にとらえられ、「コレ〳〵馭者殿やナニ若衆や」→「これさ、御者殿やナニ若衆様」→「これさ馬丁様《べつたうさん》や、もし若《わか》い衆様《しゆさん》」と卑屈な形に貶められることになった。

言うまでもなく、作中人物の科白もまた作者の自己表現である。野口武彦（『小説の日本語』）は、小説における言表類型（会話、再現、記述、介入）と作者の自己表示度との関係を論じて、「会話は、作中人物の言表そのものの言表であるから、これは自己表示度ゼロと見なせよう」と言っているが、かれの実作体験に照らしてもそういうことはありえないだろう。「作中人物の言表そのものの言表」であればこそ、その客体的言表（作中人物の言表）の調子に託して作者は沢山のものを自己表示できるのであって、それが場面内文脈上の意味を超えたものを喚起できたとき——またこの喚起の反作用を受けて場面内文脈上の意味がさらに豊かに体験される時——読者はそこに文学（芸術）的テキストを知覚するのである。

それでは、馭者の突き放した態度を乗客はどう受け取ったであろうか。

老人は眼瞬きて「えゝとはうもない安心ならぬことだ」と呟けば、馭者は此方に振返りて「最も安心がなさりたくば自分の足で歩行くです」冷かなる笑を含みぬ、婦人は其顔を一瞥せり。（草稿、傍線は引用者）

老人は眼を睜り、「えゝ途方もない何うして安心がなるものだ」と呆果てつゝ呟く時、御者ははじめて振返り、「それで安心が出来なけりや自分の足で歩行《ある》くです」といひつゝ冷かなる微笑を含みぬ、婦人は其顔を一瞥してこれも片頬に打笑みたり。（『瞽判事』同前）

「えゝ途方《とはう》も無《な》い。どうして安心《あんしん》がなるものか。」

呆《あき》れはてて老夫《おやぢ》は呟《つぶや》けば、御者《ぎよしや》は始《はじ》めて顧《かへりみ》つ。

「それで安心《あんしん》が出来《でき》なけりや、御自分《ごじぶん》の脚《あし》で歩《ある》くです。」

「はい〳〵。それは御深切《ごしんせつ》に。」

老夫《おやぢ》は腹立《はらだた》しげに御者《ぎよしや》の面《かほ》を偸視《とうし》せり。（『義血俠血』）

『義血俠血』では女の態度は表現されなかったが、やや間を置いて、「然《さ》れども危急《ききふ》の際此頼《さいこのたのも》しさを見《み》たりしは、才《わづか》に件《くだん》の美人《びじん》あるのみなり。他《た》は皆見苦《みなみぐる》しくも慌《あわ》て忙《ふため》きて、数多《あまた》の神《かみ》と仏《ほとけ》とは心々《こゝろ〴〵》に禱《いの》られき。なほ彼美人《かのびじん》は此騒擾《このさうぜう》の間《あひだ》、終始御者《しうしぎよしや》の様子《やうす》を打瞶《うちまも》りたり」と描かれている。この三つの異文《ヴアリアント》において、老人はますますみじめに馭者から突き放され、それとは対照的に女の馭者へ寄せる共感、好意、信頼の表現が強められてゆく。それに応じて、読者の女に対する認識も好意的、肯定的な面が喚起されるわけである。

ここに挙げた場面は、いずれも野口武彦が言う再現（「作中に起きている出来事に対して眼前描写的」）に相当するが、「どこまでも作中人物の行為が前面に出て」という補足的説明に従って、ここでは傍線の部分を中心に考えてみることにする。それに対して、『義血俠血』の「然《さ》れども危急《ききふ》の際《さい》」云々の表現は、記述（「語る出来事を圧縮し、省略し、説明的にしている」）に近づき、そのなかの「数多《あまた》の神《かみ》と仏《ほとけ》とは心々《こゝろぐ》に禱《いの》られき」という皮肉な穿ちは、介入（「作者ないしは語り手がコメントを加えている部分」）に相当するであろう。しかし、その改稿過程から分かるように、「然《さ》れども危急《ききふ》の際《さい》」以下の記述や介入は、「婦人は其顔を一瞥してこれも片頬に打笑みたり」（『瞽判事』）という再現をさらに具体化して、女の共感を信頼にまで高めたものであり、結局それらは馭者の科白に対する作者の自己表示性の意図的な具体化にほかならない。それに、この改稿過程を前提とせず、例えば『義血俠血』だけの表現を取り上げてみても、「四つの言表類型における作者の自己表示度は、そのまま裏返しのかたちで、読者と作中人物との間の遠近法の基準点を定める。文中に作者が出しゃばれば出しゃばるほど、作中人物は読者から遠ざかる。また逆に、作者が作中人物に語らせればそれだけ、読者はその人物に近づく」という具合にはなっていない。してみると、「自己表示度」という概念そのものに問題があり、「遠近法」という観念も視覚的、時間的、心的のどれで論じようとしているのかがはっきりしないのであるが、少くとも作者の自己表示性が読者の（作中人物への）接近性と正比例する場合もあって、その点を踏まえて「まさにこうした両者間の距離調節の仕掛けがあるからこそ、小説言語は小説言語たりえている」と言うべきであろう。

次の、白糸が夕涼みに出た場面で、作者が執着したインヴァリアントは、高嶋田を乱暴に引きこわして、

「えゝおもつくるしい、チヨツうるせえ」と呟く科白である。もう一つの科白は、「フン馬鹿な」→「何の人おもしろくもない、ふむ、馬鹿な」→「あゝ是《これ》で清々《せいせい》した。二十四にもなって高島田《たかしまだ》に厚化粧《あつげしやう》でもあるまい」と変ってゆく。彼女は現在の境涯に何か言いようのない憤懣を抱いていた。その境涯の象徴である高嶋田を、「えゝおもつくるしい」と思い切りよく突き崩してしまおうとすることが、これ以後の彼女の行為のモチーフとなってゆく。読者にはそう読み取られるわけであるが、この場面そのものへの作者の執着は、おそらく一種投げやりな、驕慢な科白にあった。不本意な境涯への攻撃的な感情は、自己破壊の衝動を含んでいる。彼女の驕慢は、すでに、常識外の酒手を馭者のために醵金しようとしたことや、見物人の不満を無視して水芸の舞台から下りてしまったことに暗示されていたが、この科白において彼女自身の情念に転化された。作者にとっても、その伝法な口調は情念への点火であったのだろう。その場合、白糸のイメージは毒婦的な一面を帯びていたらしい。馭者への援助を約束し、それを守り通そうとしたのも、彼女の驕慢と意地のあらわれであった。出刃打ちの芸人から手籠めにされ、大切なお金を奪られてしまった後は、「『おや』と何心なく（出刃庖丁を）手に取上げ、右手に翳してすかし見たるが見る〳〵眼中に凄味を帯びて一種隠《(ママ)》険なる相を示し顔の色さへ変じて」（草稿。『瞽判事』もほぼおなじ）と明らかに毒婦化する。そして陪席判事の訊問に対しても、「慶長だえ、慶長は小判としか心得ません」と、反抗的な言葉に一時の快感を求め、憎まるべき人間に自分を仕立てようとしているのであった。

ところが、夕涼み場面のもう一つの科白では、彼女がいま自分のどんなことに屈託しているか、具体的に対象化されてゆく。「あゝ是《これ》で清々《せいせい》した。二十四にもなつて高島田《たかしまだ》に厚化粧《あつげしやう》でもあるまい」と。それだけでなく、吾妻下駄の音を自分で楽しむ対自的感性が、地の文の表現でつけ加えられる形に変っている。この自己対象化が「抱く」における自己の二重化の予告となり、倫理の抱え込みによる、毒婦性や反抗性の掣肘へと展開されてゆくのである。

　作者はこの形を読者に提供した。改稿過程を抜きに、この形だけを見れば、白糸の投げやりな、自他に対する攻撃的な科白は、前後の表現に影響されてそれほど驕慢な印象は与えない。が、それでもなお、「之《これ》を天《てん》真《しん》に発《はつ》して、極《きは》めて純潔清浄《じゆんけつしやうじやう》なるものなり」と改めてことわらねばならぬ程度の「鉄拐《てつか》」な印象を引きずっていて、それが、本論で分析したような関係意識的な展開と葛藤し、相補的に人間性認識の幅を拡げてゆくのである。「芸術テキストにおける偶然的なものと体系的なものとの関係が伝達者と受者にとって違った意味を持つ、というもう一つ別のケースも興味深い。ある芸術的通報を受けとると（この通報のテキストにもとづいてそれを解読するためのコードはこれから作りあげなければならない）、知覚者はあるモデルを作りあげる。この際、テキストの偶然的要素に有意性を附与することによって、それらを組織することになる体系が生じてくることがありうる。たとえば、伝達者から受者に渡る際に、有意的な構造的要素の数は増えるかもしれない。これは、芸術テキストの情報蓄積能力といった大変複雑で、いまだに余り研究されていない現象の持つ一つの側面である」。これはロトマンの一節であるが、明治四十年代以後の小説を読み馴れた読者の眼には、おそらく関係意識的な展開のほうがより有意的に見え、「えゝもう重苦《おもつくる》しい。ちよツ煩《うるせ》え！」というやくざ者めいた科白は半ば偶然的な要素にすぎない。せいぜい「二十四にもなつて」という自嘲の単なるきっかけにしか見えないであろう。

　しかし、単なるきっかけにしか「知覚」されないその科白が、作者にとっては着想以来の重要なインヴァリアントだったわけで、白糸の否定的な自己意識（引け目）の対象にまで格下げされてしまった形ではあるが、彼女の不幸な運命にかかわる改造不可能《インヴァリアント》な気質と結びついている。

　この面から見られた『義血侠血』のストーリーは、驕慢な毒婦性を帯びた、気っ風のいい女が、せめてもの心やりに好いた男へ金銭を貢ぎ、結局は犯罪者に転落してその男に裁かれるという伝奇《ロマン》である。多分当時の大衆的な読者は、まずこの形で「芸術的通報を受け」取ろうとした。そしてもう一つの展開――倫理的な無償の献身とその破綻、および男への最後の奉仕としての自己犠牲的な自白――によって絶えず干渉され、それと葛藤しつつ予想以上の感銘を与えられたと思われる。面白いことに、前半部分における作者のインヴァリアントは、明らかにこの女の気分屋的な気まぐれ（常識外の酒手のはずみ方や見世物小屋における観客の無視など）の強調にあり、少くともこの点は作者の意図的な仕掛けとして当時の読者にも「知覚」されたにちがいない。もちろん読者は草稿以来のインヴァリアントを知るはずもないが、『義血侠血』で新たに書き加えられた会話においても、作者は、「所以《わけ》も何《なに》も有《あ》りはしない、唯《たゞ》お前様《まへさん》に仕送《しおくり》がして見《み》たいのさ」「酔興《すゐきよう》な！」「酔興《すゐきよう》さ。私《わたし》も酔興《すゐきよう》だから、お前様《まへさん》も酔興《すゐきよう》に一番《ひとつ》私《わたし》の志《こゝろざし》を受《う》けて見《み》る気《き》は無《な》しかい。えゝ、金様《きんさん》、如《ど》何《う》だね」と、白糸自身にその気分屋的気まぐれを自己顕示させているのである。この流れのなかで、おそらく読者は、高嶋田を乱暴に引き毀して呟く科白もその一例として「知覚」した。この女の、そういう予想不可能な気分屋的言動に興味を惹かれながら、後半ではその女が予想不可能な事態に次々と直面するという転換が試みられ、さて最後に、最も意外性の大きい対面の場面でこの女がどんな反応を示すかという興味が喚起される。この仕掛けは、ロシア・フォルマリストが言う技法の露呈化 dénudation に近く、それをはっきり読者に「知覚」させた上でさらに別な意外性を仕組んでおく書き方になっていたのである。

　文学思想史的に見て重要な点は、その仕掛けのなかで気分が意地に転じ、驕慢が倫理へ通じさせられたことである。辞書的に抽出される概念の平面で考えるならば、気分はむしろ意地と対立し、驕慢を倫理の共示言語とすることはむずかしい。ただ、驕慢という概念の系のなかに意地を位置づけることは可能で、それを媒介とすれば倫理へ通じさせることもできる。簡単に言えば、その過程を辿る形でこの作品は改稿されてきた。気分を軸とする興味の仕掛けは守りながら、かえってそれを超えてしまう倫理への問い、あるいは人間が殉ずべきものの在処《ありか》への問いが盛り込まれたのである。そういう構造によって、当時の鏡花の作品は観念小説と呼ばれることになった。

それまでの物語や芝居の型から言えば、白糸の好意や献身には、何か秘められた目的や因縁がなければならなかった。『にごりえ』のお力ふうに言うならば、「天下《てんか》を望《のぞ》む大伴《おほとも》の黒主《くろぬし》とは私《わたし》が事《こと》」というような意外な正体または本心が必要だったのである。しかし、お力自身は、そういう茶利で気持を紛らすしかないほどみじめな境涯だったわけで、白糸もまたその種の意外性とは無縁だった。ただ、相手の馭者にはそのような正体や本心（士族の子弟や学問の目的）があり、もしそういう言い方をするならば、彼女は、自分の言動の自己合理化または自己美化が許されるどんな種類の秘めごとからも疎外されてしまっていた。そういう女だったからこそ、男のなかに自分に欠如したものを敏感に見出し、しかもそれを援助する動機は、「酔興《すゐきよう》」「真箇《ほんと》に凜々《りゝ》しくつて、私《わたし》は書生言葉《しよせいことば》は大好《だいすき》さ」と気分的、気まぐれなものとしかとらえることができず、結局自分だけの心中立てを理念的に貫く以外になかったのである。近代社会における上昇の可能性を奪われてしまう危機感を抱えていた読者、あるいは自分の行為の自己合理化や美化の根拠を欠損させられていた読者にとって、おそらく白糸の生き方は危険なまでに共感を呼ぶ自己劇化の行動であった。彼女の悲運を救済するには、男を自殺させるよりほかはなかった。

しかし、このような劇的思想を、作者は構想の当初からはっきりつかんでいたわけでない。私はこれまで作者と呼んできたのは、草稿や『瞽判事』も扱うための便宜的な言い方だったのだが、すでに引用した表現からも分かるように、作中人物の多くの科白は地の文のなかに置かれ、その地の文はしばしば作者自身の観念的論議（と呼ぶのが妥当な）の支配を受けている。白糸が「貴下お覚えがございますかい」と訊き、男が冷然として「イヤ覚えません」と突き放したのに続く、作者の職務論（『瞽判事』）などがその一例で、これこそ野口武彦が言う作者の介入が露骨に行なわれた恰好のケースである。このような書き方の場合、作中人物の科白にも介入が行なわれる。「それで断るとおつしやるの？　そりや貴下卑怯だわ、恩返しが出来やうか、また出来まいかなんて危ぶむのは、そりや貴方《（ママ）》の様でも無い、気の不確《ふたしか》な者が言ふこと、最も貴下がお志をさへお遂げなされればそれで可いのでござんするを、遂げられやうか遂げられまいかと危ぶむ位な目的なら初手から立てぬが可うござんす」（『瞽判事』）。学資の援助を受けるのをためらう馭者を、白糸が説得する科白である。「説破し去つて頗る快なり」と地の文が続けられているところを見れば、これは作者が白糸の口を借りた説得であろう。いわば作者は語りの展開を急いでいたのである。ただし鏡花が後に語った、次のような方法はまだ必ずしも十分に確立されていたわけではない。「私は最初から然う定めてかゝらない、従つて予定行動といふことも取らない。唯その男女の自由に任せておくのです。ですから若しその女が、まんべんなく巧みに、男をしてどうしてもイヤといふことの出来ぬやうに、口説きおほせるかどうかといふことは、一々その女の口説方、喋り方にあるので、若しへたに口説いて男に拒絶されたら、それで拒絶されたことにしてその先きを書くし、若し又巧く口説いて男をして我が意の如くしたとしたら、又その如《（や）》うに発展させなくてはなりません」（「むかうまかせ」明41・12）。そしてこのような方法は、『義血俠血』ではかなりの程度に達成されたのである。

　その意味で作中人物の会話にも作者の介入（自己表示）があり、「男女の自由」にまかせる会話にもそれ固有の対話文体があると共に、また別な形での自己表示がある。私が野口武彦の仕事にこだわったのも、かれが拠り所とした構造主義に盲点があると見たからにほかならない。もちろん野口武彦も、時には、作者と作中の語り手の区別を論じているが、その点を理論的につき詰めていなかったためであろう、具体的に『草迷宮』や『眉かくしの霊』を分析した箇所では両者を無造作に混同してしまい、その上で「鏡花の言表行為性は、もはや作中世界に姿を現わす必要はない」というような結論に達している。これは多分、ウェイン・ブースの『虚構の修辞学』やロジャー・ファウラーの『言語学と小説』における「仮の作者」の概念が、単なる着想にとどまり、表現展開における独自な働きが十分論理的かつ具体的に把握されていないためである。ロトマンの『文学と文化記号論』には、「自己コミュニケーション」という観点がみられるが、ここでは逆に「仮の作者」の概念が欠落し、また私がこれまで強調してきたような作中人物自身における「自己コミュニケーション」や、作者および作中語り手への反作用が把握されていない。

科白は一応括弧で括られているが、まだ地の文のなかに置かれ、しばしば作者の意見の代弁をさせられる。そういう草稿や『讋判事』に較べて、『義血侠血』においては地の文から改行されて自律性を高めている。それが鏡花における「男女の自由」の実践であった。そういう「自由」への配慮のなかで、白糸の場合、自分自身に関係することばがもたらされ、駆者との会話にみられるような独特な会話文体が形成された。会話の文体の問題は、改めて論ずるつもりであるが、ここでもう一度注意しておきたいことは、例えば駆者の小気味よいことばへの執着が地の文の描写性を拡げたり、作中人物の科白が相互対照的に個性的特徴を高められていたことである。つまり作者自身のイデーの開陳や作中人物の口を借りた作者の意見の押しつけが消化されて、作者とは相対的に区別される、場面に内在的な表現主体（語り手）による表現の世界が創られるようになってきた。それによって読者との共感帯が拡げられているのである。その表現が具体的にどのように展開されたか、すでに見てきたところであり、私の判断によれば、これまでふれてきたような面をとらえる視点がなかったために、吉本隆明の構成論は小説のそれにまで発展させられなかった。近世演劇の構成論までで止まらねばならなかったのである。

作中人物の自己意識の展開を、科白と内面の二つの面で対象化できる内在的語り手の表現が、作者の観念的論議を無化できる力を備えるまでになった時、鏡花の作品は観念小説という新たな特質を以て同時代の文学（的思想）レベルを突き抜けることになった。

（56・6）

第九章　自壊する有意的世界

泉鏡花は、『X蟷螂鰒鉄道』（明29・12〜30・4）の時期、小説の作り方につよい混乱を覚えていたように思われる。

構造主義的な言い方をするならば、作者または作中人物の「内言」が伝統的な小説作法に干渉して、それを解体させ始めたためである。しかしかれは、その混乱を、いわば真剣に悪足掻きし、このおかげでわが国の近代小説は飛躍的に自在さを持ちうるようになった。「内言」の自己中心性に表現の焦点を合わせて、読者の世俗的な倫理（およびそれと妥協的な小説構成）と葛藤を惹き起し、意図的に世俗倫理的な縫い目を綻びさせてしまう方法が始まったのである。事件の解決（作品の結末）は必ずしもテーマの完成と一致せず、その構造には十分な意味充足が欠けている。構成の破綻とも見える、そういう書き方によって、読者を迷宮化された作品空間を何回も歩き直させ、読者自身の主体的なテーマ把握とその完成、あるいは作品世界の意味充足を促してゆくのである。

ただし、ここに言う「内言」とは、いわゆる内面描写とか内的独白のことではない。後で具体的に説明するつもりであるが、この概念に私が注目する理由の一つは、構造主義の理論をもっと生産的に改作してゆくことにある。

考えてみれば、『X蟷螂鰒鉄道』という奇妙な題名それ自体が、一種の「内言」だったと言えなくもない。作品のテーマをあらわした題名でなく、いわば作者の独り合点に属する符牒のようなことばだからである。「X《エッキス》」とは、秀蘭という筆名の、畠山須賀子が書いた小説。彼女は、かつて女学校の友達だった——というより、姉のように敬愛していた——山科の主婦《つま》品子を訪ねてゆく。現在の品子は、須賀子の口を借りて言えば、「そりや、お両親《ふたおや》はおいでぢやあなし、お小《ちひ》さい時分《じぶん》から、伯父《をぢ》さんにお育《そだ》てられなさいます、其御親類《そのおみうち》様のお計《はか》らひで、唯今《たゞいま》の旦那様《だんなさま》に、何《なに》もおつしやらずにおかたづき遊《あそ》ばしたが、（略）一旦《いったん》おかたづきなすつた上《うへ》は、旦那様《だんなさま》のことですもの。譬《たと》へ何《ど》んな落目《おちめ》におなり遊《あそ》ばさうと、兎《と》や角《かく》、あなたがおつしやるわけのものではなし」という境遇で、貧乏長屋に住んでいる。その二人の会話のところへ、品子の亭主がうろたえて駆け込んできた。「鰒《ふぐ》」の大きいのを一尾買って来たが、踏切のそばで憲兵と出喰わしたので、鰒を放り出して逃げてきた、と言う。

そこへ、亭主が憲兵とかん違いした若い士官が馬でやってくる。須賀子の弟である。亭主はまた逃げ出し、若い士官は泣き出した品子の子供を抱いて野原へゆき、「蟷螂《かまきり》」を見せて慰める。子供は須賀子が貰うことになり、品子は内職に踏切番をしているので、一緒に停車場《ステエシヨン》のそばまで来る。次はその結末である。


汽車来《きしやきた》れり。

凄《すさま》じき響《ひゞき》とともに、信行《のぶつら》（お品の子供）の、須賀子《すがこ》が膝《ひざ》より跳《は》ね下《お》りぬ。不意《ふい》の物音《ものおと》に驚《おどろ》きけむ。

「母《かあ》ちやん〳〵。」

と呼《よば》はりあへず、帯《おび》の結目《むすびめ》ひら〳〵と、可愛《かはゆ》き足《あし》の踵《かゝと》を見《み》せてむかひ側《がは》なる母《はゝ》をあてに、アレヨといふまに走《はし》り出《い》でて、線路《せんろ》の石壇《いしだん》に早《は》や下《お》りたり。蒼《あを》くなりて須賀子《すがこ》は飛《と》び着《つ》き、危《あや》ふく抱《だ》いて取《と》る時疾《ときはや》し、流《なが》るゝ如《ごと》く走《はし》りし汽車《きしや》の一《ひと》ゆりゆつて留《とゞま》りぬ。

同時《どうじ》に須賀子《すがこ》は吻《ほ》と呼吸《いき》して、人《ひと》の見《み》る目《め》の晴《はれ》がましきも思《おも》はず、高《たか》く頭《かうべ》の上《うへ》に稚児《をさなご》をツと差上《さしあ》げたる時《とき》、品子《しなこ》の手《て》なる信号旗《しんがうき》の青《あを》きがひらりと翻《ひるがへ》りつ。地響《ぢひゞき》して汽車留《きしやと》まりしトタン、無量《むりやう》の思《おもひ》を籠《こ》めたる眼《め》に、彼方《かなた》に背《そむ》く品子《しなこ》の顔《かほ》を、つく〴〵と打《うち》まもる。時《とき》に、信行《のぶつら》の危《あやふ》かりしに手《て》に汗握《あせにぎ》れる少年士官《せうねんしくわん》は、ハツとわれに返《かへ》りし状《さま》にて、衣兜《かくし》なる時計《とけい》を探《さぐ》り、カチと蓋《ふた》あけて俯向《うつむ》き見《み》たるが、手《て》にせる薄《すゝき》を其《その》まゝに、一《ひと》あてあてて穂《ほ》の波《なみ》を浮《う》いつ沈《しづ》みつ行過《ゆきす》ぎたり。汽車《きしや》また動《うご》きぬ。須賀子《すがこ》と稚児《をさなご》を乗《の》せ去《さ》りたるなり。秋《あき》の日《ひ》はやゝうすづきて、遠近《をちこち》の森《もり》は暗《くら》うなりぬ。淋《さび》しき野末《のずゑ》に青《あを》き旗《はた》の絞《しぼ》りたるを提《ひつさ》げつゝ、寂《せき》としてイ《たゝず》みたる、品子《しなこ》が冷《ひやゝ》かなる眼《め》の注《そゝ》げるは、十町一列《じつちやういちれつ》に穂《ほ》の揃《そろ》へる薄《すゝき》の穂《ほ》と相並《あひなら》びて、東西《とうざい》に走《はし》りて雲《くも》に入《い》る、二筋長《ふたすぢなが》き線路《せんろ》の上《うへ》に、鰒《ふぐ》の引裂《ひつさ》かれし其《それ》なりき。

要するに『X蟷螂鰒鉄道』とは、作中の言葉を幾つか任意に選んで組み合わせたものにすぎない。題名にテーマ的な意味を象徴的に託するのと、むしろそれは反対のやり方であった。しかも、この組み合わせが作品のなかで一まず完成する、まさにその瞬間、それにかかわった作中人物たちはばらばらに別れてしまうのである。

作者はいったい何を言いたいのか。必ずしも作者の訴えがすっきりと了解できない場合でも、私たち読者はそういう疑問を起さずに済ませてしまうことが多い。だが、多分この時の鏡花は、ことさら上のような困惑を誘い出す仕掛けを意図的に作っていたのである。かつての才媛の窮迫した姿（A_1）と、それほどの才能を見せなかったにもかかわらず女流作家として成功し、今もなおお嬢さん気質を残している女（B_1）と。生みの母の酷薄さ（A_2）と、その子供を引き取ろうという女（義母）の優しさ（B_2）と。亭主の無知な卑屈さ（A_3）と、凛々しくて聰明な若い士官の弟（B_3）と。この三つの対照的なペアに何ら不透明なところはなく、Bの系列が、Aの系列の誇りを傷つけずに、あるいはA系列の誇りを回復してやる形で、現在の境遇から救い出す物語は、幾通りか考えることが出来よう。その物語が感傷的なヒューマニズムに訴える形をとるか、体制的な問題をからめ、または深刻な心理劇の形を選ぶかはともかく、先のような対照的な三つのペアがはっきりと認められる以上、当然読者はA系列の救済という結末を予想するはずである。

結びの場面で、須賀子が信行を汽車から助け出したことが象徴しているように、たしかに部分的には、その予想は充足されている。だが、それはしょせん子供にかかわる面だけであって、A系列は何一つ救済されていないばかりでなく、A_1のA_2はいささかも改まっていない。むしろA_2のあらわれ方はB_2の常識性に対して一貫して攻撃的なのである。このことは、しかし、B系列がA系列を救済しようとする試みの挫折を描いて、常套的な解決にアンチ・テーゼを提出する意図を必ずしも意味しない。もしそういう意図があったのならば、B_1やB_3はもっと精神的に打ちのめされる展開が構成されたはずだからである。

設定がはっきりと対照的であるだけに、解決とアンチ解決とが不分明な構成で一そう不透明な印象を生んでしまうわけであるが、似たような曖昧さは細部の表現にも認められる。いま、結末の一文を例としてみるならば、その主文は、

品子《しなこ》が冷《ひやゝ》かなる眼《め》の注《そゝ》げるは、鰒《ふぐ》の引裂《ひつさ》かれし其《それ》なりき（C）

である。これに対して、もう一つ、

（品子は）淋《さび》しき野末《のずゑ》に青《あを》き旗《はた》の絞《しぼ》りたるを提《ひつさ》げつゝ、十町《じつちやう》一列《いちれつ》に穂《ほ》の揃《そろ》へる薄《すゝき》の穂《ほ》と相並《あひなら》びて、東《とう》西《ざい》に走《はし》りて雲《くも》に入《い》る、二筋長《ふたすぢなが》き線路《せんろ》の上《うへ》（傍《ほとり》）に、寂《せき》として亻《たゝず》みたり（D）

という文が複合されている。Dはさらに、「二筋長《ふたすぢなが》き線路《せんろ》は、十町一列《じつちやういちれつ》に……東西《とうざい》に走《はし》りて雲《くも》に入《い》る」（D_1）と、「（品子は）淋《さび》しき野末《のずゑ》に青《あを》き旗《はた》の絞《しぼ》りたるを提《ひつさ》げつゝ、寂《せき》としてイ《たゝず》みたり」（D_2）とに別けることができる。Cの表現も、意味論的レベルで整理するならば、

　品子《しなこ》は、冷《ひやゝ》かなる眼《め》を、引裂《ひつさ》かれし鰒《ふぐ》に注《そゝ》ぎぬ（C_1）

と書き替えることができるだろう。意味の分かりやすさ、および情景描写の明瞭さの点では、$D_1D_2C_1$の順で文を並べるのが妥当であろうが、その書き方が選ばれるのは、特定の描写視点による安定した対象把握が必要な場合である。

　ところが鏡花は、意味論的には$D_1D_2C_1$の形から何一つ差し引きしていないように見せながら、D_2を品子の、D_1を鰒の連体修飾句として、視点の分散と、意味了解のわずらわしさを読者に強いてくる。それだけでなく、意味論的な主語の品子を、「冷《ひやゝ》かなる眼《め》」の修飾語に変え、その対象である鰒もまた「其《それ》」という不定内容の代名詞の修飾語に変えてしまった。結局品子の眼は「其《それ》」に注がれたことになり、この構文によって、彼女が注視する意味を解体し、あるいは空無化してしまったのである。これは極端な一例であるが、「地響《ぢひゞき》して汽車留《きしやと》まりしトタン、無量《むりやう》の思《おもひ》を籠《こ》めたる眼《め》に、彼方《かなた》に背《そむ》く品子《しなこ》の顔《かほ》を、つく〴〵と打《うち》まもる」という表現にも、同じような操作が読み取れるだろう。汽車が留まったこと。須賀子が無量の思いをもって品子を見つめたこと。品子がその視線を避けて顔を背けたこと。その横顔を須賀子はつく〴〵と眺めやっていたこと。これらを一文に集約して、主語（須賀子）を潜在化させ、見ることの空しさが対象的意味の空白によって顕在化させられているのであった。

このような要約化の、最も極端な形がこの作品の題名である。Xと蟷螂と鰒と鉄道と、これらの名詞はいずれも作品の内容と直接に結びついたものであるが、題名のように組み合わせることで、名詞相互の意味的関連だけでなく、作品内容との意味的関連もほとんど失われてしまった。須賀子の小説が、Xという内容空白な題名しか与えられなかったように、若い士官と子供にとっての蟷螂、亭主にとっての鰒、品子にとっての鉄道（線路）などの場合も、結局かれらの内面にかかわる固有の対象的意味はついに語られなかった。むしろ意図的に意味を欠損させた、そういう対象を選んで作者は題名を作ったわけである。それならば、作者にとってこの題名は無意味なものであったかと言えば、おそらくそうではない。作品の内容にかかわりながらことさら意味欠損を意図した題名という点で、作者だけに自己了解された意味があり、その組み合わせ順序はエッキス・かまきり・ふぐ・てつどう（四・四・二・四）というリズムに支えられている。ある作品が現わしている総体を、自己了解的に数語に要約して、リズム化されたことばに整えてゆくこと。そういう表現を指して、構造主義者のYu・ロトマンは「内言」とか、「自己コミュニケーション」というふうに呼んでいるのである。

その理論をそのまま私は受け容れているわけではないが、もうしばらくかれの視点につき合ってみたい。『X蟷螂鰒鉄道』のなかにも、鏡花的な「内言」から発想していると思われる作中人物が一人いた。

「しかし、此様《こんな》でもありません。」
主婦《あるじ》は俯向《うつむ》きて傍《かたはら》を見向《みむ》きたり。色白《いろしろ》くうつくしき男《をとこ》の児《こ》の、太《いた》く痩《や》せたるが疲《つか》れし状《さま》にて、あをむけに枕《まくら》して臥《ふ》したる、色褪《いろあ》せし茜木綿《あかねもめん》の枕《まくら》かけに、鼠《ねずみ》の歯形《はがた》つきて、蕎麦《そば》の殻《から》は溢《こぼ》れ出《い》でつ。寝《い》ねたる児《こ》は、気高《けだか》き瞼《まぶた》を心《こゝろ》ばかり動《うご》かしながら、幽《かすか》に鼾《いびき》をぞ立《た》てたりける。

ぢつと下眼《しため》に見《み》ながら、

「学校《がくかう》へ参《まゐ》つたのが邪魔《じやま》になるツたつて、書籍《ほん》を読《よ》んだのが妨害《きまたげ》になりますたつて、此児《このこ》ほどぢやあないんです。こんなに邪魔《じやま》になるものはありません。こんな面倒《めんど》ツ臭《くさ》いものはないんです。」

と声《こゑ》をふるはして、主婦《あるじ》はまたも息《いき》をつきぬ。

須賀子《すがこ》の暖《あたゝ》かなる右《みぎ》の腕《かひな》は、ソと枕《まくら》の下《した》より、寝《い》ねたる児《こ》の項《うなじ》をからめり。

（略）

「まあ、そんな理窟《りくつ》ぽいことはおよしなさいまし。可愛《かはい》らしいに、理窟《りくつ》も何《なに》もありませんわね、貴女《あなた》、もうお幾歳《いくつ》におなんなさいますの、お三歳《みツつ》？」

「いゝえ、五歳《いつゝ》です。養《やしなひ》が不十分《ふじふぶん》な故《せゐ》でせう、毎月些《まいつきちつ》とづゝ小《ちひ》さくなります。」

といひかけて眼《め》をしばたゝけり。須賀子《すがこ》はわざと心《こゝろ》には留《と》めざる状《さま》しつ。

「それが矢張可愛《やつぱりかはい》くつて在《い》らつしやるんですよ。可《い》いぢやあありませんか。掌中《しようちう》の珠《たま》つていひますもの。でく〳〵したのは削《けづ》りかいて、石垣《いしがき》にでもするが可《よ》ござんす、ねえ。」

と児《こ》の耳《みゝ》に口《くち》をつけしが、恁《か》くして呼《よ》ぶべき、其幼児《そのをさなご》の名《な》を知《し》らざりき。

「何《なん》と然《さ》うおつしやるの。お名《な》は、あの何《なん》とおつしやるの。」

主婦《あるじ》は投出《なげだ》したる口気《くちぶり》にて、

「そんな児《こ》に名《な》なんぞが要《い》りますものか、詰《つま》りません！」

「何《なに》をおつしやるんですよ。」

（略）

わづかに笑《わら》ひて、

「しんこツていふんです。しんこ――新粉《しんこ》ツて言《い》ふんです。」

「新粉《しんこ》ツて妙《めう》ですね。」

「その位《くらゐ》なもんでせう。」

須賀子《すがこ》は膝《ひざ》を寄《よ》せたり。二人《ふたり》は顔《かほ》を見合《みあは》せぬ。

「そんなお名《な》ツてのがあるもんですか。」

「いゝえ。」


怖い会話である。世間の親によくみられる、子供の卑下自慢というような生まやさしいものではない。しんこことは、信行《のぶつら》の音読みであることがやがて分かり、常識的には子供の愛称と受け取られるところであるが、品子の口ぶりにそんな気配はまるで見られなかった。まともに名前を呼ぶことへの嫌悪感が、しんこ―新粉という侮蔑的な「内言」を生み、出来ればそんなことばは口にしたくない。だから、須賀子の常識的な会話の運びにまともにつき合う気にもなれなかった。

子供が可愛いとは、世間一般の儀礼的な挨拶であるが、わざわざそんな会話を作品のなかに持ち込む、従来の小説的常識から言えば、せめてこの児だけは世に出してやりたいというような母親の心情を語らせるためであろう。なればこそ、B系列を設定した意味も生きてくるのである。ところが品子は、そういう会話の流れに乗ろうとしない。子供が邪魔だというのは、それなりに理解できないことではないが、「毎月些《まいつきちつ》とづゝ小《ちひ》さくなります」「そんな児《こ》に名《な》なんぞが要《い》りますものか」などと、母性否定のことばで相手の意表を衝き、最後には「新粉《しんこ》ツて妙《めう》ですね」「その位《くらゐ》なもんでせう」「そんなお名《な》ツてのがあるもんですか」「いゝえ」と、取りつく島もない口調で会話の流れをはぐらかしてしまった。須賀子のことばはあくまでも常識的、社交的で、そこに品子の気持を何とか開かせようとする苦心が託されていたのであるが、品子の自己中心的な「内言」レベルからの発言はその苦心を無効化してしまい、それと同時に、従来の小説における会話文体に重要な転換を与えることになった。それを鏡花に即して言い直すならば、内的独白の形で作中人物の内面を描くのでなく、むしろ意図的にことばの応答性を拒んだ発話を導入して、会話の表層を無駄ばなしのほうに方向づけながら、深層的な意味を啓示する会話文体を獲得したのである。この文体は、夏目漱石によってさらに効果的に駆使されることになる。

結局品子は、須賀子の問いに受け応えしながら、もの言わぬ子供を視向対象とした自己コミュニケーションの深層へ降りて行っているのである。邪魔《じやま》―養《やしなひ》が不十分《ふじふぶん》―毎月些《まいつきちつ》とづゝ小さくなる―名《な》なんぞ要《い》らぬ、と辿ってみるならば、品子の願望は時間を逆に廻わして子供を消滅させてしまうことであった。

その意味で、この作品の深層的な葛藤は母と子の対立である。品子はその自己コミュニケーションによって気づいたことを、鰒に託して、「お須賀《すが》さん、こゝに毒《どく》があります、可《よ》ござんすか。恐《おそろ》しい、恐《おそろ》しい、毒《どく》なものがあると、言《い》つたやうな訳《わけ》ですよ。見《み》るも嫌《いや》、食《た》べたら生命《いのち》にでも障《さは》りはせぬかと悚毛《おぞけ》が立《た》つと、して置《お》くんですよ、解《わか》りましたか。すると、自分《じぶん》の旦那《だんな》が其《それ》を食《た》べて、何《ど》うせ中毒《あた》つて死《し》ぬものなら一所《いつしよ》ぢやあないか」と語る。夫婦の宿命を、倒錯した愛情のことばで呪詛しながら、破滅的な悪へのどうしようもない嗜好を告げているのである。そういう悪の嗜好＝殺意に無防備な子供の、危うく生命を取り留めた象徴が結末の場面であり、汽車と共に須賀子と子供は去り、品子は、いわば腹中の毒の無惨な姿を見つめている。

このように整理してみれば、品子の「内言」を主調低音とする科白をきっかけにA系列とB系列はむしろ対立化され、子供はAからBへと助け出されたが、後者における善意や優しさの非力と、母親における毒ある酷薄さという問題が、非和解的な形で読者に残されることになった。$D_1D_2C_1$の表現が一文に組み替えられる過程で、表層的な意味の空白が仕組まれていたわけであるが、それはまた以上のような問題の未決着をも象徴しているのである。

ところで、さて、先ほどもことわっておいたように、「内言」とはロトマンの理論から借りた概念であった。記号論者として当然のことながら、かれは、自己コミュニケーションという記号のあり方に注目する。自己コミュニケーションとは、〈私―彼〉的な方向の通報伝達《メッセージ》に対して、〈私―私〉的方向として図式化しうるコミュニケーションのことである。直ぐに思い浮ぶのは日記の場合であろうが、むしろかれは書き込みのメモのような記号に関心を寄せる。それは記憶を呼び戻すためのしるしであり、表現は簡略化され、しばしば暗号化する。かれが注目したのは、その簡略化の法則であった。「〈私―私〉言語の語が簡略化する傾向は、自分自身のためのメモの基本形態である省略形に現われる。結局、こうしたメモの語は、指標となってしまい、この指標の解読は、何が書かれてあるかを知らなければ不可能になる」「こうした簡略化の結果、形成される指標語は、等リズム性の傾向を持つ。完成された文を形成せずに、リズム的反復性の無限の連鎖を志向するこの種の発話のシンタクスの特性も、これと関係がある」「すなわち、自己コミュニケーションの、内在的法則、無意識的に働くこの法則は、我々が詩的テキストの例でよく観察する若干の構造的特性を現示する、ということなのである」(『文学と文化記号論』磯谷孝編訳)。

しかし、私たちが自分用の略語を作るとき、ただ簡略化するだけではない。口調や印象強化のために、当初の意味(いわゆる記号内容《シニフィエ》)とは直接かかわらない音やことばを附加することもあり、そこから新たに派生した意味やニュアンスを累加して自己了解しているのではないか。そういう疑問が直ちに湧いてくる。もちろんロトマンが、意味に影響しない音素の追加や除去という言語現象を知らなかったはずはないが、この仕事において附加という事例を考えなかったことは、その理論の説得力に大きな影響を及ぼすことになる。

だがその前に、もう一つ、この〈私―私〉的言語と、L・S・ヴィゴツキーのいわゆる「内言」との関連を検討しておかなければならない。かれはヴィゴツキーの『思考と言語』から、次のような箇所を引用する。「内言は無言の、黙した言葉である。それが内言の主要な特性である。しかし、ほかでもない、この特性が漸増するという方向に自己中心発話の発展が生じるのである」「この特徴は次第に発達するということ、自己中心発話は、音声化におけるよりも機能的、構造的関点《ママ》においてより早期に孤立化するという事実は、我々が内言の発達に関する我々の仮説の基礎にしたところのこと、すなわち、内言は、発話からささやき、ささやきから無言の発話に移行するといったようにその音的側面の外面的弱化によって発達するのではなくて、外言から自己中心発話、自己中心発話から内言へといったように、外言からの機能的、構造的自立によって発達していくことを示しているにほかならない」（傍点は亀井）。

やや分かりにくい文章であるが、それはヴィゴツキーがJ・ピアジェの意見を批判的に踏まえながら自分の考えを展開しているからである。ピアジェの意見はどこにあるのか。ヴィゴツキーは引用符号をつけていなかったので、念のため私がその部分に傍点を打っておいた。ついでに言えば、ロトマンもまた引用符号なしに、ヴィゴツキーの右のような意見を使っている。そして、ピアジェまで遡って検討してみると、ヴィゴツキーもロトマンも先行する理論の単純化と誤解という過ちを犯していた点も見えてくるのであるが、今はそこまで踏み込まないでおく。要するに外言とは口に出されたことばであるが、内言は必ずしも無声の言語、つまり言語引く音《マイナス》ではない。もちろん単なる言語記憶（例えば暗誦された詩句など）でもない。それは主体的能動的な思考活動を行なうところの、「自分への言語」であり、「発声の有無が問題なのではない」。これがヴィゴツキーの「内言」観である。それでは、どのようにして「内言」は獲得されるのであろうか。

学齢期に達する以前の幼児の発話には、大きく別けて社会的言語と自己中心言語とがある。自己中心言語とは、対話者の観点に立とうとしない、いわば自分自身に向けて声を出して考えているかのようなことばであり、幼児の発話のなかでこの種のことばが占める割合はきわめて大きい。ピアジェはそのようなことばの機能を、自分の思考あるいは個人的活動に抑揚をつけることだ、と見て、結局それは幼児が混同心性(syncretism)から自己中心性(ego-centrism)へ移ってゆくあらわれにほかならないと考えた。そのようなことばは学齢期に達する頃から減少してゆく。「子どもが自分の活動をそれによって律動化するコトバのほかに、疑いもなくかれは、きわめてたくさんの語られざる思想を自分自身のうちにもっている。これらの思想は、子どもがそれらを表現する手段をもたないということもあって、表現されないのである。これらの手段は、他人とコミュニケイトし、かれらの観点にたって考える必要性の影響のもとでのみ発達する」(『児童の判断と推理』)。

ピアジェのこのような考察のなかには、自己中心言語を未熟な、社会的言語へ至る過渡的形態と見る観念が潜在していたわけであるが、ヴィゴツキーはそこに疑問点を見出した。自己中心言語と、精神分析学などで言う自己中心性とを短絡させてはならない。ヴィゴツキーのこのチェックは、たしかに重要である。改めてピアジェが自己中心言語の外的特徴として記述したことに戻ってみよう。第一にそれは集団的独語としてあらわれる。すなわち、子供が自分一人でいるときでなく、同じような活動をしている他の子供たちがいる児童集団の、まさにそのなかであらわれてくるということ。第二にこの集団的独語は、理解の幻想を伴うということ。すなわち子供は、誰に向けられたのでもない自分の自己中心言語がまわりのものに理解されているかのように信じ、考えていること。第三にこの自分への言語は、まったく社会的言語を思わせるような外言の性格を持ち、ささやき声で自分一人に向けて発音しているのではないということ。してみるならば、これらの特徴は、むしろ自分への言語が他人への言語からまだ不十分にしか独立していないことを示しているのではないであろうか。ヴィゴツキーは、そのように批判する。もしそういう言い方をするならば、自己中心言語とは自己中心性が未確立な段階の、しかしその確立の開始を告げるものであり、自己中心性の確立は自己中心言語の内在化、つまり「内言」への発展と共に進んでゆくわけである。

このような自己中心性の概念変更、ないしは価値転換の試みは、自己中心言語への新たな注目を惹き起すことになった。自己中心言語の特徴の一つとして、構文法における述語主義への傾向（述語やそれに関係する文の部分は保持する代りに主語やそれに関係する単語は省略するという方向）があげられるが、ただ単に構文上の未熟として見るべきでなく、それ独自の機能や構造を認めなければならない。それを解明することで、「内言」のあり方を知る手掛かりが得られるだろう。例えばルメトルが研究した十二歳の少年の一人は、"Les montagnes de la Suissesont belles"（スイスの山は美しい）という句を、"L,mdSsb"という文字の並びで考えており、その背後に山の線のぼんやりした輪郭が浮ぶのを感じていた、と言う。その特徴はことばの音声的側面の頭文字への短縮、つまり相的側面の縮小（単語化）ということであるが、このような「内言」形式と、自己中心言語の述語主義的傾向を関連させながら、ヴィゴツキーは、以下のような意味論的構造を見出したのである。単語の意味が単語の語義に優越すること。言語要素の結合あるいは膠着において最も強いアクセントが置かれるのは、常に主要な語根または概念であること。結合された単語の意味が互に流れ入り、影響し合うこと。

当然それは個人的な慣用句の形に近づく。そこで、ロトマンはこれを〈私―私〉言語と結びつけたわけであるが、むしろ私にとって啓示的だったのは、いわゆる内的独白と質を異にした内的な言語があり、会話文体を考える貴重な手がかりとなったことである。

文学史を簡単に復習してみるならば、自覚的な方法意識をもって内面の直接描写を試みた、近代で最初の作品は坪内逍遙の『妹と背かゞみ』（明19・1〜9）であろう。面白いことに、かれの内面観には、ことば引く《マイナス》音というピアジェ的な認識が見られる。

どうも不思議《ふしぎ》なお子《こ》さんだヨ。鬱《ふさ》いでゐなさるのか。喜《よろこ》んでゐなさるのか。わたしにやまるツきりわからないヨ。あゝいふ負惜《まけをしみ》の御気象《おきしやう》だから。今度《こんど》田沼《たぬま》さんへいらつしやるについて。内々《ないく》お嬉《うれ》しいと思《おも》ツてゐながら。人《ひと》にさう見《み》られちや悔《くや》しい。と思《おも》ツて。アゝして空《そら》とぼけてゐなさるかしらん。

いつそ思《おも》ひきつてお母《かゝ》さまへ。妾《わたし》の肚《はら》の中《うち》をお知《し》らせ申《まを》して。此縁談《このえんだん》を断《ことわ》らうか。イヤ〳〵田沼《たぬま》さんを断《ことわ》れバとて。別《べつ》に是《これ》ぞといふ目的《めあて》もなし。生中《なまなか》田沼《たぬま》さんと破談《はだん》になつたら。いつかの縁談《えんだん》がまた……あの何《なん》の所《とこ》へゆかねバならず。

前者は、お鎌（お雪の乳母）の「部屋《へや》に退《しりぞ》きて独語《ひとりごと》」、後者はお雪の「肚《はら》の中《うち》」を、この作品の語り手が「魔鏡《まきやう》を取《とり》いだして。お雪《ゆき》の肺肝《はいかん》を写《うつ》しいだ」した表現である。ひとりごとは直かに描くことが出来るが、胸中の想いは「魔鏡《まきやう》」のような特別な器具を使って窺う以外にない。つまり逍遙は、たとえ自分が創造した作中人物といえども、人間の内面を直接に知ることはできないという認識に立っていた。お鎌のひとりごとは、ごく親しい人間を相手のぼやきと考えても少しもおかしくはなく、お雪の内面の表現もお鎌のひとりごとと特に区別される特質は見られないのであるが、ただしかし、「水沢《みさわ》の男振《をとこぶり》に恋慕《ほれ》たらうと。人《ひと》にいはれるのが悔《くや》しいからジツと謹慎《たしな》んで。素知《そし》らぬ振《ふり》。……（略）今更《いまさら》未練《みれん》な事《こと》でハあれど。此方《このかた》ならバと真成《ほんたう》に恋《こひ》しく思《おも》ふハ……」という秘めごとを抱えていた。だからこそ、そのひとりごとは声を持たぬ、〈私—私〉的言語の方向が与えられねばならなかったのである。

こうして私たちの近代文学は、いわば自分の感情を心理する、新しい人間像を持つことになった。もし仮にお鎌のひとりごとやお雪の内的独白が描かれず、また主人公水沢達三における「心《こゝろ》につく〴〵思《おも》ふやう」「途《みち》すがら思《おも》ふやう」と始まる内面描写がなかったとしても、この作品の事件的展開からかれらの感情を推測することはけっしてむずかしいことではない。右のような心理の展開に秘めごととしての意外性は乏しく、だから、ある意味ではかえってわずらわしい。してみるならば、わざわざ内的独白の場面を用意した作者の意図は、内的な自分との対話によって心理というものを作り出してしまう人間のあり方を開示することにあったのであろう。

ただし、この作品における内的独白は、構文的にも意味論的構造の面でもまだ外言的な形からほとんど離れていない。「内言」的な表現にまでもう一歩、というところまで進めて行ったのは、広津柳浪の『女子参政蜃中楼』(明20・6〜8)である。

初めて会ツた時に如此人《こんな》が我党員にあツたなら……と思ツたのが……お目に掛る度に愛慕の情がアーア……操さん、松山の操さんは実に羨敷《うらやまし》い……実に一生の幸福《しあはせ》だよアーア……イヤ〳〵如此事《こんな》は思ふまい。若《もし》も久松さんが反対論者であツたら……アーア思ふまい〳〵、モウ思《おもは》ない〳〵……何だか少し催眠《ねむい》様な。昨日からの応接でこんなに催眠《ねむい》のかしらん……アアー実に自由ならぬのが憂世とは云ふが……これ程に熱心して居る参政権も……全く容《いれ》られないでハないが……随分反対論者が……浪華タイムス……久松さんが……あんな議論を……愛慕の情と云ふものハ……妙なものだよ……ご幸福《しあはせ》だ……操さんは幸福《さいはひ》だよ……アーア自由《まゝ》にならぬ参政権……公道と云ふものも男と云《い》……ふものは久松さん、あんな……議論を……幸福《しあはせ》……自由《まゝ》に……操さん……タイムス……参政……権……公道……自由……に……久……ま……つ……久……ま……。（傍線は引用者）

女子参政論者の敏子が、民権運動家として信頼し敬愛していた久松の反対意見を新聞で知り、その衝撃のなかでかえって久松への恋慕に気がつく内的独白の表現である。この独白の途切れた箇所を、いま補ってみれば、次のような感情の流れになるであろう。「これ程に熱心して居る参政権も……全く容《いれ》られないでハないが……随分反対論者が……浪華タイムス……久松さんが（私たちを支持してくれると思っていたのに）あんな議論を（書こうとは、でも）愛慕の情と云ふものハ……妙なものだよ（少しも憎くはない、むしろこの気持を知って幸福《しあはせ》）ご幸福《しあはせ》だ……操さんは幸福《さいはひ》だよ……アーア自由《まゝ》にならぬ（恋、いや）参政権……」。さらにこの錯乱が強まるにつれて、久松に反対意見を書かれたという事実も、上のような感情に掩われてゆく。「公道と云ふものも男と云《い》……ふものは（私には）久松さん、（あなただけ）あんな……議論を（書かれたが）幸福《しあはせ》（この気持の）自由《まゝ》に（振舞いたい、でも）操さん……」。もちろん以上は私の想像にすぎないが、右の一節の結びに近いところで、「あんな……議論」と「幸福《しあはせ》……自由《まゝ》に」とが短絡されている心理的ないきさつは、およそこのようなものだったはずである。内面描写といえば、二葉亭四迷の『浮雲』第二篇（明21・2）が有名であるが、それに先立って右のような優れた達成があったことを忘れてはならない。

敏子は昏倒するように眠りに陥り、夢で久松と逢う。久松は女子参政に賛成だと言ってくれた。

「敏子」アーアこれで安心致しました。あの社説を読んだ時には……腹が立《たつ》て〳〵、貴郎《あなた》がお艸《か》きなすツたかと思ふと実に胸が裂《さけ》る様で御在いましたよ。「久松」さうでせうとも、御尤です。我輩もさう思ひましたな。「敏子」虚妄《うそ》ばツかり……アノー久松さん。「久松」ハイなんです。「敏子」アノー操さんネ。「久松」ハイ。「敏子」操さんハ何時《いつ》御結婚なさいますのですかネエ。「久松」さうですな、未だ少しも知りませんな。「敏子」ホ、ホ、貴郎《あなた》が御存じない事があるものですかネエ。「久松」存じませんな。「敏子」まだあんな事をおツしやるよ。オー可笑《をかしい》ホ、ホ、。（略）「久松」交際は随分親密に致しますが、約《やく》諾《だく》があるなぞは全く……「敏子」真実《ほんとう》で御在ますか。「久松」イヤ久松決《けつし》て虚言《きよごん》は云ませんぞ。「敏子」……夫《それ》アノー……アレ御覧なさいましよ。控訴院の河岸《かし》を……アレ貴女《れでい》が、操さんの様な貴女《れでい》が、アー操さん〳〵……オヤ見《みえ》なくなり升《まし》たよ……控訴院からアレ……女が縛られて……巡査が護送して……何の罪でせうネ。国事犯……イヤ其様《そんな》事は未だ新聞にも見《みえ》ませんネエ。（略）オヤモウ中の島の公園に参《まゐり》ましたネエ……アー彼処《あすこ》で艶子さんが。ホ、ホ、貴郎《あなた》も操さんとお同乗《あひのり》で……アー好《よ》い景色だ……オヤ何処でせうネエ、オルガンを……

夢のなかの会話であり、それぞれの科白の主体を示す名前を取り除いてみるならば、内的に他者とことばを交わすポリフォニックな内的独白の文体が現われてくる。この対話的独白によって、敏子の願望は充足されるわけであるが、久松のうれしい返事を聞いて、彼女は二度、「虚妄《うそ》ばツかり……アノー久松さん」「夫《それ》アノー……アレ御覧なさいましよ」とあわてたように話題を転じてしまった。この夢想とは反対な現実からの不安が、この自己中心的な対話的独白を侵しているのである。

もう一つ重要なことは、操との婚約を否定する久松の返事を聞くと共に、操が捕われの身であるイメージが現われ、しかもその次には、中の島公園で久松と操がボートに相乗りしているイメージに代わられていることである。操と敏子は親友であったのだが、敏子の立場からは裏切りとしか言いようがない久松の議論に錯乱させられた夢の中で、操を遠ざけてしまいたい願望（友情の裏切り）と、操の幸福を喜ぼうとする自己抑制が、二律背反的な意味論的構造を操に与えることになった。従来の政治小説は、才子と佳人がおなじ政治目的を目指して努力し、恋の成就と政治目的の達成によって作品を結ぶというパターンを持っていた。この作品も政治小説の系譜に立つものであるが、才子たる久松に現実主義的な態度（女子参政時期尚早論）を選ばせ、その影響を敏子の立場から描くことで、政治小説の主要な指標語、例えば民権、自由、恋などを相互に矛盾させ、意味変換をもたらしたのである。そのきっかけが右の場面であり、友情の象徴たる操さえもが裏切りという正反対の語義を含ませられてしまった。結局敏子は、操と久松の婚約、その操の女子参政論への批判という変節、そして議会における女子参政案の否決という打撃が重なって、発狂状態で失踪する。

久松という名前は政治小説に好んで用いられた姓で、もちろん苦難に耐えて節操を曲げない意味である。操もそれに準ずる意味であり、敏子は聡明を意味したわけであるが、この作品においては、全てその反対のものに転化されてしまう。いわば矛盾する意味論的構造の言語に変えられてしまったのである。

それだけではない。右の夢のなかの会話は、表層においては政治目的と恋の一致の方向に進んでいるわけであるが、その深層は反対の結果への不安や予感に支配されている。そういう対話の展開の仕方を、私は会話文体と呼ぶことにしたい。複数の人間のことばの交換が、ある一つの深層的な意味をおのずから開示しているような展開の謂である。この文体を自立的な水準にまで高めたのは国木田独歩と夏目漱石であるが、その方向を拓いたのは柳浪であり、鏡花であった。

むろん単なるアナロジーにすぎないが、『妹と背かゞみ』の内的独白がピアジェ的であったのに対して、『女子参政蜃中楼』の場合はヴィゴツキーの「内言」に相当するような表現が現われていたのである。

次は、鏡花『六之巻』（明29・12）の一部である。


　予《よ》が頷《うなづ》くをみて、ミリヤアドもまた打《う》ちうなづき、

「上杉《うへすぎ》さん、私《わたくし》、母様《おつかさん》の着物《きもの》を着《き》ました。母様《おつかさん》、ね。而《さう》してあなた、母様《おつかさん》がおありでない。こゝに母様《おつかさん》が居《ゐ》ます。もう泣《な》かないでも可《い》い、私《わたくし》も母様《おつかさん》がありません、私《わたくし》が母様《おつかさん》です、母様《おつかさん》がありますからミリヤアドも泣《な》きますまい。あなた、ミリヤアドになつて、私《わたくし》が母様《おつかさん》になつて、あなたが上杉《うへすぎ》さんで、私《わたくし》が其《その》母様《おつかさん》で、而《さう》して遊《あそ》びませう。今晩《こんばん》は四月一日《うづきついたち》、あなたは今朝《けさ》私《わたくし》をだましました。こんな母様《おつかさん》、あなたは厭《いや》でせう、けれども、だまされるが可《い》い、うそならば構《かま》ひません。」

　母《はゝ》ぞといふより、血《ち》の色其頬《いろそのほゝ》にのぼり、目《め》の中《なか》さえぐ〳〵しう、眉動《まゆうご》きて、肩《かた》を震《ふる》はし、つと立《た》ちて、椅子《いす》をはなれ、引寄《ひきよ》せて、予《よ》が手《て》を取《と》りたり。

　高津《たかつ》は莞爾《につこ》と笑《わら》ひながら予《よ》がつむりを撫《な》でぬ。

「大《おほ》きな坊《ばう》やが泣虫《なきむし》だねえ、どれおめざを持《も》つて来《き》てあげませう。」

とまた打笑《うちわら》ひて勢《いきほひ》よく室《しつ》を出《い》でたり。

ミリヤアドは太《いた》く激《げき》せる状《さま》にて、つく〴〵と予《よ》が顔《かほ》をみまもりぬ。

「ミリヤアド。」

と叫《さけ》びつゝ、ミリヤアドは、あはれなる其児《そのこ》の額《ひたひ》に接吻《せつぷん》せり。つめたき髪《かみ》は予《よ》が頬《ほゝ》にふれて、あたゝかく柔《やはら》かなる其白《そのしろ》き胸《むね》は、躍《をど》りたる予《よ》が動悸《どうき》をおさへぬ。


『一之巻』（明29・5）から『誓之巻』（明30・1）の連作は、上杉新次の少青年期の回想という、虚構の自

伝的小説で、発端の土地は金沢、かれが通う英和学校というミッションスクールに、ミリヤアドという若い教師がいた。彼女は新次の利発さをことに愛していたが、外国の宣教師が参観に来た授業で新次が失敗したために面目を失ってしまう。異国人嫌いの人たちに排斥されたこともあって、東京へ去る。新次もまた、ミリヤアドの勧めで東京の学校へ入る。かれの母はすでに亡く、紫谷《むらや》秀という年上の女性に半ば母性憧憬的な思慕を寄せていた。ミリヤアドの母は日本人であるが、行方が知れない。

右に引用した場面で、ミリヤアドが言う「母様《おつかさん》」に二重の意味が託されていることは容易に読み取れるであろう。彼女は自分の母を演じ、そのまま新次の母に自分を擬しながら、新次をミリヤアド自身に変えて、母子の情愛以上の感情を表白してしまったのである。そうした作為から、少しでも罪の意識を消し去ろうとして、彼女は今日が四月一日《エイプリル・フール》であることを強調する。

前章で取りあげた『義血侠血』や、『X蟷螂鰒鉄道』の場合もおなじであったわけだが、鏡花の作品における重要な構成的転換は、ほとんど必ず自己用に暗号化したことばを語る作中人物の科白によって惹き起されている。言ってみれば、外言から自立して独自な意味論的構造をもったことばが、『女子参政蜃中楼』のような内的独白の過程の表現を持たずに、いきなり外言的な場面に出現させられる。そのことばで相手の意識に不意打ちを喰わせ、その暗号性の解読を強いて、お互の感情を劇的に方向づけてしまうのである。

そのような書き方によって、鏡花の作品における作中人物の科白は、地の文から括り出される必然性を持つことになった。それだけでなく、かえって地の文が会話文体から影響を受け、あるいはまた作中人物の科白に対して地の文が批評的に葛藤する場合もある。ミリヤアドの科白に刺戟された、予（回想時点における語り手の新次）の幼児感情が、「高津《たかつ》は莞爾《にっこ》と笑《わら》ひながら予《よ》がつむりを撫《な》でぬ」と、女言葉または幼児語的な表現を生み、そこからまたごく自然な形で「大《おほ》きな坊《ばう》やが泣虫《なきむし》だねえ……」という高津の科白へ進んでゆくのである。科白に地の文が批評的にかかわってゆく書き方は、『貧民倶楽部』（明28・7）などに随所に見られる。主人公お丹の鉄拐《てつか》な科白に対して、地の文ではことさら上品な華族階層のことばが選ばれることもあり、その反対に、ある華族の家令が切腹しようとした場面を描いて、「旧《もと》より親仁《おやぢ》が一生《いつしやう》の智慧《ちゑ》を出《だ》したる茶《ちや》番《ばん》にて、お丹《たん》の心《こゝろ》を挫《ひし》がむためのみ。仕方《しかた》を見せて見物《けんぶつ》を泣《な》かせる目算《つもり》のあてはづれ、発奮《はずみ》で活歴《くわつれき》を遣《や》つて退《の》け、手疵少々《てきずせう〱》負《お》うたれば、破傷風《はしやうふう》にならぬやうにと、太鼓大《たいこだい》の膏薬《かうやく》を飯粒《めしつぶ》にて糊附《はりつ》けしが、歩行度《あるくたび》に腹筋《はらすぢ》よれて、跛曳《びつこひ》き〱、『あ痛《いつ》、あ痛《いつ》。』其志《そのこゝろざし》よみすべし、（しかし馬鹿《ばか》らしい。）」と、お丹的な視点で冷笑的にとらえている。結びの「其志《そのこゝろざし》よみすべし、（しかし馬鹿《ばか》らしい。）」は、場面に内在的な語り手と作者の意識が、同時的にあらわされた表現であろう。

ヴィゴツキーが言う「内言」の発達とは、自分へのことばが他人へのことばから自立化されてゆくことで、だからその発達と共に、他人へのことばも明瞭に意識された社会的言語として成長してゆくはずである。だがかれは、その「内言」が外言的状況にどう作用するかには特に強い関心を払わなかった。語られたことばの背後には発言者の内面的意義《ポドテキスト》があり、ある文における心理的構造と文法構造は必ずしも一致しないことを指摘したところで立ち止まったようである。

もちろんそれだけでも十分に豊かな可能性を含んでいる。変形生成文法論の源流の一つ、とまでは断言できないが、少くともその理論がソ連に受け容れられ、あるいは検討される場合の重要な基盤にはなり得ているだろう。もう一度、『X蟷螂鰒鉄道』の結末の表現に戻ってみる。品子が鉄道の通るすすきの原にたたずんでいるイメージが、この時の作者の心理的主題だったとしよう。この品子にとっての心理的主題は、腹を引裂かれた鰒である。

その主題を、いま、場面に内在された無人称の語り手（自分の姿は出さぬ視点人物）の眼であらわすならば、C_1のような表現となる。ただしこの表現には、品子にとっての心理的主題が十分明瞭に繰り込まれていない。この心理的主題には、当然、「須賀子が連れ去った子供に見向きもしなかった」ということが含意されていたわけで、その分だけ当面の心理的主題の対象たる鰒の表現は強調的変形を受けざるをえず、テキストのようなCの表現となった。つまり語り手の視線はまず品子に向けられ、いわば彼女の眼を反射鏡として次に鰒へと向ってゆき、その結果「品子《しなこ》が冷《ひやゝ》かなる眼《め》の注《そゝ》げるは」と、彼女の眼のありようが主題化されたわけである。同様の構文法は、「無量《むりやう》の思《おもひ》を籠《こ》めたる眼《め》に、彼方《かなた》に背《そむ》く品子《しなこ》の顔《かほ》を、つく〴〵と打《うち》まもる」という表現にも認められる。作中人物の心理的主題にアクセントを置こうとする場合、その心理の相関物である鰒や、品子の顔などに向けられた眼のあり方に語り手の注意が集中し、かえってそのために主語が省略（または連体修飾句化）されて、いわば一種の述語主義的な構文が選ばれる。それがこの作品における、地の文の特徴的な文体であった。ヴィゴツキーが言うように、心理的構文と文法的構文は必ずしも一致しないことに留意しながら、まず文法的構文として常識的・基本的な型を設定し、それとテキストの構文を対照してみることで、心理的主題の強調的なあらわれ方が把握できるのである。鏡花の場合は、語り手の構文のなかに作中人物の心理的構文を複合させた形を見出すことができる。

前章でふれたように、もともと私がロトマンの仕事に不満だったのは、自己コミュニケーションという観点が作者と作品の間に向けられて、作中人物自身のそれをとらえることを知らない。その意味で小説の構造論には簡単に適応できない欠点があったためである。例えば『X蟷螂鰒鉄道』からの二度目の引用の場面で、須賀子の科白はきわめて他者志向的な、常識的なことを語っていたわけであるが、品子の〈私—私〉的応答がそれをつき崩してしまう。須賀子の科白は、これを日常会話的なレベルで見れば、事態を肯定的な面でだけとらえ、心理的接触を維持しようとするメッセージである。またそういう平板退屈な「自然言語」的なことばをわざわざ作品のなかに採り込んだ意図は、従来の小説作法からみれば、子供の将来をどうにかしてやりたいという品子の母性愛的なことばを引き出す仕組でなければならない。つまり小説の一場面として用いられること自体、そのような追加的コードによる解読を期待する表現として、当時の読者にはまず予想されたはずである。ところが、そういう二重に有意的な須賀子の科白を、品子の「内言」的な科白は無効化し、いわば無意味《ナンセンス》なものに変えてしまった。子供の可愛さをほめ、歳を訊き、名前をたずねるという、会話の文法が、品子の否定的・反意味な科白の介入で独自な会話文体に高められると共に、いわば会話の連辞論的関係の複雑化によって二重に有意的な意味論的側面が抑圧され、変容されてしまったわけである。

そのようなとらえ方に改作されうるものとして、ロトマンの仕事は私に意義を持つ。品子の意味解体的な応答拒否の科白が、かえって前後の意味を吸収して強い意味作用を帯びてくる。その集約的な典型が、「そんなお名《な》ッてのがあるもんですか」という須賀子の動揺に対する、「いゝえ」という結びの否定詞で、沢山の心理的内容を喚起しながら、それ自体の意味内容が空白であるというイロニカルな作用の点で、「鰒《ふぐ》の引裂《ひっさ》かれし其《それ》なりき」の「其《それ》」とおなじ効果を持つのである。「内言」の等リズム的な律言化や、詩的表現におけるリフレーンなどにおいても、それ自体としては無意味な音やことばが追加されてかえって喚情的な意味作用を帯びる場合が考慮されなければならないであろう。

ところで、さて、以上のような鏡花の表現はどのような時代的傾向を暗喩しているであろうか。それは、人それぞれが自分固有の「内言」から言動する時代が来て、この世界の第一次的な有意的構造が崩れ始めていたということであった。

（56・8）

第十章　気質の魔

〈露伴〉は、いわゆる描写（視覚的な）にはそれほど意を用いず、時には語り手でさえなかった。むしろ〈露伴〉は他人のことばに注意深く耳を傾け、その意識を発《あば》いてゆく聴き手だった。〈露伴〉が描き出そうとしたのは、もっぱら他者の語り口それ自体だったのである。

ここで言う〈露伴〉とは、幸田露伴の作品に登場する露伴という作中人物のことである。

そして発くとは、しかし、口では言い現わしえない、いわゆる内面心理をうかがうことではない。「自分ながら訳も分らず、名物栗の強飯売家《こはめしうるいへ》の牀几《しやうぎ》に腰打掛《うちかけ》てまづ〳〵と案じ始めけるが、箒木《はゝきぎ》は山の中にも胸の中にも有無分明《うむぶんみやう》に定まらず、此処《こゝ》は言文一致家《げんぶんいつちか》に頼みたし」（『風流仏』）。言文一致とは胸中の秘密に立ち入る文体だ。幸田露伴はそのように考えていたらしく、時々この種の言い方で揶揄している。ということは、つまり、かれ自身はそんな対象や文体を採り上げるつもりは持たなかった。他者の科白の特徴的な口調や、語りの調子に現われてくる意識、それを描き出すために〈露伴〉を作中に内在化させた。『日ぐらし物語』（明23・4）で分かるように、いわゆる言文一致体までもが一つの様式として対象化され、それ以外の文体と並べて相対化されてしまったのである。

これ以後の文学から失われてしまった、その独特な方法に内在する可能性を引き出すのが、今回の私の目的であるが、もう少し〈露伴〉という聴き手の特異性にふれておきたい。

『対髑髏』（明23・1）の〈露伴〉は、奥日光の山中に迷って、そまつな山小屋に一人住む美人から隠棲の因縁噺を聞かされる。『辻浄瑠璃』（明24・2）の〈露伴〉は、道仁という釜師の数奇な生涯を、叫雲老なる人物から聞かされた。分かるように、これらの作品の主要な語り手は山中の美女や叫雲老であり、〈露伴〉は聞き役以上の機能は持たなかったように見える。作中に存在する仕方としては、この〈露伴〉は、その長い物語を聞かされることになった事情やその場所を紹介する形で、わずかに語り手としての役割を果しているにすぎなかった。

ただしこの〈露伴〉は、けっして中立的な聴き手ではない。〈露伴〉自身、偏屈で物好きな自分の気質《かたぎ》を自認し、むしろそれを自他に顕示するような、癖の強い語り口を持っていた。その調子に誘われる形で、山中の女や叫雲老の語りが展開されてゆく。言葉を換えるならば、自分の気質を自分自身に発き、さらにその屈託した感情を自分で挑発してしまうような語り口があり、それだからこそ相手の語り――および、その語りにおける登場人物の科白――の調子を敏感につかむことが出来た。相手の語りの途中に〈露伴〉(のことば)が介入することは滅多になかったけれども、その調子を敏感にとらえる仕方によって批評的に関与していたのである。この側面に注意を向けるならば、語られる内容とは違ったレベルでの展開が読み取れるだろう。

もちろんどの作品にも、このような機能の〈露伴〉が顔を出すわけではない。だが、例えば『毒朱唇』(明23・1)の、赤城の山中に美女の怪気炎を聞きにゆく前橋の物好きな男は、疑いもなく〈露伴〉の一ヴァリエーションであった。それだけでなく、そのような聴き手が登場しない場合でも、〈露伴〉的な耳が内在化された表現は随所に見出すことが出来る。

この方法は、しかし、それが描出視向した気質という人間観が自壊すると共に、近代文学の流れから姿を消してしまった。それに代って起ってきたのが、人格や個性などの近代的な人間観であり、視点の中立化、あるいは批評的な関与（評価的な言葉による）の抑制による描写の客観化、という表現理念だった。

多くの文学史は、この交替を、後者による前者の克服、のり超えとして記述している。気質とは人間の類型をとらえた、前近代的な認識でしかない。その表現に独特な魅力があったとしても、所詮それは、対象世界の現象面を偏った嗜好——特異な視点や聴き方を顕示する癖の強い文体——によって屈折させた面白さにすぎない。近代文学の成立のためにそれらが否定されたのは必然的な過程だった、というわけである。

たしかに一理ある見方であって、ある意味では露伴自身、気質物の書き方を忠実に押し進めてこのジャンルを自壊させてしまい、近代文学的な要求が起ってくる時代的な必然性を逆証明するという、きわめて皮肉な役割を担ってしまった。とはいえ、私はここで、そういう文学史を追認するために露伴を取り上げたわけではない。現象面の修辞的な屈折（の面白さを狙った戯作性）を否定して、対象世界の真に迫る。このような理念を掲げて自然主義の運動が始まった時、当然そこには主体の新しいあり方を生み出そうとする緊張が伴っていたはずである。だが、新しいあり方もまた実は一つの制度《ラング》にすぎない自覚は、ほとんど育たなかった。対象世界の客観的な真を現わしうるところの、視点の客観性や感性の自然性（という規範）に対する要請が——もっと端的にはその自負や自信が——その自覚を掩ってしまったのであろう。結局そこから生れて来たのが、対象化された主体の真（作者自身の真実）と、対象化する意識の客観性（自己客観化）を自負する書き方であった。これが花袋の平面描写から泡鳴の一元描写が出て来たプロセスであるが、そこで描き出されたものは、主体的な真（の対象化）として手ばなしに自己肯定された作者の気質《きしつ》にすぎなかった。

それならば、このような文学を、露伴の気質《かたぎ》物によって相対化してみた場合、それぞれどんな特質を露呈してくるであろうか。気質《かたぎ》もまた心的制度の一つ、あるいは感性の様式である。しかもそれは制度としての意識を失わない、というよりも、むしろそれは自負されるべきことであった。その点をよく示しているのは、『五重塔』（明24・11〜25・4）という作品である。

露伴の初期の傑作として知られる、この作品は、大工の棟梁の女房を紹介する語りで始まっている。「男のやうに立派《りつぱ》な眉《まゆ》を何日《いつ》掃《はら》ひしか剃《そ》つたる痕《あと》の青〻《あを〱》と、見る眼も覚《さ》むべき雨後《うご》の山の色をとゞめて翠《みどり》の匂ひ一トしほ床しく、鼻筋つんと通り眼尻《めじり》キリ、と上《あが》り、洗ひ髪《がみ》をぐる〱と酷《むご》く丸《まろ》めて引裂紙《ひつさきがみ》をあしらひに一本簪《いつぽんざし》でぐいと留《とゞ》めを刺《さ》した色気無《いろけなし》の様《さま》」。この外見によって、その女の前身や気性を知ることができよう。女の身には命ほども大切な、そして彼女自身おそらく自慢だったにちがいない「憎いほど烏黒《まつくろ》にて艶《つや》ある髪の毛」を、そのように無造作に扱っていたということは、滝の白糸と同様な、癇の強い鉄拐《てつか》な気質をあらわしている。

ただしこの女、源太の女房お吉は、白糸と違って、今では水商売から足を洗うことができ、「柄《がら》の選択《えらみ》こそ野暮《やぼ》ならね高《たか》が二子《ふたこ》の綿《わた》入《い》れに繻子襟《しゆすえり》かけたを着て何所《どこ》に紅《べに》くさいところもな」い。いわば「外見《みえ》を捨てゝ堅義《かたぎ》を自慢」にする気負いがあったわけで、この自己意識が彼女に、完璧な女房気質なり姉御気質なりを強いていたらしいのである。次の一節がそれをよく示している。センテンスの切れ目がない表現なので、引用は少し長い。

今しも台所《だいどころ》にては下婢《おさん》が器物《もの》洗ふ音ばかりして家内《やうち》静かに、他《ほか》には人ある様子《やうす》もなく、何心《なにごゝろ》なくいたづらに黒文字《くろもじ》を舌端《したさき》で嬲《なぶ》り躍《をど》らせなどして居し女、ぷつりと其《それ》を噛み切ってぷいと吹き飛ばし、（略）石《せき》尊様詣《そんさままゐ》りのついでに箱根《はこね》へ寄って来しものが姉御《あねご》へ御土産《おみや》と呉れたらしき寄木細工《よせきざいく》の小繊麗《こぎよう》なる煙草箱《たばこばこ》を、右の手に持《もつ》た鼈甲管《べつかふらお》の煙管《きせる》で引き寄せ、長閑《のどか》に一服《いつぷく》吸ふて線香《せんかう》の烟《けむ》るやうに緩〻《ゆる〱》と烟りを噴《は》き出《いだ》し、思はず知らず太息《ためいき》吐《つ》いて、多分は良人《うち》の手に入るであらうが憎いのつそりめが対《むか》ふへ廻り、去年使

> ふてやつた恩も忘れ上人様《しやうにんさま》に胡麻《ごま》摺《す》り込んで、強《たつ》て此度《こんど》の仕事を為《せ》うと身の分《ぶん》も知らずに願ひを上げたとやら、清吉《せいきち》の話しでは上人様に依怙贔屓《えこひいき》の御情《おこゝろ》はあつても、名さへ響かぬのつそりに大切《だいじ》の仕事を任《まか》せらるゝ事は檀家方《だんかがた》の手前寄進者《きしんじや》方の手前も難《むつか》しからうなれば、大丈夫《だいぢやうぶ》此方《こち》に命《いひつ》けらるゝに極《きま》つたこと、よしまたのつそりに命《いひつ》けらるればとて彼奴《あれめ》に出来る仕事でもなく、彼奴《あれめ》の下に立つて働く者もあるまいなれば見事出来《みごとでか》し損ずるは眼に見えたこととのよしなれど、早く良人《うちのひと》が愈〻御用命《いひつ》かつたと笑ひ顔《がほ》して帰って来られゝばよい、類《るゐ》の少い仕事だけに是非為《し》て見たい受け合つて見たい、慾徳《よくとく》は何《どう》でも関《かま》はぬ、谷中感応寺《やなかかんおうじ》の五重塔《ごぢゆうのたふ》は川越《かはごえ》の源太《げんた》が作り居つた、嗚呼《あゝ》よく出来《でか》した感心なと云はれて見たいと面白がつて、何日《いつ》になく職業《しやうばい》に気のはづみを打つて居らるゝに、若《も》し此仕事を他《ひと》に奪《と》られたら何《ど》のやうに腹を立てらるゝか肝癪《かんしやく》を起さるゝか知れず、それも道理であつて見れば傍《わき》から妾《わたし》の慰めやうも無い訳、嗚呼何《あゝなん》にせよ目出度《めでた》う早く帰つて来られゝばよいと、口には出さねど女房気質《にようばうかたぎ》、（傍点は原文）

この女の想い、つまり「多分は良人《うち》の……」から「早く帰つて来られゝばよい」までの表現は、一見、内的独白に似ている。

ただ、逍遙（『妹と背かゞみ』）が意識的に試み、柳浪（『女子参政蜃中楼』）や二葉亭（『浮雲』）が発展させてきた、内的独白の表現には、一つの、共通な現わし方があった。それを整理して言えば、内的独白とは他人に語り得ない秘めごとの感情をうかがった表現だ、ということである。だからその表現は、ただ秘めごとの内容だけではない。ことばを抑えつけてくる（口を噤まざるをえない）状況との葛藤によって通常の内的思考の脈絡が攪乱、分断され、本人自身にも思い寄らなかった深層の情念までが断片的言語《ワード・フラグメント》の流れと共に顕在化してくる。そこに、疎外された人間の意識が内面という独自な心的領域を孕まざるをえない理由があったわけであるが、それに較べて、この女の想いには秘めごと（状況的な疎外）の意識が伴っていない。もし親しい「話《はな》し敵《がたき》」が傍にいたとすれば、そのまま相手に語っていただろうと思われるほど、すでに外的なことばに整えられた形でその想いは辿られていたのである。

その本質は、準表出的思念とでも呼ぶべきであろう。いわば自分自身を一人の「話《はな》し敵《がたき》」として二重化し、一定の判断を目指して対話的に思考が展開されてゆくのである。しかも、その想いのなかに想起された他者のことばと対話的にかかわる形で自分の内的なことばが自分に表出されていたのである。

このような表現は、必ずしも露伴の独創ではなく、時代を遡れば馬琴の『近世説美少年録』にも見られ、さらに遡って仮名草子の『恨の介』や『露殿物語』などにその原型を見出すことができる。つまり思念の間接話法的な表現は、わが国の小説史における伝統的な手法だったのである。ここで私が間接話法と呼ぶのは、M・バフチンとV・N・ヴォロシーノフの共著、という形で編集された『言語と文化の記号論』から得て来た概念で、それは次のように説明されている。「間接話法の言語上の意味とは、**他人の発話＝言葉を分析した上で引用・伝達する**という点にあります（間接話法のメタ言語性）。他人の発話（言葉）の分析ということは、間接話法が他人の言葉を引用・伝達するのと同時に行ない、しかも間接話法から切り離すことのできないことです」「例えば、直接話法で『いやあ、すばらしかった！　あれこそ演奏というものだ！』といった発話を、『彼はいった、いやあ、すばらしかった、あれこそ演奏というものだった、と』というように（字句をそのままにした）間接話法に移しかえることはできません。そうではなく、『実にすばらしかった、あれこそほんとうの演奏というものだ、と彼はいった』とか、『すばらしかった、あれこそほんとうの演奏だ、と感激して彼はいった』といった類の間接話法に移しかえることができるだけです」（北岡誠司訳。傍点は亀井）。

単なる形式的な文法的説明でなく、私たちの発話の全てを、基本的には、他者のことばとの対話・葛藤としてとらえる立場からの、このような説明は、多くの生産的な視点を啓発してくれる。例えば、先ほどの女の想いのなかには、清吉と源太のことばが想起（引用）されていて、一見これは直接話法のように見える。「類《るゐ》の少い仕事だけに是非為《し》て見たい受け合つて見たい、欲徳《よくとく》は何でも関《かま》はぬ、谷中感応寺《やなかかんおうじ》の五重塔《ごぢゆうのたふ》は川越《かはごえ》の源太《げんた》が作り居つた、嗚呼《あゝ》よく出来《でか》した感心なと云はれて見たい」と。だが、それに続く、「と面白がつて、何日《いつ》になく職業《しやうばい》に気のはづみを打つて居らるゝに」は、この女が、亭主のことばの調子を分析し、解釈した表現である。してみるならば、女に想起（引用）されたことばのなかにも、それと同様な分析と解釈の表現が附加されていたと見てさしつかえない。「類《るゐ》の少い仕事だけに」というような説明的表現などが、それに当るだろう。

清吉のことばの場合、次に清吉が登場して来た時の科白と較べてみれば、明らかに女のなかで表現の附加や変容が行なわれていたと判断できる。ただ、その変容のなかにも源太や清吉の科白の調子は残されていて——あるいは、女が分析し解釈した源太的清吉的な調子が附加されて——完全に彼女自身のことば遣いに吸収同化されてしまったわけではない。

以上の説明は、女の準表出的思念を地の文と見た形での分析であるが、ともあれ右のようなあり方で引用された他者のことばを、バフチン・ヴォロシーノフは間接話法と呼んだのである。このような話法は、明治二十年代にはむしろ一般的で、樋口一葉などにもふんだんに見られる。以前、私は、小学館版一葉全集の表記に疑問を提出しておいた。それは、間接話法的な作中人物のことばを、直接話法的に括弧でくくり出すという行き過ぎが見られたからにほかならない。

表現の時代的な特質というのはそれほど微妙で、後世の人間には分かりにくいものなのであろう。ところが、さらにやっかいなことは、右のような間接話法を内部に持つ、女の想いそれ自体は、けっして声に出して語られたことばではない。その部分と、〈露伴〉の語り（地の文）との関係はどうなるであろうか。自分の心情の状況的客観化（相対化―自己対象化）、これがこの種の表現の具体的なあり方である。


文三《ぶんざう》は拓落失路《たくらくしつろ》の人、仲々以て観菊《きくみ》などゝいふ空《そら》は無い、（略）嬉しさうに人のそはつくを見るに付け聞くに付け、またしても昨日《きのふ》の我が憶出《おもひいだ》されて五月雨《さみだれ》頃の空と湿《し》める嘆息もする面白くも無いヤ面白からぬ、文三には昨日《きのふ》お勢が「貴君《あなた》もお出《いで》なさるか」ト尋ねた時、行かぬと答へたら「へー然《さ》うですか」ト平気で澄まして落着払ツてゐたのが面白からぬ、文三の心持では成らう事なら行けと勧めて貰ひ度《た》かツた。それでも尚ほ強情を張ツて行かなければ「貴君《あなた》と御一所《（ママ）》でなきやア私《わたし》も罷《よ》しませう」とか何とか言て貰ひ度《た》かツた……

「シカシ是りやア嫉妬《しつと》ぢやアない……

と不図《ふと》何歟《なにか》憶出《おもひだ》して我と我に分疏《いひわけ》を言て見たが、まだ何処歟《どこか》くすぐられるやうで……不安心で　行くも厭《いや》なり留まるも厭なりで気がムシヤクシヤとして肝癪《かんしやく》が起る。


『浮雲』第二篇（明21・2）の冒頭に近い一場面であるが、「ヤ面白からぬ」から「不安心で」までが、先ほどの女の想いの箇所に相当する。

これを文三の想いの表現と見る理由は、想起された昨日の会話のなかで、お勢のことばだけが科白的に括り出され、その時の文三のことばは現在お勢（の科白）に対する感情のなかに溶け込んでいるからである。ただし、場面内語り手（地の文）における、「またしても昨日《きのふ》の我が憶出《おもひいだ》されて五月雨《さみだれ》頃の空と湿《し》める嘆息もする面白くも無い」という、やや戯評めいた視点（あるいは語り口）が、文三の想いのなかにもある程度入り込んでいて、「文三の心持では」という三人称的対象化が行なわれていた。そしてこの対象化が、次に、文三自身の自己対象化の形に移されて、「シカシ是りやア嫉妬《しっと》ぢやアない……」以下の、感情の自己分析を生んだ。これを逆に言えば、語り手の語り口が作中人物の感情的な調子を素描し、さらに後者に前者が吸収されて、作中人物のことば（思念）化されてゆくのである。『浮雲』の展開に即して見れば、以前の文三は自分の感情にとらわれていたのであるが、これをきっかけに感情の自己批評が強まって行った。

それに対して、『五重塔』のお吉には感情の自己批評は見られない。場面に内在する〈露伴〉が、語り手としての視点と表現（の調子）を抑え、お吉の感情とことば（の調子）に入り込んで行ったためであるが、しかし共通する点がないわけでない。もしお吉が実際に声に出してその想念をことばに呟いてみたとすれば、と仮定してみればよいだろう。文三の場合は、端的に「畜生」という、妄想を振り払おうと『憤然《やっき》になッ』たことばであった。お吉の場合は、〈露伴〉がわざわざ傍点を打っておいた「憎いのつそりめ」ということばを核に、それは呟かれたはずである。「あののっそりめが、うちから仕事を貰っている日雇大工のくせに、良人《うち》の向うを張ろうなんて、まったく肝が煎れるったらありゃあしない」という具合に。

ということはつまり、『浮雲』にせよ『五重塔』にせよ、準表出的思念とは、端的な科白として表出されるべき感情の、その状況的な理由を、内的に自己対象化して展開してみた表現にほかならない。自分の（呟くであろう）ことばを内的に喚起（準引用）しながら、状況的客観化（構造化）を行なっている点で、それは間接話法的内話であり、語り手の表現（地の文）に引用されたことばとしてみれば、間接話法的内話の（間接）話法となる。

重要なのは、この話法によって初発の感情が分析解釈されて、そのモチーフが別なところへ転移されてゆくことである。「憎いのつそりめ」の不快感は、清吉のことばを想起することで事情の客観化が行なわれると共に、一まず柔らげられる。さて、その次に、そんな非常識で非力なのっそりに邪魔立てされた亭主の立場を考え、仕事を他人に奪われた場合の二重の不快感を想いやる。二重の不快とは、ただ他人に仕事を奪われただけでなく、よりによってまるで格の違うのっそりごときに出し抜かれた場合の屈辱感が想いやられるからで、もちろんこの感情は自分ののっそりに対する不快感を亭主に転調させたものであるが、そのことによって自分の一方的なのっそり蔑視を正当化しているのである。

そんなわけで、女の心配が亭主の立場や気持に向けられれば向けられるほど、その反面、内話の調子は世話女房ぶりの自己顕示を強めてゆく。「嗚呼《あゝ》何《なん》にせよ目出度《めでた》う早く帰つて来られゝばよいと、口には出さねど女房気質《にようばうかたぎ》」というわけである。これ以後もむろんこの女は、一途に亭主のために喜び、怒り、時には勇み足なことを起してしまい、その後始末のために大切な叔母の紀念《かたみ》を質店へ運ぶ。そのことばを引用する〈露伴〉は、ほとんど必ずその女の感情表出に女房気質や姉御気質の自負が伴っていることを聴き逃さなかった。別な言い方をすれば、気質の自己顕示という形で、〈露伴〉は、お吉の準表出的思念の調子を分析し解釈していたわけである。

またしても私は、表現の細部にこだわって多くの言葉を費してきた。

しかもこの女は、作品の主題を担う重要な存在ではない。準主人公とも言えぬ、いわば傍役である。とすれば、ますます私は不必要なところへ力を入れすぎたことになるわけだが、実は、こういう傍役を冒頭に設定して、表現論的な分析に十分耐えうるだけの意識を与えた書き方を、私は重視したいのである。

読者はお吉の思念を通して、人間関係の基本や、事件の焦点を察知する。お吉の懸念が読者のサスペンスを誘う。だがその反面、お吉は自分の感情のあり方には全く不安を抱いていない。「去年使ふてやつた恩」のあるのっそりが、わが「身の分《ぶん》」もわきまえずに、亭主の「対《むか》ふへ廻」ったこと。それを、いわば飼犬に手を噛まれたような不快事として憎むことは、お吉にとっては至極当然な感情だったのである。のっそりのような男がどうしてまた五重塔の普請を手がけてみたいと思い立ったのか、なぜ上人様ほどのお方がそんな願いに耳を貸す気になったのか。そういうことはお吉の思慮分別のほかであった。

この感情が、世間の常識に支持されたつもりの、一種の心的な制度であったことは、のっそりの女房お浪の想いと較べてみればよく分かるであろう。

> 嗚呼《あゝ》考へ込めば裁縫《しごと》も厭気《いやき》になつて来る、せめて腕の半分も吾夫《うちのひと》の気心《きごゝろ》が働いて呉れたならば斯《かう》も貧乏は為《し》まいに、技倆《わざ》はあつても宝の持ち腐れの俗諺《たとへ》の通り、（略）たゝき大工《だいく》穴鑿《あなほ》り大工、のつそりといふ忌〻《いまく》しい諢名《あだな》さへ負《おは》せられて同業中《なかまうち》にも軽《かろ》しめらるゝ歯痒《はがゆ》さ恨めしさ、蔭でやきもきと妾《わたし》が思ふには似ず平気なが憎らしい程なりしが、今度はまた何《どう》した事か感応寺に五重塔の建《た》つといふ事聞くや否《いな》や、急にむら〱と其仕事を是非為《す》る気になつて、恩のある親方様が望まるゝをも関《かま》はず胴慾《どうよく》に、此様な身代《しんだい》の身に引き受けうとは、些《ちと》え過ぎると連添《つれそ》ふ妾《わたし》でさへ思ふものを、他人は何んと噂《うはさ》するであらう、ましてや親方様は定めし憎いのつそりめと怒《おこ》つてござらう、お吉《きち》様は猶《な》ほ更《さ》ら義理知らずの奴《やつ》めと恨んでござらう、

お浪は亭主の技倆を信じている。のっそりと諢名されて平気でいるのが歯痒くてならない。その亭主がにわかに振い立ってやる気になった仕事であるからは、「吾夫《うちのひと》に為《さ》せて見事成就《じやうじゆ》させたいやうな気持もする」。だが、右の引用で分かるように、ただ亭主の望みが「胴慾《どうよく》」に思われてしまうだけでなく、その望みを

叶えさせてやりたい自分の感情までがお浪には肯定できなかった。世間の常識や職人世界の義理人情に照してみて、とうてい正当な感情と思われなかったのである。

その意味で、お浪もまたお吉とおなじ心的制度にとらわれていた。ただ、その心的制度においてお吉は正当性を確信していられる立場にあり、だからその亭主の望みも正当なこととして想起される。「慾徳《よくとく》は何《どう》でも関《かま》はぬ、谷中感応寺《やなかかんおうじ》の五重塔《ごぢゆうのたふ》は川越《かはごえ》の源太《げんた》が作り居つた、嗚呼《あゝ》よく出来《でか》した感心なと云はれて見たい」と。慾徳ずくでないことは、のっそりの十兵衛とておなじはずである。その十兵衛の望みが「胴慾《どうよく》」としてしか意識できなかったということは、これを正当化する視点（あるいは発想の自由）をお浪が持たなかったからにほかならない。この悲しい卑屈さによって、彼女はお吉的心的制度の正当性を裏側から支える役割を果している。

お吉とお浪と、そのいずれの想いを作品の冒頭に置くか。樋口一葉の『にごりえ』はお浪的な屈託した想いを冒頭に置いて、自他を共軛する心的制度のむごたらしさを発くことに成功した作品であるが、当時そういう書き方は例外中の例外だった。露伴は『五重塔』で、読者の安心を買う冒頭表現の方法を明らかにした。もし読者がお吉の感情のあり方に違和感を覚え、反撥してしまったとすれば、この作品は文学的な興味を失ってしまう道理であるが、まずそういうことは起らない。棟梁の女房としてやはり無理からぬ思案だ、と受け取った時、すでに読者は半ば以上その心的制度に同意しているわけであるが、その同意を通して彼女の懸念がどう解決されるかを期待するだろう。そういう期待や不安を喚起しながら、その不安や期待の感情的根拠それ自体は正当なものとして認容され易い形で物語を開始する。これが小説を成功させる要諦である。

ちなみに、傍観的な第三者の雑談の描写をもって物語を開始する方法は、遡れば三遊亭円朝の『怪談牡丹燈籠』（明17・7）まで行くであろうが、須藤南翠『緑簑談』（明19・6～8）や末広鉄腸『雪中梅』（明19・

8）などの政治小説に好んで用いられた。二葉亭の『浮雲』第一篇（明20・6）は、雑談そのもので始めたわけではないが、傍観者的無駄口の無人称語り手を内在させていた点で、この様式の一ヴァリエーションと見てさしつかえない。独歩の『牛肉と馬鈴薯』（明34・11）や漱石の『二百十日』（明39・10）などは、その雑談的部分だけを独立させて新しい小説様式を生み出した作品であるが、その過程で鏡花の『X蟷螂鰒鉄道』（明29・12〜30・4）のような試みが必要だったことは、前章でふれておいた。もっとも、成功したとは言えないが、末広鉄腸の『二十三年未来記』（明19・6）などで、この様式もすでに一度着手されていた。

なぜ、雑談の描写から始めねばならなかったのか。『緑簑談』や『雪中梅』は、逍遙の『小説神髄』と呼応する形で、政治小説の側から人情世態を出来るかぎりリアルに描こうとした作品である。これから描かれる政治（運動）的状況を啓蒙し、関心を喚起するのがその目的であったのだろう。描き出す文体を民衆的日常的な関心へ近づけるため、まず民衆的雑談のことばを描写して、そこから語り手のことばを作り出すという狙いも、おそらく伴っていた。それは民衆的発想を踏まえて政治（運動）的状況への批評視点を生み出すことではなく、むしろ民衆的なことばを一定の心的制度に方向づけることであった。

そういう冒頭の雑談場面の人たちはもちろん名前を書かれていない、いわば無記名の民衆、あるいは知的大衆であったわけだが、そこがこの方法の大事な点で、つまり無記名の生活（日常）意識が輿論として仮構されていたのである。換言すれば、日常的なことば《パロール》を通して政治的事態《イデオロギー》への心的制度《ラング》（受け容れ方）が用意されていたことになる。物語の本題が始まるや、序章的雑談場面の人たちはほとんど姿を消してしまい、小説作法としては素朴で稚拙な導入の仕方であるが、意外にこの方法が様々なヴァリエーションを以て長く用いられたのは、以上のようなことば《パロール》の有効性が認められていたからであろう。そのような機能の雑談的視点やことば《パロール》の卑俗性が、作品の構成そのものによって批判的に発かれるようになったのは、小杉天外の『はやり唄』（明35・1）や田山花袋の『生』（明41・4〜7）においてである。『はやり唄』はまず百姓たちの噂話で始められ、一つの悲劇が終ったのち、野卑で卑俗なはやり唄の紹介で結ばれている。だが、その間に描かれた一つの悲劇は、たしかに外見は無責任な噂話やはやり唄の通りなのであるが、それだけでは済まされない深刻な人生の真実を現わしていた。花袋の『生』は銭湯の雑談で始まる。何人かの男が、一種無責任な好奇心で、今度二度目の嫁を取ることになった町内のある家の噂をしていたところ、風呂の片隅にいた少年が感情を殺した顔つきで出てゆく。それが噂の家の息子だったわけで、その少年と一緒に語り手の視点も移動し、噂の家の内部に入ったところからこの作品の実質的な内容となる。その表現は、けっして噂話的な視点からなされたようなものではない。この導入は、従来の様式の最も原初的な形を意図的に再現した、様式破壊の試みであった。対象世界の真に迫るには、無記名の生活意識の猥雑な無責任性を離脱するしかないことを、作品の構成そのものによって主張したのである。そして、この前段階としては、輿論的正当性を仮構した無記名の雑談それ自体の批判的対象化が必要だったわけであるが、それは鏡花の『予備兵』（明27・10）や『海城発電』（明29・1）などで行なわれていた。

　このような冒頭様式の歴史のなかに『五重塔』を位置づけてみるならば、その特質はさらに明らかであろう。傍役的な小間使いの感性を通して作品世界への関心を方向づける書き出しを、すでに逍遥が『細君』（明22・1）で試みていたが、『五重塔』のお吉には、それなりに分析に耐えられるだけの意識内実が与えられ、次に、清吉との雑談によって気がかりな事態への価値感情的な方向づけが行なわれている。お吉の間接話法的内話は、無記名の輿論を（読者と作中人物を共軛する）心的制度《ラング》として定着させる機能を持つ。その無記名の輿論がどれほど強固なものか。お浪の被圧迫感を見て、読者はもう一度実感させられるのである。

以上のように、無記名の輿論を潜在的な背景として自己正当化された心的制度、これが露伴の描く気質《かたぎ》であった。しかも露伴の独自な点は、そのような気質を危機に追い詰めてしまうものもまた気質の一面にほかならないことを描き得たことである。饗庭篁村や尾崎紅葉とは、その点で決定的に異っていた。

だが、それに言及する前に、少し理論的な整理をしておきたい。お吉のような準表出的思念。バフチン・ヴォロシーノフならばこれを〈日常イデオロギー・高い層〉と呼ぶところであろう。「ふつう〈創造的な個性〉と呼ばれているものも、実は当の人間の社会的な方向決定の確固とした不動の基本路線の表現に他なりません。これに属するのは、まず内的発話の最もよく形成された高い層《レベル》（日常イデオロギー）です。表現へ至る道のりをたどり、いわば表現への試練に耐えたイメージやイントネーションです。従って、ここには多かれ少なかれ広範な社会的規模で、外的表現へ至るための試練を通過し、社会的な聴衆の反応や応答、支持や反対によって、いわば社会的に充分もまれ洗練されたといえる言葉〔発話〕・イントネーション・内的発話の身振りなどが属します」。

バフチン・ヴォロシーノフは、いわゆる内的なことばを、ただ単に個人主義的な内面観でしか見ない理論を批判し、他者のことばとの内的な葛藤、あるいは内的対話《ダイアローグ》としてとらえることを主張した。それは、「発話がまだ〈心の中〉で産み出されつつある過程」をも、現実の反映と見て、〈ワタクシタチ経験〉の一環として認識することである。そこから右のような内的発話観が出て来たわけで、『五重塔』のお吉の場合を考えてみればよく納得できる。その思考水準《レベル》は、たしかに「社会的な聴衆の反応や応答、支持や反対によって、いわば社会的に充分もまれ洗練されたといえる言葉〔発話〕」で形成されていて、その心的過程も「イデオロギー〔記号〕に充たされることによって生きております。それと同様に、イデオロギー記号も、心理内に移入され、そこで経験されることによって生きております」という形で理解できるからである。『浮雲』の先ほど引用した一節を取りあげて、野口武彦（『小説の日本語』）は、半ば主人公の内面に即した表現だという理由で半独白体と呼んでいるが、そのような安易さは避けなければならない。

ただし、お吉や文三の内話は、自他の発話（外的言語、科白）をそのまま内面に移し変えたものではなかった。バフチン・ヴォロシーノフも予想していたように、内話に把持された発話はその調子を変え、そのモチーフは別なところへ転移されてゆく。この変容は、ヴィゴツキーのいわゆる「内言」が外言の簡略化と律言化の傾向を持つのに対して、ことばの意味を改めて問う意識による状況的補足という形になっていた。その状況的補足は、しかし、往々にして現実の状況を一面的に歪めたり先取りした形になりやすい。補足を行なう意識も初発の（ことばの）感情的調子から完全に自由ではなく、その上、無記名の輿論に向けて（同化的、または反撥的に）補足がなされるからである。

一般論的に言えば、この状況的補足の機能を、「これらの層（日常イデオロギー・高い層）は、すでに体系を形成している諸イデオロギー領域にくらべて、はるかに活動的で神経過敏な層です」と言うことはできるだろう。しかし、果して常に、「諸イデオロギー体系の部分的な組み変え、あるいは全体的な組み変えをひきおこす創造的なエネルギーが蓄積するのも、これらの層の裡です。新たに登場してくる新しい社会勢力が、まず初めにそのイデオロギー的表現と形成を行なうのも、日常イデオロギーのこれらの層の裡です」と評価できるかどうか、これは別な問題である。このことは、バフチン・ヴォロシーノフがことばをイデオロギー記号と見、「つまり、イデオロギー的なものは、いずれも**意味**（指示対象とその指示の仕方）を持っているということです。（略）つまりは（自らの外にあるものの）**記号**となっているということです。**記号なきところに、イデオロギーもなし**です」ととらえていたことに関連する。

このような見方に立つかぎり、内的なことばが現実をイデオロギー的（記号的）に反映する（意味をもつ）

あり方から離れてしまう場合を、正当に評価できない。事実バフチン・ヴォロシーノフは、〈日常イデオロギー・低い層〉について「気まぐれの経験」「正常な経験と病理的な経験の境目」「社会的に基礎づけられた強固な聴衆というものを欠いている」と呼び、「この層に属するのは、従って、あいまいで充分に展開されない、私たちの心中に一瞬現われては消える経験や考え、偶然のたわいない言葉などです」という否定的な評価しか与えなかった。

　結局バフチン・ヴォロシーノフは、何らかの心的制度へ向わない意識には価値を認めたくなかったのかもしれない。『五重塔』のお浪は、お吉的な心的制度に共軛され、そうであればこそ「吾夫《うちのひと》に為《さ》せて見事成就《じやうじゆ》させたいやうな気持もする」という感情を正当性のない、いわば疎外された感情として味わわねばならなかった。「他人は何んと噂《うは》さするであらう」という不安は、自分の亭主の望みをまともに聞いてくれる「強固な聴衆というものを欠いている」ことの自覚である。そういう感情は、本人自身にとっても「たわいない」ものとしか意識できないであろうし、現にその思念の表現は、「見事成就《じやうじゆ》させたいやうな気持もする、ゑゝ気の揉める、何《どう》なる事か、到底《とても》良人《うち》には御任せなさるまい」と、とりとめなく「たわいない言葉」の流れにしかならなかった。〈低い層〉においては、「生理的・生存史的要因が決定的な役割を演じてい」るというのがバフチン・ヴォロシーノフの見方で、もちろんその面は否定できないが、自己正当化の根拠を奪われた情念がその層《レベル》へ追いやられ、願望と怖れに引裂かれて態度決定の焦点を見出せぬまま、「あゝ心配に頭脳《あたま》の痛む、（略）もう止《や》めましよ止めましよ、あゝ痛《いた》」と生理的苦痛に転移してしまう場合もある。バフチン・ヴォロシーノフの言う〈ワタクシ経験〉に近づくのである。

　しかし、これとても他者のことばと対話・葛藤する一つの仕方であることに変りはない。対話・葛藤とは、別な見方を見れば、他者のことばを反映し屈折させることであろう。「他人は何んと噂《うは》さするであらう」とお浪が怖れるとき、他人の言うことが全く見当つかないのではなく、むしろあまりにもよく予想できるからこそ、それの意識化（引用）を避けて、上のようなことばに屈折させたのである。その意味で、誰かが発話したことばは、対象的な事象を反映し屈折させると共に、必ず他者のことばをも反映屈折させている。この誰か（発話主体）を捨象してことばをとらえることは、その二重の反映と屈折（およびその対象）をも捨象してしまうことになる。そこにソシュールのいわゆる言語《ラング》が見出される。そういう言語《ラング》は単なる抽象にすぎず、バフチン・ヴォロシーノフが「語る主体の意識は、規範として自己同一的な諸形態の体系という形で、言語を操作するわけではありません」「なぜなら、実際には、語る主体の志向が向けられるのは、自らが発するある具体的な発話そのものだからです。（略）彼にとっての関心の重心は、諸形態の自己同一性にはありません。同一の諸形態が、ある具体的な脈絡のなかで獲得する、ある新しい具体的な意味にあります」と批判したのはきわめて適切であった。言語《ラング》とは、傍点の箇所のような意味での規範だからである。ところが、そのバフチン・ヴォロシーノフ自身、人間の意識、とくに〈低い層〉をとらえるに当っては、二重の反映と屈折という観点を忘れてしまったらしい。

　お浪は無記名の輿論を怖れた。怖れという形で、予想されることばを間接的に屈折反映し、つまりお浪自身は意識しないままにその輿論を対象化しはじめていたのである。「ましてや親方様は定めし憎いのつそりめと怒《おこ》つてござらう、お吉《きち》様は猶《な》ほ更《さ》ら義理知らずの奴《やつ》めと恨んでござらう」。予想される親方やお吉のことばをこういう形で屈折反映し、それと同時に、自他を共軛する心的制度（恩や義理）をも反映させていたのである。「ゑゝ気の揉める、何《どう》なる事か、到底《とても》良人《うち》には御任せなさるまいが若《もし》もいよ〳〵吾夫《うちのひと》の為《す》る事になつたら、何《ど》の様《やう》にまあ親方様お吉様の腹立てらるゝか知れぬ、あゝ心配に頭脳《あたま》の痛む」。お浪の思念は乱れ、脈絡を失い、不安や苦痛を反映したことばが増え、表現は独白化されてゆく。輿論や共軛の圧迫感が身体的苦痛へと屈折されて反映しているのである。

バフチン・ヴォロシーノフの言う、語る主体が視向する「ある新しい具体的な意味」とは、結局言語《ラング》へ帰ってゆく、いわば言語《ラング》のヴァリエーションでしかなかった。「あらゆる発話が、ひとつの纏った全体としては一定の単独の意義、単一の意味というものを持っております。ひとつの纏った発話全体の持つこの意味を、その発話の**テーマ**と呼ぶことにします」。しかし「発話は、テーマと並んで、あるいは、もっと正確にいえば、テーマの内部に、**意味**をも内包しているものです。テーマと区別して〝意味〟という際に私たちが念頭に置いているのは、発話の中の、**繰り返し可能な**構成要因、しかも、くり返されるあらゆる場合に**自己同一的でありつづける**発話の構成要因です」。この場合の〝意味〟とは、その定義の仕方から見て、バフチン・ヴォロシーノフがソシュールの言語《ラング》としてとらえたものとおなじである。規範と、それを媒介として主体の認識を表現したことばとを、理論的に区別できなかった点では、バフチン・ヴォロシーノフもソシュールと変りなかった。「意味とは、そのままでは何ものも意味しえないものです。具体的なテーマの中に入ってはじめて意味たりうる可能性・潜在性をもっているにすぎません」。この意味は規範と同義であるが、「テーマとは、**言語の有意性の上限である**」「他方、意味とは、言語の有意性の**下限**である」という時、意味は表現の範疇でとらえられている。前にも引用した、「イデオロギー的なものは、いずれも**意味**〈指示対象とその指示の仕方〉を持っている」という規定からも分かるように、要するにバフチン・ヴォロシーノフの言うイデオロギー記号とは規範のことであった。してみれば、〈日常イデオロギー〉とは日常的規範だったわけで、ソシュール的言語《ラング》観の弱点を衝くことはできたが、何らかの（心的）制度《ラング》に寄与（帰属）すべきものとしてしか個々の具体的な発話（表現）を評価できなかった。ここでバフチン・ヴォロシーノフは構造主義と一致する。

そういう欠陥を指摘した上で、私は、他者のことばとの対話・葛藤という観点を発展させたい。もう一度言えば、対話・葛藤を他者の（予想される）ことばの反映屈折としてとらえることである。ロマーン・ヤーコブソンが『一般言語学』で明かした、メッセージの諸機能、とりわけ心情的機能や詩的機能の概念などは、この観点から再検討してみなければとうてい小説の分析理論たりえないだろう。言語学者の言う共示言語についてもおなじことで、それを「言葉の情緒的価値」（野口武彦）などと言い換えてみたところで、どれほど分析が進むわけではない。それだけでなく、三浦つとむや吉本隆明の表現論にも右のような観点が欠けていた。たしかにバフチン・ヴォロシーノフは、きわめて生産的な視点を用意してくれていたのである。

お吉の思念は、無記名の輿論と心的制度を自負していた。お浪の思念は、お吉のことばを、制度に共軛されつつ疎外された心情に反映屈折させた表現だったのである。

『五重塔』で、事件を担う主要な作中人物は、もちろん源太とのっそり十兵衛であるが、その思念のパターンはそれぞれお吉とお浪の延長上にある。ただしこの二人はその思念の決着をつけなければならない立場にあり、そこに感応寺の上人のことばがからんでくる。上人が二人を呼んで語った寓話それ自体は、近世の心学道話にいくらでもその類話が見られるような、とくに深い意味のある話ではない。ただ、この上人一人だけは世間（無記名の輿論）とは違った発想を持ち——その超越（然）性が上人としての格を象徴的に裏づけている——源太と十兵衛の思念のなかに屈折反映されつつ繰り込まれてゆくのである。

　案じて貰ふ事は無い、御慈悲の深い上人様は何《ど》の道我《おれ》を好漢《いゝをとこ》にして下さるのよ、ハ、、、なあお吉、弟《おとゝ》を可愛《かはい》がれば好《い》い兄《あにき》ではないか、腹の饑《へ》つたものには自分が少しは辛《つら》くても飯を分けてやらねばならぬ場合《ばあひ》もある、（略）嗚呼《あゝ》癇癪を堪忍《がまん》するのが、ゑゝ、男児《をとこ》だ、男児《をとこ》だ、成程好《い》い男児《をとこ》だ、上人様に虚言《うそ》は無い、折角望みをかけた工事《しごと》を半分他《ひと》に呉《くれ》るのはつく〴〵忌〻《いま〳〵》しけれど、嗚呼《あゝ》、辛《つら》いが、ゑゝ兄《あにき》だ、ハ、、、お吉、我《おれ》はのつそりに半口与《はんくちや》つて二人《ふたり》で塔を建てやうとおもふは、立派な弱い男児《をとこ》か、賞《ほ》めて呉れ賞めて呉れ、汝《きさま》にでも賞めて貰はなくては余り張合ひの無い話しだ、ハ、、と嬉しさうな顔もせで意味の無い声ばかりはづませて笑へば、お吉は夫の気を量《はか》りかね、（以下略、傍点は引用者）

前半の口ぶりで分かるように、明らかに源太は、この仕事はもともと自分が請け負うべきものだと思っていた。これまでの実績と名声からみて、自分にこそこの仕事の資格も権利もある。そういう自負に、世間もまたそう見ているはずだという自信が重なって、「慾徳《よくとく》は何《どう》でも関《かま》はぬ」といった気っ風のよさを顕示することができた。ところが、上人が二人を呼び、十兵衛の出過ぎた望みをたしなめ因果を含めて手を引かせてくれるものと思っていたのに、お互に譲り合って仲良くやるようにという意味の寓話であった。おそらく源太には心外だったであろう。

上人がそれを意識していたかどうかはともかく、二人を対等に扱ったこと自体、すでに、源太の自負や自信にどれほどの正当な根拠もありはしないことを語っていたのである。しかし源太にはそこまでは分からない。分からないが、上人のことばがあった以上、自分の不本意を、大工の棟梁らしい太っ腹な気っ風のよさで抑えるしかなかった。自分を兄《あにき》に見立て、「腹の饑《へ》つたものには自分が少しは辛《つら》くても飯を分けてやらねばならぬ」という比喩に上人の寓意を屈折させて、自尊心を守り、この手前勝手に思い上った発想で、「のつそりに半口与《はんくちや》つて二人《ふたり》で塔を建てやう」というのである。これが、世間受けを予定した行動から自由であり得ない源太の、棟梁気質であった。「嗚呼《あゝ》癇癪を堪忍《がまん》するのが、ゑゝ、男児《をとこ》だ、（略）成程好《い》い男児《をとこ》だ」。自分の思い切りのよさに対する、予想される世間のほめことばを先取り反映させた表現である。だが、この男児《をとこ》ぶりの自己顕示は、〈露伴〉が聴き逃さなかったように、「嬉しさうな顔もせで意味の無い声ばかりはづませ」

た、うつろな響きに裏切られてしまった。

源太の譲歩は、しかし、十兵衛の拒否に会う。源太は「世間を味方にするでもない」「恩に被《き》せるとおもふて呉れるな」と説明するのだが、「十兵衛に半分仕事を譲つて下されうとは御慈悲のやうで情無い、厭《いや》でござります、（略）塔の建てたいは山〻《やま〴〵》でも既《もう》十兵衛は断念《あきらめ》て居ります」という遠慮めかした拒否に、虚を衝かれてしまったのである。ありがた涙で十兵衛がこの提案を受け入れてくれるはずだ、という前提で先のような説明をしたのであろう。が、自分の譲歩を十兵衛の立場で屈折させた形の拒否に出合って、「応左様《おいさう》ならば我《おれ》が為《す》ると得たり賢《かしこ》で引受けては、上人様にも恥かしく第一源太が折角磨《みが》いた侠気《をとこ》も其所《そこ》で廃《すた》つて仕舞ふ」と、自分の見栄を明かさざるをえない。仕事は十兵衛に譲り、次に、秘蔵の図面を貸してやろうとするのだが、これもまた拒まれてしまうのである。

ある意味では、源太は上人のことばを屈折反映させながらお吉的な思惑をはるかにのり超え、男児《をとこ》（侠気）ぶりも本物になって行ったと言うことができる。そこが上人に認められて、最後に名誉を与えられた形になるわけであるが、それは内容面からの把握であって、淡白で太っ腹な気っ風を示そうとする科白には、必ず最初の時のようなうつろな調子が伴っていたのである。

なぜ源太は、このように十兵衛から追い詰められざるをえなかったのか。もう十兵衛のことばを引用する余裕もないが、簡単に言えば、十兵衛をつき動かしていたのは自己破壊の衝動を秘めた気質からの解放願望であった。大工としてこの世を渡るからには、一度は名誉の仕事で存分に技倆を振ってみたい。この職人気質が我執となって、大工仲間の義理や源太の親切がわずらわしくなってしまったのであるが、むろん十兵衛はそれが「分際《ぶんざい》を忘《わす》れた」高望みであることは承知していた。わるい夢を見たとあきらめるのが、分相応というものであろう。しかし、「連添ふ女房《かゝ》にまでも内〻《ないく》活用《はたらき》の利《き》かぬ夫ぢやと嘲《かこ》れながら、夢のやうに生きて夢のやうに死んで仕舞へば夫《それ》で済む事、あきらめて見れば情無い、つく〴〵世間が詰《つま》らない、あんまり世間が酷《むご》過ぎる」。白痴《こけ》にされながら、それが分相応と生きねばならぬ無念を思えば、あの職人気質がますます募ってくる。それをようやく抑えているところに、源太が好意的な提案を持ってきたのだが、十兵衛の無念はその好意を振り払わねばならぬほど強かった。「十兵衛が仕事に手下は使はうが助言《じよごん》は頼むまい、人の仕事の手下になつて使はれはせうが助言はすまい、桝組《ますぐみ》も椽配《たるきわ》りも我《おれ》が為《す》る日には我《おれ》の勝手、何所《どこ》から何所まで一《いっ》寸《すん》たりとも人の指揮《さしづ》は決して受けぬ、善いも悪いも一人《ひとり》で脊負《しよ》つて立つ、（略）人の仕事に寄生木《やどりぎ》となるも厭《いや》なら我《わ》が仕事に寄生木《やどりぎ》を容《い》るゝも虫が嫌へば是非がない」。これはもはや、偏屈な名人気質というような生まやさしいものではない。あえて不可能な仕事に挑戦し、一切の責任を自分に帰せしめようとする意地を語って、失敗した時にはわが身を破ってしまいたい情念を響かせているのである。

なまじ優れた技倆を持ち、世渡り不器用な職人気質を負ってしまった、この世の受苦性から解放されるため、かれはことさら成功の見込みが乏しい状況に自分を追いやって、あえて源太の親切を拒んでしまった。そういう情念に自己正当化の根拠があるわけでなく、それを承知で世評も義理人情も無視する形で開き直ったのである。源太とて大工の一人であってみれば十兵衛の職人気質を認めざるをえない。棟梁としてはいよいよもの分かりよく受け止めるしかなかった。その部分の掣肘を受けなかったお吉は、世間の常識と、職人仲間の義理人情として形成されてきた心的制度によってお浪を共軛できたわけであるが、源太はおなじ共軛を十兵衛に予定し、しかし気質《かたぎ》が偏気となり、自分でも苦痛なほど制作に執着する十兵衛には及ぼし得なかったのである。バフチン・ヴォロシーノフの言い方を借りるならば、〈日常イデオロギー・高い層〉が〈低い層〉を自己疎外的に生み、かえって〈低い層〉からその仮構性を衝かれる結果となってしまった。

もと気質とは、身分や職業によって作られた感性の様式であり、心的制度である。その純化を目指し、人間を様式として、あたかも自然を様式的に描くように描き出したのが、尾崎紅葉であった。露伴は気質に憑かれた人間を描いた。その憑かれ方は、源太のように心的制度の完成を目指す形があり、その周辺に女房気質のお吉や、江戸っ子気質の清吉、侠気を誇る鋭次などがいる。もう一つの憑かれ方は仕事の完成だけに執着する十兵衛の場合であり、『一口剣』(明23・8)の主人公もそれに属する。露伴は後者の執念の、さらに魔性的《デモーニッシュ》な衝迫の面に関心が強かったらしい。『辻浄瑠璃』や『寝耳鉄砲』(明24・3〜4)の道仁や、『いさなとり』(明24・5〜11)の彦右衛門などの描き方にそれが窺われる。これらは、いわば憑かれること自体の純粋持続を描いたもので、その主人公は一たん身分や職業をかなぐり捨て、地獄めぐり的試練の旅に出なければならなかった。

　重要なのは、そのいずれの場合にせよ、憑かれ方自体を自分自身に発くことば《パロール》を作中人物に与えたことである。換言すれば、聴き手化した〈露伴〉の語りが潜在的にそれを促していたわけである。こうして露伴の作品は、ことば《パロール》(によって発かれる自己意識)の葛藤の場となり、『五重塔』の冒頭でお吉が(読者をも共軛すべく)心的制度《ラング》を狙った内的ことば《パロール》の方向性は、十兵衛によって崩されてしまった。冒頭、読者を惹き込むための無記名の輿論が、その後の展開によって相対化されてしまった点では、天外の『はやり唄』や花袋の『生』などの先蹤であった。『いさなとり』の彦右衛門は自分の過去を語りつつ、「好きにつけ又悪しきにつけ何かの物に常動かされ」という内なる魔《デーモン》を自覚する。露伴の主人公には、こうした魔《デーモン》を羞恥する自嘲がつきまとっているのであるが、やがて自然主義の頃からは人間の内なる自然としてとらえられるようになってゆく。

　ただ、冒頭に無記名の雑談を置く書き方が、戯作性として否定されるようになった、いわゆる客観描写の文学の場合、〈作者〉の視点やことばを相対化する機能を作中人物は持ち得ない。作中人物の主観性に対して、この視点は客観性として別次元に位置づけられ、そのことばも気質的、戯作的な屈折を排除した、ただ対象世界の真を反映する機能に変えられてしまったからである。正確には、その機能だけを高めようとする表現意識が支配的になっていったからである。あるいはまた、作者と等記号《イコール》的な語り手による私小説的な書き方の場合、語り手の視点の主観性に対して、他者（作中人物）の視点とことばは自律性を奪われた、客体に追いやられてしまったのである。これは実は、お吉の思念をそのまま作品世界とする書き方なのであるが、作者（とかれの日常世界）の真を現わすという表現意識に掩われて、それもまたある心的制度を視向したイデオロギー作品にほかならない自覚が薄れてしまった。対象世界の真と、対象化された（語り手に媒介された）作者の真と、これらを究極的に価値づけているのは、日常的イデオロギーの掩いを破って見出された自然という、もう一つの新しいイデオロギーであった。

（56・11）

　そういう傾向をある面で用意してしまった露伴の作品は、しかしそれを最もよく相対化し批判しうる方法をもって現存している。

第十一章　視ることの差別と危機

藤村『破戒』（明39・3）の丑松が、秘された「素性《すじやう》」を初めて他人に打ち明けてしまいたい衝動に駆られた夜、父親の呼ぶ声を聞いた。それは「子《こ》の霊魂《たましひ》を捜《さが》すやうな親《おや》の声《こゑ》」であった。深層構造的にみれば、この時、破戒＝父親殺しが行なわれていたのである。

正確に言えば、その幻聴を聞いた動揺のなかで、かれは猪子蓮太郎に手紙を書こうと思い立つ。その意味では、素性を打ち明けてしまいたい衝動が萌す直前、あたかもそれを予知したかのごとき父親の声が聞えて来たわけであるが、ともあれ、かれが幻聴に怯えていたのとちょうど同じ時刻、西乃入の牧場で働く父親は種牛に突き殺されてしまった。

分かるように、丑松と種牛とは暗合的な関係にある。人間らしく生きたいと思う丑松にとって、「飽《あ》くまでも素性《すじやう》を隠《かく》せ、今日《けふ》までの親《おや》の苦心《くしん》を忘《わす》れるな」という戒めは、もはや桎梏でしかなかった。だが、それを破ることは、父親のこれまでの人生設計を打ち砕いてしまうことにほかならない。深層心理的には、その破戒衝動への予知的自己規制としてあの幻聴が聞えたわけであり、作品の深層構造の面からみれば、破戒＝父親殺しの衝迫を種牛が代行したことになる。

丑松と種牛との暗合的関係は、次のような表現にも見出される。父の葬式に出掛けた丑松は、屠殺場に引かれてきた種牛を見る。「紫色《むらさきいろ》の潤《うる》みを帯《お》びた大《おほ》きな目《め》」を持ち、「傍《はた》で観《み》て居《ゐ》る人々《ひと〴〵》を睥睨《へいげい》するかのやう」だった。藤村には、紫の目というイメージに一種特別な思い入れがあったらしく、『藁草履』（明35・11）の馬が、牝馬に向って走り出す時は、「紫色の大《おほ》きな眼を輝《かゞや》し」ていた。さらに遡れば、「与作の馬」（明28・

11）という詩においても、「馬はこゝろも狂ひ出で眼《まなこ》は深き紫の／火焔《ほのほ》のいろを示」していたし、「壮年の歌」（『落梅集』）のなかにも「勇める馬の狂ひいで／（略）又は眼《まなこ》も紫に／胸より熱き火を吹きて」というイメージが見られる。つまり藤村は、世間的な戒め（＝縛め）を破って自由に生きたい情念を現わす時、馬や牛における野性の目覚め（＝紫の目）という隠喩を好んで用いていたのである。縛めを振り切って父親を殺してしまった種牛は、もちろん処罰されなければならない。

　もっとも、処罰（屠殺）の場に引き出されてもなお悠然と「傍《はた》で観《み》て居《ゐ》る人々《ひと〴〵》を睥睨《へいげい》するかのやう」な種牛とは、一面では、丑松が抱いている父親のイメージの隠喩化でもあった。具体的な論証は省略するが、これは前後の表現をみれば容易に見抜けることで、だからこの種牛において父と子は一体化したことになる。その上で作者は、この種牛を、父と子がそこから離脱しようとした人たちに殺させるのである。「屠手《としゆ》として是処《こゝ》に使役《つか》はれて居《ゐ》る壮丁《わかもの》は十人許《じうにんばか》り、いづれ紛《まが》ひの無《な》い新平民《しんぺいみん》――殊《こと》に卑賤《いや》しい手合《てあひ》と見《み》えて、特色《とくしよく》のある皮膚《ひふ》の色《いろ》が明白《あり〳〵》と目《め》につく。一人《ひとり》一人の赤《あか》ら顔《がほ》には、烙印《やきがね》が押当《おしあ》てゝあると言《い》つてもよい。中《なか》には下層《かそう》の新平民《しんへいみん》に克《よ》くある愚鈍《ぐどん》な目付《めつき》を為乍《しなが》ら是方《こちら》を振返《ふりかへ》るもあり、中《なか》には畏縮《いぢけ》た、兢々《おづ〳〵》とした様子《やうす》して盗《ぬす》むやうに客《きやく》を眺《なが》めるもある」。

　だからこそ、あの種牛の従容たる様子がますます際立ってくるのであるが、この丑松の感性に即した表現のなかに、実はかれらへの濃厚な蔑視が含まれていたことは容易に読み取れるだろう。父親殺し的な暗い情念の処罰を、「殊《こと》に卑賤《いや》しい手合《てあひ》」「下層《かそう》の新平民《しんへいみん》」に押しつけることで、丑松の人生希求は人間的に純化された形に保たれてゆく。これが『破戒』の深層構造であった。

ただし丑松の隠された差別意識を暴くだけが、この小論の目的ではない。人間と動物という異質な存在を、例えば「紫色の目」という象徴的な一点において暗合的に結びつけてゆく。そういう隠喩関係を、ここでは暗喩と呼びたいと思うが、その方法を藤村が自覚的につかんだのはラスキン『近代画家論』のグロテスク芸術論あたりからではないかと私は推定している。だが、その論証もまたここでの目的でなく、むしろいま私が重視したいことは、方法的な自覚に先立つ、いわば半人半獣的なイメージを生んでしまった視覚の問題である。

　視点を変えるならば、それは、いわゆる自然描写における明視性と幻視性の混在という問題である。ラスキンが雲の美観を論じた箇所に啓発されて、藤村が自然の観察に取りかかったことは、よく知られている。たしかにその成果と思われる自然描写は『破戒』の至るところに見出しうるのであるが、ただ、ここで一つ注意しなければならないのは、開豁な自然の景観が明視的に描かれているのは多くの場合、その眺望が他者と共有されている時であった。それは、例えば猪子蓮太郎であり、たとえ一緒に眺めていない場合でも、その人との共感を内的に視向しつつ眼前の景観を享受している。その意味で、明視的な自然描写とは、他者に開かれた空間を作り出す視向の実現にほかならなかった。

　『千曲川のスケッチ』（大1・12）の草稿を作り始めたのは、明治三十三年の頃からであったらしく、その時どんな文体を藤村が選んでいたかはよく分からない。ただ、現存の『千曲川のスケッチ』から判断するかぎり、その発表を思い立った時点で、かれは、他者とその自然を共有する発想で描く方法を自覚的に選び取った。むしろ他者に開かれた感性を育てるためにこそ、かれは自然描写の訓練を思い立ったのだったかもしれない。「私は今、小諸《こもろ》の城址《しろあと》に近いところの学校で、君と同年位な学生を教へて居《を》る。君は斯《か》ういふ山の上への春が奈何《いか》に待たれて、そして奈何《いか》に短いものであると思ふ」「君は農家を訪《おとづ》れたことがあるか。入口の庭が広く取つてあつて、台所の側《わき》から直《すぐ》に裏口へ通り抜けられる」云々。

「君」とは、序文で言う「敬愛する吉村さん——樹《しげる》さん」のことであるが、つまりこのような例からも分かるように、自然描写の客観的明視性を高めるとは他者との共有、あるいは他者との共生感を享受することにほかならない。自然を描くことが人間性の恢復または向上として意識されていた、時代的なモチーフを、藤村はそのように実践していたのである。独歩が初めて現実観察の報告を主題に文章を書くことになった時、故郷の弟に語りかける『愛弟通信』（明27・10〜28・3）という形式を工夫せざるをえなかった。そこにも『千曲川のスケッチ』と似たような事情が働いていたのであろう。

だが『破戒』には、そのような表現と並んで、他者とは共有され得ない自然描写が出て来る。例えば、丑松が父の呼ぶ声を聞いた場面である。

父《ちゝ》の呼《よ》ぶ声《こゑ》が復《ま》た聞《きこ》えた。急《きふ》に丑松《うしまつ》は立留《たちどま》つて、星明《ほしあか》りに周囲《そこいら》を透《すか》して視《み》たが、別《べつ》に人《ひと》の影《かげ》らしいものが目《め》に入《はひ》るでも無《な》かつた。すべては皆《みな》無言《むごん》である。犬一《いぬひと》つ唁《な》いて通《とほ》らない斯《こ》の寒《さむ》い夜《よる》に、何《なに》が音《おと》を出《だ》して丑松《うしまつ》の耳《みゝ》を斯《あざむ》かう。

『丑松《うしまつ》、丑松《うしまつ》。』

とまた呼《よ》んだ。さあ、丑松《うしまつ》は畏《おそ》れず慄《ふる》へずに居《ゐ》られなかつた。心《こゝろ》はもう底《そこ》の底《そこ》までも掻乱《かきみだ》されて了《しま》つたのである。たしかに其《それ》は父《ちゝ》の声《こゑ》で——皺枯《しやが》れた中《なか》にも威厳《ゐげん》のある父《ちゝ》の声《こゑ》で、あの深《ふか》い烏帽子《えぼし》ケ岳《たけ》の谷間《たにあひ》から、遠《とほ》く斯《こ》の飯山《いひやま》に居《ゐ》る丑松《うしまつ》を呼《よ》ぶやうに聞《きこ》えた。目《め》をあげて見《み》れば、空《そら》とても矢張地《やはりち》の上《うへ》と同《おな》じやうに、音《おと》も無《な》ければ声《こゑ》も無《な》い。風《かぜ》は死《し》に、鳥《とり》は隠《かく》れ、清《すゞ》しい星《ほし》の姿《すがた》ところ〴〵。銀河《ぎんが》の光《ひかり》は薄《うす》い煙《けむり》のやうに遠《とほ》く壮厳《おごそか》な天《てん》を流《なが》れて、深大《しんだい》な感動《かんどう》を人《ひと》の心《こゝろ》に与《あた》へる。さすがに幽《かすか》な反射《はんしや》はあつて、仰《あを》げば仰《あを》ぐほど暗《くら》い藍色《あゐいろ》の海《うみ》のやうなは、そこに他界《たかい》を望《のぞ》むやうな心地《こゝち》もせらるゝのであつた。声《こゑ》——あの父《ちゝ》の呼《よ》ぶ声《こゑ》は、斯《こ》の星夜《ほしよ》の寒空《さむぞら》を伝《つた》つて、丑松《うしまつ》の耳《みゝ》の底《そこ》に響《ひゞ》いて来《く》るかのやう。子《こ》の霊魂《たましひ》を捜《さが》すやうな親《おや》の声《こゑ》は確《たし》かに聞《きこ》えた。しかし其意味《そのいみ》は。斯《か》う思《おも》ひ迷《まよ》つて、丑松《うしまつ》はあちこちあちこちと庭《には》の内《なか》を歩《ある》いて見《み》た。

明視への努力がなかったわけではない。しかし、この超自然的な不吉な徴《しるし》は、ただ単に周囲が闇夜に掩われていたためだけでなく、他者への視向が閉ざされてしまっていた結果であろう。事実、その直前、かれは、天長節の式典の後の庭球《テニス》で「穢多《ゑた》の子《こ》」の仙太と組んだために烈しい自責と猜疑に襲われてしまっていた。その情緒不安定な様子は、友人の銀之助の眼にも異常に映っていたらしく、右のような不思議な体験を語るのだが、あっさりと否定されてしまう。「ホウラ。風間《かざま》さんにも聞《きこ》えなければ、僕《ぼく》にも聞《きこ》えない。聞《き》いたのは、唯君《たゞきみ》ばかりだ。神経《しんけい》、神経《しんけい》――どうしても其《それ》に相違《さうゐ》ない」と笑われてしまったのである。他者との共生感を欠き、その意味で孤独な自然との対面が始まる時、この自然は裸形の貌を現わし、さまざまに不吉な徴をもって人間を脅やかす。そういう怖い体験は、独歩の『空知川の岸辺』(明35・11~12)からも知ることが出来るが、丑松の場合も自虐的な心的状況のため、似たような自然体験を強いられてしまった。この時かれの視線は、自然を、ただ単に眺められる客体=対象性のほうへ押し戻す根拠を失いかけていたわけで、自然の超越性に魅入られてしまう危機に晒されていたのである。

種牛が屠殺される時もむろん丑松の気持は閉ざされていた。あるいは自分の顔にもその「烙印《やきがね》」が現われているのではないか、という怯えをもって、かれは屠手たちの「特色《とくしよく》のある皮膚《ひふ》の色《いろ》」や「赤《あか》ら顔《がほ》」を不吉な徴のように見詰めていたのである。何よりも丑松は、かれらから自分の「素性《すじよう》」を見抜かれてしまうことが怖かった。他人が傍にいればこそ、ますますかれはこの場面を他者と共有するのが不安だった。明視への努力とは、知覚におけるコンベンショナルなものを克服する視向だったのであろう。その場面に気持を閉ざしてしまったことで視向性が低下し、かえってより烈しくコンベンショナルな差別意識に感性が侵されてしまったのであった。

『破戒』のこのような表現構造は、しかし、これまで研究者や批評家からほとんど注意されなかった。もちろん誰もが、理屈の上では、描写とは単なる外界の反映ではないことくらいは承知していたはずである。その状況を素描的に生きてみる身体的視向性が阻害されている時、例えば丑松が父の声を聞いた夜や屠殺場の場面のように、パッシヴなパッションに襲われてしまう。だからその反対に、明視的な自然描写においては、明らかにその状況を親和的に受け容れようとする視向性が読み取られる。これまでの『破戒』論の致命的な欠陥は、この、視向性というとらえ方が欠けていたことであろう。いや、それは一つ『破戒』論だけにかぎらず、もっとはなはだしい誤解を受けていたのは、子規の写生(文)の主張および実践である。

例えば「明治二十九年の俳句界」(明30・1〜3)で、子規は、最近の新しい傾向を「時間的俳句」と呼び、虚子の「盗んだる案山子の笠に雨急なり」「住まばやと思ふ廃寺に月を見つ」という作品を挙げて、次のように論じている。

虚子の主観的時間を現したる句は此等の句(蕪村「永き日のつもりて遠き昔かな」「日帰りの兀山越ゆる暑さかな」など、引用者註)と異なり。現在の事と同じ過去、未来の事を言ふにもあらず、将た現在の事の原因結果として来るべき必然の事、又は普通あり得べき事を言ふにもあらず。却て現在の事よりしては読者が想像し得ざる程の無関係なる事(天然的に無関係なるを言ふ)を挙げ来りて(偶然的なる)特殊の関係を附けたるなり。雨中に笠著たる人を見て誰か其笠を案山子の笠なりと想像せんや、而して虚子はこゝに此特別の場合を取り来りしなり。廃寺の月を見る人をして誰か此人が此寺の未来の住持なるべきを想はん、而して虚子は此特別の場合を取り来りしなり。是れ虚子の句が古人以外に新機軸を出だしたる所なり。

ただ単に客観的情景を詠んだ俳句と考えてみるならば、このとき眼前に見えたのは、激しい雨に笠をたたかれながら道を急ぐ人の姿であり、荒れ寺の境内に立って月を仰いでいる人でしかない。その笠は案山子から拝借したものだとか、この寺を訪れたのはここに住みたいと思ったからだというようなことは、作者の想像だったわけであるが、子規はそれを想像的俳句と呼ばずに、「時間的俳句」ととらえた。何故であろうか。「盗んだる」「住まばや」という語法からも分かるように、作者が一たんその情景内の人物の立場に立ち、つまりその立場を視向的に生きてみて、そこから「盗んだる」という過去、「住まばや」という未来が派生的に、(しかも我ながら意外な)必然性として見えてくる。そういう視向的時間の創造が読み取れたからであろう。子規はこういう想像的な「主観的時間」の表現を高く評価し、かえって碧梧桐の絵画的な、「赤い椿白い椿と落ちにけり」「かんてらや井戸端を照す星月夜」などの句を、「此の如き俳句は写生写実に偏して殆ど意匠なる者なし。(略)此意匠無き絵画、俳句が美術文学の上に幾何の価値を有するかといふは一疑問に属す」と批判していたのである。

翌々年の「俳句新派の傾向」(明32・1)でも、再び蕪村の「牡丹ある寺行き過ぎし恨かな」「宿借《(ママ)》さぬ火影や雪の家つゞき」と比較しながら、以下のように言っていた。

宿借さぬ蚕の村や行過ぎし　　虚子

といへば行き過ぎし恨をいふにもあらず、宿借さぬ時の光景を述ぶるにもあらず、蚕飼に宿ことわられし前の村は既に行き過ぎて宿借すべき後の村は未だ来らず、過去を顧ず未来を望まず、中途に在りて歩む時、何となく微妙の感興る。芭蕉其角は勿論、蕪村、太祇もこゝに感得する能はざりしなり。（傍点は原文）

子規が評価したのは、過去と未来の「中途」すなわち現在の歩みを視向的に生きている「自己」、という発想の新鮮さであった。

「住まばや」という表現が、はたして「未来の住持なるべき」という解釈を許すかどうか。「行過ぎし」を、「中途に在りて歩む」という現在形で受け取っていいかどうか。そういう疑問は残るのであるが、少くとも子規が写生という俳句の方法をどのように考えていたかは明瞭であろう。「叙事文」（明33・1〜3）という写生文の提唱を読めば更に明らかなように、写生とはその場面を視向的に生きること、あるいは視向的に生きつつ情景を創り出してゆくことだったのである。

このような写生（文）が、単なる風景の観照のように見られてしまった理由は、すでにふれておいた。柄谷行人や蓮實重彥などもそういう単純化を先験化してしまった上で、風景の「制度」たる所以を論じている。とくに柄谷行人の場合、単純化に基づく混乱がはなはだしいが、それはかれの参照した「文学史」がよほど杜撰なものだったためらしい。一つ二つその例を『日本近代文学の起源』から挙げてみるならば、独歩の『忘れえぬ人々』（明31・4）を取りあげ、ヴァレリーの「ドガ・ダンス・デッサン」や江藤淳の「リアリズムの源流」を参照したのち、かれは、「国木田独歩はいうまでもなく『写生文』の影響をうけている」と断定する。このようなことが言えるためには、「写生文」か「影響」の概念をかなり大幅に拡大しなければならぬはずで、たしかにこんな「文学史」ならば、「だが、『文学史』でいう〝影響〟なる概念をとり去ってみるならば、明治二十年代に、彼らがそれぞれ出会っていたのが『風景』だということは疑いをいれない」と言いたくなるはずであろう。

それならば、柄谷行人は、ついでに以下のような「文学史」の知識にも疑いの眼を向けて欲しかった。「ツカマツル」や「ゴザル」などの動詞（あるいは補助動詞）を、かれは「語尾」と呼んでいる。二葉亭の『浮雲』は、かれによれば、「なかば人情本や馬琴の文体で書かれているのであって、語尾が『だ』であっても、『言文一致』というべきものではなかった」。『浮雲』の冒頭を例として、かれはこのように言うのである。もっとも、こんなふうに念を押しながら読んでゆくと、かえってそこに浮んで来るのは、柄谷行人自身の「認識的な布置」のいい加減さや、その文学史的知識の「起源」への疑問だけになってしまう。まずかれは、わが国の文学史家には近代文学を「近代的自我」生成の歴史として読むことしかできなかったという、自分自身の固定観念（制度的思考）の「起源」を徹底的に対象化しておくべきであった。この不徹底を、かれは、表現の読み方の意図的な曖昧さで糊塗しているのである。

以前の私は、一つの神社が目に入るや否や、心の中で祈りをささげるために会話を中断するのが習いだったのに、今は登校の途中も愉快に談笑をつづけながら歩くからである。私は「イエスを信ずる者」の誓約に強制的に署名させられたことを悲しまなかった。一神教は私を新しい人にした。私は再び豆や卵を食べはじめた。私はキリスト教を理解しつくしたと思った。唯一の神という考えはそれほど霊感的《インスパイアリング》だったのである。この新しい信仰のもたらしたこの新しい精神的自由は、私の心身に健全な影響をもたらし、私は一段と勉強に努力を集中するようになった。自分の身体に新しく授けられた活動力に狂喜しながら、野となく山となく当てもなく歩きまわり、谷間に咲くゆりの花、大空に舞う鳥を観察して、天然を通して天然の神と語ろうとした。(柄谷引用のまま)

柄谷行人によれば、これは山本泰次郎・内村鑑三訳『余は如何にして基督信徒となりし乎』の一節である。かれは、この回想記を、札幌農学校時代における鑑三の体験の比較的正確な再現と読んでしまったらしく、「多神教から一神教への転換がこれほど劇的に描かれている例を私はほかに知らない。一神教によって、自然ははじめてただの自然としてあらわれたのであり、内村ははじめて『精神的自由』を、あるいは『精神』そのものを獲得したのである。右の条りだけをとりだせば、それはキリスト教というよりは旧約的である。また、ある意味で、これは『風景の発見』である。自然はそれまでさまざまな禁忌や意味におおわれていたのに、唯一神の造化としてみられたとき、ただの自然となる。そのような自然(風景)は、『精神』において、いいかえれば『内なる世界』においてのみ存在しうるのである」と断定している。

しかし、「谷間に咲くゆりの花、大空に舞う鳥を観察」云々というような、山本泰次郎・内村美代子の訳文(『余はいかにしてキリスト信徒となりしか』)から推定できるように、そして内村鑑三の原文"How I Became A Christian"に当ってみれば更に明らかであろうが、聖書の表現に当時の体験を屈折変容させた、いわばキリスト教国向けの仮構が行なわれていたのである。

その点を読み取ってこそ、柄谷行人の方法的一貫性が保たれるはずであろう。鑑三の自伝が、主としてアメリカ人のクリスチャンに向けられ、英語で書かれたという、まさにこの表現上の二条件(制度)のなかでしか、柄谷行人が言う「風景の発見」はなかったのである。しかも鑑三は、右の引用のなかではもちろん、それ以前の箇所でも、柄谷行人の「自然はそれまでさまざまな禁忌や意味におおわれていた」という解釈を許すようなことは語っていなかった。少年時代の日常は「異教の迷信」に支配されていたと語っていたにすぎない。この自伝ではふれていないが、明治十年頃の北海道はまだ未開拓の粗野な自然状態にあり、かれは農学校における相当に高度な自然科学的観察と実験・分析の教育を受け、さらに農業実習という形で自然への労働の体験を積み、その意味ではたしかに「ただの自然」との対面があった。しかしそれはキリスト教入信とかかわりなくあり得たことであって、むしろかれは、そのような自然のなかに聖書の言う神の徴《しるし》が見られないことに苦しんだ。このようなかれの体験に即してみれば、自伝における自然との交感体験の表現の一面性、あるいは仮構性はいよいよ明らかであろう。

もし鑑三の自伝の一節に「風景」の表現を見るにしても、その「起源」はあくまでも表現の「起源」として、次のようなことばと重ね合せて見なければならない。

哲学者《てつがくしや》ライプニツツ曰く

心霊《しんれい》以外《いぐわい》のものにして直接に知認し得るものは神のみ、感触《かんしよく》を以て探《さぐ》るべき外物《ぐわいぶつ》は皆悉《みなことごと》く間接にのみ知り得べし、

然らば迷信（Superstition）と信仰（Faith）との別《べつ》何処に存するや、理を究《きは》めずして信ずればこそ鰮《いわし》の頭《あたま》を崇《あが》めらるゝにあらずや、神《かみ》てふ感念《かんねん》は迷信家の熱頭中《ねつとうちう》に描《えが》かれたる妄想《もうさう》ならざるの証は何処にあるや。

信じて而して真理益〻明瞭なるを得る之を信仰と云ひ、益〻闇黒を加ふるに至る之を迷信と云ふ、真理は我の自然性と調和《てうわ》するものなるを以て之を信ずれば我が全性《ぜんせい》の歓喜《くわんき》と賛成《さんせい》あり、誤認《ごにん》は我自身の和合を破《やぶ》るものなれば我が善性《ぜんせい》の全部《ぜんぶ》或は幾分《いくぶん》かを圧《あつ》せざるべからず、充分なる満足は真理を了得せし時

の徴候なり、われ真理を会得《ゑとく》する時、我の理性《りせい》も情性《じやうせい》もアーメンと応へ、山と岡《をか》とは声を放て前に歌《うた》ひ、野にある樹《き》はみな手をうたん、（以賽亜五十五章十二節）（『求安録』明26・8）

この「真理」は、自然科学のそれではない。これを書いた時の鑑三は、すでに自然科学者としての立場を棄て、アメリカへ渡って神学との格闘を経て来ていた。自然科学的に対象化された自然だけではなく、感性的対象としての自然、つまりライプニッツの言う「感触《かんしよく》を以て探《さぐ》るべき外物《ぐわいぶつ》」の全てが、かれにとっては、もはや真理や感動の源泉ではありえなかった。「然れども自然の人霊に及ぼす感化力は受動的にして主動的にあらず、自然は喜ぶものには喜ばしく見へ、悲しむものには悲しく見ゆるものなり、東台の桜花は万人の歓喜を助くると同時に又無限の怨恨を写すものなり、物は霊《れい》の婢僕《ひぼく》にしてその主《しゆ》たる事能《あた》はざるなり」（同前）なのである。

かれにとって、自然を対象化し、さらには自分を対象化してしまうこと、つまり主客を分離することがすなわち原罪であった。だから、かれ自身いわゆる自然描写的な表現を試みようとしなかったし、外界の審美的な描出に最良の文学性を求めた、当時の文学は、かれにとってはとうてい文学ではあり得なかった。自然の対象化とは、主客未分の状態と共にまします神から自分と対象とを同時に疎外してしまうことにほかならない。そのように神性を失った自然から得られる真理や感性的感化力とは、しょせん間接的で曖昧なものでしかなかった。かれはひたすら自分の霊性を磨くことに努めた。『余はいかにしてキリスト信徒となりしか』によれば、とりわけアマスト大学に在学中、かれはしばしば、自然と一つに溶け合って霊性が高められてゆく至福の瞬間を持つことができたらしい。それが右のような認識を生んだわけであるが、その体験を自分のことばで表現しようとせず、聖書の表現に屈折変容させることを選んだ。そのような書き方こそが、その特権的な体験を現わすのに最もふさわしかったからである。農学校時代の再現も、そういう書き方を獲得した時点においてなされていたのであった。たしかにかれは唯一神に対する服従《サブジエクト》によって主体《サブジエクト》たりえたのであるが、その主体《サブジエクト》はけっして「風景」を「発見」するような主体ではなかった。

もしこのような霊性の凝視をも「外界に背を向け」るとか「内面（の獲得）」と呼び、聖書の表現への屈折までも「風景の発見」と見るのであるならば、なるほど「自然は（略）、唯一神の造化としてみられたとき、ただの自然となる。そのような自然（風景）は、『精神』において、いいかえれば『内なる世界』においてのみ存在しうるのである」と言うことも出来るだろう。だが、そのようなとらえ方からは、子規の場合はもちろん、独歩の場合もまたはみ出さざるをえない。

もちろん当時のクリスチャンが全て鑑三のようだったわけではない。次は、小崎弘道の『信仰之理由』（明22・3）の一節である。

> 天地万有秩序整然として自然の美を具ふ、人亦た自然に美妙の性を有す。動物にして着色の奇異なるを見て、幾分か感覚を起さゞるに非らず。然れども美妙の念は更らに見ざる所なり。天然の美も絵画の妙も音楽も詩も動物には猫に小判にして何等の感覚もあらざる可し、只人は天然の美を見て喜び、或は之れ《（ママ）》を絵に写し、或は之を詩に吟じ或は之を楽に和し、以て神明に交ることを得るなり。其美術となす所に於ては時により所によりて大差なきを得ず。されども此観念あるは道徳の観念と同じく、古今東西一轍に出づるなり。

自然の対象化を、神に嘉された始原状態からの疎外と見る発想は、ここにはない。自然とは、いわば美の源泉、あるいは先験的な美そのものであって、それを観照するとき「其思想《おもひ》必ず見る可からざる永遠の造物主に及ばざるを得」ないはずであった。このような自然＝美の観念を媒介として、絵画や詩、音楽などのジャンルに共通する「美術（芸術）」という普遍的な観念が誕生した。動物における色彩への感覚に言及し、美術観の地域的・時代的な差異にふれているが、多分かれはダーウィンの学説を意識していたのであろう。そういう科学的な認識を踏まえた上で、美術の観念それ自体は人間に普遍的であるゆえんを説いていたわけで、キリスト教を進化論的・進歩主義的な潮流に乗せてゆこうとする、当時のクリスチャン知識人の姿勢がよく現われている。

キリスト教が「風景の発見」を促したとすれば、それは小崎弘道的な発想においてである。鑑三もまたダーウィンを学んだ。農学校にキリスト教を植えつけたクラークは、進化論を認めない植物学者だった。鑑三はクラークがアメリカへ去った直後に入学し、その影響が濃厚に残る雰囲気のなかで入信を強制され、しかも生理学や顕微鏡学の外人教師から進化論を教えられた。それだけに聖書の真理と自然科学的な法則認識をどのように調和させるか、深刻に悩まざるをえなかった。この両者は神の存在をめぐって相対立する、二律背反的な二つの世界観だったからである。かれは、小崎弘道のように、自然科学の学説を部分的に採り入れるような小器用な解決が出来なかった。激烈な葛藤ののち、ついにかれは、観照的に対象化された自然を疎外の観点からとらえる、当時としては画期的な認識に到達したのである。

しかし当時の文学は、むしろ小崎弘道が望んだような方向で進んで行った。おなじ頃巌本善治が「最大の文学は自然の儘に自然を写し得たるもの也」「人の智識は悉く自然より発す、人の徳も悉く自然より養はる、人の美のみ安《いづく》んぞ亦《ま》た之より来らざらんや」（「文学と自然」明22・4）と主張し、鷗外の批判を受けたが、自然に真理や美を根拠づける考え方は、非クリスチャンの知識人にも受け容れ易かった。しかもその一方、菊池大麓の『修辞及華文』（明12・5、チャンバースの百科全書の Rhetorics and Belles Lettres の項の翻訳）に触発されて、文学も美術でなければならず、その美を如何に文章によって現わすか、修辞法への関心が高まっていた。加えて、明治十年代から二十年代にかけて地理学のブームがあり、佐久間舜一郎の『日本地理正宗』（明22・10）のように、「予曩ニ常陸ニ入ルヤ水戸街道ヲ北行シ……」と、紀行文的な記述が新たに始まった。そういう流れのなかで、志賀重昂は『日本風景論』（明27・10）で、自然の美にインスパイアされた国民精神（Nationality）の涵養を主張し、これらの要素が綜合されて紀行文学というジャンルが興ってきたのである。

柳田は「風景の発見」が事実上、紀行「文」の変化にほかならないことを語っている。それはさしあたって「詩歌美文の排列」、つまり「文」からの解放を意味する。しかし、日本人が長いあいだ名所の風景だけを風景として眺め、また「詩歌美文の排列」に充足してきたのはなぜなのか。むろん、その風景は漢文学との出会いによって与えられたものであり、『古今集』がその基本的な規範だった。この点では、本居宣長も他と異なるところがない。「貫之は下手な歌よみにて古今集はくだらぬ集に有之候」（「再び歌よみに与ふる書」明治三十一年）と叫んだ正岡子規とは異質なのだ。

柄谷行人は、柳田国男編『紀行文集』の序文を引いて、右のように断定しているが、ここでもかれはテキストの読み方の方法的な一貫性を失っている。柳田国男が貫之の『土佐日記』を「詩歌美文の排列」と呼んだのならば、まずその「美文」という概念の「起源」を問うべきであっただろう。柳田国男が言う、「従つて後世新たに出現した風土観察の書は、往々にして文学の愛好者によつて、意外な俗文として疎んじ棄てられる懸念があつたと共に、更に此種の記録を世に遺さんとする者と《ママ》して、無益の彫琢に苦辛せしめるやうな結果をさへ見たのである」というとらえ方は、明治二、三十年代に流行した紀行文学にあてはまるが、それは「名所の風景だけを風景として眺め」るマナリズムからの脱却を視向して、新たな「詩歌美文」の創出を目指した運動であって、子規の『かけはしの記』（明25・5〜6）を始めとする十篇近い紀行文もその例外ではなかった。

ここで再び子規に戻るならば、かれは「俳諧反故籠」（明30・1〜3）で、「文学者は原料を造化より取ると共に、其原料を精製して自己理想中の物となす、此の点に於て文学者は第二の造化とも謂ふべし。然れども修飾精製は原料をして完全の美を得せしむべく、又原料を破壊して固有の美をさへ失はしむべし。是れ其精製者（文学者）の技倆如何に因る者とす。（略）造化は無意識に宇宙を造りたるを以て天然物には俗気少し。其俗気あるは多く人為に属す。天然を直写する者亦俗気少きは此理なり。只ゝ修飾を加ふる処に俗気を著け易し。故に大手腕を有する者は修飾して完備ならしむるに如かずといへども、初学の者は天然を直写するを可とす。少くも俗気を脱するを得ん」と語った。柳田の言う、「後世新たに出現した風土観察の書」を「意外な俗文として疎んじ」た「文学の愛好者」とは、おそらくこのような子規的発想の人たちを指していたはずで、むろん子規は自分の紀行文への反省を含めて上のように語っていたと見てよいのである。

子規の「原料」とは、多分スペンサーの経済学から来た概念であろう。それに注意を促したのは漱石であったらしく、明治二十三年一月の子規に宛てた手紙のなかで、「僕一己ノ文章ノ定義ハ下ノ如シ」と、以下のように言っている。「文章 is an idea which is expressed by measns of words on paper 故ニ小生ノ考ニテハ idea ガ文章ノ Essence ニテ words ヲ arrange スル方ハ element ニハ相違ナケレド essence ナル idea 程大切ナラズ経済学ニテ申セバ wealth ヲ作ルニハ raw material ト labor ガ入用ナルト同然ニテ此 labor ハ単ニ raw material ヲ modify スルニ過ギズ raw material ガ最初ニナクテハ如何ナル巧ノ labor モ手ヲ下スニ由ナキト同然ニテ idea ガ最初ニナケレバ words˚ arrangement ハ何ノ役ニモ立タヌナリ」（改造社版子規全集の表記に拠る）。

この推定に間違いないならば、子規の写生とは「原料」つまり raw material を得る実践であった。その「原料」を「精製して自己理想中の物となす」とは、idea にまで高めることであろう。なぜなら、「実景は天然の美人の如き者なれば猶多少の欠点を免れず、故に眉を直し高眉を書き紅粉白粉を著け綾羅錦繡を著せて完全の美人たらしむる」べきだからである。その idea は、おなじ月に発表された「明治二十九年の俳句界」（前出）の「意匠」に相当する。自然に美の根拠を求め、自然には俗気が少い故に、「初学の者は天然を直写するを可とす。少くも俗気を脱するを得ん」と論じているところ、小崎弘道・巖本善治的な自然観（ただし信仰抜きの）の延長にあったわけであるが、自然を「原料」の次元に置いた点に、かれの特徴が認められる。その自然に対する人間の主体性として「意匠」があり、かれは修辞を否定したわけでなく、「意匠」に基づかない修辞を「俗気」として批判したのである。かれがその「意匠」を身体的視向性に根拠づけていたことは、すでにふれておいた。碧梧桐の「赤い椿白い椿と落ちにけり」「かんてらや井戸端を照す星月夜」というような「写生的絵画の小幅」的な作品がどれほど印象明瞭であろうとも、しょせん「意匠」なき俳句にすぎなかった。

しかし、子規における写生（文）の提唱までには、ただ単に「意匠」の形骸化した月並俳句への批判にとどまらない、もっと怖い事情が潜んでいた。蓮實重彥が子規を念頭に置いていたとは思えないが、子規がぶつかったような怖い事態は直観していたらしい。

だが、そうした美的感性の篩などはあっさりかいくぐってしまう風景は、逆にその感性的な篩の網目を入念に組織する装置として機能しながら、視線から、審美的判断を下そうとする特権を奪ってしまう。つまり風景は、感性と思われたものを、想像力や思考とともに「知」の流通の体系に導き入れ、その交換と分配とを統禦《（ママ）》する教育装置として着実に機能しているのである。教育とは、存在を分節化し、装置としての風景にふさわしい体系に、思考と感性と想像力とを馴致せしめる不断の活動にほかならない。だから風景に驚嘆し、また退屈しもする感性は、装置としての風景が休みなく語り続ける美しさの物語に、しかるべく組みこまれてゆくまでのことだ。存在が風景を読むのではない。風景が存在を読みとってゆくのである。

「風景を超えて」の一節である。柄谷行人の「風景」論がまやかし以上のものでありえなかったのは、文学史的常識を欠き、言及した作品の幾つかは当時まだおそらく読んでいなかっただけでなく、「風景」を論じながら視線—身体—感性のあり方には全く問題意識を欠いていたためである。蓮實重彦はそれに較べて、文学史や他人の作品には手を出さず、つまりかれの言う「風景」とはかれのテキストのなかでしか有効でないのであるが、視線の問題を導入したことで柄谷行人よりはるかに優れた知見に到達していた。

視線は、たしかに蓮實重彦の言うように、一種の権力であろう。視ることは、視られる対象に対して、視る人間を特権化してしまうからである。それは、対象を、単なる受身の客体に貶めてしまい、分節化し、解釈し、つまり差別の構造を作ってしまうのである。

だが、客体として対象化されたものは、まさにそれ故にその視線を自分に惹きつけ、関心を奪い、その受動性によって視る人間の意識を支配してしまう。視られることの権力性、というあり方もありうるのである。視られることで、いわば視られ方を支配し、対象化されない側面を隠してしまおうとする。このような視線と対象との確執を、人間の原罪的な不幸と見たのが、先にふれた内村鑑三であった。

主として人間の人間に対する関係の問題についてであるが、かれは、創世記の「婦《をんな》樹を見れば食《くらふ》に善く目に美麗《うるは》しく、且智慧《さと》からんが為に慕《した》はしき樹《き》なるによりて遂《つひ》に其果実《み》を取て食《くら》ひ亦之を己と偕《とも》なる夫《をつと》に与へければ彼食《くら》へり、是に於て**彼等の目俱《とも》に開《ひらき》て**彼等其裸体《はだか》なるを知り乃ち無花果樹《いちじく》の葉《は》を綴《つゞり》て裳《ころも》を作《つく》れり」という箇所を取りあげて、以下のように論じた。『善悪《ぜんあく》を知るの樹《き》』とは実に分別の樹にして人その果《み》を食《しよく》し自ら是は善彼は悪と分別《ふんべつ》し得るに至らば神なくして独《ひと》り世を渡《わた》り得べしと考《かんが》へたり」（『求安録』。ゴチック体は引用者）と。

かれの理解によれば、視る特権性とは、もともと神にのみ属すべき権力だったのであろう。人間が共に目覚め、自他の対象化が始まって、視線と隠蔽の確執が生れた。人間の人間に対する関係が、疎外された関係として現われてきたのである。「斯《か》くして人類の歴史《れきし》は全く新方向《しんはうこう》を取れり、彼は自ら学《まな》ばざるべからず、彼は自《みづか》ら戦《たゝか》はざるべからず、彼は自ら責任《せきにん》を負《お》はざるべからず、優《いう》は勝《か》ち劣《れつ》は破《やぶ》る」。とりわけ近代の人間にきびしく課せられた、このような自立的な生き方は、鑑三にとっては最悪の事態にほかならなかった。かれの独自性は、こうして人間が人間の敵となり、自分が自分の敵になってしまうような悲惨な状況をよく自覚し、自立的な生き方をそのなかで工夫しつつ、それを超えたあり方を探ってきたことである。

神の特権に等しい視線を自分のものとしたとき以来、人間はお互をもの（客体）に変えてしまう関係を作り、人間以外のものはさらに純客体の次元に貶められてしまった。だが、そのなかには絶えず対象《もの》に視線をとらえられてしまう怖れや、そのものから逆に見返される怯えが伴っている。この怖さを感受できたのは、もちろん内村鑑三だけではなかった。『破戒』の丑松は、あの父が呼ぶ声を聞いた場面で、自分の視る対象があたかも他界に属するもののように感じられ、逆に自分が魅入られてしまう恐怖に襲われた。屠殺場における怯えは、差別する視線の対象＝屠手たちが何時自分のほうを振り返って、視線の特権性をうち砕き、自分もおなじ被差別の人間であることを暴いてしまうかもしれない怖さであった。

子規の場合は、必ずしも怖れは顕在的でなかった。とはいえ、かれにとって視るとは対象世界を視向的に生きること、いわば対象世界の奥行きを辿り、あるいはもの、の厚みに触れることであった。そしてこの対象世界のなかで視る特権性が相対化され、うち砕かれてしまうプロセスを、かれは小説の構成としていたのである。

『曼珠沙華』（明30・推定）の主人公玉枝は、「御領内第一の富豪」野村家の総領息子だった。「今年十六七の花盛りに、固よりかしこく慈悲深く、学問さへすぐれて居」たのであるが、最近はとかく塞ぎがちで、乳母の注意を振り切って表へ出、「町はづれの小社の後へ来て、ほつと息をついた時、玉枝は始めて自己を知覚した様子であつた」。郊外の自然のなかで存分に解放感を味わっていたが、

ふつと耳を貫く音に立ちどまつて見廻せばいつか三の淵に来て居る。玉枝は何か急に思ひついたやうに、彼処の木の間、此処の草むらと、道無き処を探し歩行いたが、終に堤の林を離れて田の縁に出た。返さうとして彼方を見れば土手を十間許り離れて田の中に一塊《かたまり》の高まり、何とも知れぬ大木一株《もと》雲に聳えて、其下には今を盛りの曼珠沙華が透間も無く生えて居る。それが傾く西日に映りて只赤毛氈を敷きつめたやうな。其中に坐つて何やらして居る一人の小娘を見つけたので、あれに聞いて見ようかと独り言して畦道づたひに小高き処をぐるりと廻りて、少女の後からそつと覗いた。乞食でもあらうか継ぎ〳〵のきたない著物に、帯は何やらの片側に赤き唐縮緬をつけたのを縄のよれた如く結び、髪は只やた

らに束ねて居た。足投げ出して居る側に草花少し入れた籠を置き、そこらにある曼珠沙華を捲りては余念なく糸で縛つて居る。

何の変哲もない導入の描写に見えるであろうが、作中に内在的な語り手の描き出す自然が、そのまま登場人物によって生きられる自然に転化されて、やがて語り手の視点が主人公の視線にほぼ固定されてゆく。明治三十年という時期において、このような書き方はほとんどない、まだ始まったばかりであった。

言葉を換えるならば、当時までの小説における自然の描き方は、作中人物を登場させる舞台背景的な風景描写にすぎなかった。その点では審美的叙景が当時最も斬新だった徳冨蘆花の場合でさえ、『自然と人生』（明33・8）のスケッチは紀行文学の一変奏と言えるであろうが、その対象的景観はけっして視向的に生きる視線によって描かれたものではない。あくまでもただ眺められただけの自然の、その時々刻々に色彩を変えてゆくさまがカラリストの眼で描かれているにすぎなかったのである。だから、『不如帰』（明31・11～32・5）にも『自然と人生』のスケッチの幾つかがほとんどそっくり使われていたし、またそうでない自然描写の場合でも、そのまま『自然と人生』に採り入れてさしつかえないような表現だった。ということはつまり、その風景を眺めている作中人物を、作者は風景の一部のようにとらえていたにすぎない。

上州伊香保《いかほ》千明《ちぎら》の三階の障子開きて、夕景色をながむる婦人。年《とし》は十八九。品好《ひんよ》き丸髷《まげ》に結ひて、草色の紐《ひも》つけし小紋縮緬《こもんちりめん》の被布《ひふ》を着たり。

色白の細面《ほそおもて》、眉の間《あはひ》やゝ蹙《せま》りて、頬のあたりの肉寒げなるが、疵《きず》と云はゞ疵なれど、瘠形《やせがた》のすらりと静淑《しほ》らしき人品《ひとがら》、此れや北風《ほくふう》に一輪勁《つよ》きを誇る梅花にあらず、また霞の春に蝴蝶と化《ば》けて飛ぶ桜の花にもあらで、夏の夕闇《ゆふやみ》にほのかに匂ふ月見草、と品定《しなさだ》めもしつ可き婦人。
春の日脚《ひあし》の西に傾きて、遠くは日光、足尾、越後境《ざかひ》の山々、近くは小野子《をのこ》、子持《こもち》、赤城《あかぎ》の峰々、入日を浴びて花やかに夕栄《ゆふばえ》すれば、つい下の榎離《えのきはな》れて唖々《あゝ》と飛び行く烏の声までも金色に聞ゆる時、雲二片《ふたつ》蓬々然《ふらく》と赤城の背《うしろ》より浮び出でたり。三階の婦人は、坐《そゞ》ろに其の行方《ゆくへ》を瞻視《うちまも》りぬ。

審美的叙景そのままの美文意識でヒロイン浪子の様子が描かれ、しかも彼女は内在的な語り手が描いたのとおなじ風景を眺めているはずであるが、彼女固有の風景の見え方はいわば作者から無視されてしまった。だから、彼女が伊香保の山中を歩く場面も出てくるのであるが、これもまた彼女に生きられた空間としての自然ではなかった。語り手の視線や感性が、作中人物の固有性を無視した形で全体を支配しているのである。

それに較べて、『曼珠沙華』の内在的な語り手は、かなりの程度まで主人公の固有性に近づいている。そういう表現の標準的なプロセスは、次のように想定できるだろう。つまり、内在的な語り手における自己顕示的な語り口（修辞法の露呈化、ヤーコブソンのいわゆる詩的機能）が、くりかえし作中人物の固有性（と視向されたメンタリティや感性）に触れるにつれて、いわば両者の超越的な綜合として、広松渉（『世界の共同主観的存在構造』）が言うひと（man, on）の次元を獲得する。このプロセスは、二葉亭の『浮雲』にもある程度読み取れるのであるが、最後には両者が一元化されてしまったため、文三の主観的世界に転落してしまう。『曼珠沙華』の場合は、内在的な語り手が主人公と不即不離の関係を保ち、野口武彦（『小説の日本語』）ならば言表行為の曖昧さ、二義性として批判するだろう表現によって、この作品に劇的な展開をもたらし得ているのである。

それは、こういうことである。内在的な語り手の視線が玉枝の関心と重なって、文字通り特権的な視線が生れるとともに、対象的世界の見え方は玉枝の感性に即してリアライズされていった。先ほどの引用で、その辺の事情はよく分かるであろう。玉枝が見出した少女は、花売りの娘であった。だが、この語り手は玉枝に一元化されてしまったわけでなく、次の場面では、その娘が蛇使いの芸人の子供で、土地の人たちから差別的に疎んじられている様子が描かれる。しかしこの場合、語り手の視線が娘の立場に即してしまうことはない。あくまでも娘は見られる客体にすぎなかった。その意味でこの語り手は、不在の玉枝の視線を半ば代行していたと見るべきであろう。再び玉枝が登場した時、内在的な語り手しか見えていなかったはずの娘に関する知識が、すでに玉枝の意識内容となっていたのである。ということは、視線の客体たる娘に玉枝の意識がとらわれてしまったことにほかならない。

すでに二人は恋仲であった。玉枝は大将塚で娘を待つ間、うたた寝をし、上田秋成の「蛇性の婬」(『雨月物語』)の一場面を想わせるような妖しい夢を見る。「いよ〳〵変に思ふたが、酒の酔が出たか、玉枝は直に寝ついた。暫時とろ〳〵と寝たと思ふと、苦しくなつて、金の蛇が二三匹来て咽喉を絞めて呼吸がつまるやうなので、うなされながら眼が覚めた。背中は冷汗一ぱいになつて居る。猶恐ろしさが残つて居るのに怺《こら》へかねて飛び起きると、矢張玉枝は大将塚の前の芝生に寐て夢を見たのであつた。誰か居る、と見廻したが、暮色蒼然と四方から迫つて来て、そこらには誰も居なかつた」。やや複雑な構文であるが、金の蛇に襲われたのは、夢の中で酒に酔って寝たその夢のなかのことであり、その恐しさに二重の夢が破れて大将塚の現実に戻ったのである。この金の蛇が、『破戒』における種牛とおなじく、娘(または娘と玉枝の関係)の暗喩であることは、言うまでもない。玉枝は誰かに見られている気配を感じた。なお消え残る恐怖とともに、かれは、いわば特権的に視ていた対象《もの》から逆に見返される不吉な徴を感じさせられてしまったのである。その怯えのなかで、意識の特権性までも崩れてしまった。「あゝ変な夢を見た。併し思ふて居るから見たのかも知れぬ、

（略）どう考へても不便な者ぢや。毛一本でも不足の無い人間に生れて人間の交際が出来んのぢやから。そんな理窟が天下にあるものか。今日の四民同等の世の中に、固より癈人でもなければ、悪人でもない、無垢清浄天女のやうな者ぢや。それをうぬ等が浅ましい心で軽蔑するとは、そも〳〵間違ふて居る」。

ここで、視る者と見られるものとの立場は逆転してしまった。玉枝は親の強制によってある豪家の娘と結婚することになった。その当日、花売りの娘は玉枝の家屋に忍び込む。夜になって俄かに天気が崩れ、嵐のなかで玉枝は天狗の声を聞き、娘の姿と金の蛇を見る。それが夢の出来事であったか現実のことか、もはやかれには分からない。玉枝は意識の正常を失い、娘はその土地から姿を消してしまう。

写生文を提唱しようとしていた時期、このように幻想性の強い小説を試みていたことは、子規論としても重要な問題であろう。だが、これまでの私の関心から言えば、まさしくそれは子規の写生の方法が孕んでいた小説、つまり写生の論理が小説の論理に転換された一例にほかならない。言葉を換えるならば、視て描く特権性への固執が、かえって対象的に疎外され差別されたものの異形さに直面してしまい、そのもののなかに現われてくる、牛や蛇に暗喩化された人間に、怯えながら魅入られてしまったのである。そういう怖さを花袋も体験しただろうことは、『重右衛門の最後』（明35・5）の細部に窺うことができる。蓮實重彥の「風景を超えて」に、結局、羊頭狗肉的なもの足りなさが残ってしまったのも、こういう視線とものとのドラマがとらえられていないからであった。

子規や藤村、花袋たちは、そのドラマを踏まえつつ、あの怯えや怖さを克服する方向で描写の明視性を強めていった。藤村における明視性が他者に開かれた自然描写の形で実践されたことは、すでにふれておいたところである。その意味で、『曼珠沙華』の導入、玉枝が町はずれに来て「始めて自己を知覚した様子であった」と表現されていたのは、きわめて象徴的であった。「漸くわれに返った」ということの稚拙な表現とも見られないこともないが、ともあれこの「自己（われ）」は、他者と共にいる煩いから逃げ出してきた、孤立した「自己（われ）」であって、そこに魔が取り憑いたのである。だから、その危険を実験小説的に通過した子規にとって、写生（文）の表現のなかに対象化された「（潜在的な）自己」は、可能なかぎりひととして純化された「自己（われ）」でなければならなかった。個人的な好みや癖を自己顕示する表現ではなくて、没個性と見えるほど純化されたひとの眼を対象世界に自己投入的に働かせながら、明視的にものの秩序を明かすこと。子規の表現はことばの透明度が高いと印象づけられるのは、そのためであろう。

しかし子規の場合、そういう方向へ進むには小説を一たん棄てなければならなかったわけで、してみるならば、ここに重要な問題が改めて起ってくる。『曼珠沙華』のような視線と対象の劇が小説を選ばせたのか、それとも小説の仕掛けがそのような劇を生んでしまったのであろうか。そのように考えてみると、露伴の『対髑髏』や鏡花の『高野聖』などが意外なほど子規や花袋の近くに位置していたことが分かる。柄谷行人の「風景」論が説得力を欠いてしまったのは、スケッチや回想記、小説などのジャンルにおける風景の意味の違いが読み取れていなかったためでもあった。「ここ（独歩『忘れえぬ人々』）には、『風景』が孤独で内面的な状態と緊密に結びついていることがよく示されている。（略）いいかえれば、周囲の外的なものに無関心であるような『内的人間』inner man において、はじめて風景がみいだされる。風景は、むしろ『外』をみない人間によってみいだされたのである」などとかれは言うが、回想や想起の方法のなかで再構成された自然の表現ばかり選んでくれれば、風景の記述とともに内面が現われてきたように見えるのは当然であって、ただしかし、かれはそのような表現の次元差の問題にはけっして眼を向けないのである。

（57・1）

第十二章　自然が管理されるまで

旅行者がただ単に眺めて通りすぎるだけでなく、その土地の生活者《ネイティヴ》の問題に何らかの形でかかわり《コミット》を持つ。その時かれは、ある重大な禁忌を犯《コミット》してしまう。ここに、近代の小説の基本的なパターンの一つがある。換言すれば、風景の危機と、自然の発生である。

近代の旅行は、まず交通＝文明開化という論理によって積極的に展開された。交通が経済や文明の発展の重要な要因である自覚は、田口卯吉の『日本開化小史』(明10・9〜15・10)などで理論化されたわけだが、それに先立って旅行の制限廃止があり、さらに先立って西洋への旅が始まっていた。そういう時代的なイデオロギーをいち早く、あけすけに反映した作品が、仮名垣魯文と総生寛の『万国航海西洋道中膝栗毛』(明3〜9)である。こんな言葉が出て来る。「弥次《やじ》郎さん㐂多《きだ》八さんも開化進歩《かいくわしんぽ》の御方《おかた》じやによつて一通《ひととほ》り天地開闢《てんちかいびやく》以《い》来今日《らいこんにち》にいたるまで世界万国《せかいばんこく》の沿革《かはり》をおはなし申まするが（略）その始《はじ》めにやア物《もの》を煮《に》て喰《くら》ふ事《こと》ヘしらず着《き》物《もの》を織《お》ることハ知《し》らず家《いへ》を造《つく》ることハしらず猛獣《もうじう》と挌闘《うちあつ》て獣猟《けものがり》を生業《よわたり》にして雨露《あめつゆ》を凌《しの》ぐにやア張幕《まく》を引《ひつ》ぱつてこゝといふ慥《たしか》なきまりハなくそつちこつち住替《すみかへ》て貨幣《ぜにかね》といふ物《もの》もなく禽獣《きんじう》と一所《いつしよ》に野山《のやま》に住《すみ》て農業《のうぎやう》をすることも知《し》らなかつた時《とき》を未開《みかい》の民《たみ》と号《なづ》け又洋語《またようご》でセミバルベリヤンさ」。

ここに使われている論理は、内田正雄編著の『輿地誌略』(明3〜8)からの借り物である。かれはその編著のなかで、「開化ノ程度」を、「蛮夷《サウエージ》」「未開ノ民《セミバルベリヤン》」「半開ノ民《ハーフシフイライズド》」「文明開化ノ民《エンライテント》」と分類し、この観点から各大陸の自然や民俗、政体などをくわしく紹介した。当時としては、よく出来た人文地理書と言えるだろう。『西洋道中』の作者は、その「蛮夷」と「未開ノ民《セミバルベリヤン》」を一緒にして作中人物に右のような説明をさせた。十返舎一九『東海道中膝栗毛』の、江戸と田舎を対照した滑稽譚に潜んでいた差別感を、文明開化の論理によって自己正当化しながら、アジア民族への差別観に拡張し、顕在化したわけである。つまり西洋＝文明開化へのコミットが右のような形で正当化され、だからこそ「土人」（ネイティヴ）の習俗を蔑視的に踏み荒しながら、この作品の弥次郎や㐂多八たちは一向に犯《コミット》しの意識は抱いていないのである。しかもその蔑視は、次のような形で日本のなかにも向けられていった。「今《いま》でも亜拉比亜《あらびあ》。西比利亜《しべりあ》。韃靼《だったん》のやうな所《ところ》ハケ様《かやう》な風儀《ふうぎ》が残《のこ》りて居《を》りやす皇国《みくに》のうちでもまア三箇《さんが》の津《つ》の様《やう》なところハ沢山《たくさん》はない片鄙《へんぴ》な場所《ばしよ》へ行《ゆ》きやア人間界《にんげんかい》じやアあるまへと思《おも》ふ所《ところ》があるのさ」。

これらの点は、もちろん戯作的に誇張されたことでもあったのだが、風景の発見が差別を内包していたことは成島柳北『航西日乗』（明14・11〜16・8、17・8）の次のような表現からも分かるだろう。後で鷗外の紀行文と比較してみたいので少し長く引用する。

二十九日雨十一時右ニ一髪ノ青ヲ認ム即チ麻陸岬《マロツコ》ナリ此日午雨午晴二時左ニ燈台ノ小嶼上ニ在ルヲ望ム其ノ後ロニ一線ニ突出シタルハ蘇門答臘《スモダラ》ナリ麻陸岬ト相対ス此ノ海峡ハ即チ星嘉坡《シンガポール》港ナリ

　南辺《ハ》麻陸北《ハ》蘇門。地勢蜿蜒両蟒奔《ル》。奔《テ》到《テ》二洋中《ニ》一不二相接《セ》一。双頭対《スル》処万帆翻《ル》。

六時港ニ達ス赤道ヲ距ル一度十七分此港ハ新港《ニウホルト》ト名ヅク人家多カラズシテ石炭庫多シ郵船停泊ノ為メニ築キシ処ナリ此港ニ入ルノ間四顧スルニ風景頗ル佳ナリ郵船直チニ岸ニ達シ上陸ニ便ナリ港内ノ児童皆裸体ニテ瓜片様ノ小舟ニ乗リ来タツテ文具ノ類ヲ売ル客小銀銭ヲ水中ニ投ズレバ跳テ水ニ没シ之ヲ攫シテ浮ブ蛙児ト也似《タ》リ土人皆黒面跣足ニシテ紅花布ヲ纏ヒ半身ヲ露ハス画図ノ羅漢ニ同シ其中少シク財産有ル者ノ如キハ皆回教ノ徒ト見エ桶様ノ帽ヲ戴ケリ女子亦袒シテ跣ス鼻ヲ穿ツテ金環ヲ垂レシ者アリ

奇怪極マレリ（略）
十月一日金曜晨起復諸子ト共ニ旧港ノ市街ニ赴ク路ヲ夾ム草花幽婉愛ス可シ地質ハ皆赭色ナリ街頭ノ家ハ土人ト支那人ト雑居ス蓋シ闔広ノ人移住スル者多シト云フ新連香ト云フ一旗亭ニ投ジ雞糸麺ヲ食ヒ用米酒ヲ飲ム楼頭ニ盆栽ヲ列ス盆ハ交趾ノ陶器多シ標シテ曰ク眼看手勿レ動識レ理者諒知ト（略）土人港頭ニ来タリ鸚鵡長尾猿ノ類ヲ鬻グ珍禽奇獣少ナカラズ価モ亦甚ダ貴カラザルガ如シ幾個蛮奴《ノ》聚《リ》二港頭《ニ》一。排二陳《シテ》土産《ヲ》一語啾々。巻毛黒面脚皆赤。笑殺売《スル》レ猴《ヲ》人似《タルヲ》レ猴《ニ》。

さすがに景観のとらえ方に、あざやかな文学的手腕を見せている。中井桜洲『西洋紀行航海新説』（明3）の、おなじ土地を通過した時の記述に較べて、観察が細やかで審美的な観照性が強まっているのは、政治的な危機感が薄らいでいたためであろう。——中井は鹿児島藩士。脱藩して土佐の後藤象二郎の後援を得、慶応二年にイギリスへ密航し、翌三年帰国。『西洋紀行航海新説』はその時の記録——だが、かえってその反面、「笑殺売《スル》レ猴《ヲ》人似《タルヲ》レ猴《ニ》」という『西洋道中』の亞丁《アデン》の場合と同様な、傲慢な蔑視を露呈してしまっている。

前章で紹介した、佐久間舜一郎の『日本地理正宗』は、日本版の『輿地誌略』とも言うべき人文地理書で、「予曩ニ全国ヲ周遊スルヤ、（略）然ルニ武蔵ヨリ甲斐ニ入ルニ当リテ、始メテ其山勢ノ秀絶ナルニ驚キ」という紀行文的な風景の発見の記述と共に、各地方の風俗を紹介している。その視線は必ずしも明らさまな蔑視を見せてはいなかったけれども、一見公平な記述それ自体が、実は、未開の風習の強調的な紹介という形での差別を潜在させていたのである。後でふれるように、そのような立場に違和を感じて小説というジャンルへ向って行ったのが、国木田独歩だったと言えよう。

それでは、『輿地誌略』の著者は、未開から開化への原動力をどのようにとらえていたのであろうか。『西洋道中』への反映からも分かるように、それは「張幕《まく》を引《ひっ》ぱつてこゝといふ慥《たしか》なきまり」を設ける土地領有制、とりわけ農業的土地所有制であった。「未開ノ民《セミバルバリヤン》　前者（蛮夷）比スレバ知覚稍進ミ人々ノ所有物有リ（略）其一ヲ遊牧《ノ》民ト云フ（略）其二半《バ》遊牧業《ヲ》トシ半《バ》農業《ヲ》事《ト》シ村落《ヲ》為シテ《ニ》一歳或《ハ》二三歳住居スルモノ有リ（略）其三農業営《ヲ》ミ兼テ獣畜ヲ牧養シ又漁猟ヲ事《ト》ス（略）部落ノ大ナルニ至テハ邦国ト名ヅクベキモノ有リテ其中自ラ法令ヲ存シ酋長ノ約束ニ服従ス」（傍点は引用者）。

こうした考えが、当時としては極めてアクティヴなイデオロギーであったことは、矢野龍溪の『浮城物語』（明23・1〜3）によっても知ることが出来よう。これは、日本国籍を棄てて新しい土地に理想的な共和制を樹立しようとする冒険者の物語であり、しかも東南アジア諸国を西洋列強の植民地化から解放しようという、わが国の文学史で珍しく構想雄大な作品であった。が、その一方では、まず南洋の無人島を手に入れ、「海王島を署有する後ちは夫より馬太加須島《マダカスカル》を取らん（略）又此国の未開なる一事を言はゝ……」「夫より手を延て接近《ちかき》せる亞非利加内地を侵畧《とる》せん。（略）然れとも其の中間廿度より赤道に至るの間、三百万平方里に余る国土（日本幾十倍するの国土）は未た定主あることなし」という植民主義を含んでいた。このような侵略主義を正当化する根拠は、その土地が未開で、定主（土地所有制に立脚した君主、あるいは政府）を持たぬことだったのである。そのような発想が日本の領有内に向けられた場合の一例を、札幌農学校の初代教頭クラークが開拓使長官にて宛てた報告のなかにも見出すことができる。"Agriculture is the surest foundation of national prosperity. It feeds the people, converts the elements into property, and furnishes most of the material for manufactures, transportation and trade. The business of country can be most profitably done by resident citizens who are intelligently and earnestly devoted to its welfare, and they alone can be relied on for its defense in time of foreign invasion. As soon as practicable, therefore, the migratory fishermen of Hokkaido should be converted into permanent settlers."（*First Annual Report of Sapporo Agricultural College.* 明10）

非定住者的な漁猟民の否定的な評価、あるいは農業的土地使用にしか正当な土地所有制を認めない、国家的立場からの発想が、ここに明瞭に打ち出されている。かれが理解した札幌農学校の目的とは、そういう土地所有制の指導的な中核たるべき人間として、知識と熱意をもって国家的繁栄に献身する役人を育てることであった。かれの持ち込んだキリスト教は、半ば以上、そのような人間に学生を内面から改良する意図に基づいていたのである。

柄谷行人（『日本近代文学の起源』）が取りあげ、前章で私も言及した内村鑑三の自伝的回想は、キリスト教の強制的受容以前の土俗的な信仰を、精神と肉体の未開（迷信）状態とみる意識で書かれていた。換言すれば、農業的土地所有制に侵入された北海道の自然と人間の問題を捨象した、その意味では一種の紀行文として記述されていたわけである。あえて言えば、"Rejoicing in the newly-imparted activity of my body I roamed over fields and mountains, observed the lilies of the valley and birds of the air, and sought to commune through Nature with Nature's God." という、この一種身心の昂揚した状態での observe ということが、いやこの昂揚それ自体が、すでにある種の重大な捨象の上に成り立っていたのである。

かれもまた身心のレベルで西洋的開化へコミットしたのであり、ネイティヴへの犯し《コミット》の意識はなく、しかしその潜在的な負い目から、時々異教国の平穏へのなつかしさが甦ってきた。

この時代の、ほとんど唯一の例外は、志賀重昂の『南洋時事』（明20・4）だった。かれは西洋列強の植民地争奪戦に犯されつつあったミクロネシアの「土人」との交流を通して、文明開化の暗部に気がつき始め、西洋視向的な世界像を撃つべく、いわば当時の第三世界の問題を喚起したのである。かれの『日本風景論』（明27・10）は、当時の紀行文の多くが自分たちの生活圏の「外」への関心によって書かれていたのに対して、

「内」（日本）へ眼を向け変える形で書かれている。だが、暗部への批判が不徹底だったためでもあろう、結局その「風景」論も、まだ多分に、ネイティヴの問題を捨象した、審美的な紀行文の傾向を残してしまったのである。

さて、以上私は常識的なことの確認に紙数を費してしまったが、私の狙いは、右のような巨視的なとらえ方から近代の文学における「自然」の特質を解析してみることである。とはいえ、しかし私は、いわゆる作家の自然観なるものを、「外なる自然」「内なる自然」などの曖昧な概念を用いて不毛な論議を重ねるつもりはない。むしろそのような論じ方を否定しつつ、以上のような旅行者の眼によって発見された風景がどのように小説の構造を変え、またその反対に、小説の構造のなかで自然がどんなふうに変容されながら私たちの感性に影響を及ぼしてきたか。それを検討してみたいと思う。

例えば鷗外『舞姫』（明23・1）の太田豊太郎は、かつて紀行文家の一人であった。「五年前の事なりしが、平生の望足りて、洋行の官命を蒙り、このセイゴンの港まで来し頃は、目に見るもの、耳に聞くもの、一つとして新ならぬはなく、筆に任せて書き記しつる紀行文日ごとに幾千言をかなしけむ、当時の新聞に載せられて、世の人にもてはやされしかど」云々。これまでほとんど注意されなかったこのような箇所も、以上のような関心でとらえてみるならば新しい意味を帯びてくる。紀行文の不可能の自覚の上で、この〈私―私〉的なコミュニケーションの手記、つまり内面の自己対象化という小説ジャンルが選ばれていたからである。

豊太郎の紀行文はもちろん作品内に紹介されていないが、どんな性質のものか、推定の手がかりがないわけではない。

十一日。早。過麻陸岬蘇門答臘之間。山脈断続。蜿蜒南北。波平如席。有詩。昨夜風生太苦辛。今朝風止笑顔新。人間悲喜何殊此。一日攢眉一日伸。午前八時。達星嘉坡。所謂新港。舟接埔頭。如塞棍港。沿岸多煤庫。有児童乗舟来。請投銀銭於水中。没而拾之。百不失一。舟狭而小。如刳瓜。嶺南雑記云。蛋戸入水不没。毎為客泅取遺物。亦此類。午前十一時。倩馬車観諸寺院及花苑。街上土色之赤。与塞棍同。多支那人。開廛鬻食。又挽腕車為活。土人渾身黧黒。肩腰纏紅白布。女鼻穿金環。皆跣足。奉回教者。戴帽若桶。有牛挽車。肩峯突起。似駱駝。園多植椰子甘蔗。支那寺院。扁曰環州会館。其他英仏礼拝堂。無足記者。入花苑。束盆樹作偶人。猶我菊偶也。憩於欧羅巴客館。劣于香港客館数等矣。午後三時帰舟。(略)晩餐後逍遙近岸。港口島嶼星羅。船燈万点。々綴其間。盖此地麻陸一島。英人開港以扼支那印度両海之咽喉。其盛固不待言也。有詩。聞説蛮烟埋水郷。埔頭今見列千檣。英人応有点金術。塊鉄之頑乍放光。又。日暮離舟立樹陰。隔林有寺送鯨音。児童幾個膚如漆。蛮語啾々売彩禽。是日発郷書。寒暑針八十五度。

鷗外『航西日記』の、シンガポールの箇所である。比較のため、柳北『航西日乗』とおなじ土地の記述を選んでみたが、まるで申し合わせたように似たようなことに眼を止めている。これは中井桜洲の紀行文の場合も変らない。結局旅行者が案内される場所が似たような所ばかりだったということもあるだろうが、右のような類似を通して紀行文の時代的なレベルというものは推定可能なのである。

ただ、少していねいに見てゆくと、鷗外の紀行文の場合、眼前の光景によって自分を拘束してきたものを対象化するという特質が認められる。「埔頭今見列千檣」という光景によって、「聞説蛮烟埋水郷」という先入見的予想が自分に対象化されてくるのである。柳北が海水にもぐって投銭を拾う子供たちを「蛙児」と呼び、「土人」を指して「羅漢ニ同シ」と説明したのは、もっぱら読者への情報伝達的な配慮に基づくものであろう。自分の感じ方に執着することばの選び方は見られない。鷗外にもおなじ視向が働いていなかったわけではないが、少くとも二人の漢詩に限って言えば、柳北は依然として外界の印象明瞭を狙って造型していたのに対して、鷗外は自分のあり方を表現に繰り込まずにいられなかった。「土人」がもの売る様子を描く場合でも、まずかれは「日暮離舟立樹陰」と自分の位置（状況）を対象化し、「隔林有寺送鯨音」という響きと一緒に、「蛮語啾々」を聞いている。それが鷗外の旅愁のあらわし方だったのであろう。その人生経歴から見て、むしろ柳北のほうが屈託が大きかったのではないかと思われるが、だからこそかえってかれは内面を断念して、外界の印象に執着せざるをえなかったのかもしれない。外界への執着が極まるところ、「笑殺売《スル》レ猴《ヲ》人似《タルヲ》レ猴《ニ》」という冷笑的な観察が生れ、だからかれの聞いた「語啾々」は「啾喧」しか響かせていない。その意味で柳北の眼はひどく乾いていたわけであるが、鷗外の聞いた「蛮語啾々」には一種の愁いが滲んでいるのである。この箇所にかぎらず、鷗外の紀行文は、ほとんど常に自分を拘束するものの意識化を含んで、眼前の光景が描かれていた。「二十六日。至亞丁港。（略）有詩。万里舟過駭浪間。征衫来此涙成斑。童山赤野無青草。豈有風光似故山。又。誰得相看笑口開。堪驚波上泛黄埃。雖非蒲柳何能耐。赤日焦山煑海来」と。

　しかし、大まかに言えば、鷗外の紀行文的日記に特別に目新しい風景の発見があったわけではない。『舞姫』執筆当時の鷗外に即して言えば、今さら自分の紀行を世に紹介するまでもないと思わざるをえなかったであろうし、その断念が紀行文の不可能性の自覚として『舞姫』の豊太郎に仮託されて行ったと考えてみることもできる。むろん私は鷗外と豊太郎を同一視しているわけではなく、むしろ以上のようなかかわりを想定した上で強調したいことは、紀行文の断念を仮託された豊太郎が、次には、かれみずから紀行文を否定して告白的な手記を選択する、いわば小説の論理を作っていたことである。「此恨は初め一抹の雲の如く我心を掠めて、瑞西の山色をも見せず、伊太利の古蹟にも心を留めさせず、（略）若し外の恨なりせば、詩に詠じ歌によめる後は心地すがすがしくもなりなむ。これのみは余りに深く我心に彫りつけられたれば（略）いで、その概略を文に綴りて見む」。風景への関心を阻害するものとして「恨み」＝「心」が見出され、その「我心」に必然的なジャンルとしてこの手記の書き方が自覚された。しかもその書き方は、すでに鷗外の紀行文に素描されていた一面の拡大、すなわち眼前の対象によって自分を拘束してきたものを対象化してしまう方法の発展であった。豊太郎は眼前の対象を細密に描くよりも、むしろそれによって顕在化された内的な拘束（「活きたる辞書」や、「法律」たることを強いられた「たゞ所動的、器械的の人物」としての生き方）に懐疑の眼を向け、ついにその拘束（＝自我）の崩壊に至ってしまう過程を描いて、その手記に小説的構造を与えたのである。この意味で『舞姫』は、当時の紀行文からの批判的な脱皮を構造化した小説ということになる。

ベルリンの華やかな大通りは、西洋＝文明開化の象徴だったと言えるだろう。豊太郎はそこから暗い小路へ逸れてしまう。

或る日の夕暮なりしが、余は獣苑を漫歩して、ウンテル、デン、リンデンを過ぎ、我がモンビシユウ街の僑居に帰らんと、クロステル巷の古寺の前に来ぬ。余は彼の燈火の海を渡り来て、この狭く薄暗き巷に入り、楼上の木欄に干したる敷布、襦袢などまだ取入れぬ人家、頬髭長き猶太教徒の翁が戸前に佇みたる居酒屋、一つの梯は直ちに楼に達し、他の梯は窖住まひの鍛冶が家に通じたる貸家などに向ひて、凹字の形に引籠みて立てられたる、此三百年前の遺跡を望む毎に、心の恍惚となりて暫し佇みしこと幾度なるを知らず。

もし風景の再現を意図した表現ならば、「心の恍惚」をさらにリアライズするために、かれはその遺跡の様子をもっと細部克明に描かなければならなかったであろう。だがかれは、むしろ自分の位置（状況）の再現のほうを選んだ。この、華やかな国際都市への膨張から取り残された生活者《ネイテイヴ》の領域に入り込んで、つまりコミットして、かえって「心の恍惚」が得られた。自分でもまだよく自覚していない、そういう衝動のオブセッションとして「三百年前の遺跡」が眼を惹きつけていたわけである。そしてこの古寺の前で出合った少女の人生にかかわり《コミット》、結局かれは自分の立場を新たに拘束する重大な禁忌を犯す《コミット》ことになってしまう。

このように、自己のオブセッションの表出を視向して外界を描き出す表現は、豊太郎における〈私—私〉コミュニケーション的な告白手記という書き方《エクリチュール》によって可能となったのである。正確に言えば、右の光景はベルリン時代の豊太郎に眺められた風景というよりは、その時の自分自身をも眺める対象とし得た、回想の時点（「セイゴンの港」の船中）から描き出されたものであろう。

ところで、紀行文的な風景への違和をモチーフとして小説の構造を作り出した文学者に、もう一人、国木田独歩がいた。

多摩川《たまがは》の二子《ふたご》の渡をわたつて少しばかり行くと溝口《みぞのくち》といふ宿場がある。其中程《そのなかほど》に亀屋といふ旅人宿《はたごや》がある。恰度《ちやうど》三月の初めの頃であつた、此日は大空《おほぞら》かき曇り北風強《きたかぜつよ》く吹いて、さなきだに淋《さび》しい此町が一段と物淋《ものさび》しい陰鬱《いんうつ》な寒むさうな光景《くわうけい》を呈して居た。昨日《きのふ》降つた雪が未《ま》だ残《のこ》つて居て高低定《かうていさだま》らぬ茅屋根《わらやね》の南の軒先《のきさき》からは雨滴《あまだれ》が風に吹かれて舞うて落《お》ちて居る。草鞋《わらぢ》の足痕《あしあと》に溜《たま》つた泥水にすら寒《さ》むさうな漣《さゞなみ》が立て居る。日が暮《く》れると間もなく大概《たいがい》の店は戸を閉《し》めて了《しま》つた。闇《くら》い一筋町《ひとすぢまち》が寂然《ひつそり》として了《しま》つた。

旅人宿《はたごや》だけに亀屋の店の障子《しやうじ》には燈火《あかり》が明《あか》く射《さ》して居《ゐ》たが、今宵《こよひ》は客も余《あま》りないと見《み》えて内もひつそりとして、をり〳〵雁頸《がんくび》の太《ふと》さうな煙管《きせる》で火鉢の縁《ふち》を敲《たゝ》く音がするばかりである。

『忘れえぬ人々』（明31・4）の冒頭である。デザーティッド・ヴィレッジというイメージは、十八世紀のイギリス文学から触発されたものかもしれないが、「草鞋《わらぢ》の足痕《あしあと》」に注目するあたりは、ある固有のオブセッションがなければ生れ得ない、リアルな表現であろう。ネイティヴの世界の、荒涼たる初春の光景を冒頭に置く書き方は、当時としては異例なことであった。

ここには、まだ誰れと名前を指すことのできない、いわば無人称の表現主体が潜在している。いまその代りに、やがて登場する大津を置いてみよう。書き出しのところに「その日僕は」と補い、後半の一部分をほんの少しばかり、「日が暮《く》れて間もなくだつたが、大概《たいがい》の店は戸を閉《し》めて了《しま》つてゐた」「旅人宿《はたごや》だけに……敲《たゝ》く音が洩れてくるばかりである」と書き改めてみるならば、ほとんどそのまま大津が秋山に語る「忘れえぬ人々《ひと〴》」のなかに繰り込むことができる。つまり、作品の仕掛けとしては、「亀屋《かめや》の主人《あるじ》」が大津の「忘れえぬ人々《ひと〴》」の一人となる予告がすでに冒頭の表現で半ば行なわれていたわけで、しかも作者はこの作品の結びで、「大津は故《ゆゑ》あつて東北の或地方《あるちはう》に住つてゐた。（略）恰度、大津が溝口《みぞのくち》に泊つた時《とき》の時候であつたが、雨《あめ》の降る晩《ばん》のこと」という具合に、その仕掛けを明示していたのである。

それならば、「忘れえぬ人々《ひと〴》」とは一体どんな人たちなのであろうか。これはまた、なぜ秋山が「忘れ得《え》ぬ人々《ひと〴》」の一人となりえなかったのかということにかかってくる。

もし秋山という聴き手が設定されなかったならば、この作品は形式のごく単純な紀行文に近づいてしまう。大津の持っていた原稿は「ほんの大要《あらまし》を書《か》き止《と》めて置《おい》た」だけの、つまり〈私―私〉的に簡略化された紀行文であった。それが鷗外『航西日記』のような漢文で書かれていたかどうかは分からないが、もっぱら自分の感じ方に即したことばの選択があっただろうことは想定できる。してみるならば、秋山という聴き手の催促によって、その表現は私たちがいま読むような「忘れ得《え》ぬ人々《ひとびと》」の文体に変容されたわけで、その結果、大津自身にも改めて一つはっきりと見えてきたものがある。

『要《えう》するに僕は絶《た》えず人生の問題《もんだい》に苦しむでゐながら又た自己将来の大望《たいもう》に圧せられて自分《じぶん》で苦しんでゐる不幸《ふしあはせ》な男である。

『そこで僕は今夜《こよい》のやうな晩に独《ひと》り夜更て燈《ともしび》に向つてゐると此生《このせい》の孤立を感《かん》じて堪え難《がた》いほどの哀情を催《もよ》ふして来る。その時僕《ときぼく》の主我の角《つの》がぼきり折れて了《しま》つて、何んだか人懐《ひとなつ》かしくなつて来る。色々《いろいろ》の古い事《こと》や友の上《うへ》を考へだす。其時《そのとき》油然《ゆぜん》として僕の心《こゝろ》に浮むで来《く》るのは則ち此等《これら》の人々である。さうでない、此等《これら》の人々を見《み》た時の周囲《しゅうゐ》の光景の裡《うち》に立つ此等《これら》人々である。我《わ》れと他と何《なん》の相違があるか、皆な是《こ》れ此生を天《てん》の一方地の一角《かく》に享けて悠々《いういう》たる行路を辿《たど》り、相携へて無窮《むきう》の天に帰《かへ》る者ではないか、といふやうな感《かん》が心の底《そこ》から起つて来《き》て我知らず涙《なみだ》が頰をつたうことがある。其時《そのとき》は実に我《われ》もなければ他《ひと》もない、ただ誰れも彼《か》れも懐かしくつて、忍《しの》ばれて来る。

もはやかれは、中井桜洲以下の人たちのような、方向も目的も明確な旅行者ではありえなかった。いや、まるで方向がつかめなかったわけではないが、将来の目標からはむしろ圧迫しか感じられない、そういう不安定な旅人として、かれは、通りすがりに眺めた生活者たちをその時の光景のなかに置いてみる。「忘れ得《え》ぬ人々《ひとびと》」のそれぞれの場面の紹介で分かるように、かれ自身の姿もその時の光景のなかに置いてみた。だがかれは、『舞姫』の豊太郎のように、その世界、その人生に直接にコミットすることはなかった。ただその視向性はかれらへの懐かしさとして残り、生の孤立の同位性が直観されると共にその光景が喚起されてくる。その喚起と共に、人生の時間的位相が一転させられ、自然が露呈してくるのである。

そういう「忘れ得《え》ぬ人々《ひとぐ》」のモチーフが、秋山への説明によってはっきりと意識化されてきた。その意味でこれは、他者を風景の一部として眺め過ぎて行き、自己とのかかわりなど問うてみたこともない紀行文（の作者）への批評を内包した作品で、秋山という聴き手の設定によってそれは可能となったのである。

この『忘れえぬ人々』にかぎらず、独歩の作品では、ある人物が適当な聴き手を得てにわかに饒舌となる。この饒舌の解放によって、かれは、漱石と並んで会話文体を持つ希有の作家となりえたのであるが、漱石の場合は、機智や警句で話題の焦点をはぐらかしながら、交換される意見とは別な深層的な意味を開示する会話文体を創り出した。他方、独歩の饒舌家は、自分固有の経験が相手にうまく通じないのではないかと、観念的なレベルを高めてゆかざるをえない。なぜあの光景のなかの人物がオブセッションのように眼底に焼きついてしまったのか、大津は一まず「天地悠々《いうく》の感《かん》、人間存在《にんげんそんざい》の不思議《ふしぎ》」と説明してみるが、それではまだ心もとなく、先ほど引用したような形で自分の問題の対象化へと進んで行った。

だがその反面、かれの作品には、しばしばもの言わぬ人への気がかり、あるいは緘黙した存在への畏怖があらわれてくる。大津にとっての「忘れ得《え》ぬ人々《ひとぐ》」の最初の人物は、人気のない海岸で一人何かを拾っている男の姿であった。次は阿蘇山麓で俗謡《うた》を唄いながら通り過ぎていった馬子であり、その次は、誰れも耳を傾けないのに琵琶をひいている琵琶僧だった。全くことばを持たなかったというわけではないが、他人の耳を顧慮しない点で一種の沈黙に閉ざされている。そして次に「忘れ得《え》ぬ人々《ひとぐ》」となったのは「無愛嬌《ぶあいきやう》」な宿屋の主人だった。『源おぢ』（明30・8）という作品は、一たん寡黙に陥ち込んでしまった船頭が、紀州という乞食の子供を得てようやくことばを回復するのだが、およそ人間らしい感情が死んでしまった紀州の緘黙に絶望して自殺してしまった物語である。

もの言わぬ存在への気がかりは、独歩の固有の感性だったように思われる。

北風《きたかぜ》を背になし、枯草《かれくさ》白《しろ》き砂山《すなやま》の崕《がけ》に腰かけ、足なげいだして、伊豆連山《れんざん》の彼方に沈《しづ》む夕日の薄《うす》き光を見送《みおく》りつ、沖《おき》より帰る父の舟遅《ふねおそ》しと俟つ逗子辺《あたり》の童《わらべ》の心、その淋《さび》しさ、うら悲《がな》しさは如何あるべき。

御最後川の岸辺《きしべ》に茂《しげ》る葦《あし》の枯《か》れて、吹く潮風《しほかぜ》に騒《さわ》ぐ、其根かたには夜半《よは》の満汐《みちしほ》に人知れず結びし氷、朝《あさ》の退潮《ひきしほ》に破《やぶ》られて残《のこ》り、ひねもす解けもえせず、夕闇《ゆふやみ》に白き線を水際《みぎは》に引く。若し旅人《たびゝと》、疲《つか》れし足を此潯《このほとり》に停めしとき、何心《なにごゝろ》なく見廻《みま》はして、何等の感《かん》もなく行過《ゆきす》ぎ得べきか。見かへれば彼処《かしこ》なるは哀れを今も、七百年の後《のち》にひく六代御前《だいごぜん》の杜《もり》なり。木《こ》がらし其梢《そのこずゑ》に鳴りつ。

落葉《おちば》を浮べて、ゆるやかに流るゝ此沼川《このぬまかは》を、漕《こ》ぎ上《のぼ》る舟《ふね》、知らず何れの時か心地《こゝち》よき追分の節面白《ふしおもしろ》く此舟より響《ひゞ》き渡りて霜夜《しもよ》の前ぶれをか為《な》しつる。あらず、あらず、たゞ見る何時《いつ》も〳〵、物言《ものい》はぬ、笑《わら》はざる、歌《うた》はざる漢子《をのこ》の、農夫とも漁人とも見分《みわ》け難《がた》きが淋《さび》しげに櫓《ろ》をあやつるのみ。

独歩の最も早い小説と見られている『たき火』（明29・11）の冒頭である。この土地に住んでいるらしい人間の眼で描いているのだが、同時に旅人の眼が仮定されている。おなじ光景を詠んだ、同名の詩「たき火」（『山高水長』明31・1）には顕在化していなかった要素で、旅人への自己二重化は、独歩の散文における固有発想と言えるだろう。その二重化された眼をもってみるとき、生活者たちは「物言《ものい》はぬ、笑《わら》はざる、歌《うた》はざる」存在だったのである。

もの言わぬとは、しかし、言うべき何ものも胸中に持たぬということではない。大津の「忘れ得《え》ぬ人々《ひとぐ》」は、海岸でもの拾う男の影から亀屋の主人へと次第にその存在感を強めている。独歩自身の作品もまた、『たき火』の「農夫とも漁人とも見分《みわ》け難《がた》き」姿から『源おぢ』を経て、生活者の胸中の悲哀にふれる方向へと進んで行った。柳北や鷗外が「土人」を見る時、このものたちにも当然かれら固有の想いが隠されているはずだとは思ってもみなかった。それ以後の、日本の内の風俗や風景を描いた紀行文学においても、もの売る声、道を案内する言葉などが、いわばネイティヴの奇妙滑稽な鄙語として耳にとどめられたにすぎなかった。だが独歩の作品で、大津の「忘れえぬ人々《ひとぐ》」に相当する庶民たちはそれぞれ自分固有の人生を負い、うまく言う術を持たぬことばを秘めた存在としてとらえられていた。

そして独歩の、自分を旅人の眼に二重化する傾向の主人公は、右のような意味でもの言わぬ存在と、思いがけずその主人公を饒舌にさせてしまう聴き手との間に位置していた。その中間者の意識が場面の選択に働く時、自然と集落との境界、つまり町はずれや郊外が選ばれた。大津が泊った亀屋もまたそういう位置にあったわけで、『舞姫』の豊太郎がエリスと出合ったのも一種の境界点だったことと共通するだろう。かれは秋山という恰好の話相手を得たが、むしろその意識は、もの言わず生の重みに耐えている人たちのほうに向いていた。そして多分、相手の秋山が画家であればこそ、かれは「その時僕《ときぼく》の主我の角《つの》がぼきり折れて了《しま》つて」云々と、いわば視る立場の特権性が崩れた瞬間に想起される光景を語らずにいられなかった。先ほど引用したことばに続けて、「僕は其時《そのとき》ほど心の平穏《へいおん》を感ずることはない、其時《そのとき》ほど自由を感《かん》ずることはない、其時ほど名利《めいり》競争《きやうさう》の俗念消えて総《すべ》ての物に対《たい》する同情の念《ねん》の深い時《とき》はない」と結んだように、あらゆる存在《もの》への優しさを説いたのである。

おそらく独歩の主人公たちは、出来れば自然の内に秘められたことばさえ聞きたかったのであろう。

よく知られているように、『武蔵野』（明31・1〜2）の「自分」は、「ツルゲーフの書たるものを二葉亭が訳して『あひびき』と題した短編」に教えられて、「落葉林の趣き」を理解できるようになった。新しい自然の見方を知ったのだ、と一応は言うことができるが、『あひびき』からの引用に特に注意を払ってみるならば、かれを深く動かしていたのはもう少し違ったものであったらしい。「あわ〳〵しい白ら雲が空ら一面に棚引くかと思ふと、フトまたあちこち瞬く間雲切れがして、無理に押し分けたやうな雲間から澄みて怜悧《さか》し気に見える人の眼の如くに朗かに晴れた蒼空《あをぞら》がのぞかれた。（略）それは春先する、面白さうな、笑ふやうなさゞめきでもなく、夏のゆるやかなそよぎでもなく、永たらしい話し声でもなく、また末の秋のおど〳〵した、うそさぶさうなお饒舌《しやべ》りでもなかつたが、只漸く聞取れるか聞取れぬ程のしめやかな私語《きゝやき》の声で有つた」というような表現が好んで引用されていた点から判断して、自然のアニメイトされたあり方に強く惹かれていたのである。自然の私語にふれたかったのである。

それはただ単に擬人的な表現が多いということではない。自然それ自体が身体性を持ち、アニメイトされた動きを見せているのである。独歩が『あひびき』に親しんだのはいつ頃か分からないが、少くとも『源おぢ』や『忘れえぬ人々』に前後して『武蔵野』が書かれねばならなかった必然を、その『あひびき』からの引用が告げている。『あひびき』の再発見があったのである。

言葉を換えれば、それは自然が、風景から、自然それ自体へと自立化されてゆく過程にほかならない。『あひびき』では、視る立場と見られる客体（自然）の関係が相対化されていた。独歩の主人公たちは、ものへの優しさをもってそれぞれのものの固有の存在感を見出して行った。『武蔵野』の「自分」もたしかに自然の私語を聞いた。それは林を過ぎる時雨の音であり、あるいはまた、「橋の下では何とも言ひやうのない優《やさ》しい水音がする。これは水が両岸に激して発するのでもなく、又た浅瀬のやうな音でもない。たつぷりと水量《みづかさ》があって、それで粘土質の殆ど壁を塗った様な深い溝を流れるので、水と水とがもつれてからまつて、揉《も》み合て、自から音を発するのである」（傍点は原文のまま）ということであった。川の音が聞えるという何の変哲もない現象にさえ、水というもの自体が自分たちで発する音（内在的な固有語）を見出しているのである。

そんなわけで、独歩の主人公は、もの自体に〈私—私〉的な私語を認め、もちろんもの言わぬ人にも自己自身と交わしている「内言」の充実を見出して、それを聴き手に伝えようとする。『武蔵野』もまた、「君」という聴き手（読者）への語りを基本発想としていた。内村鑑三の言う "seek to commune through Nature with Nature's God" は――神の観念こそ伴っていなかったが――かえって独歩によって実践されていたと言えるだろう。

多分それは、独歩自身、ものとの間に〈もの—私〉的なことばを交わしてきた人間だったからである。対象がただ単に視られる客体でしかなく、その表現が初めから〈私—他（読者）〉的コミュニケーションをモチーフとしている場合、書き手の特徴は、見方の面白さや修辞的工夫によって自己顕示されるしかない。当時の文学的紀行文や小説の大部分が、そういう性質の美文で書かれていた。その作者こそ内的人間と呼ばれねばならないだろう。見方や修辞の顕示によって他者への存在証明を試みずにはいられない、その自己意識は、ものや他者に対して閉ざされたものでしかないからである。独歩の作品で言えば、『たき火』はまだ多分に美文であるが、それはただ単に擬古文で書かれていたためではない。いわゆる言文一致体の美文もありえたわけで、『たき火』の表現が修辞的苦心を誇示する形で綴られていたためである。そこから独歩は、『武蔵野』や『忘れえぬ人々』へと、急速に、もの自体の固有性や存在の重さを読者に解放する表現を拓いて行った。その間に、初めから読者への伝達をモチーフとしたわけではない、〈もの—私〉的な「内言」の蓄積があったことは、『忘れえぬ人々』の大津や『武蔵野』の「自分」の設定によって想定できる。その「内言」を秋山や「君」という聴き手に向けて「外言」に作り変えながら、〈もの—私〉的な光景を開いてみせたのである。

そういう開示だけでも小説は可能だ。物語的な事件は必ずしも小説の必要条件ではない。そこに、独歩の独創があった。

当然かれの文体は、そういう小説を可能とするだけの質を獲得していった。もう一度『忘れえぬ人々』の冒頭に返ってみよう。「昨日《きのふ》降《ふ》つた雪が未だ残《のこ》つて居て高低定《かうていさだま》らぬ茅屋根《わらやね》の南の軒先《のきさき》からは雨滴《あまだれ》が風に吹かれて舞うて落《お》ちて居る。草鞋《わらぢ》の足痕《あしあと》に溜《たま》つた泥水にすら寒《さ》むさうな漣《さゞなみ》が立て居る」という箇所は、いわば風景のなかに露呈してきた自然であり、同時にまた表現主体の「内言」の「外言」化されたものである。自然と直かにふれ合った感性が生んだ表現と言えるだろう。その意味で独歩の文体は、内面に直接したものなどではなく、絶えず他者（聴き手）を意識内に現前させた指示的構造への努力と、ものの明示性の視向とによって創られてきた。すでに私は、『忘れえぬ人々』の冒頭のなかに、やがて大津に引き継がれるだろう表現主体が潜在することを指摘しておいた。これを逆に言えば、指示的構造と明示性の背後に大津的な表現主体を潜在させて、描写の客観性が獲得されてきた。そこに、『忘れえぬ人々』の冒頭のような写実が成立したのである。

だが、自然の自立化とは、自然の人間に対する無関心につき当らざるをえなかった。『源おぢ』の紀州は、およそ人間らしい感性を失ってしまった点で自然に還元された人間と言うことができるが、その絶対的な緘黙に対する「源おぢ」の絶望に、存在《もの》の厳しい冷淡さが予感されていた。『空知川の岸辺』（明35・11〜21）は、自然との出合いそのものを事件とした小説であるが、北海道で聞いた自然の「幽寂なる私語」は、人間を含むあらゆる生物への冷笑であった。

ところで旅人が、例えば茶店の老婆とごく当り前な世間噺を交わす、それがすでにある禁忌を犯す予兆となって、かれを怖い体験につれ込んでしまう。そういう構成の作品がある。

多くの読者に親しい作品を例に挙げるならば、漱石の『坑夫』（明41・1〜4）がそれであり、『草枕』（明39・9）もその一ヴァリエーションと言えるだろうが、鏡花に『高野聖』（明33・2）や『春昼』（明39・11）『春昼後刻』（明39・12）『草迷宮』（明41・1）などがあり、遡れば露伴の『対髑髏』（明23・1）が浮んでくる。ただし、世間噺を交わす相手は、いつも茶店の老婆とはかぎらず、『対髑髏』では宿の主人、『高野聖』の場合は茶店の娘よりも、むしろ道で出合った百姓と言うべきであろう。旅人は逗留客の場合もある。ただ、実際的な目的（地）があっての旅行者ではない点で共通する。そして茶店の老婆なり百姓なりの警告は、例えば「はい、これは五十年《ねん》ばかり前《まへ》までは人《ひと》が歩行《ある》いた旧道《きうだう》でがす。矢張信州《やつぱりしんしう》へ出《で》まする、先《さき》は一《ひと》つで七里《り》ばかり総体近《そうたいちか》うござりますが、いや今時往来《いまどきわうらい》の出来《でき》るのぢやあござりませぬ」（『高野聖』）という実際的な注意で、とくに怖い体験を暗示していたわけではない。というより、この土地の人たちは、旅人がその後で経験する怖い事態など知らない場合が多いのである。

してみるならば、土地の人間とはいわば塞《さえ》の神のような役割なのだが、それに触らずに通り過ぎれば何事も起らない。何かことばを交わしてしまうこと自体に怖いことの予兆が含まれているというのが、これらの作品に共通する物語的な構造なのであろう。かかわる《コミット》すること自体が犯す《コミット》ことなのである。ここまで抽象してみれば、『舞姫』とのつながりも浮んでくるし、花袋の『重右衛門の最後』（明35・5）もこのパターンに繰り入れることができる。

このパターンの系譜は近世文学に見出しうるが、なぜ明治三十年代の主要な作品に強くあらわれてきたのか、よく分からない。ただ一つ、気ままな旅が禁制だった近世の記憶が甦ったことだけはたしかである。漱石の『坑夫』は実話に基づいているということだが、その主人公のような出奔人が必ずしも異例でなかったことは、和田久太郎の手記『獄窓から』（昭2・3）によっても知られよう。露伴は『辻浄瑠璃』（明24・2）や『いさなとり』（明24・5〜11）で出奔人を描き、「突貫紀行」（『枕頭山水』明26・9）によればかれ自身が出奔人だった。さらに実在の人物を挙げれば、『夢酔独言』（天保14執筆）の勝小吉があり、『三十三年之夢』（明35・1〜6）の宮崎滔天にもその面目がある。佐伯彰一が『近代日本の自伝』で言うピカロは、むしろこれらの人たちにこそ真骨頂を見出すことができる。

ただし、『高野聖』の主人公や『草枕』の画家は、右のような実在、虚構の人物に共通する「自棄《やけ》」の気分に駆られていたわけではない。だから、出奔人という点に強くとらわれてしまうことは危険で、要するに目的喪失の余計者が半ば気まぐれに生活者《ネイティヴ》とことばを交わしてしまうこと、すなわちコミットすることへの禁制が構成されて、余計者への処罰を行なう。そこが大事なのである。その意味で、これらは『忘れえぬ人々』の次の段階と位置づけることができる。百姓の警告を振り切って旧道に入ったとたん、早くも周囲の風景が土俗的な怪異の幻想を喚起する、アニメイトされた様子を見せ始めたのが、『高野聖』であった。

次は『春昼』の冒頭である。

「お爺《ぢい》さん、お爺《ぢい》さん。」

「はあ、私《わし》けえ。」

と、一言《ひとこと》で直《す》ぐ応《おう》じたのも、四辺《あたり》が静《しづ》かで他《た》には誰《だれ》も居《ゐ》なかつた所為《せゐ》であらう。然《さ》うでないと、其《そ》の皺《しわ》だらけな額《ひたひ》に、顱巻《はちまき》を緩《ゆる》くしたのに、ほか〳〵と春《はる》の日《ひ》がさして、とろりと酔《よ》つたやうな顔色《がんしよく》で、長《の》閑《ど》かに鍬《くは》を使《つか》ふ様子《やうす》が——あの又其《またそ》の下《した》の柔《やはら》かな土《つち》に、しつとりと汗《あせ》ばみさうな、散《ち》りこぼれたら紅《くれなゐ》の夕《ゆふ》陽《ひ》の中《なか》に、ひら〳〵と入《はひ》つて行《ゆ》きさうな——暖《あたゝか》い桃《もゝ》の花《はな》を、燃《も》え立《た》つばかり揺《ゆす》ぶつて頻《しきり》に囀《さへづ》つて居《ゐ》る鳥《とり》の音《ね》こそ、何《なに》か話《はなし》をするやうに聞《き》かうけれども、人《ひと》の声《こゑ》を耳《みゝ》にして、それが自分《じぶん》を呼《よ》ぶのだとは、急《きふ》に心《こゝろ》付《づ》きさうもない、恍惚《うつとり》とした形《かたち》であつた。
此方《こつち》も此方《こつち》で、恁《か》く立処《たちどころ》に返答《へんたふ》されると思《おも》つたら、声《こゑ》を懸《か》けるのぢやなかつたかも知《し》れぬ。

この散策子は土地の事情には不案内で、おそらく逗留客なのであろう。たまたま散歩の途中、角の二階建の家に青大将が入ってゆくのを見かけた。それを女たちに知らせてやろうかどうかと迷いながら、女と顔見知りと思われる爺さんに声をかけてみた。しかも、これから起ることを予感していたかのように、ことばをかけるのをためらってさえいたのである。それからもう少しぶらぶら歩いて行くと、赤棟蛇《やまかがし》が菜の花畑のなかを走るのが見えた。久能谷の観音堂へ行く石段のところで、不意に馬に出合った。「曲角《まがりかど》の青大将《あをだいしやう》と、此《この》傍《かたはら》なる菜《な》の花《はな》の中《なか》の赤棟蛇《やまかゞし》と、向《むか》うの馬《うま》の面《つら》とへ線《せん》を引《ひ》くと、細長《ほそなが》い三角形《さんかくけい》の只中《たゞなか》へ、封《ふう》じ籠《こ》められた形《かたち》になる」。こういう、格別な意味もないような位置関係に、「奇怪《きくわい》なる地妖《ちえう》」という禁厭《まじない》めいたこだわりを感ずる、独特な感受性を鏡花は持っていたらしい。『星女郎』（明41・11）などもそれで、主人公が「奇怪《きくわい》なる地《ち》妖《えう》」を意識することが自己暗示となって、妖しい幻想に憑かれやすい心的状況を作ってしまうのである。

それにしても、この冒頭表現はうまく辿りにくい。「あの又其《またそ》の下《した》の柔《やはらか》な土《つち》に、しつとりと汗《あせ》ばみさうな、散《ち》りこぼれたら紅《くれなゐ》の夕陽《ゆふひ》の中《なか》に、ひら〳〵と入《はひ》つて行《ゆ》きさうな——暖《あたゝか》い桃《もゝ》の花《はな》を、燃《も》え立《た》つばかり揺《ゆす》ぶつて頻《しきり》に囀《さへづ》つて居《ゐ》る鳥《とり》の音《ね》こそ、何《なに》か話《はなし》をするやうに聞《き》かうけれども」という挿入的な表現が、爺さんの様子を伝えるには、むしろ過剰な修飾になっているからである。この場面の基本的な指示構造は、爺さんの様子や周囲の景物などを、散策子の側から表現することであった。その構造のなかで、散策子から見られた爺さんは、人間の声よりもむしろ鳥のさえずりにことばを聞いているように見えるほど、自然と融け合っていた。散策子のことばは、その調和を犯《コミット》してしまったわけである。言葉を換えるならば、人間のことばが、自然の内なる〈もの―ひと〉的なことば（内言）を打ち壊してしまったのである。この関係が、指示構造の膨張を生んだのだと言えるだろう。爺さんにとっての外界（「暖《あたゝか》い桃《もゝ》の花《はな》を……聞《き》かうけれども」という指示構造）と、散策子からの対象化が癒合して、基本的な指示構造に過剰修飾の形が加わってしまったのである。

それをもう少し見方を変えて言えば、ここに自然と人間の調和した、自足した世界がある。そこへ半ば気まぐれに紛れ込んできた散策子が、風景として見る視線をその自然に強いた。あの指示構造の膨張、あるいは歪みは、その視線と自然との間に生じた引攣《ひきつ》れのようなものだったのである。爺さんがかかわっている自然は、「三筋《みすぢ》ばかり耕《たが》やされた土《つち》が、勢込《いきほひこ》んで、むく〳〵と湧《わ》き立《た》つやうな快活《くわいくわつ》な香《にほひ》を籠《こ》めて、然《しか》も寂寞《せきばく》とあるのみで。勿論《もちろん》、根《ね》を抜《ぬ》かれた、肥料《こやし》になる、青青《あをあを》と粉《こな》を吹《ふ》いたそら豆《まめ》の芽生《めばえ》に交《まじ》つて、紫雲英《れんげさう》もちらほら見《み》えたけれども」という、穏和で自足した姿を示していた。だが散策子にとっては……。かれは散歩の足を進めて、二人の女が機《はた》を織っているのを眺めて過ぎ、やがて菜の花畑へ出る。

あゝ目覚《めざ》ましいと思《おも》ふ目《め》に、ちらりと見《み》たのみ、呉織《くれはとり》文織《あやはとり》は、恰《あたか》も一枚《まい》の白紙《しらかみ》に、朦朧《もうろう》と描《ゑが》いた二個《ふたつ》の其《そ》の姿《すがた》を残《のこ》して余白《よはく》を真黄色《まつきいろ》に塗《ぬ》つたやう。二人《ふたり》の衣服《きもの》にも、手拭《てぬぐひ》にも、襷《たすき》にも、前垂《まへだれ》にも、織《お》つて居《ゐ》た其《そ》の機《はた》の色《いろ》にも、聊《いさゝか》も此《こ》の色《いろ》のなかつただけ、一入《ひとしほ》鮮麗《あざやか》に明瞭《めいれう》に、脳中《なうちう》に描《ゑが》き出《いだ》された。（略）

うつとりするまで、眼前《まのあたり》真黄色《まつきいろ》な中《なか》に、機織《はたおり》の姿《すがた》の美《うつく》しく宿《やど》つた時《とき》、若《わか》い婦女《をんな》の衝《つ》と投《な》げた梭《をさ》の尖《さき》から、ひらりと燃《も》えて、いま一人《ひとり》の足下《あしもと》を閃《ひらめ》いて、輪《わ》になつて一《ひと》ツ刎《は》ねた、朱《しゆ》に金色《こんじき》を帯《お》びた一条《いちでう》の線《せん》が、赫燿《かくえう》として眼《まなこ》を射《い》て、流《ながれ》のふちなる草《くさ》に飛《と》んだが、火《ひ》の消《き》ゆるが如《ごと》くやがて失《う》せた。

「赤棟蛇《やまかゞし》」が走ったのである。かれの視線が眼前の風景に、先ほど通りすがりに見た女のイメージを重ねて審美的な完成を得ようとした。まさにその瞬間、自然の悪意のような「赤棟蛇《やまかゞし》」が走って、かれの「眼《まなこ》を射《い》」た。かれの視向した風景の絵画的な完成は、自然と人間とのおのずからな調和ではなくて、強いて自然のなかに人間を配して美を得ようとする傲慢さが潜んでいたからであろう。かれは何かを直観した。爺さんの足下の土は自然の暖かな慈しみを見せていたが、自分の足下からは蛇が走る。「奇怪《きくわい》なる地妖《ちえう》でないか」。

ところで、私がこの作品を取りあげたのは、もちろん『忘れえぬ人々』の次の問題にふさわしい書き出しを持っていたからにほかならないが、野口武彦が『小説の日本語』で論じているためでもある。鏡花の作品群から『春昼』や『草迷宮』を選んだ着眼のよさや、鏡花の表現に「互換性原理」を見出した分析力など、この『小説の日本語』のなかで最もかれの力が発揮されていたと言えよう。「互換性原理」とは、「ひとくちにいうなら、鏡花の小説言語にあっては、所喩（実在する喩えられるもの）と能喩（不在の喩えるもの）とはたがいに自在にその位置を変えるばかりでなく、一つに融即する、すなわち意味論的に等価であるばかりか互換的だ、ということである」。それは、ことばの共示性の駆使によって獲得された。例えば「あの白粉《おしろい》の花《はな》は見事《みごと》です」「中《なか》に一本《いっぽん》、見上《みあ》げるやうな丈《たけ》のびた山百合《やまゆり》の白《しろ》いのが、うつむいて咲《さ》いて居《ゐ》ました。いや、それにも又《また》慄然《ぞっ》としたほどでございます」（『草迷宮』）という表現がある。「『白粉の花』という言葉は、一方ではオシロイバナという対象を指向している。つまりそのかぎりでは外示的である。だがまた他方、それは字義どおり『白粉』の『花』でもあるのであって、このとき『白粉の花』は、『花』が『白粉』という所喩の能喩であるところの一つの暗喩である。つまり、『白粉』『花』、それぞれの言葉の共示面の合成である」「『山百合』もまた、たしかに触目のヤマユリを指向している。が、（略）ヤマユリがただ、いつも咲くように『うつむいて咲いて』いただけでは、ひとは『慄然《ぞっ》と』することはない。ここでは『うつむく』は、記述されていない『下に向く』に対して、能喩的な文彩であるといえる」。

要することに、あることばがある事物を指示すると同時に、もう一つの像をも対象化しているということであって、右のような「白粉の花」や「山百合」の表現を見て、読者は、「旅法師の見た何やら女めいたまぼろしを」「感知」するはずだというわけである。

ただ、このような説明で分かるように、「互換性原理」が生れるのは、それ以前の物語的展開を負っているからにほかならない。もしこれまでのストーリーを知らなかったならば、「白粉《おしろい》の花《はな》」や「山百合《やまゆり》の白《しろ》いのが、うつむいて咲《さ》いて居《ゐ》ました」という程度の凡庸な表現から、読者が「慄然《ぞっ》と」するような何かを感知することはまず起らないだろう。こうした難点は『春昼』の分析にも言える。その冒頭表現について、かれは「鏡花の小説世界は、それが書きはじめられた瞬間から、すでにすべてをはらんでいる。(略)それはあたかも仏語でいう『種子《しゅじ》』――一切の現象の潜在的可能性――のように、やがて作中で起こるべき出来事を、言葉自体のうちに胚胎し、そこからすべてをほぐれださせるのである」と言う。しかし、どんなふうに「胚胎し」「ほぐれださせ」ているのか、具体的には説明していない。これは、言葉それ自体のうちに「胚胎」する表出力によって小説の創出をとらえるのが、この仕事全体の課題であったはずの野口武彦には、かなり重大な弱点とならざるをえない。

それを理論的な問題として言えば、「言葉の共示面のつらなりが指向的虚像を生み出す小説言語」というテーゼを第一義化し、おそらく漱石『文学論』のF＋fという公式をうまく繰り込みたかったためであろう、共示性という機能を「言葉の情緒的価値」という面で強調しすぎたためである。この結果、漱石『文学論』を歪めてしまっただけでなく、指示的構造のあり方(認識の展開)が小説を創ってゆく面への理解に手抜きが生じてしまった。例えば『暗夜行路』の結末、有名な大山の夜明けの情景の表現を、かれは「正確無比」

と言うが、「指向的機能の動員」がどんな表現構造を作った時「正確無比」という印象が与えられるのか、説明していない。小説のなかであればこそ「正確」な描写という印象を与える指示的表現構造と、それ以外のジャンルでの表現が「正確」とされた場合との共通性、または相違はどうであるのか。そういった点への問題意識を含みつつ分析してみる用意を欠いていたためであろうが、『暗夜行路』についての通念的な説明しか出来ていないのである。

　そもそも構造主義や記号論の方法は、作者を一たん傍へ取り除けてしまうやり方で成立する。これが生産的な意義を持つとすれば、作者の生活史や「内面」への還元を超えた、同時代的な表現史的レベルへの共示面が見出されることであるが、これまでこの方法を使った多くの人は、自閉症的に自己完結してしまう作品論しか書きえなかった。私の判断では、その自閉症を克服し、再び作者のあり方を導入してくるためには、作者の表現主体性がどのように表現に対象化されているかを調べ、その語り手の認識＝指示構造や、表現＝自己意識の展開を厳密に見てゆかなければならない。ところが野口武彦は、その記号論的な方法に作家論的見方を接合しようとして、作中人物の「言表行為性」の上に、作者の「言表行為主体性（または作者の自己表示度）」を読もうとする。だが、その中間的あり方への注意を欠き、その例証（引用）は通説的作家像を補強するのに好都合な、恣意的なものとならざるをえなかった。ばかりでなく、その作家像もまた「言葉の共示面」（情緒的価値）の面だけで描かれる結果となってしまった。

　表現の構造を、まず認識の展開として見る。そういう読み方を私は基本として来た読み手で、先ほどのように『春昼』の冒頭表現をとらえたのも、もともとのきっかけは、「あの又其《またそ》の下《した》の柔《やはらか》な土《つち》に、しつとりと汗《あせ》ばみさうな」と、「散《ち》りこぼれたら紅《くれなゐ》の夕陽《ゆふひ》の中《なか》に、ひら〱と入《はひ》つて行《ゆ》きさうな」という二つの比喩的な表現にひっかかったためである。いずれも「桃《もゝ》」を形容した表現であるわけだが、その認識の面から見れば、

「散《ち》りこぼれたら」という、「桃《もゝ》」のあり方への仮定を媒介としていた。そして、「又其《またそ》の下《した》の柔《やはらか》な土《つち》に（散《ち》りこぼれたら）しつとりと汗《あせ》ばみさうな」という表現は、鍬を使っている爺さんのイメージを含んでいることで分かるように、おそらく爺さん自身の世界への想像である。もう一方は、あまりにも華麗な夕陽の情景への想像であって、これは散策子の願望でなければならない。してみるならば、ここで世界の二重化が行なわれていたのではないか。これが私の分析の出発であった。

そういう華麗さに気持ちを奪われて、ついに自殺せねばならぬほど怖い体験に導かれてしまったのが、久能谷の寺の住職の語る「客人《きやくじん》」である。

　恁《か》うやつて、此《こ》の庵室《あんじつ》に馴《な》れました身《み》には、石段《いしだん》はつい、通《かよ》ひ廊下《らうか》を縦《たて》に通《とほ》るほどな心地《こゝち》でありますからで。客人《きやくじん》は、堂《だう》へ行《ゆ》かれて、柱板敷《はしらいたじき》へひら〳〵と大《おほ》きくさす月《つき》の影《かげ》、海《うみ》の果《はて》には入日《いりひ》の雲《くも》が焼残《やけのこ》つて、ちら〳〵真紅《しんく》に、黄昏過《たそがれす》ぎの渾沌《こんとん》とした、水《みづ》も山《やま》も唯《たゞ》一面《いちめん》の大池《おほいけ》の中《なか》に、其《そ》の軒端《のきば》洩《も》る夕日《ゆふひ》の影《かげ》と、消《き》え残《のこ》る夕焼《ゆふやけ》の雲《くも》の片《きれ》と、紅蓮《ぐれん》白蓮《びやくれん》の咲乱《さきみだ》れたやうな眺望《ながめ》をなさつたさうな。これで御法《みのり》の船《ふね》に同《おな》い、御堂《おだう》の縁《えん》を離《はな》れさへなさらなかつたら、海《うみ》に溺《おぼ》れるやうなことも起《おこ》らなんだでございませう。

　爰《こゝ》に希代《きたい》な事《こと》は――

　堂《だう》の裏山《うらやま》の方《はう》で、頻《しき》りに、其《そ》の、笛太鼓《ふえたいこ》、囃子《はやし》が聞《きこ》えたと申《まを》す事《こと》――

この住職の語り口に反映している「客人《きやくじん》」の感性は、その審美感やメンタリティの点で、他の作中人物の誰れよりも散策子に近い。その等質性によって、表現構造の面から言えば、この後の散策子に即した地の文に繰り込まれてゆく。つまり散策子は憑かれてしまうのである。

この「客人《きやくじん》」は、かつてその寺に逗留し、土地の大財産家の若くて美しい後妻を恋してしまった。そして右のような夕景の美しさに心を奪われている時に聞こえてきた囃子に誘われて、裏山へ登る。馴れぬ山路を抜けると、谷間の村に芝居小屋が作られていた。舞台には恋い慕っている夫人が立っている。「釘《くぎ》づけのやうになつて立窘《たちすく》んだ客人《きやくじん》の背後《うしろ》から、背中《せなか》を摺《す》つて、づツと出《で》たものがある」「黒《くろ》い影《かげ》で」。その影が舞台へ出て夫人と背中合わせに坐り、「客人《きやくじん》」のほうを向いた。それは「客人《きやくじん》」の顔であった。気がつくと、見ている「客人《きやくじん》」のまわりに、いつの間にか見物人がいる。

舞台の夫人が、胸もあらわに舞台の自分(「客人《きやくじん》」の二重化された自己)にもたれかかって来、「其《そ》の重《おも》みで男《をとこ》も倒《たふ》れた、舞台《ぶたい》がぐん〳〵ずり下《さが》つて、はツと思《おも》ふと旧《もと》の土《つち》」「峰《みね》から谷底《たにそこ》へかけて哄《どつ》と声《こゑ》がする」。まさしく「地妖《ちえう》」のなせるあやかしであろう。この土地の禁制にふれるような「客人《きやくじん》」の望みを、その分身が幻覚の舞台の上で実現しようとした瞬間、いわばその足下を「赤楝蛇《やまかゞし》」が走るような反転が起ったのである。

ここで終りにもう一つ注意しなければならないのは、この『春昼』にかぎらず、『対髑髏』以下の作品の主人公または語り手が怖い体験をする相手は、ほとんど何らかの形で禁制を負わされた存在だった。しかもその運命は、わが国の近代(における上昇者)の陰の側面が与えられていた。その土地のネイティヴの間からはすでに共同幻想的な禁忌は消えていたけれども、近代(における上昇者)の陰の部分が、土俗的な心性の残照を受けて禁制化されていたのである。

たまたま塞の神的な役割の人とことばを交わして、これらの作品の旅人は、その禁制化された存在に近づけられてしまう。この過程でいずれも独特な自然との出合いをする。

このように整理してみると、漱石の『草枕』や花袋の『重右衛門の最後』が、占める位置はおのずから明らかであろう。とくに後者は、もちろん重右衛門とその若い連れ合いという人格化された姿であるが、いわば禁制化された自然と出合うのである。ただし、禁制にふれるまでの途中で旅人を襲う自然の悪意は、ここでは緩和され、禁制化された自然とはもっぱら語り手の観念の次元での問題だった。自然の悪意はむしろネイティヴのほうに向けられていたわけである。

『わすれ水』(明29・8)からこの作品に至る中篇や長篇を検討してみると、花袋は、自然を描く必然性を主人公の故郷(あるいは曾遊の地)の再訪というモチーフに求めていたことが分かる。そこで改めて問題になってくるのは、宮崎湖処子の『帰省』(明23・6)以来の、故郷としての自然というテーマであるが、もはやそれにふれる余裕はない。ただともあれ、『わすれ水』以来の花袋の表現の質的な変化は、今回ふれてきたような近代小説における自然の自立化の歴史をほぼパラレルに辿っていた。『重右衛門の最後』の構成上の難点や「自然」観の矛盾、またはかれの描写論の欠陥にもかかわらず、かれの実作と方法論的な発言が自然主義を成立させる重要な役割を果したのは、それなりの理由があったと言わねばならない。

別な言い方をすれば、『重右衛門の最後』は鏡花的な、漱石『草枕』的な構成を踏まえながら、内部的にそこからの脱皮をなし遂げた作品であり、ここでわが国の小説はともかくも観念的な次元で自然を対象化できるようになったのである。そしてこの観念性を媒介にし、自然は小説のあらゆる場所——人間の内面にまで——にあらわれることとなった。人間の世界をとりまく自然の自立性が前提とされながら、実際にはあらゆる場所に分割され、利用されるようになったのである。分割利用とは、例えば作中人物の会話がふと途切れて、主人公の倫理性がきびしく問われるだろう、その瞬間、かれらの沈黙の間に自然があらわれてきて、つまり自然描写が挿入されて、心情の仮託や倫理的逃避の場とされてしまうのである。現代ではいささか古風に思われるだろう、こうした自然描写が自在に用いられるようになったのは、明治の四十年代に入る頃からのことであった。小説が自然を分割して人事との間に構造化し、内面のナチュラリズムという規範が仮構される。その仕組みなしに、『暗夜行路』の大山の夜明けの「正確」な描写や、自然が人事的な犯し《コミット》の救済の場となるようなメタフィジックな転換は生れえない。

現代の小説も、その大半はこうした仕組みのヴァリエーションとして書かれている。もう少し私に身近なところで言えば、いわゆる北海道文学も、北海道の自然が強調されているだけに、この仕組みはほとんど先験化されてしまっている。どれほど北海道の自然の苛酷さや歴史的条件の負債が語られようとも、文学を「知覚」する前提にこの仕組みが置かれている以上、描かれた自然はこの仕組みに管理されたものでしかない。この二十年来、急速に北海道風物誌的風俗小説に流れてしまったのも、そこに根本的な理由があったと思われる。そしてそれらの文学を管理しているのが、いわゆる北海道文学（史）論であり、それは「研究」という制度と微妙に連鎖している。それは、北海道に取材した文学の歴史的な整理が始まった時、右のような仕組みがほぼ成立した自然主義文学にわが国近代文学の成立を見るような文学観による整理が行なわれたからである。

しかし、この種の状況はおそらくわが国では普遍的である。前章で私は、柄谷行人の『日本近代文学の起源』を批判したが、そのモチーフについては、文学が管理されているあり方としての文学史への反撥として私には共感できた。だが、その仕組みの対象化なしにそれをつき崩すことはできないのである。そう思ってみると、かれが作品から引用する仕方は仕組みへの理解を欠き、あまりにも恣意的でありすぎた。野口武彦への不満もまたそういう点にあった。近世後期から明治にかけて日本人が獲得した言語表現は、質量ともに想像を絶するものがある。そのなかで、これが文学と「知覚」され、あれが文学として認知されない理由はなにか。それを私なりに解くのがこの仕事のもともとの狙いで、そのためには、ことばの問題を軸に、自然、感性、身体性、意識などがどのようにセットされているか、その表現構造を調べていくしかない。またそのためには、フォルマリズム、構造主義、記号論など、使えるだけ使ってみるべきだろう。だが、明治のエネルギーは、それらの方法を逆に相対化し、叩き返してしまうほど多様な表現を生んでいる。それに対して野口武彦の方法は、一面ではたしかに巧妙であるが、あまりにも脆弱だった。私が無人称の語り手という内在的機能をとくに重視し、歴史的な復権を試みたのは、もちろん表現の本質に迫るためであったが、その自然や感性などのセットを解明する有効な仕掛けと考えたからでもある。バフチンたちとの方法上の接点が見えてくるとともに、一種の腕くらべ的な興味に駆られたことも否定できない。

ともあれ私は、私たちが自他の感性や意識を自然とのからみで構成する時の仕組みを解明する手がかりだけは獲得できた。自然を分割して管理し、その自立的全体性の像を失ってしまうという私たちの状況は、まず小説の構造の上で作られていたのである。

（57・4）

あとがき

本書は、雑誌『群像』に、「感性の変革」「感性の変革再論」と副題して発表した評論を集めたものである。発表が足かけ五年にわたっているため、表現の不統一を正すなど、少し手を加えた。発表の年月は、各章の終りにアラビア数字で附記しておいた。

以前私は『現代の表現思想』で——現在は改訂版『身体・表現のはじまり』として出ている——身体論の観点から現代文学の先端的な理論を検討して言語表現のプリンシプルを探ってみた。その時私が受けた批判は、大別すると次の二つになると思う。その一つは、これを言語論とみた場合、私の概念に混乱があって、それはソシュール以来のヨーロッパ言語学の動向に無知なためだ、という批判である。しかし私から見ると、その批判者自身、日本語の表現構造に即した時枝誠記や三浦つとむたちの言語論に全く無知なことを晒け出したにすぎなかった。

もう一つは、これを文学論とみて、はたして私の方法で現代文学のさまざまな表現特質を解明できるかどうか、あるいはまた現代における文学の危機について問題意識を欠いているのではないか、という疑問または不満であった。ある意味でこれは当っていた。

もちろん私にも現代における人間の危機というモチーフが強くあって、だからこそ身体論にそれを打開する方向を求めたわけである。その結果、ある実践的なグループ——子供が物語や他者と出合う空間を設定し、身体活動と共に二箇国言語を修得するのを助ける——とのコンタクトを持つことが出来た。そういう方向が拓かれたのも、結局私が、被疎外感を「自己」愛的な心情で塗り込めてしまうような発想を拒もうとしたからにほかならない。端的に言えば、そのような発想の嘘くさささが鼻についてしまったのである。この種の発想から生れた文学観は、理論的な確かさとか、人間や文学のとらえ方の原理性という点で、その可能性を検討するしかない。私はそう考えてしまったので、そういう文学観にも表現史的な根拠はあるのだ、という幅のある視点を欠いていたのである。

身体論や三浦つとむの言語論が、そのままでは多種多様な文学表現の解明に全能でありえない。それはもちろん自明のことであった。だが、可能性がないということではない。私は新しい可能性を拓こうとしたわけであるが、さらにその可能性を大きくするには、まず感性の身体論的な把握が必要である。同時にまた、その意識化（感性の言語化）の表現論的な分析の方法が作られねばならない。本書でとくに力を入れたのは、その近代的な意識化の過程を歴史的に追跡し解明することであって、その時有効だったのは、三浦つとむの理論を作り変えた、無人称の語り手という概念だった。

もう少し正確に言えば、明治十年代から三十年代にかけての多様な表現を調べているうちに、その焦点に無人称の語り手と呼ぶべき表現特質が浮び上ってきたわけで、この発見を促し、それを方法論化してゆく上で、三浦つとむの理論が有効だったのである。その語り手の生成と変容を辿ってゆくと、感性表現の拡げ方や心的領域の作られ方の歴史がよく見えてきた。現代文学は、本書で解明した多様な表現のごく一部分しか受け継いでいない。先ほどのような発想の文学観は、本書によって表現史的に根拠づけられ、それと同時にその偏頗さを暴かれてしまうはずである。

この仕事とほぼ時期をおなじくして、構造主義や記号論の方法がにわかに盛んとなり、現代的な文学観の基本概念をつき崩す作業を開始した。私に共感があったのは言うまでもなく、途中から積極的に交渉を持ってみたので、私自身もそれらの方法の担い手とみられるようになった。だが、それらの方法の紹介者は、ただその概念をわが国の文学に押しつけているにすぎない。表現実質の動きに対する鈍感さに、私は眼をつぶっているわけにいかなかった。私が見出した無人称の語り手と、それらの方法における語り手とは、概念も機能も明らかに異っている。それを使うモチーフがむしろ反対だからである。ただ、その流行を状況論的に批判したとしても、結局それは自分たちの制度を守る権力主義に陥込むだけのことであろう。その方法を批判的に作り変えてしまうほかはないのである。

そんなわけでこの仕事はなかなか捗らなかった。『群像』の前の編集長の橋中雄二氏と現在の辻章氏が、私のわがままな仕事ぶりを許して下さり、籠島雅雄氏が根気よくつき合って下さったおかげで、何とかまとまりをつけることができた。小孫靖氏の御配慮で、こうして本にすることもできた。本当にありがとうございました。心からお礼申しあげます。

亀井秀雄

昭和五八年四月

第Ⅱ部　変革期の物語

第一章　二人のふとで者——多助とお伝

　ふとで者とは、『日本国語大辞典』にも採られていない言葉であるが、上州において、たとえば次のような場合に使った。「右之者（勢多郡女淵村百姓十九衛門忰一五郎当年廿五歳）儀、妻子無之、平日農業ヲ嫌ひ大酒ヲ好昼夜ニ不限遊行い多し、無益金銭ヲ遣リ捨、身持不宜候間、親類組合村役人共ゟ度々异（異）見差加候得共、更ニ聞入不申、然ル処先月中不斗家出い達し、今以立帰リ不申候間、所々手配い多し、心当相尋候得共、行衛相知レ不申、（略）右躰不身持故借財等出来候儀も可有之哉、外ニ何ニ而茂心当リ無御座候得共、此上出先ニおゐて何様之悪事仕出し可申哉も難斗、片時も案心不仕候間、何卒以　御慈悲、右一五郎儀、身分帳外被　仰付被成下置度奉願上候、以上」（『忠三郎控え帳』引用者蔵）

　つまりふとで者とは、無断で居村から姿を消してしまった逃亡《かけおち》者の謂である。かれが「不斗《ふと》家出」してしまった理由は、日ごろ不身持で借金が嵩んでいただろうこと以外に特に心当りはない、と親類、組頭、名主たちは言っていた。それだけ分っていればもう十分ではないか、と言えそうだが、案外ほかの理由があったのかもしれない。ただそれが分っていたとしても、村の人間に迷惑がかかる理由であったとすれば、わざわざ役所役人に明かす必要はない。その理由の如何によっては、かれらの責任までが問われてしまう怖れもあったからである。そこで、人間の動機は測りがたい、「不斗家出」してしまいました、と届けておく。これはこれなりに正確な表現だと言うべきで、「平日農業を嫌ひ」云々というような本人の素行への言及は、かえってこの方が慣用句的な説明の仕方だったかもしれないのである。いずれにせよ、もしこの人間が他所で法にふれるような事件を惹き起したならば、その連帯責任が親類や組合にかかってくる。たとえその「悪事」自体は些細なものであろうとも、ふとで者の届けを出しておかなかったことの責任はまぬがれがたい。この二つの厄介を防ぐためには、あらかじめふとで者の「身分帳外《はずし》」という処置を願い出ておくよりほかはなかったのである。それが受理されたときから、かれは無籍者となり、いわば公民として享けうるさまざまな保護の外へはじき出されてしまう。右の文書は文久年間のものだが、ふとで者の扱われ方は近世を通じてほぼおなじであったと考えてさしつかえないだろう。

ところで私がいま「二人のふとで者」というテーマで考えてみたいのは、仮名垣魯文の『高橋阿伝夜刃譚』(明12)と、三遊亭円朝の『塩原多助一代記』(明18)の、二人の主人公の運命についてである。この二人の実人生は、よく分らない。ただ、その作品の内部ではかれらはいずれもふとで者だった。このことは、たとえばお伝の場合、阿伝と波の助の夫婦が上州沼田在の下牧村を出奔したのち、「翌《あく》る朝《あさ》九右衛門《くゑもん》始《はじ》め家内《かない》の者《もの》はこれを知《し》り心当《こゝろあた》りを捜《さが》すと雖《いへど》も行方知《ゆきがたし》れねば九右衛門《くゑもん》は一家《け》に談合《だんがふ》なしつゝ其趣《そのおもむ》きを訴《うつたへ》て一旦《たん》戸籍《こせき》を除《のぞ》きたり」という箇所から知ることができる。この処置と、それに伴う田地家財の所有権の(波の助の兄代助方への)移動が、のちに、お伝が小川義和という男を連れて帰ってきたときの紛争の原因となってしまう。

多助におけるふとで者の徴表は、「江戸で奉公するには(略)、受人がなければ奉公へ出来ず、と云て国へ帰れば抜刀《ぬきみ》で追欠《おつか》けられて殺されてしまひやすから、拠《よんどころ》なく爰《こゝ》から飛込んで死にやすが、何卒《どうぞ》私《わし》がねい後《のち》へ国の家《うち》が立ちますやうお守りなすつて下さいまし。」というようなところに見出すことができよう。この時代、奉公人となるには、次のような書式の手形を発行してくれる、身元保証人がなければならなかった。

「一　此平蔵与中者生国能存慥成者ニ付、我等請人ニ罷在(略)、一　御公儀様御法度之儀者不及申、御家之御作法為相背申間敷候(略)、一　宗旨之儀者代々禅宗ニ而当村龍光寺旦那ニ紛無御座候(略)、右之外如何様之違変致出来候共、請人引受埒明、少茂御苦労相掛申間敷候、此者御気ニ入何ヶ年相勤候共此手形を以我等請人ニ相違

無之候、為後日請状依仍如件」(『忠三郎控え帳』)。多助は、そういう背景を失ってしまっていたのである。もしかれが、組頭、名主の連名による「通手形」を持っていたとするならば、しばらく宿屋に腰を落着けて(宿屋の主人が臨時の保証人になることは可能だったらしい)、故郷から照会状を取り寄せることもできただろうが、むろんそれも叶わなかった。そもそも「通手形」を持たない人間を、宿屋が泊めてくれるはずもなかった。連帯保証、連帯責任で作りあげられたこの社会のなかで、他人とかかわる一切の手がかりを持ちえなかったということは、すなわちかれがふとで者であった証拠にほかならないのである。

ただし、もう一度ことわっておけば、かれらの伝記の正確なところはほとんど何も分っていない。ということはつまり、かれらがふとで者であったとは結局作品のなかでしか言いえないことになるわけだが、そのことを前提とした上で、以下のように考えてみることはもちろん許されるだろう。

多助は江戸で生活する手がかりが得られず、思い余って投身自殺をしようとして、炭問屋の山口屋善右衛門に助けられた。山口屋の立場としては、奉公人一人一人の身元を確かめて町役人(名主)まで届け、人別帳に加えて貰わなければならない。にもかかわらずかれは、その身元を保証してくれる何ものも持たない多助をあえて雇い入れた。おそらくかれは、そのことを内々で町役人に黙認させうるだけの影響力をもつ商人だったのであり、——あるいはかれ自身が町役人を兼ねていたのだったかもしれない——ありていに言えば、奉公人の仲間にも入らないような下働きの人間として多助を飼っておくことに決めたのである。作品のなかでは、多助の方から給金を辞退したということになっているが、実情はその逆であったにちがいない。年季を定めず、給金なし、しかしたとえそうであったにしても、最低の衣食住が保証されるだけで多助には十分にありがたいことだった。しかもかれのように、如何なる性質の身元保証書も持たない人間にとって、自分がまともな人間である証明は、骨身を惜まぬ働きによって示すよりはほかはない。作品に語られた、すさまじいばかりの出精、勤勉、倹約は、そういう人間が選びうる唯一の自己証明の方法だったのである。この誠実な働きぶりが認められて、十一年目にかれは小さな裏店を借りて独立する。これを後援してくれたのは、言うまでもなく山口屋善右衛門である。裏店一つ借りるにも、もちろん当時は、先の「奉公人請状」と同様な形式の、そして「御公儀様御法度之儀者不及申、町並之儀急度為相守可申候、勿論博奕諸勝負事売女之宿諸浪人之取扱堅為致申間敷候、縦令親類たり共、貴殿江御届不申一夜之宿も堅為致間敷候、尤火之元大切為守可申候　右之通相違無御座候、此者儀ニ付何様之六ヶ敷儀出来候共、我等引請急度埒明、貴殿江御苦労相還《ママ》中間敷候、我等儀致他国候歟、宅替致し候者早速御届可申候、為後日店請状仍如件」（同前）という文言の、「店請状」を家主に届けておかなければならなかった。それも、山口屋が引き受けてくれる。たぶんこのときから、多助は、あらためて町方の人別帳に自分を登録させることができたのである。

人間が互いにその相手個人を信ずるよりも、かれが持っている関係の方を信用する。社会の実相は結局そういうものであるにせよ、それが制度化されていた時代において、多助のようなふとで者は自分一個の才覚と努力で新しい関係を創り出すしかなかった。骨身を惜まず働くことで、信頼されるに足る人間としての自己を証明する。そういう生活のなかで、次第にかれは、一本立ちの人間たる力量と見識を身につけていったらしい。円朝の口を借りてあらわれてくる多助の魅力は、いささかの油断も隙もない人間の、謙虚にしてへつらわず、といった一種無私な生活態度である。これを立身出世の処世訓として抽象してしまえば、いかにも修身教科書にうってつけのつまらない人間像しか浮んで来ないけれども、一人の孤立無援なふとで者が本当にそれに徹し切ることができたのだとするならば、たしかにかれは凄味を秘めた人物に成長していったにちがいない。

これは多助のころよりやや時代は下るが、芝西久保車坂家主の七左衛門が残したお触れ書き集に、『天保新政録』（天保十二年五月～十三年十二月まで。昭4・1、米山堂刊）という本がある。これを見ると、幕府（奉行所）は当時くり返し、「在方の者当地え出居馴候に随ひ、故郷へ立戻候念慮を絶し、其尽人別に加り候者追年相増、在方人別相減候趣相聞、不レ可レ然儀に付、今般悉相（一字不明）不レ残帰郷可レ被二仰付一処」云々というような指示を、家主や町名主に与えていた。在方の生産人口の減少という事態を解決するためである。だが、在方では、送り返された出稼ぎ人を受け容れる余裕はない。やむをえず、幕府は、「商売等相始、妻子等持候ものも一般に差戻に相成候ては可レ致二難渋一筋に付、格別の御仁恵を以是迄年来人別に加り居候分は帰郷の御沙汰には不レ被レ及」（二月二十六日）、「近年御府内え入込、妻子等も無レ之、裏店借受候者の内には一期住同様のものも可レ有レ之、左様の類は呼戻し在方人別不二相減一様取計可レ申事」（三月）という附帯条件をつけざるをえなかった。なぜかと言えば、在方に送り返されても受け容れられる見込みのない者は、小悪党化して街道筋の村々の風紀を乱し、江戸に残ることのできた奉公人たちは働き手の減少を理由として給金の値上げを要求する。そのような、幕府としてはまことに不手際、不本意な事態が急速に進みつつあったがためである。ともあれ、こうしてすでに妻子を養い、江戸人別帳に加わることのできた裏店住民層のなかには、あるいは多助のようなふとで者が混っていたかもしれない。たとえそうでなくても、出稼ぎに来てやや信用を得、裏店を借りて腰を落着けてしまった人間が、その生国との強い結びつきを保ち続けることはおそらくむずかしかった。結局かれらもまた、生国とのかかわりはふとで者と等しい状態になるよりほかはなかったであろうが、多助は、そういう人たちにとってまことにうらやむべく、また尊敬すべき出世頭だったのである。

宮川舎政運の『宮川舎漫筆』（文久二年）を見れば、幕末期すでに多助は伝説中の人物であったことが分る。ここに紹介されている「衣を截って奢を戒む」というエピソードは、円朝の『多助一代記』のなかに、花嫁の持参した振袖を鉈で打ち切ってしまうという、一そう劇化された形で採り入れられていた。円朝の口演は、この挿話にかぎらず、庶民の間で語り継がれてきた多助に関するさまざまな伝承――その伝承過程で、多助以外の人の倹約、出精などもたぶん繰り込まれていった――の編集、劇的な再構成という形で語られていたのであろう。もしそうでないならば、山口屋へ連れて行かれた多助がいきなり主人や番頭をつかまえて倹約の心得を説くという唐突さが、うまく理解できない。そのエピソードのなかには、明らかに拵えごとだと見られるものも含まれていた。

たとえば明き樽買いの岩田屋久八という男に向って、多助は、「そりやア稼げば金は貯《たま》るが、金を貯《ため》る様な心じやア駄目だ。私《わしや》ア蓄《たま》らない様にする積だ。（略）コレ金能く聞け。己《おらあ》見ろ、雪が降ても、風が吹いても、草鞋穿きに成つて、寝る目も寝ずに稼いで居るに、汝《われ》はなんだ。銭箱の中へ入《へい》つてゝ楽しやうたつて、さう旨くハいかねへ。（略）稼いで来う。と云つて又尻《しりつ》ペタを打《ぶ》つと痛《いて》いから、又ピヨコ〳〵飛出しては稼いで来る。」というような、金銭扱いの心得を説き聞かせていた。まだ裏店を借りて独立したばかり、粉炭《こなずみ》の振り売りをしてその日の暮しを立てているような小身代の男が、こんなもっともらしい金銭観を得々と語っていたはずがなく、そもそも近世商人の金銭観からしても、この説教にはまるでリアリティがない。具体性が欠けているのである。そういう点でこのエピソードは信ずるに足りないのだが、しかし先に紹介した『天保新政録』中の、「公儀御制作、世の宝たる品（金銀）を一己の私を以て宝と致し、持囲ひ隠し置候は心得違にて触渡の趣に背き、罪科不ㇾ軽義有ㇾ之」というようなお触書きと併せて読んでみるならば、たちまちその現実的な意味があらわれてくる。金銭を貯めるとは天下公用のものを私《わたくし》することだ、天下のものは天下に返してやらねばならない、それが商人の大身代を成す所以でもあれば、お上の方針にも適う道である。この種の説教を、庶民に比較的近い知識人が考案して、多助に仮託しながら説き聞かせる。多助自身、そのみじめなふとで者の境涯から抜け出て公民たる資格を獲得するためには過剰なほど幕府の方針と自己同化的に振舞わざるをえなかったであろうし、傍目には一種無私な人間と映るような生き方をしてきたはずである。だから、伝承されてきたかれのイメージと、この新たに附加された伝説とはかくべつ矛盾はしなかった。そういう経路で、ますますかれの言動は規範化されていったにちがいない。円朝もまた、その種の庶民啓発的な挿話の創作を得意とする語り手であったと見なければならない。ともあれ、このように聖化された多助の像をもって、みじめな多助を包んでゆく。そういう形で、円朝の『多助一代記』は成立していたのである。

　先ほどふれた、多助の自発的な給金辞退、これはもちろん多助聖化の一例である。そもそも多助の実父塩原角右衛門はもと阿部伊予守の家臣で、八百石取りの筋目正しい武士であった、という設定、これもまた多助聖化の一例であっただろう。一口に浪人とは言っても、筋目の正しい浪人と単なる浪人体の者とは、むしろ当時は制度的に截然と区別されていた。筋目の正しい浪人とは、旧主人の発行した人物証明書や、浪人するに至った経緯を明記した文書を所持している場合であって、これを新たに定住したい土地の領主や代官に差出して許可を得、その村の人別帳にむろん登録される。村役人が領主や代官に提出する書上げ帳（調査書）にも、言うまでもなくかれの存在は、たとえば、「同村居住牢人　松村弥市太夫／右者父松村藤九良ト申、松平八十之丞様之小性《ママ》奉公相勤罷有候処、当三拾九年卯当村御暇被下置当村ニ引越、其節従古主送リ証文御地頭様江差上候処ニ雅楽（「頭」を脱字か）御目見江之上、浪人ニ被仰付、帯刀御免候而村会ニ被差置、松村弥市太夫と改め（「候」を脱字か）事享保五年戌年跡村請合申」という具合に記載されていたのである。これは上州のある村（勢多郡女淵村）で寛延二年に作製した「銘細帳」の一部であるが、円朝の『多助一代記』はその一年前の寛延元年八月から説き起されていた。もし多助の実父が円朝の説くとおりであったとすれば、当然かれの存在は、上州沼田在の逢貝（追貝）村の「銘細帳」に報告されていなければならない。その沼田に土岐氏が移封されてきたのは、さらにその七年前の寛保二年（このとき多助は、円朝の説くところを信ずるならば、算え一歳だった）、領内の各村はこの新領主に対して「銘細帳」を提出したはずだからである。そういう筋目の浪人とは反対に、浪人体の者とは、いわば人物証明書を持たぬ私称の浪人であって、商人が裏店を借りる契約条件においてさえも「売女之宿諸浪人之取扱堅為致申間敷候」というようなことわり書きの対象とされてしまっていた、つまり公民がかかわりを持ってはならぬきわめて胡乱《うろん》な存在にすぎない。

筋目の浪人が息子に譲ることができたのは、せいぜいその筋目の証明書くらいなものであっただろうが、これを逆に言えば、少くともその筋目が明らかであるかぎり、息子がどこかの藩に仕官する望みをつなぐことは可能だ。そういう人間が自分の仕官の運動資金を得るため、五十両で息子を百姓に譲り渡したというのは、どうもうまく納得できない。このことと、円朝が語る実父の暮しぶりから見て、ありようは、いわゆる浪人体の者が流れて来て息子を置いて行ったということではなかったか。疑い出すときりがなくなってしまうが、当時は、養子を迎える場合にも、「此鶴二郎儀我等方江養子ニ貰請候処実正也、則樽代金五両被致持参慥ニ請取申候、然ル上者我才《ら》実子致出生候共、鶴二郎を惣領ニ相立、跡式相譲可申候、右約束申候上者向後違変無之候、為後日仍如件」（『忠三郎控え帳』）というような一札を、実父側へ渡して置く習慣があった。もちろんなかなかこの通りに実行されることはむずかしかっただろうが、この一札の写しが手元に残っていて、証人もなお現存していたとするならば、養子の立場はかならずしも弱いものではない。いかに養父角右衛門亡き後とはいえ、多助が、養父の後妻とその連れ娘（多助の妻）の二人からいびり出されかねない状態に陥入ってしまったというのは、これもまた理解できないことである。いや、そもそも土岐氏の歴とした家臣親子が、百姓の後家母娘となじみになり、お家乗っ取りふうな陰謀を企てたという設定も、また不自然だと言わねばならない。塩原家は三百石の田畑を持っていた、と円朝は言う。その下新田は、戦国時代末、「大場追貝新田之事。一　新田起次第三ケ年作所ニ可申付候事、一　欠落之者共才覚仕、新田へ召返シ、田地為起可申候、年貢未進負物以下可令用捨候、但、盗賊悪党之者可為無用之事」（慶長年間）というようにして開かれた村であったらしい。そういう山村で三百石を持っていたとは、つまり村一つを自分の所有としていたことになりそうである。その家の跡取りが何もかも棄ててしまうということは、むしろ容易ならざることであった。

要するに以上は状況証拠にすぎないのだが、円朝が下新田時代の多助に与えた経歴をリアルにとらえ直してみるならば、次のようなことはほぼ明らかである。江戸時代のすさまじい出精、努力を説明しようとして、円朝は結局、多助のなかに、武士の子であってしかも養家の再興が人生の目的だ、という情念を仮定せざるをえなかった。この人物の上昇志向を、かれは、聖化して伝承されてきた多助像と矛盾することなく説明するために、その出生と情念を聖化してみるしかなかったのである。だが、強いて聖化しようとすればするほど、おどろで不倫な人間関係を多助の環境に持ち込むよりほかはなかった。ここで語られた兇々しい葛藤は、実は、多助の晩年またはかれの息子の代に江戸で起った、財産乗っ取り事件を逆に投映したものではなかったか。町方の人間が、自分（あるいはその父や祖父）の出てきた在所を思い浮べてみたとき、ただその場合にだけ、円朝の語るお家騒動めいた紛争は、さしたる違和感もなしに聞き取られていた。かれらが引きずっていたであろう、村方から疎外された者のうとましい在所の印象、これを町方でしか見聞できないような兇々しい紛争と重ね合せた形で、円朝は下新田時代の事件を語り、裏店住人層の後身たる東京の中下層民たちはそれに惹きつけられていたのだと考えてさしつかえない。多助の言動を規範化し、その情念をも聖化して、これによって自己浄化をはからずにはいられなかったほど、幕末から近代初期を生きた都市の住民たちは不安定であざとい人間関係にまき込まれ、おどろな情念を強いられてしまっていたのだったと見るよりほかはないのである。在方では、相手の困窮につけ込んで小作人化することはあっても、現在あるがままの財産をそっくり乗っ取ることはむずかしい。多助の「不斗家出」の理由は、もう少し質の違ったものであったらしい。

多助の時代よりやや遡るが、『利根・沼田の文化財』（群馬県教育委員会刊、昭49・3。先に引いた慶長年間の新田開発の文書も、この資料集に拠る）のなかに、次のような訴訟文が紹介されている。「乍恐御目安を以申上候事。（略）一　あらまき馬付（馬継ぎ）中郷も又馬付不申候須川も殿様御役等同し御事ニ御奉公仕候御事、一　大殿様御代ニも無御座候処ニあらまき一郷の内にてさえ馬付ニのぞミ申候へバ下新田ふせなども河内様御代ニ馬付ニ被仰付候御事、（略）右之品々御聞合被為成馬付ニ被仰付可被下候様ニ無御座候は町なミを引籠野はづれニも罷有様ニ被仰付可被下候、右如申上候御伝馬役しげく御座候とも馬付ニ而無御座候得は身上つゞき申者ハ町中ニ一人と無御座候、以上　須川町」（寛永十六年四月）。

これによれば、多助の百姓時代の舞台となった下新田一帯の庶民にとって、馬子稼業を認められるか否かは死活問題だったのである。その村々は沼田から奥日光、会津方面に至る街道筋にあり、おなじく御伝馬役を命ぜられながら馬付を認められていなかった須川の住民は、このままでは身代が潰れてしまうと訴えていた。それに対して、多助の下新田はいち早く馬付の権利を獲得している。円朝の『多助一代記』に語られていた、多助が村を棄てる直前の場面からも常識的に推定できることだが、おそらくかれは馬子を生業とする小百姓だったのである。須川の訴えが容れられて下新田はさびれてしまったか、ないしは多助に何らかの手落ちがあって村一統の制裁として馬子札を取りあげられてしまったのか、とにかく多助の出奔の事情はそんなところにあったのだと考えておくのが妥当だろう。案外この街道を流れ歩いていた小悪党たちとの葛藤に巻き込まれてしまったのかもしれない。又旅おかく、道連れ小平というような小悪党はむろん円朝の創作であっただろうが、若い頃の多助にとりついた悪運をそれなりにリアルに表現しようとして、もし円朝がそのような小悪党登場の必要を見出していたのだとするならば、それのヒントとなる伝承が沼田在にあったのかもしれないのである。この小悪党たちとのかかわりを持ち込んできた母娘（義理の母と嫁）もまた、江戸からの流れ者であった。ともあれこの多助という人物、もはや保つに値しない人間関係を一たんは棄ててしまい、一切の保証し保護し合う関係からあえてはじき出されてしまうことで、おのれの人物証明は自分の働きによって行うよりほかはないという、自己流儀のすさまじい生き方を創っていったのである。

ところで高橋お伝が出たという下牧村は、沼田から越後に抜ける街道の一山村である。彼女の母親お春の実家は隣村の後閑村にあった、ということに作品ではなっている。この下牧村と後閑村との間で、近世初頭より明治中期まで、入会権をめぐる論争が続けられた。戦国末期にこの辺一帯を支配した真田氏が、「一　後閑山江他村之者不可入事（後略）」という特権を、後閑村に与えたためである。下牧村は既成事実を作っては訴訟の場において自己の生活権を主張する、というやり方を取ってきたようであるが、そういう土地柄に育った女としてお伝のたけだけしい自己主張の性格を見ることができるかどうか、性急な関係づけは避けねばならない。ただ、村同士が対立していても、むろん百姓の縁組みは行われたにちがいなく、しかし入会山を持たぬ下牧村の百姓は後閑村の者よりも不自由で貧窮した生活を強いられていたはずで、これを不当と感ずる情念を養っていただろうことも一応は考えてみる必要がありそうである。信州無宿鬼の清吉とお春の間に生れた不義の子がお伝だった、という設定が魯文の虚構であることは言うまでもないにしても、街道横行の小悪党の風習に染まりやすい女としてお伝は育ってきたのかもしれない。時代はすでに幕末から明治初頭の流動期に入っていた。下牧村を出奔したお伝の悪事の大半は、東京と往復する街道の上で行われているのである。

大正十五年の翻刻版『高橋阿伝夜刃譚』（明治文学名著全集第五編、東京堂）に附けられた、野崎左文の「『高橋阿伝夜刃譚』と魯文翁」という証言に従うならば、およそ以下のような部分は魯文の附加した虚構として扱うことができる。お伝の実父が鬼の清吉なる博徒であったこと（またはお伝が博奕好きであったこと）、草津へ行く途中でお伝波の助夫婦が斎藤良之助に救われた事件（および斎藤良之助の身の上話）、波の助が甲州路で癩病を発したこと（あるいは甲州の生胆取りという風習のこと）など。このような虚構の附加、とくに波の助の癩病の件は、癩病についての知識が乏しかったこの時代、お伝に縁のあった下牧村の人たちには大いに迷惑なことであったと思われるが、むろん魯文はそのようなことはいささかも配慮していなかった。お伝がむごたらしい殺人を犯した不逞な罪人であるという事実に、魯文は安んじて依りかかり、当時の庶民が考えうる悪胤・悪業の極大化を企ててみたのであった。

そのような虚構を一まず取り除いてみるならば、お伝の出奔の理由は、要するに「平日農業を嫌ひ」「右躰不身持故借財等出来候儀も可有之哉」ということであったのだろう。明治五年の壬申戸籍の作制のころに、お伝は帰ってきた。これは庶民が受けた第何度目かの人返し令と言うべきで、その九月には熊谷県（その半ばは現在群馬県に属している）の各村に、「従来浪士与唱《ママ》順村致候者有之所、右様之儀者不相成趣兼而御布令有之所、今以右様之者順村致候ニ付、以来右躰之者ハ村内へ立入申間敷」というような、旧幕時代における浪人体の者の取扱いと同趣旨のお触れが配られていた。「浪士」ならぬ、ふとで者のお伝はこの新戸籍法を好機として、下牧村に復籍し（罰金刑によって）、ついでに元の家財田畑を取り戻した。地租改正の折柄、お伝の所有権が認められたのである。お伝はむしろ正当な権利を主張しただけなのであるが、ふとで者の跡仕末をつけてきた義兄の代助や、その親類、組合の者の感情は収まらない。紛争が起って再び出奔、言ってみればこのときからお伝は本格的にふとで者化してしまったのである。

庶民にとって近代とは何であったか、ということは容易に答えがたい。ただ、かれらの間で、多助とお伝の二人は聖（浄）と毒悪（不浄）の代表的人物として喧伝され、典型化されて行った、という点から考えてみるならば、かれらも等しくふとで者的な不安定な状況に投げ出されてしまっていたのであろう。すでに制度的に保証・保護し合う関係はくずれ、しかし互いに相手個人を全面的に信頼することもできず、だから相手が持つ人間関係を信ずることも叶わず、しかも自儘に自分の欲望を追うことの可能な時代がきた。そういう人たちにとって、そのおどろな欲望を浄化することがそのまま大身代を築く道につながっていた人物、裸の状態から自分流儀で人間の信頼関係を創り出すことに成功したかに見える多助は、言うまでもなく及びがたい規範であった。と同時に、個人その人ばかりでなく、一切の人間関係を全く信じないで自己の欲望をのみ追っていたお伝を同時代に見出して、いわばおのれの正体の極限化された姿に戦慄したのである。

実在した塩原太助が、もしこれまで見てきた多助のような人物であったとするならば、実はかれもまた他人が持つ人間関係など一切信じない人間だったにちがいない。あらゆる意味で人間が保証し合う関係から一たんはみ出てしまった素裸の男の眼に、制度的に作られた既成の人間関係、そのなかに生れた心情的なもたれ合い、つまり義理人情、これを正当化するための押しつけがましい自閉症的な倫理や努力目標など、それら全てが擬制として映ってしまっただろうこと、容易に推測できる。かれはおそらく自分が新たに創った信用と人間関係しか信じなかったが、ただその新たに創られた関係の形は擬制から借りて来るよりほかはなかった。そういう男が、自己克服的な生き方をはじめる以前、お伝のようにおどろで悪しき情念をかかえていたとしても、少しも不思議ではない。これを逆に言えば、擬制をかなぐり棄てうる時代の多助が、お伝だったのである。とにかくそのようにして二極端を生きた男と女が、時代こそ違え、おなじ土地から出現して、近代の文学の二典型を生む衝撃力となったのであった。

第二章　戯作のエネルギー――毒婦誕生の場合

悪とは他人の財産を奪い、主君の地位をおびやかし、人の命を断つことだ。そういう、言わば庶民の自然法的な犯罪観（むろん正確に言えばその全てが自然法に当るというわけではない）に従って人間の善悪を描き分ける方法とエネルギーが失われてしまったのは、明治二十年前後からであった。政治世界においては、かならずしも現存政権だけが正義を専有しているわけではない。宮崎夢柳がテロリストの側に立って『虚無党実伝記 鬼啾啾』（明18・10?自由燈出版局刊）を書き、広津柳浪の『女子参政 蜃中楼』（明22・10全泉堂刊）は民間政治家の御都合主義的な裏切りを発き、原抱一庵は『闇中政治家』（明24・6春陽堂刊）という怪奇談的な冒険小説を作って、多分キリスト教に悔悛した政治犯による百姓一揆防止の画策（密告）を描いていた。これらの政治小説の変貌のなかで、善と悪の単純な基準が揺らいでしまったのである。

それだけでない。逍遥の『当世書生気質』や二葉亭の『浮雲』、鷗外の『舞姫』など、わが国のいわゆる近代文学においては、右のような政治小説がまだ持っていた復讐や殺人の情念さえも消えてしまった。復讐の情念にまで煮えたぎることのないうらみつらみ、その毒気に当てられ、そして多分その自己反映として生れた意識であるため、けっして現実的な犯罪を伴わない罪の意識。そういう非行動的な心情をモチーフとする文学が、これ以後いわゆる近代文学の主流となり、個人的な犯罪の問題を引き受けることを止めてしまったのであった。

しかし、他人をワナにはめ込んで自殺に追いやり、あるいはまた実際に手を下して人を殺してしまう犯罪の可能性は、もちろんこの時代の日常生活のなかにも潜んでいた。幕末から明治十年代の勧善懲悪小説、とりわけ庶民世界を舞台とした作品を読んでみるならば、次々と犯罪を重ねても一向に罪の意識に苦しまない人間が存在しうるという事態に、当時の人たちがどれほど脅かされていたことか。肉体に加えられた犯罪の即物的な圧力の前で、罪の意識の誠実な倫理性など一瞬にして雲散霧消してしまう道理であるが、そういう怖しい迫力がこれらの作品から伝わってくる。罪の意識なき兇悪な犯罪の襲撃、そしてまた何時どんなはずみでそのような情念に自分も駆り立てられてしまうかもしれない犯罪に、どのように対処し、これを裁き、改心させ、あるいは許すことができるか。これらのことに苦しみ、心を砕いていた様子もまた、手に取るように見えてくるのである。

勧善懲悪という意匠は、おそらく体制側から押しつけられたものであっただろうが、しかし一片の内発的なモチーフもなしにその種の作品が書きとばされていたと考えるのはけっして当を得ない。

たとえば高橋おでんの犯罪は、宮武外骨も言うように、実に単純なものであった。明治九年八月二十六日、浅草蔵前片町の丸竹という旅人宿に内山仙之助と女房まつと名乗る男女が宿泊、翌日女が立去り、十二時近く女中が部屋へ行ってみると男の死体がころがっていた。逮捕後の女の自供によれば、奪ったのは金十一円にすぎない。犯行はそれだけのことであったが、ただ、外出する際の態度が如何にも平然としていて、「此ものに五年いらひあねをころされ、其うへわたくしまで、ひどふのふるまいうけ候て、せん方なく候まゝ、今日迄むねんの月日をくらし只今あねのかたきをうち候也、いまひとたびあねのはかへまゐり其うへすみやかになのり出候也、けしてにげかくれるひきふ《ママ》はこれなく候。此むね御たむろへ御とどけ下され候かわごひうまれにて　まつ」というような書置（明9・9・12『東京日日新聞』の記事による）を残してゆくだけの余裕を持っていた。ばかりでなく、その日は情夫の小川市太郎と酒を飲み、翌二十八日は奪った金で借金を返し、その間短刀を持ち歩いていた（逮捕は二十九日）。そういう足どりが分ってみれば、書置そのものの内容や真意も疑われざるをえない。一向に罪の意識に脅えていた気配がみられない、その冷然たる行動が先天的な悪女の印象を生んでしまったのであって、これを毒婦仕立てに語ろうとする傾向は早くも前記『東京日日新聞』の記事にあらわれていたのである。

それでは、おでんの言い分には全く採るべきところが認められなかったのかどうか。宮武外骨の『文明開化　裁判篇』（大15・9半狂堂刊）に紹介されているおでんの口供書と、明治十二年一月三十一日の東京裁判所申渡とを読み較べてみるならば、彼女の主張はほとんど何一つ採り上げられていなかった。それを裏づける証拠がなく、だから結局「是レ畢竟名ヲ復讐ニ托シ、自ラ賊名ヲ匿サン為ニ出ルノ遁辞ナルモノトス」と判断するしかなく、そのため、「此ニ因テ之ヲ観レバ、徒ニ艶情ヲ以テ吉蔵ヲ欺キ、財ヲ図ルモ遂ゲ能ハザルヨリ、予メ殺意ヲ起シ、剃刀ヲ以テ殺害シ、財ヲ得ル者ト認定ス。因テ右科、人命律謀殺条第五項ニ照シ斬罪申付ル」（明12・2・1『郵便報知新聞』）という判決が下されてしまったのである。

おでんの口供によれば、兇器に用いた短刀は後藤吉蔵（内山仙之助）が所持していたものであった。当時、謀殺《ボウサツ》（「或《アル》ヒハ心ニ謀《ハカ》リ。或ヒハ人ニ謀《ハカ》ルノ別《ベツ》アレ𪜈。コヽニハ人ニ謀《ハカ》ルヲ云フ」）であるか否かの判断は、「心ニ謀《ハカ》《モクロミゴコロス》ルハ。知《シ》ルベキ様《ヤウ》ナケレ𪜈。或《アル》ヒハ仇《アダ》アリテ。情事《ジヤウジ》顕著《ケンチヨ》シ。或ヒハ兇器《キヨウキ》ヲ見出《ミダ》セバ。傷《キズ》ツキタル痕《アト》ト。相符《アヒフ》シ。或ヒハ用《モチ》ヒシ毒薬《ドクヤク》ニ。拠《ヨリドコロ》アル杯《ナド》ハ。心ニ謀《ハカ》ルトスベシ」（『新律綱領』明3・12・20。但し27日説もある）というように規定されていた。おでんが事件後持ち歩いていた短刀は、吉蔵の傷口と一致しなかったのかもしれない。もしおでんが言うように、もともと短刀は吉蔵が持ってきたもので、それを抜いて吉蔵がいどみかかってきたとするならば、故殺《コサツ》（「其闘殴《トウオウ》ノ時《トキ》ニ臨《ノゾ》ミ。出来《デキ》心アリテ。人ヲ殺《コロ》スハ。他人ノ知《シ》ル可《ベ》キヿニ非《アラ》ザル故《ユヘ》ニ。故殺《コサツ》ト名《ナ》ヅク」）。当時は正当防衛に関する条文はなく、「其謀《ハカ》ラル、ノ人。謀機《ボウキ》ヲ知覚《チカク》シテ却《カヘツ》テ謀《ボウ》者ヲ殺《コロ》ス者ハ。故《コ》-殺《サツ》-律《リツ》ニ依《ヨ》リ」て論じられた）として取扱われ、『改定律例』（明6・6・13）以降は、「絞《カウ》。改《アラタメ》テ懲役終身《シユウシン》」という判決が下されるはずであった。ばかりでなく、加えて「凡贖罪ハ。平民《ヘイミン》。過誤《クワゴ》。失錯《シツサク》。連累《レンルイ》。其他《ソノタ》不幸《フカウ》ニ出《イ》テ。事情憫諒《ジジヤウビンリヤウ》ス可クシテ。実断《ジツダン》シ難《ガタ》キ者」として事情が認められるならば、懲役終身は贖罪金九十円、ただし「過失殺傷收贖例」の場合は後藤吉蔵の遺族に四十円を払い、わが身の自由を得ることができるのである。おでんは早くからその可能性を追及していたのであろう、小川市太郎宛に、「このたびはいろ〱の事内《うち》はむつかしく候、いのちにかゝり候まゝ、りんさいぢのほうぢように、本町のせんせいと、たかいところからたんがんして下され、したからではだめだ、たんさくがはいるから、せけんの事をたのむ宗そふ（ママ）とんさんにはなしてたかいところのてづるをたのんでたんがんして下され、そふでなけ（ママ）、たすからない、おさげだけよいから」（明9・9・13『仮名読新聞』）という、「指でも噛切ったのか拈紙《こより》を以て血で書いた書状」を檻倉のなかから送ろうとしていたのである。

だが、彼女の主張は認められず、吉蔵の受けた致命傷は剃刀によるもので、その剃刀はかねて彼女が用意していたものだと判断されてしまったのであろう、「予メ殺意ヲ起シ」という理由で、謀殺条第五項の斬罪に処せられることになってしまった。

ところがその直後、『東京曙新聞』は奇妙な記事（明12・2・1〜7）を載せていた。冒頭、「黒白の模糊として判然たらざるも、明々たる裁断に依て刀下の霜と消る高橋お伝が落着の昨日にあるは、既に前号にも記載したるが、抑、此悪婦が犯せる罪を覆はん為めに、虚実を交へし欵状を聞くに」とことわっていたけれども、その内容はおでんの口供書とほとんど一致している。言わばおでんの欵（款）状をそっくりそのまま認めて記事を組み、もちろんその結びは東京裁判所の判決に従って「其実は吉蔵を色に事よせ欺きて奪はんとしたる財を得ぬより、殺意を生じて密かに殺し、賊名を逃れんため姉の復讐なりとするも、暗き所に天網あり、明るき所に法官ありて争《いかで》か罪を免がるべき」という具合に辻褄を合せていたのであるが、ほとんど故意に「予メ殺意ヲ起シ」（判決文）の「予メ」を落してしまっていたのである。「予メ」を落すことは、おでんの犯罪が故殺であることを主張していたに等しい。裁判官が否認していたにもかかわらず、おでんの言い分だけに従って記事を組んでいたということ自体、すでに相当に皮肉な処置であったと言うことができるであろう。

しかしそれだからと言って、おでんに代って彼女の言い分を公表し、そこに権力への批判を籠めておくつもりが、この新聞の記者にあったかどうか。そう断定するのはおそらく早計であって、多分その実情は、肉体を賭けた女の仇討ち、というおでんの言い分が当時読者の嗜好によく適っていたからであった。すでに明治六年二月七日、仇討ち禁止の太政官布告が発令されていたけれども、おでんにとって、この言い分が認められるならば「事《ジ》情《ジヤウ》憫諒《ビンリヤウ》ス可クシテ」というところにまで漕ぎつけることが可能であり、そしてまたこの面を強調して記事を作ることは、かならずしも仇討ちを不当な手段と考えていなかった当時の民衆感情に訴えやすかったためであろう。だが、それだけではない。憎むべき仇であるにもかかわらず、金品への欲望をもってその男と情事を重ねうる女が存在した、という事実を伝えて、容易に測りがたい人間情念の怖さを描き出したかったらしいのである。ただ、謀殺が成立する一条件として、「コ、ニハ人ニ謀《ハカ》ルヲ云フ」ということがある以上、たとえ現場にはいなくても、おでんの共犯（的な立場の）者がいて、その人間の証言がなければ、彼女の「予メ殺意」の立証は十分だったとは言えない。考えられるその相手は小川市太郎でなければならないが、裁判所の判決は明らかにおでん一人の単独決意、単独犯行として論じていて、それならば人命律謀殺条第五項の適用は疑問がないわけではない。そういう立場で、この記者は記事を書いていたのであろう。「黒白の模糊として判然たらざるも」というような含みのある書き出しや、「予メ」抜きの「殺意を生じ」という状況のとらえ方に、そのような意図をうかがうことができる。とはいえ、その全体の書き方はかならずしも裁判批判のモチーフを秘めているわけではなく、血なまぐさい人間葛藤の再現に力が注がれていたのである。

これに対して、仮名垣魯文の『高橋阿伝夜刃譚』（明12・2〜4金松堂刊）は、そのような新聞記事を逐一ひっくり返してしまうような書き方をしていた。おでんの口供によれば、「一体自分実母はるは旧沼田藩家老広瀬半右衛門方へ出入致し候内同人と通し合、懐妊後当養父九右衛門弟勘左衛門妻となり自分出生致し正に半右衛門種に有之、又半右衛門儀旧忍藩青木新左衛門娘しづなる者に馴染出生し青木かねと称し」という出生の秘密を彼女は負っていた。『東京曙新聞』もこれに従って記事を載せていたのであるが，仮名垣魯文はそれをがらりと変え、信州無宿鬼の清吉こそおでんの実父にほかならぬという設定にしてしまった。小西敬次郎の『上州の女』（昭51・3上毛新聞社刊）に紹介されている、高橋勘左衛門の陳述によれば、「自分儀、高橋九右衛門の実弟にて、従来農業相営み罷りある処、二十六ケ年前、嘉永四年亥正月二日、同郡後閑村亡渋谷小左衛門養女春を妻に貰い受け、夫婦の契約を相結び居りたる末、同年七月下旬一女を産する。其名をでんと名付け、養育し居たる処、妻はるなる者、我意強くして、何分自分の意に応ぜざるを以て、同年九月離縁致し」ということであった。ところが高橋隆治宅に写真と一緒に残っているおでんの履歴書には、「実母　きの　後閑村櫛淵儀左衛門分家同苗長次郎長女、阿伝二才の時離縁し、后城下足軽家に再嫁し早世セリト云フ」と書かれていて、実母の名前その他、勘左衛門の陳述と一致しないところがある。その点おでんの実像はまことにとらえがたく、また私のねらいはそこにはなくて、ただ、とにかくいま言えることは、彼女が幼くして生母と引き離されたのは確かなことだったらしい。しかも嫁に来て七ケ月目におでんを生んだのだとするならば、そこにはさまざまな想像が生れる余地があった。その生母が沼田城下の足軽家に再嫁したのも事実であったらしく、その噂を聞いたおでんが、沼田藩家老広瀬半右衛門を自分の実父として仮構していたのだとすれば、彼女は自己幻想の強い女だったのである。言ってみれば、そういうおでんの自己幻想を逆手に取る形で、魯文は、最も侮蔑的な出生の秘密を仮構してみせていたのであった。

魯文が関係者の陳述書を見る機会のあったことは、作品の記述そのものが随所に証明している。「お伝養育後、すでに十四年に相成る故、慶応元年二月中、同村宮下治郎兵衛二男要次郎を、実兄九右衛門の養子に貰い受け、養女でんと夫婦に取結ばせる段、九右衛門より協議を受けたるに、承諾致し居たり。然るに、夫婦の間も不和なるを以て、慶応三年六月中、離縁致され、養子要次郎は郷里へ引渡されたり。ひつきようでんなる者、我意をほしいままにする故、夫婦の間も不和を生ずる旨、九右衛門より申聞けらるるに付、然らば一時懲らしめのため、同郡戸鹿野村星野惣七方へ下女同様に差遣わし置き、なほ改心の目途相立ちたる上、引取る方よろしかるべしと、九右衛門に相談を遂げ、既に自分携帯して、星野惣七方へ依託し置きたる後、でんを九右衛門方に引取り、尚責諫を加え」（高橋勘左衛門陳述）。おでんもまたその実母とおなじ性格と離婚歴を持っていたのである。算え年十五歳の結婚で、まだ性的に未熟だったということに「夫婦の間も不和」の原因が求められそうだが、その数ケ月後に浪之助と結婚しているところからみるならば、要次郎を忌避した理由は浪之助にあったのだという仮定も成立する。むしろ性的に早熟だったのだ、という想像をもっておでんの経歴を実母はるに転移し、波之助ならぬ信州無宿の鬼の清吉をはるの相手とする。そういう形で魯文の作品は展開されていたのである。野崎左文の「『高橋阿伝夜刃譚』と魯文翁」（大15・5東京堂刊明治文学名著全集『高橋阿伝夜刃譚』附録）によれば、魯文は一かどの賭博通で、武士に化けて賭場の用心棒をやったこともあったらしい。そういう場所で知った無宿者の話をこの作品のなかに持ち込んだのであろう。

二度目の夫、浪之助の病気についても同様である。浪之助の父、高橋代助の下調書における、「自分儀、従来農業稼ぎ罷りある処、十カ年前、慶応三年寅十一月十一日、二男浪之助を同村高橋九右衛門へ養子に差遣し、同人の養女でんと夫婦に取結ばせ、追て夫婦の間も和熟なるを以て、九右衛門の家名より田畑を譲り受け、九右衛門は隠居身分と相成り、なほ浪之助夫婦ともども農業相営み罷り居りたる処、浪之助儀は、不図明治二年三月頃より病気再発し、難渋の趣を以て、医師秋山健良の診察を受け、服薬して療養し居りたる内、其医師より病名は確と知らせ申さず、ただ、ただ飲食の喰違いとのみ申聞けらるるに、併しながら他人の噂には、必ず癩病と相唱え居り候。最も浪之助発病の際は、時々面部の血色黒く、少少赤くして、或は手足等に腫れ出づる事もこれあると雖ども、医師の薬効により、日を追て快気に赴き参り申し候。然るに浪之助は追追貧窮に陥り、既に養父九右衛門より譲り受けたる田畑も質入致し、活計相立て居りたる処、六ケ年前、明治四年十二月二十五日頃より、不図、浪之助妻でんを携帯して、夫婦ともども無断に家出致し、行衛知れ申さずに付」という証言をみるならば、このような病状を癩病と断定してよいかどうか。ただ近所の噂ではそのように取沙汰され、おでん自身も口供のなかで「四年二月中より同人儀不図癩病相発し、自然親子の間も睦しからず」と語っている。その点魯文の勝手な仮構ということは言えないわけであるが、ただ作品中の後藤昌文という癩病の名医は魯文の知人であって、どうやらその宣伝を兼ねていたばかりでなく、魯文自身、甲州における生胆取りの風習（真偽不明。申年申の月、申の日の申の刻に生れた男子の胆は癩病の治療に特効を発揮したと言う）に特別な関心を持っていた（野崎左文の回想による）。甲州の旅先において波之助（作中名。高橋代助の弟ということになっている）が癩病を発しなければならなかった、その理由は魯文の側にあったのである。当時の人たちのこの病気に対する偏見に訴えて、かれは波之助の病状をおどろおどろしく描き出していた。そうすることによって、おでんという女のまがまがしい宿業を際立たせていたのである。

その浪之助が明治七年の四月に死んだ。もちろん横浜鑑札取締会所へ届けて検死を受け、病死と判断されたことを、木賃宿漁屋の家人と、浪之助が葬られた東福寺の住職が証言している。ところがおでんは、後藤吉蔵の使いと名乗る加藤武雄なる男が水薬を持参、これを服用した浪之助は「忽ち同人胸部より顔へ掛け大に腫れ上り紫色に相成、苦痛甚敷、夫《(ママ)》是手当致候得共」、つまり毒殺なのだと主張する。こんな症状の死体を検死の医者が見逃すはずがなく、ここにもおでんの自己幻想が認められる。供述の段階ではおでん自身半ばそれを信じていたのだ、と考えてさしつかえない。嘉永年間、上州の片田舎で育った女が、口供書にみられるような一貫した物語を語り得たということは、もし実話でないならば、よほど高い作話能力を持っていたはずで、その根拠は自己幻想に求めるよりほかはないだろう。沼田藩の家老の落し胤にして、腹違いの姉の仇討ちばかりでなく、夫の仇討ちも果した女、という仮構を、おでんは自分に課していたのである。だが、その主張を裏づける証拠があらわれて来ない以上、彼女は虚言癖の強い女として世間に映らざるをえない。そしてまさにそれ故にこそ――と言ってさしつかえないだろう――魯文はその自己幻想をひっくり返し、おでん自身による夫殺害という物語を作り出すことができたのである。重病の夫をかかえて旅先で行き暮れてしまった女、という状況から見ても魯文のとらえ方のほうが説得力に富んでいる。それだけでなく、それなりに辻褄がよく合っているおでんの作話（自己幻想）に拠りかかりながら、まさにそれが作話でしかなかったという事実を（裁判所判決によって）知った世間の、おでんに対する反感をうまく汲み取って、悪胤悪癖を背負い殺人を重ねてゆく毒婦阿伝の像を作り出していったのであった。

その意味で、一見おでんに好意的な『東京曙新聞』の記事と、魯文の作品とは質的にそれほど変っていない。一方は、おでんの供述を忠実になぞりながら、色・欲の満足と仇討ちとを一しょくたになし遂げた女のすさまじい情念を強調していたわけであり、他方はその一つ一つをひっくり返して、一かけらの良心も持たないまがまがしい犯罪者を創り出す。言ってみればおでん自身、その作話能力をもってこれに参加していたのである。

浪之助おでん夫婦は、高橋代助が「不図（略）無断に家出致し」と陳述していたように、不図出者《ふとで》であった。ふとで者については、すでに私は前章に書いたので、ここでは繰り返さない。そのふとで者おでんは、浪之助の死後故郷へ帰って「波（浪）之助実父佐助（代助？）方へ立寄り、波之助病死の趣（ここでは病死となっている）を相噺、自分養家へは立寄らす直ちに出京」したのであるが、再び「故郷慕敷存し、明治七年六七月頃帰国養家へ立戻り候処」、「自分夫妻逃亡御届相成居候由にて自訴致」したのであった。当時政府は、「凡逃亡《タウバウ》シテ。二年以外《イグワイ》。復帰《フクキ》シ。及ヒ自首《ジシユ》スル者ハ。首免《シユベン》ヲ聴《ユル》サスト雖《イヘド》モ。平民《ヘイミン》ハ。贖《シヨク》罪ニ処《シヨ》シ。華士《タワシ》族《ゾク》ハ。族《ゾク》ヲ復《フク》シテ。禄《ロク》ヲ給《キウ》セス」（『改定律例』）という規定を設けて、居住地を無断で離れた逃亡者《かけおち》（ふとで者）の帰国を指令していた。おでんは自分の逃亡が役所に届けられ、無戸籍者になっていたことを知り、「自訴」して贖罪金を払い、復籍を認められたのであろう。しかしふとで者が復籍した場合、いろんなわずらわしい問題が起ってくる。その辺の事情について魯文がリアルな想像力を持っていたことは、作品の後半を見れば明らかである。

魯文はこのようにして、今の時代に起りうるさまざまな人間葛藤や犯罪をおでんの上に累加し、時代的な民衆悪の全体像とも言いうる毒婦像を生み出した。われらが負の全体像、として当時それは民衆に読まれていたにちがいない。ここに描かれた因果悪縁葛藤の、少くともその一つは自分の日常生活のなかに潜んでいる。それが犯罪として顕在化して来ない保証はどこにもない。そういう怯えによって読まれていたはずで、勧善懲悪とはかれらの必死な願望だったのだと見なければならないであろう。

以上はわずか一例にすぎない。だが、悪胤悪縁がらみに罪のさまざまな様相を累加してゆくこの種の作品は、もともと、人間の内面が描かれているかどうかなどという近代文学の理念とは次元の異なるところで書かれ、それ固有の方法と存在理由を持っていたのである。罪の意識の倫理的誠実さでうまく自己欺瞞しながら、他人へのうらみつらみを当てつけがましく語っている、わが知識人たちの血の気の薄い文学に較べて、それは人間の生まなましくも本当の怖さを教えている。この世に生きて犯罪は避けがたい、という事態にのめり込むようにしてこれらの作品は書かれていたのであり、そういうリアルな事態に直面する発想と、その場面における人間の問題を引き受ける方法を、わが国の近代文学は持つことができなかった。戦後に至るまで、それは回避され続けてきたのであった。

第三章　内乱期の文学——農民蜂起とその主謀者の像をめぐって

自分もまたその一人である民衆を、共同の利害、あるいは共同規範に従って生きるべき人間と見なす時、そこに公民という観念が成立する。明治十年代、民衆にとってそれは、考えられる唯一正当な自己規定の方法であった。

この観念はもちろん国家の存在を前提としていたわけであるが、しかし民衆自身の自己意識に即して言うならば、かれらが考える「公」と国家とはまた別な次元に属するものであった。当時の農民蜂起小説がそのことをよく示している。そして現実的なあり方としても、国家と「公」の間には敵対的に矛盾する側面があり、だからこそ追いつめられた民衆は蜂起せざるをえなかったのである。

だが忘れてならないことは、公民たる民衆もまたかれら自身が抑圧者であろうとしていた点である。蜂起することで抑圧追放や制裁を完成しようとし、それだけでなく、さらに苛酷な処罰がその相手に下されることを国家に期待した。その裏を返すならば、公民として起した行動は少なくともその真情を聴きとどけてもらうことができ、情状を酌量した寛大な裁きが受けられるはずだと期待していたのである。結局国家と「公」の矛盾はその犠牲者に押しつけられ、もともと両者は無葛藤の関係にあるものだという仮構が成立する。この種の仮構は、民衆の同意がないならば、国家には作り出しえないものであった。

犠牲者とは、たとえば相州真土村の名主、松木長右衛門（伊東市太郎『相州奇談真土廼月畳之松陰』ほか）であり、上州下牧村の逃亡者《ふとでもの》高橋でん（仮名垣魯文『高橋阿伝夜刃譚』ほか）である。ただし、この稿の目的はかれらの行動を追うことでもなく、これらの作品を論ずることでもない。だから抽象的な形で問題を言えば、個々の犯罪的（違法的）行為を超えて、かれらのような存在そのものが悪とされてしまったのはなぜであろうか。理由はただ一つ、かれらが公民としての規範を見失って、「私」の欲求ばかり追及したからであった。少なくともこれら作品の書き手と、ここに登場する民衆は、そのように主張している。民衆が自分の個人的な境涯に執着する時に見えてくる「私」的な側面、これを正当化する方法を知らず、しかも他者のそれを怖れて共同の禍根のように言い拵えてゆく。そういう形で自分の「私」性を私かに保存し、他人のそれは抑圧し追放しようとした。松木長右衛門や高橋でんはそういう共同制裁の仕方があることを忘失してしまっていたのである。

　このことを一つ押えておいて、今ここで私が考えてみたいのは次のような問題である。たとえば北村透谷『楚囚之詩』における主人公「余」は、自分が牢獄につながれてしまった理由を、「曾つて誤つて法を破り／政治の罪人《つみびと》として捕はれたり」「噫此は何の科《とが》ぞや？／たゞ国の前途を計りてなり！／噫此は何の結果ぞや？／此世の民に尽したればなり！」と訴えていた。当時の文学作品としてきわめて衝撃的な発想であり、一見この幽閉の不当さを声鋭く告発しているようであるが、しかし、ある種の妥協性がその表現のなかに隠されていた。「曾つて誤つて」とは、一体だれに対してどんなことを「誤つ」たと言うのであろうか。その反語的な言い方から見て、むろんかれは「国」や「民」に対して本当に誤ちを犯したと考えているわけではなかった。と同時に、「国」と「民」が一つこととしてとらえられていること、しかもその国《くに》・民《たみ》はかれの自己意識のなかでただ観念として、いや、単なる言葉としてあったにすぎぬ点にも注意しなければならない。なぜなら、かれが回想するどの場面にも、「民」は具体的なイメージとして登場して来ないからである。

　そうすると、「曾つて誤つて」とは結局「法を破り」ということを意味し、つまりその「法」を運用する権力の逮捕にかれ自身半ば同意していたことになる。だからこそ、「獄舎《ひとや》！　つたなくも余が迷入れる獄舎《ひとや》は」

というような曖昧な言い方が不用意にも選ばれてしまったのだ。このような曖昧な同意があり、そこで結末の、「遂に余は放《ゆる》されて／大赦の大慈《めぐみ》を感謝せり」という救済を相手から施して貰わねばならなかった。言わば「法」を運用する権力は超越化されてしまっていたのである。

その意味で「余が迷入れる獄舎《ひとや》は／二重《ふたへ》の壁にて世界と隔たれり」という表現はきわめて象徴的であった。一重は牢獄の壁、そしてもう一つは、その壁から強いられ、半ばかれ自身も同意してしまった意識の壁である。半ばみずから拘束し、みずから孤立を作り出してしまった自我の内実とは、たしかに陰惨だ。それは腐臭を放っている。もしこの醜怪さにたじろがず耐えていたならば、あるいは民衆に対する自分の誤ちを悟ったかもしれず、あるいは民衆の内なる抑圧制裁の情念に気がつき、共同制裁された人間の我執を自分の側にかかえ込むことができたかもしれない。それはまた、国・民のためという大義名分とからみ合い、時には背き合う場合もある、自身の個人的な境涯から生れた執念と直面することでもある。だが、結局かれは国・民のためという名分によって自己正当化を計り、あくまでも「政治の罪人《つみびと》」という誇らかな自己意識の枠をこわそうとはしなかったのであった。

いや、むしろかれは国・民という観念と、過去の誇らかな記憶によって辛うじて自分を支えているよりほかはなかったのだ。そう考え直す時、北村透谷論が始まる。だがそれは、なぜこの時期わが国の文学者は民衆蜂起の作品を生めなくなっていたのかという問いを閉ざしてしまうことでもある。「公」という規範に意識を共軛されていた民衆が、悪しき「私」の権化に制裁を加えながら、国家の配慮を期待しつつ、自分たちを国民に変えてゆく。そこに、自分の「私」的な欲望を紛れ込ませておく。国家が法を握っている以上、そうならざるをえない。このような現実の国民に対して、『楚囚之詩』における国・民の観念は果してよく拮抗できていたかどうか。法を運用する権力への同意と感謝、と同時にその自己正当化の方法においても、「余」の発想は民衆とほとんど変っていない。にもかかわらず、民衆のイメージは「余」の意識から排除されてしまっていた。通底し、だが向い合うことは回避していたのである。現実の国民を撃つ力がなかったのは、むしろ当然であろう。

それならば、いっそこの通底を肯定し拡大していったとするならば、どんな作品が成立したであろうか。「大赦の大慈《めぐみ》を感謝」して出獄した「余」は、あらためて民衆の指導者となり、国法を犯して主君や民衆に仇なす悪党を打ち滅ぼさなければならない。あからさまにそこまでは描かなかったけれども、松木長右衛門一家惨殺事件とその主謀者を暗示しながら、近世読本的な構図を借りた作品に、泉鏡花の『冠弥左衛門』がある。それに対し、共に蜂起したはずの民衆を忌避する側面を拡大して、もと指導者だった人間による一揆の制止（密告）と蜂起壊滅を描いた作品が、原抱一庵の『闇中政治家』であった。文学史的にみれば、『楚囚之詩』に含まれていた弱点はこのような展開を辿らざるをえなかった。この二つを最後として民衆蜂起をモチーフとした作品は消滅し、いわゆる大衆文学が民衆の自己肯定欲に奉仕することになる。

以上だいぶ早口に明治二十年前後の文学の問題をとらえてみたわけであるが、もちろんこの頃はいわゆる純文学が誕生した時期である。同時代文学の沢山の可能性を切り棄てる形でしか純文学は生れ得なかったこと、いまさら私が言うまでもない。切り棄てて来たからと言って否定されてよいはずはなく、純文学から突き放された文学はそうされても仕方がないだけの欠陥を含んでいた。ただ、私がいま実験したいのは、その両者を正当に対置させる方法である。その対置の表現史論的な試みは別なところに譲り、詩と小説というジャンルの区別もさしあたり無視してゆく。すでに素描してみたように、ここでは作品の中心人物に附与された自己意識のあり方をとらえてゆきたい。換言すれば、その意識がどんなものと共軛され、あるいは解き放たれていたかという問題である。

ところで、相州真土村の松木一家殺しは、もともと地租改正、地券発行という新たな土地私有制と税制にかかわって、松木長右衛門が小前《こまえ》百姓の質入地を自分名義のものとしてしまったことが事件の発端であった。この事件を扱った作品は、伊東市太郎の『相州奇談真土廼月畳之松陰』（明13）のほか、武田交来の『冠松真土夜暴動』（明13）がある。ここでは前者を中心に見てゆくつもりであるが、その理由の一つは、たとえば松木家襲撃に参加した百姓の何人かについて、前者は「先年小田原戦争の際、幕府方の人夫として……」と説明し、後者では「脱走方の人夫に……」となっているからにほかならない。発表の前後関係から見て、武田が伊東の作品を切り詰める形で書き換えていたことは明らかで、それは明治新政府の正当性をより強める形で行われていたのである。

だが、どのように表現を換えたとしても、戊辰戦争に連れ出された百姓が、組織的な戦闘方法を学んで帰ってきたという事実は、当時大変な衝撃であったにちがいない。放火隊、抜刀隊が編成され、とくに木筒二台が用意されていたことは強烈な印象を与えたらしい。鏡花の『冠弥左衛門』（明26）は、事件の面影をとどめぬほどデフォルメされた物語となっていたが、それでもなお主謀者弥左衛門のひそかな大砲作製という形でモチーフのつながりを示していたのである。

実際の事件の主唱者は、冠弥右衛門と言った。その個人的な境涯や主謀者を引受けた動機などは一切語られていない。ただ、松木の横暴を訴えて、しかし裁判において小前百姓側が敗訴となり、残る手段は一揆しかないという議論が出たとき、かれは、「騒動をなすはいつでも出来ること百方手を尽せしうへ、我々が願望を達する事ならずば其時こそは止めはせじ」という慎重論を説き、「一同の者も予て弥右衛門は分別もあり義気もありて、常にこの人を便りに思ひ居ることなれば」という信望の篤い人物であった。ここには、個性の表現がない。義民伝承に常套的な性格づけがなされていたにすぎないのである。最後の手段として司法省へ駆込み訴えを企てたけれど、結局取り上げてもらうことができず、ついにかれは「されば我々衆に代りて彼れを殺し、日頃の怨を晴すより外なかるべし」と決意を固めたのであった。

いわば型通りの義民が誕生したわけであるが、「衆に代りて」という決意さえ見えたならばそれでかれ個人の動機は十分に説明されたはずだ、と作者は考えていたらしいこと、そこが大切なところだと思う。それ以外にもっと個人的な利害や感情のもつれが、あるいは松本一家との間にあったかもしれないが、そんなものが自己犠牲的にかれが個人的境涯をのり超える正当な動機であろうはずがない。作者のそういうとらえ方が、おそらくその当事者の同意を得る唯一の描き方であった。読者もまた、このようなとらえ方に格別の不満は持たなかった。そういう暗黙の了解が成り立っている場合、いわゆる描写らしい描写はなく、常套的な場面説明で進めてゆくことができる。だからその反対に、自分がそのために一身を投げ出すべき「衆」が見えぬとき、つまりお互の意識を共軛する共同規範が作者から失われてしまったような場合には、主人公の動機はもっと個人的な次元、たとえば両親の復讐とか、自己顕示的な義侠心などの形で説明されねばならなかった。表現もまた、各人物の印象的な容貌や言動を細かに描写して、読者の感情に訴えるよう工夫せざるをえない。伊東市太郎と鏡花の作品を較べてみるならば、単なる作家の資質には還元できない、そういう歴史的な表現上の変質が読み取られ得るのである。

その意味で『真土廼月』はそれなりに時代的に完成した作品であり、近代文学以前の未熟な小説と見るべきではない。その土地の人たちが次のような形で冠弥右衛門たちの行動を弁護し支持していた以上、かれの描き方も当然受け容れられるはずであった。あえて自分一個の独自な解釈を試みる必要などなかったのである。「夫れ人間心志の一にし難きは天下皆然るの情なり。例へば甲者怨む所あるも、甲者の私怨に係らば、乙者決して之れを怨む者にあらず。又乙者悦ぶ所あるも、乙者の私悦に係らば甲者決して之を悦ぶ者に非ず。何とならば甲乙其人各其利害を同ぜざればなり。夫れ甲乙二人の間にして且然り、況んや一村一郷の衆民に於てをや。若し一村一郷の衆民にして悉く之れを悪まば是一人の私怨にあらずして一村一郷の公怨なり。一人の利害に関係する者にあらずして一村一郷の利害に関係する者なり。今真土村民の松木長右衛門に於ける、実に之れに類する者の如し」（相州大住、陶綾、愛甲三郡各村人民の「歎願書」。句読点傍点は引用者）。

不思議な論理であるが、こういう発想で「公」と「私」を区別してしまう世界はたしかにあったのである。政府の方針は質入主の土地私有権を認める形をとっていたけれども、政府が指示した質地請出し条件は小前百姓にきわめて不利なものであった。それを利用した松木の強引なやり方に、うかうかと連名で証書に署名捺印してしまった小前百姓たちにも落度がなかったわけではない。その書類の形式的な合法性だけを見て、松木の言い分を支持する判決を下した、上等裁判所の処理の仕方は、百姓の実情を無視する形式主義に陥込んでいたと言われざるをえないだろう。これらの点にこそ悲劇の原因があったわけで、結果的には真土村村民と松木との対立という形になってしまったけれども、事態の本質はあくまでも土地私有制にかかわる私的な葛藤であった。ところが、一村一郷という共同体を通して見た場合、それは公対私（村民対松木一家）の確執に転化されていたのである。もしこれを「公」と呼ぶならば、もともとこれは松木の強欲という形であらわれてきた国家との対立と見るべき事態だ。そういう考えは、当時どこにも見られなかった。

しかし、むしろそういう盲点を含む不思議な発想の「歎願書」であればこそ、一定の効果を生むことができたのであろう。冠弥右衛門以下主犯グループには一たん斬罪の判決が下ったが、当時の神奈川県令は、「一村の滅落茲に極まるは単に長右衛門の奸謀に陥入られたる者と見認《ママ》、一家此苦患を救んと欲するに出で全く一己の私怨を逞ふし又は賊心より生じたる者と其趣意を異にし、事情憫諒すべき者あるに付」という理由で、「本罪より二等を減ず」という特典を与えた。先のような「公」の論理があるかぎり、その非難攻撃は松木のような「私」的野心家に向けられて、けっして国家に向って来ることはない。その言い分に一応耳を傾け、ある程度寛大な「事情憫諒」の処置を施しておかなければ、その「公」理論を拠り所とする民衆の気持をつかんでゆくことはできなかったのである。

物語はここで完結する。その後冠弥右衛門たちが、松木一家七人を惨殺した事実をどのように反芻していたか、そういう個人的な罪の意識には全くふれようとしない。このような部分に向けられる想像力は、また同時に、冠弥右衛門の決断における個人的な動機についても向けられていなければならなかったであろう。だが、「公」に対する自己投入の仕方だけを問うていればよかったような時代において、もともとその種の発想は生れようもなかったし、それを持つこと自体が異端でなければならなかった。

その点、小室信介の問いは、その根本が間違っていたと言わざるをえない。かれは近世の百姓一揆伝承を採録して、『東洋民権百家伝』（明16。第二帙からは『東洋義人百家伝』と改題）を編集したが、その間、一揆首謀者の自己犠牲的な決断は一体どこから生れてきたのかという疑問にぶつかってしまった。かれなりの歴史知識を動員して、口碑や古文書の背後を探ってみたけれど、その答えはどこにも見つけられない。本当は、その口碑や古文書の表現そのものに訊いてみればよかったのである。事件の物語的な展開を促しながら同時にその構成を制約していたもの、それこそが実は、その首謀者の決断時における意識の共軛のされ方を伝えている。むろんかれの個人的な事情もからんでいたにちがいないが、決断した瞬間の自己意識のなかにそれが認められないならば、結局それはかれの決断における主体的な要因とはなっていなかったのである。

一つ松木家襲撃だけでなく、同時代のうち続く農民蜂起の情報に刺戟されて、小室は一揆の歴史的な伝統を探るこの仕事を思い立ったのであろう。当然その政治意識からして、事態のなりゆきには無関心でいられず、何らか具体的な行動の形で参加すべき倫理的な要請を感じていたにちがいないが、ただおそらくかれは、その事件のいずれに対しても犠牲的な自己投入の衝迫に駆られることはなかった。衝迫を憩みがたいものとする共同体的な意識の共軛が、かれとそれら事件の土地の間には欠けていたのである。自分もその民衆と共同運命のなかにいるしかないことが全く自明であるような共軛関係、それがあればこそ、かくべつ政治意識が高いわけでもなく、激情家だったとも思われない一人の百姓が「衆に代りて」という行動を起すことも比較的容易であった。そういう契機を欠いていた人間が、どれほど事件の裏側を探ってみたとしても、その答えはけっしてあらわれて来ない。答え方を見失った人間の問いでしか、それはありえなかったのである。

『楚囚之詩』(明22)における透谷の発想も、その点では意外なほど小室信介に近かった。ある特定の政治的行動に、もし透谷が一種深い思い込みをもって想像的に自己投入しないではいられなかったとする。その想像的敢行において選んだ手段の問題が、獄中の「余」のなかに少しも反映していないということはありえなかっただろう。ところが「余」は、「国のため」という動機や、「民のため」の行動であったことは訴えていたけれども、手段の問題にはいささかもふれていない。民衆とともに起した行動の、その手段の是非善悪をあらためて問い直してみる意識が抜けていたことは、民衆のイメージが欠けていたことと結局は一つことであった。「曽つて誤つて」とは、手段を「誤つて法を破り」ということであったのかもしれないが、そこの問題が落ちていたため、先ほど指摘したような曖昧な表現となってしまったのであった。

多分その欠落を補うためであろう、これまで多くの透谷研究者たちは、この作品のモチーフを大阪事件に求めて読み解いてきた。私も一がいにそれを否定するつもりはないが、しかし透谷の発想はもう一つ屈折して、むしろ大矢正夫のイメージを拒む形で発想していたと見なければならない。「余と生死を誓ひし壮士等の／数多あるうちに余は其首領なり」と名乗っていた「余」は、大阪事件における大井憲太郎に最も近い。公判に際して、かれは、「朝鮮計画に就て為しし事果して罪とならば法律上相当の処分を受くることは自分等の甘んずるところ」と爽やかにその心境を語ったと言われている。外患罪がかれの主犯罪で、大阪重罪裁判所の判決は軽禁獄六年、のち名古屋重罪裁判所の再審判決では重懲役九年の刑が言い渡されたが、明治二十二年二月十一日帝国憲法発布と同時に大赦の命令が出て出獄した。ところが大矢正夫の主犯罪は強盗罪であって、軽懲役六年、憲法発布による大赦出獄は適用されなかった。以上はすでに周知常識に属することであろうが、透谷があくまでも自分の主人公を「政治の罪人《つみびと》」として設定していたのは、大矢正夫の主犯罪の卑俗な印象を避けたかったからだと推定される。強盗という手段を用いた主人公であったならば、「国のため」「民のため」という「政治の罪人《つみびと》」たる自負はたちまち崩れ去り、もはや「誤つて法を破り」などと言うだけでは済まされなくなってしまう。強盗の被害者に対する主人公個人の罪の意識に触れざるをえない。それを避けようとした透谷の内面を探ってゆけば、大矢正夫への負い目という問題が出てくるであろう。

しかし、そのことを一つの条件として、それならば、この作品の展開を促すと同時にその構成を拘束していたものは一体何であったろうか。この問題はまた別個に考えられなければならない。しばしばこの作品の弱点として指摘されてきたことであるが、それは主人公における政治的志士意識であった。当時の成功した政治小説を見て分るように、たとえば矢野龍溪『経国美談』（明16〜17）における巴比陀《ペロピダス》や瑪留《メルロー》たちの政治的理念や情熱は、その少年期に植えつけられ、東海散士の『佳人之奇遇』（明18〜30）の場合、戊辰戦争後の会津藩士の悲惨な境涯に根差すものであった。つまり国民が今その解決のために苦しんでいる事態に対して、かれらがかかわり合う理念や情念は先験化されていたのである。その先験化は、多くの場合、「志」の高い情熱家という人格に形象されていた。民衆の問題は、しばしばそういう人格を自負する主人公にとって絶好の自己証明の機会、いや恰好の口実にすぎなかった。事件の発端か、あるいはまたその比較的早い時期に、

「志」を同じくする異性との出合いがある。「志」の共有が感性の共軛にまで及んでいたことを伝えようとして、情景描写に多く筆が費やされるようになった。間を引き裂かれた二人の、懸念や不安焦躁などが、お互の内的な苦しみの大部分を占め、民衆の問題はこのような人間模様《フイギユール》を浮き上らせるための地《グルンド》（時代背景）のほうに押しやられがちであった。民衆の現実的な課題は、もちろん、二人が再会し、その主人公の志士仁人的な自己意識を充足させる形で解決されなければならなかった。理念と動機が、人格的に先験化されてしまっていた以上、これ以外の展開を与えることはできなかったのである。

もっとも、『佳人之奇遇』は十九世紀末の国際情勢に舞台を取り、『経国美談』は古代ギリシヤの史実に題材を求めていたので、かならずしもその主人公の自己意識の昂揚に都合のよいことばかりが起ってくれたわけではない。前者の場合、幽蘭や紅蓮は東海散士をアメリカに残してスペインへ発ってしまい、後者においては、威波能《イパミノンダス》が民主制恢復の手段方法をめぐって巴比陀と対立する。いずれもかれらの自己意識が相対化されてしまった場面であり、共軛意識の動揺、自己意識の転換のきっかけであったはずであるが、しかし作者は、先験化しておいたものの動揺をとらえて新しい小説的展開を試みる発想を持たなかった。結局政治小説とは、その展開を、主人公における志士仁人意識の自己証明欲に求めるしかなかった文学のことである。その自己証明慾は、先ず、「志」の相互確認が感性的共軛にまで及ぶ関係（恋愛、友情）の成立によって満足されねばならなかった。そしてもう一つ、お互に引き裂かれた場所でその関係意識が劇的な緊張にまで高められてゆく場面を求めていた。そういう方法で、想像的に自己投入してみる以上のモチーフを持っていなかった。それが、当時の政治小説作者の実情であったのだろう。透谷の『楚囚之詩』もその例外ではなかった。

そして義民譚的な実録小説からこのような政治小説への転換に、一つのヒントを与えてくれるのが、彩霞園（雑賀）柳香の『薦旗群馬嘶』（明14）という作品である。明治十四年、上州榛名山麓の入会権問題に端を発した農民蜂起事件は、その主謀者を真塩紋弥と言い、作者は一面では冠弥右衛門型の義民として描こうとしていたのだけれども、その反面、「幼年より漢書に眼をさらし、維新の後欧米各国の事情を伝聞して、常に自主自由の貴重なるを洞察し、人に語るにまた卑屈に安んぜざらん事を述べ、圧制の下には一日も甘んじて居るべからざるを説きしゆゑ、自然《おのづ》と郡中に其名を知られ」という設定によって、また別な展開を与えようとしていた。この事件を調べた田村栄太郎の「上野の秣場騒動」（小野武夫篇『維新農民蜂起譚』）によれば、真塩紋弥はもと寺小屋師匠で、上のような政治意識の持ち主であったかどうか分らないが、ともあれ「猶入会村民と総代との意志の益々疎隔せんことを怖れ、『群馬県擾騒新誌』『秣場口説』なる小冊子を発行し」た。農民から浮き上ってしまうことを懸念せざるをえないような事情が内在していたらしいのである。そこで発行した小冊子には、「各官々吏胆空中に飛び、手足の措置、其処を得ず」というような意味の言葉が印刷されており、アジテーターとして創意ある人物であったのであろう。主犯罪とは別に、この行為について、「仍ほ私に小説の冊子を刊行して群馬県の官吏を誹謗せし科は、出版条例第二十七条及び罰則第一条に依り其冊子を没収の上、讒謗律第四条に照し禁獄三十日申付る」という判決を受けてしまったのである。

『薦旗群馬嘶』においても、真塩紋弥は一時、農民の不信感を買ってしまったのであるが、その理由は、真塩方の村々と入会権問題で敵対している松の沢村の柏木長兵衛の娘が、真塩の息子、紋之助の嫁だったためである。その点は、小説的な作為と見てさしつかえない。父に向けられた不信感を拭うたあ、紋之助は嫁おとらを柏木家へ帰してしまう。そういう形で家庭悲劇を強調しておきたかったのであろう。事件はもともと、従来の入会地を政府が国有林に変えてしまったことから始まったのであった。作品を丁寧に読んでみるならば、農民たちは結局入会権問題で利害を異にする村と村の紛争という形でしか事態を考えることができず、真塩はもう一つ、政府と入会村との問題という認識をもっていた。むしろこのような意識のずれが、農民の不信感を招くより根本的な原因だったと言えるのである。

それはまた、先ほどのような形で真塩紋弥の政治意識が先験化されていたことにかかわる問題であった。作者自身は、おそらくその行動全体を肯定することはできなかった。「一犬嘘に吠えて万犬鳴くの道理《ことはり》、往古《いにしへ》より今世《こんぜい》に至るまで良《やゝ》もすれば無智頑蒙の徒《やから》を煽動し、其挙に乗じて己が不平の積鬱を散ぜんとするの輩《やから》、枚挙するに遑《いとま》あらず」という冒頭が、かれの認識をよくあらわしている。のち、真塩紋弥は警察の手を逃れて東京へ潜入、内務卿に直訴しようとして内務省へ出頭請願に出掛けたところ、すでに手配書が廻っていたので逮捕されてしまった。そこのところを、彩霞園柳香は「自首」に変えてしまっている。真塩が悪しき暴動主謀者であることは、作者の大前提だったのだろう。だが、そうであればこそ、作者は、冠弥右衛門的な義民から政治的志士へと姿を変えはじめた在村知識人のむずかしさ、つまり農民からの不信感と浮き上がりという問題を、それなりにうまくつかまえることができたのである。それは政治小説の作者がその構想のなかに繰り入れることのできない問題であった。

ただし、真塩に与えられた判決は、彩霞園にとってやや意外なものであったかもしれない。「其方は前顕の粉紜（入会権をめぐる村と村の利害対立）を融解せしめんと欲し、其事に尽力せしも、容易に調理する能はさるにより、半途にして兇暴の意を発し、人民を煽動し、衆を集め、官庁へ強願せし者と認定せざるを得ず。因て右科、改定律例第百五十三条中、衆を聚め訴へを構へ、官に強迫すると雖も、良民を擾害せざる者は云々とあるに比擬し、懲役十年の処、情法を量」って懲役二年半、という判決が下された。つまり手段の点では罰せられなければならないけれども、「良民（公民）」を中心に考えてみるならば、かれらの紛争を解決しようとした動機は十分に首肯できるものがあり、「擾害」がなかった点を情状酌量しようというわけである。この発想は相州松木一家惨殺事件の判決に通じている。判決は明治十四年十二月、すでに作品は真塩の「自首」をもって完結されていた。真塩には土地の実情に密着した動機があり、たとえ榛名山麓に農民を結集して官憲に敵対するような行動があったとしても、政府転覆の思想にまで煮つめられていたわけでない。そうであるかぎり、共同利害に共軛された真塩の義民的側面を情状酌量することに、政府はかならずしも吝ではなかった。もともと事件の根底には入会地の国有化という政府の強引な施策がからんでいたのであるが、そのこと自体が頑強に拒まれた事件だったわけでなく、また今後とも拒否反抗の発想が生まれることを防ぐため、むしろ農民側主謀者に義民的イメージを附与しながら、方針そのものは貫徹させてゆく。そのような事件の完結のさせ方が現実にあることを、彩霞園はつかみ得なかったのである。

　それがつかめなかったのは、彩霞園が仮名垣魯文門下の戯作者にすぎなかったためであるかどうか。もちろん一応そう言うこともできるであろうが、しかし戯作者でなければ見えて来ないものもあった。真塩紋弥の一味徒党が前橋で演じた醜態愚行、それを彩霞園は同一平面に立つ人間の眼で描いていたのである。そのような眼で見る時、農民を助けてやろうと協力を申し出た旧士族の民権運動家は、「茲に復《また》去頃牛肉店のはらひのため、身代限りで追出されし前橋の窮士族山田難作、山崎松多の両人は、その後はなすべき業もなければ、人を煽動《あをり》て権理だとか、条理があるとか云触らし、公事《くじ》を起させ糊口《くちすぎ》の安代言をなすうちに、近頃中野秣場事件で六十四ケ村の者どもが金剛寺に屯集して、今にも県官の指令次第で闘争動静《たゝかふやうす》のある事を両人が聞き出し、コハ能《よ》き儲けの蔓が出来たり」という具合に、その卑俗な正体を暴露されざるをえなかった。現場へ出掛けて、「秣場事件については士族衆が喙《くちばし》を容れたまふ謂れなし。コハお物数寄とも申すべし」と、あっさりと断わられてしまうのである。その名前からして、この二人が虚構の人物であること言うまでもない。ただ彩霞園の見るところ、真塩紋弥でさえその民権思想の先験性によって農民から浮き上りかけてしまったほどであり、まして外から持ち込まれた政治的指導など農民の紛争を口実にする自己顕示欲以外の何ものでもなく、断わられて当然のことであった。

そして結果的にかれは、そういう形で、書く人間のおかしな立場にも触れていたのである。何をどのように書こうとも、書く立場にそれをはね返らせてみるならば、そこにはかならず対象世界を手段、口実とする人間のあり方が現われざるをえない。戯作とは、このことを自嘲的に特権化し、書かれた人間の切実なモチーフを解体するだけでなく、書き手自身のモチーフまで解体してしまい、一種無意味な表現世界を現出させる方法のことである。彩霞園はそこまで徹底しなかったけれども、戯作者的な自己意識を媒介とする虚構人物を対象世界に登場させて、作品に展開を与え、真塩紋弥の自首をもってその構成を完結させた。対象世界に対する自分の浮き上りを克服することがモチーフであったわけでなく、だから真塩の浮き上りは描いたが、それが打開される道筋を構想してみる必要など持たなかったのである。それならば、しかし、戯作を否定した政治小説やいわゆる純文学の書き手たちは果してよくその弱点を克服することができたであろうか。けっしてそうでなかったことは、かれらの作品が正直に示している。かれらは対象世界から浮き上っていたにもかかわらず、それを自覚することができず、自分のモチーフが切実でありさえすればそれが解決されると錯覚していたにすぎなかった。それを自覚できないまま、対象的世界に登場させられた自己、つまり主人公は、すでにその世界の民衆との意識の共軛は喪失し、「志」の相互確認が可能な相手だけを求めて、無葛藤の同士集団を仮構することしかできなかったのである。秩父事件を頂点とする数多くの農民蜂起が見られたこの時代、かえってかれらの作品は伊東市太郎や彩霞園柳香ほどもそれらの事件を具体的にとらえられなくなってしまっていた。かれら自身、書くとは自己証明以外ではないという文学史的な転換を惹き起しておきながら、そのことへの自覚がうまく育っていなかったためである。

明治二十年代に入って、さすがに若い文学世代は、「志」や情念の人格的な先験化という方法に疑問を覚えざるをえなかった。矢野龍溪『浮城物語』（明23）における、立花、作良という二人の志士仁人を取りあげて、石橋忍月（『報知異聞』明23）は、「然れども其智勇其器能は果して何処より胚胎し来れるや、彼等は何処にて如何なる教育を受けしや、彼等は如何なる履歴を有して如何なる人の手に成長せしや」という批判を下していた。作中人物の成長は、まさにかれらが登場したその作品世界のなかで、「作良立花となるだけの径行《みちゆき》を写さ」れていなければならないのである。広津柳浪は『女子参政蜃中楼』（明22）において、民権運動家の裏切り、つまり同士的集団内部の葛藤を暴いていた。「志」の共有が感性の共軛（恋愛）に及ぶ、そういう好都合な夢はもはや信じられなくなっていたのである。

それより少し前、二葉亭四迷は『浮雲』（明20〜22）を発表し、感性の共有は当然意識の共軛に発展してゆくはずだと信じていた青年を描いて、その期待が裏切られてゆく事態を追及していった。森鷗外『舞姫』（明23）の太田豊太郎は、制度的な意識の共軛を振りほどき、家族との共軛関係が断ち切れた瞬間（母の死）から、エリスとの感性的共生にのめり込んでゆく。だが、感性の共有は持ちながら、意識の共軛は頑なに拒んでいたところがあり、結果的にはエリスを不幸の極に追いやってしまった。

そういう文学的状況に『楚囚之詩』をおいてみるならば、透谷が「余」に与えた自己意識は如何にも時期おくれである。かれの記憶には、「想いは奔る、往きし昔は日々は新なり／彼山、彼水、彼庭、彼花に余が心は残れり／彼の花！　余と余が母と余の花嫁と／もろともに植《う》へし花にも別れてけり」というような無葛藤の感性的共生状況しか残っていないということ、それがどんな時期の文学的発想であったか、いまさら説明するまでもないことであろう。

しかし、かれはもはや、その自己意識の充足を政治的成功という形で構想することを許されていなかった。構想し得たただ一つの充足が、「大赦の大慈《めぐみ》」による出獄でしかなかったということは、おそろしいほどの屈辱的な倒錯だったはずである。その倒錯をどのようにしてもう一度ひっくり返すことが可能か、そのきっかけがつかめないまま、透谷は「余」を獄中に押し込めてやった。そしてこの種の倒錯は昭和の転向文学者にもしばしば認められることを想うならば、このとき透谷はわが国の思想史的課題の重要な一端をつかんでいたことになる。「二重《ふたへ》の壁《かべ》」に閉された「余」の暗澹たる意識に、外界の春を告げる鶯の歌がとどき、やがて「大赦の大慈《めぐみ》」が訪れてきた。「余」の意識がそれを敵として対象化することのできない、「法」の運営者がどこかに存在し、あたかもそれは季節の運行を司るものの如くだったのである。透谷自身もまた、この後、そのような存在を対象化することがなかった。対象化せずに受け容れ、それが一種自然的に遍在する世界に生存する自己を形象して、その構成は完結する。あの倒錯を再転倒するきっかけが見えて来ない以上、構成はそのような形を取らざるをえなかったのである。

その意味でこの『楚囚之詩』は、透谷自身にとっても、またわが国の文学史にとっても重要な分岐点を示す作品であった。もし先ほどのような「余」が、自然と法にまたがる存在に感謝しつつ、あらためて「国のため」「民のため」を発想したとする。むろん、かつて一緒に蜂起した民衆のイメージは切り棄てたままである。かれの新しい国・民の観念は、政府が言う国民と容易に癒着しうるものでしかありえないだろう。それだけではない。真土村一帯の農民によれば、土地私有制にかかわる私的葛藤といえども、その利害の共通性が一村一郷という共同体の観念を媒介としているかぎり、「公怨」に転化することができたのである。そういう「公怨」観の肯定的な総仕上げとして、「余」の新たな国・民の観念は機能しうるものだったわけで、それから逸脱するものは全て悪しき「私」的欲望として抑圧制裁されなければならない。もちろんそっくりこのままの発想を持った文学者はいないけれども、転向後の林房雄や保田與重郎に至る系譜はこの時期から始まっているのである。

　北村透谷にも、そうならない面がなかったわけではない。ただかれは、あの倒錯を強いられた屈辱を忘れることができなかった。牢獄の壁を取り払うことはできたとしても、もう一つの壁、つまり牢獄の像を視向してしまうような意識の壁は依然として残っている。『我牢獄《ろうごく》』（明25）の「我《われ》」は、もはや「政治上《せいぢぜう》の罪《つみ》」人でさえなかったが、それでもやはり「事実《じじつ》として我《われ》は牢獄の中《うち》に」置かれてしまっていたのである。この世に感性的に存在すること自体がすでに受苦であり、それを意識するときこの天地は苛酷な牢獄に変らざるをえない。感性という肉体の「自然」を否定することによってしか、外界の自然の美的な仮象を剥ぎ取ることができなかったと言うべきか。あるいはまた外界の自然を拒むために、感性を圧殺せざるをえなかったと言うべきか。ともあれかれは、自然と法にまたがる存在に敵対的な意識を向けることはしなかったけれども、それを避けたまま、その総体をまるごと無効化しうるあり方を目指して、超越的な「自然」と「死」のほうへ向って行かなければならなかったのである。

　そういう人間にも、しかし僅かに楽しい記憶が残っていて、これは、「我《わ》が彼女《かのぢよ》を相見《あいみ》し第一回《だいいつくわい》の会合《くわいごう》に於《おい》て我霊魂《わがれいこん》は其半部《そのはんぶ》を失《うしな》ひて彼女《かのぢよ》の中《うち》に入《い》り、彼女《かのぢよ》の霊魂《れいこん》は半部《はんぶ》を断《た》れて我中《わがうち》に入《い》り」という、異性との絶対的な共軛関係であった。現実の透谷には、そのほか、「三日幻境」（明25）の記憶があったが、すでに「志」のなまなましい共有はなく、その余熱を温め合う友情が残っていたにすぎない。唯一絶対的な、聖なる感性的共軛を思想的に煮つめたとき、そのような異性との関係しか出て来なかったのである。それがどんなに沢山のものを捨象してしまっているか、いまさら問うてみても仕方がないところにまで、かれは進んで行ってしまったのであった。

　さて、およそ以上のような文学の流れに、いわば仕上げと同時に一つの結末を与えた作品が、原抱一庵の

『闇中政治家』（明23〜24）である。北海道の山中に登場した、語り手「余」は、その「使命」を果すために、空知集治檻から出て来たらしい異様な風采の男と道連れとなって東北の笹木野原までゆき、農民蜂起を目撃する。「使命」そのものはまことに他愛のないものであったが、もしこの拘束を設定しておかなかったならば、「余」は戯作者的傍観者に堕ちてしまうか、そうでないならば、積極的な蜂起加担者とならねばならなかったであろう。事態に惹かれつつ、しかしけっして参加者となってはならないという、「余」の自覚は、おそらく書く人間の立場に関する作者の自覚が対象化されたものであった。

それに対して、かれの関心を惹きつけた、盲人健作もまた一つの「使命」を負わされていて、それは、集治檻に捕われているかつての指導者の指令によって農民蜂起を抑制することであった。「暴挙は神の忌むところなり、人間の為すべき業にあらず」と。だが、農民たちはかれの制止に耳を籍そうとせず、ついに健作は官憲に密告、蜂起は壊滅させられてしまった。北海道へ戻り、かれは死ぬ。健作自身は必ずしもその蜂起を否定していなかったわけで、農民を裏切らねばならなかった自責の念に耐えられなかったためだと考えるよりほかはない。

大変に象徴的なことだが、空知集治檻に在る「闇中政治家」は、最後まで名前が明されず、また姿をあらわすこともなかった。つまり存在と意志だけが示されて、それ以外は空白なのである。「余」にとってだけ、そうなのではない。笹木野原に結集した若い農民にとっても、その人の活躍は尊敬と誇りをもって父祖から語り伝えられていたけれども、ついに抽象的な存在でしかありえなかったのである。そういう人物が神の名において「暴挙」を戒めようとしたのであるから、蜂起中止の指令としても実質的な意味があったわけでなく、農民たちにとって一種不可解な、リアリティのない先験性（外からの干渉）として疑惑と反撥を招いてしまったのは当然のことであった。獄中における思想変化がどれほど苦渋に満ちたものであったとしても、今もなお首謀者的な自己意識は保ち続けている人格の奇怪さ、それが、その人の具体的な存在感の空白、指示のリアリティ欠如という形でとらえられていたのである。

　この人物ももちろん郷土の事情のなかから立ち上ったにちがいなく、そうであればこそ、その人格は健作に至上のものだったのだろう。そういう人が、神の名において一揆中止の指示を与えた。農民のことが心配でなかったはずはないのだが、農民の現状を見失っている。その意味で『楚囚之詩』における「余」とおなじような空白があり、ちょうどそれと対応する形で、若い農民たちにもこの人物に関する空白があった。その間にはさまった健作は、結果的に自分が支持する蜂起を潰して、死を選ばざるをえなかった。むしろかれのほうこそが、農民の間でそう呼ばれていたように、郷土に密着した義民だったと見てさしつかえない。その男の密告と自裁という凄惨な結末によってこの作品の展開は終る。言ってみれば、それは「余」のような自己意識の犠牲だったわけであり、文学形象における内乱的なものはそのような形で終りを告げたのである。

　なお、この作品には、出獄した闇中政治家と農民との協同開拓事業という後日談がつけ加えられているが、まさにそれは後日談であって、作品の構成は健作の死で閉じられていた。と同時に、この後日談は、時代的にみるならば予告談でもあって、明治二十年代後半の国民的建設物語のはじまりを告げていたのである。

第四章　政治への期待が崩れるとき――『女子参政蜃中楼』論

不信、あるいは裏切をモチーフとする作品が、明治二十年前後から幾つか書かれていた。逍遙の『妹と背かゞみ』、二葉亭の『浮雲』、鷗外の『舞姫』、嵯峨の屋の『無味気』などが、それである。これ以前の文学にはなかった傾向である。

もちろん、はじめから悪党として設定されていた人間が、いわば予定どおりに、熱血正義の士を裏切るという筋立ての作品は数多く書かれていた。そうではなくて、その当人たちは必ずしも誠意や愛情を失っていなかったにもかかわらず、成り行きの如何によって、心ならずも相手を裏切ってしまう。あるいは裏切られたという絶望感に、その主人公が追い詰められてしまう。そういう不幸な結末の作品が書かれるようになったのである。なぜであろうか。時代状況的に答えることは容易でない。一つ一つの作品を内部検証してみるしかないわけであるが、ここでは、その一例として、広津柳浪の『女子参政蜃中楼』（20・6・1〜8・17『東京絵入新聞』。22・10金泉堂刊）を取り挙げてみたい。引用する本文は、日本評論社刊『明治文化全集』第十三巻に収められた表現表記に拠っている。

発表された時期は、『浮雲』とほとんど変っていない。女権拡張の問題を扱った作品で、方法的には、柳田泉のいわゆる未来記小説の系統に属している。「モウ十四五年《ねん》にもなるが、国会開設第五《こくくわいかいせつだい》紀念会《きねんくわい》の会場《くわいぢやう》で其《その》頃《ころ》の総理大臣《そうりだいじん》の夫人《ふじん》が女子参政権《ぢよしさんせいけん》と云《い》ふ題《だい》を掲《かゝ》げて」云々、とあるところからみるならば、明治四十三四年頃が想定されていたわけである。

その頃には当然女性の参政という問題が起ってくるはずだ、と考えてみたとき、その舞台をほとんど、上流社会の社交場面に限っていたということは、相当に辛辣な批評眼の持ち主で作者があった証拠であろう。作品の結末近く、運動を長屋喧嘩ふうに嘲笑する無責任な野次馬、という形でしか、民衆は出て来ないのである。それだけでなく、改進党の少壮指導者こそ、この女権運動の最も強力な対立者であったという点、作者はしたたかに皮肉な眼の持ち主でもあったと言わなければならない。政治小説の流れから、このように内部的な自己批評の文学があらわれてきたということが、私には重要である。

未来記小説に課せられた約束は、民権運動家たちの政治的な成功を描くことであった。目近な未来に迫った、国会という華やかな舞台を中心に、外では達者な駆け引き、内では懸河の熱弁を振って、かれらは存分に活躍する。そういう安直な空想物語が数多く書かれたということは、「今ハ詮す可き様なし、唯た国会の開設を竢つ可きのみ」「既に明治二十三年と定りたるからにハ、起きて竢つも、臥して竢つも、(国会は)明治二十三年と共に来るに相違なきなり」(『国民之友』第三号社説、20・4)という民間政党内部の頽廃、無気力な気分と、悪しき好一対の現象であったのかもしれない。いや、多少でも明敏な認識力を備えた人であったならば、民間政党内のこういう頽廃した雰囲気に危惧を覚え、これを批判克服しようとするモチーフを以て、「小説の上乗なるものに至りてハ、能く世人を感化し、想像を以て造り出だせる世界に向ふて、歩を進めしめる」(『雪中梅』上篇の序、19・8。筆者は二宮孤松)という性質の文学を期待していただろう。現状のままでは、とうてい民間政党の勝利はおぼつかない。現実の確かな観察から出発して、予想される困難な事態がヴィヴィッドに描き出される必要がある。そういう問題意識の読み取れる作品も、二つ三つ書かれてはいたけれども、ただ、如何せん。予想される困難が大きければ大きいだけ、その主人公もまた最後の勝利者たるにふさわしい卓越した資質の人物でなければならなかった。そして勝利者たる条件の作り方が、これまたあまりにも安直で、人情本的な類型と『佳人之奇遇』的な志士仁人タイプとの折衷、という域をほとんど抜け出ることができなかった。つまりそういう時期に、広津柳浪は、そのアンチ・テーゼとも言うべき作品を着想していたのである。

柳浪にどのような政治的体験があったか、飛鳥井雅道（「広津柳浪の初期」京大『人文学報』一〇、昭34・3）が言う「自由民権運動の政治的敗北を確認」「彼個人の挫折感」は、私にはまだ確認できていない。ただ、この作品によって見るかぎり、当時かれの関心は、政治運動における原理視向と現実主義との矛盾、という問題に向けられていた。

民権運動の必然的な展開として、やがて女性の参政権の問題がその日程表に上ってくるはずだ。多分かれは、民権運動の主張からこのような原理的視向を抽出して見、山村敏子という若い女性をその積極的な推進者に選んできた。ただし柳浪自身は、女性参政権について是非の判断を保留している。「如此《こんな》出来事《できごと》が出来様《できやう》が出来《でき》まいが有《あ》らうが無《な》からうが、女子《ぢよし》に参政《さんせい》の権《けん》が有《あ》ると云《い》へば無《な》いと云《い》ひ、なんと云《い》えばかんと云《い》ふ。作者《さくしや》の意匠《いしやう》も有耶無耶《うやむや》で有《あ》るから、寓意《ぐうい》も有耶無耶《うやむや》の中《うち》に有《あ》るでもよし無《な》いでもよし」（序）と、ふざけ半分に結論をはぐらかしていたけれども、作品そのものの展開から見て、案外これがかれの本音であった。結論を持たぬままに、いわば実験小説的な想像力を振って、女子参政権という原理的な問題を政党活動の現実のなかに投じてみたのである。

政党活動の現実を代表するのは、久松幹雄という大阪改進党の少壮理論家である。かれは、けっしていい加減な人物ではない。初めから悪しき策動家として登場させられていたのは、浮田青萍という、『雪中梅』の川岸萍水を連想させる軽薄才子であって、敏子の従姉妹にして久松の許婚者も同然であった桜田艶子を、久松から奪ってしまった。ばかりでなく、実業家桜田千樹の手代、横田奸吉と共謀して、松山操の父凌雲から大金を詐取しようとしている。

こういう言わば型どおりの小悪党に対して、久松幹雄もまた政治小説に型どおりの弁口達者な好男子で、人物識見ともに優れ、浪華タイムスの主筆を務めている。菊亭香水『世路日記』の久松菊雄の後身とも言うべき人物である。もちろん『雪中梅』の国野基（深谷梅次郎）の系統に属する。現在かれが親しく交際している松山操は、必ずしも男女同権論に反対ではないけれども、だからと言って山村敏子の女子参政権運動に参加するほどの強い思想性を持っていたわけではなかった。

従来の政治小説ならば、当然、この久松（及び操）と浮田（及び艶子）との対立葛藤を中心に作品は展開してゆくはずであった。そういう政治小説的な構図のなかに、山村敏子という女子参政運動家を投げ入れた点に、広津柳浪の独創がみられるのである。彼女は、「脳中《なうちう》唯《た》だ一の女子参政《ぢよしさんせい》と云《い》ふ思想《しさう》とも申《まを》すべき希有《けう》の女侠《ぢよけふ》」であったが、大阪改進党の支援を強く希望し、しかもその中心人物が久松のような独身好男子であった以上、この希望は、愛情への期待と区別できない。「あの久松《ひさまつ》さんなら随分《ずゐぶん》……演説筆記《えんぜつひつき》を見《み》た事《こと》もあるが、思想《しさう》もあり経験《けいけん》もあり、交際《かうさい》もなかなか馴《な》れたものだ……如何《どう》かして我《わ》が党員《たうゐん》にあんな人《ひと》を欲《ほ》しいものだが」という期待は、やがて久松個人への執着に変ってゆき、だが、久松と操との相愛を知って個人的な執着を断念、むしろこの二人の結婚を積極的に取り計らおうとする。わが執着を断ち切ることによって、「斯《か》くなし置《お》きなば女子参政《ぢよしさんせい》の大事天下《だいじてんか》の大問題《だいもんだい》となり、中原《ちうげん》の鹿《しか》を争《あらそ》ふの一段《だん》に至《いた》りて政党《せいたう》の間《あひだ》に交際《かうさい》の場《には》に、斯《か》く有力《いうりよく》なる紳士貴女等《しんしきぢよとう》の援助《たすけ》を得《う》る事《こと》とせしならば」という「政略」が働いていたからにほかならない。そういう断念の苦痛に耐えてきたため、かえって彼女は、久松への信頼が自分の一方的な思い込みにすぎなかったことに気がつく余裕を持てなかった。久松の時期尚早論は、直ちに彼女の眼には久松の裏切りと映り、精神の錯乱に落ち込まざるをえなかったのである。

しかし、敏子のこのように自己犠牲的な思い込みが描かれて、それだからこそ、従来肯定的にしか描かれなかった改進党の久松的な現実主義の体質が、その御都合主義的な正体を曝け出すことになってしまったのである。参政党倶楽部における敏子の演説に対する批判が、浪華タイムスに掲載された。敏子はそれが久松の筆になることを信ずることができない。信じたくないのである。この場面で、注目すべき表現が使われていた。

「敏子」何《なん》だネエ。ツヒ先日《こないだ》急《いそ》ぎ帰《かへ》れと云《い》ふ電信《でんしん》を発《はつ》して置《おい》て、又帰《またかへ》るな……何《なん》だか少しも分解《わからな》いよ。如何《どう》したんだらうネエ。委細《ゐさい》は書状《しよじやう》とあるからそれはそれでよしとして置《お》いて……愈《いよ》〳〵此地《こつち》へ留《とめ》ると云《いふ》事《こと》になれば、反対論《はんたいろん》の……浪華《なには》タイムスを論駁《うつ》ことも出来《でき》るよ。演説会《えんぜつくわい》を開《ひらか》ふか……先《ま》づ投書《とうしよ》で以《もつ》て輿《よ》論《ろん》に訴《うつた》へやうか……マア手段《しゆだん》はどちらでも能《よ》いが……アーア浪華《なには》タイムス、あの久松《ひさまつ》さんがこんな論《ろん》を書《か》きはしまい。（略）若《もし》も久松《ひさまつ》さんが反対論者《はんたいろんじや》であつたら……アーア思《おも》ふまい〳〵モウ思《おもは》ない〳〵……何《なん》だか少《すこ》し催眠様《ねむいやう》な。昨日《きのう》からの応接《おうせつ》でこんなに催眠《ねむ》い（ママ）のかしらん……アアー実《じつ》に自由《まい》にならぬのが憂世《うきよ》とは云ふが……これ程《ほど》に熱心《ねつしん》して居《ゐ》る参政権《さんせいけん》も……全《まつた》く容《いれ》られないではないが……随分反対論者《ずゐぶんはんたいろんじや》が……浪華《なには》タイムス……久松《ひさまつ》さんが……あんな議論《ぎろん》を……愛慕《あいぼ》の情《じやう》と云《い》ふものは……妙《めう》なものだよ……ご幸福《しあはせ》だ……操《みさを》さんは幸福《さいはひ》だよ……アーア自由《まい》にならぬ参政権《さんせいけん》……公道《こうだう》と云《い》ふものも男《をとこ》と云《い》……ふものは久松《ひさまつ》さん、あんな……議論《ぎろん》を……幸福《しあわせ》……自由《まい》に……操《みさを》さん……タイムス……参政《さんせい》……権《けん》……公道《こうだう》……自由《じいう》……に……久《ひさ》……ま……つ……久《ひさ》……ま……

長い引用になってしまったが、『妹と背かゞみ』で、お雪の内心を表現するために逍遥が「今《いま》一魔鏡《まきやう》を取《と》りいだして。お雪《ゆき》の肺肝《はいかん》を写《うつ》しいださん」と断わっていたところ、あるいはまた、『浮雲』の文三における「言ふに言はれぬ胸の中《うち》」を二葉亭がとらえていた箇所などと較べてみるならば、かれらはほとんど同時的に内的独白の表現を実験しており、しかも柳浪の方法はこの二人にけっして劣るものではなかった。いや、心理的に追いつめられた人間の状況をリアライズして、思うまいとしてもなお胸に突き上げてくる想いをその本人に辿らせる。そういう内的な衝迫の強さと、作品展開における必然性の与え方とにおいて、逍遙よりはるかに勝る内的独白の表現にかれは成功していたのである。そして、参政権を手に入れたいのか、久松を恋人としたいのか、敏子自身にもよく分らなくなってしまったという、この混乱した想いの中で、政治目的と恋愛との一体化という願望が叶う。とかくこれまでの政治小説は、その政治的主張を啓蒙するために人情本仕立ての恋愛を意匠として借りているという印象を与えがちであった。それに対して、両者の結びつきを必然化する方法がこのように工夫されていたのであった。

それだけではない。これほど強い久松への想いを断ち切ることで、その政治目標は一そう掛け替えのないものとなっていった。それが自他にとって無視否定できぬはずのものであることは、彼女の払った自己犠牲によって、少くとも彼女自身には自明化されていたのである。ところが久松は、「敏子《さとこ》は時々《じゞ》女子参政《ぢよしさんせい》の事《こと》を申《まを》し出《で》るに、久松《ひさまつ》は男女同権《なんによどうけん》に就《つい》ては異論《いろん》なき旨《むね》を答《こた》へて、別段《べつだん》に自己《おのれ》の持論《ぢろん》は云《い》ひ出《い》でず、其後《そのご》敏子《さとこ》が参《さん》政党倶楽部《せいたうくらぶ》の演説《えんぜつ》に就《つ》き操《みさを》も亦《また》敏子《さとこ》の主義《しゆぎ》を賛成《さんせい》して参政党《さんせいたう》に加名《かめい》せんなど云《い》ひし時《とき》、久松《ひさまつ》は遠慮《ゑんりよ》なく之《これ》を説破《せつぱ》して操《みさを》に其主義《そのしゆぎ》を撰《えら》めよと忠告《ちうこく》せしなり。其折《そのをり》敏子《さとこ》訪《と》ひ来《きた》り、又《また》もや参政論《さんせいろん》を持出《もちいだ》しぬれど、此時《このとき》もよき程《ほど》にあしらひ」という具合であった。山田有策（「初期柳浪の世界」『国語と国文学』昭48・7）は、飛鳥井雅道の「（久松）裏切者」説を批判していたけれども、はじめから久松は敏子に対して「もともと反対論者」だったわけではない。男女同権という原則論には反対せず、しかし女子参政権という現実案には賛成しないという、そういう使い分けができる現実的な政治家として、おそらくかれは敏子のような発想と無縁なタイプであった。敏子はそれに気づかず、久松の批判に出合ってもまだ期待を棄てることができないで、なおも久松と操のために奉仕し、結局久松ばかりでなく、操までが公然と反対者の側に廻り、かれらの演説が影響を与えて女子参政権の法案は国会で流産させられてしまう。敏子にとって、まさにそれは信頼の裏切りであった。政治小説のなかで、一貫して肯定的に描かれてきたタイプが、ここで価値転倒されてしまったのである。内的独白の問題も、山田有策はこのような展開に即してとらえてみるべきであっただろう。

『雪中梅』の川岸萍水の場合、なるほどかれは卑劣な変節者であったかもしれないが、それでもまだ政治家としての見解は失っていなかった。浮田青萍においては、もはや政治的見解はどこにもなく、山村敏子の対立妨害者たる資格は何一つ与えられていなかった。これに代って、それ自身としてはけっして悪党ならぬ人物が、主人公を不幸に追いやる役割を振り当てられていたのである。原則論には一応賛成しておきながら、現実主義的な時期尚早論によってこれを抑えようとする、そのとき、そこには必ず現状との妥協が隠されている。その意味で、どれほど革命的な政治組織であろうとも、組織それ自体の延命持続を目的とする保守的な一面が含まれていて、この体質が組織内外の原理追及者と矛盾葛藤を惹き起してしまう。原理追及者から見て、それは自他を裏切る御都合主義として映らざるをえない。しかもかれら自身、その組織に対して「政略」を用いてしまったとするならば、みずからの思い込みと「政略」によって不幸を招いてしまうのは必然である。それを明らかにした点において、まさにこの作品は、政治小説の構図を借りた政治（小説）批判の文学であった。

恋愛と政治家的成功とを二つながら成就したい。そういうまことに虫がよい当時の青年の夢は、徳富蘇峰の「近来流行の政治小説を評す」(20・7)によって見事に打ち砕かれてしまった。『女子参政蜃中楼』は、それとおなじ時代的なモチーフをもつ作品だったわけである。

久松幹雄の側に立ってみるとき、たしかにかれはその二つを手に入れた成功者であったが、その陰には傷つけられ、挫折を強いられてしまった人間が数多くいたかもしれない。松山操のように、一たんは山村敏子の主張に賛成しながら、おそらく久松の誘導によってであろう、「諸君婦女子《しよくんふぢよし》をして政海《せいかい》に入《い》る事《こと》を得《え》せしむるも何《なん》の益《えき》が御在《ございま》せう。偶《たま》ま前車《ぜんしや》の覆轍《ふくてつ》を踏《ふ》むのみ。智識《ちしき》の劣等《れつとう》なるが上《うへ》に血《ち》の道《みち》にて情操《じやうさう》の変《へん》じ易《やす》い人《じん》種《しゆ》を加《くは》ゆるの恐《おそ》れがある許《ばか》りで御在《ございま》せう」というような意見を述べて反対者の側に廻ってしまった人間は、彼女もまた成功者の一人にちがいないが、まさにその演説内容にふさわしい人間であることを証明していた。久松的な才子の好配偶者たる佳人とは、おおむねこのような賢さを備えていたわけだが、敏子はそうではなかった。先ほども触れたように、その政治目的のおかげで、彼女は、単なる好ましい男性という以上の期待と執着を久松に覚え、これを諦めることによって、その目的を一そう掛け替えのないものにしてしまった。こうして自分にとって絶対的なるものを作り出してしまった女性は、その意見を夫に従わせて、みずからそれを賢しとするような生き方を選ぶことはできなかったのである。

それならば、あの松山操をもう少し凡常卑近な娘とし、ついでにあの久松もさらに卑俗小心な現実主義者に変えてみたとするならば、どんな作品の人物ができるであろうか。すでに早く飛鳥井雅道が指摘していたごとく、すぐに思い浮んでくるのは、『浮雲』のお勢と本田昇であろう。敏子の立場に位置するのが内海文三である。ことわっておくならば、『浮雲』がこの作品に影響されていたということではない。それに、両者の根本的な違いは、『浮雲』の登場人物に政治意識は一かけらもあらわれていなかったということである。その点性急な類推は危険なのだが、それを承知であえて言えば、周囲の人間の小利口な生き方によって追い詰められざるをえなかった青年が、そうであればこそ、一そう烈しい思い込みのなかで相手の倫理性を問わずにいられない。その心理的ないきさつを描いて、二葉亭は時代批評にまで進んでいった。本田は現実との妥協によってみずからの賢明な調整感覚の勝利を誇り、お勢はそういう男に傾くことを自分に許そうとしている。かれらが人間的信頼をもって自分に応えてくれるだろう期待を、倫理的な思い込みによって支えてゆくしかなかったのが内海文三であり、かれのような敗北者の眼に、そういう新時代の賢い知識人の正体が曝け出されてしまった。かれにとっては、恋愛は政治目的に匹敵するだけの内的な意味が与えられていたのである。

しかし敏子や文三もまた階層的にはその一員であることに変りはなかった。

「お神さん」なんだとへ、八さん血《ち》の道《みち》……妾《わたし》が血《ち》の道《みち》がおこツてる。ヘンおめエんとこのお神《かみ》さんじゃあるめエし。ハイあなた方《がた》の奥様《おくさま》は以前《いぜん》は上《うへ》つ方《がた》の、ハイお姫《ひい》さまで入《い》らつしやるから、どうかすると血《ち》の道《みち》、血《ち》の道《みち》でお出遊《いであそ》ばすから、ハイ……何《どう》も男《をとこ》に疝気《せんき》が……疝気《せんき》（これも女子参政員《ぢよしさんせいゐん》の演舌《えんぜつ》を聞《き》き、女子参政《ぢよしさんせい》を熨斗三銭《のしさんせん》と間違《きゝちが》へしと同《おな》じく、選挙権《せんきよけん》の選挙《せんきよ》をセンキと誤《あやま》れるなるべし）がある……持《もつ》て居《ゐ》るからとツて、ヘン何《なに》もそんなにゐばりでない。ヘンいまに疝気《せんき》を……女《をんな》だつて疝気《せんき》がねエ事《こと》がねエ、もとつから女《をんな》にも疝気《せんき》はあるものだつて……疝気《せんき》は持《も》つてるものだつて……いまに其疝気《そのせんき》をとつてやるから見《み》やアがれ……「八公」ワハ、、、、こりやア大笑《おほわれ》エだ、アハ、アハ、疝気《せんき》を取《と》る……疝気《せんき》を持《も》つてるアハ、、ハ、、

いささか悪どい感じがしないでもないが、敏子の熱心な女子参政権運動も、庶民の間ではわらい話の種に

しかならなかったのである。この作品で、庶民に焦点を合せたただ一回の箇所がこんな場面でしかなかったということは、つまり柳浪自身、敏子たちの運動を「上つ方」の騒ぎとして揶揄したい衝動が抑えられなかったからであったただろう。むろん庶民の無知も、同時にかれは笑っていた。この場面に関する飛鳥井雅道のとらえ方が杜撰な上に意味づけ過剰であったこと、山田有策の指摘するとおりである。「上つ方」における敏子たちの熱烈な演説は、庶民に受け取られて、「真田《さなだ》の山《やま》で聞《きい》たつけ、それ熨斗《のし》三銭《せん》ツてエのを持出《もちだ》して、野《や》郎《らう》をサンザンにやツつけてやつたが、野郎殿《やらうどの》はわからねエもんだから、野郎殿《やらうどの》の方《はう》で泣寐入《なきねい》りさ」という具合にパロディ化されてしまうのがオチであった。こんなふうにパロディ化できる両者のアナロジイを、『東京絵入新聞』の読者と一緒に、かれは楽しんでいた。よく指摘される戯作的な要素を、否定的に考える必要は全くないのである。

これほど徹底的ではなかったけれども、庶民的な視点による揶揄嘲笑の表現は、『浮雲』の語り口のなかにもふんだんに見られた。敏子や文三の期待は、しょせんかれらの思い込みのなかで絶対化されたものでしかなく、とりわけ庶民には何一つリアリティを持たなかった。恋を諦めることによって一そう掛け替えのないものとなった政治目的とは、結局政治目的の私情化であり、これをもう一つ裏返して言えば、私情に大義名分を紛れ込ませることにも通ずる。柳浪得意の言い方を借りるならば、そういう情念は女の血の道が起ったのも同然、あるいは他人の頭痛を疝気に病むの類にすぎない。本田やお勢を倫理的に非難せざるをえなかった文三の感情は、もちろんそれとして内的必然が認められることであったが、しかし一歩離れてみるならば、旧静岡藩士族の子弟である自尊心につき動かされて、本田を一方的に犬畜生呼ばわりし、自分の私情に正義の粉飾を与えようとしていた。本田やお勢の立場からはそれが見えなかったかもしれないが、地の文（語り口）に含まれた庶民的視点からみるならば直ちにそれは明らかなことであった。

庶民に対するリアリティの欠如という問題は、逍遥の『妹と背かゞみ』に一つの典型的な展開を見せていた。主人公水沢達三が、文字もロクに読めないお辻との結婚を願ったとき、当時考えられうる一番実際的な解決は、むしろお辻を妾とすることであっただろう。南条孝宗という「並々《なみ〱》ならぬ際《きは》の官員《くわんいん》」の娘、お雪がかれに好意を寄せており、これと結婚して栄達の糸口をつかんだ上で、お辻を妾として呼び入れる。妻妾同居こそ新時代の行き方だ、と当時はまだ半ば本気で論じられていた時代であって、『書生気質』において、小町田と芸妓田の次との仲に同情した倉瀬が小町田にすすめたことも、田の次を妾として迎えるということであった。だが、小町田も水沢もそういう実際的な解決を好まず、とりわけ水沢の場合、恋愛と一夫一婦制の理念を通そうとして、お辻との結婚を選んだ。もちろんそれは同時に、栄達成功の夢を棄てることでもあった。かれの選択は、丹羽純一郎訳の『花柳春話』（ロード・リットン原作『アーネスト・マルトラバース』）のような西洋文学の夢に唆かされたにすぎなかったのかもしれない。しかし、たとえそうであったとしても、日本的現実のなかでそのような結婚を選ぶことは、また別な思想的な意味が与えられる。お辻を選ぶことは、庶民的な貧困と無知を救済しようとする思想的な行動であった。その後の作品展開からも分るように、それはまた、旧彦根藩の重臣であった亡父の不仕末に責任を取ることでもあった。

つまり水沢は、将来の政治的成功を棄てて恋愛の成就を選んだわけであり、だからこの作品は政治小説的主題は盛り込まれていなかったけれども、その代りに、右に見てきたような思想的倫理的な思い込みがその恋愛という私情のなかに託されていたのである。だが、結局その結婚は失敗してしまった。二人に愛情と誠意が消えてしまったわけでなく、それにもかかわらず、お互の出自と教養の違いによって感情的な喰い違いが生れ、夫の不信を悲しんだお辻はついに自殺にまで追い詰められる。

恋愛に託した思い込みはこれほど強くはなかったが、鷗外の『舞姫』もほぼ同様な展開を辿っていた。これは、かつて「穉き心に思ひ計りしが如く、政治家になるべき特科」を目指した青年が、それを諦め、貧窮無垢の少女とともに生きようとして、結果的に精神の破綻へ追いやってしまった悲劇の物語である。かれらの選択は、動機正しくして、しかしどこか無理があり、つまりその思い込みの部分が庶民にはリアリティを持たなかったのである。政治小説に対する蘇峰の批判は、すでに触れておいた。恋愛と政治的成功を二つながら成就したいという、虫のいい夢を打ち砕く発言があらわれてきたのと相呼応して、広津柳浪はその二つを共に失わざるをえなかった女性の悲劇を描き出していた。この作品を間に置いてみるならば、政治小説の流れと、『妹と背かゞみ』『浮雲』『舞姫』などのいわゆる近代文学の流れは、けっして不連続なものではなかったのである。この場合、逍遙以下の人たちのような近代文学的な主体性を柳浪もまた持っていたかどうか、それほど問題ではない。山田有策は「創作主体の内面意識」を読み取ろうとして、自分が押しつけようとしたものの欠如を見出す結果に陥ち込んでしまった。上流社会の社交世界、政界や官庁、学者や書生世界など、これらの場所で成功者となりうるのは、他者視向的な行動をうまく守り抜くことのできる賢明な才子ばかりだ。そういう認識にまで初めて到達できたのは、政治小説の構図をむしろ忠実に踏襲した柳浪の作品においてだった。政治小説の流れからこのような自己脱皮があらわれて、続いて『浮雲』や『舞姫』が生れてきた。くり返し言えば、前者に影響されて後者が書かれていたというわけでなく、それ固有のモチーフに従って後者が生れたにちがいないが、ただ、前者のような動きを一つ押えてみるならば、文学の時代的な展開として両者に共通なものがあらわれてきたのである。あえて言えば、作者の近代文学理解の深浅に、それはほとんど関係しない。森英一（「広津柳浪の志向と限界」北大『近代文学論叢』3、昭47・12）が言う「読者サービス」、つまり戯作者的なパロディの方法があって、だからこそそういうことが可能だったのであった。

他者視向的な調整感覚による成功への疑問。この成功の過程で、浮田青萍的な小悪党の策謀が敗れ去らねばならないことを、もちろん柳浪は、小説作法上の当り前な約束ごととして受け容れながら、しかしそれと同時に、浮田的な不正義に打ち克った成功者の正義にも、ある根本的なものが欠けていることを明らかにしてしまった。久松の行動には、組織発展と自己保身しかみられない。他人と共有する目標の自分だけにとっての意味、いわば思い込みによって掛け替えのない価値を与えてしまった、その目標の対自的な意味に自分の人生を賭ける、そういう人間の倫理をかれは欠いていたのである。そしてその背後には、『国民之友』社説（第九号、20・10）が指摘していたような、「吾人は世の所謂る、自称政治家なる者の、頭脳を解剖する毎に、未だ嘗て人民てふ思想の少きに驚かずにはあらず、（略）彼等の政治は政府の出来事なり、彼等の変革は政府の変革なり、彼等は政府を防禦す。然れとも自家の位地を防禦するに外ならす、彼等は政府を攻撃す、然れとも自家取りて此に代らんとするに外ならす」という問題が潜んでいた。このような問題をとくに意識して柳浪が『女子参政蜃中楼』を書いていたかどうかは、にわかに判断はできない。ただ、かれが想像的に描き出した政治世界、というより政争世界は、小説構造的に右のような問題を明らかにしてしまっていたのである。

しかしもちろん、すでに触れたように、これはまた山村敏子にもみられる問題であった。久松的な現実主義に敗れた敏子は、むしろ敗れることによってしか発《あば》くことのできない久松的な組織内成功者の御都合主義を倫理的に衝いていたわけであるが、その敏子にも「人民てふ思想の少き」という問題があったことを、庶民の喧嘩場面を借りて柳浪は見事に発いてしまったのであった。このような視点は、二葉亭や鷗外にはみられなかった。

いや、『浮雲』の場合ある程度それがみられたのであったが、やがて文三の切実な思い込みに作者が引き寄せられてしまい、他者視向的な本田やお勢を恨みがましく非難する感情一色の作品になってしまった。あるいはまた、そういう文三の感情にさらにある種の思い込みを託して読んできた読者たちによって、近代文学の最初のものとしてこの作品が位置づけられることになってしまったのである。

正義と成功とが理念的に一体化されていた時代が過ぎて、その成功のあり方を問わざるをえない人間が登場してきた段階。やがてその人間が民衆の救済を目指しながら、しかしその思い込みの民衆に対するリアリティの欠如のために、かえって相手を破滅に追いやってしまい、改めて自分の倫理性を問わざるをえなかった段階。作者の近代文学理解の深浅にかかわりなく、そういう時代的な課題を背負ってしまったときにしか生れえない作品として、『浮雲』の表現、『妹と背かゞみ』や『舞姫』の主題を読むことができるとするならば、そういう近代文学的なモチーフと表現の最も早いあらわれで、しかも以上のような問題を包括的に芽生えさせていたのが、『女子参政蜃中楼』という作品であった。

第五章　「歴史」と歴史と小説の間

歴史小説は、実際の出来事や事態の推移を言及対象としなければならない条件を負っている。その意味では現行のテクスト論的な作品分析の方法にとっては最も扱いにくい、対極的な位置にあるテクストと言えよう。これをテクスト論の方法――私はそれをFr.・ソシュールの言語学に触発された構造主義とロシア・フォルマリズムとの混合ととらえているのであるが――から見れば、実際の出来事をテクスト化するシステムの解明は可能であっても、出来事の選択や歴史認識のあり方などについては評価をさし控えねばならぬ。そういうテクストとして歴史小説は存在する。

たとえばA・J・グレマスは『構造意味論』で、ソシュールが言語研究の対象から取り除けた意味論を、再び言語学のなかに復権させようと、意味論軸という方法を提案した。意味論軸とは、blanc（白い）／noir（黒い）、fille（女の子）／garçon（男の子）というような二項対立を成り立たせる視点または概念であって、前者の場合は色彩の視点、後者は性別の概念ということになる。かれの言葉を借りるならば、「この二つの辞項の公分母、表意作用の分節がその上に現われるこの基盤」が、意味論軸である。たしかにその見方からすればブタ／ミミズの場合、全く不可能だとは断定できないが、ヒト／サルのように簡単に意味論軸を見出すことはむずかしい。ほとんど無意味である。それを私なりにもう少し敷衍すれば、ある言葉の意味とはどんな対象についての概念かという点からではなく、それと対比された言葉およびその意味論軸を通して把握されねばならないということになるだろう。

ただこの説明からも分かるように、グレマスはその意味論研究から、言葉がどんな対象を指すのかという指向対象の問題を切り捨ててしまった。かれの関心は、あくまでも意味論軸を媒介に見出される意味分節化のシステムに限定されていた。「なぜなら、記号の説明のためにもの《（ママ）》に指向するということは、自然言語に含まれている表意作用を、置き換えることができないものに、非言語的な表意集合に置き換えようと試みること以上の何ものも意味しないのである。」かれがfille（女の子）／garçon（男の子）を、二つの事項と呼ばず、二つの辞項と呼んだのもこのためにほかならない。実際に子供たちを女の子と男の子にグループ分けしたり、その際に性別の認定を誤っていなかったか否かの点で真偽判断を下したりするやり方は、ここではむしろ拒まれている。そういう現実的な手続きとの対応関係を捨象した上で、性という公分母の概念から性別（を表意する記号）が分節化してゆくメカニズムそれ自体を対象化しようとしたのであった。

　意味論を復権させたグレマスでさえも、このように言語外の対象とのかかわりは学問領域からの逸脱として否定され、その安易な文学研究への適用を私たちは警戒しなければならないのであるが、しかし学ぶべき点が全くないわけではない。その一つは現状診断的な視点としてであって、じっさい最近の文化人類学やテクスト論的作品分析の論文には、意味論軸の把握があいまいな、ブタ／ミミズ的な二項対立を乱用したものが多すぎるのである。

　もう一つは、グレマスのような手続きを通して歴史小説の問題を把握する仕方がより明瞭になってくることである。普通私たちは歴史小説の問題を現実の歴史と対照して論じがちであるが、むしろこのジャンルは歴史書、つまり記述された歴史と対比されるべきだろう。そうすると、現実の歴史（書かれた歴史／歴史小説）、という図式が浮かんでくる。

　ただし、この（　）外の現実の歴史は意味論軸ではない。（　）内の対比項の意味論軸は歴史という概念や記述の視点のほうであって、現実の歴史はむしろグレマスが言う指向対象に属する。その意味ではこれを初めから現実の歴史と呼ぶのは正しくない。実際には出来事の継起や事態の推移があるだけであり、それが意味論軸の概念や視点の対象となった時に初めて歴史として現出すると言うべきであって、だから先ほどの図式も、歴史化された出来事（歴史記述／歴史小説）と改めるのが妥当であろう。このような意味を籠めて、以後私は、「歴史」（歴史／小説）と簡略化した表記を使いたいと思う。

だが、結局それはグレマスが戒めた逸脱を方法論的裏づけなしに犯すだけではないか。おそらくそういう疑惑は避けがたいだろうが、しかし私たちがしばしば現実の出来事とその記録とのいずれをも無造作に意味させているこの歴史という言葉は、もし比喩的な使い方を許してもらうならば意味するもの《シニファン》であると同時に意味されるもの《シニフィエ》、指向対象であるとともに指向性でもあるような言葉なのであって、その微妙な構造を検討して逆にグレマスの論理を穿ってゆくことも出来る。それだけでなく、少なくとも先ほどのような手続きを踏むならば、出来事の継起や事態の推移そのものを安易に歴史の悪意とか、歴史の非情な進行とかいう擬人法で説明する誤りだけは避けられるであろう。

以上のように基本方針を定めて、さて具体的に大江健三郎の『同時代ゲーム』（一九七九年一一月、新潮社）や『M／Tと森のフシギの物語』（一九八六年一〇月、岩波書店）に眼を向けるならば、これらはまさに「歴史」（歴史／小説）を構造化したテクストだと言うことができる。

ただしこの場合の「歴史」は、物語の主要な舞台たる谷間の村の外界を形成し、時代の枠組みとして使われている。『同時代ゲーム』によれば、多分四国のある藩から海の彼方へ追放された一群の人たちは、「壊す人」に率いられて人目につかない岸にひそかに上陸し、川を遡って森の奥深い谷間に、隠れ里とも言うべき共同体《ムラ》を建設した。『M／Tと森のフシギの物語』では、「壊す人」はもと家老職筆頭の当主の末弟であり、二十五人の仲間の若者たちも「それぞれに藩の武士階級として高い格の家の、それだけにいつも遊び暮らしていた無法者らだった」わけだが、かれは長兄の嫁としめしあわせて、しかもその兄嫁は浮島という島の「海賊」の棟梁の娘だったおかげで、おなじく二十五人の「海賊」の娘が加わり、彼女たちの航行技術によって「藩首脳の（追放という）もくろみの裏をかいて」吾和地川《アハヂ》という川の河口にたどり着くことが出来たのである。だからと言って、このように建設された村が全く外界と交渉を断ってしまったわけでなく、脊梁山脈を越える秘密の道を辿って晒蝋を運び、長崎で交易して火薬や銃器までも手に入れてきた。その道を通って他国の商人たちが、時には芸人までも連れてやってきた。そしてついには土佐藩を脱藩した浪士たちの「中継ぎ基地」となって、「志士として京、大坂で活動する資金すらも調達」してやり、かれらの何人かがのちに明治政府の高官となった縁で「明治維新の後、盆地で生産される木蝋は全国規模の販売ルートを独占し、かつは海外にまで輸出されることにな」ったのである。

このような説明から当然私たちは、この谷間の村の建設はおそらく江戸時代のはずで、もし強いて遡っても戦国時代より以前ではないだろうことを理解する。ばかりでなく、自分の日本史に関する興味を刺激されて、テクストに語られたこと以上の肉づけをも試みてしまう。関が原の戦役ののち徳川家康の領地再配分によって、四国にはただ土佐の山内氏だけでなく、何人かの非土着大名が新たに入部してきた。その家臣団と土着の武士との間には長期にわたって根深い感情的な反目と葛藤がくり返されたにちがいない。とするならば、藩権力から追放された「壊す人」と二十五人の仲間たちは、むしろ下級武士（または郷士）身分に落された土着武士たちの末裔として設定されたほうが、よりリアリティを持ちえたのではないか。そんな批評さえ私のなかに生まれてくる始末である。

だがこのテクストの作り方からすれば、かえってそれはあらずもがなの深読みということになるであろう。というのは、この村の内側の物語は、右のような外界における時勢の変化と照合しながら事件の時間的前後関係を位置づける語り方ではなく、むしろそのようなクロノロジーを拒む発想で、全く異質な時間意識に基づいて展開されていたからである。村の創建者たちはいずれも百歳を越えるまで生きて次第に巨人化してゆき、「壊す人」の指図で着手した「死の道」が完成するとともに、「壊す人」ともども向う側（あの世）へ消えていった。また別な伝承によれば、偉大な指導者だった「壊す人」の存在は、もとの仲間たちにとって次第に負担となってきたため、ついにかれらはシリメを使って当人から製造法を聞き出した毒液を用いて「壊す人」を殺害し、村中の人間がその肉を分け合って食べた。が、その仲間たちもまた、「壊す人」の妻（藩権力から追放された時に一緒だった兄嫁とは別な女性）だったというオシコメ（大醜女）が指揮する「復古運動」＝「住みかえ」の間に、だんだんとその巨人化していた肉体を萎びこませ、稀薄になってゆき、とうとう空中に消えてしまった。こんなふうに「壊す人」とその仲間たちを神話的な存在と化し、何種類もの超自然現象的なかれらの死の伝承を列挙する、そのことによって、この谷間の村が外界の時間では測れない時の流れをもつ世界であることを語っているのである。『同時代ゲーム』の語り手は次のようにそれを意味づけている。

あくまでも水の道をたどりつづけることで、外部世界からの孤立を深めつつ、かれらがおこなった遡行。それは、**壊す人**にひきいられた創建者たちにとって時の道をたどっての遡行でもあったのだ。近世から中世へ、そして上代へと、夜闇のなかで沈黙しつつ遡行した**壊す人**と創建者たちは、時の進行を非常な速さで巻き戻すようにしながらさかのぼって行ったのである。ついに一筋の水の流れまで遮断してしまった真黒の大岩塊、あるいは黒く硬い土の塊を爆破した時、おりから降り始めた雨が大悪臭を洗いきよめて、そこに新天地が現われたが、すでにかれらは古代人として、この巨大な自然の営みに立会ったのであった。太古以来はじめて浄化された土地に最初の鍬をいれ、種子を播き、最初の苗を植える行為をつうじて、人びとはさらに確実に古代人そのものとなって行ったのだ。

かれは川の流れを時間にたとえる伝統的な比喩を使ったわけだが、この比喩は以下のような水源の形而上学を含んでいる。つまり今ここを流れていった水がこれから向かってゆく未来の方向として下流をとらえるならば、その上流はすでにずっと以前に水が通った過去となる。だが、その反対に、今ここを流れた水がどんどん遠ざかってゆく過去として下流をみるならば、その水源はこれからやってくる未来としての水が湧き出る場、いわば始源の場所であって、その意味で上流-水源は過去と未来とが結ばれた神話的始源に位置するわけである。

この語り手がそこまで意識していたかどうかは分からないが、ともあれかれはこのようなメタフィジックを喚起するやり方で「壊す人」たちの空間的遡行を時間的遡行として意味づけていた。そういう始源的な時空間で始まった村作りとその作り変えの経緯は、当然のことながら外界の時間軸との対応性をほとんど持たない。外界における社会の変化を普通私たちは無造作に近世の歴史と呼んでいる。そういう歴史との照応を、この谷間の村、というよりその伝承の語り方が拒んできたのである。換言すれば、外界の時間軸に従って村の出来事を整理し、上のような歴史に準拠して村内の事件を意義づける発想を否定することによって、その歴史の規範性を解体してしまい、単なる断片的な出来事を遠近法なしに並べただけの未整理な状態へと押し戻す。その一方で、村作りとその作り変えの経緯を〈歴史/物語〉として語ろうとしたのであった。

それではこの〈歴史/物語〉のレベルにおける歴史はどんなふうに語られていただろうか。多分右のことと関係するであろうが、それはごく圧縮された形でしか語られていないのである。

しかし創建後の平和な百年のうちに、創建者たちがいったん古代の生活にたちかえってつくりだした共同体が、私有財産によって個に区分された、ありふれた集落にかわらないものとなっていたのだ。森の向う、川筋のさきの外部世界からは隔絶していることにおいて、あいかわらずわれわれの土地のあり様は独自であったのではあるが。そのようにかたちをかえた情況のもとで、創建以来の指導者たる**壊す人**が姿を隠し、それを契機にして村＝国家＝小宇宙の全体への危機感が、オシコメを中心とする指導層にわけもたれたのだと僕は思う。（『同時代ゲーム』）

オシコメと「若い衆」たちの押し進めたこの改革を、なぜ「復古運動」というのか？　それは森のなかの盆地の人びとの暮しを、「壊す人」にひきいられて新天地を創建した時代のやり方に戻す、という運動であったからです。創建期の村の社会は、まさに古代社会の仕組みでした。（中略）

もとより、そういう仕組みのままで人間の暮し方・そのシステムが永つづきするはずはありません。いくらかなりと社会にゆとりが積みたてられてゆけば、自然に次の段階へと移りかわってゆくものでしょう。実際、森のなかの盆地に創建された新天地で平和な百年がたつうちに、人びとの暮しはしだいに変化していたのでした。人びとはそれぞれに大家族をなし、百歳を越えた創建者の夫婦と、息子たち、娘たち、嫁たち、そして孫、曾孫までが一緒に暮すため、大きい家がたてられていました。それぞれの私有財産として、その家と豊かな田畑を持っている暮しであることでは、一般にめぐまれた環境にある農村にかわらぬ様子となっていたのです。（『M／Tと森のフシギの物語』）

私がこういう箇所を歴史と呼ぶのは、「復古運動」の原因を私有財産と家族制度の訂正という視点から、村の現実に即した形で説明しているからである。もちろんそれが歴史叙述としての条件をより大きく備えるためには、もっと具体的に、どのようなプロセスで私有財産と家族制度が発生して如何なる葛藤を生んだのか、「壊す人」が仲間たちの負担になったこととそれはどう関連するのか、などを説明しなければならないだろう。そしてまた一たんその具体的叙述をプロットのなかに取り込もうとするならば、とうてい右のごとくほとんど白けるしかない公式的視点だけでは済まされなくなってしまうであろう、が、あえてそうしたのは、「外部世界」の「歴史」に関する認識のエッセンスを視点化して、村内部の歴史を一挙に飛び越えようとしたためだと思われる。換言すれば、この谷間の村は「外部世界」に対する反世界として構想され、もっぱらそれは語り手が「神話」と呼ぶ伝承的物語に託されていたため、「外部世界」と通底する現実領域が視点にまで極小化されてしまったのである。

ただし問題はむしろその先にある。純粋に可能性としてだけで言えば、「復古運動」の当事者であるオシコメたちもまたかれらなりに、なぜこのような村の現状に至ってしまったのかについての歴史的な認識、つまり批判的視点をもち、そこから運動への意味づけが行なわれ、それが語り手の言う「危機感」の内実をなしていたはずである。またそれを語り継いできた人たちもその伝承過程で運動に至る経過説明と評価を試みてきたかもしれない。もちろんそのモチーフや意味づけが「復古運動」という言葉で言われたとはかぎらない。おそらくはかなり異質な意味作用の言葉だったであろう。ともあれこのような可能性を考えるならば、語り手の視点とそれらの視点との間には一種の対話とも言うべき緊張関係が想定できるはずだが、それが右の二つのテクストにはみられないのである。ある出来事にはその当事者の視点と意味づけが伴っている。それを含む時、出来事はそれ自体で「歴史」の潜勢態となる。そういう潜勢態としてとらえる時、後世の人間の視点はその「歴史」の内包する視点と対話し葛藤を開始するわけで、いわば指向対象からその指向性を相対化されてしまうことになる。そのような関係が右のテクストには欠けていたのであった。

要するに歴史という言葉が意味《シニファン》するものであるとともに意味《シニフィエ》されるものでもあるような性格を帯びてきたのは、以上のような「歴史」の潜勢態という条件によるのであるが、その点に十分自覚的だったとは言えないのである。

それでは、逆に今度は語り手の視点をゼロにしてみたらどうなるであろうか。それは語り手の意味づけを取り去ってみることであるが、そうすると「壊す人」とその仲間が村を作った話、「死の道」を築いてこの世の向う側へ去って行った話、シリメを使って製造法を聞き出した毒液で「壊す人」を殺して皆で喰べた話、オシコメと若者たちが大怪音に導かれて村中の「住みかえ」をやった話などの伝承は、いずれも深い関連を持たないことが分かる。村作りは言わば創造神話であるから、これが初めに位置するのが当然だとしても、次の二つはそれぞれ異伝と言うべきで、語る順序はそれぞれ入れ替え可能であり、「住みかえ」の話も見方によっては「死の道」の話のヴァリアントと言うことができる。それからどのくらい時が経過したかは分からないが、ともあれこの村に土佐の脱藩浪士がやって来、次には川下の逃散農民の侵入があって、メイスケさんこと亀井銘助という少年のトリックスター的な活躍が始まり、農民一揆を成功に導く。したたかな才覚で藩権力との駆け引きに成功したことでは、たしかにかれは「壊す人」の申し子という村びとの幻想を負う資格を十分に備えている。だがかれの出現は、「外部世界」の干渉を招き、その時間軸に統合されて、反世界としての神話的時間を失ってしまう予兆でもあった。物語的構成の面からみれば、村創建の伝承とこの反世界性終焉の事件との間に、先の三つの伝承が曖昧な関係で並んでいたことになるわけである。

もしそのなかに、「壊す人」が村びとにとって災害にも等しい無理を強いる絶対者だった話、かつての仲間たちもただ「壊す人」の召喚と告発に唯々諾々と服従するだけでなく、少なくとも二、三人は逆告発の気概をもって立ち向かった話がつけ加えられたとするならば……。おそらくかれは、語り手が口を極めて意味づけようとした文化神の面のみならず、破壊神の面も備えた両義的な存在となり、創建のリーダーであるにもかかわらず「壊す人」というイロニカルな名前を与えられた本来の面目をよく発揮したにちがいない。ばかりでなく、これと先の三つを併せてより緊密な内的関連が生まれ、構成それ自体の論理によって現実の「歴史」に対する神話的寓意性を発揮するようになる。さまざまな共同体の運命に関する普遍的な神話的認識さえも獲得できるであろう。

そのようなわけでこの二つのテクストは、語り手が言う「歴史と神話」のいずれの点でももの足らないのである。だがこれを裏返してみれば、そのもの足らなさを通して自分のなかでまだ漠然としていた歴史と物語の観念がより明確に私自身に対象化されるようになった。その意味で問題を「歴史」(歴史/小説)の図式にもどって考え直させる喚起力をもつテクストだったと言えるのである。

ところで、歴史/小説とは事実/真実にほかならぬという固定観念が、かなり長い間日本の文学者を支配してきた。事実/真実はまた外部/内面にも通ずると考えられ、ジンギス汗の大事業を個人的なコンプレックスに還元してしまうような小説が書かれもした。だが、歴史/小説という二分法は言うまでもなくヨーロッパから学んだ発想法である。W・M・サッカレイは『英国ヒューモリスト』(一八五三年)のスモレットに言及した箇所で、次のように言っている。

I take up a volume of Dr. Smollett, or a volume of the *Spectator*, and say the fiction carries a greater

> amount of truth in solution than the volume which purports to be all true. Out of the fictitious book I get the expression of the life of the time; of the manners, of the movement, the dress, the pleasures, the laughter, the ridicules of society——the old times live again, and I travel in the old country of England. Can the heaviest historian do more for me ?

全ての点で事実に違えまいとする歴史書よりは、小説のほうが渾然一体たる真実を伝えうるのだというわけであるが、坪内逍遙は『小説神髄』（一八八五―八六年）でそれをこんなふうに訳した。

> 薩《さつ》カレイ英国の小説家もまたいへらく予《よ》ハ稗説《はいせつ》をよみて得《う》る所《ところ》きはめて多《おほ》し当時《そのかみ》の世界《せかい》の景情《ありさま》をしり時勢《じせい》を知《し》り風俗《ふうぞく》を知《し》り衣裳《いしやう》の流行《りうかう》を知《し》り快楽《けらく》滑稽《こつけい》遊戯《いふぎ》の類《たぐひ》の現世《いま》とことなる所以《ゆえん》をしる已《すで》に死去《みまか》りたる人《ひと》も再《ふたゝ》びよミがへり已《すで》に往《ゆ》きたる世《よ》も再《ふたゝ》びかへりさながら往昔《いにしへ》の英吉利国《いぎりすこく》にふたゝび旅《たび》するの思《おもひ》あり嗚呼《あゝ》大筆《たいひつ》の正《せい》史《し》にして此余《このよ》に益《えき》する所《ところ》ありや云々《しかぐ》といへり

かれがHistory／Fictionを、正史／稗説と訳したのは、まだ近世の物語作者における正史実録／小説稗史という二分法に従っていたからである。近世における正史／稗説は、もっぱら素材とそれを表現する言葉の相違として、正説正言／巷説俗言という二分法でとらえられ、事実／真実という問題が意識されることはなかった。逍遙の翻訳がサッカレイのその部分を落していたのは、この伝統的な発想のためであろう。

ただし逍遙は別な箇所で、小説の歴史と異なる所以は正史では描きえない私的な領域を表現できることだという意味の主張をしていた。この公的／私的の二分法が事実／真実と結びついて以後の文学者に継承されてきたのであり、その意味で『小説神髄』は近世的二分法から近代的二分法への転換点だったと言える。大江健三郎の作品は、幕藩体制から天皇制国家への移行を一種の正史と見なしてきた従来の歴史観を相対化すべく、新たに正史／稗説の二分法を復活し、それと同時に近代的な二分法を無化してしまうようなテクストだったのである。

ところがもう一度一九世紀のイギリスに眼を転じてみると、サッカレイが歴史と小説について語ったのとちょうどおなじ論法で、歴史家の側から、年代記と歴史の事実／真実の関係が主張されていたのだった。

The chronogical method gives the events in the order of their occurrence.……But the exclusive employment of this method destroys the unity of the narrative, separates related and throws together heterogeneous matters; and produce a rude, undigested mass, not an organic whole.

Description enters more or less largely into all historical works. The events are so closely connected with localities and persons, that in order to render them even intelligible, the historian must endeavor to place before the minds of his readers a vivid picture of the entire land, of particular localities, and of the character of the leading actors.

これはA・D・ヘップバーンの『イギリス修辞法便覧』（一八七五年）のなかの言葉であるが、かれによれば、永続的なことと一時的なこと、本質的なものと偶然的なものとを区別せずに、ただ時間的順序に従って出来事を並べただけのものは、いかに正確であっても年代記でしかなく、歴史とは呼べない。そして右の引用から読み取れるごとく、歴史とは、未消化でヘテロジーニアスな年代記の記録を一定の視点から取捨選択し、出来事に脈絡を与え、ある有機的な全体像を作り出すことなのである。換言すれば、年代記にはまだ書く主体は存在しないが、一定の視点とともに歴史の著者が出現するというわけである。

そうすると、年代記／歴史が、歴史家にとっての事実／真実であるわけだが、小説家からみれば事実／真実は、（年代記／歴史）／小説ということになる。もっとも、年代記的な記録は歴史と小説のいずれにとっても素材であるから、じっさいは年代記／（歴史／小説）と組み変えるべきであろう。

このように問題意識の発生期にもどってみるならば、歴史と小説の差は視点や有機的組織化の相違の問題だったのである。歴史はその後ホモジーニアスな素材を選択して政治史、経済史、文化史などの個別史として自立してゆく。各個別史をどう関連づけて全体像を獲得するかという課題はマルクス主義によって解決されたかに見えたのだが、現在ではルイ・アルチュセールのようにヘテロジーニアスな出来事そのものの間の構造的関連や、M・フーコーの『知の考古学』のごとく、一時代におけるヘテロとホモとの区分システム自体の解明に向かっている。それに較べて小説のほうがはるかにヘテロジーニアスなものの許容量が大きいことは、いまさら説明するまでもないだろう。それに加えて歴史の視点は書き手の現在的関心に拘束されざるをえないが、小説は作者から相対的に独立した語り手や視点人物を設定する自由度が大きい。作中人物の内面や心理の表現というのは、この独立視点のヴァリエーションあるいは部分的仮託にほかならない。ただし、だからと言ってそれが真実であるか否かは別問題である。

もし日本の近代小説に一種の偏向があったとすれば、それは年代記／歴史という二分法の発想を知らず、両者を混同してきたことであった。森鷗外の「歴史其儘と歴史離れ」（一九一五年一月）はその端的な表明と言うべきであって、出来事の継起や事態の成り行きそのものを「歴史の『自然』」と呼んだのである。たしかにそれは個人の思量では測り切れない力によって進んでゆく。その思量の断念、つまり語り手の視点の自由な選択の放棄が、かれの言う「自然」の尊重であった。『堺事件』(一九一四年二月)は視点を分散させて、一種の無視点的な公平さ、つまり客観性を演出し、出来事の継起そのままの順序で紹介してゆくやり方で書かれている。

ところが、まさにそれ故に大岡昇平から、隠蔽された政治イデオロギー的視点による歴史の切盛と、歴史の捏造を批判されることになったのである。

大岡昇平は「『堺事件』疑異」(一九七五年三月『オール読物』)、「森鷗外における切盛と捏造」(同年六月『世界』)、「『堺事件』の構図」(同年七月『世界』)で、鷗外の「歴史の『自然』」尊重に対して偶像破壊的な批判を加えた。それをめぐって蒲生芳郎の「『堺事件』論覚え書」(一九七六年四月『評言と構想』)、尾形仂「もう一つの構図」(一九七七年七月『文学』)、山崎一頴の「『堺事件』論争の位相」(一九七九年一二月『日本文学』)などが、部分的に賛意を表しつつも、その性急すぎる批判に反批判を試みたが、詳細な検討はここでは省略する。ただ一つだけ確認しておけば、大岡昇平は、前田愛が「歴史と文学のあいだ」(一九七六年十月『海』)で指摘したように、鷗外における零度のエクリチュールとも言うべき一見公平無私な記述態度こそがイデオロギー的操作にほかならないことを明らかにしようとしたのであるが、かならずしもそれは鷗外研究者たちに伝わらなかった。国文研究者は相手にしないという意味の、大岡昇平の論争拒否的な発言が、そこから生れてしまったのである。

もっとも、蒲生芳郎以下の批判には一種の留保的態度があり、それが論争への展開にブレーキとなった点がないわけではない。この留保は、大岡昇平自身も堺事件に取材した作品を発表する予定であることを予告していたためである。その作品『堺港攘夷始末』は、『中央公論文芸特集』の一九八四年秋季号から連載されはじめて、作者の死によって一九八八年冬季号で打ち切られざるをえなかったが、最近、久留島浩と宮崎勝美の注を附して単行本（一九八九年十月、中央公論社）として出版された。これを通して私はもう少し「歴史」（歴史／小説）の問題を考えてみたい。

慶応四年（一八六八年）旧暦一月一一日、行軍中の備前池田藩の隊士が神戸村で、行列を横切った外国人をとがめて発砲するという事件が起こった。同年一月一五日、朝廷政府の外国事務取調掛東久世通禧は各国公使と兵庫で会見し、攘夷を捨てて外国と和親する旨を告げ、翌々日の一七日、開国和親の方針を国内に布告した。同年二月一五日、堺警備に当たっていた土佐藩兵士が、港内の測量を終えて上陸したフランス兵を撃ち、一一人を殺し五名に傷を負わせた。

これらが既に同時期の雑多《ヘテロ》な出来事から一定の視点で選ばれた事実であることは言うまでもない。が、ともあれ一応これらを年表的な事実とするならば、そこから歴史的事件を構成してゆく焦点は、大ざっぱに言って三つ考えることが出来る。朝廷政府と発砲した兵士とフランス側との三つである。

朝廷政府は二月一四日夜、外国公使を明治天皇に謁見させる方針を決定したばかりであった。この立場からみれば、翌日の土佐藩兵のフランス兵殺害は一月一七日の和親布告の無視であるだけでなく、発足したばかりの朝廷政府の威信の低さを外国に曝してしまったことになり、これからの外交に重大な障害となりかねない。逆にフランス側にとってはそこがつけ込みどころであって、以前から幕府寄りの方針をとってきたフランス公使は巨額の賠償金と土佐藩兵の処罰を要求し、今後も有利な立場で外交交渉を続けることが可能だ。その両者の動きに焦点を合わせるならば、日本の開国史または外交史の一テーマが浮んで来るだろう。これは傾向性としてしか言えないことだが、多分多くの歴史家はそういう視点を選ぶ。土佐藩兵に焦点を合わせるとすれば、攘夷運動史または思想史、あるいは郷土史または伝記的な関心によってであろう。

　土佐藩六番隊の隊長、箕浦猪之吉はかねてより攘夷論者であった。大岡昇平は両者の動きにも十分に眼を配っていたが、とりわけこのことを重視している。この点からみれば、箕浦が発砲を命じたのは朝廷政府の開国和親を無効にしてしまおうとする意図があったのかもしれない。かれは堺が外国人の遊歩許可区域に入っていることを知らなかったし、かれの上官、大監察杉紀平太も知らなかった。フランス兵の上陸は許すべからざる無法な行為と映ったのである。一月一一日の神戸村の事件の責任を負って、池田藩の瀧喜三郎が二月九日に切腹した。もしこのニュースが一五日までに箕浦の耳に入っていたとするならば、箕浦は自分一人が責任を取ればよいと決意を固めていたかもしれない、と大岡昇平は推測している。

　このように大岡昇平は発砲を命じた箕浦に焦点を合わせたのであるが、この事件を外国人はどのように受け取ったか。それを伝える記事が『中外新聞』第二号（慶応四年二月廿八日出板）に載った。大岡昇平は引いていないので念のため紹介すれば、

　此船（アメリカの軍船モノカシー）の載せ来りし書状を見るに、去る二月九日備前の士官死刑に処せられたるを怒り、日本人復讐の為に仏国人水夫を許多切害せし由を申越したり。蓋し土佐人か又は土佐人の装をなしたる備前人ならん。竊に思ふに諸国のミニストル、先日備前士官の切腹を止めなば仏国水夫も命を失ふ事無く、日本政府に於ても此事件より起るべき災害を免れん。（二月廿一日出板横浜新聞の訳文）

　日本二月十五日堺に於て、一小船に乗り居たる仏国の水夫共不意に土佐兵隊の為に襲はれ、切害せら

れたる者十一人、水を泳《ママ》りて其場を逃れし者は僅に一両人に過ぎず。是れ明白に兼て巧みたる偽計と見え最初より其子細を告る事も無く、水夫の内小船の外に誘出され其後取巻かれたるも有り。諸国の公使右罪人を速に刑罰せん事を京都に訴ふるに、土州は勿輪《ママ》京都政府にても至極心を用ひて之を尋ね出し、刑して以て外国人に謝せんと欲するの様子なり。既に其罪人の内捕へられたる者も有之由。(西洋三月十二日即日本二月一九日神戸より出たる書翰の文)

これによれば、外国人の連想は瀧喜三郎切腹の「復讐」として堺事件を短絡的にとらえ、土佐藩の武装した正規軍の発砲ではなく、多分浪士(化した備前または土佐藩士)たちの「切害」と見たのであろう。切腹を強いるまでもなかったのだと、暗に「諸国のミニストル」への非難の色をみせている。ところがもう一つの記事は、土佐藩兵の「偽計」だと言う。鷗外も大岡昇平も事件の概要を佐々木甲象の『泉州堺烈挙始末』(一八九三年一一月)に負っている。その『始末』は発砲の理由をフランス兵の乱暴狼籍のためとしていたが、鷗外は「水兵は別にこれと云つた廉立《かどだ》つた暴行《ばうかう》をしてはゐない。併し神社仏閣《じんじやぶつかく》に不遠慮《ぶゑんりよ》に立ち入る。人家《じんか》に上がり込む。女子を捉《とら》へて揶揄《からか》ふ。(中略)両隊長は論《さと》して舟へ返さうと思つたが通弁がゐない。手真似で帰れと云つても、一人も聴《き》かない」と訂正。しかし大岡昇平が紹介するフランス側の記録では日本の市民の態度は友好的で、水兵たちは何の警戒心も抱いていなかった。ところが一たん事件が起れば、日本人の友好的態度もフランス兵を「小船の外に誘出」すための「巧みたる偽計」と解釈されてしまうのである。

このように事件はさまざまな解釈、意味づけの累加によって作られてゆく。鷗外はその解釈や意味づけを主観的な恣意性の混入と見て、それらを消去してゆけば事実が得られると考えたのであろう。文体論的には、佐々木甲象が近世読本の流れを汲む政治小説の文体を用いたのに対して、鷗外はその誇張の強い修辞性を否定し、零度のエクリチュールとも言うべきザハリッヒな文体に近づけ、原テクストの痕跡をできるだけ払い去ろうとした。事件を展開させた動力は、きわめて特殊な状況にあった朝廷政府とフランス公使をはじめとする外国の外交団との力関係にあったわけだが、鷗外はそれをも消去して土佐藩兵士に叙述を限定し、立体図を平面図に変えてしまった。だがけっしてそれは事実をとらえることにはならず、むしろ上のような操作によって演出された事実でしかないこと、そこを大岡昇平は批判したのである。

もっとも、力関係と言ってももちろん物理的なそれではない。この関係は両者の政治過程や経済過程に大きく左右され、それが一種の自然力のようにみえてしまう場合もないではないが、そこには当事者たちの関係認識が関与する。朝廷政府はその点で弱腰だった。大江健三郎の言い方を借りるならば、朝廷政府が選んだ開国和親は、それまで「外部世界」だったヨーロッパ列強の政治的経済的過程およびその時間軸に日本が統合されてゆく選択にほかならなかった。私は先ほど、現行の歴史学はその両者の力関係に焦合を合わせるだろうという意味のことを言ったが、それはこの統合を歴史家は必然的な過程と見て、その意味論軸としては両者に共通のクロノロジーを設定する視点を取っているからである。その意味で大江健三郎のテクストはこの統合過程の寓意であるとともに、歴史学の意味論軸に対する批評として機能していると言えるだろう。見方を変えるならば、歴史学のこのような方法は、それぞれの民族や国家の出来事をその意味論軸を媒介として寓意、あるいは比喩関係に置く方法なのである。それがそう見えないのは、日本人がヨーロッパの歴史学を科学的な事実認識の方法と受け取ってしまったからで、そのこと自体が先のような統合の一象徴にほかならない。近世までの日本人は、正史もまた稗史小説と並ぶ寓意の一方法であることを知っていたのである。

大岡昇平によれば、箕浦の発砲命令はこの統合過程に対するリアクションであり、朝廷政府が攘夷を捨てて開国和親に変わった一八〇度の転向への思想的、倫理的な批判を内包していたことになる。統合とともに時流に乗る者と、おくれた者との分離がはじまる。

「攘夷《じやうい》はまだ此男の本領《ほんりやう》だつたのである」と鷗外は書いた。かれはただ単純に箕浦の思想の持続を指摘しただけかもしれないが、大岡昇平がその点にこだわったのは、なぜ「まだ」だったのかという問いを鷗外が故意に取り除けてしまったと見たからだった。かれは箕浦に、まだ事件前、六番隊を率いて淀川を上る途中で大坂城炎上の光景を見せ、攘夷と討幕に昂揚した言葉を語らせている。『堺港攘夷始末』には、通常の意味での小説的描写は数箇所しかなく、記録の検討と考証に筆の大半を費していて、これを小説と呼ぶのをためらってしまうほどだが、その僅かな小説的表現のなかでもこの箇所が最も比重が大きい。小説的意図の託された場面と見てさしつかえないだろう。換言すれば歴史家が選ぶだろう二つの焦点に対して、小説的焦点としてそれが選ばれたわけであり、その中心人物たる箕浦にとって討幕攘夷から討幕開国という政府の転換は、討幕の理由までも変質、無効化させかねない事態だったのである。

もちろんその一方で大岡昇平は、朝廷政府とフランス側の動きを記録によって丁寧に追跡している。箕浦や、死刑を免れて生き残った兵士たちだけを視点人物としていたわけではない。それぞれの当事者の視点と対話しつつ筆を進めている。ただし朝廷政府とフランス側への眼配りは、箕浦の発砲命令の原因であるとともにその事件の反響装置であり、箕浦とかれの部下たちにはね返って悲劇を強いた政治的空間を明らめるためであった。その点でかれが「歴史」のなかに歴史への潜勢態を認めていたのは、あくまでも兵士たちの発砲という行為、というよりはかれらの日記や手記における自己の行為の意味づけのほうだったと言える。

近代という統合の時代の、そのはじまりの時期。そこに大江健三郎も大岡昇平もねらいを定めた。その統合は「歴史」のレベルで起った事件であるが、ちょうどおなじ時期、歴史のほうもそれとアナロジカルな方法をもつ認識統合のシステムとして出現した。本来両者は比喩関係にあるのだが、この事情のために歴史という言葉は指向対象であると同時にその指向性をも意味するようになってしまったのである。だがその二つの間には、ヘテロジーニアスなものをホモジーニアスへと組み変える操作が介在し、きわめて微妙だが重要な誤差が内包されている。歴史におけるこの誤差それ自体を顕在化させようと、それぞれ対照的に異質な方法によってであったが、貴重な一歩を踏み出したのが大江健三郎であり、大岡昇平であった。

第III部 物語の変革、あるいは小説の発明

第一章　戯作とそのゆくえ

近世後期の作家たちは、それぞれ自分流のおしゃべりの文体を作り出すことに苦心していたように思われる。

おしゃべりの文体といっても、高見順や太宰治の文学について一時よく言われたような、自己表白的な饒舌体（地の文における）のことではない。二人以上の作中人物の科白をからみ合せて、お互に刺戟し合った新たな感情的事態に、かれら自身がのめり込んでしまう。いわば自働進行的に科白の応酬が進んで、個別的な人間の立場が相対化され、立場をお互に移し合いながら元の自分のあり方を映し合うという、そういう会話の流れが作られてゆくのである。

分りやすい一例を、式亭三馬の『浮世風呂』から挙げてみる。

かみ「さいろくとはなんのこつちやヱ　山「しれずはいゝわな　かみ「へゝ、関東《くわんと》べいが。さいろくをぜへろくと、けたいな詞《ことば》つきじやなア。お慮外《りよぐわい》も、おりよげへ。観音《くわんおん》さまも、かんのんさま。なんのこつちやろな。さうだから斯《かう》だからト。あのまア、からとはなんじやヱ　山「から」だから「から」さ。故《ゆゑ》といふことよ。そしてまた上方《かみがた》の「さかい」とはなんだへ　かみ「さかい」とはナ、物《もの》の境目《さかひめ》じや。ハ、物《もの》の限《かぎ》る所が境《さかい》じやによつて、さうじやさかいに、斯《かう》した境《さかい》と云《いふ》のじやはいな　山「そんならいはうかへ。江戸《えど》詞《ことば》の「から」をわらひなはるが、百人一首《ひやくにんし》の哥《うた》に何とあるヱ　かみ「ソレ〳〵。最《も》う百人一首《ひやくにんし》じや。アレハ首《し》じやない百人一《ひやくにん》、首《しゆ》じやはいな。まだまア「しやくにんし」トいはいで頼母《たのも》しいナ　山「そりやア、わたしが云損《いひぞこねへ》にもしろさ　かみ「そこねへ、じやない。云損《いひぞこなひ》じや。ゐらふ聞《きゝ》づらいナ。芝居《しばゐ》など見るに、今《いま》が最後《せへご》だ、観念何《かんねんなん》たらいふたり、大願成就忝《でへがんじやうじうかたじけ》ねへ何《なん》の角《か》のいふて、万歳《まんぜへ》の、才歳《せへぞう》のと、ぎつぱな男《をとこ》が云《い》ふてじやが、ひかり人《て》のないさかい、よう済《す》んである　山「そりや〳〵。上方《かみがた》もわるい〳〵。ひかり人《て》ツサ。ひかるとは稲妻《いなづま》かへ。おつだネエ。江戸《えど》では叱《しか》るといふのさ。アイ、そんな片言《かたこと》は申ません　かみ「ぎつぱひかる。なるほど。こりや私《わし》が誤《あやまつ》た。そしたら其《その》、百人一首《ひやくにんしゆ》は何《なん》のこつちやヱ

他愛もない口喧嘩で、現在でも、この種の、お互のことば癖を科《とが》め合う口論はよく見られる光景であるが、面白いのは、相手の訛を非難する自分のことば癖が、かえって相手の反論を招く原因を作ってしまっていることである。だから、このような言い争いはいつまで経っても切りがなく、相手を責めているのか、自分のおかしさを晒け出しているのか分らない状態となって、その滑稽さに気づいた側が笑いによって打ち切る以外に、決着はつけられないのである。

そういう滑稽な場面を、三馬は、おしゃべりの描写、つまりことば癖の可能なかぎり正確な摸写という方法で作り出した。ことば（話し言葉）に関する聴覚的リアリズムが、かれの得意な方法であったことは、『酩酊気質』がよく証明しているところであり、この『浮世風呂』の場合も、まず、「夜あけからすのこゑ」「あさあきんどのこゑ」「家〳〵の火打の音」などを音声的に摸写して臨場感を作り、そこへ、朝湯の開店を待ちかねて「ヲヤままだ明《あか》ね、明ね、明ねか。あ、あひやね《朝寐》なやぼ《べらぼう》だぜ」「ばゝばんさん《はんとうさん》、〳〵、起《おけ》ねか〳〵。おお、起《おけ》ね〳〵」と急立てる、「俗にいふよい〳〵といふ病の人」を登場させるのである。このように他人のことば癖に敏感な耳を、かれは、右に紹介した場面では、上方生れと江戸育ちの女に与えてみた。この耳のおかけで、二人の女は、相手の訛が一々気に障って仕方がない。その意味でこの場面は、作中人物の感性に自分の方法を対象化して、そのオートマチズムを自己批評的に滑稽化した表現だったと見ることができるだろう。

それならば、ことば癖の模倣を好む性癖が作中人物に与えられた場合、どんな世界が生れるであろうか。十返舎一九『東海道中膝栗毛』の弥次郎と喜多八も、始終思いつきの芝居を打っては失敗を繰り返していたが、滝亭鯉丈の『花暦八笑人』の登場人物はそれをもう一歩進めて、ちょっとした日常会話にも当時評判の歌舞伎や読本の科白を織り混ぜ、あるいは人気役者のことば癖を真似て、とどのつまりは自分たち自身で芝居をせずには気が済まなかった。いわばパロディ的なお芝居の趣向に凝る以外は、この世で他に何の興味も持てないような連中だったのである。

自分のことばと、他人のそれの声色《こわいろ》（声帯摸写）との区別を見失ってしまった連中。他人のことばとは、役者の科白であり、またみずから工夫した趣向の役柄ことばであってみれば、かれらの生き方は倒錯せざるをえない。つまり、『浮世風呂』の人たちには生活があり、『膝栗毛』の弥次郎や喜多八にもまだそれなりに自分の意識が残っていたのに対して、『八笑人』の連中はもはや生活がなく、仲間から眼七と呼ばれ安波公と呼ばれて、駄洒落を飛ばして滑稽を演じ合う役割意識があったにすぎないのである。それをもう少しつき詰めていえば、出来合いの決まり文句がかれらの世界を支配していて、適当にそれらを組み合せた科白を工夫しておしゃべりを織り出してゆく。いわば決まり文句の共同体とも呼ぶべき文化状況を前提としなければ、とうてい生れえない作品世界であった。

爰《こゝ》に下谷《したや》のかたほとり、何屋某《なにのやたれ》が惣領に、甚六ならで左次郎《さじらう》とて、生れついての呑太郎《のんたらう》、年中続く夕部《ゆふべ》けに、うくる家業もうるさしと、弟右之助《みぎのすけ》に相続させ、おのれは隠居の身となりて、心のまゝに不忍《しのばず》の、池のほとりに寓居《かりずまひ》、同気《どうき》もとむる呑会《のみぐわい》所。おもての方よりしわがれたる声で、「チト御めん下さりまし。あなたに安波《あば》太郎さまはお出なさりませんか。」此家にいてつきの居候眼七 眼「ハイ今も内から呼《よび》に来ましたが、まだこちらへハ見へませんか。」安波太郎は表を明ケて、ずっとはいり、アバ「コウ〳〵内からだれが来た。」あるじ左次郎 左「ハ、、、べらぼうめヱ、だれも来ヤアしねへ、かへり討ちをくらつたナ。」眼七傍より口を出す。ガン「なんぢ等ごとき不才をもつて孔明《こうめい》を計《はから》ふとハ、コレよく聞《きか》ツし、天へ向ツて唾《つば》を吐《はけ》バ、かへつて我身へかゝる道理だ。」アバ「イヤごたいそうなことを申上るハ。おれがあんまり声を拵過《こせへすぎ》たからわるかつた。」

かれらは、こんな具合に登場してくる。このように茶目気たっぷりな、芝居がかった科白の応酬を作者は描写してゆくわけであるが、真似事はついにその先達先輩には及ばない。この作品の第五編は、一筆庵主人と與鳳亭枝成が受け継いで書き、十返舎一九や為永春水をそのなかに登場させて、かれらの前で左次郎たちの趣向が不様に失敗する滑稽を、鼻につくほどの悪どさで描いている。それは、売れっ児作家に対する媚態でもあったのだろうが、他人の当り芸を真似るしか能のない人間の自虐でもあろう。この自虐が作中人物に自意識化されて、かれらの声色物真似はいよいよエスカレートせざるをえず、結局は、眼「あんまり力身《りきみ》なさんな。今流行の作者達が、お揃《そろ》ひで書《かい》た狂言だものを、素人《しろうと》のこちとらが及ばぬ事だ。」左治「しかしいめへましいなア、どうも腹の内が何にか当つた様な心もちだ。一首うかんだ。（原文は改行）戯作者《げさくしや》の穴ハひとつの古狸《ふるだぬき》、書《かき》ひろげたるきん玉《たま》の春。」と、興ざめな気持を敢えて洒落のめして、この茶番劇の連作は終るのである。

豊かな商店の相続をことわった、気楽な若隠居、というのが左次郎の設定であったが、そう言えば、春水の『春告鳥』の鳥雅も同様な身分境涯であった。にわか雨に足を止められた鳥雅は、戯れに、芸者お浜のために作っておいた衣装を、侍女《こしもと》のお民に着せてみる。

鳥「コレサ其様《そんな》に堅くして居ずといゝはな。そして今夜《こんや》チツト手めへに聞《きゝ》てへことがあるが、隠さずと正直にいつて聞《きか》せや　たみ「ヱなんでござゐますか。どふしてあなたにお隠し申すなんぞといふことは少しもござゐません　鳥「ナニ〳〵左様《さう》でもあるめへ。大かた深く言合《いゝかは》した情人《いろ》があるだらう。何所《どこ》のだれだかそれをいつて聞《きか》せな　たみ「ヲヤ〳〵何だかとぞんじましたら若旦那がマアとんだことをおつしやいます。どふいたして私《わたくし》がそんなことがござゐますものか。寔《まこと》に仕合《しあわせ》がわるふございまして、幼年節《ちひさいとき》から苦労ばかりいたして居りましたのに、今年やう〳〵十六才《じうろく》になりますものヲ　鳥「ナニ十五だといつて十六だといつて油断がなるものか。そして人並《ひとなみ》より容儀《きりやう》がいゝから、だれでも只《たゞ》おくものか。それに手めへがやさしくツて才発《りかう》ときて居るものを　トいひながらだん〳〵にそばへちかよる　たみ「ほんとうに今まで少しでも其様《そん》ないやらしいことはぞんじません　鳥「それでも手めへを母人《おつか》さんが此方《こつち》へおよこしなさるとき、左様《さう》いつておよこしなさつたのヲ　たみ「嘘《うそ》をお吐《つき》遊ばしませ。御本家で何とおつしやいました　鳥「ヱなんとゝいつておれが見せへ往《いつ》たとき、母人《おつか》さんがおつしやるには、どふもお民を此方《こちら》へ置《おく》と色をしたがつてならないのに、寄《よる》ものもさはるものも惚《ほれ》たがつてならねへから、寮へでもやつて置《おこ》ふ。左様《さう》したら人出入《ひとでいり》がなひから情人《いろ》も出来まいと左様《さう》いつておよこしなさつたものを　たみ「ヲホ……あんな嘘《うそ》をおつしやいます。どふいたして私《わたくし》の様な賤《いや》しいものに誰がかまひてがござゐますものか　鳥「ナニねへことがあるものか。マア直《ぢき》におゐらが惚《ほれ》たからこれが証拠だ。サア今まで深くいひかはした情人《いろをとこ》の名をいつたら堪忍《かんにん》してやろふが、いはねえと無理におれが恋人《いろ》にするがどふだ　たみ「ほんとに其様《そん》なものは夢にもぞんじません　鳥「いよ〳〵なけりやアおれと色になるか。そりやア否《いや》だろふ。またなつては言《いひ》かはした人に済《すむ》めへ　たみ「アレマアやつぱり左様《さう》思召《おぼしめし》ますか。貴君《あなた》に左様思はれますくらゐなら、殺されましてもかまひません　ト少し涙ぐむ。

もちろん鳥雅は、本当にお民の情人《いろ》を疑っていたわけではない。侍女《こしもと》お民の可愛らしさを、このようにありふれた言い廻しで、一ひねりひねった形でしか表現できなかった。いかに鳥雅という二枚目のことば能力が貧困で凡庸であるかを証明してしまったようなものであるが、むろん鳥雅にはそんな反省はいささかもなかった。むしろ口説きの決まり文句の有効性を、作者もその主人公も信じ切っているところで、このような場面が描かれていた。『春告鳥』や『梅ごよみ』の全体を通じて、そのように言うことができる。

お民は、鳥雅にからかわれているとも気がつかないで、一所懸命に抗弁し、ついむきになって、「貴君《あなた》に左様思はれますくらゐなら」云々と、きわどい科白を言わされてしまった。あらぬ疑いに対する恨み言が、そのまま鳥雅への想いを告白したような形となり、そのことばが彼女自身に反作用して、結局は鳥雅の恋人《いろ》になってしまう。

その意味では鳥雅の口説きは成功したわけであるが、しかしかれ自身もまた、はじめは半ば冗談で問いつめているうちに、自分のことばに引きずられて後戻りできなくなってしまった。お民の巧まぬことば（恨み言）の綾に誘われて、心底彼女を可愛いと思うようになってゆく。その点からみれば、かれもまた自分のことばに対するお民の反応から反作用を受けて、いわばお民に口説かされてしまったことになる。右に引用した場面に続くところでは、どちらか一方が相手を無理やり従わせたということではなく、要するに二人の科白のからみ合いのなかに生れた、半ばもののはずみで作られてしまった感情に、鳥雅もお民も引きずり込まれてゆくという展開になっているのである。

およそ以上のような表現特質を、私はおしゃべりの文体と呼びたいと思う。この種の文体が近代の文学ではほとんど顧みられなくなった、その直接の原因は、政治小説の流行であろう。その多くは漢文訓読体で書かれ、作中人物の特徴的なことば癖を注意ぶかく描き別けるということがなくなってしまった。言葉を換えるならば、訓読体的な地の文に託された作者の政治的主張をそのまま代弁し、より高揚した劇的な口調で聴衆を説得し指導する。そういう作中人物にしか、科白が与えられない、という傾向が生れたからにほかならない。

　だが、リアルな描写の必要性が自覚されるにつれて、右のような近世後期の戯作の遺産は別な形で復活させられることになった。それは、世間ばなし的な雑談の描写ということである。この方法を好んで用いたのは末広鉄腸であって、一方では『二十三年未来記』（明19）で国会における演説の文体を啓蒙すると共に、『雪中梅』（同前）においては、事件の直接的な描写に先立って、それを予告する噂ばなし的な雑談の描写から作品を始めている。言葉の対象指示的な機能を確かめる以前に、まずことばそれ自体の摸写的再現が試みられなければならぬ。そういう時代的な要請と実験を、そこに読み取ることができる。その具体的な方法は、近世後期の戯作に倣う以外にはなかった。

　言語表現の主体をどのように規定するか。そのことがまだはっきりと自覚されていなかった段階では、作者が自分を傍観的目撃者と考えるよりも、むしろ傍聴的証言者に設定するほうが分りやすかったのかもしれない。仙橋散士の『政海艶話 国会後の日本』（明19）や須藤南翠の『雛黄鸝』（明20）などの書き方は、冒頭場面のすぐ傍にいる作者（ただし、作中に自身の姿を現わすことはない）に聞えてくる談話の中から、まず印象的な科白を耳に留め、次にその話し手に眼を向ける形となっている。どんな人物のどのような面をとらえるか、それを選択する力はむしろ耳が持っていたのである。

　このように明治二十年前後の文学的表現状況を復元してみた場合、改めて気がつく、逍遥『当世書生気質』や二葉亭『浮雲』の新しい特徴は、その表現主体自身にも作中人物と対等な「声」が与えられていたことで、いわば読者と雑談する形で眼前の光景を語り、やがて興味を惹かれた人物のおしゃべりの描写へ移ってゆく。いわゆる言文一致の運動における、「言」の発見とは、以上のような意味で近世後期の戯作の遺産によって行われたのであり、表現主体自身の「声」が獲得されて、証言者としての意識がより明瞭になると共に、

——場面における表現位置の明確化——作中人物の科白にも生気が吹き込まれ、個別的なことば癖の描き別けによる性格形象も可能になった。

だが、読者と雑談する口調が地の文を形成するようになって、かえって近世戯作的なおしゃべりの文体は解体されてしまった。その辺の事情をよく示しているのが『浮雲』である。よく知られているように、その冒頭の場面は、眼の前を過ぎてゆく役人たちを冷やかし半分に品評する雑談的な口調で書き始められ、やがて二人の青年の会話の描写へ移るのであるが、その一人に役所を馘にされた屈託があるため、おしゃべりは思うように弾んでゆかない。ばかりでなく、作中人物の誰にも等しく向けられていた、表現主体＝地の文における冷笑性は、そのままお政や本田昇の科白に受け継がれてゆくのであるが、浪人してしまった負い目を抱えている内海文三はかれらの冷笑に太刀打ち出来なかった。

「厭かネ、ナニ厭なものを無理に頼んで周旋しやうと云ふんぢや無いからそりや如何《どう》とも君の随意サ、ダガシカシ……痩我慢なら大抵にして置く方が宜《よ》からうぜ。」

文三は血相を変えた……

「そんな事仰《おつ》しやるが無駄だよ。」

トお政が横合いから嘴《くちばし》を容《い》れた。

「内の文さんはグツと気位が立上《たちあが》つてお出でだから其様《そん》な卑劣な事ア出来ないツサ。」

「ハ、ア然うかネ其れは至極お立派な事《こつ》た。ヤ是れは飛んだ失敬を申し上げました、アハ、、、。」

ト聞くと等しく文三は真青に成ツて、慄然《ぶる〳〵》と震へ出して拳を握ツて歯を喰切《くひしば》ツて、昇の半面をグツと疾視《にらみ》付けて今にもむしやぶり附きさうな顔色《がんしょく》をした……がハツと心を取直して、

「エヘ……」

何となく席がしらけた、誰も口をきかない。勇がふかし甘薯《いも》を頬張ツて、右の頬を脹《ふく》らませながらモツケな顔をして文三を凝視《みつ》めた。お勢もまた不思議さうに文三を凝視《みつ》めた。「お勢が顔を視てゐる……此儘で阿容々々《おめ〳〵》と退くは残念、何か云ツて遣り度い、何かカウ品の好い悪口雑言、一言の下《もと》に昇を気死させる程の事を云ツて、アノ鼻頭《はなづら》をヒツ擦《こす》ツてアノ者面《しやツつら》を赧《あか》らめて……」トあせる計《ばか》りで凄《すご》み文句は以上見附からず、而《そ》してお勢を視れば、尚ほ文三の顔を凝視《みつ》めてゐる……文三は周章狼敗《どぎまぎ》とした……

「モウそ……それツ切りかネ。」

ト覚えず取外《とりはづ》して云ツて我ながら我音声の変ツてゐるのに吃驚《びつくり》した。

「何が。」

またやられた。蒼ざめた顔をサツと赧《あか》らめて文三が
「用事は……」

「ナニ用事……ウー用事か用事と云ふから判らない……左やう是れツ切りだ。」

モウ席にも堪へかねる。（傍点は引用者）

ことばの応酬は、ここでは悪意しか生まず、言い負かされた文三の沈黙が挟って、近世戯作的なおしゃべりの文体は解体されてしまった。別な面から言えば、おしゃべりの流れにうまく参加できない人間の、その沈黙＝内面に即した文体が誕生したのである。

はじめ作者は、自分の立場をうまく他人に説明できない文三の口下手を、お政的本田昇的な視点から揶揄《からか》う発想を持っていたのであるが、右のような場面を幾度か経て、沈黙＝孤独に追いつめられた青年の、他人に向けることができなかった内的なことばを踏まえた地の文を書くようになっていった。内的なことばとは、右の場面の表現を借りて言えば、談話のなかで「我ながら我音声の変ツてゐるのに吃驚《びつくり》し」て、その屈

辱的な滑稽感を噛みしめながら、対自的にのみ表象されるしかなくなってしまったことばであり、結局それは、冒頭の表現におけるような読者と雑談する口調（＝声）の喪失にほかならない。しかし、同時にそれはまた、政治小説作者的な表現主体の意識——普遍的な理念の体現的啓発者という、理想化された自己意識——と対立する、見栄えのしない境涯に個別化されてしまった人間の自覚によって自己の問題を語ってゆく方法の開始であった。

この方法が結局近代小説の主流となるのであるが、しかしそれが一般化される少し前、近世的な方法と近代のそれとが相拮抗しながら均衡を保っている書き方が実験されていた。例えば、幸田露伴の『五重塔』（明24）である。ここに出てくる人物の大半は、如何にもその身分・立場・年齢にふさわしいことを考え、語っていて、いわば近世戯作の気質物的な型どおりの感情—ことばで動いているのであるが、ただ一人、のっそり十兵衛という庸われ大工だけが、身分や立場を超えた望みを抱いてしまった。十兵衛自身、自分の望みが身分上の埒を越えたものであることを知っており、だからかれに関する表現だけが、その感情の描き方は『浮雲』的な意味での内的なことばとなり、その科白も型にはずれて、「藪《やぶ》から棒を突き出したやうに尻《しり》もつたてゝ声の調子も不揃《ふぞろひ》に、辛《から》くも胸にあることを額《ひたひ》やら腋《わき》の下の汗と共に絞《しぼ》り出せば……」という語り口になっている。この作品の魅力は、そういう、型と型やぶりのからみ合いにあった。おなじ頃、尾崎紅葉は『三人妻』（明25）をはじめ、気質物としてはまことによく出来た作品を幾つも書いているが、その名人芸がかえって読者を飽きさせてしまったのは、十兵衛のようなその世界を揺ぶり攪乱する要因を導入できなかった、つまり科白のからみを劇化させる方法を持たなかったためであろう。

そういう要因の導入の必要をはっきりと自覚せず、むしろそれだからこそ人情本的な完成を目指すしかなったとするならば、次のような閉ざされた世界を探すよりほかはない。つまりそれは、人間の意識をまだ型が支配し、しかも芝居や読本の名科白が、恰好のいい洒落た決まり文句として、多くの人たちに言語技術の規範とされていたような世界である。樋口一葉の『たけくらべ』(明28)が成功したのは、そういう世界をおのずから視向していたためではなかったか。ここに出てくる子供たちは、自分が規範とする親や姉の派手な一面を精一杯模倣しようとし、いわばその手本以上にそれらしく振舞おうとする。かれらはそれ以外の振舞い方や価値観を知らず、大人顔まけの、背伸びした芝居がかりの言動で、ある意味では大人世界のパロディを演じながら、しかし結局、大人世界の現実に触れて躓いてしまう。そこにかれらの哀しさがあった。

時代が現代に近づくにつれて、『たけくらべ』の子供たちの言動を根拠づけていた、自己完結的な共同体は、いよいよ薄れてしまった。むしろそれだからこそ、永井荷風や谷崎潤一郎は、せめて作品のなかだけでもそういう世界を再構築しようとし、その姿勢はおのずから近代への批判を含んでいた。だが、その達成を言うためには、地の文と会話や内面とのかかわりがどうなっているかを具体的に論じなければならず、しかしもはや与えられた紙数を越えてしまった。急いで結論だけを言えば、かれらの作品は、これまで直観的に言われてきたほど戯作的ではない、と私は思う。

時代は飛ぶが、例えば大西巨人が最近完成した『神聖喜劇』のほうに、私の見るところ、近世戯作的なおしゃべりの文体のより優れた継承が認められる。決まり文句による意識の拘束が国家権力から強制されている世界、つまり、いつも型どおりの言動によって権力への忠誠の証明を強いられている状況があり――その意味では、『たけくらべ』や近世戯作の世界の裏返し的にアナロジカルな世界であったわけだが――それに抵抗する仕方として、作者は、ことばの音声的に精確な描写という戯作的な方法を駆使しているからである。

しかしそのことの意味を論証するためにも、別な機会を得て、私は、近代の小説がどのようにことばを待遇してきたか、露伴や一葉、鏡花のあたりから辿ってみなければならない。

第二章　「小説」の発見――視点の発見を中心に

作り話《フィクション》は常に真実と美徳の最終的な勝利を証明する観点で書かれなければならない。その組立《プロット》てのなかにも道徳的なトーンを響かせていることが必要だ。作中人物の命名《ネーミング》はかれの性格や運命と照応するものでありたい（*The Principles of Rhetoric and Composition* by W. D. Cox. 1882）。

お話《ナレーション》とは、ある言説《ディコース》の独立した要素というよりはむしろ論議や概括の基盤と言うべきであって、法廷の弁論などには特に重要なのであるが、それと共に他方ではたとえ話などの教訓的目的のために使われて道徳や宗教を説き明かす。歴史もまた個人や国家の重要な出来事を結んでゆくお話《ナレーション》の一種であり、その文学的なメリットは、不正を憤り高貴さや善良さに共感する著者自身の人間的感情の表出から生れる。もしそのような感情表出を抑圧するならば、かえって歴史記述はにせ物めいた客観性に堕ちてしまうだろう（*A Manual of Composition and Rhetoric* by John. S. Hart. 1871. および *Manual of English Rhetoric* by A. D. Hepburn. 1875）。

明治初期わが国に紹介された修辞学――少くとも英米文学系の――のなかには、このように滝沢馬琴が言う名詮自性や勧善懲悪の概念に相当する考え方が随所に見出される。この類似性がヨーロッパの文学観を取り込んでゆく手がかりだったにちがいない。次にあげるのは、チャンバースの大衆百科事典（*Chambers's Information for the People* 1867）の RHETORIC AND BELLES-LETTRES の一節であるが、菊池大麓によって『修辞及華文』（明12）として翻訳され、坪内逍遙が『小説神髄』に引用した。

The epic form of composition has been made use of by Defoe to give a knowledge of the matter-of-fact world; and by Scott, Bulwer, and others to teach history. Moreover, to point a moral has been a frequent object with novelists; and doubtless all these, as well as many other objects, will be attained with more and more success as the art improves.

デフヲー氏ハ世界実際ノ形状ヲ表スルニ善ク史詩体ノ文章ヲ適用シタル人ニシテスコット、ブルワー等ノ諸氏モ亦歴史ノ教授方ニ此体ヲ適用セリ然シテ小説家カ教導ノ目的トスル所ハ通常勧善懲悪ヲ旨トスルナルガ実ニ此目的並ニ其他ノ主旨モ亦此術ノ進歩ニ因テ愈〻高上ニ達スルヲ得ベキナリ（菊池訳）

だが英語圏における道徳《モラル》と日本で言う勧善懲悪とは、観念内容としてどの程度重なりうるであろうか。もしそのように問うてみるならば、その検討はおのずから両者の世界観や人間観にまで相渉らざるをえず、結局は両者の距離の大きさを確認して終ることになるだろう。逍遙は馬琴の勧善懲悪を否定しながら、この菊池大麓の訳文を引用した箇所では何の批判もしていなかったのはなぜだろうか。そういった疑問もこの問題にかかわってくる。もっとも、逍遙が引用した真意はこの一節ではなくてむしろその直前の箇所にあり、それによって自分の論旨を補強したかったのかもしれない。

The greatest and most important peculiarity in the recent course of such productions, is the endeavour to make what is exciting in plot and character coincide more and more with what is real in life; so that the readers may not have their minds preoccupied with false and deceptive notions as to the current of the world and the characters of men. As all such works deal in representations of the transactions or doings of men and women, and put the air of reality upon these as much as possible, their readers cannot help being impressed with the view of life that they set forth; and if this proves coincident with what they actually experience when they come into similar circumstances, they have been instructed and forewarned as well as delighted.

然シテ此種ノ著書ノ方今近体格トシテ尚トフ所ノモノハ専ラ其本色ト人物トニ於ル活溌ナル状ヲシテ益々人生ノ実事ニ適合セシメ以テ世上万物ノ消長並ニ人間日常ノ情偽ヲシテ読者ノ心胸ニ了然トシテマタ事実ニ相違セル考思ナカラシムルニ在リ因テ此等ノ著書ニ表セル男女ノ動作事業ハ真ニ其風采ヲ写シ出スヲ以テ読ム者ヲシテ親ク人世ノ情態ニ接スルノ感ヲ発セシムヘシ而シテ若シ此風采ヲシテ読者ガ曽テ閲歴セシ同事実ト相符合セシムルトキハ読者ハ為メニ瞿然快タルヲ覚ニテ自ラ鑒ムルノ心ヲ発スヘク（「又人間至楽……」、と訳文は続いているが、原文はここで結ばれている）

訳文の場合、読者がすでにみずから「曽テ閲歴セシ」事実と作品とを照合してみた時の文学的効果を論じ、「自ラ鑒ムルノ心ヲ発ス」という自己反省の鏡としての効用をつけ加えているわけだが、原文は必ずしもそうではない。むしろあらかじめ人生の見方を教えてくれるような読書体験が先にあり、そして現実にあの作品とおなじ状況に出合った場合の文学的効用を強調していたのである。

　そういうかなり重要な喰い違いが見えるのであるが、しかしごく大まかに人物形象のリアリティや、読者による実人生との照合などを通しての教訓的効果、ととらえてみるならば、「小説家カ教導ノ目的トスル所ハ通常勧善懲悪ヲ旨トスル」という訳文の意味はおのずから明らかだったと言えるだろう。逍遙が馬琴的な勧善懲悪を否定したのは、それが作中人物の性格づけだけでなく、作品の組立《プロット》てや結末までも支配していたからであった。もし人物の描き方が「真ニ其風采ヲ写シ出スヲ以テ読ム者ヲシテ親ク人世ノ情態ニ接スルノ感」を与えるようであって、作品の結末はたとえ悲劇的であったとしても、その展開そのものが「世上万物ノ消長並ニ人間日常ノ情偽ヲシテ読者ノ心胸ニ了然トシテマタ事実ニ相違セル考思ナカラシムル」ものであるとすれば、読者のなかにみずからを顧みる教訓的影響が残る。ここはその意味での勧善懲悪と解釈すべきであって、逍遥が言う「小説の裨益」の一つに数えることが出来る。逍遥はそういう文脈上の意味差を押えた上で、この「勧善懲悪」は許容したと見ることが出来よう。

　ただし以上のことは本論の目論見からみればやや逸脱である。冒頭で紹介したことにもどるならば、私がそこで注意を促したかったのは、当時の修辞学に共通するお話《ナレーション》の重視の仕方についてであった。A・D・ヘップバーンのようにお話《ナレーション》を私たちの論議や弁証、あるいは具体的事象の一般的概括化などの基盤にまで拡大させて見ること、すなわち人間の認識‐表現過程そのものを支配する思考形式ととらえる見方は、きわめてヘーゲル的であって、人間の知的営為の一切をナレーションとレトリックに還元させてみる可能性を示唆している。が、いまはそこまで関心を拡げないとしても、お話《ナレーション》という点に眼を向ける形で作り話《フィクション》と歴史との共通性が見出されたことは注目に値すると思われる。お話《ナレーション》は当然ナレーターの存在を予想し、その人間的感情の表出によって作り話《フィクション》と歴史のいずれにも道徳的なトーンが生れるわけで、もしそれを欠くならば歴史書といえどもそのメリットを失ってしまうのである。

　ジョン・S・ハートは一応ヒストリカル・ナレーションとヒストリカル・ノヴェルを別けて説明しているが、その区別は、前者がストーリーを事実に従わせるのに対して後者は事実をストーリーに合わせて形象するのだ、という程度のものでしかなかった。時間的順序に従って事実を配列しただけの記述は単なる年代記にすぎず、事件の因果関係、つまり事実と事実の脈絡を辿ってゆくという意味でのストーリーを欠くならば、歴史記述たる条件は充たされないのである。このストーリーにもそれなりの結末があるわけだが、そこに至るプロセスのなかで著者《ナレーター》はある出来事が起った時点をお話《ナレーシヨン》における現在時として選び、それに先立つ(過去の)原因と、続いて起るだろう(未来の)事件の理由とを明らかにしたのちに、また別な時点を現在時に選んで記述してゆく。これは作り話《フイクシヨン》を語ってゆくナレーションとおなじ方法であり、少くとも当時の修辞学にみられるかぎりでの小説論と較べてより高度な方法であった。

そして右のことと関連してもう一つの注意したい点は、やはり当時の修辞学のなかで視点(point of view)ということが重要なキーワードとして用いられていたことである。

逍遙の『小説神髄』に引用されたという意味で、最も私たちに親しい『修辞及華文』を例にあげるならば、通　知《コミユニケーシヨン》という言わば散文的言説を説明した章は、行旅日記《オフ・トラベルズ》、歴　史　文　章《オフ・ヒストリカルコンポジシヨン》、証明記文《エキスポジシヨン》、説　服《パーシユエーシヨン》の四項に別れている。散文の特質を説明するのになぜこれだけ大きな比重が旅行記に与えられねばならないのか、現在の私たちにはいささか奇妙にみえるが、ほとんどの修辞学が当時はそのような構成を取っていたのである。多分それは、散文の書き手が「視点」の重要性を自覚する――引いては散文というジャンルが視点を獲得する――かけがえのないジャンルだからだった。

The *traveller's point of view* furnishes the most natural way of conceiving places and transactions.(行旅家カ着目ノ点ハ常ニ能ク人ニ其位地実況ヲ了取セシムルノ方便ヲ得セシムルモノトス)

In this, and in *Robinson Crusoe*, and in all his other lifepictures and histories, the auther has adopted the point of view of a traveller, or of a single eye-witness, whose company the reader is supposed to keep.（蓋シ同氏ハ此書幷ニ其自家ノ著述ニ係ルロビンソン・クルーソー及ヒ其他ノ類書歴史ニ於テ殊ニ行旅人ノ最着眼スヘキ要点ヲ掲ケテ普ク同好ノ読者ヲシテ自ラ其人ト相伴フノ思ヲ為サシムルノ手段ヲ示セリ）

歴史的な時代背景としては産業革命以来の広域通商網の拡大がこのようなジャンルを生んだのであろうが、問題を言語表現の領域に限って言えば、対象の見え方や、それを見る自分の位置についての自覚を最も鋭く喚起される旅行記を通して、潜在的な同伴者としての読者や、かれらと共有すべき情景の描写《デスクリプション》などの散文表現の特質が見出されたのである。このような表現特質の発見は、おそらくナレーターにおける個的な人間感情の表出という自覚と無関係ではなかった。

もっとも、そのような「視点」をそのまま歴史に持ち込むことは困難であった。旅行記に描かれる事実は旅行者の行動と共に、言わばかれの眼に映った順序に配列される。かれの見聞が及ばない所での出来事はさしあたり表現の対象とはならない。だが歴史の場合はしばしば、当面は相互の関連がみえない出来事が同時に発生する。この同時的な出来事をナレーターの立場からどのようにとらえることができるか、あるいはかれのお話《ナレーション》のなかにどのように配列できるであろうか。

Narration is, in the simplest class of cases, an easier effort than description ; inasmuch as we have merely to enumerate the objects or events one after another as they rise to the view. But since, in greater number of instances where narration is of any importance, the successive events present individually a wide and complex surface, there is demanded for each an appropriate description; and a succession of descriptions will thus make up the narrative.

This is particularly true of historical narration, or the detail of the larger transactions of masses of men on the face of the globe. History is properly a compound of narration and description; it has to express the mighty march of nations through the ages of time.（叙文ノ最モ簡易ナル者ニ於テハ只目ニ触ル、事物ヲ逐次収メ序スルニ止マルヲ以テ其業却テ記文ヨリ容易ナリトス然レトモ大抵ハ連綿相属スルノ事実ヲ包有スルヲ以テ其濶大ノ区域ヲ約シ錯雑ノ組織ヲ斡旋スルニ方リテハ一々正当ニ疏通精明ナラシムルヿ固ヨリ易々ノ業ニ非ス蓋シ全篇ノ首尾整齊スルニ至テ始テ一叙文ノ体ヲ為スモノト云フベシ」右ハ歴史叙文即チ地上人類ノ事業ニ係リテ至大ノ区域ニ亙ル者ノ細条ヲ登記スルニ於テ殊ニ然リトナス所ナリ蓋シ歴史ハ国民ノ時ト共ニ進行シテ止マサルノ現状ヲ写シ出ス所ノモノニシテ記文叙文ヲ相合シテ正ニ詳明ヲ得ルト云フヘキナリ）

これは歴史文章《オフ・ヒストリカルコンポジション》の冒頭であるが、nations を国民と訳したところに、国家の主体を人民とみる菊池大麓の心意気を読み取るべきかもしれない。だが、歴史とお話《ナレーション》及び物語《ナラティヴ》との微妙な媒介関係については、かれはかなり手こずっていたようである。念のためもう一箇所だけ挙げておきたい。

The second principle of historical composition relates to the tissue and substance of the narrative itself. *A history ought properly to be a series of pictures or cross sections of a nation's existence appropriately selected from different epochs, with an intermediate narrative to explain how the one became transformed into the other.*（第

二、歴史文章ノ次の規則ハ其記事ノ組織ト本色トニ関ス原来歴史ハ一国存立ノ時代中至要ノ欵項ヲ順次ニ編述シテ図画ヲ観ルガ如クナラシムルモノニ係ル即チ其人民存生ノ区域ヲ分チ示シ此区域ノ由テ分ル、所以ヲ係属スル為メ其変遷ノ原由ヲ明ラカニシテ首尾貫徹セシムルヲ要スルナリ）

菊池大麓は cross sections of a nation's existence を「其人民存生ノ区域」という意味にとったため、ほとんど全くわけの分からない訳文となってしまった。つまり原文によれば、歴史とは、異なった時代から適切に選び取られた、ある国家（または国民）の状況を標示する、一連の社会的断面の編集と言えるわけだが、しかしそれだけではない。なぜあの時代の状況からこの時代の状況へと変貌していったのかを説明する、媒介的な物語《ナラティヴ》によって、その社会的断面を結んでいかなければならないのである。このように整理してみると、菊池は cross sections を取り違えただけでなく、歴史的な変化を説明すること自体がすでにある種の物語《ナラティヴ》（を媒介とする認識法）なのだ、という発想が理解できなかったのであろう。

幾つかの出来事を一つながりのものとしてとらえること自体がお話《ナレーション》を借りた認識であるわけだが、実際の事件はそれぞれ複雑な様相を持っていて十分な描写を要求し、そして連続するその描写が逆に物語《ナラティヴ》を作り出してゆく。さらにその物語《ナラティヴ》を踏まえて一連の出来事を変化変貌の相で説明する歴史が可能となるわけである。菅谷広美の研究『「修辞及華文」の研究』によれば、右の原文は Alexander Bain の *English Composition and Rhtoric* (1869) に拠るところが極めて大きかったようだが、同書に紹介されたベインの記述と比較したかぎりでは、歴史と物語性の媒介関係についてベインはこれほど複雑にはとらえていなかったように思われる（私の入手した同名の書の一八八四年版は大幅な改訂をほどこしたらしく、比較の参考にはならなかった）。もちろん性急な結論は慎しまなければならないが、チャンバース兄弟はベインの記述を土台としながら、わざわざ歴史文章の第二原理は物語それ自体の組成と布地（織物の材料）（the tissue and substance of the narrative itself）にかかわっているという一文を附加した、その分だけこの『修辞及華文』の原文の書き手は歴史と物語性の関係へのこだわりが強かったのであろう。このこだわりのおかげで、一見かれの説明は、媒介という発想法を持たない読者の眼にはただ矛盾にはまり込んでしまったようにみえる。菊池の訳文が混乱したのは多分そのためであった。

しかし以上もまた本論の目論見からは逸脱だったかもしれない。もともとの本論のねらいは、明治二十年代における「小説」の発見のありようを明らかにすることだったからである。

ただ、いささか弁解めくが、「小説」の発見について語るためには、その発見を発見しうる発想なり方法なりが用意されていなければならない。明治二十年代に入る頃から小説の書き方に共通してあらわれてきた大きな特徴は、まず視点の設定が自覚的になされるようになったこと――それが無人称の語り手と、作中に登場する視点人物とのいずれにせよ――それに伴って可視的世界と不可視の領域の区別が明確になってプロットにも大きな変化が生れたことである。その意味で「小説」の発見とは「視点」の発見と言えるのであるが、それではこの「視点」の発見を発見する視点はどのように設定できるであろうか。

常識的には写生文運動や明治三十年代の描写論の先駆的形態を検討することになりそうだが、視点の自覚的な設定はそうした運動以前から始まっていた以上、物語りなり歴史なりの自覚形態である物語性、あるいは語り手に関する理論とのかかわりで、この「視点」発見のプロセスを探してみるべきだろう。そこで私はその頃わが国に紹介された修辞学を検討してみることにした。その理由は、体系立った本格的な小説論がまだ紹介されていなかったため、というよりはむしろこれまでの引用からも分かるように、小説的表現への注目は修辞学という表現論的な関心のなかで漸く始まったばかりだというのが実情だからである。そしてこの関心による「小説」の発見のあり方と、逍遥の『小説神髄』を並べてみれば、後者がいかに大きな文学史的事件であったかが分かる。

その意味で私が『修辞及華文』その他を取りあげたのは、けっしてわが国への影響を測深してみるためだけではない。逍遥ははたしてどの程度ヨーロッパ近代文学の本質を理解できていたか、などという一種公式的な本質論主義《エッセンシャリズム》のやり方で逍遥の啓蒙主義的限界を指摘するためでもない。そういう従来の研究流儀が全く無効だというわけではないが、むしろこれからは「小説」発見という世界的同時性の動きとして両者を等分にとらえつつ、理論の交錯状況を見てゆく必要があるだろう。

さて、そうしてみるならば、一方では「視点」の重視という共通の動きがあったが、他方歴史と物語性とのかかわりについて、わが国では一つには正史と稗史という伝統的な二分法が作用し、二つには物語から分離して実証科学化しようとする歴史学の動きが作用して、歴史学と歴史小説との二重化が生れる。さらにまた物語性を大衆性として引き受けた時代小説と、「視点」それ自体の強度化やその試みの崩壊という言わば見ることのドラマにプロットを求める純文学（潜在的私小説）との二重化が始まる。そういう形での明治二十年代における「小説」の発見が、世界的同時性のなかでの偏差としてみえてくるのである。

第三章　小説の近代的構造――『松のうち』の場合

性的な妄想を核とした、自意識の一人相撲を、坪内逍遙は『松のうち』（明21・2〜4）で描いた。事件はついに起らない。事件らしい出来事を描かずに、一篇の小説を創ることは、当時としてはきわめて大胆な試みであった。

ただし、そういう書き方にかれが満足できたかどうか、これは別な問題である。「新作十二番のうち既発四番合評」（明23・12、のち「小説三派」と改題）にあてはめて見れば、『松のうち』は「性情派若くは人情派」に相当する。「人情派」とは、「或事情に於ける或性情の状態を写せば足れりとし若くは或事変の或性情に於ける影響を写せば足れりとす」るような作品である。『松のうち』は、主人の令閨《さいくん》と、そしてまたその姪の阿《お》みのときわめて危険な状況に置かれてしまった（と思い込んでいる）、風間銑三郎という書生の感情に照明を当て、その心理的な右往左往をやや滑稽めかした筆致で描いている。理想的には、「先づ人を因とし事を縁として一果を写し此果若くは他の事変をも合せて縁として更に一果を写し其果若くは他の新事件をも合せて縁として更にまた一果を画き終に大詰の大破裂若くは大円満に至りて休《や》む」（「既発四番合評」）というような「人間派」の書き方に発展させたかったのかもしれないが、逍遙も暗に認めていたように、わが国の小説はまだそこまで成熟していなかった。「人間派」という西欧近代小説的な理想を目指しながら、「所謂人情派の小説だにいと〳〵稀にある我小説壇」においては、さし当り「人情派」の開拓開発に打ち込んでゆく以外にはなかったのである。

それならば、『松のうち』ではどのような開発開拓が実験されていたであろうか。しかし、これを検討するには、「人間派」的な基準を一たん伏せておかねばならない。なぜなら、逍遥も言うように、批評はその作品の種類に応じて「標準を別にし」なければならず、「此別を非なりとする人あらん乎其人は事物の平等を見て差別を見ざる人なり世に絶対あるを知りて相対《あひたい》あるを知らざる」ことになってしまうからである。

いや、それだけではない。むしろこのほうが重要なのであるが、「人間派」の小説を生むためには、自分の現実と相互否定的な関係しか結びえないような主人公の創造が必要で、も早やそれは逍遥が言う「純文学の幕の内」の方法論だけでは解決がつかない。その作者自身、自分の言葉を現実と否定的にかかわらせざるをえない文学者でなければならなかった。北村透谷をほとんど唯一の例外として、「小説総論」（明19・4）で逍遥の文学観を脅かした二葉亭四迷や、「先天の理想」（「早稲田文学の没理想」明24・12）を掲げて逍遥の「相対」主義を批判した森鷗外といえども、その作品は結局「人情派」の緻密洗錬化以外ではなかった。良かれ悪しかれ、わが国の近代小説の実質はそのように形成されてきたのであり、それを承認した上で、なぜそれ以外の形に発展できず、しかしまた、そのなかにどんな可能性が孕まれていたかを具体的に検討してゆかねばならないであろう。

そこで、巨視的な立場から一つ結論的なことを言っておくならば、当時の逍遥や二葉亭の作品は、いわゆる言文一致の文体に近づけば近づくほど、野次、皮肉、噂、陰口などの発想が強くなっていった。『浮雲』の、とくに第一編（明20・6）を見れば分るように、まず官庁を引けてくる役人たちへの野次、皮肉が語られ、次に二人の青年の課長をめぐる人間関係の噂が描かれ、その一人、内海文三と叔父孫兵衛一家の経歴に関する陰口めいた紹介があって、もう一人の青年本田昇について文字通り陰口が語られてゆく。地の文におけるこのような要素を個別的に受け継ぎ、展開させているのがお政や本田の科白であって、それをいよいよ達者に駆使して内海文三を追い詰めてしまうのである。追い詰めるとは、かれらの会話場面において、駆け引き上手に文三をやり込め、想うことを十分に言わせず、沈黙を強いてしまうことにほかならない。沈黙を強いられ、だから文三は対自的に表出してみるしかない科白を内的に反芻し、その表現を指して私たち読者は「内面」の描写と呼んできたのであった。

その意味で、二葉亭が言文一致の実践として捉えた庶民の言葉とは、結局、世渡り要領のわるい人間を侮蔑的に差別し、追い詰めてしまう言葉でしかなかった。それは被支配者の言葉であり、だが作品世界の基盤である地の文として用いられて、逆差別的に文三のような青年を孤立させ、かれの言い分を嘲笑し抑圧する言葉に転化してしまっていた。それだけでなく、作者の自己表現としてもそのような地の文が選ばれていたわけで、してみるならば、野次皮肉、噂陰口などは作者を含む知識人世界にとっても本質的な発想なのであった。『舞姫』(明23・1)は直接具体的にその世界を描いてはいないけれども、「かの人々(留学生仲間)は余がともにビイルの杯をも挙げず、球突きのキユウをも取らぬを、かたくななる心と欲を制する力とに帰して、かつは嘲りかつは嫉みたりけれ」「その名をささんは憚りあれど、同郷人の中に事を好む人ありて、余がしばしば芝居に出入りして、女優と交はるといふことを、官長のもとに報じつ」というような箇所に、陰湿陰険な陰口、告げ口の世界が暗示されている。そのような連中から疎外され、抗議の言い分までも抑圧されてしまった青年の、一種の内的な訴えとして、この作品は書かれていた。その文体は、言文一致体とは異質なものとならざるをえなかったのである。

だから、そのような箇所を具体的に拡大してゆくならば、おそらく『松のうち』の「発端」とそれほど変らない世界があらわれてくる。逍遙や二葉亭は、自分たちの世界を民衆的な言葉でとらえようとして、その両方に共通する本質、つまり皮肉や陰口の発想で文体を作ってしまったのである。むしろその両方に共通する発想によって本当に窮地に追い込まれてしまった人間、文字通り言葉を奪われ沈黙を強いられている人たちの存在を直観して、その立場からこの世界全体を否定的にとらえ返すことができたのは、多分北村透谷一人だけであったが、かれはごく稚拙な習作めいた小説を二つ三つ残すことしかできなかった。意味らしい意味はほとんど解体し、ただ社会抗議的な自己表現性だけを貫ぬこうとしているかのような、その人たちの発声を文体のなかに繰り入れ、作品の組み立ての内に構造化することは、絶望的に困難なことであった。それを満たしてくれない言文一致体などはいっそ切り捨ててしまい、観念的な独語めいた表現へ飛躍せざるをえなかったのである。逍遥や二葉亭の作品は、むろん透谷が直観していたような人たちから逆照射を受けたような形では書かれていない。おそらくそのような方法は、かれらの思いも寄らぬことであった。

逍遥が「或事情に於ける或性情の状態」と語っていた、その「或事情」とは、要するに野次皮肉、噂陰口に取り巻かれた状況のことであった。作品から判断するかぎり、そうならざるをえない。だが、その設定のなかでどんな「性情の状態」が生れてゆくか、作品に即してもう少し具体的に見てゆかなければならない。

維新《ゐしん》このかた、年々歳々《ねん〳〵さい〳〵》のすゝ払《はら》ひに、文明《ぶんめい》の光《ひかり》は雑巾《ざふきん》の磨《みが》きにも恥《はぢ》ざれど、障子《しやうじ》の桟《さん》の埃《ほこり》と共《とも》に、斑《まだら》に旧習《きうしふ》の附着《へばり》ついて居残《ゐのこ》るも流石《さすが》になつかしき、今年《ことし》もはやけふ明日《あす》と、鼻先《はなさき》の閊《つか》へる頃《ころ》となれば、家毎《いへごと》にあら玉《たま》の年《とし》をまつ飾《かざり》、おツたてたる伊勢海老《いせえび》の鬚《ひげ》の勇《いさ》ましげなるも、つよき西風《にしかぜ》に吹折《ふきを》られて緑門《アーチ》の後《しりへ》へ瞠若《だうじやく》たり。

「君《きみ》、写真《しやしん》を取《と》つて来《き》たが、あれを如何《どう》するのだ。」「あれが細工《さいく》の種《たね》だ。」「君《きみ》、風間《かざま》を煽動《せんどう》しては悪《わる》いぜ。」「君《きみ》はどうも話《はな》せない。純粋《じゆんすゐ》の愛《ラブ》と尋常《じんじやう》の肉慾《にくよく》とを分別《ふんべつ》する眼《まなこ》が無《な》いから不可《いけない》。大丈夫《だいぢやうぶ》、害《がい》は無《な》いよ。中《なか》へ這入《はひ》る者《もの》さへたしかなれば、必《かなら》ずあゝいふのからして小説的《ローマンチツク》なラブが出来《でき》るもんだ。風間《かざま》はあれで、なか〳〵怜悧者《りかうもの》だから、すこうし、女《をんな》に揉《もま》れさへすれば、斧田《をのだ》なんぞよりは物《もの》になるよ。気《き》が小《ちひさ》いといふのが、女《をんな》に採《も》まれないからだ。サア其偏屈《そのへんくつ》といふのが、女《をんな》に採《も》まれないからだ。イヤ、其嫌《そのきら》ひだといふのが……」折《をり》しも駒下駄《こまげた》の音聞《おときこ》え、箱屋《はこや》をつれし一個《ひとり》の芸妓後《げいしやうしろ》より来《きた》り、目鏡橋《めがねばし》の此方《こなた》にて二人《ふたり》に近《ちか》づく。人情博士《にんじやうはかせ》俄《にはか》に口《くち》をつぐみ、「ガスは如何《どう》も綺麗《きれい》だネ。」

『松のうち』の「発端」の、書き出しと結びの部分である。その間に、悪酔いした風間が売れっ子芸妓君八に介抱される場面が描かれているのだが、その様子を艶めかしく表現することに主な興味があったわけではない。むしろ風間が去った後の書生たちの猥雑な忘年会風景により多く筆が費やされ、先ほど引用したような、嘘とも冗談ともつかぬ調子で、風間に対する恋の企みが相談されていたのである。その書生たちが交換する科白は、かれらを登場させる書き出し、つまり地の文の一種無責任で軽薄な口調を更に一そうはなはだしくしたもので、その意味で宮口と林という二人の「悪魔《セタン》」が風間の耳に吹き込んだ暗示とは、軽薄な地の文で作者が意図していたことの具体的な遂行であった。そういう仕掛けにはまって、風間の気持は右往左往させられてしまうことになる。それは小説の本筋に入る、三四年前のことであった。

ただし、このような発端の作り方そのものは、必ずしも逍遙の独創ではなかった。矢野龍溪の『経国美談』（明16・3〜17・2）は、主要な人物の政治的活躍が始まる十数年前、かれらの少年時代に一章を当てていた。老教師がかれらに語った史談とは、これから展開する物語の伏線であり、主題の提示でもある。それはむしろ暗示的であるほうが一そう興味が強まる、と尾評（各章の終りに附した批評）を担当した藤田鳴鶴は考えたのであろう、「結構極妙。唯末節明三示児童為二何人一。是実写矣。不レ如レ使二此回全虚写一。作者意如何」という批評を寄せていた。『松のうち』の「発端」における風間と君八との交情は、「実写」に値するほどの進行を示さなかった。にもかかわらず、君八の風間に対する好意の暗示的な描写や、書生たちの噂陰口によって、あたかもそれが事実に裏づけられた「虚写」であるかのよう仕組まれている。風間の恋は、その二つに唆かされた妄想として進行してゆくにすぎず、だからその「発端」は、そういう形で動いてゆく「性情」の実態を「実写」するための仕組みであった。そこに逍遥の新工夫を見ることができる。

三遊亭円朝の『怪談牡丹燈籠』（明17・7）もまた、惨鼻な事件が積み重ってゆく十数年前、その伏線的発端とも言うべき一事件がまず紹介されている。若い旗本が酔漢《よつぱらい》の黒川孝蔵を斬ってしまったのは、「ナニあれは剣術を知らないのだらう、侍が剣術を知らなければ腰抜けだ」などという無責任な野次に感情を刺激されたからであった。円朝は物見高い野次馬の眼と口を借りて武士の口論を描写し、それとともにその科白によって若い旗本の感情を支配したのである。ばかりでなく、この作品における傍役とは、面白半分に新三郎やお露を唆かして悲劇的な運命に追やってしまう小悪党たちであった。主人公たち自身に不幸を招く悪しき動機があったわけでなく、だからかれらを翻弄しようとする作者の意図を代行して、これら脇役たちの悪魔の囁きが吹込まれてゆくのである。末広鉄腸の『雪中梅』（明19・8〜11）の場合、未来記小説であるため、時代は明治二三年から百五十年後の一場面が「発端」として設定されていたのであるが、祝賀会に集った人たちの会話によってこれから展開される事件の主題が暗示されている。しかもその物語のなかで、主人公国野基の運命に重大な影響を与えたのは、かれの反政府的な思想の有無を探りに来て、演説会場で見た美人の噂を持ち出した、須田蠅之助という小悪党であり、そしてまた国野にうるさく世間噺を持ちかけて、かれの手紙に「ダイナマイト」という一句を書かせてしまった下宿の亭主であった。これら傍役は、無責任な科白で主人公の運命を左右する役割を果して、間もなく作中から姿を消してしまう。とりわけ末広鉄腸は、そういう傍役の口を借りて間接描写を行ない、主題を暗示し、主人公の運命の伏線を設定することに、小説作法上の重要な意味を見出していたらしい。『雪中梅』の自画自賛的な頭注からもそれは窺うことができるし、これは政治小説でないが、『闇夜鴉』（明23・3）という因縁噺においても、まず職人体の男二人の噂陰口を描くという方法を使っている。『二十三年未来記』（明19・6）など、全篇の半ば以上が、新聞記事とサロンの雑談を借りた国会の間接描写であった。

この時代、怪談や政治小説や風俗小説を問わず、以上のような方法が共通に選ばれていたのは、なぜであろうか。にわかに断定はできないけれども、おそらくかれらは、その場面を目撃した人間の立場から描写する方法の必要を強く感じていて、しかし言葉による直接的な描写とはどういうことなのか、うまくその骨法をつかむことがまだ出来ないという状態に置かれていた。ある意味でそれは大変に健康で重要な疑問であり、なおしばらくその迷いのなかに踏み止まっていたほうがよかったと思われるのであるが、ともあれかれらはこの課題を解決しようとして、まずその事態に出合った人間の言葉（科白）を描写することから始めたのだった。つまり声帯模写的に会話ことばを写し、やがて口語的な地の文を作って行ったのである。その過渡的な性格が、例えば『浮雲』の第一篇によくあらわれている。作中の場面に内在する透明な視点人物の立場で、しかも、「(背の高い男は）不図立止りて四辺《あたり》を回顧《みまは》し、駭然《がいぜん》として二足三足立戻ツて、トある横町へ曲り込んで、角から三軒目の格子戸作りの二階家へ這入《はい》る。一所《いつしよ》に這入ツて見よう」とか、「『今日《こんち》は。』ト挨拶をした男を見れば、何処歟《どこか》で見たやうな顔と思ふも道理、文三の免職になつた当日、打連れて神田見附《かんだみつけ》の裏《うち》より出て来た、ソレ中背《ちゆうぜい》の男と言ツた彼男《そのをとこ》で」という具合に、読者相手に噂陰口を打ち興ずるような語り口を使っていたのである。

その点で、『浮雲』における言文一致体の誕生は、ただ円朝や式亭三馬などとの関係だけでは説明できない。以上見てきたような、同時代文学者の試みの一つの発展型としてとらえてみるべきであろう。それにもう一つ、地の文の表現をどのように工夫すれば主人公の内面とのかかわりを必然化することができ、或はまたその運命を創り出すことが可能か、そういう課題にも右のような方法は解決の糸口を与えてくれたのであり、繰り返し言えば、地の文の口調や発想を受け継ぐ傍役の科白によって主人公の感情をつき動かしてゆくことができたのである。

ただ、『牡丹燈籠』の野次馬や、『雪中梅』の下宿の亭主などの場合、その場面の役割を果して後は再び交渉を持たない。それは、如何にも御都合主義的な登場のさせ方という印象を免れることができず、結局、逍遙が言う「例へば里見伏姫の不幸も自意識を標準としていへば自《みづか》ら致せるにあらずして全く其の意識の外より来れり（略）即ち事と人の心との間に（災厄と性行《せいぎやう》との間に）必らずしも密接の関係無しさるは事を主として人を客とし事を先にして人を後にしたればなり」（「既発四番合評」傍点は原文）という「物語派」の限界を抜け出ることはできないだろう。そういう恣意的な傍役の使い方を止めて、特定の人物にその役割を負わせて続けてゆくならば、事件の展開や、内面とのかかわりもはるかに必然化される。少くとも事件の内面化、或いは内的な事件の展開という書き方が可能である。『浮雲』の本田昇はそういう性質の傍役であり、そして『松のうち』の場合も、「発端」で面白半分に悪だくみを凝らしていた宮口や林という書生は、それ以後もしつっこく風間につきまとってゆく。

　風間銑三郎《かざませんざぶらう》は、三四年前《ねんまへ》忘年会《ばうねんかい》にて、君《きみ》八といふ芸妓《げいしや》に懇《ねんご》ろに介抱《かいはう》され、間《ま》の悪《わる》さに其時《そのとき》はろく／＼女《をんな》の顔《かほ》だちも見《み》ざりしが、学校《がくかう》に帰《かへ》りて後《のち》、いろ／＼に考《かんが》ふれば、誰《たれ》も煽動《おだて》ねど、「可愛《かはい》がられたのではないか」といふ思《おも》ひ、何時《いつ》の間《ま》にか孕《はら》まれて独鈷《とつこ》の形をなし、肚《はら》の中穏《うちおだや》かならず、翌日《よくじつ》になりて、其友《そのとも》林《はやし》、宮口来《みやぐちきた》り、君《きみ》八の写真《しやしん》をしめし、彼《かれ》が言伝手《ことづて》に景物《けいぶつ》を添《そ》へて繰《くり》かへし、是非《ぜひ》ともお礼参《れいまい》りせよ、といへり。小心謹厚《せうしんきんこう》、正直潔白《しやうぢきけつぱく》の持《も》ち前《まへ》とて、心《こゝろ》の中《うち》いよ／＼安《やす》からず、独鈷《とつこ》の形《かたち》がおひ／＼物《もの》になる如《ごと》く思《おも》はるゝにつけて、嬉《うれ》しきが如《ごと》く、恐《おそ》ろしきが如《ごと》く、（略）

「奥《おく》はわづかに二個《ふたり》なり」と風間《かざま》も考《かんが》へてこゝに至《いた》り、思《おも》はず眉《まゆ》を顰《ひそ》めたり。此考《このかんが》へに沈《しづ》みし折《をり》から、久《きう》八の妻《さい》なにがしといふ老婆《らうば》来《きた》り、頻《しきり》に喋舌《しやべ》る声聞《こゑきこ》えしが、稍《やゝ》しばらくたちて、老婆《らうば》は阿《お》みの、阿竹《おたけ》と共《とも》に話《はな》しながら表《おもて》へ出《いで》て行《ゆ》く気《け》はひして、台所《だいどころ》はシーンとなりしが、風間《かざま》は思案《しあん》に気《き》をとられたれば、其後《そのゝち》の事《こと》は気《き》がつかず。

机《つくゑ》の上《うへ》の置洋燈《おきランプ》はまた朦朧《もうらう》と昏《くら》くなりぬ。無知覚《むちかく》の筋動《きんどう》といふものか、風間《かざま》は外《ほか》の事《こと》を考《かんが》へながら、手癖《てくせ》になりたれば洋燈《ランプ》をとり、三分心《ぶしん》を凝視《みつめ》て二《ふた》つ三《み》つ震揺《ふりうご》かす其折《そのをり》しも、人《ひと》の来《く》る気《け》はひして、あけ放《はな》ちたる唐紙《からかみ》に近《ちか》よりしが、風間《かざま》はこれに気《き》が附《つ》かず。

風間は、今の屋敷に書生として住み込むことになり、主人の令閨《おくさん》が君八であることに驚く。実際は、君八が風間に関心を示したのはかれの兄がかつて馴染み客だったからにすぎず、屋敷の令閨と君八とは他人の空似でしかなかったのであるが、風間はそんなことに気がつかない。宮口や林に唆かされて、恋の妄想に憑かれてしまっていたためである。思いなしか、令閨は今でも自分に特別な感情を持っているように見える。その令閨が、正月を温泉で過すため主人と二人で熱海へ出掛けたのだが、急に一人で帰ってきた。どういうつもりであろう。主人の姪や小間使いも外出してしまった。妄想が俄かに募ってきたところ、ふと気がつくと、書生部屋の入口に令閨が立っている。

宮口や林は実際につきまとうばかりでない。こういう妄想の形で、風間の内部にいつまでもつきまとっていたのである。かれらの陰口を通して実際を知らされている読者の眼に、風間の心理的な右往左往は如何にも滑稽だ。その滑稽さを、作者は、先ほど引用した前半の部分のように、からかい気味に皮肉な眼で描いている。宮口や林が風間の気持を分析したならば多分ああいう言い方しかしなかっただろう表現で、それはあった。ところが、いよいよ切羽詰った状況となり、ますます妄想が募ってきた、後半の部分では、皮肉な調子は影を潜めて、風間の不安に即した表現が生れている。状況的に強いられた感情を、その人間自身の反省的意識によって描き出したような表現が、僅かながら現われてきたのである。

そういう表現の質的な転換は、『浮雲』にも見られ、また『雪中梅』においても内的な独白の部分は地の文や会話とは異る文体が使い別けられている。主人公の切実な感情表現を体験して、次にようやくわが国近代文学の創始者たちは、地の文における皮肉陰口めいた口調を克服することができたのである。そのなかで『松のうち』が占める位置はどうであったか。強いられた妄想に反省的な意識が向けられた時、つまり主人公風間の「自意識を標準」としていえば、具体的には何一つ過ちを犯さないにもかかわらず、自分の心にはすでに罪が孕まれていた。そういう新しい内的な罪の見え方が始まったという点に、『松のうち』の文学史的意味があった。

第四章　話術の行方

ここでまず取り上げたいのは、坪内逍遙の『該撤奇談自由太刀余波鋭鋒《じいうのたちなごりのきれあじ》』（明17・5）の書き出しの表現である。よく知られているようにこれはシェイクスピアの『ジュリアス・シーザー』を政治小説的に翻案した作品であるが、原作の解釈や翻訳の巧拙の点ではあまり高い評価を与えられていない。

しかしおそらく現在の比較文学的研究の問題意識は、原作の理解の深浅を評定するだけのあり方を通過してしまっている。この種の作品は、ヨーロッパと日本の二つの文化が葛藤し変容を遂げてゆくテキストとして改めて読み直されなければならないであろう。そういう関心から文体や「作者」の位置、あるいは構成と時間意識などの諸相で表現を検討し、二つの文化の相互変換式を見出してゆくことが必要なのである。

本論はかならずしも比較文学的研究を意図したものではないが、右のような関心によって私は『ジュリアス・シーザー』の翻案における逍遙の表現体験を析出したいと思う。その表現体験がどのように『小説神髄』（明18・9～19・4）の理論に生かされていたか。もしその体験が十全に論理化されていなかったとすれば、それを阻んだ盲点（またはそこで惹き起された実作と理論の亀裂）は逍遙の創作をどこに導いてしまったか。そういう問題意識をもってかれ以外の人の作品にまで関心を拡げてゆき、近世から明治にかけての物語りの変容を追跡してみたいのである。

ところで『自由太刀余波鋭鋒』の書き出しはこんなふうであった。

政《まつりごと》、自由《じいう》なれば、国民和《くにたみくわ》し、国民和《くにたみくわ》すれば国治《くにをさま》る、一人国《いちにんくに》を私《わたくし》して、文《ぶん》を舞《まは》し、権《けん》を弄《ろう》する時《とき》んば、国立地《くにたちどころ》に乱《みだ》るてふ、貴《たふと》き誠《をしへ》をそがまゝに、高《たか》き賤《いや》しき押《おし》なべて、共《とも》に和《やは》らぎ政《まつり》ごち、昇《のぼ》る朝日《あさひ》と輝《かゞや》ける、黄金《こがね》の鷲《わし》は雲井《くもゐ》做《な》す、遠《とほ》き夷《えみし》の国々《くに〴〵》の、端々《はし〴〵》までも羽《は》をのして、四海《しかい》に羽《は》うちし羅馬国《ろうまこく》も、協和《きようわ》の制《せい》も弛《ゆる》みしより、国驕《くにおご》り人卑《ひといや》しく、廃《すた》れ行《ゆ》く世《よ》の慣《ならひ》とて、奸雄《かんゆう》しば〳〵党《たう》を樹《た》て、私利《しり》を図《はか》りて相軋《あひきし》る、争《さう》乱絶間《らんたえま》なかりける、羅馬《ろうま》の国《くに》の大総裁《だいそうさい》、ケイヤス・ジュリヤス獅威差《しいざる》は、驍将奔瓶《げうしやうほんぺい》の攻亡《せめほろぼ》し、其残燼《そのざんじん》をも夷《たいら》げて、けふ本国《ほんこく》へ凱陣《がいじん》の、勢宛然竜門《いきほひさながらりうもん》に、雲《くも》を得《え》たりし金鱗《きんりん》の、鯉《こひ》も斯《かく》やと目覚《めざま》しき、功績《いさを》を仰《ああ》ぐ国民《くにたみ》が、慶賀《けいが》の徴《しるし》と各《おの》がじし、彼方此方《かなたこなた》の辻々《つぢ〴〵》に飾《かざ》りそなふる練物《ねりもの》の、被着衣裳《きつけいしやう》も綺羅《きら》やかに、柳桜《やなぎさくら》はあらねども都《みやこ》は錦《にしき》と知《し》られけり、其凱旋《そのがいせん》の賀《ことぶき》に、出迎《でむか》ふ都《みやこ》の市人共《いちびとども》、皆貯《みなたしなみ》の晴衣裳《はれいしやう》けふを晴《はれ》とぞ被飾《きかざ》りて、智勇《ちゆう》すぐれし獅威差《しいざる》の、風評《うはさ》とりどり打連立《うちつれだち》、どよめき来《きた》る此方《こなた》より、羅馬《ろうま》の警官《けいくわん》浮羅比弥須《ふらびやす》、摩《ま》羅々須《らゝす》もろとも足早《あしばや》に、進《すゝ》み寄《よ》つて立塞《たちふさ》がり（浮）ヤアヤア町人共《ちやうにんども》、何用《なにやう》あつて職《しよく》を休《やす》み妄《みだり》に徘徊致《はいくわいいた》し居《を》るぞ、キリ〳〵自宅《じたく》へ帰《かへ》りをらう、祭日祝日《さいじつしゆくじつ》にてもあることか、職人《しよくにん》の身分《みぶん》にありながら、職《しよく》を務《つと》めず遊《あそ》びあるくは、甚《はなは》だ以《もつ》て不届至極《ふとどきしごく》、早《はや》く宅《たく》へ立戻《たちもど》り、各々《おの〳〵》職業《しよくげふ》を勉励《べんれい》いたせ、ヤア其上《そのうへ》に職人《しよくにん》どもは、平日他行《へいじつたぎやう》いたす節《せつ》は、其職業《そのしよくげふ》の器械《だうぐ》をば、必《かなら》ず徴章《しるし》に携《たづさ》へよ、と兼《かね》て布達《ふたつ》し置《おき》たるに、ナゼ目標《めじるし》を所持致《しよぢいた》さぬ、コリヤヤイ其方《そのはう》どもは、本先何《ほんらいなに》を営業致《えいげふいた》すものぢや（傍線は引用者）

しかしシェイクスピアの原作は、まずいきなりフレーヴィアス（Flavius）の "Hence! home, you idle creature, get you home: ／ Is this a holiday? what! know you not, ／ Being mechanical, you ought not walk ／ Upon a labouring day without the sign ／ Of your pro-fession? Speak, what trade art thou?" という科白で始まり、右の引用では傍線の部分だけが原文に対応する。それ以前の前口上的な語りはもちろん逍遥がつけ加えたものだが、かれ自身もこの作品をわが国のどんなジャンルに引きつけたらよいか、自信がなかったらしい。「原本《げんぽん》はもと台帳《だいちやう》の粗《そ》なるものに似《に》てたゞ台辞《せりふ》のみを用《もち》ひて綴《つゞ》りなしたる者《もの》なれば所謂《いはゆる》戯曲《ぎきよく》にはあらず」と「附言」でことわっている。つまり作者の説明を欠いた歌舞伎の脚本のようなものだと見てしまったのである。

　換言すれば、それはシェイクスピアのドラマにおける対話《ダイアローグ》の本質がつかめなかったことにほかならない。すでにわが国では、近世の洒落本や滑稽本などでほとんど全篇が科白だけで成り立っている作品が数多く書かれていた。逍遥はそれを愛読してきたはずだが、それにもかかわらずシェイクスピアのドラマをこのジャンルに引きつけてとらえることをしなかったのは、洒落本や滑稽本における会話はもっぱら言葉《ことば》科《とが》め（相手の発言の揚げ足取り）に終始して、劇的な展開を構成しえなかったからであろう。人情本の場合もその大半が会話で成り立ってはいたが、それは男女の痴話でなければ口説きでしかない。これもまた劇的な対話を形成する力を欠いていたのである。

　そんなわけで逍遥は浄瑠璃の体裁を借りるほかはなかった。「今此国《いまこのくに》の人《ひと》の為《た》めにわざと院本体《ゐんぽんたい》に訳《やく》せしかば（略）全文意味《ぜんぶんいみ》の通《つう》じ易《やす》きを専要《せんえう》とし浄瑠璃《じようるり》にてすめ《（ママ）》易《やす》き所《ところ》は之《これ》にしたがひ台辞《せりふ》にして解《げ》し易《やす》き所《ところ》は又《また》之《これ》に従《したが》ふ」。つまり読者のなじみやすさを考慮して浄瑠璃化せざるをえなかったというわけであるが、しかし右の引用をみれば分かるように導入部の表現はむしろ滝沢馬琴の読本的な文体を借りて、その科白は歌舞伎化されている。結局かれは、「附言」の意図とは異質な表現を作ってしまったのであった。

　それにしてもこの表現は、主語と述語を文《センテンス》の基本とする近代的な構文観では文脈の整理がむずかしい。述部に相当する重文（または複文）が連体修飾句として主語（例えば「羅馬国《ろうまこく》」）――というより、むしろ正しくは主題語と呼ぶべきだが――にかかってゆき、次にはそれを受けた述部が新たな主語（「羅馬《ろうま》の国《くに》の大総《だいそう》裁《さい》、ケイヤス・ジユリヤス獅威差《しいざる》」）の連体修飾句となって、いわば連鎖的な文体となっているからである。しかもその述部は、「けふ本国《ほんこく》へ凱陣《がいぢん》の、勢宛然竜門《いきほひさながらりうもん》に」という具合に次の連体修飾句のなかに吸収されてしまっている。

ただしそれはあくまでも近代的な構文に整理しようとした時のむずかしさであって、けっしてその意味が辿りにくいということではない。まず「政《まつりごと》、自由《じいう》なれば……国立地《くにたちどころ》に乱《みだ》る」という普遍的な真理を語った箴言が提示され、それを受けて耳に快い七五調の律文が続いてゆくわけであるが、そのリズムを示すために細かく打たれた読点が意味的なまとまりを作って内容の理解を助けてくれるのである。ばかりでなく、この律文は、超時間的な普遍的真理の表現から、古代ローマの歴史を時間的に圧縮した概括、そしてこの物語りの現在時、というように段階的に時間意識の変化を辿ってゆく。このように七五調それ自体のリズムに促されて内容面の時間意識が具体的世界に近づいてゆく方法は、馬琴たちの読本においてはこれほど典型的に現われてきたことはなく、おそらく逍遙がそれらを咀嚼して洗練を加えたものであった。

当然読者はこの導入を見て、一たん失われた秩序を回復する方向に物語りが進んでゆくのを予想したことであろう。もし獅威差《しいざる》という人物が奸雄の最たる者であるとするならば、もちろん協和制《きようわせい》の回復のために打ち倒されなければならない。結局逍遙は、自分が喚起した読者の期待を満たすために、舞婁多須《ぶるたす》が獅威差《しいざる》を討って「四方《しはう》に渡《わた》る徳風《とくふう》は、枝《えだ》をならさず四海波《しかいなみ》、静《しづ》けく治《をさ》まる羅馬国《ろうまこく》」に戻る、という万々歳の大団円を与えることになった。言うまでもなくそれは原作の意図を超えた結末であるが、ともあれこのように読者の期待によって推進される物語りの時間が過去（の秩序）に回帰するという構成は、近世の勧善懲悪的な小説の常道だったのである。

しかし逍遙は、以上のような加筆と改変をかならずしもシェイクスピアの作品から無根拠に行なったわけではなかったようである。

Dramatic poetry is closely allied to Epic. Like the latter, it generally relates to some important event, and for the most part appears in blank, or heroic, verse. "There is," says Professor Bain, "a story as in the Epic, but the author does not narrate, nor appear in his own person. He appoints and groups the characters, lays the scenes, and provides the dialogue, and in dialogue, aided only by stage directions, the whole action of the piece is contained. An Epic poet, like Homer, who reduces his narrative to the smallest dimensions, and gives a large space to the dialogue, brings the Epic close upon the Drama; while the placing of an explanatory prologue, at the beginning of each act (as in Shakspere's Henry V.), makes the Drama approach to the Epic."

これはW. D. Coxが日本の学生のために書いた*Rhetoric and English Composition*（明15・4）の一節であって、文中に引用されたベインのドラマ論は、Alexander Bainの*English Composition and Rhetoric*から採り、explanatory prologueについては"A Prologue is a short composition in verse, used to introduce a Drama, and intended to be recited before its representation. An Epilogue is an address to the audience at the conclusion of a Drama. It sometimes recapitulates the chief incidents of the piece, and draws a moral from them."という注釈を加えていた。

ドラマは対話《ダイアローグ》が全てであって、作者が顔を出すような形で物語ってはならない。この原則からみれば、冒頭のような説明を加えてシェイクスピアの作品を物語り化してしまった逍遙の翻案は、明らかにドラマからの逸脱である。だが先ほども見てきたように、かれはまだヨーロッパ文学における対話の本質を理解する手がかりを持たなかった。その場合、かれの翻案を支えてくれたのは、ベインが『ヘンリー五世』の例を挙げてヒントを与えたように、前口上的な説明を加えてドラマを叙事詩に近づける方法であっただろう。幸いなことに『ヘンリー五世』の第五幕では説明役《コーラス》が登場して、シーザーやエセックス伯になぞらえながらヘンリー五世の凱旋を誉め讃える explanatory prologue があり、おそらく逍遙はそれを借りて導入の部分を作ったのである。

いや、かれが得たヒントは多分それだけではなかった。ドラマに explanatory prologue を加えて叙事詩化することが可能ならば、それによく似たジャンルとして浄瑠璃がある。かれが実際に実現したのは読本的な律文であったが、その「附言」で院本体を主張した理由はそこにあったのである。その上コックスはベインのドラマ論に注釈して、エピローグではしばしば主要な事件の要約とモラルの発見が語られると説明していた。それならば勧善懲悪的な締め括りこそがむしろドラマの叙事詩化の作法によく叶っているのである。

さらに逍遙にとって好都合だったことは、『ヘンリー五世』のエピローグにおける説明役《コーラス》のナレーションに“Thus far, with rough and all-unable pen, ／ Our bending author hath pursued the story”と作者が登場してきたことである。厳密に言えば、シェイクスピアはここで作中の語り手たる説明役《コーラス》にかれ自身を「作者」と呼ばせたわけだが、この作品の場合両者はそれほど意識的に区別されてはいなかった。作者が粗雑未熟なペンで書き進めてきた物語を指して、その説明役《コーラス》は、すでにそれはこの舞台で御覧いただいてきたところであるが、登場人物たちのために寛容な心で御嘉納下さい、と観客（及び読者）に語りかけていたからである。こんなふうに「作者」が看官《みるひと》に語りかける作品は、読本や人情本などで逍遙にはすでになじみ深いものであった。

さてそれでは、逍遙は『小説神髄』において「作者」なる存在をどのように意義づけていたであろうか。かれは小説の全体的構想における「作者」と、作中人物にかかわる「作者」のあり方との二つの面から、次のように論じている。

英国《ゑいこく》の博識《はくしき》「如《じよ》ン茂《も》ルレイ」が「丈《じやう》ジ委《ゑ》リオット」女史《じよし》の著作《ちよさく》を評《ひやう》する語《ことば》にいへらく（上略《（ママ）》）なべて文《ぶん》学《がく》の主旨目的《しゆしもくてき》ハ人生《じんせい》の批判《ひはん》（クリチシズム）をなさんが為《ため》のみと往古《いにしへ》の識者《しきしや》はいひけり小説《せうせつ》ハもと文壇《ぶんだん》なる一大美技《いちだいびぎ》とも称《たゝ》ふべきに却《かへり》て屡々《しばく〵》賤《いやし》められて最下《さゐか》に其位置《そのいち》を占《しむ》るものハそもく〵また何故《なにゆゑ》ぞや想《おも》ふに人生《じんせい》の批判《ひはん》と見《み》るべき小説稀《せうせつまれ》なるに因《よ》ることとなるべし世《よ》に操觚者流多《そうこしやりうおほ》しと雖《いへど》も造化《ざうくわ》の文才《ぶんさい》を人《ひと》に附与《あた》ふるや配剤一様《はいざいいちやう》ならざるから見識《けんしき》の浅《あさ》きものあり意匠《いしやう》の足《た》らざる者《もの》あり概《がい》して評《ひやう》を下《くだ》すときにハ一大奇《いちだいき》想《さう》の糸《いと》を繰《く》りて巧《たくみ》に人間《にんげん》の情《じやう》を織《おり》なし限《かぎり》なく窮《きはまり》なき隠妙不可思儀《いんめうふかしぎ（ママ）》なる因源《みなもと》よりして又《また》かぎりなく定《さだ》まりなき駁雑多端《しゆぐ〵さまぐ〵》なる結果《けつくわ》をしもいと美《うるは》しく編《あみ》いだして此人生《このじんせい》の因果《いんぐわ》の秘密《ひみつ》を見《み》るがごとくにいとあらはに説明《ときあきら》めたる著作《ちよさく》ハすくなしおよそ人生《じんせい》の快楽《たのしみ》ハ其類《そのるゐ》きはめて多《おほ》きが中《なか》にも人《ひと》の性《さが》の秘蘊《ひおん》を穿《うが》ち因果《いんぐわ》の道理《だうり》を察《さと》り得《う》るほど世《よ》に面白《おもしろ》きことハあらじさハあれ人生《じんせい》の大機関《おほからくり》をバいと詳細《つまびらか》に察《さと》り得《う》るハもと容易《たやす》からぬ業《わざ》にしあれば浅識菲才《せんしきひさい》の操觚者流《さうこしやりう》の得《え》てなすべうもあらざるなり其才稠人《そのさえちうじん》の上《うへ》にぬきんで不撓《ふげう》の気力《きりよく》を有《いう》する者《もの》のみ特《ひと》りこのことを得為《えな》すべし総《そう》じて文壇《ぶんだん》の技術《ぎじゆつ》にしてやゝ高等《かうとう》の位置《ゐち》をしむるものは此人生《このじんせい》の大機関《だいきくわん》を覚《さと》るを以《もつ》て主眼《しゆがん》となしまたハ目的《もくてき》となさゞるなし宗教《しうけう》といひ詩歌《しか》といひ哲学《てつがく》といひ其《その》名《な》によりて形《かたち》こそかはれ其主旨《そのしゆし》とする所《ところ》をとへバなべて人間《にんげん》に関《くわん》する者《もの》にて其性質《そのせいしつ》と運命《うんめい》とハ何等《なにら》の自《し》然《ぜん》の機関《しかけ》によりていかなる具合《ぐあい》にはたらくやを残《のこ》る蘊《くま》なく説《とき》あきらめて世間《せけん》の人《ひと》の迷妄《まどひ》をときまた疑《うたがひ》の

雲《くも》をも払《はら》ひて好奇《こうき》の癖《へき》をバ慰《い》するにあり

小説《せうせつ》の作者《さくしや》たる者《もの》ハ専《もつぱ》ら其意《そのこゝろ》を心理《しんり》に注《そゝ》ぎて我仮作《わがつく》りたる人物《じんぶつ》なりとも一度篇中《ひとたびへんちう》にいでたる以上《いじやう》ハ之《これ》を活《くわつ》世界《せかい》の人《ひと》と見做《みな》して其感情《そのじやうあい》を写《うつ》しいだすに敢《あへ》ておのれの意匠《いしやう》をもて善悪邪正《ぜんあくじやせい》の感情《じやうあい》をバ作設《つくりまう》くることをバなさず只傍観《たゞばうくわん》してありのまゝに模写《もしや》する心得《こゝろえ》にてあるべきなり

前の引用文は逍遙の意見というよりはジョン・モルレー（John Morley）のエリオット評（George Eliot's Novel）の紹介であるが、幸い菅谷広美が原文を発見して「『小説神髄』とジョン・モルレー」（『比較文学年誌』16号、昭55・3）に紹介している。それと較べてみればかえって逍遙の考え方がよく見えてくるであろう。

It has been very wisely said that the end and aim of all literature is, in truth, nothing but a *criticism of life*. The reason why so few novels have any place at all in literature proper is that so few of them exhibit even the feeblest sense of the need or possibility of such a criticism. Unhappily, it is not given to every writer who can spin a plot and piece together a few traits of character, labelling them with the name《（ママ）》 or woman, to perceive that life moves from a thousand complicated and changing springs, and works into infinitely diversified results, which it is the highest interest of men to meditate upon. It demands an expansive energy, of which only the mind of rare vigour is capable, to shake oneself free from the shackles of one's own circumstance and condition, and thence to rise to a feeling of the breadth and height and unity of human fortunes. This feeling is the first and most valuable condition of all the higher kinds of literary production. Literature is the expression of this profound sentiment in all the varied forms—religious, poetic, philosophic—which it assumes in minds of various cast; it is at once the noblest result and the finest gratification of man's curiosity about his own nature and his own lot. Men are fascinated by this criticism of life even when they are unconscious of what it is that attracts them.

おそらくジョン・モルレーは文学における人生の批判の源泉を、境遇の軛から自分を解き放とうとする、つまり自己の状況を対象化する自由への視向性に見出していたのであろう。その視向性なしにはさまざまな人の運命の広さと高さと、その統一に対する感覚は育って来ない。大抵の作家は小説のプロットを編み出したり、幾つかの性格上の特徴を継ぎ合わせて作中人物にあてはめたりする程度のことは出来るものだが、残念ながら、人生が無数のもつれ合って変化する原因で動かされ、窮まりなく多様な結果へ進んでゆくことを認識する能力は与えられていないのである。

ところが逍遙の翻訳では、状況を対象化する自由への視向性が見落されてしまっていた。人生の批判から社会批評の側面が落ち、「人《ひと》の性《さが》の秘蘊《ひおん》を穿《うが》ち因果《いんぐわ》の道理《だうり》を察《さと》り得《う》る」ように「人生《じんせい》の大機関《おほからくり》」を描き出すという、いわばプロット論に還元してしまったのである。“……can spin a plot and piece together a few traits of character”は「一大奇想《いちだいきさう》の糸《いと》を繰《く》りて巧《たくみ》に人間《にんげん》の情《じやう》を織《お》りなし」と解釈され、これもまた稀にしか存在しない優れた作家の条件とされているのであるが、菅谷広美が指摘するように馬琴的小説観に引きつけて理解していたためであろう。

その意味で逍遙はけっして馬琴の文学を敵視していたわけではなかった。『小説神髄』を巨細に検討してみれば、かならずしも勧善懲悪小説を否定しているわけでもないのである。かれが批判的に克服しようとしたのは、先ほどの引用の後半で分かるように、「其感情《そのじやうあい》を写《うつ》しいだすに敢《あへ》ておのれの意匠《いしやう》をもて善悪邪正《ぜんあくじやせい》の情感《じやうあい》をバ作設《つくりまう》くること」であって、あくまでもそれは作中人物を描くレベルにおいて「道徳の鋳型」を排除するという主張以外ではなかった。これを換言すれば、「只傍観《たゞばうくわん》してありのまゝに模写《もしや》する」という言い方に写実小説の主張を読み取るのは早計であり、こと小説の構想に関するかぎり「一大奇想《いちだいきさう》の糸《いと》を繰《く》」ることを必須の条件としていただけでなく、偶然性さえも認めていた。「小説《せうせつ》にてハ之《これ》（演劇）に反《はん》してかゝる偶然《ぐうぜん》の事変《じへん》をもて主公《しゆこう》の最後《をはり》を示《しめ》すときハ其事《そのこと》の不可思議《ふかしぎ》なるが為《ため》にかへりて佳境《かきやう》を覚《おぼ》ゆることあり蓋《けだ》し人生《じんせい》の浮沈栄《ふちんえい》枯《こ》は因《いん》ありて成《な》るも多《おほ》けれどもまた偶然《ぐうぜん》の事《こと》に成《な》れるも頗《すこぶ》る小少《せう〱》ならざれバなり」というように、いわば因果律の外なる偶然にも積極的な意義を与えていたのである。

ただし、傍観してありのままに模写するためには、傍観の位置が定められなければならない。位置の定立は作中人物に対する眼差しの限定に及んでゆく。逍遥の模写論が重要なのはその点の自覚が始まったことであって、『当世書生気質』（明18・6〜19・1）の次のような表現がそれを示している。

扇屋《あふぎや》の店《みせ》をたちいづるハ。男女《なんによ》七人の上等客《じやうとうきやく》。微酔機嫌《ほろえひきげん》の千鳥足《ちどりあし》にて。先《きき》に立《たち》たる一箇《ひとり》の客《きやく》ハ。此一団《このひとくみ》の檀那《だんな》と見《み》え。素人眼《しろうとまなこ》の鑑定《かんてい》でハ。さる銀行《ぎんかう》の取締歟《とりしまりか》。さらずハ米屋町辺《こめやまちへん》かと。思《おも》はるゝ打扮《いでたち》。

其中《そのなか》に一個《ひとり》の書生《しよせい》あり。（略）年《とし》の比《ころ》ハ二十一二《にじふいちに》。痩肉《やさがた》にして中背《ちうぜい》。色《いろ》ハ白《しろ》けれども。麗《つや》やかならねバ。まづ青白《あをじろ》いといふ。皃色《かほいろ》なるべし。鼻高《はなたか》く眼清《めすゞ》しく。口元《くちもと》もまた尋常《じんじやう》にて。頗《すこぶ》る上品《じやうひん》なる容皃《かほだち》なれども。頬《ほゝ》の少しく凹《こけ》たる塩梅《あんばい》。髪《かみ》に癖《くせ》ある様子《やうす》なんどハ。神経質《しんけいしつ》の人物《じんぶつ》らしく。俗《ぞく》に所謂《いはゆる》苦労性《くらうしやう》ぞと傍《はた》で見《み》るさへ笑止《しやうし》らしく。（略）其服装《そのみなり》をもて考《かんが》ふるに。さまで良家《よきところ》の子息《しそく》にもあらねど。さりとて地方《いなか》とも思《おも》はれねバ。府下《ふか》のチイ官吏《くわんり》のサン〔子息《むすこ》〕ならん歟《か》。とにかく女親《をんなおや》のなき人《ひと》とハ。袴《はかま》の裾《すそ》から推測《すゐそく》した。作者《さくしや》が傍観《おかめ》の独断《どくだん》なり。

美女《たをやめ》の眉《まゆ》かとぞ見《み》る新月《にいづき》ハ。已《すで》に西《にし》の空《そら》に傾《かたぶ》きつゝ。四下《あたり》もやう〳〵に昏《くら》うなれバ。一《ひと》しほ秋風《あきかぜ》の身《み》に染《し》むめり。爰《こゝ》ハ都会《まち》の中《なか》といひながらも。繁華《はんくわ》な通筋《とほりすぢ》にあらざるゆゑ。夜《よる》ハ往来《ゆきゝ》の人《ひと》も尠《すくな》く。ひきとゞろかす人力車《じんりきしや》の。ゴボ〳〵も稀《まれ》に聞《きこ》ゆるのみ。（略）小庭《をには》へだてし小坐敷《こざしき》こそ。主人《あるじ》の居間《ゐま》かと思《おぼ》しくして。畳《たゝみ》六《む》ひらほど敷《しき》たるべし。燈火《ともしび》あやにくおぼろげなれど。障子《しやうじ》に移《うつ》る影坊師《かげばうし》ハまだとしわかき男女《なんによ》と思《おも》はる。

これらの表現について私はすでに二つの評論（『感性の変革』『身体・この不思議なるものの文学』）で分析を試みたので、ここでは結論的なことだけを述べておきたい。

最初の引用文でことさら「素人眼《しろうとまなこ》の鑑定《かんてい》」とことわっているのは、近世の洒落本における通人の穿ちに対する批判的な対抗であろう。通人の穿ちとは、いわば遊里における粋という美意識を体現した絶対的判定者が野暮や半可通の滑稽をあばき出すことであるが、逍遥はその特権的な眼差しを否定して作品内に「素人《しろうと》眼《まなこ》」を設定し、作中人物への関心を職業や日常生活のほうへ転換しようとしたのである。「思はる」とか「なるべし」という推測の表現が頻出するのは、非特権的な「素人眼《しろうとまなこ》」を顕示するためであったことは言うまでもない。二つ目の引用文ではそれが「作者《さくしや》が傍観《おかめ》」と言い換えられ、作中人物の容貌を観察して「神経質《しんけいしつ》」という性格を推測し、その身なりから父親の身分を割り出してゆく。袴の裾をみて母親のない境遇まで推定し、わざわざそれを「傍観《おかめ》の独断《どくだん》」とことわっている。それほどこの「作者《さくしや》」は、自分の眼差しの非特権性を強調したかったのである。

しかしもちろんこのような「作者《さくしや》」の自己限定が終始一貫して守られたわけではない。ただ、ともあれ『小説神髄』と並行して書かれた『書生気質』の冒頭が以上のような表現だったことから見ても、『神髄』で言う傍観や模写の意味は明らかであろう。そういう傍観に自己限定する「作者《さくしや》」の眼差しのおかげで作中人物の性格が自立化し、運命を繰る作者からも自立するきっかけとなったわけで、そこにわずかながらも社会批評としての人生の批判が実現されることになった。そしてこの二つ目の引用のような表現が二葉亭四迷の『浮雲』に受け継がれ、その「作者《さくしや》」（と名乗り出ていたわけではないが）は作中人物の跡を着けてゆき、「一所《いつしよ》に這入ツて見よう」と読者に呼びかけながら家庭のなかに踏み込んで、文字通り職業と生活が葛藤する現場を見続けることになったのである。

さて引用の三番目の表現であるが、これもまた近世洒落本への対抗だったと言うことができる。洒落本のもう一つの特徴は、遊女と客の痴話を襖越しに立ち聞きするいわば聴覚的リアリズムにあったわけだが、ここでも類似の場面が設定されていたからである。ただし洒落本の設定は、ただ襖越しに聞く痴話だけに表現を限定することによって読者に痴態を想像させる仕掛けにすぎず、だから空間的な位置関係を具体的に描くことはほとんどなかった。それに対して逍遙は、「小庭《をには》へだてし小坐敷《こざしき》」に近づいてゆく空間的移動を描きながら、その眼差しがかならずしも超越的な視点の作者のものではないことを明示しようとしていた。引用では一部省略してしまったが、**此方**《こなた》には黒板屏があり、**彼処**《かしこ》には石燈籠が見え、**遠方**からは人力車の音が聞えてくるという一定の位置に視点を限定して、そこから見て「障子《しやうじ》に移《うつ》る影坊師《かげばうし》ハまだとしわかき男女《なんによ》と思《おも》はる」と推測する。そういう「作者《さくしや》」がここに潜在するという立場で、その「作者《さくしや》」の眼差しから描き出していたのであった。

そういう潜在的な「作者《さくしゃ》」の方法もまた『浮雲』に受け継がれていた。いわば「作者《さくしゃ》」の潜在をことさら顕示する形で、「一所《いつしよ》に這入ッて見よう」とか「シツ跫音《あしおと》がする、昇ではないか……当つた」とかと読者に語りかけながら、表現を進めていったのである。かつて私は以上のような「作者《さくしや》」を語り手と呼び、「作者《さくしや》」を名乗り出ないが明らかに作中の場面に潜在している場合を無人称の語り手と呼んだ。これ以後はその呼び方を使ってゆきたいと思う。

そうすると次に起ってくる問題は、この語り手（つまり作中人物にかかわる「作者《さくしや》」）と、「一大奇想《いちだいきさう》の糸《いと》を繰《く》る」構想者としての作者との関係はどうなるのか、ということであろう。

ところで、この種の問題を取りあげた論文に久保由美の「近代文学における叙述の装置」（『文学』昭59・4）がある。

ただしこの論文では、近世の読本のように全知全能の立場でテキスト世界を支配する作者を語り手と呼び、近代文学においてはテキスト世界に内在化された叙述者と作者の二つに分化していったと整理されているが、この叙述者が私の言う語り手に相当するようである。その叙述者は、テキスト内に「作者」を名乗って自己顕示する叙述者1と、無色透明無人格の装置に化してしまった叙述者2とに別けられる。久保由美は、誰れのどんな表現に先行文学への批判が視向され、どのような方向に表現の質が変えられていったかという表現史的な問題には興味がないらしく、要するに叙述者の出現は「この時期の多くの小説に共通する一般的な手法であった」。そして叙述者の内在化によって地の文が増え、「人情本での遠慮がちに顔出しする作者にかわって、叙述者が大っぴらに物語世界を跳梁するようになる。叙述者は登場人物や事件を観察し記録するにとどまらず、己れの推測にもとづいて注釈を加え評価を下す。そのあげくには、読本作者さながらにムダ口をさえたたき始める」というのである。
現象の整理としては大過ない把握と言えるが、『浮雲』には「作者の顔出し」（久保はそれを戯作的要素の残滓に数えている）と言えるような表現は見られない。多分久保由美は、「一所《いっしょ》に這入ツて見よう」とか「帰ツて来ぬ間《ま》にチョツピリ此男の小伝をと言ふ可《べ》き所なれども」とかいう、語り口それ自体をも「作者の顔出し」に数えていたのであろう。
しかしこのような語り手（久保の言う叙述者）が「己れの推測にもとづいて注釈を加え評価を下す」のは、すでに見てきたごとく、語り手の自己限定それ自体を顕示する方法なのであって、おなじ位置に読者を誘い込むことによって語り手の推測や評言を相対化しようとする意識を含んでいたのである。「素人眼《しろうとまなこ》の鑑定《かんてい》」や「作者《さくしや》が傍観《おかめ》の独断《どくだん》」をことわることは、読者の別な見方がありうることを（あるいは語りの綾でしかなかったかもしれないが）前提した表現にほかならない。

艶子は従妹《いとこ》の事ではあり、敏子を賞める訳にも参らず、且つ少しは此方へもお裾分《すそわけ》があツてもよさゝうだと思つて見れば、余り快くはなけれど、自己《おのれ》が同伴なせし親族が賞めらるゝ事故《ことゆゑ》肩身が広く覚ゆるから、得意の廉《かど》が無いでもなし。ケ様《かやう》に思想が混雑《ぶつかつ》た時にはどんな面色《かほいろ》をするであらうか、そハ看官《かんくわん》の評判にまかして、先づお預りと致し置《おか》うか。イヤ試《こゝろみ》に申さうなら、口元が莞爾《につこり》笑へど、目元迄ハ得《え》達せず、顴骨《ほうぼね》と鼻のほとりが両思想の関ケ原唯浮田《たゞうきた》（金吾秀秋《きんごひであき》）が心にかゝるとは、ちいツと穿《うが》ち過ぎた作者の筆癖。

これは久保由美も取りあげた広津柳浪の『女子参政蜃中楼』（明20・6〜8）の一節であるが、逍遥のような自覚なしにその表現を模倣した作品が数多く現われて、たしかにその現象は「叙述者が大っぴらに物語を跳梁する」「読本作者さながらのムダ口をさえたたき始める」と見えるほどであった。だが、この例でも分かるように、自分と別様な「看官《かんくわん》」（読者）の眼差しがありうることを前提にしたからこそ、自分の見方を「穿《うが》ち過ぎた作者の筆癖」と相対化せざるをえず、読本作者の超越的な全智全能性はこの相対化によって解体されてしまう。この種の作品が数多く現われた後、もはや読本的な「作者」が滅多に表現面に顔出ししなくなったのは、おそらくそのためであろう。そしてまたこの種の作品がどのような可能性を持っていたかといえば、作中の語り手自身による自己の語り口への言説《コメント》を繰り込んだ話術の始まりであり、やがては作品の成立事情に関する物語りを含む物語りへと変わってゆくのである。

しかし久保由美が、作中の語り手に注目することで「テクスト世界は常に事件の起った時間を標準時にもっており、叙述者も基本的にはその時間に属している」と、時間意識の問題に一つの視点を提出したことは評価されなければならない。私なりにそれをとらえ返すならば、作中人物にかかわる語り手が意識的に設定されたことで両者の共有する現在時が明確になり、そのおかげで小説の時間が重層化されることになったのである。

ところが三谷邦明は「近代小説の言説・序章」（『日本文学』昭59・7）で「散文小説は〈過去〉形式の文学である」というテーゼを掲げて、久保由美を批判したつもりらしい。つもりらしいというのは、これは久保論文の批判をも含むものだとことわっているが、具体的に久保論文に即した批判は書かれていないために、先ほどのテーゼに基づいて『浮雲』の現在形形式を分析した部分から読み取るほかはないからである。じつは三谷邦明の論文は私の『感性の変革』の批判として書かれたもので、私は無人称の語り手の内在化を読者と共通の関心を生きるための方法と見たわけだが、それを批判する根拠として小説と時間の問題を提出し、ついでに久保論文をあげつらったのであった。その批判の一つである、私が言う無人称の語り手は近世文学から派生したのだという指摘については、それが現象論でしかない理由をくり返す必要はないだろう。そうしてみると、私への批判として残る問題も、結局先ほどのテーゼにかかわる部分だけだということになる。

しかし小説が〈過去〉形式の物語りから発生してきたことは、辻邦生が十数年前に『小説への序章』で説き明かしている。それがいま再び強調されねばならないとしても、だからと言って『浮雲』第一編（明20・6）の冒頭の現在形の表現から「何となく不安定な感じ」を受け、「読者は語り手と共通の感情を生きることさえ出来ず、〈過去形式〉でないが故に、宙吊りにでもされたような不安定な読みを強いられる」というのは、それこそ自分の理論的要請を読者の読みに強いたことにしかならないであろう。

三谷邦明は三浦つとむの『日本語はどういう言語か』を参照したと言うが、それならば表現主体の観念的な自己の二重化という考え方を知ったはずである。表現主体から観念的に分裂した「自己」が、表現の対象世界へ移行して、出来事や景観を現在時の事柄として認識し、そこから改めて表現主体の位置に戻るとき、例えば「……た」という表現で、その観念的な移行と帰還のプロセスがトータルに対象化される。この「……た」を過去の助動詞と呼ぶのはかなり便宜的であることを、三谷邦明自身が認めている。観念的に分化した「自己」に相当する作中の語り手が、その現在時として認識する対象世界を現在形で語り始めるのはけっして異様なことではなく、不安定な感じを与えることもないのである。

『浮雲』を現在形で始めた内在的な語り手は、第二回ではその現在時からみて過去に属する文三の生い立ちを紹介する時、まず一たんその時間転換を示す「……た」という表現を行なった後に、今度はその過去を現在時とする立場に移って語ってゆくのであるが、第三回においては、最初の現在時に戻りながら、それまでの文三のお勢に対する感情を対象化して「……た」という表現を用いた。そして第四回では再び冒頭の場面に続く文三の様子を語り始めるのだが、むしろ傍観性の強い表現では「俄にパツと西の方《かた》が明るくなツた」「また愁の色が顔に顕はれて参ツた」という形式を用い、文三の内的意識を表現した段落は「ブル〳〵と頭《かしら》を左右へ打振る」と現在形で締めくくり、もう一度内的意識の表現に入る時にも「さて眠られぬ」「漸く暁《あけがた》近くなる」と現在形を用いている。

それにもかかわらず三谷邦明は、「まさに、その『た』が頻出してくる第四回において（略）〈意識の流れ〉とも言うべき、長文の内話文が鉤括弧を用いながら描出されてくる」「それ（登場人物の内言）と対応して表出されるのが『た』という過去形式の言説なのである」と言うのである。現在形式は「散文小説において現象しがたい」とテーゼを主張するために、このような歪曲を行なうのは、理論と対象作品の両方に対して不誠実であろう。それに、鷗外の『舞姫』が書かれた時期には、まだ「言文一致の風潮が定着化」してはいなかった。それを「『た』という近代的な主体に対する異議申し立てとして理解」することは、事実の面からみて不可能なのである。

しかしこのような対症療法的な反論だけでは、本論の生産的な意味はあまり生まれて来ないだろう。次に私は『書生気質』の前口上的な導入を挙げ、『自由太刀余波鋭鋒』の場合と比較することで小説と時間の問題を検討して本論を結びたいと思う。

さまぐ〵に。移《うつ》れバ換《かは》る浮世《うきよ》かな。幕府《ばくふ》さかえし時勢《ころほひ》にハ。武士《ぶし》のみ時《とき》に大江戸の。都《みやこ》もいつか東京《とうきやう》と。名もあらたまの年毎《としごと》に。開《ひら》けゆく世《よ》の余沢《かげ》なれや。貴賤上下《きせんじやうげ》の差別《けじめ》もなく。才《さえ》あるものハ用《もち》ひられ。名《な》を挙《あ》げ身《み》さへたちまちに。黒塗馬車《くろぬりばしや》にのり売《うり》の。息子《むすこ》も鬚《ひげ》を貯《たくは》ふれば。何《なに》の小路《こうぢ》といかめしき。

名前《なまへ》ながらに大通路《おほどほり》を。走《はし》る公家衆《くげしゆ》の車夫《くるまや》あり。栄枯盛衰《えいこせいすゐ》いろ〳〵に。定《さだ》めなき世《よ》も智恵《ちゑ》あれバ。どうか活計《くらし》ハたつか弓《ゆみ》。

十返舎一九の『東海道中膝栗毛』や式亭三馬の『浮世床』などにも、今の世の繁栄をことほぐ前口上がみられる。これはその様式を借りたものであろうが、ただ一つはっきり異るのは、ここでは時勢の変化それ自体をことほいでいることである。それはこの物語が時勢の変化にからむ人間の運命を描き出してゆくことの予告にほかならない。

しかしもちろん読本の場合も時勢の変化という視点がプロットの重要な要因となっていたのであるが、その系統に立つ『自由太刀余波鋭鋒』の導入部でも分かるように、時勢の変化それ自体をことほぐ発想はなかった。その変化によってある望ましい秩序がこわれてしまったからである。だから当然その物語りは過去の秩序に回帰する方向に進んでゆかなければならない。それに対して時勢の変化を肯定する発想の物語りは文字通り不可逆的な時間の進行に沿って語られることになるわけで、たとえ大団円的な結果に至ったとしても、そこで作中人物の問題が全て解消してしまうわけではなく、いわば未解決な部分を残してしまう。それが読者のなかに、この主人公はその後どんな生き方をするのだろうかという課題を与え、物語りの時間を読者の現在に連続させることにもなるのである。

逍遙における構想者としての作者は、兄妹再会という物語りを意図していた。それは『書生気質』から明らかに読み取ることができる。兄妹再会とは、明治維新の上野戦争で別れわかれになった兄と妹が、十数年後に再会することである。その意味でこれは明治の戦後小説であり、逍遙は時勢の変化の暗部を見ていなかったわけではない。またその点からすれば、あの前口上とこのプロットとはイロニカルな関係にあったことにもなるわけだが、再会した兄のほうがまさしく「開《ひら》けゆく世《よ》の余沢《かげ》」に浴した人生を歩んでいるという点で一応のつじつまが合っていたとも言えるであろう。

ともあれその前口上がやがて、本論の中ほどで紹介した「作者《さくしや》」の傍観顕示的な語りに移ってゆくのであるが、結局その眼差しが解決のない自意識の問題を創ってしまう。というのは、この語り手が一人の書生の容貌を観察して「神経質《しんけいしつ》」「苦労性《くらうしやう》」と推測した性格上の問題が、守山と小町田の会話などを通して小町田自身にも自覚される、つまりその書生の自意識に繰り込まれてゆくからである。その書生の自覚は、アイデヤリズムと日本の現実との矛盾という自意識の葛藤となるわけであるが、それ故に恋人の芸者、田の次の夢《アイデヤリズム》にも誠実な態度を取ることができない。そんなわけで、守山と田の次の兄妹再会という結末に至っても、小町田と田の次が結婚できるかどうかは留保されたままで終り、ハッピーエンドには解消できない自意識の問題が読者のなかに残る。換言すれば読者の現在時を生き始めてしまうのである。

その意味でこの作品は、語り手の眼差しに起因する「神経質《しんけいしつ》」「苦労性《くらうしやう》」の自意識化というプロセスが、構想者的な作者の大団円を視向したプロットを解体してしまった文学と言えるだろう。『浮雲』は、いわばその解体から始まったのである。内海文三は免職という不運に見舞われた日から描かれるわけで、従来の小説作法ならば復職という回帰に向って物語りが進行するはずだが、文三はもはやそれが叶わぬことを自覚している。復職の運動を妨げるのは、じつはかれ自身の自意識だった。かれはお勢の家庭の乱脈をみて、以前の秩序に戻ることを願いはするのだが、優柔不断という自己の性格への自意識がその努力を妨げてしまう。未完が必然であるような形で、この物語りは始められたのであった。

作中の語り手はやがて視点人物として物語りの進行に参加することになるが、そこから一人称の回想形式である『舞姫』や嵯峨の屋おむろの『無味気』などが派生してきた。手記の形で回想を始める主人公の関心はもっぱら自分の性格の問題に占められ、同時にここで注意すべきは、その手記の成立に関する物語りを含む二重構造の作品が始まったことである。

その成立事情の物語りは、手記が発見された経緯だったり、その主人公が手記を書かずにいられなかった身心のクリティカルな状況への言及だったりするわけだが、後者のような言説がもともとの物語りを吸収してしまうところまで進んで、私小説的な作品が生れてきた。それは自己のクリティカルな状況を語らずにいられない「私」のなかに、構想的作者が極小化されつつ同化してしまうことであり、物語り性の解体であった。そこから再び物語性を回復しようとすれば、現在進行形の語りそれ自体の物語りをも語ってゆく作品とならざるをえないであろう。

逍遙の若い頃の作品が喚起するもう一つの問題は、作中人物にかかわる語り手の内在化が意識化されたことで、どのような経路を通って主語と述語の明瞭な文体が創られていったか、ということであるが、その追及は別な論文に譲らざるをえない。

第五章　近代文学における「語り」の意味

——文体というアイデンティティの根拠を問うために

坪内逍遙は『小説神髄』（明治一八年）で「支那《しな》および西洋《せいよう》の諸国《くにぐに》にてハ言文《げんぶん》おほむね一途《と》なるから殊更《ことさら》に文体《ぶんたい》を選《えら》むべき要《よう》なし」と言い、森鷗外は「言文論」（明治二三年）で「古《いにしえ》は言と文との差別なく、文字成りて言を写しいだしゝも、これを読ませむためにあらず、これを忘れざらしめむためなり」と述べている。この二人はいわゆる言文一致運動にさっそく加担したわけでなく、むしろ性急な実践にブレーキをかけようとした知識人であったが、しかし現下の日本とは別な地域、または遠い昔にあっては、話し言葉と書き言葉とがめでたく一致していたことを認めていた。その意味では言文一致論者と理念を共有していたわけである。

だが実際に、言文一致（一途《と》、無差別）の言語状況がかつて存在し、今もなお「支那および西洋」に存在する事実が確証されたわけではない。理論的にはその反対の状況も考えられる。つまり人類史上はじめて発明された文字は呪術的秘儀的なものでしかなく、だから日常の話し言葉を写し記録するための記号ではなかったという状況である。一部の身分または階層に専有されていたこの記号システムは、話し言葉の語法や文法とさえもかかわりなく、たとえそれが発音されることがあったとしても日常の会話における言葉と干渉し合うことなどなかった。そういう状況すら想定できるはずである。

もちろんこのような言語状況もまた確証されてはいない。とは言え、言文一致論の前提をこのように逆転してみるならば、その理念の仮構性もまた明らかであろう。一見その主張は文に先立つ言の事実を踏まえているかのごとくであるが、じつは文によって演じられた、言わば見せかけの言にすぎないのであって、同様のことは近代小説における語りにも言うことができる。

明治一七年、三遊亭円朝の口演が若林玵蔵の速記術のおかげで『怪談牡丹燈籠』として刊行され、その平明活達な語り口に感銘を受けた坪内逍遙は翌年の第二版に賞賛の序文を寄せただけでなく、新しい文体を摸索していた二葉亭四迷に薦めた結果、明治二十年の『浮雲』の言文一致体に結実した。この半ば伝説化した周知の文学史的エピソードに気を奪られて、私たちはついそれを普遍化してしまい、筆記に先立つ語りの存在（あるいはその語りを筆録した物語り）を「事実」化してしまいかねない。例えば歌物語りに先立って歌語りの場があったのだ、という具合に。一面でたしかにそれは表現史上の「事実」を辿っているように見えるが、記述が語り口を享受する場面を演出する、もう一つの面を見落してはならず、逍遙たちのこの表現意識がなかったならば『怪談牡丹燈籠』が新たな可能性としてクローズアップされたはずがない。『浮雲』の冒頭のわざとらしい饒舌体はその演出意識の過剰なあらわれだったのである。

近代の小説の場合、言を演ずる文の意識は、専門的な文章家や職業的作家と自分を区別する語り手の自己顕示という方向に動いていったように思われる。


それからどこの学校へはいらうかと考へたが、学問は生来どれもこれも好きでない。ことに語学とか文学とか云ふものは真平御免だ。新体詩などと来ては二十行あるうちで一行も分らない。（一）

夏目漱石の『坊つちやん』の語り手「おれ」はこんなふうに文学と自分の語りの異質性を顕示する。こんなふうに強調された「おれ」の文学ぎらいは、四国の中学で出合った赤シャツを何となく虫が好かないと感ずることの伏線だったと言えるだろう。ただし、この時点までの生活過程で「おれ」が好き嫌いを言えるほど文学と接した気配はなく、むしろこの強調は、『坊っちゃん』という回顧談が、四国から帰っての語りだったことを考えるならば、この文学ぎらいは赤シャツ嫌悪をあらかじめ投映したものだったことになる。つまりバッタ騒動の職員会議で「文学書を読むとか、または新体詩や俳句を作るとか、何でも高尚な精神的娯楽を求めなくつてはいけない」などと演説した赤シャツへのしっぺ返しなのである。また、マドンナの美しさを伝えるにあたって、

　おれは美人の形容など出来る男でないから何にも云へないが全く美人に相違ない。何だか水晶の珠を香水で暖ためて、掌へ握つて見たやうな心持ちがした。（七）

とことさら表現べたをことわっているが、これは新体詩の一つも捧げようという赤シャツを意識してのことわりでもあった。もしこの事件を赤シャツ自身が描いたならば全く別様な文体とストーリーになったにちがいなく、その仮定されたテクストを相対化するための語りだったとさえ言うことができる。

だが言うまでもなく、これは一人漱石の『坊つちゃん』だけにみられる表現実験ではない。近代に入って「文学」的な表現とみずからの叙述を区別するコメントを含んだテクストがにわかに増えてきたのである。

　我足音に驚かされてかへりみたる面、余に詩人の筆なければこれを写すべくもあらず。この青く清らにて物問ひたげに愁を含める目の、半ば露を宿せる長き睫毛に掩はれたるは、何故に一顧したるのみにて、用心深き我心の底までは徹したるか。

（森鷗外『舞姫』、明治二三年）

四里あるき、五里六里行き、段々と遠くなるに連れて迷ふ事多く、（中略）十足《とあし》あるけば四足戻りて、果《はて》は片足進みて片足戻るほどのおかしさ、自分ながら訳も分らず、名物栗の強飯売家《こはめしうるいへ》の牀几《しやうぎ》に腰打掛《うちかけ》てまづ〳〵と案じ始めけるが、箒木《はゝきぎ》は山の中にも胸の中にも有無分明《うむぶんみやう》に定らず、此処《こゝ》は言文一致家《げんぶんいつちか》に頼みたし。

（幸田露伴『風流仏』、明治二二年）

『舞姫』の太田豊太郎は、冒頭で、手記というジャンルを選ぶほかはなかった理由を「若し外の恨なりせば、詩に詠じ歌によめる後は心地すが〳〵しくもなりなむ。これ（この恨み）のみは余りに深く我心に彫りつけられ」てしまい、そのため「詩」や「歌」のジャンルでは晴しえないのだ、と語っていたが、先の引用はそれと一面ではかかわりつつ、だがその意図するところはやや異る。好んで美人の形容に腕を揮う「詩人の筆」との対照によって、この手記が素人の手になることを示そうとしたのである。その点でこの見せかけの謙遜は、逍遙の『当世書生気質』の語り手が「素人眼《しろうとまなこ》」を誇示した語り口を受け継ぎ、結局それは『坊っちやん』の「おれ」の表現意識につながる。それに対して『風流仏』の語り手はおそらく「言ふに言はれぬ胸の中《うち》」などの章題をもつ『浮雲』の言文一致を揶揄したのであろう。このような章題のつけ方は逍遙の『妹と背かゞみ』（明治一九年）の「写しいだす心《こゝろ》の有耶無耶《うやむや》」や「写しいだす心《こゝろ》の擾乱《みだれ》」などを経て、『浮雲』第二編の「すはらぬ肚《はら》」に至るわけで、だから露伴からみた言文一致体とは必ずしも外的な対象を写実する文体ではなく、むしろ気持ちの定まらぬ心理の転変に即した表現であった。それを「胸の中にも有無分明《うむぶんみやう》に定らず、此処《こゝ》は言文一致家《げんぶんいつちか》に頼みたし」と揶揄しながら、新しい小説作法のシンボルたる内面描写と自己の語りとの相違を顕示してみせたのである。

分かるように明治二十年前後から三十年代にかけての作家たちは、かれらが当時の流行と見た文体との差異を強調したいモチーフに駆られていたのである。ここに挙げた人たちはいずれも手だれの文章家だったが、あるいはその自負を押し隠すために、非専門的＝素人的な語り手（または手記の書き手）をことさら仮構して自分との距離を取っていた。言文一致や語りもその一環であって、あくまでも演じられた文体とみなければならない。

さてそれならば――これは理論的にも言えることだが――一つのテクストに複数の「語り」が内在する場合も当然ありうるだろう。『当世書生気質』の場合、作中の現在時におけるいわば共時的な学生風俗の語りと、小町田親子の過去を振り返った通時的なストーリーの語りとでは明らかに口調が異る。これは芥川龍之介の『藪の中』のように複数の語り手が登場するからではない。あくまでも作中には登場しない透明な語り手でありながら、学生の生態を茶化し気味に描き出す滑稽本的な語り口と、小町田親子の運命を紹介する読本的な語り口とに別れているのである。

そしてこの両者を統括しているのが作者だった。ただしそれは必ずしも「作者《さくしや》が自儘《じまゝ》の考案《かんがへ》もて。いはぬが花《はな》か」とか「是《これ》また作者《さくしや》の出放題《ではうだい》なり。まじめで信《うけ》るハ。野暮《やぼ》なり」とかいう語り手としての「作者」ではなく、第十回の「緒言」でこれまで『書生気質』に向けられた非難や批評に答えたり、あるいは「作者《さくしや》いはく。以下《いか》の話譚《ものがたり》ハ。小町田粲爾《こまちださんじ》が。守山《もりやま》への話《はなし》なれども。（中略）わざと平常《つねてい》の物語《ものがたり》のやうに写《うつ》しいだしぬ。見《み》る人其心《ひとそのこゝろ》して読《よ》ませたまへ」と、語り口（語り手）の切り替えを読者にことわる、書き手としての作者である。その意味ではこの書き手が使い別けた語り口とも言えるわけだが、その書き手自身の別様な文体が用いられ、あの語り口が相対的に書き手から独立した語り手のものであるという微妙な分離が計られていたのであった。
その点でより興味深いテクストは漱石の『虞美人草』（明治四十年）である。『書生気質』ほど明瞭ではないが、ここでも甲野さんと宗近君の言動をとらえる語り口と、小野さんや小夜子の過去を伝える語り口とが使い別けられていた。ところが、さて舞台が京都から東京へ移ることになり、甲野さんと宗近君と、孤堂先生と小夜子の親娘とがたまたまおなじ夜汽車に乗り合わせ、つまり二様の語りが交錯する場面で、いきなりこんな表現が出て来る。

八時発の夜汽車で喰ひ違つた世界はさほどに猛烈なものではない。しかしたゞ逢ふてたゞ別れる袖だけの縁《えにし》ならば、星深き春の夜を、名さへ寂びたる七条にさして喰ひ違ふほどの必要もあるまい。小説は自然を彫琢《ちやうたく》する。自然その物は小説にならぬ。（七）

二組の主要人物たちが東京へ出るのにおなじ汽車に乗ったとは、出来すぎた偶然ではないか。そういう小説的作為に対する「自然」主義的批判を念頭に置いての、これは書き手からの反噬であろう。うまく偶然の一致を設けることこそが小説の使命であり権利なのだというわけである。しかしそういう作者の主張は、甲野さんが食堂車で宗近君に言う「小説なら、これが縁になつて事件が発展するところだね。これだけでまあ無事らしいから……」というせりふでブレーキをかけられてしまう。恋愛小説の常套に従うつもりのないことを、作中人物のほうがことわっているのである。換言すれば、この二組が強引に夜汽車で出合わせられ、二様の語りが統合される、まさにその縫い目の部分で（これが小説にほかならぬことを明言する）作者が出現し、しかも作中人物の一人にそれは恋愛小説的な作為のない展開であるかのごとく装う発言を行なわせていた。こうして作者と作中人物はさりげない形で相互批評的に向き合いながら、この物語りの「小説」性を規制し合っていたのであった。

ただし小夜子にとっては、このように甲野さんたちの世界と縫合されることが過去の安定と切り離されることにほかならなかった。

自分の世界が二つに割れて、割れた世界が各自《てんで》に働き出すと苦しい矛盾が起る。多くの小説はこの矛盾を得意に描く。小夜子の世界は新橋の停車場《ステーション》へぶつかつた時劈痕《ひび》が入つた。あとは割れるばかりである。小説はこれから始る。これから小説を始る人ほど気の毒なものはない。(九)

強引な縫合が小夜子の不幸を作ったのだ、と小説論理的には見ることが出来る。小夜子が上京しなければ小野さんと藤尾との恋が成就する可能性は高く、宗近君は三角関係にさえならぬ手前で藤尾に振られ、いや忌避されてしまう、そういう展開力の乏しい物語りに終っただろう。だが小夜子の上京で、小野さんをめぐる藤尾とのライバル関係が作られ、他方宗近君のほうはそういう泥沼から解放されて甲野さんとともに「道義」の側に立つことができ、小夜子の隠された援助者の役割に廻りえたのである。その意味で小夜子は「小説」的運動の意識せざる震源地であった。それとともにもう一つ注意すべきは、以上のような「小説」への言及と前後して「作者」が名乗り出て来、作中人物への好悪を語り始めたことである。先の引用とともに早くも私が「小説」について語る作者を想定したのも、このためにほかならない。

この作者は趣なき会話を嫌う。猜疑不和の暗き世界に、一点の精彩を着せざる毒舌は、美しき筆に、心地よき春を紙に流す詩人の風流ではない。(中略)嬉しからぬ親子の半面を最も簡短に叙するはこの作者の切なき義務である。(八)

謎の女の云ふ事はしだいに湿気を帯びて来る。世に疲れたる筆はこの湿気を嫌ふ。辛《かろ》ふじて謎の女の謎を叙し来つた時、筆は、一歩も前へ進む事が厭だと云ふ。(中略)謎の女を書きこなしたる筆は、日のあたる別世界に入つてこの湿気を払はねばならぬ。(十)

一般に潜在的な(透明な)語り手は事態の進行には関与せず、ただそれを伝える機能だけに自己限定しており、事態の快不快もおなじ感情が読者に喚起されるよう「客観的」に細叙してゆくだけであるが、ここでは恣意的に伝達を中断したり場面を転換したり出来る「作者」の権利が誇示されている。この物語が自然の作り替え(彫琢)であり、その基準に合わないものを排除し、自由に話題を転換し得る権利の主張であるが、これほど「作者」の支配力が誇示されたテクストも珍しいと言えるだろう。

縫合の時点から「作者」が語り手に取って代ったわけで、複数の「語り」を統括する単一の主体が生み出される。そのためにはこれほどにも強力な「書く」意識の招喚が必要だったのである。

念のためにことわっておけば、右に指摘した複数の語りとはバフチンのいわゆる多声的《ポリフォニック》な文体のことではない。多声的な文体はそれ自体一貫した特徴をもってアイデンティファイできるわけだが、ここで言う複数とはある場面の語りと別な場面の語りとが同一の語り手の口調としてアイデンティファイできないような特徴をもっている場合であって、だからその一つ一つの語りが多声的な特徴も備えている。しかもその語りが場面の性格に応じて調子を変えることもあり、『書生気質』の滑稽本的な語り口の場合、学生の浮薄な言動の場面と、反省で落ち込んでいる場面と、恋人と密会している場面とでは明らかにトーンが異るのである。『浮雲』にも同様の多様性が見られ、各編のなかでも場面に応じた口調の変化があるだけでなく、初編から第二編、第三編と移るにつれて全体的な変化が現われてくる。これを二葉亭四迷の表現力の問題とみるならばその間の生長成熟と言えるわけだが、語りそれ自体としてみれば複数の語り口の内在ととらえるほうが妥当だろう。要するに一つのテクストには単一の語り手しか内在していないという先入観を一たん除外してしまうことが必要なのであり、その上でなぜこのテクストの語り口は単一のものとしてアイデンティファイできるのかを検討してみればよいのである。そうしてみれば、複数を統括する機能としての「作者」が現われて来る。『浮雲』が未完に終るしかなかった理由の一つは、その「作者」を欠いていたためであった。

一つの語り口はそれ固有の物語構成力、とまでは言えないにしても、それが好んで用いられたジャンルの物語的傾向性を引きずっている。必ずしもそれは口承のモノガタリや説話型のことではなく——そんなものはほとんど後世の書く行為が演じた仮構にすぎない——むしろ近世の浮世草子や読本や洒落本や人情本などのジャンル別にパターン化された語り口と物語類型であって、幾分か変型されつつも近代の明治三十年代まで及んでいた。明治三十年代後半からのいわゆる自然主義文学が客観描写に精力を傾注したのは、その物語類型を解体しようとする試みと連動する実験だったのであり、言わば零記号の物語性と並行した零記号の語り口としての文体を目指したのであった。だがそれとても一つの語り口以外でなかったことは、その後の自然主義的小説の類型化からも容易に分かるであろう。そんなわけで一つの語り口が暗黙に指示している物語類型と違和しないストーリーラインの場合、単一の語り手にアイデンティファイされた表現のように見えてくる。それにまた明治二十年代の鷗外の『舞姫』や『文づかひ』などのように手記の書き手や体験談の語り手が登場する作品が数多く作られ、視点の統一ということとともに表現をアイデンティファイするあり方が定着されていったと思われる。しかし、もと異なるジャンルに由来する二つの物語類型を交錯させたり、従来にないストーリーラインを作ろうとする時、語り口とストーリーとの違和や、複数の語りの交渉が顕在化して、それを解決する「作者」が喚び出されて来ることは、葉山嘉樹の『海に生くる人々』でも明らかである。

初めに指摘したように、当時は多様な語り口の選択可能性があり、その選択の主要なモチーフの一つは他の語り口との差異性をことさら顕示することであった。換言すれば、生ま身の作家自身の内的必然性に従うのでなく、むしろかれからみて異質な身分や発想の語り口を摸することであった。というよりも、生ま身の作者自身の「内的必然性」などというのは、口承のモノガタリとおなじく語り口として演じられ、文体的に仮構されたものと言うべきであるが、それが始るのはもう少し後のことで、当時はまだ自覚的な表現モチーフたりえなかったのである。先ほどのような経路で「作者」が出現し、生ま身の作家自身がそれに自己同定を試みるようになった時から始まったのだと見るべきであろう。そういうプロセスの全体を一人で担ってしまったのが夏目漱石であった。

その意味でいま語りを問題にすることは、いわゆる言文一致体の流れを近代的文体の正系とみる先入観を疑い、だから当然自己表現としての文体という観念の前提たる作家概念を原因論的にでなく、結果論的にとらえ返す試みでもあるはずだが、しかし以上のような日本的な表現史の事情から生れた「作者」像を無視して、作者の死などと言うのは滑稽な結果に終りかねない。「作者」は語りの多様性が孕む生産力の一産物でありながら、しかも複数の語りを一元的な文体観で覆ってしまう変換装置でもあったわけで、それから解放されるためには、多声的な文体ならぬ複数の語りというとらえ方が私たちに必須となってくる。

第Ⅳ部

「読者」と「作者」の生産様式

第一章　読者の位置——源氏・宣長・種彦・馬琴・逍遥

坪内逍遥は『小説神髄』の緒言で、最近の創作が量産と劣悪化の事態におち入ってしまった原因に、読者の鑑識眼の低下を挙げている。文化文政の頃の読者はそれなりに優れた作品を選り別ける眼をもっていた。そのおかげで、「他《た》の拙劣《せつれつ》なる小説稗史《せうせつはいし》ハ自然《しぜん》に優者《いうしや》に圧《あつ》せられて世《よ》に行《おこな》はるゝことをば得《え》ずむなしくて原《げん》稿《かう》のまゝにて終《をわ》りもしくハ板木《はんぎ》にのぼりし後《のち》にも紙魚《しみ》の餌食《ゑじき》となるもの多《おほ》くて世《よ》にあらはれしハ稀《まれ》」だったのであるが、近ごろの読者は「活眼《くわつがん》」を欠き、「ひたすら殺伐残酷《さつばつざんこく》なる若《もし》くハ頗《すこぶ》る猥褻《わいせつ》なる物語《ものがたり》をのみめでよろこぶ」ために、「見識《けんしき》なき」作者がそれに媚びることになったのだ、というわけである。

文化文政期に、はたして良貨が悪貨を追放するような好ましい文化状況があったと言えるかどうか。馬琴の『木石余譚第一集拙略評稗説虎之巻』によれば、かれの少年時代の安永天明の頃までは「取て師とすべき国字小説の大筆」がなかったため、手本を得るのに苦労したが、「享和文化より以来、冊子物語大《いた》く行れて、大筆なるも少からねば、当時戯墨を好《（ママ）》る才子、そを師とし友としてもて筌蹄《（せんてい）》となせる者、その骨髄は得がたくとも、皮肉を奪ふに難からず」という恵まれた状況となった。「師とし友としてもて筌蹄」となりうる作品は、同時に批評の基準をも提供したはずであり、自分の作品がそれに相当するのだという自負を馬琴は抱いていたであろう。もっとも、手ごろな手本に不自由しないということは、その反面、「よく相似たるごとくなるも、蛇を画きて脚を添へ、虎を画きて狗に類す、冗籍も亦多く出たり」という事態を招くことにもなってしまった。またおなじ馬琴の「おかめ八目」（山東京伝『双蝶記』の評）によれば、安永天明の頃には遊廓を舞台にした小冊子が沢山出板され、「その風俗に害ありとて官禁」を受けてしまったのだが、現在は絵入よみ本が「古昔そのためしなきまで」盛んに行なはれている。「こは一時の好みによるものから、いともかしこきおほんいきほひによるもの也」。これは分かりにくい言葉であるが、多分かれは、読本の発生と爆発的な流行という民衆の活力《エネルギー》を、当代将軍（の治世）それ自体のポテンシャリティのあらわれとして言祝《ことほ》ぎたかったのであろう。だが、爆発的流行の裏側には当然、「毎年数十本いづる絵草紙、いつまでか世に流布して愚俗を誤《あやまら》しむべき、今年の新板明年に至りては、六日のあやめ十日の菊よりもなほけおとされて、見るものまれなるをや」という事態がつきまとっていたのである。

　こうしてみれば逍遙の認識は適切でなかったわけだが、しかし馬琴の同時代認識が正確だったとは必ずしも言えないであろう。とはいえ、私のいまの関心はかれらの事実認識の適否にはない。むしろかれらの認識のパターンとその相互関係を検討してみたいと思う。近世の作家はしばしば、自分の作品が婦女や児童のなぐさみ物でしかないことを自嘲的に語っていた。馬琴もその例外ではなかったが、その反面かれは、資料の博捜や、歴史的事実と虚構とのかね合いについて強烈な職業作家的自信を抱いていて、例えば国学者建部綾足の擬古物語『本朝水滸伝』を取り上げ、その知識人的な気どりを「文人のそら言」と酷評してはばからなかった。その意味で馬琴の読者像は二重化されていたと言える。その一つは言うまでもなく婦女児童という大衆的享受者層であり、もう一つは「おかめ八目」や「稗説虎之巻」のような高度な批評文の読み手であって、「犬夷評判記」のなかに対話者として登場させられた読《よ》み巧者《こうしゃ》、つまり馬琴ほど博識多才ではないが、こと戯作に関しては専門家的な一家言をもっている読者層である。かれの作品に頻繁に呼び出される、一種の内的対話者たる「看官」とは、前者のイメージを借りつつその内実は後者だったとみることができるだろう。かれが作中に仕掛けた高度な暗号（＝隠微）の解読者たることを、その「看官」は要求されていたからである。

それと較べる時に見えてくる逍遙の立場のむずかしさは、かれがこのような読者層を持てなかったことである。なるほど時には「おのれが友人某かつていへらく」というような内的対話者が、『小説神髄』中に登場しなかったわけではない。ただしそれは主に文体論の箇所に出てくるだけで、しかもその説くところは常識的には一応もっともなタテマエ論にすぎず、むしろ『小説神髄』を通してかれが専門的な対話者にまで育てようとした「普通の読者」のなかの、言わば良識的な読者層以上ではなかった。その「友人某」の発言からは、小説における虚と実に関する一定の見識や、表現の細部に籠められた仕掛を見抜く、玄人的な読みの力は認めにくいからである。これは多分、その「友人某」が逍遙の対話的分身であり、たとえそのなかに高田早苗のような友人のイメージが含まれていたとしても、結局それは現実のなかに読み巧者的な対話者を見出しえなかった証拠であった。その意味では初めに紹介した「活眼《くわつがん》なき四方《しはう》の読者《どくしや》」に対する批判も、馬琴ほどにさえ対話者に恵まれなかった苛立ちの表現としてみることが出来るであろう。

逍遙の場合、読者の問題では『当世書生気質』のほうがより本質的なところをとらえていたと言えるかもしれない。新たな読者層を獲得、いや産出しようとする時、その作品の内部で描かれる主要な事件の時間帯は、読者がそれを手に取ってみる時間帯とほぼ一致する。これはかなり大まかな傾向性としてしか言えないのだが、『書生気質』はその恰好な一例とみることが出来よう。この作品は書生という読者層をねらったものだが、かれらが出席する講義の場面を描くことはほとんどなく、いわんやその時間帯に重要な事件が起るなどというプロットにはなっていない。これは都市の小市民や主婦を読者層としてねらった作品が、むしろサラリーマンの勤務状況や主婦の家事場面を避けようとしているのとおなじ法則によっている。かれらが教室や仕事場から解放されて小説を繙いてみる、それとほぼ同じ時間帯に、小説内の事件は、小説でも読んで時間《いま》を潰すしかない現実とは対照的な、もう一つの可能性として作り出されてくるのである。『書生気質』の発端はある春の休日の「黄昏《かはたれ》ぎは」であり、それ以後も主要な出来事は夕刻から深夜にかけて起っている。つまり書生がこの作品を手にしているだろう時間帯にほかならず、しかもその出来事の多くは、もしかれらがその本を閉じて一歩部屋の外へ出たならばじきにぶつかるような、きわめて身近な人間的交渉であった。

してみるならば、そのなかには作中人物が小説を読み耽る場面が出て来たとしても一向におかしくはないはずであろう。『書生気質』には田の次と小町田粲爾という二人の「読者」が出てくる。前者は、当時流行した『浅尾よし江の履歴』という人情本仕立ての実録小説のヒロインにわが身を引き較べて、小町田と結ばれる未来を夢見る若い芸妓であり、後者はかつてロード・リットンの『リエンジー』という一種の政治小説に人生の夢を託したが、いまはその空想癖《アイデアリズム》から醒めてしまった学生であった。これが逍遥のとらえた読者の二類型であったとすれば、理論的可能性としてはさらにもう一つ、まさにこの『書生気質』のような作品に興ずる書生を登場させることが考えられよう。しかしそれはあくまでも理想論でしかなく、この第三類型の読者層を産出すべく『書生気質』は書かれたわけで、未だ実現されていない読者層のイメージをあらかじめ作品中に繰り込むほど予見的批評能力をかれは持ち合わせていなかった。それよりもいまここで私が強調しておきたいのは、作中に二類型の読者を登場させることで、逍遥は、その二人が読み耽った実録小説や政治小説とはきわめて異質な、現にこの作品に興じている読者が自分自身をどのように見出し、新たな読者のあり方として位置づけてゆくか、そういう自己批評的な契機を仕掛けていたことである。田の次は『神髄』で言う「活眼《くわつがん》なき」読者、小町田は「友人某」に相当する読者に一応は比定することが出来るが、読者の反省的な自己定立を促す仕掛けを持ちえた点で、『書生気質』のほうがより高い読者論としての可能性を含んでいた。馬琴の作品には、このような仕掛けとしての読者は登場しない。それだけかれの読者像は、制度的に固定された形で先験化されてしまっていたのであろう。ところが『書生気質』の田の次や小町田に相当する仕掛けは、『源氏物語』の螢の巻に見出されるのである。

これまでの『小説神髄』研究は、もっぱら逍遙のヨーロッパ近代文学の理解のレベルを問う関心の下に、主として原理論的な上巻を対象に、その材源調査や主要概念の理論的整合性の検討、という形で進められてきた。そしてその結論はおおむねどの研究者も一致しており、たしかに『小説神髄』は文学の自立性をわが国で初めて説いた先駆的な評論であるが、しかし近世戯作文学の残滓を十分に克服できなかったため、その理論的な裏づけはきわめて不完全なものでしかなかった、と要約することが出来る。小説作法的な下巻が研究対象としてほとんど取り上げられて来なかったのも、主人公論や脚色論などがごく常識的な入門書的解説の域を出なかった上に、雅俗折衷体を良しとする文体論などはその後のわが国の近代文学観に全くなじまない時代おくれの観念と見られ、近世的戯作の残滓の証拠として扱われて来たからにほかならない。ごく稀には馬琴の小説稗史観の根深い影響を、必ずしも否定的でなく指摘した研究もないわけではないが、まだその分析は幾つかの言葉づかいの類似を指摘するにとどまっている。

このような研究の致命的な欠陥は、逍遙の読んだイギリス文学と、二葉亭四迷の学んだロシア文学と、森鷗外の接したドイツ文学とに共通する「ヨーロッパ近代文学」を、あまりにも安易に前提としてしまったことである。この抽象的な共通概念を一たん傍に取り除けて、もし実際に逍遙の読んだ作品や評論がイギリス文学史のどの時点での小説作法や審美的基準に基づくものだったかを細部にわたって検討してみるならば、『小説神髄』の文体論や脚色論の重要さがおのずから明らかとなり、研究者自身の「近代文学」概念も大きな変更を迫られざるをえなかったであろう。だがそのような手続きを欠いたため、逍遙と二葉亭の小説観をいとも安直に「ヨーロッパ近代文学」という共通の尺度で測って逍遙の理解の浅さを指摘したり、『神髄』における近世的な語彙を近代性の未熟さの証拠としてあげつらう結果になった。その意味ではこれまでの精力的な材源調査にもかかわらず、『神髄』はまだ一度も本格的に読み込まれたことはなかったと言わなければならない。おなじことは日本の文学伝統とのかかわりについても言える。近世までの伝統との断絶の程度を「近代性」のメルクマールとする固定観念が長い間研究者を支配し、かれら自身の無関心を逍遙に投影した結果であろう、逍遙は本居宣長の「もののあはれ論」を引用しているが、『玉の小櫛』の本質をとらえそこねていた、というような評価が行われている。その評価の手続きは、「ヨーロッパ近代文学」を前提としたのと同様に抽象的な本質主義《エッセンシャリズム》にとらわれていて、細部の検証はほとんど無視してしまっている。かれは『玉の小櫛』の読みどころをつかめなかっただけでなく、『源氏物語』にきちんとつき合うことがなく、その手薄さがわが国の近代文学の出発を誤まらしめたのだ、というような、『神髄』の下巻を全く考慮しない極論さえ行なわれてきたのである。

ただし念のためことわっておけば、私の『小説神髄』研究のねらいは、「ヨーロッパ近代文学」やわが国の文学伝統に関する逍遙の理解の質を改めて検討し再評価することにはない。その理由は、右のように、対象(に内在する本質)の存在を先験化して、それをどの程度「客観的に」正しくとらえていたかによって認識水準を判断する、そのような学問観に疑問が生じたからである。それだけでなく、むしろもっと具体的で現実的な事情として、物語りには筋の一貫性ということが必要で、それを維持するためにも主人公の設定が不可欠であるなど、現在の私たちには全く自明と思われていることが必ずしも当時の逍遙には自明ではなかった。だからどのような通時的かつ共時的なコンテキストのなかで、それらのことが逍遙によって問題意識化されるに至ったのか。それを明らかにすることは同時に私たちの間で自明化されてしまった概念の根拠を検証することにもなるはずであって、延ては文学の自立性という一見普遍的な観念それ自体の歴史的な性格とイデオロギー的な機能を検討することにもなる。そういう課題を私が抱えているからにほかならない。

本論はそういう『神髄』研究の一環としてまず読者の問題を取り上げてみたのであり、だから当然ここでは逍遙の宣長や『源氏物語』の理解の質を問うことはしない。そうではなくて、物語や小説のなかに読者を登場させたりその意味を明らめようとしてきた文学史を想定し、そのヴァリアントとして『源氏』以下のテキストをとらえた上で、『神髄』や『書生気質』にあらわれた認識のパターンを整理しておきたいのである。

次にまず、少し長いが、『源氏物語』螢巻の物語論を引用したい。

殿も、こなたかなたにかかる物どもの散りつつ、御目に離《はな》れねば、「あなむつかし。女こそものうるさがらず、人に欺《あざむ》かれむと生《む》まれたるものなれ。ここらの中にまことはいと少なからむを、かつ知る知る、かかるすずろごとに心を移し、はかられたまひて、暑かはしきさみだれの、髪の乱るるも知らで書きたまふよ」とて、笑ひたまふものから、また、「かかる世の古事《ふるごと》ならでは、げに何をか紛《まぎ》るることなきつれづれを慰めまし。さてもこのいつはりどもの中に、げにさもあらむとあはれを見せ、つきづきしくつづけたる、はたはかなしごとと知りながら、いたづらに心動き、らうたげなる姫君のもの思へる見るに、かた心つくかし。またいとあるまじきことかなと見る見る、おどろおどろしくとりなしけるが目驚きて、静かにまた聞くたびぞ憎けれど、ふとをかしきふし、あらはなることなどもあるべし。このごろ幼き人の、女房などに時々読まするを立ち聞けば、ものよく言ふ者の世にあるべきかな、そらごとをよくし馴《な》れたる口つきよりぞ言ひ出だすらむとおぼゆれど、さしもあらじや」とのたまへば、「げにいつはり馴れたる人や、さまざまにさも酌《く》みはべらむ。ただいとまことの事とこそ思うたまへられけれ」とて、硯《すずり》を押《お》しやりたまへば、「骨《こち》なくも聞こえおとしてけるかな。神代《かみよ》より世にある事を記《しる》しおきけるななり。日本紀《にほんぎ》などはただかたそばぞかし。これらにこそ道々《みちみち》しく詳《くは》しきことはあらめ」とて、笑ひたまふ。

これまでの私の関心からみてまず重要な点は、当時の読者がこの物語を読んだだろうのとちょうどおなじ時間帯と状況のなかで玉鬘という読者が光源氏と物語論を交わしていること、いやもう少し正確に言えば、当時の読者が、あたかも玉鬘のごとく「らうたげなる姫君のもの思へる」さまに物語をめくっているかのごとく、いまこの物語を読む自分をなぞらえてみることが出来た、ということである。これは『源氏』の作者が意識的に企んだことであったか否かはともあれ、大変に巧妙な終りのない物語《ネーバーエンディング・ストーリー》の仕掛けであって、その合わせ鏡的に虚実が嵌入し合ってゆく読者像に対して光源氏はみずからの物語論を語ってゆく。という意味は、それが源氏個人の物語一般に関する意見であると同時に、源氏についてのさまざまな物語が語り継がれたり読まれたりするあり方に対する、言わばかれ自身の批評、として読みうる仕掛けともなっていたということにほかならない。それを聞くのは玉鬘を通しての読者、というよりは半ば玉鬘化した読者なのである。

いま物語享受の一モデルとして、参加者の誰れもが知っている物語を任意の一人（と言っても語り上手な人が望ましいわけだが）が語り、他の人たちがそれを楽しむという場面を考えてみよう。この場合、任意の一人はアクセントの置き方やちょっとした細部の工夫によって自分らしい語り口をアピールしようとするかもしれないが、物語の基本構造を変えてはならないはずで、比喩的な意味で物語はラング、一人一人の語り方はそのパロールということになる。そのサーキュレーション形態は、一つの物語が参加者の間を受け渡されてゆくように見えるが、この場合の価値は一人一人の語り口ではなくて物語り自体が担っているわけであるから、実際はこの価値に裏づけられて個々の語りが流通させられてゆくのである。

それに対して、誰れもが共通に関心を抱く人物や事件について参加者の一人一人が耳新しい物語を提供する第二モデルや、さらにはある特定の語り手が、一人物や事件の紹介の仕方自体の魅力によって聞き手の興味を惹き出しつつエピソードを重ねてゆく第三モデルも考えることが出来るだろう。

この最初のモデルにおける物語はその作者を特定できない——あるいは特定の必要がない——言わば伝承的なものという約束の下に享受されるわけだが、第二モデルの語り手たちは何らかの形でその人物や事件と自分とのかかわりを表現化しなければならず——視点的位置の明確化や伝聞関係を明示する助動詞など——同時にまた話柄を提供し合う仲間からの疑問や反撥、時には制止の声などを先取りした形で話題の人物や事件への批評的言述を織り込むことも必要となるにちがいない。そして第三モデルの場合、その語り手は聞き手と立場を交換できない、現在私たちが普通に言う意味での「作者」の位置におかれるだけでなく、第一モデルにおける価値の先験化された物語への批判を自己のモチーフとして意識するに至る。そしてその作品のサーキュレーション形態は、対自的には自己充足のための私—私的なコミュニケーションの性質を帯びるとともに、対他的にはその物語を物語以外のものと交換する関係に入ってゆくこととなる。この点から改めて第二モデルの形態をとらえてみるならば、共通関心の人物や事件は話題性という価値を持つと言えるが、それだけに個々の語り口や批評的視点によってたちまちマイナスの価値に転じてしまう危機にさらされており、他方、一つ一つの挿話は、お互を共通の関心対象のヴァリエーションと位置づけし合う並列的な関係に入らないかぎり流通性を持つことが出来ない。その意味では物語性と「作者」の表現性とのいずれもが自立的な価値を主張できず、言わば両者を折衷的に折半したような形であり、——換言すれば物語の共同性を失いつつも話題性によって共同性を擬制するほかはなく、だからまた対自性と対他性の緊張関係をまだ知らない状態で――実はそれが逆に共通話題の場というサーキュレーション状況を仮構しようとするエネルギーを生んでいるのである。

しかし以上はあくまでも理論的なモデルであって、これによって文学史を作りうるはずだなどと主張するつもりはない。ただ以上の類型に照らして先ほど引用した『源氏』の場面をとらえてみるならば、玉鬘や「幼き人」（明石の姫君）の享受形態は第一モデルが書写行為を媒介に行われたようなケースだったと言うことができよう。そしてこれを揶喩的に批評した光源氏の言葉は、第二モデルの語り―聞く仲間関係のうちから発せられる疑問や反撥の声が、物語ること自体や読む行為そのものへの批判に転換されたケースである。当然その疑問や反撥の意識には、「そらごと」と「まこと」を区別する批評性が含まれていた。だが玉鬘のような第一モデルの享受形態のなかにいる人間からみれば、そういう批評意識それ自体が「いつはり馴れたる人」の痼疾なのであって、自分の享受の仕方としてはどこまでも「ただいとまことの事とこそ思うたまへられけれ」であるほかはないのである。ここに引用した箇所の少し前に、「さまざまにめづらかなる人の上《うへ》などを、まことにやいつはりにや、言ひ集めたる中にも、わがありさまのやうなるはなかりけりと見たまふ」と書かれていた。玉鬘とても物語が「いつはり」以上でないことは分かっている。それを承知した上で、彼女は、源氏のように「そらごとをよくし馴れたる口つきよりぞ言ひ出だすらむ」と醒めた眼で語り手を批評することを拒み、「ただいとまことの事とこそ思う」享受に執着したのであった。小林秀雄の『本居宣長』の言葉を借りるならば、このような「玉鬘の物語への無邪気な信頼を（中略）認めなければ、物語への入口が無くなるだろう。『まこと』か『そらごと』かと問ふ分別から物語に近附く道はあるまい。先づ必要なものは、分別ある心ではなく、素直な心である」。

だが、そこがいささかやっかいなところなのだが、「まこと」か「そらごと」かと問う分別からも物語に近づく道はあり、宣長は必ずしも小林が言うほど玉鬘的な読者を無限定によしとしていたわけではない。『紫文要領』や『玉の小櫛』の宣長は玉鬘の言葉ではなく、源氏の科白のなかに作者紫式部の「下ノ心」を読み取ったわけだが、本当の問題はその「下ノ心」のとらえ方が妥当であったか否かと問うところにはない。その分析に先立って、なぜ螢巻のこの場面から「作者」の問題が喚起されてしまうのか、という点をまず検討しておくべきであっただろう。

『源氏』のいわゆる草子地は、第二モデルの語り手が人物や事件とのかかわりを明示する表現の一例証とみることが出来る。その人物や事件が虚構のものであると否とにかかわらず、それは少くともこの語り手にとっては現実的な目撃談あるいは見聞譚として表現されるわけで、だから別な面から言えば、語り手の目撃や見聞の及ぶ範囲と及ばない領域の区別が語り分けられるという特徴を持つ。「まこと」か「そらごと」かを問う意識は、この種の語りの言わば固有性なのである。光源氏は、そのような語り口を含む文体によって、時には辛らつな批評を混えつつ描かれた、話題の中心人物であった。その話題の対象たる光源氏が、物語への懐疑を語る。たとえ第一モデル的なあり方に向けられた科白だったとしても、一瞬それはあたかもかれ自身についての物語をイロニカルに批評した言葉のごとき印象を読者に与え、そのような形で自分の語る物語にコメントを附けた「作者」の存在を喚起させるのである。続いて光源氏は物語の美点を肯定的に語ってゆくのであるが、先の印象に支配されて、この肯定もまたイロニカルな調子を帯びてしまう。このイロニイは、みずから『源氏』の卓越性をあからさまに揚言するかのごとく受け取られるのをはばかった、作者紫式部の一種の韜晦なのだ、と宣長は読み取っている。「こゝは、玉かづらの君の、むつかりて、我はみなまことの事と思ひ侍る、と申シ給ふをうけて、まことに然りと、た《ム》はふれ給ふ詞也、わらひ給ふといへるにてしるべし、下ノ心、もしすべて物語を、ひたぶるにほめて、よきさまにのみいひなしたらむには、みづから作れる此源氏物語を、道々しくはしく、日本紀などにもまされる物と思へるにこそと、世の人にあざけられんことを、くみはかりて、その難をのがれむために、まづかくいひおく也」（『玉の小櫛』）。かれは自分に「作者」の存在を喚起した仕掛けには眼を向けず、仕掛けの結果（「作者」）から原因（テキスト）を意味づける解釈を行なっていたのである。

それだけではない。次のような、先ほど引用した箇所に続く言葉をみるならば、光源氏は第三モデルの「作者」を想わせるような認識も語っていたのである。

その人の上《うへ》とて、ありのままに言ひ出づることこそなけれ、よきもあしきも、世に経《ふ》る人のありさまの、見るにも飽かず、聞くにもあまることを、後の世にも言ひ伝《つた》へさせまほしき節ぶしを、心に籠《こ》めがたくて、言ひおきはじめたるなり。よきさまに言ふとては、よき事のかぎり選《え》り出でて、人に従はむとては、またあしきまさのめづらしき事をとり集めたる、みなかたがたにつけたるこの世の外《ほか》の事ならずかし。他《ひと》の朝廷《みかど》のさへ作りやうかはる、同じやまとの国の事なれば、昔今《むかしいま》のに変るべし、深きこと浅きことのけじめこそあらめ、ひたぶるにそらごとと言ひはてむも、事の心違《たが》ひてなむありける。

光源氏が言う「心に籠《こ》めがたくて、言ひおきはじめたるなり」という物語の初発のモチーフは、歴史的な遠い過去での物語の発生を意味するのか、それとも、今の世（現代）で物語を作る人たちの内発的な契機をとらえた言葉だったのか。理論的にはそういう問題が起ってくるはずであるが、この時の源氏はそんなこちたい問題を全く意識しないで、歴史的な発生と当世の語り手の個的な契機とのいずれにも共通する普遍性として語っていたように思われる。ただし個的な契機とは言っても、現代における自己表現の謂では必ずしもなく、「世に経《ふ》る人のありさま」で「後の世にも言ひ伝《つた》へさせまほしき節ぶし」という社会性、つまり一種の共同性が前提になっている。が、ここでいま私が注目したいのは、――そしてそれは先に引用した箇所でもすでにある程度方向づけられていたことであるが――この個的なモチーフの強調のなかで、第一モデルのようなサーキュレーションにおける共同の物語の先験性が無化されてしまったことである。『蜻蛉日記』の書き手が「世の中におほかる古物語の端《はし》などを見れば、世におほかるそらごとだにあり」と言った時に始まった、あのサーキュレーションからの逸脱と拒否が、ここでは「心に籠《こ》めがたくて」という内発性の普遍化という形で論理化されるに至った。この内発性を抱えた語り手のイメージの提示、それは「作者」の誕生にほかならない。

　ところで宣長は、この光源氏の発言を作者紫式部の「下ノ心」に還元しながら、その一方では他の作中人物の科白と同列に置いて検討している。「桐壺ノ巻ニ云ク、くれまどふ心のやみも、たへがたきかたはしをだに、はるくばかりに、聞えまほしう侍るを、わたくしにも、心のどかにまかッで給へ、早蕨ノ巻ニ云ク、中納言ノ君、心にあまることをも、又たれにかはかたらはむと、おぼしわびて、兵部卿ノ宮の御方にまゐり給へり云々、（中略）手習ノ巻ニ云ク、おもふことを、人にいひつづけむことのはは、もとよりだに、はかぐ〱しからぬ身を、まいてなつかしくことわるべき人さへなければ、たゞ硯にむかひて、思ひあまるをりは、手習をのみぞ、たけきこととは、かきつけ給ふ」など。これらの言葉と源氏のそれとを同列においてみることは、もちろんテキストに即するかぎり全くさしつかえないことであるが、宣長は一たん還元した「下ノ心」とこれらとを次元の差を無視して並列し、その全てを紫式部の側からとらえてしまったのである。それほどこの箇所が喚起する「作者」の像は強烈だったのであろう。

「作者」の誕生は読者の出現でもあった。この時の光源氏の言葉の、もう一つの理論的な問題点は、「心に籠《こ》めがたくて」という内発性と、「よきさまに言ふとては、よき事のかぎりを選《え》り出でて、人に従はむとては、またあしきさまのめづらしき事をとり集めたる」という対他性（あるいは他発性）とがどのように関係するのか、という点である。換言すれば、表現の自己充足性と他者の興味をつなぐ配慮、という矛盾しがちな二側面から生ずる、物語構造の問題である。

もっとも、『湖月抄』における「人に従はんとては」の注は「紫式部が作意を心にこめて寓《ヨセ》て述る也」「人にしたがはんとてとは、人の善悪のさまざまにしたがひては、又世にめづらしくあしきさまの事をも書くと也」となっていて、この二つ目の解釈段階では右のような問題は起らなかったと言える。なぜならこの「人」は語られる内容、描かれる対象の側に属するからである。ところが宣長はこの挿入句について、「かくいへること、紫式部の心しらひおもしろし、すべて人のあしき事をいひたつるは、よろしからぬことなれば、あしくいはむとにはあらざれども、よの人の、わろしと定むる事をば、その定めにしたがひていふとの意也、人にしたがふとは、我は好まねども、世の人のいふまゝにいふよし也」と解釈している。「あしきさまのめづらしき事」の代表例として末摘花や近江の君を挙げることでは『湖月抄』も『玉の小櫛』もおなじであったが、『湖月抄』はこんな女君たちもこの世にいるのだからその現実に従って、と解釈したのに対して、宣長はこんな女君たちを登場させるのも「我（作者）は好まねども、世の人のいふまゝ（世間の人の取り沙汰に従い、世間の求めるまま）に」語らざるをえないのだ、ととらえたのである。その意味でこの「人」は作者が配慮せざるをえない読者層を含意していた。

『源氏』には言うまでもなく玉鬘や明石の姫君のような読者が登場してくる。だがこの読者は既に存在する物語を書写したり女房たちに読み聞かせてもらったりする、言わば受け身の読者であって、「作者」が考慮せざるをえない、換言すればその作意に作用を及ぼすところの読者ではない。むしろこの世間の要求という作用因としての「読者」は、もしそういう言い方をすれば、『源氏』のなかでなく、宣長の解釈とともに出現したのである。宣長の解釈が『源氏』研究として正当であるか否かの判断は私の手に余る問題であるが、論理的にみるかぎりその解釈は前後の発言とかならずしも首尾一貫していない。もともとかれの読み方によれば、源氏の「よき事のかぎり選り出で て……とり集めたる」という言葉は、その直前の「よきもあしきも、世に経《ふ》る人のありさまの、見るにも飽かず、聞くにもあまること」という言葉の言い換え、ないしはその敷衍であった。とするならば、「人に従はんとては」の「人」は、「世に経《ふ》る人」とおなじく語られる対象でなければならない。ところが宣長はことさらその一句を紫式部の挿入句とみて、「我は好まねども」という「作者」にはは不本意な他発的作用因ととらえたのである。このような「作者」と「読者」の関係化は、むしろ宣長をとりまく近世的な表現状況の侵入と見るべきであろう。

以上私は宣長の『源氏』解釈を通して物語のなかの読者像、および物語の読みにおける「読者」層の顕在化のプロセスを見てきたわけだが、近世には次のような解釈もあったのである。

光氏少し膝《ひざ》を進め。今《いま》も己《すで》に言《い》ひし如《ごと》く。物語《ものがたり》に種々《しな〴〵》は。有《あ》れども作者の心を用ひる。処にかはりは敢《あへ》てなし。是は誰《た》が身《み》の上《うへ》と。有《あり》り儘《まゝ》には云《いは》ねども。善《よき》も悪《あし》きも世を経《ふ》る人の。有様《ありさま》にまづ心を附《つ》け。見《み》て面白《おもしろ》く語《かた》りても。人に飽《あき》の来《こ》ぬ筋《すぢ》にて。我胸《わがむね》にのみ籠《こ》めおき難《がた》き。事有《ことあ》る時は後世《のちのよ》に。言伝へま欲《ほし》きより。作《つく》り初《そめ》る者《もの》にて有り。善人《よきひと》を誉《ほむ》る時《とき》は。善《よき》が上《うへ》にも愈々《いよ〳〵》善《よ》く言ひ。又悪人《あしきひと》の様子《さま》をも。尾《を》には尾《を》を付《つけ》て珍《めづら》しき。事共を取集《とりあつ》む。それも是《これ》も皆此世に。無《な》き事《こと》にては非《あら》じかし。

これは柳亭種彦の『修紫田舎源氏』の一節である。この『源氏』のリライトでは、先ほどの「人に従はむとては」というやっかいな一句はあっさりと省略されてしまっている。多分それは、「読者」の興味に従うことなぞもはや自明の前提だったためであろう。というのは、その句の意味はすでに「見《み》て面白《おもしろ》く語《かた》りても。人に飽《あき》の来《こ》ぬ筋《すぢ》にて」という解釈のなかに吸収されてしまっていたと言えるからである。『源氏』における「見るにも飽かず、聞くにもあまること」は、語り手一人の胸には収めておきがたい切実な人生経験の意味であったが、このリライトにおいては「作者」にとっても面白く、読者が聞いても飽きないような興味ある事柄に変容されてしまったのであった。

それが近世戯作の本質だ。そう言うことはまことに簡単であるが、しかしいまの私には、近世戯作との対比から『源氏』や宣長の著作を守ろうとするような権威主義は無縁である。そういう格づけ意識をとり払ってみるならば、この『修紫』は幾つかの大切な問題を提供してくれる。例えば光源氏が玉鬘の部屋に螢を放った行為について、『源氏』の草子地は「まことのわが姫君をば、かくしももて騒ぎたまはじ、うたてある御心なり」と大変きびしい非難を発している。が、『修紫』の類似の場面では、「空薫物《そらたきもの》心悪《こゝろにく》き。程《ほど》に匂《にほ》はし床《ゆか》しげに。思はせ給ふは実《まこと》の親《おや》の。做べき所為《しわざ》にあらねども。正尚（『源氏』の兵部卿宮に相当する）が心の真実《まこと》を。見《み》て許《ゆる》さんと覚《おぼ》してなる可《べ》し」と、あらかじめ好意的に弁解してやっているのである。玉鬘との物語論ののち、光源氏はこの養女に向って「いざ、たぐひなき物語にして、世に伝へさせん」と父娘相姦的な恋を仕掛けようとするが、『修紫』ではそういう非道な場面は削ってしまっている。その点では近世戯作のほうが奇妙なほど道徳的に行儀がよい。おそらくそれは単なる偶然ではなくて、『源氏』と『修紫』とのサーキュレーション形態の相違と、それに淵源する草子地の語りと近世的な物語における地の文の質の違いとして検討されなければならないし、そのためには宣長の『手枕』と『源氏』の文体の質的な相違も参照される必要があるだろう。

ただしこの問題にまで言及するのは本論の範囲を超えてしまうことであり、『神髄』の文体論と関連させつつ別な稿にゆずらざるをえない。先ほど引用した光源氏の言葉の「日本紀」と物語との関係も重要な問題を孕んでいるのであるが、これも馬琴における正史実録の問題や、『神髄』における小説と歴史の問題との関連で別稿にゆずりたいと思う。だが『修紫』の次の箇所だけは本論の流れとしてついでに見ておかなければならないだろう。

「嗚呼《あゝ》見《み》るだにも煩厭《むづかし》や。女はうるさき事ともせぬ。大概《おほよそ》何《ど》れも同様《おなじやう》に。実《まこと》は少《すくな》き物語《ものがたり》。根《ね》もない事《こと》と知《しり》乍《なが》ら。虚々《うか〱》夫《それ》に心《こゝろ》を移《うつ》し。只居てすら暑《あつ》くろしき。五月雨時《さみだれどき》に寐乱《ねみだ》れの。髪《かみ》をも結《あげ》ずかき写《うつ》す。一体《いつたい》女は虚説《そらごと》を。作《つく》りしものに欺《あざむか》れん。為《ため》に生《うま》れし者《もの》ならんと。打ち笑ひしが思ひ直し。然《さ》は言《いひ》乍ら昔《むかし》の風俗《ふうぞく》。当世《そのよ》の様子《さま》を知らんには。物語《ものがたり》より外便《ほかたより》なし。実《まこと》に何の所作為《しよざい》もなき。此徒然《このつれ〲》を是《これ》なくば。争《いか》でか紛《まぎ》れ給ふ可き。さて物語《ものがたり》に作りたる。其偽《そのいつは》りにも種々《しな〲》あり。（中略）明石姫が腰元《こしもと》の。女抔《なんど》に読《よま》するを。時々《とき〲》に立聞《たちぎけ》けば。昔《むかし》よりして物《もの》よくいふ。人も多く有けるかな。虚説《そらごと》をよく言馴《いひなれ》たる。口より出でし事ならんと。我《われ》は思《おも》ふが御身《おんみ》は如何《いかに》。然《さ》は思《おぼ》さぬかと問給へば。玉葛は例の如く。打羞《うちはじ》らひて声低《こゑひく》く。「宣《のたま》ふ如く偽《いつは》りなれ。浮世《うきよ》に馴たる人達《たち》が。種々《まさ〲》に計画《たくみ》しとは。浮世《うきよ》になれたる人の眼《め》には。分解《わかり》も致《いた》しませうけれど。私《わたく》しなどには唯実説《まこと》の。やうに存《ぞん》じられますと。彼物語《ものがたり》を写《うつ》し掛《かけ》し。硯《すゞり》を傍《かたへ》に押遣《おしやれ》ば。光氏《みつうぢ》は猶《なほ》うち笑《ゑ》み。「イヤ。是は粗忽《そこつ》な事《こと》を申した。気に当つたら堪忍《かんにん》しや。神代《かみよ》よりして世《よ》に有《あ》る事《こと》を。記しおきける日本記杯《にほんきなど》は。たゞ伝聞《いゝつたへ》を宜《よ》いほどに。書《かい》た物《もの》にて取《と》るにも足《たる》まじ。此畫巻物《ゐまきもの》の中にこそ。道理《だうり》に適《かな》ひし事《こと》が有《あら》う。読《よ》んで殿鑑《てほん》に為《す》るが宜《よ》いと。笑ひ給ふを玉葛が。実説《まこと》の様《やう》に思はるゝと。言《いひ》しを可笑《をか》しと思《おも》ひし故。わざと正《たゞ》しき日本紀《にほんき》を。悪様《あしざま》にいひつるなり。

ここに引用した結びの言葉、「玉葛が。実説《まこと》の様《やう》に思はるゝと」以下に対応する表現は『源氏』のなかには見られない。光源氏が玉鬘に語った「日本記《にほんぎ》などはただかたそばぞかし。これら（物語）にこそ道《みち》々しく詳しきことはあらめ」という言葉について、北村季吟の『湖月抄』は「誠に仮名草子などにこそ、まことに道々しき事はありけれとて、しばらく、女君の心にしたがひ給へる也」と説明しているが、種彦はそういう注釈を本文のなかに採り入れたのである。

だがそうすると、「此畫巻物《ゐまきもの》の中にこそ。道理《だうり》に適《かな》ひし事《こと》が有《あら》う」という光氏の言葉はけっしてかれの本心ではなかったことにならざるをえない。光源氏の「神代《かみよ》より世にある事を記《しる》しおきけるなり」は物語を肯定する言葉であるが、光氏の「神代《かみよ》よりして世《よ》に有《あ》る事《こと》を記しおきける」は日本紀に関する言葉だった。その日本紀は「たゞ伝聞《いゝつたへ》を宜《よ》いほどに書《かい》た物《もの》」でしかない、と光氏は続けて言うのであるが、これは玉葛の気嫌をとるために「わざと正《たゞ》しき日本紀《にほんき》を悪様《あしさま》にいひつる」冗談であって、要するに『修紫』の作者は、上のような物語と日本紀の入れ換えによって、物語などというものは一向に根も葉もない「虚説《そらごと》」にすぎないと語ったわけである。このような史書と物語との関係の転倒、物語の貶下は、戯作者種彦の自己卑下のあらわれとみることも出来よう。それは全く見当はずれの見方と言うわけではないが、しかし種彦の側から言えば、かれはただ『湖月抄』の光源氏の言葉に関する「吾国の書には、上もなき日本紀を押しさげて」という注釈を踏えて、再び日本紀を「上もなき」位置に「押しあげ」ただけのことであった。それならば『修紫』

の作者にとって、物語は全く価値を主張できない慰み物でしかなかったのかどうか。かれは『源氏』にはみられない言葉を、光氏の科白のなかにさりげなく書き込んでいたのである。「然《さ》は言《いひ》乍ら昔《むかし》の風俗《ふうぞく》。当世《そのよ》の様子《さま》を知らんには。物語《ものがたり》より外便《ほかたより》なし」。

小説の三つの裨益のうちの一つは「正史《せいし》の補遺《ほい》となる事」であって、「補遺《ほい》とハ何《なん》ぞや曰《いは》く正史《せいし》に漏《もれ》たる事蹟《せき》を補《おぎな》ひ正史《せいし》にハ細述《さいじゅつ》せざる当時《たうじ》の風俗習慣《ふうぞくしうくわん》などを見《み》るが如《ごと》くいと精密《こまやか》に写《うつ》しいだして一部《ぶ》の風俗史《ふうぞくし》をなすことをいふなり」。これは『神髄』の一部であり、風俗の活写が人情に次ぐ重要な小説の目的として位置づけられたのも、この裨益を実現するためであった。逍遥が『修紫』を念頭においてこれを書いたかどうかはともあれ、正史に対する風俗史として物語をとらえる発想が共通していたことは注意すべきであろう。してみるならば、次に、かれらにおいて風俗を描くことと「虚説《そらごと》」との関係はどうなるのか、あるいは物語や小説における風俗とは何か、という問題が起ってくるはずであるが、それもまた別稿にゆずらざるをえない。

ただここでもう一つ注意しておきたいことは、光源氏の「(物語というものは)そらごとをよくし馴《な》れたる口つきよりぞ言ひ出だすらむ」という言葉に対する、玉鬘の反撥「げにいつはり馴れたる人や、さまざまにも酌《く》みはべらむ」が、『修紫』の玉葛の科白では、「宣《のたま》ふ如く偽《いつは》りなれ。浮世《うきよ》に馴れたる人達《たち》が。種々《さまぐ》に計画《たくみ》しとは。浮世《うきよ》になれたる人の眼《め》には。分解《わかり》も致《いた》しませうけれど」とリライトされていたことである。『源氏』の読者は、すでに何回か草子地を通して、光源氏の女心を揺蕩させる言葉の巧みさを知らされ、だからこそ玉鬘の「いつはり馴れたる人」という皮肉に一そう強いリアリティを感じさせられるわけであるが、この玉葛は光氏の意見に一たん「宣《のたま》ふ如く偽《いつは》りなれ」と賛成し、その光氏を「浮世《うきよ》に馴れたる人達《たち》」の一人に数えている。この「浮世《うきよ》」は西鶴時代の浮世、すなわち好色の意味がまだ強く残っていたであろう。好色という人情の機微、あるいはもう少し幅広くとって世情の表裏に通じている人の作った「虚説《そらごと》」、それが玉葛の

「実説《まこと》」と思い入れて享受する物語なのであった。

この玉葛の物語に対する関係が、当時の読者の『修紫』との関係を理解させる効果を持ったことは言うまでもない。その場合、『源氏』にさりげなく附加した「昔《むかし》の風俗《ふうぞく》。当世《そのよ》の様子《さま》を知らんには。物語《ものがたり》より外《ほか》便《たより》なし」が、「浮世《うきよ》に馴れたる人」の意味を増幅させ、その「作者」に世間師のイメージを与えたはずである。それが一人種彦に限らない、当時のいわゆる戯作者の望む「作者」像なのであった。『修紫』における「昔《むかし》」「当世《そのよ》」とは、当時の戯作の約束に従って室町時代に設定されており、しかも作中人物の言動や挿絵などは読者と同時代の近世を活写するものだったからである。つまりその内実はかれらの「浮世《うきよ》」を一種リファインした姿で写し出す鏡であり、その「作者」は——宣長が「人に従はむとては」の「人」を世間ととらえた、あの——世間に通じた人物として受け取られていた、と言えるのである。

> 常言《ことわざ》に、そら言に似たる実はいふとも、実に似たるそら言はいふべからずといへるも、人を誣るをいとふなるべし、此草紙にしるせる地名、年月日、時人の姓名のたぐひ、都てそらごとにて、あながちに実をもとめず、たま〳〵古人の名に似かよへるもあれど、そは唯仮用するなれば、実記にくらべてはたがふこと多かり

これは山東京伝の『双蝶記』の序文である。「そらごと」と「まこと」を対比させる物語論の発想は、当時の戯作者に共通の、半ば習慣化した発想だったのであろう。ところが馬琴は『双蝶記』を批評した「おかめ八目」の中で、この言葉を取りあげて、物語が実記に合わないのは自明のことであって、「しかるを世情にう

とき学者達、杓子をもて定規とし、かたはら今絵草紙の、をさ〳〵行はるゝをねたしと思ふもの、時代姓名をして後世にあやまらしむるもの也といふ」ときめつけている。馬琴の言う世情とは物語の享受のされ方を含む概念だったわけで、そういう世情にうとい知識人読者の批評をしりぞけたことは、国学者建部綾足の擬古文小説を「文人のそら言」と批判したのと表裏一体の姿勢だったと言えよう。

そういう姿勢の反面としてかれは、いわゆる読み巧者を相手に精力的に実作者的な批評活動を行ったのであったが、しかしまたその一方、桂屋主人の『木石余譚』を評した『稗説虎之巻』の中で、「然るを況正儀卿は、古書に見る所陣歿の事なし、其陣歿のことなきを作り設けて陣歿の事ありとしぬるは、殆忠臣を誣るに似たり（中略）然れば正勝も千早城の時戦歿せざりしなり、こゝをもて本文なる正儀を正勝に作り更るとも、其戦歿は陽滅《わらじに》にて、実は十津川の奥に脱れたりとせば、古記録にも相稱ひて、看官の不平を解くべし」と述べていた。このような古記録の重視、言わば史実の改変への批判は、先の学者批判と矛盾するように見える。ただし学者批判の場合は、もともと歴史小説めかした作り物語について学者が地名や年代、姓名などの事実性をあげつらうことへの反撥であったが、こちらのほうは実際の歴史的事件を作者が恣意的に改変することへの批判であった。後者の点については、事件の事実関係だけでなく、その時代の風俗や語彙についてもかれは考証家的な厳密さを求めていた。「金丸親子が、清丸を将て紀の温泉に赴く段、幷に鼻彦が軍書を講ずる趣向はよし、鼻彦が神武紀を講ずる事などは、時世にふさはしけれども、掛行燈（行燈は、はじめて鎌倉年中行事に見えたり）の光景、また鬮《くじ》を売り銭を求むる光景などは、あまりに今めかしくて、其文とふさはしからず」。「跪くことをつくばふといふは、今の俗語なり、つくわひは跪居の義なり、かゝる策子《さうし》には、ついゐてとこそ書くべけれ」（「本朝水滸伝を読む」）。しかしこんなふうに厳密さを期しては婦女児童向けの物語としての魅力を失ってしまうのではないか。当然そういう問題が起ってくるところであるが、かれは古記録に記されていない事件の裏側を、一方では奇想天外な因果関係、他方では正史の書き落した風俗によって埋めてゆくことで、正史に対する野史の魅力を獲得しようとしたのである。そしてそれに関わる読者への配慮は、たとえば次のごとくであった。

こは至尊の濫政なれば、忌てかゝぬも作者の用心ならん、しかれども続紀をよまぬ俗客婦幼は、なほあかぬ心地すべし、この道鏡がことは、古事談段初には、いと猥褻なる事すら載たれば、今少しほのめかして書とも、難なかるべし（「本朝水滸伝を読む」）。

婦幼は婦幼の心あり、作者は作者の心あり、作者学問の力瘤もて、是を婦幼に施さば、円器方底合ひがたかり、こゝをもて看官にあてがふを高手とす（「稗説虎之巻」）。

馬琴の考える歴史つまり「実説《まこと》」はただ単に没価値的な事実としてあるのではなくて、善と悪の葛藤を織りなす世界であった。ただ古記録を読むだけでは見えにくくなった善を明らかにし、悪を撃つことがかれの勧善懲悪の目的であって、かれが好んで南北朝時代、あるいは南朝の遺臣の孤忠を描いたのもそのためである。正史の裏側に「虚説《そらごと》」の想像をめぐらせるのも、この善と悪の因果の理法を説く主旨に沿った形でなければならない。そういう馬琴の眼からみれば、学者や文人の衒学と韜晦のための考証や擬古物語などはかえって「そら言」めいてしまう。このような知識人の自己満足的な心やり、その意味での恣意性、をコントロールできるのは、一つには虚実とりまぜて歴史の真《まこと》をあらわそうとする作者の構想力であり、二つには風俗的細部にかかわる読者への配慮だったのである。

さて、ここで逍遙にもどるならば、『書生気質』が現代の書生を中心とする都会風俗を描いた作品であることは言うまでもない。当代の治世を言祝ぐ言葉を織り込みつつ同時代の風俗を描くやり方は、すでに近世の洒落本や人情本で始まっていた。『書生気質』もそれを踏襲したのであるが、そこに新たにみられる特徴は幾つかの場面で「作者」を名のる語り手が顔を出し、いま描き出した事柄についてわざわざ「作者《さくしや》が傍観《おかめ》の独《どく》断《だん》なり」などとことわっていることである。これは描かれた事柄に現実感を与えようとした方法であろうが、しかしその一方——いやむしろこれだからこそ——この現実に関して幾つかの見方がありうる（「作者」の観察はそのなかの一つである）ことを読み手に気づかせる。換言すればこの時の読み手は、自称「作者」の語り手から情報を与えられつつ、その「作者」とは別な見方を持ちうる「読者」である自覚を促されてしまうのである。

初めにふれたごとく、こういう作品のなかに田の次と小町田という二種類の読者が登場するのである。田の次は依然として人情本に自分の想いを託す形で物語の「まこと」を信じようとしていたわけだが、小町田はすでに政治小説から醒めてしまい、「只憾《ただうらむ》らくハ僕《ぼく》があんまりアイデヤルなもんだから。時々《ときぐ》妙《めう》な妄想《まうさう》を興《おこ》して。西洋思想《せいやうしそう》を日本《にほん》の社会《しやくわい》へ。fallaciously《ハラシヤスリイ》（馬鹿気《ばかげ》た具合《ぐあい》）に応用《おうよう》するから。それで失策《しつさく》する事《こと》があるんさ。しかし此弊《このへい》ハ僕《ぼく》ばかしじゃァない。日本全体《にほんぜんたい》がさうだ」と、単にヨーロッパの文学だけでなく、西洋思想というもののそらごと性に気づいている。とするならば、「読者」は自分の読んでいる作品が人情本や政治小説とはきわめて異質な小説であることを教えられる、とともに自分の「読者」としてのあり方にも再び反省を求められるわけで、そういう意味で『書生気質』は「活眼《くわつがん》なき四方《しほう》の読者《どくしや》」の教育装置として仕組まれていたのであった。

（附記）本論における引用は以下のテキストに拠った。『坪内逍遙集　明治文学全集16』（筑摩書房、昭和四四年二月）。

早川純三郎編『曲亭遺稿』（国書刊行会、明治四四年三月）。『日本古典文学全集　源氏物語(3)』（小学館、昭和四七年十一月）。『本居宣長全集　第四巻』（筑摩書房、昭和四四年十月）。『帝国文庫　偐紫田舎源氏』（博文館、明治三一年六月）。

第二章　虚の読者

藤村の『新生』を、私たちは、岸本捨吉と節子の特異な相聞の物語として読んでゆくわけだが、第二巻の半ばを過ぎて突然、節子がこの作品の特殊な読者でもあることに気づく。厳密に言えば捨吉の書いた「懺悔」とこの作品とが同一のものだとは断じきれない。が、かりに別な作品だったとしても、その内実は『新生』とそれほど変ったものではないだろうし、『新生』の書き方そのものがこの作品を発表するに至った経緯をも含んだ物語として展開されてゆくわけで、結局私たちはその二つを同一のもののように受け取ってしまうのである。してみると節子は、ただ単にそのなかの主要な作中人物の一人というだけではない。叔父が書く自分と叔父の物語を読み、その反応もまた書かれてしまう読者であった。

こういう特殊な読者の内在に気づいた時、私たちの読みは俄に動揺させられてしまう。

漱石の『こゝろ』も特殊な読者を内包していた。「私」は先生の遺書の受け取り手、つまり唯一人の特権的な読者と言えるのであるが、他方奥さんのほうは読み手たることを拒まれた「たつた一人の例外」、言わばマイナスの特権的な読者だった。ただし私が言う特殊な読者とは、かならずしも「私」のことではない。「先生と私」や「両親と私」などの手記とともに「先生の遺書」までも発表してしまうのは、先生から寄せられた信頼に対する重大な裏切りではないか。そういう疑問がかつて研究者から発せられたことがあるが、私の理解は少し違う。「私は奥さんの理解力に感心した」とか「疑ひの塊りを其日〳〵の情合で包んで、そつと胸の奥に仕舞つて置いた奥さんは、其晩その包みの中を私の前で開けて見せた」とかいう表現は、奥さんを読者たらしめるための条件づけと読み得るからにほかならない。資格の暗示と、心準備の促し。その受け手として、この奥さんもまた「内包された特殊な読者」の一人だったと言えよう。

有島武郎の『小さき者へ』の形式上の受け手は、「お前たち」と呼びかけられた幼い子供たちだが、まだ理解できる年齢にまでは至っていない。言わば未来に予定された受け手でしかなく、虚の読者とでも言うべきであろう。現実の読者は私たちである。もちろん「お前たち」ものちにこの作品を読むはずで、その理解が私たちと異なっているだろうことは十分に予想できる。ただ、虚の読者に呼びかける形式それ自体に注目するならば、その構造の意味を見出しうるのはむしろ私たちのほうであって、――「お前たち」は留保された読者でしかないのであるから――読者としての節子や「奥さん」に気づいた時のような動揺は起って来ない。私たちの読みを相対化してしまう機能は弱いのである。

ただしかれらを一括して「虚の読者」と呼ぶことは出来そうである。『新生』第一巻の節子の科白や手紙は捨吉の思念のなかに吸収され、地の文に取り込まれた形でしか現わされていないが、第二巻では地の文から自立した形で括弧でくくり出されてくる。それだけ捨吉に対する節子の自立性が強まってきたと言えるわけだが、別な見方をすれば、作中に引用された自分の手記や短歌の読者の位置に立たされたことにもなる。そういうことを含めて、節子が（内包された特殊な読者として）この作品をどのように読んでいたのか。私たちはある程度想像できるが、確信をもった推測にまでは至らない。それは虚点からの読みとでも言うほかはないのである。

分かるように、私はいま意識的にW・イーザー（『行為としての読書』）の問題意識と方法に従ってみている。

昨年春から今年にかけて、私は大学の演習で自然主義の作品を取りあげてみた。最近の学生はあまり自然主義文学を読まない。退屈だという先入観があるらしく、これは作品論が盛んなことと関係があるだろう。

ところが私のほうは、作品論に都合がいい、手頃な中短篇を選んだ、手際のいい論文にばかり接していささか「退屈」していたのである。それでは、作品論の方法がどの程度自然主義に有効性を発揮して、かつ方法的に脱皮してゆくことができるか。これを逆に言えば、従来の自然主義研究の主流だった作家論的な「実証的」研究が、はたして作品論的なアプローチをはね返し得るだけの作品把握を達成していたかどうか。そんな関心に、学生たちにつき合ってもらったのである。

　結論を言えば、自然主義の小説はけっして退屈ではない。それを退屈なものにしてしまったのは従来の研究の責任である。他方イーザー的な方法に関して言えば、右のような「虚の読者」の観点を導入しないかぎり、例えば『新生』の深部に達することは出来ないだろう。

　イーザーはR・D・レイングが言う「空白」と、自分の「空所」とを区別している。レイングの「空白」とは、「私に対するあなたの経験は私に見えないし、あなたに対する私の経験はあなたに見えない。私にはあなたの経験を経験することができない。あなたは私の経験を経験することができない。私たちはふたりとも見えない人間なのだ」という意味の、いわば相互経験の不可視性を指したもので、フッサール的な「他我」構成の問題に近い知覚論的な概念である。だから作品のテーマや場面の描き方の一視点とはなりうるが、たしかにイーザーが言うテクストの「空所」とは次元が異なる。とはいえ、右の「虚の読者」を導入してみれば、それと私たちの読みとの間に新たな「空白」が生じ、イーザーが言うのとは別なダイメンションをテクストに与えることになるだろう。

　それに対してイーザーの「空所」は、しばしば表現の欠落（省筆箇所）と単純化して受け取られているようだが、ただ単にセグメント間のギャップだけでなく、ある連続した表現自体からも生ずる。例えば二葉亭四迷の『平凡』は、四十歳に手のとどくサラリーマンが、昔とった杵づか、一つ小説でも書いてみようと思い立ったが、さしあたり発表の当てもなく、頭に浮ぶままに自分の半生を気ままにノートへ書きつけた、という形式になっている。幼年期から書き始め、時々気分本位の余談的なアフォリズムを混えたりしながら、孤高気取りの文士時代に至り、さて父親の死に直面して、自分のこれまでのうわついた生き方から眼が覚めた。そこで小説の筆を折り、以来腰弁生活に入って十数年が経ったわけだが、このように書き綴る過程で、初めは自嘲的にしかとらえなかった「平凡」ということの貴重さに気がつき、ここに至ってかれは再びこの小説まがいのノートを破ってしまう。その意味でこれは書くことによる認識深化という内的成長の物語りと言えるのであるが、しかし他方、「此処《こゝ》らで回を改めたが好からう」とか「此様《こん》な日にや碌《ろく》な物は書けまいが、一日抜くも残念だ。向鉢巻《むかふはちまき》でやッつけろ！」とかいう表現が散見し、挑発的な自然主義批判が書き込まれている。当然そこから読みとれるのは、新聞連載という条件を逆手に取った二葉亭の文壇批判であり、中村光夫以来、文学に対する二葉亭の健康な懐疑精神の小説化として評価されてきた。なるほどそれも一理ある読み方なのだが、書くことによる内的成長のノート的側面とそれとがうまく整合しない。二重構造になっているのである。

この作品の結びはかなり珍しい形になっている。「私」の手記のほうは「況んやだらしのない人間が、だらしのない物を書いてゐるのが古今の文壇の…………（終）」という形で途切れてしまい、作品それ自体は「二葉亭が申します。此稿本は夜店を冷かして手に入れたものでございますが、跡は千切れてございません。一寸お話中に電話が切れた恰好でござりますが、致方がござりません」という附記を以て終っている。まさかそんな中途半端な稿本が夜店で売られていたとは思えないが、それはともかく、私が言う「空所」とは、あの「…………」の空白部分のことではない。新聞小説的な対他性と手記的な対自性という二重構造の不整合《ギャップ》そのものであり、「私」と「二葉亭」との二重性を指すのである。あの附記のテクスト論的な意味は、「私」

の手記を「二葉亭」が肩ごしに見ていたことを示し、さらに関係は逆転して、「二葉亭」なる新聞連載の責任者が自分の原稿として書き写してゆく手記を、「私」のほうが肩ごしに、——現実的な場面を想定すれば、東京の何処かで——読んでいたことにもなるであろう。その意味では両者いずれも、虚の作者であると同時に虚の読者なのであった。

このような意味での「空所」は、幾つかのプレテクストを持った作品にこそより強く生れるのであろう。その思いを強く持ったのは、このところ大岡昇平さんを偲んで最近の著書を読み返していたからで、とくに『小説家夏目漱石』はきわめて喚起的だった。なかでも「漱石の構想力」は、日本文学協会の大会でじかに講演を聞くことができ、周到な準備の下に余談を混えず時間一杯じっくりと語る質量感に、——私も発表者の一人だっただけに——批判されている江藤淳氏も人ごとと思えず、緊張のためほとんど金縛り状態だった。いま読み返してみると、ほぼ十五年ほど前、すでに大岡さんは構造主義や記号論の骨法を会得してしまっていたわけで、幾つかのテクストの統合たる『薤露行』の「空所」を、漱石の実生活内に仮定された「罪」などに還元せず、幅広くテクストの歴史的文化的コンテクストから明らかにしている。今もなおインターテクステュアリティの方法の揺ぎない手本と言うべきであろう。

そういう方法は、しかし自然主義文学には無理かもしれない。そんな疑問も聞かれそうだが、藤村の『春』における透谷その他の引用の問題もこの観点からとらえ返せるはずだし、この作品と『家』や『桜の実の熟する時』の間にも面白い間テクスト的な問題が潜んでいる。それだけでなく、花袋の『田舎教師』の何箇所かに明らかに藤村を取り込もうとした表現が見られ、しかもその主人公が秘かに『落梅集』の「雲」や『破戒』の一面を視向していたところを検討してみれば、この青年の藤村的なものに対する敗北と、敗北を通しての批評という関係が浮んで来るのである。

こういったところがこの一年の勉強の結果なのだが、最後にもう一つ、私の気になる「空所」にふれておきたい。『新生』の節子が、捨吉の亡妻の位牌が収められた仏壇を片づけていると、「彼女の掌にはべつとりと血が着いてゐた」。これは、捨吉の子供を生んだのち節子の手が利かなくなってしまう予兆と見ることが出来よう。作品の終り近く、節子が捨吉と別れさせられて台湾へ渡る間際には、べっ甲の簪と秋海棠の根を送ってきた。この簪のほうは、古来日本の女性が愛する者と別れる時自分の魂を憑依させて贈る、呪物的な形見と受け取るべきであろう。秋海棠の根は一たん庭に埋めたのだが、何だか気になって掘り出してみると、「毛髪でも生えたやうな気味の悪い」黒ずんだ形で転がり出てきた。こういう一連の呪的な出来事は、しかし捨吉には特に関連づけて受け取られていない。節子の側から読み取れば恐しくて深い意味が見えてくるはずだが、捨吉の意識はそこに向けられず、作品全体もそれらに一定の意味関連を与えるようには構成されていなかった。私の気になるのはそういう「空所」である。

この時代の作品には、発売禁止などの法的な制裁を配慮して省筆せざるをえなかった箇所があり、あるいは作者が意図的に読者の想像にまかせたところもある。それらもまた「空所」の一部と言えるが、ある心的な禁制が働いてどうしても表現視向が動かない領域としての「空所」もあるのではないか。そのすぐそばまで筆が進んでも、その向うはまっ白で、言葉がぼろぼろに崩れ落ちてしまうような「空所」。藤村の場合は個人的な禁制とみることができるが、同時代の鏡花によって補完的にとらえれば、一時代の禁制と想像力のあり方が現われてくるであろう。ある時代に描けたことが、別な時代ではどの作家も言い合わせたように筆が萎えてしまう「空所」も考えられる。漱石の『文学論』を借りて言えば、集合的意識Fならぬ、集合的マイナスF。こんなことを考えるのも、私が、文学史や表出史ではない、表現史を夢想している人間であるためかもしれないが、なおしばらくはそういう「空所」の歴史的な転換を把握してみる構想を大切にしたいと思う。

第三章　間作者性と間読者性および文体の問題

――『牡丹燈籠』と『経国美談』の場合

三遊亭円朝の『怪談牡丹燈籠』（明治十七年七月から十二月にかけて全十三編の分冊形式で出版、東京稗史出版社）が、若林玵蔵と酒井昇造の速記を文章化したものであることはよく知られている。二葉亭四迷の言文一致体の一源流となったことは、いまや文学史上の常識だからである。

ただ若林玵蔵自身にとって、物語の口述筆記に、その速記術を用いてみるのは初めての経験でなかったらしい。矢野龍溪の『斉部名士経国美談』後篇（明治十七年二月、報知新聞社、丸善書籍店、辻岡文助の共同出版）の「自序」によれば、右腕の「宿疾」のため筆を取ることが出来ず、「筆記法ニ熟スル若林玵蔵氏ヲ招キ、余ガ口述スル所ノ文辞ヲ筆記セシメ」たという。その前篇（明治十六年三月、同前）の口述筆記は佐藤蔵太郎に依頼した。鶴谷と号した佐藤は郵便報知新聞や大阪毎朝新聞で活躍したジャーナリストであるが、菊亭香水の筆名で『惨風悲雨世路日記』（明治十七年六月、東京稗史出版社）という立志伝的小説を書いたことで知られている。龍溪がなぜ佐藤蔵太郎から若林玵蔵に変えたのかは分からないが、ともあれ『経国美談』と『牡丹燈籠』とは似たような成立事情を持っていたわけである。

ただしその文体が与える印象は全く異なる。『経国美談』は漢文書き下し体を基調とし、作中人物の会話もそれに準じたため、身分的、性的な言葉づかいの相違は捨象されてしまったが、『牡丹燈籠』の地の文はきわめて口語に近く、登場人物の身分や性的な違いはその口調によって十分に描き分けられている。「句ごと文ごとにうたゝ活動する趣《おもむき》ありて宛然《さながら》まのあたりに萩原某《はぎはらそれ》に面《おもて》合はするが如く阿露《おつゆ》の乙女《をとめ》に逢見《あひみ》る心地す」という坪内逍遙の評価（『牡丹燈籠』第二版の序）は、そのかぎりではけっして過褒ではない。前者の前近代性に対して後者に近代的な印象を受ける人も多いだろう。一面でこの相違は、龍溪と円朝のなかで視向的に粗描されていた文体の違いによる。円朝の『牡丹燈籠』は文久年間以来くり返し高座で口演され、その意味では既に完成された「文体」を持っていたわけで、それがたまたま若林と酒井の速記術を通して「文章」化されたのである。それに対して龍溪にとっての佐藤や若林はたしかに聞き手ではあったが、寄席の聴衆というわけではなく、龍溪はかれらの筆記能力を借りて自分の腹案を対象化してみたにすぎない。だからこそかれはその口述筆記を草稿として、改めて「手自《（テヅカ）》ラ校閲洗刷シ、字句ヲ修正シ」なければならなかったのだが、その「修正」の方向は後述するごとく既に腹案としてあった読本体に近づける意図に従っていたであろう。口述筆記または速記という現象的な類似は、かならずしもその文体の決定因ではなかったのである。

以上はしかし常識にすぎない。私がここで検討してみたいのはむしろその次の段階のことであって、右のような経緯をテクストの流動性と固定性の問題としてとらえ直したらどうなるであろうか。テクストの流動性とは、若林と酒井とがその速記録を文章化するに当っては円朝口演の話しことばに漢字を宛て、また酒井の「日本速記大家経歴談」(1)（『日本速記雑誌』第六号、明治四十四年十一月）によれば報知新聞の一記者に文章の添削をしてもらったとのことであるが、そのような成立事情のために言わば「本文」が一人歩きをして、次のようなヴァリアントを生んでいったということにほかならない。

A　寛保《くわんぽう》三年の四月十一日、まだ東京を江戸と申しました頃、湯島天神《ゆしまてんじん》の社《やしろ》にて聖徳太子《しやうとくたいし》の御祭礼を致しまして、その時大層参詣の人が出て群集雑沓《ぐんじゆざつたふ》を極《きは》めました。

ここに本郷《ほんがう》三丁目に藤村屋新兵衛《ふぢむらやしんべゑ》といふ刀屋《かたなや》がございまして、その店先には良い代物《しろもの》が列べてある所を、通りかかりました一人のお侍《さむらい》は、年の頃二十一、二とも覚《おぼ》しく……

B　寛保《くわんぽう》三年の四月十一日、まだ東京《とうけい》を江戸と申しました頃、湯島天神の社にて聖徳太子の御祭礼を執行《いたし》まして、その時大層参詣の人が出て群集《ぐんじゅ》雑沓を極めました。茲《こゝ》に本郷三丁目に藤村屋新兵衛といふ刀剱商《かたなや》が御座いまして、その店頭《みせさき》には美善商品《よきしろもの》が陳列《ならべ》てある所を、通行《とおり》かかりました一人のお侍ハ、年齢《としのころ》二十一、二とも覚《おぼ》しく……

C　寛保《かんぽう》三年の四月十一日、まだ東京《とうけい》を江戸と申しました頃、湯島天神の社にて聖徳太子の御祭礼をいたしまして、その時たいそう参詣の人が出て群集《ぐんじゅ》雑沓を極めました。ここに本郷三丁目に藤村屋新兵衛という刀剣商《かたなや》がございまして、その店先にはよき商品《しろもの》がならべてあるところを、とおりかかりました一人のお侍は、年の頃二十一、二とも覚しく……

『牡丹燈籠』の発端の表現である。ここでは書誌学的研究を意図しているわけではないので、現在入手しやすいテクストから引用してみた。Aは岩波文庫版『怪談牡丹燈籠』（昭和三十五年六月）、Bは筑摩書房の明治文学全集『三遊亭円朝集』（昭和四十年六月）、Cは筑摩書房の『円朝　怪談集』（昭和四十二年八月）の本文である。Bは東京稗史出版社の初版本を底本としたことをことわっているが、AとCの底本は明記されていない。

このようなテクストの場合ある意味では底本という考え方自体が無効なのであろう。もし円朝がこれを書いたのならば、その初版の漢字表記は尊重されなければならない。しかし円朝はあくまでも高座で語ったにすぎず、おそらく若林と酒井とがそれを仮名書きした、「ここにほんがうさんちゃうめにふじむらやしんべいといふかたなやがございまして、そのみせさきにはよきしろものがならべてあるところを、とほりかかりましたひとりのおさむらいは……」を本文と見て、「茲」「本郷三丁目」「藤村屋新兵衛」「刃剱屋」「御座」「店頭」「美善商品」「陳列」「所」「通行」「一人」「侍」などの漢字を宛てたのだった。これらの漢字はその本文に対する筆記者の解釈と言うべきであるが、とするならば本文《(語り)》の基本的な流れを失わないかぎり別な漢字を宛てることも可能だ、と新たな版の編集者は考えたのであろう。その結果、右に引用したような（使用漢字の）ヴァリアントが生れることになったのである。

それだけではない。Aでは省略されていたが、BとCでは例えば

第一回　兇漢泥酔《けうかんでいすゐして》挑《いどむ》二争闘《そうたうを》一
壮士噴怒醸《そうしふんどしてかもす》二禍本《くわほんを》一

という具合に、各回の初めに漢文の対句形式の見出しがついていた（但し回によっては片句だけの見出しがあり、次の回の片句と併せて対句を構成している）。これは読本の形式に倣ったものであろう。ところが作中人物の会話については、Cは現代の一般の小説とおなじく、「　」で科白を括り出しているが、AとBにおいては、

此藤新《ふじしん》の店頭《みせさき》へ立寄りて腰を掛け、陳列《ならべ》てある刀類《かたな》を通覧《ながめ》て、侍「亭主や、其処の黒糸だか紺糸だか識別《しれ》んが、彼《あ》の黒い色の刀柄《つか》に南蛮鉄《なんばんてつ》の鍔《つば》が附いた刀ハ誠に善さゝうな品だナ。鳥渡《ちよつと》御見せ。亭主「ヘイヘ

イ、コリャお茶を差上げな。今日ハ天神の御祭礼で大層に人が出ましたから、必然街道《さだめしわうらい》は塵埃《ほこり》で嘸《さぞ》お困り遊バしましたろう《ママ》。と刀の塵を払いつつ……（B）

となっている。このように科白の初めにその発話者の名前を小文字で示し、しかし科白の結びを示す括弧をつけない表記は、酒落本や人情本の流儀に従っていた。読本もその流儀を踏えたものがなかったわけではないが、初版本の版型が中本形式だったところからみれば、東京稗史社としては人情本になぞらえて刊行したのであろう。このような見出しや会話形式が円朝の附けたものだったとは思われない。おそらく速記者あるいは添削者の手になるものであった。ともあれここで明らかなのは先の漢字表記や、右の近世的ジャンルとの関係化を含めて円朝のテクストが作られていたことであり、それらの相違によって円朝という作者の像も微妙に異ってくる。今後もまたそれらとは差異化されたテクスト＝円朝像が作られる可能性があることは言うまでもない。

それとともにもう一つ、その初発のテクストとも言うべき東京稗史社版は、じつは円朝が語りえた多様な〈牡丹燈籠〉の任意の一つ以上ではなかったことにも注意する必要がある。先ほど私は、文久年間に作られた『牡丹燈籠』がくり返し語られて既に完成の域に達していただろうという意味のことを言ったが、それは〈語り口〉のことであって、かならずしも構成についてではない。現行の『牡丹燈籠』は近世の読本に常套的なダブルプロットの形式を踏襲しており、その主《メイン》ストーリーは孝助の三重の仇討ち物語りのほうであって、阿《お》露《つゆ》と新三郎の怪談はむしろ副《サブ》ストーリーと言うべきであるが、両者のかかわりはけっして緊密なものでなく、容易に分離できる。一回の出演に与えられた日時に応じて、円朝は両者を切り離して語ることも出来れば、現行のダブルプロットをさらに肉づけすることもありえただろう。速記を取るに際して決定版を心掛けたにはちがいないが、にもかかわらずその時の条件に対応した、――とくに大学生などの若い世代の聴衆を意識したと思われる――即興的な語りが何箇所か見られる。活字となったのちはかえってそれに拘束される場合もあったと思うが、別な条件のなかでそっくりおなじ語りが出来るはずもない。その意味でこのテクストは、多様な可能態の一つが先ほど見てきたような出版＝テクスト生産によって固定化されたものであり、にもかかわらず今度は速記者や添削者、あるいは新たな版の編集者の解釈や意図が附加されて円朝という作者の像を再生産してゆく、そういう変換装置でもあったのである。

「よきしろもの」を美善商品と書き、先の引用では出て来なかったが、「くちほどでもないやつ」という罵りことばに「言行表裏奴」という漢字を宛てる。このように過剰なほどむずかしい漢字熟語を宛てる傾向が初版にみられたが、その漢字が次には過剰な解釈を生みかねない点では、J・デリダ[2]のいわゆる「危険な代補《サプルメント》」としての意味作用を惹き起す怖れがないではない。それは語りを文字言語《エクリチュール》に変えたことから生じた事態だとみることもできる。だがそういうポストモダン批評的なとらえ方自体もまた過剰解釈なのであって、かえって具体的なありようが見失なわれてしまうだろう。

扨飯島平太郎様ハ、お年二十二の時きに兇漢を斬殺して毫も動ぜぬ剛気の胆力で御座いましたれバ、お加齢に随がひ、ますます智恵が進みましたが、その後御親父様には死去《なくな》られ、平太郎様にハ御家督を御相続あそバし、御親父様の御名跡を御継ぎ遊ばし、平左衛門と改名され、水道端の三宅様と申し上げまする御旗下から令室をお迎かへになりまして、程なく御分娩のお女子をお露様と申し上げ、頗る御《ご》国色《きりょうよし》なれば、御両親は掌中の璧と愛で慈しみ、後とに御子供が出来ませず、一粒種ねの事なれば猶更に撫育される中、隙ゆく烏兎《つきひ》に関守なく、今年は早や嬢様ハ十六の春を迎へられ、お家も愈々御繁昌で御

座いましたが、盈れバ虧る世のならひ、令室にハ不図した事が病根《もと》となり、遂に還らぬ旅路に赴かれました処……（B）

いま試みに初版本の一部分を最底必要なふりがなだけを残して引用してみたが、これを文語文に変えることは極めて容易であり、そうしてみれば当時の読本系の政治小説とほぼおなじ語彙レベルの表現だったことが分かる。つまりこの漢字の宛て方はそのような小説の読者の間で市民権を得る操作だったのであり、高座の評判を読み物にまで持続させるための言語処理であった。そのことによってまさに読まれるテクストたりえたのである。

このような漢字を宛てたのは速記者や添削者だったわけだが、それではかれらがこのテクストを書いたのだろうか。だがかれら自身の意識は円朝の口演の速記を文字に変えただけであっただろう。では円朝が書いたのか。しかし文章化された自分の口演に眼を通して多少手を入れることはあったかもしれないが、やはりかれ自身の意識はあくまでも語ったのであって、書いたのではなかったはずである。少くとも個人の製作とか創造という意味での書く行為、あるいはその書き手はここには存在しない。それが書記行為《エクリチュール》の実態なのだと言うことは簡単だが、しかしより重要なのは、にもかかわらず以上のような操作を経たところに円朝という作者の像が結ばれていたことであろう。

円朝が作者なのはあの物語を作った人だからであろうか。一応はその通りなのだが、その主《メイン》ストーリーにも副《サブ》ストーリーにも独創的《オリジナル》なところはほとんどない。類話はいくらでも見つけることが出来る。かれの高座での人気は物語の独創性よりは、その語り口にあったと見なければならない。それが芸というもののありようであろう。そんなわけでかれが作者となりえたのは、語り→速記符号という、音声記号→文字のプロセスを通してであり、書く主体が曖昧なままの書記行為《エクリチュール》においてであった。換言すれば高座という言説空間から出版という言説空間への転換のなかで生れた作者ということになるのだが、これを逆にみれば、ポストモダン批評で言う書記行為《エクリチュール》概念それ自体ともイロニカルな関係しか持たない作者だったのである。

ところで矢野龍溪の『経国美談』の注目すべき特徴の一つは、当時としては珍しく文体論的な関心を語っていたことである。口述筆記を経ての発見もそこには籠められていたように思われる。その前篇の「自序」によれば、佐藤蔵太郎が筆記した草稿をみて日本語には同音異義語が多いことに気づき、「乃チ手自ラ校閲洗刷シ字句ヲ修正ス。改作スル所極メテ多シ」のありさまだったという。自分が考えていた語句と同音異義のことばが、草稿によほど多かったのであろう。この場合の日本語とはいわゆるやまと言葉だけでなく、どちらかと言えば漢字のほうを指していた。漢文書き下し文をあえて訓読みさせようとした点に、その発見による新工夫が認められるからである。

面白いことにかれは感情の昂ぶった科白や演説など、口語性が強いはずの発話の表現にむしろ漢文的な格を守った文体を用いている。他方いわゆる地の文は次の引用のごとく、片かなを平がなに変えてみれば、――明治四十年九月の『訂正　経国美談』（文盛堂書店）は事実そう改められていた――そのまま読本の戦闘場面や滑稽本的な語り口として通用する表現が多い。この使い分けは別稿で検討してみるつもりだが、ともあれ『牡丹燈籠』の速記者たちとは逆の方向からではあるが、読むこと（視覚）と朗読（聴覚）との二重化を利用して読本に近づこうとしていたのであった。

此ノ時二十余名ノ屯兵等ハ、スハ敵アリト一度ニ打起チ三騎ニ向テ戦ヒシカ不意ヲ打レシ其ノ上ニ歩騎其ノ勢ヲ異ニスレハ三騎ノ蹄ニ駆ケ立テラレテ一度ニパット散乱セル隙ヲ得タリト三人ハ且ツ戦ヒ且ツ走リツヽ瑪留《メルロー》ハ真ツ先キニ小石橋ヲ打過キテ川ノ彼方《カナタ》ニ達シケル。之レニ続キテ巴比陀《ペロピダス》モ小石橋ヲ駆ケ通リ今二十間許ニテ彼方《カナタ》ノ岸ニ達セントスル時、主ハ誰レトモ白羽ノ一箭、巴比陀ニ向ツテ飛フヨト見エシカ、一声高ク嘶キツツ、乗タル馬ハ主モロトモ、橋ノ下ナル逆巻ク水ヘ、真倒マニ落入テ、死生モ知レスナリニケリ。（傍点は引用者）

其時台上ナル論士ハ眼ヲ見張リ声ヲ揚ケ

　諸君我カ斉武ヲ救ヘヨ

ト只一言ヲ吐キタル儘ニテ跡ニ次ク可キ言葉ヲ吐カス只行キツマリタル様子ニテ（中略）性得赤キ顔色ナルニ今又一層ノ赫色ヲ加ヘ且ツ其ノ額際ヨリハポツポト蒸発気ノ立チモ昇ラン様子ナリ。（同前）

傍点の箇所が端的に示すように、これらはとうてい漢文を基調とした文体でありえないが、当時の読者はむしろこういう表現に（言文一致体ならぬ）口語性を感じ取ったのではないか。一度はそう疑ってみることも必要だろう。というのは、近世の言語感覚を残していた当時の人たちにとって、こういう口調のよさこそが日常の会話にも望しかったからである。律文とも言うべきこの口調のよさが散文の条件だったことは、その頃言文一致体を実験した作家たちがいずれもそれを心掛けたことでも分かる。ところが幸田露伴はそれを『風流仏』（明治二十二年九月、吉岡書籍店）で、「珠運は立鳥《たつとり》の跡ふりむかず、一里あるいた頃不図《ふと》思ひ出し、二里あるいた頃珠運様と呼ぶ声、まさしく其人と後《うしろ》見れば何もなし。（中略）愚《おろか》なりと悟つて半町歩めば、我しらず迷《まよひ》に三間もどり、十足《とあし》あるけば四足戻りて、果《はて》は片足進みて片足戻るのおかしさ、自分ながら訳も分らず、名物栗の強飯売家《こはめしうるいへ》の牀几《しやうぎ》に腰打掛《うちかけ》てまづ〳〵と案じ始めけるが、箒木《はゝきぎ》は山の中にも胸の中にも有無分《うむぶん》明《みやう》に定まらず、此処は言文一致家に頼みたし。」（傍点は引用者）とからかった。それは何よりもまずこのような文章それ自体の口調が言文一致体よりすぐれていると自負できたからであろう。かれらはそれを読本や歌舞伎から学んでいたのである。

　龍溪は前篇の凡例で自分の文体について「戯レニ従来ノ小説体ノ語気ヲ学ヒシ処多ケレハ読者之ヲ察セヨ」とことわった上で、次のように訓読してもらいたいと主張した。

> 例ヘハ「斯ル田舎ノ片山里ニ」トアルヲ「斯ル、デンシャ、ノ、ヘンサンリ、ニ」ト読マレテハ迷惑ナリ。「斯ル、ヰナカ、ノ、カタヤマザト、ニ」ト読ムヘシ。又「独リ此家ヲ立去リケリ」トアルヲ「独リ、コノイエ、ヲ立去リケリ」ト読ムヘカラス。「独リコノヤ、ヲ立去リケリ」ト読ムヘシ。総テ大和詞様ニ読メハ間違ヒナク句調ヨシ。此書ノ文体ハ誰氏ノ文体ニモアラス。著者体ノ文章ト評セラルヽモ可ナリ。

「戯レニ」とことわったところに微妙な感情的屈折が認められるが、これは「嗚呼一部ノ戯著、予カ数旬ノ思ヲ費ス閑文字ヲ作ルノ嘲リヲ、志士ニ免レサルヲ知ルナリ」（自序」）という自嘲の対象たる「志士」を念頭に置いた言葉であろう。つまり志士仁人を自負した当時の民権運動家にとって「文章」とは、漢文書き下し文の政治論文や建白文であったわけだが、龍溪は一見おなじ文体を用いながら歴史小説的な読み物に手を染めたことを恥じてみせたのである。音読みを常識とする漢文書き下し文をあえて（大和詞様に）訓読みさせようとしたのも、「志士」的表現行為からの逸脱意識のあらわれだったとみることが出来る。だがその裏側には、当時の民衆の言語感覚と呼応する「句調」を取り込んだ自信が秘められていた。「従来ノ小説体ノ語気ヲ学ヒシ」「著者体ノ文章」という言葉にそれがよく現われている。そして右に挙げられた例文でみるかぎり、その「語気」「句調」とは七五調（三・四・五と音節数の増えてゆく語句の連なり）を基調とする律文だったのである。

ちなみに「斯ル田舎ノ」の句が出てくるのは第十一回であるが、念のためその箇所もみておきたい。

昨日《キノフ》ニ比ラヘテ今日《ケフ》ハ又最《イ》ト〻苦痛ヲ増シタルハ我身モ天ヨリ棄テラレタルカト独リ臥床ニ嘆《カコ》チツ〻窓ヨリ外面《ソトモ》ヲ眺ムレハ月ノ光ハ朦《オボロ》ケニ見エテハ隠レ、隠レテハ又現ハル〻有様ハ有為《ウヰ》転変ノ世ノ中ニ能クモ相似タル景色《ケシキ》カナト尚ホモ悲歎ヲ増シケル折シモ遥カノ彼処《カナタ》ニ琴ノ音《ネ》シテ歌ノ声サヘ聞ユレハ巴氏ハ耳ヲ欹テツ〻斯ル田舎《ヰナカ》ノ片《カタ》山里ニ優シキ調《シラ》ベヲ聞クモノカナ如何ナル人ノ手スサミニテ斯ル妙音ヲ奏スルヤト憂キカ中ニモ病苦ヲ慰メ暫時《シバシ》彼ノ音《ネ》ヲ打聞ク中ニ琴声次第ニ近ツキシカ此家《コノヤ》ノ窓下ニ立止リ又一曲ヲ奏シツ〻……

分かるように必ずしも「総テ大和詞様ニ読メ」るわけではないし、「句調」も整ってはいない。「悲歎」「妙音」「病苦」「琴声」「窓下」などは音読みするほかないであろう。ただしその幾つかは音読みのまま日常語化しているという点で他の訓読みの言葉と違和感はなく、それに「句調」の面でも助詞助動詞などに少し手を加えて「昨日《キノフ》ニ比ヘ　今日ハ又　最《イ》ト〻苦痛ヲ　増シタルハ　我身モ天ニ　棄テラレシカ　独リ臥床ニ　嘆《カコ》チツ〻　窓ヨリ外面《トノモ》ヲ　眺ムレハ」と整理してみれば、七五調を隠し味とした散文だったことは明らかである。

ともあれこのようにしてかれは外見上の漢文書き下し文を和文化していった。『牡丹燈籠』の速記者や添削者が円朝の語りに過剰なほどむずかしい漢字熟語を宛てたのと反対のやり方をしていたとも言えるわけだが、じつはいずれも読本的な表現を視向した点では変りなかったのである。むしろ逆方向だったのは作者のあり方だったと言えよう。作者としての円朝はある意味で速記者や添削者によって作られたものだったのに対して、龍溪の場合、口述筆記者や速記者の手を借りた草稿をみずから「字句ヲ修正ス。改作スル所極メテ多シ」「意ニ満タサルノ字句随テ更ムレハ随テ生ス」と、いわば半ば速記者や添削者の書記行為《エクリチュール》を否定的に媒介する形で「著者体ノ文章」を作っていった。その文章に全的な責任を負うべき著者として、作者たる自己を定立させようとしたのである。この作者としてのあり方の相違がテクストの流動性と固定性の違いにかかわることは言うまでもない。

だが『経国美談』の『牡丹燈籠』と対比されるべき特徴はそれだけではなかった。『経国美談』もまたテクスト生産の内在的な協力者を持っていたのである。それは物語の意味作用あるいは読み方のレベルでの協力者であったが、この作品では各回ごとに三人の批評家がそれぞれ「尾評」（各回の末尾に附したコメント）を寄せている。その三人とは栗本鋤雲、成嶋柳北、藤田鳴鶴という当時の著名なジャーナリストであって、いわば権威ある読者代表の形で一般読者の享受を誘導していたのである。例えばその第一回は、齢六十余りの老教師がかつて阿善《アゼン》の国の危機を救った二人の志士仁人の事蹟を少年たちに語り、巴比陀《ペロピダス》、威波能《イパミノンダス》、瑪留《メルロー》という三人の少年の反応を描き分けて成人後の行動を暗示した序章であるが、それに対するコメントは次のごとくであった。

栗本鋤雲云。劈レ天現二出仁人義士一。従提二起三奇童子一。以為二後来許多脚色一。文法絶妙。
成嶋柳北云。筆力活動。使下二千古英雄一長不上レ死矣。

藤田鳴鶴云。開巻。先叙㆓老教師演説㆒。述㆓阿善賢君義士愛国殉難之蹟㆒。暗々裏呼㆓起後段斉武国難㆒。又云。三個童児。是巻中骨髄。其感激之語。発㆔露三人有㆓三様性格㆒。而語気自然為㆓後年三士立功之伏線㆒。又云。一演説。大有㆔関㆓係於全篇㆒。結構極妙。唯末節明㆔示児童為㆓何人㆒。是実写矣。不㆑如㆑使㆓此回全虚写㆒。作者意如何。

これだけの引用からでは速断になりかねないが、柳北の尾評は概して印象批評的であり、おざなりだった。いっそ社交辞令的ですらあった。それに較べて鳴鶴は全篇の構成を踏えて伏線の意味を解き明かし、時には作者の説明過剰を批判さえしている。あの三人の少年がのちの三義士だなどということは言わずもがなのことであって、むしろ伏せておいたほうがよかったのではないか、と。鋤雲の評はその中間だったと言える。つまり柳北は初めて読む者の立場で各回の印象を述べ、鋤雲は内容のポイントを要約して示し、鳴鶴は一度全篇を通読した立場から構成《プロット》にかかわる細部の意義を説く、という傾向が見られる。その意味では絶妙な役割分担であった。

もちろん当時の読者にも違った印象や判断を持った人がいたにちがいないが、おそらく当代切っての読み巧者と権威づけられたかれらの批評から自由であることは困難だったであろう。それだけではない。その読者は一章を読み進むごとに享受の持続を中断させられ、作中人物に感情移入した状態から読者たる自分に立ち戻ることを強いられ、このテクスト内読者との対話を通して自分の読みを反省する形で教育されてゆく。言わば読者たる自分を創り直されてしまうのである。

とりわけ鳴鶴の批評を媒介とする場合、初めて読む行為でありながら既に半ば再読者の位置に立たされてしまう。換言すれば半ばテクスト内言説として機能するそのコメントのおかげで一句一語の意味了解においても、またそのプロットの理解においても他者の眼を取り込んだ、複眼的な読みをしてゆくことになる。これは間テクスト性ならぬ、間読者的な読みと言うべきであろう。

龍溪はこの流儀を『報知異聞浮城物語』（明治二十三年四月、報知社）でも押し進め、『訂正　経国美談』においてはさらに本文上の余白に欄外註の形で森田思軒の評までもつけ加えたのである。

ここでもう一度『牡丹燈籠』にもどるならば、若林玵蔵の「予喜んで之を諾して（速記会）会員酒井昇造氏と共に円朝子が出席する寄席に就き請ふて楽屋に入り、速記法を以て円朝子が演ずる所の説話を其儘に直写し片言隻語を改修せずして印刷に附せしは即ち此怪談牡丹燈籠なり」という「序詞」を読んだ私たちは、その本文を読みつつその語りを聴くことになる。つまり想像裡に円朝が登場人物の声色を演じ分けながら語ってゆく口調を描きつつ、あたかもそれが円朝からの声であるかのように聴いて読んでゆくわけである。これは当時の読者とてもおなじであっただろう。

それはいま読んでいる自分と、それを実際に聞いた人たちとの間の時間的空間的な距離を意識させられることにほかならない。ただし円朝が何日かけて語ったかは現在では分からなくなってしまった。もし「扨《さて》此落着《あと》ハ如何《どう》なりますか。何《いつ》れ後回《めうばん》」（第五回）、「此跡はどうなりますか。次編《つぎ》までお預り」（第十一回）、「悪事露顕の一埒《いちらつ》は次回《このつぎ》まで御預りに致しませう」（第十八回）などの言葉が休止を現わすならば、円朝は四日に渡って語ったことになる（第二十回の「翌朝早天に仇討に出立を致し、是より仇討は次に申上ます」はおなじ日の語りの流れのなかでのことわりと見るべきだろう）。出版は全十三篇の分冊形式だから当然語りの休止箇所とは一致しない。第五回は第二編の終りと、第十八回は第九編の終りと対応するが、「次編《つぎ》までお預り」という第十一回の結びは第五編の中途だったことから見ても、聞く行為の休止と読むことの中断とにずれがあったことは明らかである。

現在分からなくなってしまったもう一つの点は、円朝がどこで語ったかという場所の問題である。酒井昇造の回想（前出）によれば両国の立花亭か池の端の吹抜亭かのいずれかだったが、若林玵蔵の『若翁自伝』(3)（大正十五年十月、古稀記念出版）では人形町の末広亭だったことになる。『牡丹燈籠』の発端は初めの引用にもあったごとく本郷三丁目だったが、のち事件の場所は本所の柳島、根津の清水谷、牛込軽子坂、武州の栗橋、神田旅籠町と馬喰町、野州の宇都宮と移ってゆく。ずいぶん目まぐるしい移動のようだが、日本橋の周辺を一方の極として、昌平橋から本郷追分を通って栗橋に至り、さらに孝助の仇討ちによって大団円を迎える宇都宮を他方の極としてみれば、主《メイン》ストーリーは日光街道に沿って展開し、それと東西に交わる形で、阿露新三郎をめぐる副《サブ》ストーリーの柳島と根津と牛込を配置していたことが分かる。もし円朝が自分の語る場所との関係でこれらの土地を舞台に選んだとすれば、しかも学生の聞き手を意識し、阿露の幽霊を出現させるに当ってその場所の聴衆にリアリティを与えるべく「其内上野の夜の八ツの鐘《かね》がボーンと忍ケ岡の池に響き、向ケ岡の清水の流れる音がそよそよと聞え」（第八回）、「其内八ツの鐘がボーンと不忍《しのばず》の池に響て聞へる(ママ)に」（第十回）というような表現を選んだと考えるならば、この時の寄席は池の端の吹抜亭だったと判断するのが最も妥当であろう。「内包された読者」という概念を借りるならば、それがこの語りにおける「内包された場所」であり「聞き手」だったわけである。

以上は言うまでもなくテクストから推定された日時であり場所でしかないのだが、この論においてはそれで差し支えはない。ともあれその読者は四日間にわたる語りと自分の読む時間のずれを意識し、その「内包された聞き手」と対話しつつ読んでいたはずである。『経国美談』の読者の場合と性質は違うが、これもまた一種の間読者的な体験だったことに変りはないであろう。

その点で興味あるキャラクターは、山本志丈という「お幇間《たいこ》医者」である。士農工商という縦の身分関係の埒外の人間として設定されていたためかもしれないが、この男だけは身分制に拘束されない代名詞の君・僕という当世ふうな学生ことばを使っていた。「イエサ君は一体欝気《うちき》で御座《いらっ》しやるから婦女子にお掛念《こころがけ》なさいませんが……僕抔《など》は多淫《すけべい》の性《たち》だから余程女の方は宜敷《よろし》い」という具合に。しかもこの男が新三郎を阿露に引き合わせて宿業的な恋のきっかけを作ったのち、物語の展開から姿を消してしまい、次は栗橋に逐電した伴蔵のところへ不図《ふと》姿を現わし、伴蔵の女房おみねの怨霊が取り憑いた下女の口から、伴蔵の新三郎殺しの秘密を聞き出すことになるのである。

よく知られているように『牡丹燈籠』の原話は中国の『剪燈新話』のなかにあり、それが浅井了意の『伽婢子』（寛文六年）や『奇異雑談集』（編著者不詳、貞享四年）などの日本的翻案《ヴァージョン》を生んだわけだが、その三者に共通する要素として、既に葬られた女の幽霊に魅入られた男が、会うのを避けようとするが結局女の墓に引き込まれて死んでしまったことと、その後二人の幽霊が連れ立って徘徊するという噂が立って諸人を怖れさせたこととをあげることができる。ところが円朝のヴァリアントにおいてその話型は、新三郎に恋いこがれて死んだ阿露の幽霊が想いを遂げに訪ねて来るようになり、そして二人の幽霊が出没する噂が立ったことまでは従前どおりなのだが、じつは伴蔵が新三郎を殺して、近くの墓から掘り出してきた骸骨をその傍に並べて阿露の死骸に見せかけ、幽霊が出るという噂を流したのだ、という犯罪小説に変えられているのである。してみるならば、伴蔵自身が民間に流布していた原話を利用してそのヴァリアントとも言うべき犯罪を企てたのだという解釈も可能だろう。そのタネ明かしを下女に憑いたおみねから聞くのが志丈であった。

こうしてみると志丈はこのヴァリアントの発端を作り、それを利用して伴蔵が新三郎殺しからおみね殺しへと悪事を重ねた結果を見届ける役割を負っていたことになる。言わば犯罪ならぬ、物語レベルでのこのヴァリアントの仕掛け人であり、共犯者であり、そして聞き手でもあった。円朝の側からみれば既に世間でおなじみの古めかしい怪談を、明治の新時代の聞き手に受け容れさせる仕掛けであったのだろう。江戸時代の最もポピュラーな医学書だった『傷寒論』を読みかじった程度で医者として世を渡ってゆく「お幇間《たいこ》医者」という設定に、権威に弱い新時代の知識人への諷刺が籠められていたとまでは断定できないが、一人だけ君僕ことばを馴れなれしく振りまわすこの男が、次のように揶揄された当世若者気質とイメージの上で重ね合わせられていたことだけは明らかである。

偖《さて》萩原新三郎ハ山本志丈と一緒に臥龍梅《ぐわれうばい》へ梅見に連れられ、その帰るさに彼の飯島の別荘に立寄り、不《ふ》図《と》彼の嬢様の風姿《すがた》を思詰め、互に只手を手拭の上から握り合た計りで、実に枕を並べて寝たよりも猶深く思ひ合ました。昔時《むかし》のものは皆如斯《かう》いふ事に固う御座いました。処が当節の御方ハ一寸洒落《しゃれ》半分に「君一寸《ちょい》と来たまへ。雑居寝《ざこね》で。と、男が云へバ、女の方で「おふざけでないョ。又男の方でも「さう君の様に云てハ困るネー。否《いや》なら否だと判然《はっきり》云ひ給へ。否なら又外《ほか》を聞て見様。と明店《あきだな》か何かを捜《さが》す気に成て居る位なもので御座い升が、萩原新三郎ハ彼のお露殿と更に猥褻《いや》らしい事は致しませんでしたが、実に枕をも並べて一ツ寝でも致した如く思ひ詰めましたが、新三郎ハ純良《ひとがよい》ものですから一人で逢いに往く事が出来ません。（B）

こういうくすぐりは寄席の常套であり、新三郎は必ずしもまるきりむかし者気質の若者だったわけではない。かれは親兄弟のない孤独な浪人の境涯で、いつも鬱々とふさいでいる内攻的な青年だった。阿露も父親の妾と折り合いがわるくて、乳母のお米と柳島の別荘暮し、とかくふさぎ勝ちな内気な娘であって、そういう性格設定自体が近世の物語の主人公《ヒーロー》と女主人公《ヒロイン》には見られない、新時代のキャラクタリゼイションであった。これは坪内逍遙の『当世書生気質』における「神経質な」小町田粲爾や、二葉亭四迷の『浮雲』の内海文三の先駆型と言えるが、ともあれそういう男女が一目惚れし合って想いつめてしまうのである。むしろむかし者気質の恋は、相川という好人物の貧乏旗本の娘、阿徳《おとく》の場合であろう。阿徳は飯島（阿露の父）の下男、孝助を見染めて恋わずらいに寝込んでしまうが、その理由は、忠義者の孝助ならば養子に来てもらっても父親を大切にしてくれるにちがいないと見込んだためであった。つまりこの物語は意外に境遇の似ている二人の娘の恋を描いているのだが、阿露は父親の眼を盗んだ恋であるが故に不幸な結果となり、阿徳は父親への孝行が動機だったために孝助を出世させることさえ出来たのである。孝助と阿徳とが主《メイン》ストーリーを担いえた所以であろう。

その意味で「昔時《むかし》のもの」と「当節の御方」との違いは相対的なものだったわけだが、円朝は新三郎が一途に思い詰めるところをむかし者気質ととらえたのである。ただしそれと対比した「当節の御方」へのからかいを、本気で受け取る野暮な聞き手はおそらくいなかった。そのくすぐりを若い聴衆への媚びとして理解しながら、ああいう軽薄な「当節の御方」になぞらえられた自分たちの姿をおかしがっていたにちがいない。そういう位置に立って志丈のヴァリアント作りに半ば自分を託していた。それが「内包された聞き手」として語りに加わる仕方だったのである。

だが読む立場はそれとは位相が異る。これを自分一人だけの空間で読む人間の意識は、志丈的な「当節の御方」に自分をなぞらえてうち興ずるよりも、鬱々とふさぎがちな新三郎にシンパシイを抱きやすい。その内攻性が生んだ阿露との密会の幻想をよりリアリスティックに理解できるからである。一途に思い詰める内攻的な人間だからこそ阿露の幽霊に取り憑かれやすかったのだ、という性格分析も可能だろう。かれと阿露の幽霊との密会をのぞきに行った伴蔵がしばらくして帰ってきたところに、おみねが「大層長かったネ。どうしたへ」と声をかける。これは伴蔵の新三郎殺しをおみねが見ぬくさりげない伏線であるが、おそらく寄席の聴衆はただ聞き流すだけで、読み手でなければ気がつかないところであろう。

このような相違はもちろんけっして享受者の二つのタイプの問題ではなく、たとえ同一の人間であっても、寄席で聞くかそれとも自分の部屋で読むかによってその違いが生ずるはずのことであるが、ともあれその読者はそういう「内包された聞き手」との差異を漠然とながらも感じつつ、自分の分析的な読みを作り出していたと考えることができる。さらにもう一つ踏み込んでみれば、この読者もあの「内包された聞き手」と対概念化された、その意味での「内包された読者」以外ではなかったと言ってさしつかえはない。

およそ以上のような点で『牡丹燈籠』と『経国美談』とは、間作者性と間読者性という特徴を持っていたと言える。しかしだからと言ってこの二つが例外的なテクストだったというわけではない。『経国美談』のような読者代表の尾評は既に中国の稗史小説の歴史に見られるところであり、共同制作者のコメントが物語言説化されてゆく仕方は為永春水の『春色梅児誉美』などにも認められる。この二つのテクストに例外的な形で顕在化してはいたが、知人の寄せた序文、巻末の解説、その作品を取り巻く批評などのあり方によって、程度の差こそあれ、上のような特徴はどのようなテクストにも見られるのである。とくに註釈つきの古典の場合、むしろそれが一般的な性格だと見なければならない。

(1) 永井啓夫著『三遊亭円朝』(昭和三十七年十二月、青蛙房)からの再引用。
(2) 足立和浩訳『根源の彼方に』(上巻、昭和四十七年六月。下巻、同年十一月、現代思潮社)。
(3) 注1におなじ。

第四章　生産様式と批評

――あるいは批評的レトリックとしての「作者」

テクストのどんな生産様式のなかで批評が始まったのか。それを解くのがここでの目的であるが、生産様式という言葉から、あるいは作者が書き読者がそれを読んでテクストを完成させるプロセスと受け取られるかもしれない。私が口頭の発表のなかでこの言葉を使い、そのように理解されてしまった経験が何回かあるからである。しかしもちろんもしこの問題との関連で作者をいうならば、それは作者をも生産する生産様式という位相からとらえるべきだろう。

近世末から近代にかけて、しばしば「作者」を名のる語り手がテクスト内に出現するようになった。かつて私はその点に注目して、この「作者」を書き手自身から相対的に独立した仮構の語り手ととらえ、最近の語り手論的な傾向を促すささやかなきっかけを作ってきたが、今となってみれば、なぜその語り手が「作者」を名のらねばならなかったのかという問題にまで踏み込めなかったことを反省せざるをえない。

大まかに言えば、やがてその「作者」に生身の作者自身がアイデンティファイするようになって、「作者」＝作者の人性論的な課題が託されたテクストとして、かれの作品間の内的な関連や、発展関係が関心対象となり、それとともにいわゆる近代的な作家像が誕生する、――その意味では例えば漱石の三部作なるものの関連把握の妥当性を論議し合うより以前に、むしろ一見テーマ的な発展関係があるかのごとく仕組んで職業作家夏目漱石なる存在を生産した仕掛けそのもののほうに眼を向けてみる必要があるだろう。――また微視的に言えば、その都度のテクスト生産とともに作家を再生産しているわけである。そういう文学史を近代が辿ってきただけに、私は語り手が「作者」を名のり出た経緯をも同時に検討すべきだった。そしてあの作家像の誕生と並行して語り手としての「作者」はテクストの表面から姿を消すという現象が起ったわけだが、ともあれこの「作者」の消長と批評の始まりとはけっして無関係ではない。近世末から近代にかけての表現の運動がそれを語っているのである。

生産様式という言葉はもう一つ、印刷と配布のシステムの意味で受け取られるかもしれない。このことは昭和初期のプロレタリア文学運動の全盛期に、むしろ非マルクス主義の立場を取った広津和郎の「もう一つの目的意識」論によって出版資本の創作支配の問題として提起され、小林秀雄は「様々なる意匠」で観念の商品的流通の事態として問題にした。それ以来常識と化し、現在では出版物の形態と装幀によるジャンル分けのシステムや、内容に対するメタテクスト的な機能をそれに加える人も多いだろう。

これらはもちろん生産様式概念の重要な一部分であるが、物語流通《サーキュレーション》の問題はそれにつきるものではない。これまでほとんど誰れも論じなかったことであるが、右のような言わば外在的な「創造」支配のシステムに対して、物語や小説の内部にはそれに抵抗しようとする、独自な物語伝達またはサーキュレーションの視向が仕組まれていたのである。私が今ここで問題にしたい「作者」を名のる語り手とは、ただ単に読者と対概念としての作者であるだけでなく、本屋（近世の板元と近代の出版社とを一括して便宜的にそう呼んでおく）と従反する作者でもあった。従反とはむろん私の造語であって、この「作者」は時には本屋の意向に服従し、時にはテクスト内に別様のサーキュレーションを描き込んで本屋の支配に背反する姿勢を見せる、両義的な存在だったからにほかならない。それならば競合とか葛藤とかと呼んでもよさそうだが、しかし服従の言説に背反のメタメッセージを託し、またその逆も行なうという一種の遊び、たわむれを見せ、その意味ではこの「作者」自体がきわめてレトリカルな両義性としてテクスト内に現出してくるのである。

注意すべきは、あの近代的な作家像が成立するとともに、このように本屋との駆け引きを演ずる「作者」が消えてしまうことである。近代のある時期に「作者」がテクストの表面から姿を消してしまったことの重要な意味はここにこそあったのだ、と言わなければならない。近代の作家がしばしばみずから本の装幀をし、自分の写真を表紙の次に掲げたりして、それは独自のサーキュレーションを意図した読者へのメッセージと見られなくもないが、じつは商品流通のシステムに加担したメタテクストの機能を果しているにすぎない。いずれにせよ本屋との両義的なかかわりは伏せられてしまったわけで、作家の創造力や人格は商品化のシステムを超越したものなのだという観念が一般化した標徴と言うべきだろう。その創造力神話や伊藤整のいわゆる人格美学が動揺しはじめた時期、広津和郎や小林秀雄による出版資本と商品化過程の問題が提起されたのである。

こうしてみると、私の問題にしたい「作者」は、近世末から近代初期にかけての一時的な現象にすぎなかったようにも見える。が、それは作家像の成立から現代に至るまで隠蔽されてしまった結果と見なければならず、少なくともあの「作者」は本屋との対概念でもあったことはここで確認しておく必要があるだろう。その「作者」の側面から私は広津和郎や小林秀雄以来の生産様式観に欠けていたものを補い、新たな展開を与えてみたいのである。

＊

それではこの「作者」と作中人物との関係はどうであったか。それは時として作中人物の批判、というよりは不平不満の対象とされる「作者」でもあったことを、次の表現が示している。少し遠まわりになるが、その検討を通して先ほどの問題にもどっていこうと思う。

善「それさへお聞《きゝ》申せば、直《ぢき》に方《かた》をつけますが。モシわたしやア此本《このほん》の作者に憎まれてでも居りますかしらん、野暮な所といふと引出《ひきだ》してつかはれます。しかしマア〳〵善悪の差別《わかち》がわかつてめでたい。

これは為永春水『春色梅児誉美』四編（天保四＝一八三三年）の序文を書いた桜川善孝がそのまま作中に登場して、「作者」が自分に与えた役割に苦情を述べた科白である。「作者」と同名の作中人物が登場する趣向は、すでに洒落本で使い古されてきたが、この「作者」はそうではない。あくまでも作中人物からは隠された、言わば神のごとき操り手のはずであったにも拘わらず、ここでは作中人物からその操り方について苦情が語られたわけで、さしずめ現代の漫画において、登場人物がコマ枠の外側にいる作者に向かって文句を言うごとき趣向であろう。このような表現実験が生れた外在的な理由は、通人としてもよく知られた幇間の桜川善孝が春水のブレーンであったため、言わば仲間うちで交わされる作者への苦情を発く形で、「作者」と作中人物の関係を戯画化したものと見ることができる。だがテクスト内の展開からみるならば、三編の第十四駒、芸妓の米八が劇中劇の形で紹介された小本（洒落本の書型）を読み、その結末のはぐらかしに腹を立てて「ヲヤにくらしい。作者の癖だヨ。モウ此《この》あとはないのかねへ」と文句を言う、その場面の発展だったと言える。その米八のそばでうたた寝をしている客の名を藤兵衛といい、二人の間で、藤兵衛が通いつめている此《この》糸《いと》にはじつは絵岸の半兵衛という隠れた情人《いろ》がいることが話題になっている。その設定からみて——しかも米八が読む小本のなかの遊客も半兵衛であった——春水は多分式亭三馬の洒落本『石場妓談辰巳婦言』（寛政十＝一七九八年）や『船頭深話』（文化三＝一八〇六年）などを念頭を置いていたと思われる。が、もちろん米八が読んでいる小本の内容は春水の作ったものであり、だからこの米八の不満に託して人情本作者の春水が小本形式の洒落本と自分の人情本とを区別してみせる（ただし通常の洒落本は読み切りであるから、米八が不満を抱いたような「是より後編にくはしく入御覧ニ候」と読者の気をもたせる結び方はしない。むしろこの結び方は人情本の常套であった）。それと併せて自分の作品に対する読者の不満を先取りしようとしたのである。

それはともあれ、先のような「作者」批判の趣向はたちまち拡がっていったらしい。為永春友の『春色鶯日記』初編（天保十年）にこんな場面がみられる。

「ヲヤ〳〵、此本は否だネエ。丸で私《わちき》の名で出て在《ゐる》は。「トハ言《いふ》ものの嬉しからう。ソウそふ、爰に情人《あてきち》の名も出てゐた。「ヲヤマア、ほんにねへ、どふして此様《こんな》に委敷《くはしく》何かを知《しつ》て居るだらふ。憎らしい作者だノウ。「夫《それ》じやア、お前の道行《こと》も悉敷《くはしく》先条《こつち》に解《かい》てあるだらふから読《よん》で見様ヤ

憎らしいと言いつつ自分のことを書いてもらいたい、作中人物化したい、そういう読者心理を作り出すレトリカルな仕掛けで、その「作者」はあった。先の作中人物化した桜川善孝から恨まれた「作者」が、梅児誉美シリーズの別な作品で、善孝に野暮ならぬ役割を振り当ててやったことは言うまでもない。

こんな「作者」であってみれば、作中人物からかれの別な作品をあげつらわれるのはむしろ当然であろう。

関「そんならそれはいゝが、（中略）此間文亭《こないだぶんてい》といふ友達が来てはなしたツけが、女八賢誌といふ絵本を、狂訓亭《さくしや》は丹誠して、八犬伝といふよみ本にならつて、その始末《すじ》に似ないやうに、そのおもむきの似るやうにと、大《おほ》ぼねをおつてこしらへたら、八犬伝に似せてかゐたと言《いつ》て、わるく評判をする看官《けんぶつ》があると

いふが、作者がおなじ事にならねへよふに、おもむきの似る様に〳〵とこしらへる苦心をおもはねへで、似せてこしらへたといふ看官《けんぶつ》は、どういふ見識で本をよむものかしらん。そんならばと言《いつ》て、何水滸伝と名を付《つけ》て、水滸伝に似せるやら、唐土《から》の男を本朝《こつち》の女に書《かき》なおしたのは、無理があつてもわからねへとはおつなものだ。新孝「イヱしかし何ごとも運次第なものでごぜへます。今被仰本《おつしやるほん》の作者がかゝた、梅ごよみなんぞといふものは、中本《ちうほん》始まつて以来《このかた》の大《おほ》あたりだそうでございますが、狂訓亭《きやうくんてい》為永春水といふ名は、梅暦といふ外題《げだい》ほどは看官《よみて》がしらずにしまふから、大畧《おほかた》夢中でよむかとおもやア、すこし悪い所《とこ》があると、ヘン楚満人《そまひと》改《あらため》狂訓亭か。この作者はおらア嫌らひだなんぞといはれるから、なんでも愛敬がなくツてはいけません。関「新孝、其方《そつち》も少し狂訓亭びゐき《ためなが》だの（『春色辰巳園』三編、天保六年）

甚「ハイ〳〵、トいひながら、貞操婦女八賢誌《ていさうをんなはつけんし》といふ絵入読本《よみほん》をいだし、これが評判のいゝ新板でございます。米「そふかへ、だれが作だへ、ト作者の名をよみ、皃をしかめ、「イヤ〳〵私《わちき》やア、この狂訓亭といふ作者はどふも嫌ひだヨ。楚満人と名号時分から見るけれど、どふも面白いのはすくないものヲ。甚「イヱ〳〵それはみんな弟子や素人の作《つくつ》たのへ、楚満人が名ばかり書《かい》たのでございます。この八賢誌をマア御覧《ごらうじ》まし。（同前四編、天保六年）

馬琴の『八犬伝』がまだ継続中だったにも拘わらず、春水は『貞操婦女八賢誌』（初編は天保五年）を刊行しはじめたのであるが、それに対する馬琴の怒りや世評を先取りしながらこうして自作の宣伝を試みたのであろう。それはおそらく自己防衛的な自己卑下だけでなかった。『梅児誉美』のなかで早くも藤兵衛に「何ぼ傾城水滸伝（馬琴、文政八年）や、女八賢伝が流行《はやっ》ても、女の喧嘩は色気がねへゼ」と言わせていたところをみれば、すでに女八賢伝的な構想に着手していた春水が、馬琴もまた先行テクストの変異体《ヴァリアント》作者にほかならぬことを指摘しつつ、自分の新趣向への自負をも洩らしていたのである。馬琴の『八犬伝』に女装の美少年が登場するように、『婦女八賢誌』では男装の美少女お梅（梅太郎を名のる）が主役となり、しかもそれと知らぬ従姉妹のお袖が恋慕して夜中に忍んでゆく、という同性愛を喚起するきわどい場面も織り込んでいた。とはいえ、勧善懲悪をタテマエとする狂（教）訓亭の春水はこれ以上筆を進めることはできず、ただこういう妖しい美しさを配しながら、馬琴が超自然の力の支配に頼ってプロットを組み立てた流儀を排し、あくまでも八賢女の人間的な智勇によって豊島家を再興する、そのかぎりでは現実主義的な「始末《すじ》」を考案したのであった。

だがそれはそれとして、右の引用の場合も「作者」は自分の作中人物から他の作品を論評され、代作の楽屋ばなしまであばかれてしまったわけである。それからおよそ百年後、太宰治や伊藤整は自分と同名の人物を登場させたり自作の噂を織り込んだりして、一時は新戯作派と呼ばれたほどであって、右のような趣向は現代ではさほど珍しくない。ただしそれは作家と作品が作中（人物）化されただけにすぎず、そこに登場する人物たちが現に自分たちを描いている「作者」を指示対象として狂訓亭《さくしゃ》と呼ぶような関係で、太宰治《さくしゃ》を話題にすることはなかった。その点で春水的「作者」の自己対象化はよほど凝っていたと言える。しかもこの「作者」は奇妙に律義なところを持ち、新孝が噂していた狂訓亭の悪口を、別な場面では米八にしっかりと「この狂訓亭といふ作者はどふも嫌ひだヨ」と言わせているのである（1）。

このような仕掛けは読本系統の『婦女八賢誌』には絶えてみられない点からして、これは春水にとって梅児誉美シリーズを特徴づける意識的な方法だったのであろう。

換言すれば、「作者」とその作品のサーキュレーションのあり方を描いて方向づけを試みた表現で、それはあった。ここでは本屋とのかかわりが直接には描かれていないが、それは為永連という共同製作のグループを作って青林堂という本屋を兼ねていたからである。

判「ナニサ、その為永といふ作者の連中は、弟子か師匠か些《ちつと》も無差別《わからず》だヨ。山谷堀の若竹のお津賀さんの、校合《てつだつ》た条下《ところ》が沢山《たんと》あつて、春水《さくしや》の著作《つくつ》た所《ところ》よりか、お津賀さんの草稿《したがき》の方がおもしろひといふ事だヨ。（『春色梅美婦禰』、天保十二年）

こういう楽屋ばなしは協力者、清元の師匠延津賀への挨拶であり、それが人情本にくわしいお園という精読者《ベルユーザル》への情報提供という設定だった点では、自分たちの望ましい読者を作り出すためのアピールでもあったのであろう。この梅児誉美シリーズでは、先ほども見てきたように米八の読む小本（洒落本）をテクスト内の副《サブ》テクストとして挿入し、峯次郎という作中人物が為永春蝶と『元亨釈書』（虎関師錬、元亨二＝一三二二年）の安珍伝を人情本に書き変える工夫をしながら、歌舞伎の道成寺を批評（『英対暖語』、天保九年）する。そうかと思えば、「尼の詞を仮用《かり》て児女達《ひめたち》へ、教訓する」という体裁で読本の文体を模凝《もど》き（『春色梅美婦禰』）、為永春暁の『春色乙女雛形』の紹介という形でお夏清十郎の人情本化を試みている（同前）。これはテクスト内のテクスト批評であるとともに、諸ジャンルを綜合したテクストとして梅児誉美シリーズの優位性を主張する意図だったと思われるが、そのためには多様な才能の参加が必要だったのである。

念のために加えるならば、当時の読本や黄表紙、滑稽本、洒落本、人情本は単に書形や装幀が異なっていただけでなく、文体もまた一定のジャンル別傾向性を持っていた。だからこそ右のように既成のジャンルのサブテクスト化による批評が可能だったわけだが、これを逆に見れば既成のジャンルのサーキュレーションと異なるサーキュレーションを作り出す必要に迫られていたとも言えよう。このシリーズでひんぱんに読書場面が描かれたのもおそらくそのためであった。

*

ここで、これまで言及した洒落本と読本の特徴にふれておくならば、梅暮里谷峨の『廓の癖』（寛政十一＝一七九九年）にこんな科白が出てくる。

其訳《そのわけ》をばよくしつてる。はじめの程《ほど》は手前《てまい》もしんにいやがつたそふだが、段《だん》〱世話《わ》になり義理につまつてまんさらてもねへとの事《こと》ハハテかくしやんな、去年《きよねん》の春《はる》出た谷峩《こくが》か作《さく》の二筋道《ふたすしみち》といふ本ハ手前《てまい》か文里をいやがる処《ところ》から迷《まよ》ひ出した迄書《かい》てあるぜ、そりやアどふで承知《しやうち》で来るのだ

これは前年に出た谷峨の『傾城買二筋道』を読んだ男が、その作中人物に会いに来たというアイデアである。一見それは文里と遊女一重《ひとへ》との現実の恋物語を谷峨が書き、読者が興味をそそられて一重を買いにきた趣向のようだが、実際は『廓の癖』がその後篇であるというテクスト関係を示す仕掛けだった。「作者」の側からすれば、文里に恋がたきが現われたストーリーを作って、自分の作中人物に会いに来た読者を登場させたわけである。これと類似の方法は、漱石の『吾輩は猫である』の二回目、「あゝその猫が例のですか、なかなか肥つてるぢやありませんか、それなら車屋の黒にだつて負けさうもありませんね、立派なものだ」とい

う寒月の科白に見出すことが出来る。寒月は『猫』の一回目を眼にした読者——この場合の内在的な「作者」は吾輩（猫）——として登場してきたわけで、他の主要な訪問者も同様、ただ主人の苦沙弥だけがそのサーキュレーションを知らず、このため疎外されていることにも気づかない正直さを笑いの対象とされてしまうのである。

ただしこれらの作中人物が現に自分たちを書いている「作者」に言及することはなかった。多分それはまず初めに読み切りとして書かれ、結果的に続編が書き継がれただけであって、続き物としての構想を持たなかったために、「作者」が物語作りへの参加を読者に呼びかけるような発想が欠けていたからである。一見それとは矛盾に見えるかもしれないが、梅児誉美シリーズには「下《を》りかゝりたる丹次郎、続《つゞい》ておりるお長がこゝろ、そも米八と落合《おちあつ》て、いかなるわけとなるやらん。作者もいまだ承知せず、嗟《あゝ》かゝる時は好男子《いろおとこ》も、また人知らぬ難渋あり。必竟《ひつきやう》この後何とかせん。看官《みるひと》よろしき段取《しゆかう》あらば、はやく作者に告《つげ》給はんことをねがふ而已《のみ》」といった表現が何回か出て来る。まるで続編の構想が立っていないような口ぶりであるが、それもまた続き物の興味をつなぐ計算ずみの言説だったのであろう。読者を「作者」と対等に扱ってみせる、このような発想が、読者でもある作中人物が「作者」を批評する場面を生んだのである。だが、一場面＝一話の読み切りを原則とする会話体小説の洒落本にはそういう発想がなかった。山東京伝の『傾城買四十八手』（寛政二年）の「そは〳〵する手」の項に、「右草稿《そうかう／シタガキ》出来《しゆつらい》ありといへども、事繁《ことしげ》ければ、牒数《ちやうすう／カミカズ》の多《おほ》くならんを厭《いと》ひ、於是《ここにおいて》省《はぶ》く。追而後編《おつてこうへん》に著《あらは》すべし」という後編予告が見られ、翌年には『錦之裏』が刊行されたが、これは続き物とは別な事情による。そんなわけで作中人物の言分と思惑がもつれていよいよ収拾がつかなくなれば、梅暮里谷峨の『二筋道』の三編、『宵の程』（寛政十二年）の結びのごとく「作者」谷峨が出現して強引に決着をつけざるをえない。「イヤ御両親《ごりやうしん》へハこの女《をんな》ハ初《はしめ》てなれど、兼《かね》てお聞《きゝ》およばれの契情《けいせい》一ト重、いさゐハ二筋道《ふたすじみち》初篇《しよへん》後篇《こうへん》に委《くわし》けれバ何《なに》ももふさんが（中略）たゞ可愛相《かあいそう》なるハお時《とき》どの斗《ばかり》ハ誠《まこと》の道《ミち》、これにめんじて利屈《りくつ》なしにきゝとゞけて、わしが娘分にしてしんゼたい。側《そハ》てつかハして遣《やつ》て下《くた》されい」という具合に。

ちなみに右に言及した京伝の『四十八手』について、十文字舎自恐と菊屋蔵伎と並木新作の合作『戯作評判花折紙』（享和二＝一八〇二年）に次のような批評がみられる。

〔学者曰〕虚《きよ》をもつて実《じつ》に伝《つた》ふ太史公《たいしこう》、それに比《ひ》すへきハ四十八手、〱の前《まへ》四十八手なし四十八手の後《のち》四十八手なし、さすかに頭《とう》とりほどあつて立役の魁首《くハいしゆ》にいたされたハ理《り》の当然《とうせん》でござる。〔通人〕なるほと四十八手の日《につ》ほんてハこさへすとハいふものゝ、すてられねへハ虎《とら》のまきさね、とらの巻を指置《さしおい》て四十八手かくハんとうでもごさへすめい。とかなんとかいふものゝ、五リンもすかねへ頭取しうのことたから、深《ふか》いしあんもありま筆《ふて》か子〔頭取〕東西〱高ふござりまするか、これより申あけまする。当時流《とうしりう》行《かう》のしやれほん、小冊《せうさう》の最第一《さいたひいち》、とひきり無類《むるい》の四十八手丈立役の巻頭にすへましたか、また年令《ねんれい》も若《ワか》ふごさりまするによりまして、とらの巻丈を惣〆《そうしめ》てのくハんとうにすへましてごさりまする。〔ひいき〕四十八手のその外《ほか》にもゝ手をつくした小さつの大立物、いひぶんハないぞ〱。〔頭取〕第一はんめ栄二郎といふ息子株《かぶ》となつてしつほりとしたる手、ことにいやらしくなく、のろくなきところが、作意《さくい》の妙《めう》をあらハしまする。次に山の手の里鳳《りほう》となつてのわるしやれ、されとわるおちのなき所、出来ました。次にミぬかれたてハさして評するほとの事なし、大切昼三《をゝきりちうさん》かいとなつてのしんの手、きれいにいやミなきところ、大江戸根生の大とり大あたり〱。〔ひいき〕とうぞできあかつてゐる、そハ〱する手を草《さう》稿《かう》のまゝてもよいからミたい物しや。〔見物一同〕その後へんを待まする〱

ここで通人がとらの巻にこだわっているのは、折紙つきの洒落本を紹介するに当って、田にし金魚の『傾城（買）虎之巻』（安永七＝一七七八年）を惣巻頭に据え、京伝の『四十八手』が次の「立役之部」の筆頭に位置づけられていたためであった。読みくらべてみると必ずしも出来栄えだけで『虎之巻』が上位に置かれたわけでなく、時代性も加味されたようであるが、ともあれこの合評形式が幸田露伴と斎藤緑雨と森鷗外の「三人冗語」（明治二九＝一八九六年）に受け継がれたわけである。そしてこのような評判記が生まれたのは、もともと洒落本が遊女と客の駆け引きを通人の眼で穿つ面白さをねらったジャンルだからであろう。その眼で洒落本の趣向を穿ったわけで、だからその読者としての期待はあのひいきのように既に出来上っている草稿を読んでみたいという願望以上を出なかった。梅児誉美シリーズに描かれた読者のように、物語への参加を求められ、また自身も参加への熱望をもってストーリーにのめり込んでしまう読み手ではなかったのである。

東里山人の作と言われる『花街鑑』（文政五＝一八二二年）の第二章では、洒落本の常套的なキャラクターである息子株の瀧三郎が水茶屋の養女お玉のところへ足繁く通ってくる。

〔玉〕アノこれハ新板《しんはん》のしやれ本《ほん》だと申テ。只今《たゞいま》かりました〔たき〕フウ何《なん》といふ。外題《げだい》だへ。チット見せなせへ〔玉〕よんでお聞せなトたき三郎がまいへいだす〔たき〕ハヽアなんだ。契情買伝受《けいせいかいでんじゅ》の巻《まき》。コイつァ。おもしろそうだト二三まいあけてもくろくの所をいだし初会《しょくわい》から女郎に恍惚《ほれられ》る。伝受《でんじゅ》。女郎といろ事をする。伝受。女郎に金《かね》を出《だ》させて。おもしろく遊《あそ》ぶ。伝受コイつァ。おつりきな事を書《かき》やしたトしたにおいておたまさん。おめへハ本《ほん》が好《すき》だから。今そこで買《かっ》て来《き》やしたトしんはんの合巻を五六ばんふところから出してお玉にやる〔玉〕ヲヤ〳〵これハ。面白《おもしろ》そうだねへ〔たき〕ミなせへ来年《らいねん》の草《くさ》ぞうしが。今頃《ごろ》。出るやうに成《なっ》ちやァ。正月松過《まつすぎ》に。雛《ひな》さまをたてねへけりやァ。ならねへ勘定《かんぢやう》になりやす〔玉〕ほんにはやく。よく出来《でき》ますねへ。〔たき〕ミんなおめへに。あげやうから。よんでミな中《なか》にやァ。愁《あハ》れにおもしろいのも有《あり》やせう。

この作品は村上静人の編集した人情本全集にも収録されているが、たしかに物語化の視向を見せた発端の設定は人情本に近く、洒落本からの過渡的な性格を示すものと言えよう。お玉の手元にあった「新板《しんはん》のしやれ本」は、この引用の直前に「中がたのよミ本《ほん》」と紹介され、これも小本の洒落本よりは中本の人情本を暗示している。

だがそれ以上に興味ぶかいのは、お玉が瀧三郎に渡すのが『契情買伝受の巻』という洒落本であり、その逆が五六冊の合巻だったことである。洒落本は客と遊女の痴話を描くのが主眼だったが、「初会《しよくわい》から女郎に恍惚《ほれられ》る」とか、「女郎に金《かね》を出《だ》させておもしろく遊《あそ》ぶ」とかいう遊女買いの手引き書めかしたものは数少なく、むしろこれは『虎之巻』や『四十八手』の茶化しと言うべきだろう。いずれにせよそれは男の読み物だったわけで、のちに瀧三郎は玉菊と名のる遊女となったお玉から金品を贈られ、だがお玉の真意を誤解して切れてしまう。それに対して瀧三郎がお玉に与えた合巻は、その時期からみて、またこの物語自体が玉菊の遊女気質を描き出した作品と言える点からも、山東京山の合巻を想像させるが、ともあれお玉は瀧三郎に愛想づかしをされた悲しさで遺書を残して自殺、「愁《あハ》れ」な運命を辿ることになる。その意味では二つの物語(洒落本と合巻)の授受《サーキユレーシヨン》が、それぞれ受け取った二人の行動を予告する仕掛けになっていて、しかもいずれのジャンルに対しても批評を内包しているようなテクストだったのである。

さらにここにはもう一つ、「来年《らいねん》の草《くさ》ぞうしが。今頃《ごろ》。出るやうに成《なつ》ちやァ。正月松過《まつすぎ》に。雛《ひな》さまをたてねへけりやァ。ならねへ勘定《かんぢやう》」という瀧三郎のサーキュレーション評がみられる。これは当時の出板物が正月の贈答用に購入されたという商習慣を踏まえた言葉であるが、その正月用品がこんなに早く出板されては、正月になったら節句でもしなければなるまいという皮肉であった。確証はないけれども、こういう言葉が書き込まれた『花街鑑』もまたおなじ状況に巻き込まれていたと見てさし支えないであろう。

*

もっとも、続きの読み物が全て梅児誉美シリーズのような特徴を備えていたわけではない。読本の場合、曲亭馬琴は「贅言」と自卑する序文や後書きなどで口うるさくテクスト解読の方法を語り、本屋の不誠実をなげいてみせたりしたが、物語内部での「作者」性は歴史の考証に発揮され、作中人物への論評は『近世説美少年録』（文政十二年）のように「識者」の口を借りることが多かった。「嗚呼《あゝ》鞭弱《なんじやく》の一少年《いつせうねん》。主家《しゆうか》の胞兄弟《はらから》を相和解《あひなだめ》て。遂《つひ》に莫逆《ばくぎやく》ならしめしは。忠《ちう》にして功《こう》あるに似《に》たり。されば其の説《と》く所《ところ》。利《り》に誘《いざな》ふて義《ぎ》に疎《うと》かり。是奸佞《これかんねい》の所行《わざ》にして。（中略）然《され》ば那利《かのり》を貪《むさぼ》る為《ため》に。主従倶《しゆうぐとも》に不測《ふしき》の罪《つみ》に。陥《おちい》ることのなからずやは。と識者《しきしや》は竊《ひそか》に評《ひやう》しけり」と。

このように作中人物の行為の裏側の意味を見抜き、その運命を予測できる「作者」が、その作中人物から批評的な言葉をなげかけられるようなことは起りえない。「作者」の物語世界の支配力は絶対であって、だからストーリー作りへの参加を読者に促すような発想もありえなかったのである。各輯の結びで常套的にくり返される、「なお輯《しふ》を続《つ》ぎ巻《まき》を易《かえ》て。第二輯《だいにしふ》十一回《くわい》に、解分《ときわ》るを俟《まち》て聴《きゝ》ねかし」といった予告の言葉は、「作者」が物語を完全に所有している優位性を誇示するためであった。

それだけにこの「作者」はコマーシャリズムの大衆的なサーキュレーションとは別なレベルの、選ばれた読者とのコミュニケーションを庶幾せずにいられなかったのであろう。贅言とことわりつつ執拗な読者啓蒙を試みてきたのもそのためであったし、『美少年録』第三輯の巻頭では「作者云《さくしやいはく》。草子物話《さうしものがたり》を批評《ひひやう》するものは。猶五味《なほごみ》を嘗《なむ》るが如《ごと》し。甘《あま》きを好《この》むは。辛《から》きを嫌《きら》ひ。酸《すき》を嗜《たしな》むは。苦《にが》きと鹹《しほから》きを妙《みやう》とせず。好憎《こうぞう》おのが随《まゝ》なるをもて。作者《さくしや》の隠微《いんび》を亮察《りやうさつ》して。深《ふか》く骨髄《こつずい》に入《い》るもの稀《まれ》なり」とことわり、珍しく「隠微」を察した貴重な一例として伊勢松坂の櫟亭琴魚の書簡を掲げた。たしかにこの長文の書簡は当時の読本批評の水準を示すものであるが、ここでもう一つ注意すべきは、その評言を好例としながら「好憎《こうぞう》おのが随《まゝ》なる」論評を超えた批評のあり方を主張していたことである。そう言えばこの琴魚は三枝園主人篠斎の『八犬伝』と『朝夷巡島記』の批評を馬琴に取り継ぎ、馬琴の返答を得て『犬夷評判記』（文政元年）を出板した。その篠斎の批評は洒落本の『戯作評判花折紙』とおなじく頭取や理くついひなどの合評形式であったが、馬琴は懇切丁寧に答えることで批評のあり方をも変えようとした。洒落本的な穿ちと見立てを脱して「作者《さくしや》の隠微《いんび》」を洞察する構造分析の批評を生み出させようとしたのである。

　換言すればそれは「作者」の見識に匹敵する読み巧者としての批評家を要請することであり、さらに換言すれば洒落本や人情本のようなテクスト内でのサブテクスト批評や「作者」批判とは異なる、テクスト外のもう一つのテクスト、つまりメタテクストとしての批評を分化し自立させる試みでもあった。馬琴はそういう批評家でもありうる努力を先の『評判記』や「おかめ八目」（文化十年）「本朝水滸伝を読む幷に批評」（天保四年）などで重ね、同時にそのレベルの批評に耐えうる、というよりはそのレベルでなければ読み解けないテクストであることを、「作者」の贅言で語り続けた。これまた換言すれば馬琴は一貫して見識ある「作者」に自分をアイデンティファイすることによって、少なくとも読者の像のなかでは生身のかれ自身から超出した存在であろうとしたのであった。

それならばこの「作者」にとって一般的な読者はどこに位置づけられていたか。それは現実の作品流通《サーキュレーション》のなかの受け手であるとともに、『椿説弓張月』（文化四年）の「街《ちまた》の童謡《わざうた》」が歴史の運命を予告し、「みなもとは朽《くち》はてにきとおもへども千代《ちよ》の為朝《ためとも》みるべかりけり」という落首めいた匿名の歌が「作者」に為朝生存の可能性を教えてくれたように、正史の裏側を洞見させてくれる民衆でもあった。童謡の予言性は中国の発想から学んだものかもしれないが、ともあれそういう無名《アノニム》の歌をサーキュレイトさせて「作者」の構想に働きかける、想像力の根源としての民衆が存在したのである。

＊

さてところで、近代の作家たちは馬琴の自己顕示的な見識家ぶりを嫌ったが、その多くは馬琴の「作者」意識を受け継ぐものであった。露伴と緑雨と鷗外の「三人冗語」が『花折紙』の流儀に倣ったことは既にふれたが、かれら一人一人の批評家的意識はやはり馬琴の系統であった。とりわけ鷗外は馬琴的だったと言える。

近代に入って近世的な板元の商品化システムが解体し――それを促進したのは新しい出版法と文部省の出版事業だった――新たな印刷出版のシステムが作られるとともに、黄表紙や読本、洒落本、人情本などのジャンル意識も失われて、それらを包括した「小説」や「文学」などのより「普遍」的な概念を生む基盤を用意した。この条件と知識人的な啓蒙活動の要求とに従おうとした近代初期の物語作者にとって、馬琴の流儀が最も取り入れやすかったのであろう。

ただ一つ注意しなければならないのは、かれらの作品からは近世後期のような「作者」が姿を消していったことである。近世以来の書き手の多くはいわゆる実録小説を手がけることになったが、事実尊重という新しいイデオロギーに従おうとするかぎり、テクスト面のさまざまな趣向を抑制してその内容と文体とを即事実《ザハリツヒ》めかしたものにするほかはなかった。その「作者」は、各地方の新聞記者からの報告を編集する（という体裁をとった）「編者」に変身した。『高橋阿伝夜刃譚』（明治十二＝一八七九年）が仮名垣魯文補綴と銘うたれたように、である。「編者」を名のりつつテクストの物語内容のなかに出現することはむずかしく、たとえ名のり出ても梅児誉美シリーズのようには機能しえない。

　政治小説の場合も事情はおなじであったが、ただそのなかには小室信介の『自由艶舌女文章』（明治十七年）のような例外もなくはなかった。これは馬琴の『八犬伝』や春水の『婦女八賢誌』の流れを汲む物語だったが、当時流行の民権都々逸《どどいつ》やよしや武士などという、出版物のサーキュレーションとは別な伝播過程で拡がってゆく大衆的な俗曲をベースとした作品で、この物語自体もまた先行テクストの替え唄的なヴァリアントにほかならないことを顕示していたのである。その結びに「案外堂曰く、此篇は未だ全く尽きず、腹稿あれども、余り長きは御退屈、この段落《ひときり》を以て一先づ終結《おしまひ》となし、他日また閑を得て編綴《へんせつ》する所あるべし」とことわっているのも、近世的な流儀だったと言えよう。だがそういう傾向もやがてより「写実」的な政治小説に取って替わられてしまうのである。

　こうしてみると春のやおぼろを名のった坪内逍遥の『当世書生気質』（明治十八〜十九年）がストーリーの大団円を迎えて、後日談も語り、さらに次のような表現が附加されていたことは、近代小説としていかに異例であったかがよく分かるだろう。

　因云《ちなみにいふ》作者《さくしや》のはじめ此篇《このへん》を綴《つゞ》るや。談話《はなし》を引延《ひきのば》して明治《めいぢ》十八九年《ねん》に及《およ》ぼし充分情態《じうぶんじやうたい》の細微《さいび》を穿《うが》ちて。兼《かね》

> てハ変遷《へんせん》をも示《しめ》さばやと思《おも》ひ。已《すで》に第《だい》九号《がう》の附言《ふげん》に於《おい》てハ。其意《そのい》をあから様《さま》に読者《どくしや》に伝《つた》へて。立派《りつぱ》に約《やく》束《そく》までなしたりしが。紙数存外《しすうぞんぐわい》に不足《ふそく》にして。作者《さくしや》の本意通《ほんいどほ》り綴《つゞ》る能《あた》はず。（中略）作者幸《さくしやさいわ》ひに間暇《かんか》を得《え》なバ。再《ふたゝ》び管城子《くわんじやうし》をやとひいれて他日《たじつ》
>
> 　続当世書生形気《ぞくたうせいしよせいかたぎ》　一篇《いつぺん》
>
> を綴《つゞ》らんとす。（中略）四方《しはう》の読者《どくしや》。もし幸《さいわ》ひに拙著《せつちよ》の題目《だいもく》を忘《わす》れたまはずハ。他日続篇《たじつぞくへん》のいでけん折《をり》。いくらか旧知交《きうちかう》の消息《せうそく》をバ。聞《きゝ》たまふが如《ごと》き感《かん》あるべし。
>
> かく書終《かきをは》りたる折《をり》。原稿《げんかう》を取去《とりさ》らんと。先刻《せんこく》よりして一枚《まい》〻〻数《かぞ》へて待居《まちゐ》たりし書肆《ふみや》の小僧《こぞう》。につたり打笑《うちゑ》みていひけるやう。先生第《せんせいだい》九号《がう》の口絵《くちゑ》の一件《けん》ハどうなりましたか（朧）ナンじや口絵《くちゑ》とハ（小僧）ヘン。此絵《このゑ》は全篇《ぜんぺん》の骨子《こつし》なり後回《こうくわい》に至《いた》りて明詳《つまびらか》なりツ。あの人殺《ひとごろし》の訳《わけ》ハちつとも詳《つまびらか》でござりませんネ（朧）ヱ。ナニ。あれハ。なんじや。あれハ愛嬌《あいきやう》に添《そへ》たばかしで。所謂読者《いはゆるどくしや》をして驚《おどろ》かしむるの法《はふ》じや。西洋《せいやう》の滑稽本《こつけいぼん》なんぞにやア。屡々《しば〱》あゝいふ洒落《しやれ》があるテ文章《ぶんしやう》の滑稽《こつけい》や。脚色《しくみ》の滑稽《こつけい》ハ。已《すで》に陳腐《ちんぷ》じやによつて。わしが新趣向《しんしゆかう》で虚唱《ほら》を用《もち》ひたのじや。ナントあの事《こと》が立消《たちぎえ》になつて。真地目《まじめ》で見《み》て居《を》ツた読者《どくしや》諸君《しよくん》を驚《おどろ》かした手際《てぎは》ハ妙《めう》であらうな。小僧《こぞう》ハ返辞《へんじ》もせず椽側《えんがは》にたちいで。（小僧）ヘン隠居《いんきよ》めイ。負惜《まけをし》みをいやアがらア。

このなかの小僧との問答は、物語の後日談というよりは「作者」の後日談と言うべきところであるが、しかしこの部分は続篇予告までの原稿を渡したのちの問答ではなかったか。そう考えてみるまでもなく、その虚構性は明らかであろう。たしかに第九号の口絵は二人の少女が間違って取り替えられてしまう場面を描き、殺人が行なわれているが、第二十回の事実話によれば人殺しはなかったことになる。その矛盾に逍遙は

気づきつつ、多分その第二十回の段階ですでにこのような弁解の場面を構想していた。ただしそれだけならば書肆《ふみや》の小僧を登場させる必要はなかったはずで、西洋の滑稽本に倣った新趣向だと強弁する形で本屋との駆け引きをテクスト化する近世的な趣向を再演してみせたのである。

その「作者」は作中人物の一人としてではなく、ただ「傍観」して事の経緯を告げる語り手としても物語の進行中に時おり顔を出していた。梅児誉美シリーズのように作中人物から批判的に対象化される「作者」ではなかったが、その眼で見たところをわざわざ「作者《さくしや》が傍観《おかめ》の独断《どくだん》なり」とことわることによって、読者には別様なとらえ方がありうる余地を示し、みずから相対化をはかっている。そういう自己相対化は近世のテクストにはみられない。その意味でこの「作者」は近世的な通人の穿ちの批判として設定されたとも言えるが、それをテクスト内に設定すること自体は近世的な様式の継承でもあった。その上末尾では右のようにレトリカルな「作者」が顔を出したわけであり、従来はそこに近世戯作の残滓があると批判されてきたのであるが、実録小説や政治小説の動向を併せ考えてみれば、これはきわめて意図的な近世的趣向の再演だったと言うべきだろう。

言葉を換えれば同時代の動向と近世的様式との全体を対象化する仕掛けで、それはあったのである。

『小説神髄』（明治十八〜十九年）の材源はこれまでの研究でほぼ尽くされ、これ以上探し出すことは困難なほどであるが、じつは細部の文学的観念の材源研究に終始するのみで、最も大切な一点、つまりその構成の材源は関心対象とならなかった。奇妙な盲点と言うべきだが、しかし探してもその材源は見つからないだろう。上巻の「小説総論」「小説の変遷」「小説の主眼」「小説の種類」「小説の裨益」、下巻の「小説法則総論」「文体論」「脚色の法則」「時代小説の脚色」「主人公の設置」「叙事法」など、これほど包括的に小説の問題を意識化できたのは驚異と言うほかはない。その全体性のよって来る所以に関心が向けられなかったことは、これまでの研究が如何に微視的な観念問題にとらわれていたかの証拠であって、とりわけ下巻の小説作法書的な側面に眼を向けることが少なく、これは先ほどのような「作者」の内在を全く見落していたためである。

近《ちか》きころの事《こと》なり新吉原《しんよしはら》の青楼《せいろう》に某《なにがし》といふ遊女《ゆうじょ》ありて某《なにがし》といへる好男子《かうだんし》を其情郎《そのじやうらう》とハなしたりけり此《この》情郎《じやうらう》おもへらく彼婦《かれ》をして充分《じふぶん》わが術中《じゆつちう》におとしいれて其情交《そのじやうかう》を密《みつ》なること膠漆《こうしつ》の如《ごと》くならしむるにハ故意《わざ》としばらく遠《とほ》ざかりて倦々《けん〱》として慕《した》へる念《ねん》をバます〱倍《ま》さしむるにしくことあらじと斯《か》くなん思《おも》ひ定《さだ》めしかバ其日《そのひ》よりして一旬《とをか》あまりハ絶《た》えて音信《おとづれ》をもなさゞりけり（中略）已《すで》に四箇月《しかげつ》を経《へ》たりしかバ時熟《ときじゆく》したりとみづからうなづきけふこそ女《をんな》に面合《おもあは》して悲喜哀歓《ひきあいくわん》こも〲なる好活劇《かうくわつげき》を演《えん》すべしとて揚《よう》々としておもむきしが果《はた》して功《いさほ》を奏《そう》せざりしハいはずも読者《どくしや》ハ推《すゐ》したまはん

これは「脚色の法則」の章で「永延長滞」の弊害を説くためのたとえ話であるが（そうして情人を待つ遊女の苦心や猜疑の嫉妬にとらわれて恋醒めしてしまったプロセスの箇所は省略したが）、最近の実話めかしたこの例話が『団々珍聞』などのゴシップ新聞の吉原ダネの模擬であり、しかも『花街鑑』にサブテクスト化された「契情買伝受の巻」と同様な機能が託されていたことを、容易に「読者《どくしや》ハ推《すゐ》し」えたことであろう。『書生気質』のそれと通じ合う「作者」がここに潜在していたのである。

それからのち現代に至るまでの批評もこのような側面から読み解かれなければならない。近代における批評の語り手たる「私」もまた、最初にふれた作家とおなじく「作者」性を隠してしまったからである。

（1）　これは春水が楚満人時代の作品を自己否定してみせる一方法でもあったのであろう。

第五章　形式と内容における作者

現在テクスト論に拠る研究者や批評家が、ある意味で故意《ストラテジック》に見落している点、それは当該テクストを書いた人間がその「作者」たることを引き受けようとするモチーフそのものについてである。これはある作品を書く「作家」たろうとするモチーフ、あるいは発表された作品に附された著者名やその作中人物と自己同定《アイデンテファイ》しようとするモチーフと言い換えてもよい。この点への認識を抜きにしては近代の言説（もちろん小説をも含む）生産の様相を十全に解き明かすことはできないだろう。

例えば小森陽一は『構造としての語り』で「言表の起源としての〈作者〉という観念が、『近代』の産物であるにもかかわらず、生身の作者は、活字の文字面の背後に消え、言表の主体としてはすでに『死』んでいるのだ。そして私たち読者に残されているのは、生身の作者が書き記した文字の、機械的反復の複写《コピー》、いやその複写《コピー》の累積の痕跡だけだ」と、〈作者〉の「死」について語り、その例証として長谷川辰之助の『落葉のはきよせ　二籠め』の次のような一節を引いている。

> 乃ち〈發きてまず我浮雲といふ頁〉取る手も〈遅しと〉わなゝくはかりいそぎて發き他人の作には眼を留めずまづ我作を求め出せり　其時は為す事の善悪はほと〳〵考ふ遑はなく只インスチンクトに働かされて知らす識らさるうちにしかせしなり　我作を求め出せしかバまづ之を手に持ちて歩みなからに讀みもてゆくほどに手先おのゝき出せり　〈胸は波たち〉その前よりおのゝきをりしや否やは知らすたゝその時になりて心附きしなり　次いて忽然として顔を眞紅にそめたり　「かほとまて拙なしとはおもはさ

りしが印刷してみれバ殆と讀むにたへぬまで〔拙〕なり」と心のうちにおもへり　讀終りても心落居ず〔をかし〕ちきれ〳〵の獨語を我にもなくいひつゝ間斷なく躍るやうに部屋のうちを歩みめくりつひにたへかねて兩手を我頭に捲りつけり（〔　〕は原本抹消部分）

これは二葉亭四迷の名前で発表した『浮雲』第三篇の載った『都の花』が送られてきた時の惑乱を記した「日記」の一部分であるが、小森陽一はそれを「意想外の落胆、期待はずれというよりも、むしろ『讀むにたへぬ』といった、自らの言説に対する拒絶反応」と解釈し、「おそらく期待の源泉である、書いた人としての『自分』が、『印刷』された雑誌の活字の背後で『死』んでしまっていたことを、読む人長谷川辰之助は察知してしまったのだ」と推測している。

このような解釈と推測は、『落葉のはきよせ　二籠め』が二葉亭四迷の手記として印刷出版された、そのテクストから読み取られたものだったことは言うまでもない。小森陽一はそのテクストから喚起された「幻像」の長谷川辰之助像を、「生身の作者」として実体化してしまったのである。たぶんかれは、言語の商品化による自己疎外という現代人好みの観点、いや物語《ナラティブ》を、この実体化された長谷川辰之助の「死」というとらえ方のなかに忍び込ませていた。もちろんこれはかれのテクストから読み取った私の解釈だが、それが正当でありうるのは、右の一節の書き手はけっして生身の長谷川辰之助としてではなく、明らかに作者二葉亭四迷の立場で読み、自作の拙なさに腹を立てて惑乱しているからである。この書き手は「『印刷』された活字をとおして、自分の屍と出合って」などはいない。他人の作品はさしおいて優先的に自作を読んでみるという、そのことによって他の作者たちと一種の競争関係のなかに自分を置き、その眼にみえてきた自作の拙なさ、つまり書く時点で視向していた作者像のあまりに貧困な実現に狼狽しているだけなのである。

それならばどの段階でその人間は作者なのであろうか。これは昭和初期のいわゆる形式主義文学論争のなかで一度顕在化しかかった問題である。ただし本論の目的はその是非を検討することではないから、私なりの言葉で整理しておくならば、要するに作者は素材に形式を与え、読者がその形式から喚起されるものが内容だ、というのが形式主義者の主張だったが、それは以下のような疑問をかれらの間に惹き起さずにはいなかった。では素材は無定型なものとして存在するのか、作者の与える形式の根拠をどこに求めればよいのか。中河与一はこの二つを解決するために、事物が我々の知覚に与えられる際の時間的空間的な形式と、我々の生活それ自体が持つ風土的、歴史的、民族文化的な様式とを挙げたが、それではかえって作者の位置、あり方が見えなくなってしまう。この点について犬養健は「形式主義文学論の修正」(『東京朝日』昭和三年一二月一六〜二十日)で次のように主張した。

結論をいはう。作家が作品を書き出すが早いか彼は「形式」に司配される。即ち彼は「作家活動」ではまつしぐらに「形式主義者」でなくてはならない。しかし彼がある素材を拾つて、これにある視点の角度を与えつゝある期間には彼はまだ「作家活動」には入つてゐない。なぜならば、「作家活動」とは「表現」を行はない前にはあり得ないのだから。即ち歌はぬ詩人、描かぬ画家などといふものゝ有り得ないのと同様である。

つまり書く行為に入った瞬間からかれは「生身の作者」となるのであって、それ以前においては「生身の人間」以外ではないというわけだが、それに対して池谷信三郎が「作家運動の範囲」(『東京朝日』昭和三年一二月二四日)で疑問を提出している。

そこで問題は作家が――もし作家といふ言葉が両義的であいまいな感じを与へるとしたならば、一人の人間が、創作意識（もつと軽く、興味といつてもよい。）をもつて、素材を詠めた時、そしてそこに「内面形式」を認識し、筆をとらんとする、その前の、一種の、単なる人間活動と違ふ色強い《（ママ）》、創作的、内面活動の起つた時間においても、尚かつ「形式主義者」であつてはいけないのか、といふ事である。

　こゝに一つの素材がある。人々はそれ〴〵それを無心に、あるひは関心をもつて詠める。又一人の個人にしても、ある時は無心に、ある時は関心をもつて。そしてもしその関心が、それを表現しようといふ意識のための関心であつたならばその時既に、「彼は形式のみ《（ママ）》力の中に、形式の司配のなかに身を投じてゐる」のではないかといふことである。

表現のモチーフが働く時すでにかれは「作家活動」に入った「生身の作者」だというわけだが、この発想をすすめると生活と芸術の一元化という大正期的な文学者理念に逆もどりしかねない。が、それはともかく、もしかれらの論理に従うならば、私という読者の眼には、その言説の形式（文字の羅列）を通して、かれらが自分は「作家」であることを自明の前提として論議していたと読めてしまうのであるが、この読みはどんな種類の「内容」なのであろうか。この疑問はさらに次のような疑問を誘発する。かれらが言う「作家活動」とは形式と内容のいずれなのであろうか。

　形式的にみれば、犬養健という名詞はそれだけではどのような構文も予想させない。それに対して「書く」という動詞は「〜が…を書く」という具合に、助詞の「が」や「を」を伴う名詞を要請し、しかもその概念上の種類を限定しうる（普通私たちは、空が川を書くとは言わない）という意味で、統辞上の支配力を持っている。換言すれば犬養健が小説を書くという構文において、「犬養健」や「小説」は、「書く」という述語が要請する文を完成させるための主語や目的語の機能を果しているにすぎないわけである。だが、その文が意味するところの側に即してみれば、犬養健が小説を書く行為が、概念の像化された形で現われてくる。形式レベルでは述語の被支配的な機能でしかない犬養健が、行為レベルではその述語の主体として現出するのだと言えよう。

一般に私たちは「犬養健が小説を書く」という文を読んで直ぐに行為レベルのほうへ関心を移してしまう傾向を持つ。形式主義者たちはそれを形式レベルからとらえ返そうとした。これは読む行為の意識化の点で重要な転換だったが、かれらの考える読む対象は作品以外ではなかった。作品とそれに附された作者名との関係が、形式レベルから読まれることなど予想もしていなかったのである。

もしある人間が文章を発表するごとに筆名を変え続けたとしたら……、それこそ作品の背後で「生身の作者」は「死」ぬことになるだろうし、横光利一が中河与一や犬養健の主張を批判的に修正しようとした「形式論への批判」(『東京日日』昭和四年二月一六、七日)で望んだごとく、「作品と作者とは独立した二個の物体」となりうるにちがいない。だがそんな事態を誰も起さなかったのは、近代の言説生産様式においては、幾つもの作品を書き続けることと、筆名を固定させることとは切り離せない関係にあるからである。これは言説への責任とその所有権(著作権)との関係と見ることもできる。一人の人間が林不忘の名前で時代小説を、谷譲次の名前でめりけん・じゃぷものを、牧逸馬の名前で推理小説の翻訳を発表した場合も、その基本原則は変らない。それが「生身の作者」の存在形式なのであって、一作ごとに筆名を変えるついでに同時代の作者の名前を次々と借用していった場合に惹き起される事態を想像してみれば、さらにそのことが明瞭になるであろう。

そのような存在形式を選んだ(あるいは、選びえた)時かれは「作家」となる。「形式のみ力の中に、形式の司配のなかに身を投じて」形式生産を行う「作家活動」とは、じつはその存在形式の「内容」にほかならない。形式主義者たちはこの「内容」から「形式」を説明しようとした、その意味での内容主義者なのであった。

ソシュールが『一般言語学講義』で語の価値を交換の観点で分析して以来、言語と商品とをアナロジーでとらえるテクスト論が増えてきた。私はそれを読んでおおむね納得できるのだが、ただ時々はがゆく思うのは、言語と商品とのアナロジーというこの隠喩的な修辞法それ自体への自意識を欠いていること、および作品の商品化を論じながら作者名の価値論が全く抜け落ちていることである。これを抜きにして作者と作品との独立や、作者の「死」を論ずるなど笑い話にすぎない。

ある種の商品にはおまけがつき、附録がついている。造り酒屋で新酒を買ったところ、酒粕を添えてくれた。おまけという言い方から、値引きする（まける）ことの代り、つまりおまけをつけるとは実質的な値引きなのだという解釈が予想されるが、これはむしろ派生的な用法だろう。おまけには飾りや誇張、または附《こじ》会《つけ》、へつらいなどの意味があり、もとは神仏への捧げ物を飾って一そう引き立て、それから商品に景品を添えて客にお買徳の景気を煽り立てようとした。相当に値の張る商売が成立すると、「さあ皆さん、お手を拝借」と、周りの人たちも誘い込んで商談成立を祝う。そんな光景が高崎のだるま市に見られたが、そこで売り手が商品を手渡すと一緒に「これもおまけにお持ち下さい」と景品を添える。この「おまけ」は「その上に」とか「それに加えて」とかいう意味だろう。さてその後におまけを付けぬ代りに値引きをするようになった。そういう経緯が考えられる。現代でも値引き特価市というのは一種お祭り気分の景気づけをねらった催しの場合が多い。とするならば、おまけとは商取引を祝う贈与であり、交換それ自体の価値づけなのである。

　この推定は間違っていないと思うが、だからおまけは交換価値の一部分（可変部分）というだけではない。記号表現《シニファン》としてのおまけに対応する記号内容《シニフィエ》とはその交換自体の評価であって、交換の価値として交換行為に作用してゆく。と同時にこのおまけには交換の永続を願うモチーフが籠められてある。そのポジティヴな形態が値引き《まける》というネガティヴな形式に代ったわけだが、その時も変わらずに引き継がれていったのは、主にこのモチーフのほうであっただろう。ただしこのネガティヴな形式は、商品に少々キズがあったり季節はずれになってしまったりというネガティヴな条件と結びつきやすい。そこでこのネガティヴな条件を負った商品が、相応に値の張った新製品の交換に附けるおまけに転化させられてしまったりするのである。商品のおまけへの転化。それ自体の交換価値の否定による、交換自体の価値表現という機能の附与。商品たる限りこの運命は免れがたいはずで、その意味であらゆる商品が別な商品の交換の価値表現（交換価値の表現ではない）たりうる潜在的な可能性を秘めているのである。

　言語と商品、テクストの商品化というアナロジーもこの位相からとらえてみる必要があるだろう。私たちの会話にはこの会話自体を言祝ぎ価値づけようとする誇張や飾り《リップ・サービス》が伴い、それに乗せられて気分高揚することもあれば、眉につばつけて聞く場合もある。これは単純な例だが、場の雰囲気を配慮し、言葉づかいやイントネーションに気をつけたりすることのなかに、右のおまけに相当する機能が託されているのである。ローマン・ヤーコブソンのコミュニケーション図式における接触《コンタクト》のとらえ方からは見落されてしまったが、その機能を含めて考えてみなければならない。会話のような直接的な接触《コンタクト》の場合もそうだが、活字を介しての間接的な接触《コンタクト》においてはとりわけ修辞がその機能を担っている。高座の語りにおいてはまず聴衆との接触《コンタクト》を言祝ぐのが普通であり、近世後期の洒落本から逍遥の『当世書生気質』に至るまで慣例化されていた、当代の治世を言祝ぐ導入の仕方にもその機能を認めることができる。そのような祝ぎ言葉はその後次第に姿を消していったが、修辞それ自体が（自然主義の反修辞法も含めて）対応する記号内容《シニフフイエ》に附加された飾り誇張《おまけ》である面を顕示しつつみずからを価値づける。またそれと連動的に選ばれた修辞と相互に評価し合う。そういう表現の仕方を失ったわけではない。とりわけ日本語の場合傍訓《ふりがな》という独特なおまけがあり、漢字のよみ方や意味を示すだけでなく、互いに評価し合う関係をも表現しているのである。

私は其の時心のうちで、始めて貴方を尊敬しました。あなたが無遠慮に私の腹の中から、或生きたものを捕《つら》まへやうといふ決心を見せたからです。私の心臓を立ち割つて、温かく流れる血潮を啜らうとしたからです。其時私はまだ生きてゐた。死ぬのが厭であつた。それで他日を約して、あなたの要求を斥ぞけてしまつた。私は今自分で自分の心臓を破つて、その血をあなたの顔に浴せかけやうとしてゐるのです。私の鼓動が停つた時、あなたの胸に新らしい命が宿る事が出来るなら満足です。

これは小森陽一も挙げていた『こゝろ』の一節であるが、「私」が「先生」の過去を聞かせて欲しいとねがった時の言葉に較べて、「私の心臓を立ち割つて、温かく流れる血潮を啜らうとした」という「先生」の側の受け止め方、つまり隠喩は明らかに誇張だった。だがそのことによって受け止め方の強さの修辞化を表現するとともに、「新しい命が宿る」という隠喩と相互に支え合う。その上この手紙を「私」が読んだ後に——だがプロットの関係ではその手紙を紹介するに先立って——「肉のなかに先生の力が喰い込んでゐると云つても、血のなかに先生の命が流れてゐると云つても、その時の私には少しも誇張でないように思はれた」と書いて、先の修辞までも、誇張としてネガティヴに貶価されてしまわないように価値づけていたのである。

シニファンとしての修辞はシニフィエを媒介することによってみずからの修辞性に対するシニファンとして二重化される。ついでに、「ア、佳《い》こと　トいつて何故《なにゆゑ》ともなく莞然《にっこり》と笑ひ仰向《あふむ》て月に観惚《みと》れる風《ふり》をする（中略）見とれてゐた眼とピッタリ出逢ふ　螺《さゞい》の壺々口《つぼくぐち》に莞然《にっこ》と含んだ微笑を細根大根に白魚を五本並べたやうな手が持てゐた団扇《うちは》で隠蔽《かく》して恥かしさうなしこなし」（『浮雲』）のような文章において、傍訓《ふりがな》に注意してみれば、それが当該漢字の修辞性に対する評価的機能を帯びていたことが分かるであろう。さらにもう一つ注意を促しておくならば、傍訓《ふりがな》は一見文字のよみ方（声）の標示であり、声に従い、声を現出させる契機であるかのごとくでありながら、じつは書く時点でしか現われない。その意味では日本的エクリチュールの本質にかかわるものであることに気がつく必要がある。

小森陽一は直接的な接触《コンタクト》を、近代において失われた、かけがえのないコミュニケーション状況と見、この反時代的なユートピア状況を批評的な視点として、現代の活字化＝商品化の事態における表現者の自己疎外の悲惨を問題化しようとしていたように思われる。宮沢賢治『銀河鉄道の夜』のジョバンニが活字を拾う場面から、「自らを生かすコミュニケーションの場を奪われた、切れぎれの言葉の死骸。活字」「言葉の命につながるすべてが剥奪され、活字の数として『計算台』で計算される」物質《もの》化の事態として、ほとんど脅迫的なイメージで「言葉に浸透した資本主義」の実状を読み取っていた。あたかもディスコミュニケーションの状況に追いつめられたジョバンニが自分の奪われた言葉の遺骨を拾っているかのごとくである。実際はかれに渡された紙切れ（原稿の一部分）の書き手にとって、その印刷工程を経て原稿が紙面に再現されることはかけがえのない自己実現だったかもしれないのだが、小森陽一は故意《ストラテジック》にその分解―再構成の一局面をジョバンニの孤独な労働と重ね合わせてみせたのであろう。矢作勝美が『明朝活字』で、序文や題辞を寄せてくれた人の筆跡が活字に変えられる時「本における人格的要素」が「排除」されてしまうと指摘したが、それを共感をもって取り上げたところにも先のようなモチーフがうかがわれる。たしかに矢野龍溪『経国美談』後篇に藤田鳴鶴の寄せた序文が、岩波文庫版ではまるで意味の分からない文章に変えられてしまったところなどをみるならば、現代において失われたのは筆跡に対する「人格的尊敬」だけではない、筆字そのものを読む力さえ失われてしまったのである。

だがそれはそれとして、そういう序文の類は先ほどの観点でとらえるならば、これもまた祝言《おまけ》の一つだと言えよう。装幀や腰巻の唄い文句はもちろん、作者名や題名さえもそう言えなくはない。普通題名は本文内容の主題やモチーフを表示したものとみられているが、最近の小説、いや評論や研究論文ですら飾り《おまけ》誇張としか言いようのないものが多いのである。ばかりでなく、むしろ本文内容のお粗末さを蔽うものとしてそれらが機能することがあり、その場合作（著）者名が重要な役割を果す。これは、一度内容的にすぐれたテクストに接した読者がこの人の書いたものをもっと読んでみたいと思う欲望のあり方とも関係するが、他方では本という「知」の物質化または物象化のシステムのなかで、作（著）者名そのものが突出的に権力《パワー》化されてしまうからであり、だからこそ「生身の作者」にとってそういう「作者」がしばしば欲望の対象となりうる。現代における作者のこの権力と、自己の言説への責任とは不可分の二重性として現象しているのであって、先ほど私が言った「自己実現」とはそれを担う意味にほかならない。

（ただし念のためにことわれば、私は「生身の作者」の伝記的研究が全く無意味だとも思わないし、またそのような自己実現を無条件に肯定しているわけでもない。現在「生身の作者」の人生に関心を向けざるをえない領域が二つある。一つは中学や高校における国語の授業であって、近代の短歌という単元でわずか十人の作者の歌を三首ずつ採っているような姑息な編集の教科書がある。それを使う教師としては、作者の人生上の危機を語って作品の感動《よさ》を説くしか方法はない。ただ警戒すべきは、作者の危機を語ることが最も文学（評論・研究）的な言説であるかのごとき錯覚と、無意識的にそういう言説や劇画的表現を模倣した生徒の作文をカウンセリングの材料に使うような補導主義への逸脱である。そのためにこそ教科書的人間主義《ヒューマニズム》のイデオロギー的機能を自己批評的に解き明かすテクスト論的な視点が必要なのだが、ついでに教師用の附録《おまけ》たる教授資料書の類を検討してみれば、いかに安直な評伝的研究の援用と心情的思い入れの鑑賞主義が横行しているか直ちに分かるであろう。もう一つは各地方の研究者が有形と無形とのいずれを問わず強いられている、地方（出身）作家研究の領域である。一般論的には必要不可欠な作業であることは否定できないのだが、しかしこれまた安直な資料観に基づく卑俗な実証主義と、それを蔽うための浪花節的な家族物語《ファミリーナラティブ》のパラダイムによって、先のような人間主義イデオロギーの再生産に陥ってしまう場合が少なくない。それが郷土愛主義《リージョナリズム》と結びつく時、研究者は地方的大義名分を背負う啓蒙家と化して、もはや文学論とも言えぬ風土還元論に逸脱することになりかねないのである。

　日本文学協会がそういう事態の、特に前者についてさえ全く問題意識を欠いているのを、私は昨年秋に北大学術交流会館で開かれた大会でつぶさに目撃した。国語教育部会では会員外の蓼沼正美が、先の人間主義にまつわる制度的な言説を一たん相対化した上で、国語固有の領域はありうるのかという問題を提出したのだが、会員の発表者はまるでそれを受け止める用意がなかった。だけでなく、そもそも準備不足だった証拠には壇上で二度三度と絶句したまま立ち往生、司会はそれを「誰さんはお忙しくて昨夜もロクに寝ていない」と弁護するだけで、蓼沼正美の問題提起を発展させようとしない。思うに誰さんは国語教育の世界では「名前が売れて」おり、この場はその「名前で売って（押し切って）」しまおうと、ずぶとく肚を決めたのであろう。一見もっともらしく「対話をひらく教育」というスローガンを掲げているが、会員にその姿勢がなく、仲間意識で馴れ合っている。ところが『日本文学』にはそんな不手際の痕跡も残さず、腹ちがいの兄弟どころではなく、腹ちがいのアカの他人みたいに似ても似つかぬ、綺麗ごとに取り繕った「発言」が載っていた。[1] これを誠実と呼ぶべきかしたたかさと見るべきか、私は言葉に窮するが、少なくともこの人たちは言葉を活字化する過程で小森陽一が指摘した「資本主義」的状況の悲惨などはいささかも感ぜず、むしろそのプロセスを利用してあざとい「自己実現」を果していることだけは確かである。翌日の文学の部でも発表者の準備不足は明らかで、制限時間を守らず、内容はとりとめなく、そのなかの一人が亀井勝一郎と間違えたのか、「亀井秀雄は悪いやっちゃ、悪いやっちゃ」とカン高い声で騒がしく言い始める。私は、思わずエビぞって笑いをこらえねばならなかった。「天皇制と他者」というのがそのシンポジュウムのテーマだったが、発表者たちはわざわざ足を運んできた市民と会員の前で顔パス、名前の権力的利用をやろうとしたわけで、それはみずからテーマを裏切ることでしかない。この人たちの「発言」もまた『日本文学』誌上に他人のソラ似程度には似ていなくもない取り繕った文章として活字化され、その後の総括によるとあの大会も十分見るべき成果を挙げたのだそうである。こういう実情に照らしてみれば、小森陽一の問題意識はいささか高級すぎたと言うほかはないであろう。）

小林秀雄が「作家の顔」（『読売新聞』昭和一一年一月二四、五日）で言っている。

人間とは何物でもない、作品がすべてだ。そして書簡を書けば、書簡がすべてだ。僕等は書簡中を探して、どこにも実在のフロオベル氏の姿に出会ふ事が出来ない。（中略）渦巻いてゐるものは、文学の夢だけだ。もはや、人間の手で書かれた書簡とは言ひ難い。何んといふ強靭な作家の顔か。而も訓練によって仮構されたこの第二の自我が、鮮血淋漓たるは何故だらう。(傍点は引用者)

これはフロオベルがジョルジュ・サンド宛の手紙の中で、「人間とは何物でもない、作品が統てなのです」と書いた言葉の、小林秀雄なりの解釈であるが、そのポイントは「訓練によつて仮構された第二の自我」という点にある。形式主義者ふうに言えば、全生活を「作家活動」に集中しきったところにしか生れない「第二の自我」ということになり、どこからが「作家活動」かといった問題はここでは消えてしまう。ただ一つ注意しておかねばならないのは、小林秀雄はその「第二の自我」を『サランボオ』や『ボヴァリー夫人』のなかでなく、ジョルジュ・サンド宛の書簡というテクストから読み取っていたことである。小森陽一ならば「生身の作者」を見出すだろうところに、かれは「作家の顔」や「第二の自我」を読んだわけだが、これは書く行為の位置づけの違いによることであろう。小林秀雄にとっても活字化とは商品化にほかならなかったが、その事態を洞見し抵抗しうる方法として書く行為がとらえ返されていたのに対して、犬養健や池谷信三郎は書くことと活字化との関係を論理化することができず、小森陽一はその間に資本主義的な疎外を見出した。その分だけ話すことと書くこととの境界が曖昧になってしまったのである。

書くことはもちろん必ずしも活字化を意味しない。ただ現代の文学者にとって、活字化を全く念頭から排除して書く行為のみを考察することはおそらく不可能であろう。吉本隆明は『言語にとって美とはなにか』のなかでそれを文字論の形で次のようにとらえている。

文字の成立によってほんとうの意味で、表出は意識の表出と表現とに分離する。あるいは表出過程が、表出と表現との二重の過程をもつようになったといってもよい。言語は意識の表出であるが、言語表現が意識に還元できない要素は、**文字**によってはじめてほんとうの意味でうまれたのである。**文字**にかかれることによって言語表出は、対象化された自己像が、自己の内ばかりでなく外に自己と対話するという二重の要素が可能となる。

たとえば〈石〉という名詞は、石の概念を意味するとともに、表現の構造の内部では任意の石の像を表現し、また喚びおこすのである。この石の像は、甲という人間にとっては、かつて海岸で遊んだときの浜辺にあった石の像かもしれないし、乙という人物にとっては、いまさき蹴つまずいてころんだ石の像であるかもしれない。

おなじように、たとえば代名詞〈わたし〉は、自己概念をあらわすとともに〈わたし〉の具体的な像をあらわすということができる。この具体的な像は、甲なる〈わたし〉と、乙なる〈わたし〉とではちがっているし、さまざまでありうるのである。（引用は角川文庫版に拠る。傍点は原文）

ポスト構造主義的に言えば、一つ目の引用でかれは、人間が文字を持つようになった時その言説空間は一挙に質的転換を遂げたのだということを語っていた。また二つ目の引用における「任意」とは、〈石〉という名詞の側からみれば誰がどんな像を喚起するかは全く任意だという意味と、一人の人間があの時の石とこの時の石のどれを想い浮べるかも任意だという意味とに解釈できる。ただし〈わたし〉という代名詞の場合、誰の自己概念かは全く任意でありうるが、一人の人間が〈わたし〉と書いたときの自己像は必ずしも任意ではありえないだろう。そこに名詞と代名詞の重要な違いがあるわけだが、いまここで注意したいのは、吉本隆明が、例えば〈石〉という「言語の音声が共通に抽出された音韻の意識にまで高められた」文字を使いうる段階において、その人間の自己像はかれの「意識に還元できない」、つまり非還元的な対象性を帯びてしまうと見ていたことである。

いま私が「石」と書いたとする。この「石」の像は私にとって任意でも、ある種の必然性を伴ったものでもありうるが、他人にとっては全く任意でしかない。文字の共通性とは同時にその像の不安定さを強めてしまう反作用を惹起し、その不安定さに直面しつつ私はいま書いている自分の像を非還元的に喚起されてしまう。私はそのように解釈して吉本隆明の言うところを納得するのだが、活字化の事態を抜きにこのような書く体験の意識化は起りえないだろう。その自己像は書く行為、あるいは文字によって惹き起された自己疎外の像化であり、だがそれとアイデンティファイしようとする、言わば倒錯したモチーフによってしか自己実現は果しえない。フロオベルの語った作家意識とはこのパラドックスを敢然と演ずる覚悟だったわけだが、それを疎外状況のほうに一元化してしまえば小森陽一のような「死」のイメージにとらわれ、あざとい自己実現に浮かれてしまえば、誰も喜ばないおまけに変質した自分の姿を見失ってしまうのである。

（1）　蓼沼正美は「討論」（『日本文学』一九九一年二月号）中の発言に附記して司会のまとめ方に不満の意を表明しているが、これは、私が聞いていても非礼に感じられた言葉が司会のまとめにあったからであろう。ところが司会はその言葉を「討論」の発言から消したため、蓼沼の「附記」は宙に浮いてしまった。全くあくどいやり方と言うほかはない。

初出一覧

第Ⅰ部　感性の変革（一九八三年、講談社）

第Ⅱ部　変革期の物語

第1章　二人のふとで者――多助とお伝（『国文学』第二一巻一〇号、一九七六年）
第2章　戯作のエネルギー――毒婦誕生の場合（『国文学』二三巻一六号、一九七八年）
第3章　内乱期の文学――農民蜂起とその首謀者の像をめぐって（東京大学国語国文学会『国語と国文学』第六六三号、一九七九年）
第4章　政治への期待が崩れるとき――『女子参政蜃中楼』論（日本近代文学会『日本近代文学』第二五集、一九七八年）
第5章　「歴史」と歴史と小説の間（岩波書店『季刊文学』第1巻第2号、一九九〇年）

第Ⅲ部　物語の変革、あるいは小説の発明

第1章　戯作とそのゆくえ（『国文学　解釈と鑑賞』四五巻一一号、一九八〇年）
第2章　「小説」の発見――視点の発見を中心に（『国文学』三三巻七号、一九八八年）
第3章　小説の近代的構造――『松のうち』の場合（『国文学　解釈と鑑賞』四五巻三号、一九八〇年）

第4章　話術の行方（『文学』五三巻一一号、一九八五年）
第5章　近代文学における「語り」の意味（『国文学　解釈と鑑賞』五六巻四号、一九九一年）

第Ⅳ部　「読者」と「作者」の生産様式

第1章　読者の位置――源氏・宣長・種彦・馬琴・逍遙（北海道大学国語国文学会『国語国文研究』第八一号、一九八八年）
第2章　虚の読者（岩波書店『文学』第五七巻第三号、一九八九年）
第3章　間作者性と間読者性および文体の問題――『牡丹燈籠』と『経国美談』の場合（北海道大学国文学会『国語国文研究』第八九号、一九九一年）
第4章　生産様式と批評――あるいは批評的レトリックとしての「作者」（岩波書店『季刊文学』第一巻第四号、一九九〇年）
第5章　形式と内容における作者（日本文学協会『日本文学』第四一巻第一号、一九九二年）

解説――『主体と文体の歴史』『増補　感性の変革』について

西田谷　洋

1

　これで二冊の亀井秀雄氏の論文集をひつじ書房から未発選書で刊行することができた。『主体と文体の歴史』と本書『増補　感性の変革』である。亀井氏の研究の展開と両書との関係は亀井氏自身がそれぞれの「まえがき」等で明確に示されているので、ここでは本書の企画・編集にまつわる話題を個人的な思い出から始めたい。

　私の研究の出発は明治初期政治小説であった。当時は作者の思想の宣伝として政治小説を捉える見解も多く、有力な研究者の中には政治小説が社会主義文学でないことを限界と主張する者もいた。一方、亀井氏は近代前か近代かで価値を裁断することを避け、『感性の変革』では作者のモチーフから語り手の表現性を捉えることで政治小説史を組み替える可能性を示していた。私も政治小説を表現から検討したいと思いつつなかなか果たせないでいた。そのうち、亀井氏は「『小説神髄』研究」の連載を『北海道大学文学部紀要』で始めていた。連載当初は私は高校教諭で未だ大学院に入学しておらず、当時は在野の人間が文献を入手するのが困難なこともあり、不躾にも抜刷を送ってほしいとお願いしたところ、亀井氏はどこの馬の骨とも知れぬ私に快く恵んでくれた。ありがたかった。亀井氏の方法論は乱暴に概括すれば現象学的な表現史と言えようが、私が認知言語学の理論モデルに依拠して身体的に有契的な物語という主体の表現モデルである認知物語論を唱えるに至ったのも、とうてい及ばず雲泥の差ではあるが、亀井氏のスタイルの私なりの展開とも言えないわけではない。むろん、歴史の系譜作りの政治性を批判する亀井氏や読者の皆さんは私がこうした系譜をひいてしまうことに呆れ失笑するに違いない。しかし、この系譜は、たとえば「時間の物語」に対して「歴史の物語」を、「纂訳と文体」に対して「政治の隠喩／隠喩による政治」を書いてみた私の一面なのである。それはそれ、心残りは『感性の変革』であった。私が大学を卒業した頃にはもう『感性の変革』は手に入らなくなり、どこかで再刊してくれるのをずっと待っていた。

2

さて、数年前に、ひつじ書房の編集者・森脇尊志氏と打ち合わせをしていたときに亀井氏の本を出せないかと相談してみた。亀井氏はホームページ上に多くの講演・論考をアップロードしていたし、単行本に収録されていない優れた論考も多い。たとえば、前述の「『小説神髄』研究」は他の論考と併せ発展吸収ないし書き直して『「小説」論』・『明治文学史』へと結実したが、その一部である「纂訳と文体」は再録されなかった。そうした仕事を集めた本が作れないかと考えたのである。そこで、亀井氏にもご了承いただき、前著『主体と文体の歴史』となった。

しかし、本当は亀井氏の仕事は亀井秀雄著作集を作れるほどの質と量があるにもかかわらず、『主体と文体の歴史』が現在の構成、すなわち亀井氏の仕事の一部の側面を組み合わせたものとなったことの説明責任は西田谷にある。

亀井氏の物語分析は作者と結びついた語り手論的な側面がある。主体はなぜそのように表現するのだろうか、表現から主体のモチーフや感性を問うことになるが、そうした分析の裏付けとなるのが、『主体と文体の歴史』第一部に集めた吉本隆明や三浦つとむ、時枝誠記の表現理論の検討である。現在の日本語学あるいは言語学の語用論や認知言語学といった文脈において、言語表現とは動機づけられた言語運用という観点をもつが、亀井氏の仕事は時枝や三浦の日本語学と欧米の構造言語学との対決からいわば先駆的に言語の認知・運用的な側面の分析を進めていたとも言えよう。第一部ではさらに、文学史や言説空間も発話でありその語り方を問うことで文学史の主体が浮上し、さらには文学史論の主体が立ち上がるという構図を立てた。

第二部は第一部からの展開として、歴史の時間を物語表現レベルで問う論考を集めた。ヴァージョンによってエピソードが変化するものとそうでないものがあるのはなぜなのか、あるいは歴史は何らかの統合を果すが、そうした統合を回避する語り方とは何かを、明らかにする試みを政治小説論系の仕事から選んだ。ここは、「纂訳と文体」が長いので涙をのんで二本とした。

第三部は近代詩の構成をめぐる連載をまとめた。これは第一部の表現と身体性を繋げていく問題意識を、氏が詩ジャンルで具体的に論証しようとした仕事であり、リズムから詩句の構成、題と本文との関係、言及対象としての故郷の役割を問う、近代詩研究において重要な役割を果たした論考である。

第四部は、第一部の問題意識を具体的に小説の読解として展開したものとして位置づけた。ここでは二つの観点から論考を集めている。第一に読み巧者である亀井氏が近代文学の名作たちをどう読むかということと、第二にそうした読み自体がある種の制度、それは治安当局による検閲を始めとする歴史的・社会的な外的制約ないしは表現構造的な内的制約によって構築されていることを亀井氏自身が問題としていることを示そうとした。その際に、亀井氏が用いているのは、相互テクスト性やリフレクション理論と呼ばれる観点である。すなわち、先行テクストとの葛藤や批評的異化や、当該テクストの新しい主体の位置や、文化的イデオロギー的な機能を捉えるとともに、視点、主題、主人公などの小説の形式的条件が歴史的現実との関係で重視され反映されたかを捉える。その点で、物語あるいは歴史とは主体によって動機づけられた文体であり、幕末から現代に至る主体と文体の関係性の歴史的変容をたどる意味で『主体と文体の歴史』をこのように構成した。

3

幸い、『主体と文体の歴史』は評判もよく、続いて『感性の変革』再刊の企画をたてることができた。むろん、文庫版でならオリジナルそのままでも再刊可能かもしれないが、単行本でとなると、やはり『感性の変革』に関連する単行本未収録の論考を加えた増補版がよいということで、こちらも亀井氏に相談しご了承いただいた。むろん、最初から二冊出せることがわかっていれば二冊の構成は変わっていただろうが、現状はその都度の挑戦なのである。

『感性の変革』は、前近代／近代という枠組みを乗り越え、江戸から明治に至る作中人物の自己意識と語り手の表現意識の変容を通して作者の表現史の系譜をたどろうとした名著であり、対象を分析するだけでなく分析に用いられる諸家の理論をも検証し鍛え上げていく点に、今の文芸評論・文学研究の多くから失われた可能性があると言えよう。

簡略に『感性の変革』を要約する。

前半は明治前期を中心に語り手論が模索される。作者の主人公に対する理想的自己像の仮構性に対して、表現位置への自覚と反省から読者の感性の架け橋として無人称の語り手が登場する。その無人称の語り手が消えることによって内的な意識の圧力による一人称の表現が可能になる。それは事件の目撃者としての方向と内的な自己像を語る方向であった。また共軛された感性の意識化によって他者の言葉を捉えることで幻想的な語りが可能となる。

後半では明治前中期を舞台に理論の適用と検証が展開される。語り手（癒着的半話者）は「私」状況に囚われる情念である口惜しさを語り手と作中人物の自由間接表現として提示し、家庭と対立する情念を作中人物の二人称的な身体性・感性の言葉として作り出し、身体性の奥底にある地獄の共同性とも呼ぶべき受苦的な感性によって同じ受苦性に引きずられた人間との情死へと至る樋口一葉の物語が展開する。一方、作中人物の意識を台詞と内面で対象化できる語り手によって泉鏡花の小説が変貌し、内言によって世界の自明性が解体されていく。幸田露伴の気質の話法による制度化と他者の言葉との葛藤の可能性を探り、田山花袋の自然の対象化によって自然は自立するとともに管理・利用されるに至ると捉える。このとき、ミハイル・バフチンやユーリー・ロトマンらの理論と共に前田愛・蓮實重彥・野口武彦・柄谷行人ら当時の論客の主張が、語り手の表現意識の観点をもたないために不十分なものとして批判されていく。

氏の叙述の特徴の一つはそれが明治文学の問題でありながら現代文学の問題としてもあることである。たとえば越智治雄が平野謙の構図を明治初期政治小説に単に適用するだけであったのに対し、亀井氏は物語内／外の文脈で検討するとともに、現代（文学）の問題へと検討が再帰していく。

英訳版のために書かれた「自著総括」も今回の増補版では収録している。亀井氏の論理構造とそれが作られた経緯をたどるのに極めて有益である。そこでは「重層的な労働の対象化によって作られた身体感覚の対象志向性を、その「素描」能力も含めて感性と呼ぶ」と規定されている。亀井氏が「日本で自生した」と言うように、『感性の変革』のベースとして、時枝誠記・三浦つとむ・吉本隆明の言語観から語用論的な理論を模索していくことはまさに亀井氏自らの手作りの理論と言えよう。一方で、むろん、そこで重視される、現実の自分の視点や位置を維持しながら他人の視点や位置に移行できる自己の観念的分裂という切り口は、認知言語学の参照点能力を切り口として虚構の創出と虚構制作者との関係を理論化したものとも捉え返す可能性もあるだろう。

『増補　感性の変革』はこの『感性の変革』を第一部として、単行本未収録の論考からなる三部と合わせ、全四部構成をとっている。

第二部は第一部前半に関連する論考のうち変革期の文学を扱ったものを集めている。近代の始まりにおいて共同体からの逸脱における成功する男と失敗する女を対比し、犯罪を避けがたい人間の生々しさと捉え、規範を内面化したり理想への期待が崩れる人物の意識を問うことで生きられた歴史を探る一方で、そうした歴史の枠組みを問い直し客観性を装うイデオロギーを検討する。歴史とは物語なのである。

では、物語・小説というメディアは近代においていかなる変容を遂げたのか。第三部では近代の小説の誕生をたどる。人物の言葉癖を区別する戯作の文体は個別化された自己の問題を語る近代小説の文体へ継承され、場面に内在する語り手／作中人物の視点は自己の性格と手記の成立に関わる物語を含み、やがて現在進行形の語り自体の物語を語っていく。このとき作者は語りの多様性の産物であるとともに複数の語りを一元的な文体観で覆う変換装置としても機能する。

この物語コミュニケーションとして作者・読者の関係を解明していくのが第四部である。物語は、語り手の語り方と対応する位置にある読者だけではなく、語り手とは別の見方をもちうる読者をも作り出す。また物語は現実の読者との相互作用から内包された読者の一種である虚の読者を作り出す。そこから、読者の批評が構造化された作品において読者自らの解釈が既に相互的であり、また作者も同様として、間作者性・間読者性という概念を提起する。間作者性は、物語流通において小説の内外の生産様式を、作者をも生産するあり方として捉え返していく。なぜならテクストの執筆者にはそれを書いた作者たることを引き受けようとするモチーフがあり、作者と作品の関係は自己疎外／自己実現の両面を持つのである。

4

もちろん、名著『感性の変革』といえども歴史的な産物であり、亀井氏の後の仕事で言えば、文学史としてさらにメタ化して歴史の語りに取り組んだのは後の『明治文学史』であり、『小説神髄』の可能性と限界をさらに追求したのは『「小説」論』である。また、亀井氏は観念的な自己の二重化を虚構創出の仕掛けとして捉えてもいたが、虚構論となれば中村三春氏の『フィクションの機構』がさらにそれを深化している。また亀井氏が切り開いた語り手論から作者を排除することでテクスト論を展開したのが小森陽一氏の『構造としての語り』であった。しかし、亀井氏は小森氏の作者の排除を資本主義における疎外による社会主義への志向に囚われているとみて、様々な「作者」の現れ方／働き方を検討することで、小森氏の理論構成が作り出す明察と盲点を問い直す。

思えば『感性の変革』は古い文学史観が作り出す視角の盲点であった表現の歴史を探るものであった。二葉亭四迷の評伝である『戦争と革命の放浪者』は、文学者としてのみ二葉亭を捉える視角が見落としていた志士・国士としての長谷川辰之助を浮上させる。亀井氏は、たえず理論構成、概念・境界を問い直すことで視角、見解を改め、私たちの感性の変革を喚起させ続けようとするのである。

最後に、亀井氏の著書を二冊刊行できたこと、特に今回『感性の変革』に再び日の目を見せる企画に縁をもてたことは、私には光栄なことである。著者の亀井氏はむろんのこと、大部な専門書を刊行することが難しい時代に公刊を承諾してくれたひつじ書房房主松本功氏、企画をたて丁寧な編集をしてくれた森脇氏、また先年『主体と文体の歴史』講演会を開くにあたって会場を提供し司会してくださった石川巧氏に心から感謝申し上げる。当然のことながら、講演会に参加してくれた、あるいは両書を手にとってくださった読者の皆さんにも。

れ

ろ

わ

み

む

め

も

や

す

せ

そ

た

し

こ

さ

く

け

き

X

あ

い

う

作品・人名索引

に

の

は

ひ

ふ

ほ

み

事項索引

【著者紹介】

亀井秀雄（かめい　ひでお）

1937年、群馬県に生まれる。1959年、北海道大学文学部卒業。1968年、北海道大学文学部助教授、1984年に同教授。2000年、同大学を定年退職、名誉教授。同年、市立小樽文学館館長。2014年、同館退任。同年、合同会社オピニオン・ランチャー設立。主な著書に『小林秀雄論』（塙書房、1972年）、『現代の表現思想』（講談社、1974年）、『「小説」論』（岩波書店、1999年）、『明治文学史』（岩波書店、2000年）、『主体と文体の歴史』（ひつじ書房、2013年）、『日本人の「翻訳」』（岩波書店、2014年）などがある。

未発選書　第22巻

増補　感性の変革

Transformations of Sensibility: The Phenomenology of Meiji Literature, Augmented Edition
KAMEI Hideo

発行	2015年5月29日　初版1刷
定価	7500円＋税
著者	© 亀井秀雄
発行者	松本功
装丁者	奥定泰之
印刷所	日之出印刷株式会社
製本所	株式会社 星共社
発行所	株式会社 ひつじ書房
	〒112-0011 東京都文京区千石2-1-2 大和ビル2F
	Tel.03-5319-4916　Fax.03-5319-4917
	郵便振替 00120-8-142852
	toiawase@hituzi.co.jp　http://www.hituzi.co.jp/

ISBN978-4-89476-745-4